I0821078

Cantar de Mio Cid

Clásica
Poesía

CANTAR DE MIO CID

Texto antiguo de Ramón Menéndez Pidal

Prosificación moderna de Alfonso Reyes

Prólogo de Martín de Riquer

Edición y guía de lectura de Juan Carlos Conde

AUSTRAL

ESPASA

Obra editada en colaboración con Editorial Planeta – España

Diseño de la colección: Compañía

Bajo el sello editorial AUSTRAL M.R.
Avenida Presidente Masarik núm. 111,
Piso 2, Polanco V Sección, Miguel Hidalgo
C.P. 11560, Ciudad de México
www.planetadelibros.com.mx

Primera edición impresa en España en Austral: septiembre de 2010
ISBN: 978-84-670-3405-9

Primera edición impresa en México en Austral: septiembre de 2025
ISBN: 978-607-39-3441-1

Impreso en los talleres de Operadora Quitresa, S.A. de C.V.
Calle Goma No. 167, Colonia Granjas México,
C.P. 08400, Iztacalco, Ciudad de México
Impreso en México – *Printed in Mexico*

ÍNDICE

NOTA PREVIA

El CANTAR DE MIO CID (en lo sucesivo *CMC)* es inseparable del nombre de Ramón Menéndez Pidal. Él fue el primero en acometer el estudio de este venerable texto utilizando métodos filológicos científicos, y la investigación cidiana de Pidal fue piedra angular de su fundación de la filología española moderna: ella le llevó al complejo mundo de las crónicas medievales y al hallazgo de restos o trazas de la perdida épica medieval castellana; el redescubrimiento del Romancero aún vivo en tierras peninsulares tampoco andaba lejos de los empeños cidianos de don Ramón. El *CMC* y la figura histórica del Campeador son presencias constantes en su obra [1]. Al tiempo, durante muchos decenios ha sido imposible leer y es-

---

[1] Desde el trabajo con que ganó en 1895 el concurso convocado por la Real Academia Española en 1892 (cuyo asunto era la realización de gramática y vocabulario del *CMC)* hasta su último artículo científico (publicado en 1966) en que se evalúa la aplicación de los resultados de las investigaciones de los oralistas sobre los cantores épicos yugoslavos al caso del *CMC;* pasando por la inmensa indagación histórica sobre Rodrigo Díaz de Vivar contenida en *La España del Cid,* el rescate de las obras épicas castellanas perdidas a partir de su prosificación en las crónicas *—Reliquias de la poesía épica española—* o la aplicación de las doctrinas desarrolladas en los estudios acerca de la épica en Castilla a la obra insignia de la épica francesa *—La «Chanson de Roland» y el neotradicionalismo—*. Añádanse a esta relación las más populares publicaciones cidianas de Menéndez Pidal: las ediciones del *CMC* aparecidas en las colecciones Austral y Clásicos Castellanos, ambas de Espasa Calpe.

Ramón Menéndez Pidal, por Joaquín de la Puente

tudiar el *CMC* —y, en general, la épica española— sin hacer referencia a los trabajos de Menéndez Pidal, que se ofrecen como un *paratexto* inseparable de dicha literatura e ineludible para sus lectores.

Este volumen no viene guiado sólo por el principio general de acercar el *CMC* al lector, sino que primordialmente es consecuencia de otra línea de actuación: la de informar sobre la ingente investigación cidiana de don Ramón Menéndez Pidal, cuyas nutridas glosas al *CMC* son ya, de por sí, otro clásico. En esa tarea he tenido el privilegio —que agradezco— de contar con la supervisión y sugerencias de Diego Catalán, en tantos aspectos continuador de la labor intelectual de don Ramón. Así, tras el pórtico excelente que representa el prólogo de Martín de Riquer, se ofrece la edición del poema fijada por Menéndez Pidal, acompañada de una selección de sus notas —procedentes de su venerable edición de 1913 para Clásicos Castellanos— y de otras nuevas que ayudan a su lectura e interpretación; todo ello precedido de una introducción que pretende ser un mínimo vademécum de la doctrina desarrollada por Menéndez Pidal, contrastada, en ocasiones, con otras doctrinas afines u hostiles, imprescindibles para el adecuado entendimiento del pensamiento pidalino. En suma, como responsable de este volumen he tenido siempre en mente que manejaba y presentaba dos textos clásicos: el propio *CMC* y las aportaciones de don Ramón. Ojalá que uno y otro sigan importando al lector de hoy.

JUAN CARLOS CONDE

Manuscrito del *Cantar de Mio Cid,* folio 26v (versos 1257-1282)
(Biblioteca Nacional de Madrid)

PRÓLOGO

de Martín de Riquer

El hombre de nuestro siglo no debe enfrentarse con el CANTAR DEL CID como si fuera una obra «de lectura» ni creerse que es un «libro». El CANTAR DEL CID no nació para ser leído en la callada soledad de un hombre frente a unos renglones, sino que se originó para ser cantado por profesionales del recitado público y ser escuchado por un vasto auditorio. Es un «cantar», el CANTAR DEL CID o CANTAR DE MIO CID, y esta es su intitulación más adecuada, y no la de *Poema del Cid,* que se ha usado con frecuencia y que más sugiere una composición en cultos versos latinos que una gesta. Tenemos que acercarnos al CANTAR DEL CID con el mismo consciente convencionalismo con que nos proponemos leer una obra de teatro de Shakespeare o de Calderón, es decir, haciendo el esfuerzo de imaginar que lo que leemos está compuesto para ser oído perfectamente matizado por unos cómicos. Sólo así advertiremos que mantienen su inmediato valor directo expresiones tan frecuentes como «yo vos diré», «dirévos», «sepades», «veríades» y hasta podremos oír cómo se nos interpela respetuosamente: «Mala cueta es, señores, aver mingua de pan» (v. 1178).

EL OFICIO DE JUGLARÍA

El juglar de gestas era quien, acompañado o no de instrumentos musicales, recitaba o cantaba de memoria ante un público que podía ser de muy distinta condición —el de una corte, el de un castillo, el de una feria, el de una peregrinación— y a veces mezclado y abigarrado. Un cantar de gesta como el del Cid, que es de proporciones regulares, sin duda alguna no se ofrecía íntegro en una sola sesión. Detallados estudios hechos sobre la epopeya francesa permiten suponer que en una sesión juglaresca era factible recitar de mil a dos mil versos sin que se fatigaran ni el juglar ni su público y que la duración media de un recital oscilaba entre los mil doscientos y los mil trescientos versos. De esta suerte es de creer que el CANTAR DEL CID que hoy poseemos precisara de tres sesiones, que seguramente corresponderían a las tres partes o «cantares» en que va dividida la gesta: el del destierro (1.086 versos, faltan unos cincuenta iniciales), el de las bodas (1.190 versos) y el de la afrenta de Corpes (1.472, más dos lagunas de cincuenta versos). Cada una de estas sesiones es más breve que la representación íntegra de una comedia clásica; por ejemplo, la primera parte de *Las mocedades del Cid,* de Guillén de Castro, que consta de 3.004 versos; *El mejor alcalde, el rey,* de Lope, que consta de 2.410; *La vida es sueño,* de Calderón, de 3.319. Aun contando con que en estas comedias abundan los versos de arte menor, sus proporciones nos indican que el público podía resistir perfectamente una sesión juglaresca de mil a dos mil versos, teniendo en cuenta las breves pausas que entre una serie y otra, al cambiar la asonancia, harían los juglares, incluso para descansar ellos mismos. Se ha calculado que los recitadores yugoslavos de nuestro siglo recitan de 16 a 20 versos por minuto; y por lo que afecta al CANTAR DEL CID una dicción clara y matizada parece que puede ir más allá de los 12 o 15 versos por minuto.

El juglar recitaba el cantar de gesta de memoria. Alguien podría objetar que parece inverosímil memorizar los 3.730

versos del CANTAR DEL CID, pero a ello debe responderse que el juglar es un profesional que, como condición previa, ha de tener una gran memoria. Un actor de teatro inglés o francés capaz de desempeñar un papel importante en varios dramas de Shakespeare o en varias tragedias de Racine sabe de memoria muchos más versos que los que tienen la *Chanson de Roland* o el CANTAR DEL CID y, ante un público entendido, ha de recitarlos con rigurosísima literalidad. El juglar medieval, en cambio, dispone de una mayor libertad, ya que actúa ante un auditorio que no le exigirá que sea fiel a un texto determinado y, por tanto, le es dado suplir los fallos de la memoria con una cierta improvisación. Las gestas narran sucesos semihistóricos o legendarios cuya trama y argumento el auditorio ya conoce: el griego que escuchaba la *Ilíada* sabía perfectamente que Troya sería destruida, el francés que escuchaba el *Roland* sabía que el traidor Ganelon sería castigado, y el castellano que escuchaba los *Infantes de Salas* sabía que Mudarra vengaría a sus hermanos. Quien mejor conoce el asunto general y los episodios de una gesta es el propio juglar que la recita y, por lo tanto, si olvida unos versos aprendidos, puede continuar la trama del relato con otros improvisados. A ello ayuda el que una de las características más salientes de la epopeya de todos los tiempos y países es el uso de un formulado fijo y estable que se repite constantemente. Todos estamos familiarizados con los epítetos homéricos: Aquiles «el de los pies ligeros», Hera «la de los ojos de novilla», la Aurora «de rosados dedos», que tanto pierden al traducirse porque en griego constituyen un adjetivo que acompaña a estos nombres propios y llena una parte del hexámetro. De esta suerte se convierten en fórmulas que podríamos considerar como auténticos comodines muy útiles para el posible versificador que compone, pero mucho más para el recitante que actúa y que puede echar mano de ellos cuando la memoria le falla. Esta técnica formulística es muy densa en la epopeya francesa, aunque no abunda tanto en la castellana. Pero, a pesar de todo, en el CANTAR DEL CID hallamos los típicos comodines de la épica de carácter tradicional. Dos fórmulas, por ejemplo, llenan gran cantidad de versos asonantados en *á-a* y en *á-o,* cubriendo el segundo hemistiquio. Para la primera asonancia la fórmula es «que en buena ora cinxo espada», con ligeras variantes, como:

Mio Çid Roy Díaz, que en buen ora cinxo espada (875)
aun non sabié mio Çid, el que en buen ora çinxo espada (1574)
Ya Çid, en buen ora çinxiestes espada (439),

e infinidad de versos cuya segunda mitad es casi idéntica.

Cuando la asonancia es en *á-o* la fórmula es «el que en buen ora nasco», de la que también abundan los ejemplos al estilo de:

con tan grant gozo reçiben al que en buen ora nasco (245)
Bien lo aguisa el que en buen ora nasco (808)
Desd'allí se tornó el que en buen ora nasco (1730)

Lo importante es que ambas fórmulas, tan parecidas y que vienen a significar lo mismo, son intercambiables y se pueden emplear indiferentemente según la asonancia de la serie en que figuran. Virtualmente iguales son los versos siguientes:

Fabló mio Çid, el que en buen ora çinxo espada (78),

y

Oíd lo que fabló el que en buen ora nasco (2350).

Y a veces ambos hemistiquios de carácter formulario siguen a un primer hemistiquio igual, como en

Merçed, Campeador, en buen ora cinxiestes espada (1595),

y

Merçed, Canpeador, en ora buena fostes nado (266).

En las series *á-o,* tan frecuentes en el CANTAR, aparecen otras fórmulas aptas para llenar el segundo hemistiquio, como cuando se alude al Cid con la expresión

.... al Campeador contado (142)
.... del Campeador contado (152)
.... Campeador contado (493)
.... el Campeador contado (1780), etc.

También, aunque con menor profusión, podemos considerar como formulística la expresión «cavalgó privado» (148, 1061, 2241, con variaciones en la forma verbal).

De esta suerte podríamos ir analizando el CANTAR DEL CID y sorprendiendo en él todo un tramado de fórmulas que bordean lo esencial del relato y le dan no tan sólo el sello característico de la epopeya sino también un llamativo rasgo estilístico que parece un motivo ornamental. Este formulismo, esencialmente juglaresco y que nos resistimos a vincular a recursos y filigranas de la retórica culta, revela que el autor o la cadena de autores que han versificado la gesta han querido acomodarse a una vieja tradición juglaresca, tradición sin duda alguna más vieja que el héroe y que el asunto escogidos como protagonista y tema de los versos. Así lo juglaresco se infunde en una obra que imaginamos creada por un versificador, seguido sin duda por otros varios, y que vuelve al dominio de la juglaría, pues esta es, al fin y al cabo, la que lo ha de divulgar y dar a conocer.

Hay versos épicos que flotan en el ambiente juglaresco y que se organizan y se estructuran cuando es el momento adecuado. Son versos propiedad de todos y de los que todos se aprovechan cuando llega la ocasión. Muy característicos son, en la *Chanson de Roland,* los versos:

halt sunt li pui e li val tenebrus (814)
halt sunt li pui e la voiz est mult lunge (1755)
halt sunt li pui e tenebrus e grant (1830).

en los que el primer hemistiquio es exacto. Pero hay un segundo hemistiquio también frecuente en el *Roland* y en otras gestas francesas:

> la bataille est e merveillose e grant *(Roland,* 1653/1620)
> li estors fu e merveilleus et granz *(Charroi de Nimes,* 1403)
> et pris la cort mirabillose et grant *(Chevalerie Ogier)*

y podríamos aducir muchos ejemplos más. Pues bien, en el CANTAR DEL CID encontramos soldados, con acierto y notable propiedad, estos dos hemistiquios formando el siguiente verso:

> alto es el poyo,   maravilloso e grant (864).

En realidad el poyo a que se refiere el cantar castellano, que antiguamente se llamó el Poyo de Mio Cid, es alto (1.227 metros sobre el nivel del mar), grande y sin duda maravilloso, pero al llegar el momento de describirlo a la mente del versificador acudieron dos hemistiquios que andaban sueltos y que muchas veces habría oído a los juglares: «halt son li pui» por un lado y «merveilleus e granz» por el otro, y al unirlos creó un verso de concisión lapidaria y de fuerte cuño épico; si no es que, como es muy posible, pues operamos sobre pobres y escasos restos de la épica románica, ya antes hubieran circulado juntos. Lo que no es imaginable es suponer al autor de este pasaje del CANTAR DEL CID documentándose sobre un texto escrito del *Roland* o de otra gesta francesa para construir un verso a base de dos hemistiquios de función independiente. Lo que influye en él es el formulismo de la épica románica y quien lo forjó estaba fuertemente imbuido de literatura juglaresca.

Uno de los versos más famosos del CANTAR DEL CID es

> Dios, qué buen vassallo,   si oviesse buen señore! (20).

Pero a pesar de su lógica y eficaz situación en el contexto y de transmitir un sentimiento popular adecuadísimo a la gesta castellana, en el fondo es también formulario. Refiriéndose al noble y digno emir sarraceno Baligant, exclama la *Chanson de Roland* en su texto de Oxford:

Deus, quel baron, s'oüst chrestientet! (3164);

y, aún más cerca del cantar castellano, en la refundición de la *Chanson de Roland* ofrecida por el manuscrito de París (siglo XIII) este verso se lee así:

Deus, quel vassal, s'eüst crestianté! (3669).

No insisto en los tan estudiados motivos de las descripciones de batallas o la oración de doña Jimena, que tantas veces han sido comparados con pasajes similares de las *chansons de geste* francesas. Pero señalemos que en estos casos no se trata en modo alguno de imitación ni de influencias literarias, sino de una prueba más de que el arte juglaresco, que en cierto modo era «internacional», disponía de fórmulas y motivos comunes que aplicaba con oportunidad y sabía acomodar a la materia que iba desarrollando.

Al recitado juglaresco se deben también otros recursos estructurales de las gestas, como las tan características *laisses similaires* de la epopeya francesa. En la castellana se encuentran casos de series gemelas en contadas pero significativas ocasiones del CANTAR DEL CID. Una de ellas es muy intencionada: el Cid envía mensajeros a los reinos cristianos para reunir combatientes que quieran ir al cerco de Valencia. Al final de la serie 72 el contenido del pregón se expresa en estilo indirecto:

Quien quiere perder cueta e venir a rritad,
viniesse a mio Cid, que á sabor de cavalgar;
çercar quiere a Valençia pora cristianos la dar.

E inmediatamente cambia la asonancia, es decir, se pasa a la serie siguiente, donde se repite la idea en estilo directo, o sea, reflejando los términos del pregón:

> «Quien quiere ir conmigo çercar a Valençia
> —todos vengan de grado, ninguno non ha premia—
> tres días le speraré en Canal de Çelfa».

Esta transición del estilo indirecto al directo, más aún de la narración objetiva al banderín de enganche, poco nos impresiona cuando leemos el texto del CANTAR. Pero imaginémonos las posibilidades que tiene este cambio para un buen juglar, que abandona su tono normal narrativo para sacudir la atención del auditorio con tres versos de estilo «pregonero».

Cuando se lee un cantar de gesta hay que tener siempre presente que su contenido y su arte llegan a nosotros por medios inadecuados. Si nos interesa un episodio o si nos intriga un verso podemos volver atrás y releerlos con atención y a nuestro sabor, del mismo modo que nos podemos saltar pasajes que nos parecen aburridos. En cambio, el público a quien se destinaba el cantar tenía que escucharlo en su recitación huidiza y debía entregar su atención al verso que oía en un preciso instante y al que no podría volver, tal como ocurre y ha ocurrido siempre en el teatro. El juglar conocía bien a su público, y sabía en qué momentos cargados de emoción debía matizar con más énfasis y ser más lento y en qué otros le convenía aligerar el recitado. Al fin y al cabo, como cobraba al pasar el platillo, al final de la sesión, tenía que esforzarse en complacer al público, que sería más generoso cuanto más se hubiera divertido o emocionado.

Que el CANTAR DEL CID que hoy conocemos se divulgaba mediante el recitado juglaresco es afirmación que reposa sobre la esencia misma de los cantares de gesta, si bien en nuestro caso concreto no existen testimonios de este hecho tan evidente y tan cierto y que sólo un hipercriticismo suicida podría negar. Un texto similar al que poseemos debió de divulgarse, durante el siglo XIII, por medio de juglares que lo sabían de memoria y es de presumir que lo alteraran, resumieran o ampliaran más o menos y con mayor o menor acierto. Lo que sí nos consta, en cambio, es que durante el siglo XIV el CANTAR DEL CID que hoy conocemos era expuesto ante el público por un lector —juglar o no— que tenía ante sus ojos el precioso manuscrito conservado en la Biblioteca Nacional de Madrid. En la última página válida de este manuscrito (fol. 74 r), acabado ya el texto y tras el éxplicit de Per Abbat, hay dos líneas y media casi ilegibles a simple vista (Menéndez Pidal las descifró con reactivos químicos), que, en atención a sus sin duda buscadas asonancias, se pueden transcribir así:

El romanz es leýdo:
dat nos del vino;
si non tenedes dineros,
echad allá unos peños,
que bien nos[1] lo darán sobr'elos.

El sentido es claro: se pide al auditorio que recompense la lectura con un trago o un vaso de vino, tan necesario para aclarar la garganta de quien tantos versos ha leído, y que pague el trabajo con dinero; pero aquel que no lo lleve encima que entregue unas prendas *(peños,* del latín *pignus),* pues a cambio de ellas darán dinero al lector. Quien habla, o bien lo hace de *nos,* o bien en un plural normal porque se expresa en nombre de varios lectores. Creo más posible esta segunda explicación: varios lectores podían haberse turnado en la lectura del CANTAR DEL CID, sustituyéndose a medida que uno se cansaba, o tal vez —y esto es menos probable pero más bello— cabe suponer que, como en el CANTAR DEL CID, en oposición a la *Chanson de Roland,* los personajes que hablan lo hacen siempre en versos en los que no se intercala jamás el verbo *dicendi* —igual que en la epopeya homérica—, unos lectores tuvieran a cargo de pronunciar los parlamentos y otro se encargara de

---

1 Se suele transcribir *vos,* pero lógicamente ha de leerse *nos.*

la narración objetiva, como en la lectura de las pasiones en Semana Santa o en los recitados colectivos de comedias elegiacas latinas por estudiantes en el siglo XIII. En este segundo éxplicit el CANTAR DEL CID es llamado «romanz», voz que, aquí, me parece estar a medio camino del *roman* francés y del *romance* castellano.

UN «MANUSCRITO DE JUGLAR»

En el siglo XIV el CANTAR DEL CID hoy conservado fue transcrito por un copista llamado Per Abbat, quien afirma en un primer éxplicit, que viene a continuación inmediata del último verso de la gesta, que «escrivió este libro». Desde hace más de un siglo la crítica está dividida entre los que sostienen que Per Abbat fue un mero copista y los que defienden que fue el autor del CANTAR DEL CID, o por lo menos de la versión transmitida por el manuscrito hoy guardado en la Biblioteca Nacional. Los que sostienen esto último encuentran, con poco esfuerzo, personas de los siglos XIII y XIV llamadas Pedro Abad y numerosos abades llamados Pedro. Lo que me inclina a situarme entre los que lo consideran un copista no es tan sólo que el verbo *escribir* tuviera principalmente el sentido de «trazar letras», sino el uso del sustantivo *libro.* Me parece inimaginable que el autor o el refundidor de una gesta se crea que ha «escrito un libro», pues compone versos para que sean divulgados mediante el recitado o la lectura pública en voz alta.

El «libro» es el viejo manuscrito que, procedente del Concejo de Vivar, fue propiedad del marqués de Pidal y en 1960 fue adquirido por la Fundación Juan March, la cual lo donó a la Biblioteca Nacional de Madrid. Este venerable y capital manuscrito tiene un aspecto humilde, muy poco bello y aunque está transcrito por un copista profesional, abunda en descuidos y faltas, a veces corregidas posteriormente con mayor o menor acierto. Es de pequeño formato (de 198 por 150 milímetros en su primer folio) y su presentación y confección revelan que su finalidad es meramente utilitaria. A decir verdad menos bello y más tosco es el manuscrito que podríamos denominar su hermano mayor, el de Oxford que contiene la más antigua versión conocida de la *Chanson de Roland,* algo más pequeño (167 por 120 milímetros), de características similares y a veces más chapucero. Tanto en el siglo XII, época en que se copió el manuscrito del *Roland,* como en el XIV, que es cuando se copió el del CANTAR DEL CID, en los focos de cultura anglonormandos y castellanos se producían manuscritos mucho más bellos y más cuidadosamente confeccionados. La pobreza y humildad de los dos manuscritos de las más importantes gestas románicas revelan bien a las claras que no fueron copiados para figurar en una rica biblioteca conventual ni señorial, sino para utilidad de quienes más podían necesitar de ellos: los juglares. Del manuscrito cidiano sabemos de cierto, como ya hemos visto, que fue utilizado en lecturas hechas por profesionales del recitado ante un público bastante numeroso.

Siete manuscritos de gestas francesas (el *Roland* de Oxford, *Raoul de Cambrai, Girard de Roussillon,* etc.), el castellano del CANTAR DEL CID y los folios conservados del *Roncesvalles* navarro reúnen características similares de ejecución y formato y ello ha permitido agruparlos en la categoría de los llamados «manuscritos de juglar». No se trata en principio de manuscritos copiados *por* juglares (aunque ello se pudo dar alguna vez) sino *para* juglares: ejemplares baratos y pequeños para ser llevados cómodamente por su itinerante propietario, con los versos separados (no escritos a renglón seguido como es frecuente en los cancioneros líricos provenzales) y con una destacada capital al principio de cada serie o *laisse,* ello no con finalidad ornativa sino para advertir al juglar de que cambia la asonancia y que por lo tanto vuelve a empezar la línea melódica. Aunque las capitales del CANTAR DEL CID son más «artísticas» que las del *Roland* de Oxford, su función en ambos manuscritos es sin duda la misma. El minúsculo manuscrito del *Elena y María* castellano difiere de los manuscritos de juglar de gestas sin duda porque el poema es breve y pertenece a otro género de poesía.

El venerable manuscrito del CANTAR DEL CID, copiado en un período difícil de precisar del siglo XIV, ofrece un texto de la gesta que posiblemente ya existía a principios del XIII (tal vez en 1207). Esta afirmación, cuya intencionada vaguedad se debe a una elemental prudencia y tiene en cuenta los tan diversos y divergentes trabajos que actualmente se publican sobre este difícil y debatido punto, dista mucho de satisfacernos, pero sin duda recoge unos resultados firmes a partir de los cuales todo son conjeturas, más o menos bien fundadas. Del mismo modo que antes de la *Chanson de Roland* de Oxford, que se considera fechable algo antes del año 1100, la mayoría de los filólogos están convencidos de que hubo otras redacciones hoy perdidas, es lícito suponer que anteriormente al CANTAR DEL CID conservado existieron otras versiones castellanas de la gesta. Pero decidir cómo eran, localizarlas y fecharlas es tarea difícil, que se basa en hipótesis y en datos a veces movedizos, y en la que el filólogo a duras penas puede razonar sin dejarse llevar por sus criterios personales sobre las características de la literatura medieval y por su posición ante el debatido problema de la transmisión de temas populares y legendarios. Cabe la posibilidad de que hazañas del Cid ya fueran cantadas en vida de este, del mismo modo que cuatro siglos después heroicidades y escaramuzas de caballeros de la guerra de Granada eran cantadas en romances fronterizos. Se trataría, en el caso del Cid, de algo así como «cantos noticieros», que informarían al pueblo de guerras y combates, y no olvidemos que Jaime I el Conquistador recoge en la crónica que él mismo escribió cantares catalanes que narraban sus propias campañas de Mallorca y de Valencia. Estos casos españoles tienden a poner de manifiesto que una determinada zona de la epopeya románica nació como reportaje. Es posible que hacia 1120 existiera un primitivo CANTAR DEL CID, sobre cuyo contenido caben toda suerte de hipótesis y conjeturas, y que sufriera una o varias refundiciones entre 1140 y 1160, que deben reflejarse, con indudables alteraciones, en el texto que hoy poseemos, el del manuscrito copiado por Per Abbat, cuyo contenido se fijó sin duda en 1207. Si también es muy posible que los primitivos elementos, los surgidos en vida de Rodrigo Díaz de Vivar o inmediatamente después de su muerte, nacieran y se difundieran oralmente, como ocurre con los romances tradicionales, hay que suponer que algunas de las refundiciones aparecidas desde mediados del siglo XII fueron reelaboradas por hombres cultos y de cierto saber literario, conocedores de la épica francesa, tan divulgada por España, y hasta duchos en la retórica. En el CANTAR DEL CID conservado parece traslucirse la mentalidad de un hombre de leyes, tal vez surgido de la burguesía.

En el año 1099, cuando Rodrigo Díaz de Vivar moría en Valencia, ya existía la *Chanson de Roland* que hoy leemos, y hacía por lo menos treinta años, como atestigua la Nota Emilianense, que la leyenda de Roncesvalles era conocida en España. El Cid, héroe épico, oyó recitar, sin duda alguna, cantares de gesta muy parecidos a aquel que luego narró sus hazañas, y hablaba el romance castellano en un estadio de evolución muy parecido al del cantar que lleva su nombre. Es, pues, el CANTAR DEL CID algo singular y casi aberrante en la epopeya. Aquiles no hablaba la misma lengua que Homero ni Roldán la de su *Chanson;* el CANTAR DEL CID, en cambio, nos transmite frases, expresiones y parlamentos de Rodrigo Díaz de Vivar virtualmente del mismo modo que él los profería. De ahí el especialísimo carácter inmediato del CANTAR DEL CID, en el que un momento de la historia española de fines del siglo XI se transfigura en poesía épica, sin que cedan en sus principios fundamentales ni la historia ni la poesía, que se combinan y armonizan de un modo singular y originalísimo. Los acontecimientos que constituyen la trama narrativa del CANTAR DEL CID y los personajes que en él aparecen no son tan sólo próximos e inmediatos sino que acaecieron y vivieron cuando ya existía una epopeya similar a la que engendraron.

EL VERISMO HISTÓRICO Y GEOGRÁFICO DEL *CANTAR DE MIO CID*

Si hay algún ejemplo claro de que la poesía heroica nace al calor de los hechos que la producen, este es el CANTAR DEL CID. Nuestro CANTAR juglaresco pasa por alto y da como cosa sabida y conocida la mayor parte de la biografía de Rodrigo Díaz de Vivar: su juvenil intervención en la batalla de Graus, su gallarda mocedad como alférez de Castilla, su victoria sobre Jimeno Garcés, que le valió el dictado de *Campidoctor,* o Campeador, su campaña contra Zaragoza, sus batallas en pro de Sancho de Castilla contra Alfonso de León en Llantada y Golpejera, su participación en el cerco de Zamora y su destacada actitud en la jura de Santa Gadea, etc. Ya existían otras gestas, como el perdido *Cantar del cerco de Zamora,* en las que el Cid ocupaba un lugar decisivo. Pero no tan sólo se supone que todo ello ya es conocido, sino que ni tan sólo es aludido en el CANTAR DEL CID, con lo que se aparta, tal vez conscientemente, del estilo normal de las gestas, donde tan frecuente es enumerar otras victorias y otras hazañas del héroe y hasta referirse a otros cantares conocidos por el auditorio. Nuestro cantar ha tomado una parte de la biografía del Cid, correspondiente al final de su vida, o sea, a acontecimientos ocurridos entre los años 1081 y 1094, y los ha convertido en gesta. El Cid no entra en escena con sus triunfos y victorias, sino con sus desgracias y miserias: el destierro injusto impuesto por el rey don Alfonso, aquel contra el cual el mismo Cid había luchado años atrás y al que ahora se proponía servir lealmente. El dramatismo del principio del CANTAR DEL CID lo advertían con toda su intensidad los autores que ya sabían que Rodrigo Díaz de Vivar, el desterrado de Castilla, tenía en su haber innumerables hazañas y victorias y que años atrás había vencido a aquel mismo rey Alfonso que ahora lo expulsaba de los límites de sus reinos. El Cid, con un puñado de fieles, tiene que «ganarse el pan» luchando contra moros y contra cristianos, pero pronto su desdicha se trocará en triunfo y su miseria en poderío, lo que culmina con la conquista de Valencia, que pone a los castellanos frente al Mediterráneo. En plena gloria militar, y ya apaciguadas las relaciones con su rey, la desgracia cae de nuevo sobre el héroe en lo más íntimo y más querido: la deshonra de sus hijas por parte de los infantes de Carrión. El cantar ha matizado antes, con notas certeras, la ternura familiar del Cid, su amor a su mujer y a sus hijas, a fin de que se pueda medir mejor la nueva desgracia del caballero, herido en lo que más vale, el honor, y en lo que más quiere, sus hijas. Dan necesario y cumplido final al cantar la actitud del Cid en las Cortes de Toledo y la victoria en combate judiciario que Dios otorga a su causa, porque es justa. Y la gesta acaba resaltando de un modo muy significativo que las hijas del Cid, antes denostadas por los infantes castellanos, son «señoras de Navarra e de Aragón», y hoy, cuando el juglar recita, «los reyes d'España sos parientes son».

Sobre la historicidad del CANTAR DEL CID se ha escrito mucho, se han emitido opiniones contradictorias y se ha querido oponer los conceptos de «poema épico» y de «crónica rimada». Al enfocar este espinoso problema hay que tener en cuenta que el CANTAR DEL CID no dispone de la libertad de que disfruta la *Chanson de Roland,* cuyo texto del manuscrito de Oxford se divulgó por el norte de Francia y por la Inglaterra normanda a fines del siglo XI, o sea distanciado unos ochocientos kilómetros y unos trescientos años del lugar y la fecha de la batalla de Roncesvalles. La lejanía y la antigüedad le autorizan a describir una España fantástica, con una geografía irreal e inexacta y unos acontecimientos totalmente opuestos a la verdad histórica. Esta distancia en el espacio y en el tiempo permitió que la *Chanson de Roland* se recitara sin que el auditorio se escandalizara por sus dislates, y si se escandalizó el Silense (o Seminense) es porque era español, y sabía historia. El CANTAR DEL CID tal como hoy lo conocemos, que se difundía poco más de un siglo después de la muerte del héroe, que hace transcurrir la acción en las mismas tierras por donde lo cantarán los juglares, no puede inventar ni la historia ni la geografía si pretende ser escuchado con un mínimo de atención y respeto. Los sarracenos de la *Chanson de Roland,* denominados con frecuencia «paganos», no creen en Dios, adoran unos raros ídolos llamados Mahumet, Tergevant y Apollin y llevan nombres pintorescos y diabólicos como Esperveris, Escremiz, Malcud, Malduit, Falsaron, Torleu, etc. Ni los diversos refundidores de la *Chanson de Roland* ni el público a quien estaba destinada sabían cómo era un mahometano de veras. Los moros del CANTAR DEL CID, unos enemigos del héroe, otros «moros amigos», son tal cual eran los que todo español de los siglos XI, XII y XIII estaba acostumbrado a ver e incluso a tratar cotidianamente, y se llaman Yúçef, Fáriz, Galve, Abengalbón, como cualquier moro auténtico. La carcajada del público español hubiera sido ruidosa si un juglar le hubiese hablado de un moro llamado Falsarón adorando al ídolo de Mahoma o de Apolo, o si le hubiese asegurado que Zaragoza está en una montaña, como afirma el verso 6 de la *Chanson de Roland.*

El verismo histórico y geográfico del CANTAR DEL CID es indiscutible, y en este sentido la gesta castellana es totalmente distinta de las *chansons* francesas, pero no hasta el extremo de que podamos considerarla una mera crónica rimada como son, en lengua provenzal, la *Cansó de la crozada* y el poema sobre las guerras civiles de Navarra. El CANTAR DEL CID toma un momento de la biografía de Rodrigo Díaz de Vivar que no puede deformar ni llevar a zonas fantásticas, y lo convierte en una gesta. Sus hipotéticas manifestaciones primitivas pudieron tener el tono fundamentalmente informativo de los cantos noticieros, pero entre los refundidores del siglo XII hubo uno o varios que actuaron como «poetas», si es lícito dar este nombre al autor de una epopeya tradicional, y no obraron como «historiadores», pues buscaban suscitar emociones en su público y, a lo sumo, hacer historia popular. Tal vez por imperativos artísticos, el CANTAR DEL CID que hoy leemos acomoda en cierto modo la verdad histórica a una eficacia poética, y así reduce a uno los dos destierros de Rodrigo y a uno los dos apresamientos del conde de Barcelona; inventa el episodio de los judíos y las arcas de arena, procedente de un viejo cuento ya recogido en la *Disciplina clericalis* de Pedro Alfonso, el del león escapado de la jaula —tan útil para poner de relieve la cobardía de los infantes de Carrión— y el de la afrenta de Corpes. La verdadera historia del Cid ya la podían conocer los hombres doctos que sabían leer y sabían latín; pero las gestas son esencialmente la historia para el pueblo, el cual no pretende distinguir entre lo cierto y lo tradicional, y al lado de datos seguros admite leyendas bellas, y para quien el pasado no tiene un valor simplemente informativo sino, en gran manera, ejemplar: saber qué ocurrió en tiempos pretéritos para tener una guía y un estímulo en el presente. Una especie de enciclopedia histórica, escrita hacia 1254 por Vincent de Beauvais, lleva el significativo título de *Speculum historiale:* la historia es un espejo para vernos nosotros mismos, no un cristal transparente para curiosear lo que hicieron los antiguos. Por esta razón, lo inventado e incluso lo fabuloso se puede mezclar con lo cierto sin que se malogre la finalidad de la historia popular y versificada, pues esto es, al fin y al cabo, la epopeya.

M. DE R.

INTRODUCCIÓN

Para Nacho y Carlos,
que ya han oído hablar del Cid.

La poesía épica en la Edad Media

En su *Poética,* Aristóteles caracterizó la epopeya como uno de los principales modos posibles del cultivo de la literatura, junto con la tragedia y la comedia; queda definida como narración verista de hechos nobles realizados por personajes elevados, escrita en verso. Testimonio de ello son, en el mundo antiguo, los poemas homéricos o, ya en el mundo latino, obras como la *Eneida* o la *Farsalia* [1]. No es extraño que en una época como la Edad Media, en gran medida caracterizada por la exaltación de lo heroico-caballeresco, la poesía épica, manifestación literaria por excelencia del *epos* heroico, alcance un extraordinario cultivo.

Ahora bien, la épica medieval se diferencia tanto de la épica grecolatina como de los poemas épicos del Renacimiento (Tasso, Ariosto, Camões, Ercilla) por su condición prioritariamente anónima; frente a la vida preferentemente escrita de la épica renacentista y latina, la epopeya medieval era objeto de recitaciones juglarescas en público y su modo de vida princi-

---

[1] Por no salir de nuestro entorno cultural inmediato: también otras literaturas cultivaron la épica. Testigos antiquísimos son la epopeya mesopotámica de *Gilgameš* (s. XX a. C.) o los *Mahabharata* y *Ramayana* hindúes.

pal era el de la oralidad; frente a la realidad de unos productos literarios de voluntad primordialmente artística y vinculados a formulaciones explícitas de índole teórica o preceptiva, la épica medieval surge como un grupo genérico de textos con una serie de rasgos formales y compositivos comunes, que son reflejo de la práctica de un determinado código de producción literaria —que muestra poca huella de la épica grecolatina y de cualquier tipo de elaboración teórico-poética, y que tiene una fecha de agotamiento bastante precisa— y de un determinado modo de consumo o recepción de esa literatura común para toda la Europa medieval y marcado por un rasgo principal: la interpenetración mutua entre literatura y sociedad.

La épica medieval presenta otro rasgo relevante: su capacidad para aportar a la historia de las literaturas y de las culturas —a un nivel tal vez sólo alcanzable por la épica homérica— un puñado de héroes literarios (forjados casi siempre a partir de personajes históricos) de fama y posteridad extraordinariamente perdurable: Carlomagno, Roldán y Oliveros en Francia, Beowulf en la Inglaterra anglosajona, Sigfrido y los Nibelungos en el ámbito germánico, y Rodrigo Díaz de Vivar, El Cid Campeador, en el caso de España.

Sin duda fue Francia el lugar en que gozó la poesía épica medieval de mayor esplendor. Han pervivido más de un centenar de *chansons de geste* francesas, la más célebre de las cuales es, sin duda, la *Chanson de Roland*. Todas ellas totalizan alrededor de un millón de versos. Esta situación contrasta con la de España, ya que frente al centenar de obras épicas francesas, conservamos sólo cuatro españolas, y no completas:

1) El *Cantar de Mio Cid,* relato épico de los hechos de Rodrigo Díaz de Vivar, conservado en un solo manuscrito, y que consta de 3.730 versos.
2) El *Roncesvalles,* poema épico castellano que no narra, como el Cid, materia originariamente castellana, sino que trata materia vinculada con la *Chanson de Roland*. Sólo se conserva un fragmento de 100 versos.

3) Las *Mocedades de Rodrigo*, poema que se ocupa de los hechos de la juventud de Rodrigo Díaz de Vivar, del que se ha conservado un solo manuscrito que contiene 1.170 versos.
4) El *Poema de Fernán González,* narración de los hechos del primer conde de Castilla, que conservamos en una reelaboración culta, clerical y no juglaresca, escrita en estrofas de cuaderna vía, que abarca cerca de 3.000 versos. Ha pervivido en un manuscrito y algunos otros fragmentos.

El contraste cuantitativo llevó a ciertos estudiosos a afirmar que España no poseyó una tradición épica propia, y que las obras conservadas no eran sino imitaciones más o menos logradas de la épica francesa[2]. A este juicio se oponen dos argumentos: primero, nos consta que se ha perdido un buen número de textos épicos castellanos; segundo, el *CMC,* como puso de relieve Menéndez Pidal, presenta un nivel de elaboración artística muy elevado que lleva a pensar que no es una obra genial surgida de forma independiente, sino representante de una vigorosa tradición épica que nos es inaccesible a causa de la vida eminentemente oral de la épica del medievo y de las pérdidas de manuscritos.

Estas consideraciones nos conducen al mundo de los orígenes y las características de la poesía épica medieval castellana, asunto en el que se han mantenido tesis diversas y con frecuencia encontradas, y en el que Menéndez Pidal intervino de modo brillante y vigoroso.

DOS TEORÍAS SOBRE LA ÉPICA MEDIEVAL: NEOTRADICIONALISMO E INDIVIDUALISMO

La mayor parte de los estudios dedicados a la épica medieval europea ha oscilado entre dos tendencias teóricas: neotra-

---

[2] Para estas posturas críticas y su refutación, véase Ramón Menéndez Pidal, *La epopeya castellana a través de la literatura española,* Espasa Calpe, Madrid, 1959, págs. 16-18, y *La épica medieval española,* Espasa Calpe, Madrid, 1992, págs. 53-58.

dicionalismo e individualismo. El *neotradicionalismo* concibe la épica medieval como una poesía nacida de un autor cercano —temporal y espacialmente— a los hechos que narra y rápidamente constituida en poesía popular, cantada, transmitida oralmente de generación en generación durante siglos, modificada conforme a los deseos, inquietudes y gustos del público, que es a la vez receptor y coautor de los textos, junto con los juglares que difunden las gestas [3]. En cambio, el *individualismo* ve en la poesía épica la obra de un poeta culto, normalmente vinculado a un monasterio —los centros culturales por excelencia en la Edad Media—, autor, mucho tiempo después de los hechos en él narrados, de un texto de factura erudita, escrita, luego tal vez leído y recitado en público, pero en último término producto expresivo de una individualidad artística [4].

Según los partidarios de la tesis individualista, la épica francesa surgió con la escritura de la *Chanson de Roland* (siglo XI), y la castellana con la del *CMC* (mediados del siglo XII, según unos; principios del siglo XIII, según otros: véase Introducción, págs. 42-53). En el caso francés no habría habido una producción anterior a los textos conservados; en el caso castellano no habría habido más épica que la muy escasa conservada, y nada anterior al *CMC*. En cambio, los neotradicionalistas entienden que los textos conservados son solamente una parte de los que en su día fueron puestos por escrito, que no reflejan fielmente la vida real de los textos épicos, de carácter eminentemente oral. Por ello entienden que la épica medieval comenzó mucho antes de lo que indican los manus-

---

[3] Sobre la transmisión juglaresca de la épica, véase el Prólogo de Martín de Riquer, págs. 14-22. Menéndez Pidal se ocupó cumplidamente de este aspecto en varias de sus obras, sobre todo en *Poesía juglaresca y juglares. Orígenes de las literaturas románicas,* Espasa Calpe, Madrid, 1991, págs. 315-471.

[4] La formulación más agresiva y más acabada de estos postulados se halla en la monumental obra del medievalista francés J. Bédier, *Les légendes épiques. Recherches sur la formation des chansons de geste,* H. Champion, París, 1914-1921, 2.ª ed., 4 vols.

critos que se conservan, y que fue mucho más intensa y copiosa de lo que permiten apreciar los que hoy poseemos (véase en Documentación complementaria, sobre el *Roncesvalles* castellano).

Menéndez Pidal es el principal representante del neotradicionalismo. Desde principios del siglo XX fue elaborando sus teorías acerca de la vida de la épica medieval castellana, tomando como punto de partida dos hallazgos por él llevados a cabo: en primer lugar, la pervivencia del Romancero oral tradicional en Castilla, cuando la vida de los romances en la tradición oral se había dado por concluida siglos antes —no había noticia de romances vivos en las recitaciones populares nada menos que desde 1605—; y, en segundo lugar, la presencia en las diversas crónicas medievales de relatos referidos a asuntos de índole épica (la leyenda de los siete infantes de Lara, el cerco de Zamora por Sancho II, la propia trayectoria del Cid), que, en muchos casos, dejaban translucir no ya fraseología o contenidos propios de la poesía épica, sino incluso las rimas asonantes características del verso épico, señal inequívoca de que los autores de las crónicas utilizaron poemas épicos como fuente de información al componer sus creaciones historiográficas. Estos dos hallazgos testimonian dos hechos claves: que un respetable *corpus* poético, como el del Romancero tradicional, puede vivir en la memoria del pueblo al margen del ámbito de lo escrito, ser transmitido por medio del canto y de la recitación, difundiéndose y recreándose continuamente (testimonio privilegiado son las más de quinientas versiones del romance de Gerineldo, recogidas y estudiadas por Menéndez Pidal y sus colaboradores)[5]; y que la presencia de esos restos de poemas épicos en las crónicas medievales —que en algún caso conservan la fisonomía del poema hasta el punto de permitir su

---

[5] Véase R. Menéndez Pidal, Diego Catalán y Álvaro Galmés, *Cómo vive un romance (dos ensayos sobre tradicionalidad)*, CSIC, Madrid, 1954.

reconstrucción [6]— demuestra que hubo poemas épicos en Castilla que hoy no conservamos [7].

A partir de tales evidencias, Menéndez Pidal elaboró su visión neotradicionalista de la épica medieval, opuesta al individualismo dominante:

> La teoría que llamamos individualística cree que los poemas épicos medievales son obra exclusiva de un individuo y de un momento determinado. Para la historia del arte sólo interesa la personalidad de ese autor, el minuto sagrado y solemne en que surge la creación poética en la mente de un hombre que se eleva sobre el nivel de los demás. Ese poeta tiene precursores, tiene modelos; son influjos de individuo a individuo, antecedentes accesorios que no encierran ningún interés esencial, porque la obra de arte es un todo en sí misma, y no tiene más historia que la de su creación y su genial creador [...]. Otra teoría, que llamamos tradicionalística, piensa, en primer lugar, que el individuo más inventivo y genial no poetiza libérrimamente, sino que su genialidad actúa limitada y constreñida por la tradición cultural en que él se ha formado y a la cual él sirve. Pero, en segundo lugar, piensa que cuando un género literario se populariza en extremo (y este es el caso de la epopeya), sus producciones están inmensamente más sujetas a la especial tradición de cultura en que aquel género se desarrolla; unos individuos colaboran habitualmente en la obra de otros, de manera que cada obra viene a tener una vida en cierto modo colectiva; la personalidad del autor, por relevante que sea, significa poco, tanto que pierde su propio nombre; el anónimo de las obras es rasgo fundamental, no es un mero acaso [8].

---

[6] La primera y más importante reconstrucción de un poema épico a partir de las evidencias de las crónicas se debe a Menéndez Pidal, *La leyenda de los siete infantes de Lara,* Madrid, 1896; edición revisada y con adiciones y prólogo de Diego Catalán, Espasa Calpe, Madrid, 1971.

[7] Véase R. Menéndez Pidal, *Reliquias de la poesía épica española,* Madrid, 1951. Reimpresión en *Reliquias de la poesía épica española. Acompañadas de «Epopeya y Romancero», I. Adicionadas con una introducción crítica de Diego Catalán,* Gredos, Madrid, 1980, pág. XXVIII.

[8] *La épica medieval española, op. cit.,* págs. 51-52.

Individualistas y tradicionalistas también difieren en la determinación de los antecedentes de la épica románica medieval. Para los individualistas, los poemas épicos de los siglos XI-XII y sucesivos son composiciones cultas que se escriben a siglos de distancia de los hechos narrados: el autor clerical se basa en relatos historiográficos, en leyendas de exaltación de los héroes surgidas en torno a los monasterios, que elaboraban este tipo de relatos legendarios normalmente por intereses relacionados con las peregrinaciones surgidas en torno a reliquias o sepulturas vinculadas con los personajes de tales leyendas. Esto explica el ahistoricismo —cuando no la fantasía— que caracteriza, en rasgos generales, a la épica francesa: en el caso de la *Chanson de Roland,* los hechos históricos de que trata el texto —principalmente, la batalla de Roncesvalles, año 778— están muy alejados de la fecha estimada de composición del poema —hacia 1125, la versión más antigua de las conservadas—.

En cambio, el tradicionalismo entiende que la épica románica que conocemos tiene sus orígenes en los cantos épicos de los pueblos visigodos, los *carmina maiorum* de que habló san Isidoro[9]. No los conservamos, pero el hecho de que la épica medieval, especialmente la castellana, muestre la impronta de usos sociales y culturales propios de los visigodos —la relación de vasallaje, la venganza obligatoria para la reparación de agravios, el duelo judicial, etc.— sólo se explicaría por la pervivencia *latente*[10] en la península Ibérica de la tradición de

---

[9] Véase Menéndez Pidal, *Los godos y la epopeya española. «Chansons de geste» y baladas nórdicas,* Espasa Calpe, Madrid, 1969, especialmente págs. 13-40.

[10] Sobre el concepto teórico de «estado latente», una de las grandes aportaciones de Menéndez Pidal a los estudios literarios y lingüísticos, véase el prólogo de Rafael Lapesa a Ramón Menéndez Pidal, *Poesía juglaresca y juglares. Orígenes de las literaturas románicas, op. cit.,* págs. 10-11; para su importancia en los estudios lingüísticos de Menéndez Pidal, véase su *magnum opus, Orígenes del español,* Espasa Calpe, Madrid, 1950, especialmente págs. 533-538. Para su aplicación a la épica, véase *Poesía juglaresca, op. cit.,* págs. 426-449, y *La épica medieval española, op. cit.,* págs. 164-167 y 274-275.

esos cantos germánicos, que al correr de los siglos abordaría nuevos temas heroicos y seguiría cultivando los antiguos. El establecimiento de esos orígenes de la épica permite también establecer que esta nacería como una composición noticiera cercana a los hechos narrados y presente a lo largo de los siglos en la memoria de la colectividad:

> Toda la épica historial, la épica heroica, la del rey Rodrigo, la de Roland, la del Cid, tiene su origen en los cantos noticieros que los juglares coetáneos habían propagado, para informar a las gentes a modo de un diarismo oral, propio de tiempos en que la escritura no era muy corriente [...]. Al lado de la historiografía latina de los clérigos, existió siempre en la España medieval (y en otros países) la historiografía vulgar de los juglares más o menos activa, poesía cantada, noticiera de la actualidad, especie de periodismo de aquellos tiempos, cuyos cantos de más éxito perduraban muy repetidos, a modo de historia informadora de los hechos interesantes del pasado [11].

En suma, para Menéndez Pidal el cultivo de la épica, en Francia y en la península Ibérica, parte de los poemas épicos visigodos de los siglos V-VI, y sigue una línea ininterrumpida, de vida latente, que asegura la continuidad con los textos de los siglos XI-XIII. El *CMC* sería un eslabón de esta trayectoria épica, con la que compartiría rasgos tan importantes como su cercanía con los hechos narrados, su verismo y su exaltación de determinados caracteres típicos de la mentalidad visigoda. Larga trayectoria tradicional que se manifestaría igualmente en la vida del Romancero durante siglos, en la pervivencia de los temas medievales en los cantos romanceriles actuales o en la pervivencia de los temas épicos en la literatura de los Siglos de Oro (*Las mocedades del Cid,* de Guillén de Castro).

---

[11] *Poesía juglaresca y juglares, op. cit.*, págs. 329 y 444; véase también *La épica medieval española, op. cit.*, págs. 115-126, 167-173.

EL *CANTAR DE MIO CID*

El manuscrito

El texto del *CMC* se conserva en un manuscrito en pergamino, de 74 folios, en la Biblioteca Nacional de Madrid. Carece de un folio al comienzo y de dos en su interior (entre los actuales folios 47-48 y 69-70), mutilaciones que han causado pérdida de partes del texto. Fue escrito a mediados del siglo XIV, en letra gótica. No se trata de un manuscrito lujoso, sino de un códice modesto, aunque pulcramente copiado. En diversas partes está deteriorado, casi siempre por causa de los reactivos [12] empleados para leer pasajes especialmente difíciles, ya desde el siglo XVI y sobre todo en el siglo XIX.

Como suele suceder en los manuscritos medievales —más en este caso, al faltar el primer folio—, el texto carece de mención de título o autor. Sí posee en su final un éxplicit —fórmula con la que se indica en los manuscritos medievales la terminación de una obra— copiado por la misma mano que copia el resto del manuscrito:

Quien escriuió este libro dél' [=dele] Dios paraýso, ¡amén!
Per Abbat le escriuió enel mes de mayo,
En era de mill *e* .C.C XL.V. años.

---

[12] Un reactivo es «un producto químico que, al reaccionar con la tinta, reaviva sus colores durante un breve tiempo, pero luego ennegrece y corroe el pergamino», en definición de Alberto Montaner en el prólogo a su edición del *CMC*, Crítica (Biblioteca Clásica, 1), Barcelona, 1993, pág. 79; en las págs. 76-80 consta una interesante historia del texto en que se describe cumplidamente el manuscrito. Resulta imprescindible la descripción de Menéndez Pidal, *Cantar de Mio Cid. Texto, gramática y vocabulario,* Espasa Calpe, Madrid, 1944, vol. I, págs. 1-18. Hay dos ediciones facsimilares del manuscrito del *CMC:* la de Madrid, Dirección General de Archivos y Bibliotecas, 1961 (va acompañada de la edición paleográfica preparada por Menéndez Pidal para *Cantar de Mio Cid, op. cit.,* III, págs. 907-1016), y la de Burgos, Ayuntamiento de Burgos, 1982, esta de más calidad.

La mención de 1245 está referida a la denominada «era hispánica», cronología que sitúa su primer año en el 38 a. C. (por pensarse que en él Julio César dividió Hispania en provincias). Por lo tanto, el año aludido ahí es el 1207 de la era cristiana (1245–38=1207). A la vista de lo dicho sobre la época en que se copió el códice —mediados del siglo XIV—, es claro que aquí se copia el éxplicit que existía en el manuscrito que sirvió de modelo para copiar el que hoy conservamos.

Este éxplicit está lleno de dificultades. En primer lugar, en el manuscrito se detecta un espacio anormalmente grande entre las dos C que designan las centenas y las XLV que designan decenas y unidades, con huellas aparentes de haberse podido borrar algún carácter de esa fecha. La primera explicación a este hecho la dio Menéndez Pidal, señalando que se había raspado la última C de esa fórmula, acaso para dar mayor apariencia de antigüedad al manuscrito; en tal caso el éxplicit indicaría originariamente la fecha de 1307, que sí se acerca a la cronología que sugiere la datación de la letra del códice, con lo cual no sería copia de un éxplicit anterior, sino uno referido al proceso de copia del manuscrito conservado [13]. Diversos críticos discutieron el problema de esa presunta C raspada, discusión que quedó cerrada al someterse el pasaje a exploración micrográfica: el examen indica que no existió en ese espacio una C luego borrada: la fecha «era de mill e. CC XLV», esto es, año de la era cristiana de 1207, es la que siempre figuró en el códice [14].

Otro problema suscitado por el éxplicit es el de la interpretación del «le escriuió» que en él aparece. O lo que es igual, si

---

[13] *Cantar de Mio Cid, op. cit.*, I, pág. 18; examen de las opiniones previas sobre el éxplicit en las págs. 12-18. Nótese que en la nota 3730 a la edición que presentamos Menéndez Pidal sostiene este punto de vista que, como enseguida se verá, es erróneo.

[14] Fue Alberto Montaner quien realizó dicho examen; sus conclusiones y una revisión de todas las aportaciones críticas referidas a este éxplicit, en las págs. 683-688 de su ed. cit.

el Per Abbat que ahí se menciona es simple copista de la obra o acaso algo más. Menéndez Pidal lo entiende según el uso común en castellano medieval, donde *escribir* alude normalmente al acto físico de copiar, de poner por escrito, y *fazer* (un libro, un poema) es el verbo predilecto para nombrar el acto de creación literaria. Por ende, Per Abbat sería sólo el copista que transcribió el texto. Otros críticos han entendido ese «escriuió» con el sentido de «compuso», y han interpretado el éxplicit como una afirmación de que Per Abbat redactó o compuso el *CMC* en 1207. Lo razonable es entender que el éxplicit, como suele ocurrir en la mayor parte de los conservados en manuscritos castellanos medievales, alude al acto de copia —en este caso, realizada por un Per Abbat en 1207—, y no al proceso de redacción, por lo que el éxplicit del actual manuscrito sería copia del que había en el manuscrito que sirvió de origen o modelo al que conservamos.

Tras este éxplicit, y copiado por una mano distinta y posterior a la que copia el manuscrito, se lee:

> El romanz es leýdo,
> datnos del vino;
> si non tenedes dineros,
> echad allá vnos peños,
> que bien [n]os lo darán sobrel[l]os

Es una fórmula típicamente juglaresca, en la que el juglar que lleva a cabo la recitación pública del poema solicita a su audiencia una recompensa. Sin duda, una huella evidente de la declamación en voz alta ante un auditorio del texto del *CMC*, y de la índole juglaresca del manuscrito [15].

Nuestros conocimientos acerca de la historia del manuscrito del *CMC* comienzan a finales del siglo XV. Ignoramos quién lo mandó copiar y quién lo encargó, aunque los indicios

---

[15] Véase el comentario a esta suscripción juglaresca efectuado por Martín de Riquer en su Prólogo, págs. 20-22, y lo dicho por Menéndez Pidal en la nota 3730 de esta edición.

apuntan hacia territorio burgalés; incluso se ha propugnado su confección en el *scriptorium* del monasterio de San Pedro de Cardeña, ligado a la historia cidiana y donde fueron sepultados el héroe y su mujer. Nuestras primeras noticias lo sitúan en el Archivo del Concejo de Vivar, donde debió de permanecer desde los últimos años del siglo XV hasta los últimos del XVI: el 20 de octubre de 1596 fue copiado por Juan Ruiz de Ulibarri y Leyba «en el Archivo del Conçejo de Bibar, en Burgos», copia que hoy se conserva en la Nacional de Madrid [16]. Desde ese momento parece que estuvo en poder de particulares. Sabemos que a finales del siglo XVIII el manuscrito estaba en el convento de Santa Clara de Vivar, de donde lo tomó hacia 1775 el erudito y secretario del Consejo de Estado Antonio de Llaguno y Amírola para que el académico Tomás Antonio Sánchez, uno de los primeros estudiosos de la literatura medieval española, pudiera utilizarlo en su proyecto de edición de las principales obras de la poesía medieval castellana. Llaguno no devolvió el códice después de que Sánchez publicara su edición en 1779 y lo retuvo hasta su muerte. Sus herederos lo vendieron al poco escrupuloso bibliófilo Pascual de Gayangos, que a su vez lo vendió al bibliófilo asturiano Pedro José Pidal. El códice permaneció en manos de la familia Pidal hasta 1960, en que fue adquirido por la Fundación Juan March y cedido por esta al Estado, que lo ubicó en la Biblioteca Nacional.

Fecha y autoría

La primera opinión de Menéndez Pidal acerca de la autoría del *CMC* es que su autor fue un juglar activo en la zona de

---

[16] El principal interés de esta copia, por lo demás de pésima calidad textual, reside en que nos permite saber que a finales del XVI el manuscrito ya carecía de los folios que hoy le faltan, pues la copia también carece de esas partes. Ya llamó la atención sobre este hecho Menéndez Pidal, *Cantar de Mio Cid, op. cit.*, I, pág. 2.

Medinaceli (Soria) y cercanías, según se deduce del conocimiento que el texto refleja de topónimos cercanos a este territorio. Arguye Menéndez Pidal otra razón: hechos muy importantes dentro de la biografía de Rodrigo Díaz de Vivar y de la trama del *CMC*, como el asedio y la toma de Valencia, ocupan apenas 135 versos (1085-1220), mientras que sucesos en comparación insignificantes, como la toma y abandono de dos pueblecitos de la frontera entre Castilla y los dominios musulmanes, Castejón y Alcocer, se narran en 450 versos (420-869). Interpreta Pidal:

> la importancia que el juglar concede a este doble episodio de frontera sólo se explica teniendo en cuenta que Castejón y Alcocer están situados en dos regiones próximas a Medinaceli, donde se contaría por tradición oral la hazaña del Cid en ambos lugarejos [17].

La vinculación del autor del *CMC* a tierras de Medinaceli —localidad que en el *CMC* es nombrada *Medina*, nunca *Medinaçeli*— quedaría subrayada por otros pasajes que traslucen conocimientos locales sólo alcanzables por contacto directo, como la alusión al alcaide Abengalbón (vv. 1477 y sigs.), personaje históricamente desconocido pero que debía de ser familiar al poeta por vivir en Molina (Guadalajara), a sólo un día de viaje de Medinaceli. Otra alusión local estaría en la base de uno de los episodios centrales del *CMC:* la afrenta de Corpes. Este episodio nunca sucedió en la realidad, por lo que el juglar sólo pudo tener conocimiento de él a través de las tradiciones orales vivas en las cercanías de San Esteban de Gormaz, localidad de Soria no lejana de Medinaceli, que el juglar autor del *CMC* muestra conocer (vv. 2813, 2820). Otra huella de esos conocimientos locales del poeta es la que denotan los misteriosos vv. 2694-2695: «a siniestro dexan a

---

[17] Menéndez Pidal, prólogo a su ed. del *CMC*, Espasa Calpe (Clásicos Castellanos, 24), Madrid, 1980 1.ª ed., 1913, págs. 25-26.

Griza que Alamos pobló / allí son caños do a Elpha encerró»: esta alusión debe referirse, según Menéndez Pidal, a tradiciones o leyendas de transmisión oral propias de las tierras cercanas a San Esteban de Gormaz.

En conclusión, un juglar, natural de Medinaceli o, al menos, que desarrollaba su actividad por esa zona, fue quien, haciéndose eco de las numerosas leyendas y cantos referidos al héroe que por esos territorios existían, compuso el *CMC*[18]. Este juglar era, según Menéndez Pidal, y teniendo en cuenta las características formales del *CMC* (empleo de fórmulas épicas, anisosilabismo, métrica, etc.; véase Introducción, págs. 63-68), un «juglar lego», representante genuino del «mester de juglaría», no uno de los más literariamente sabios cultivadores del «mester de clerecía», poseedores de un bagaje de cultura literaria siempre dependiente en la Edad Media de bibliotecas monásticas[19].

En cuanto a la fecha de composición del *CMC*, según Menéndez Pidal debió elaborarse hacia 1140 por una serie de razones:

a) En el v. 3003 se alude a Raimundo de Borgoña como «padre del buen enperador», esto es, de Alfonso VII, rey de Castilla y León entre 1126 y 1157. Para Menéndez Pidal, esta alusión «prueba que el poeta y su auditorio tenían muy presente en la memoria a Alfonso VII, al que ni siquiera se cree necesario nombrar, bastando llamarle el *emperador*»[20], indicio de que la composición del *CMC* y el reinado de Alfonso VII hubieron de ser coetáneos.

b) En los vv. 3720-3725 se menciona la honra obtenida por el Cid a través de los segundos casamientos de sus hijas, que hacen al poeta afirmar que «oy los reyes d'España sos parientes son» (v. 3724). Aunque en esta parte la historicidad del *CMC* deja que desear, parece clara la alusión a un hecho verídico, el matrimonio en 1151 de Blanca de Navarra, biznieta

---

[18] Véase Menéndez Pidal, *Cantar de Mio Cid, op. cit.*, I, págs. 72-73.

[19] Véase Menéndez Pidal, *Poesía juglaresca, op. cit.*, págs. 422-426.

[20] *Cantar de Mio Cid, op. cit.*, I, pág. 21; véase también III, pág. 1167.

del Cid, con Sancho III el Deseado, hijo de Alfonso VII, que supone la unión del linaje del Cid con la dinastía real castellana. Esa alusión, incluso, y según Menéndez Pidal, puede ser anterior a la fecha de la boda, pues la complicada concertación de esos esponsales en 1140 puso punto final a un episodio de tensión entre Alfonso VII y el rey navarro García Ramírez, que a punto estuvo de devenir en guerra entre ambos reinos. Así pues, la importancia histórica de los esponsales de 1140 es, para Menéndez Pidal, la razón de que el eco de ese enlace que contienen los versos del *CMC* haga referencia no al matrimonio de 1151, sino a los esponsales de 1140[21].

c) En el *Poema de Almería,* texto en latín que conmemora la conquista de esta ciudad por Alfonso VII en 1147, se localiza un pasaje en que se menciona al Cid:

> Ipse Rodericus, Meo Cidi sepe vocatus,
> De quo cantatur quod ab hostibus haud superatur,
> Qui domuit Mauros, comites domuit quoque nostros,
> Hunc extollebat, se laude minore ferebat.
> Sed fateor verum, quod tollet nulla dierum:
> Meo Cidi primus fuit Alvarus atque secundus[22].

La alusión en un texto latino a «Rodericus» —evidentemente, Rodrigo Díaz de Vivar— con la fórmula «Meo Cidi» evoca inmediatamente un cantar juglaresco castellano, en ningún caso una de las obras latinas sobre el Cid, en las que se lo solía llamar «Campidoctor». El «de quo cantatur» también

---

21 *Cantar de Mio Cid, op. cit.,* I, págs. 21-22.

22 Tomo la cita del estudio introductorio de Alberto Montaner a su edición del *CMC, op. cit.,* pág. 4. También de ahí se toma la siguiente traducción del fragmento: «El mismísimo Rodrigo, llamado normalmente mio Cid, / de quien se canta que no fue vencido por sus enemigos, / que dominó a los moros y dominó también a nuestros condes, / ensalzaba a este, se dirigía a sí mismo menores elogios; pero yo os confieso una verdad que el tiempo no alterará: / el primero fue mio Cid, Álvaro fue el segundo».

evoca una difusión oral juglaresca. Y la alusión a «Alvarus» se refiere claramente a Álvar Fáñez; el hecho de que ahí aparezca emparejado con el Cid como «secundus» nos remite a un Álvar Fáñez inseparable compañero del héroe, lo que es muy significativo, según indica Menéndez Pidal: «en la realidad [Álvar Fáñez] llevó una vida aparte [de la del Cid] que no imponía la comparación de méritos, como la impone el autor del *Cantar* uniendo en todas las empresas el nombre de los dos más grandes guerreros de Alfonso VI, arbitrariamente y en contra de la realidad de la historia»[23]. Por ello, esta alusión del *Poema de Almería* —escrito hacia 1149-1150— hace referencia a un poema épico juglaresco sobre el Cid que presenta ese rasgo en común con el que conservamos, el de la estrecha —y ahistórica— vinculación entre Rodrigo Díaz de Vivar y Álvar Fáñez[24].

d) Según Menéndez Pidal, la lengua del texto que hoy conservamos muestra rastros arcaizantes sólo explicables si el texto se compuso hacia mediados del siglo XII. Caso notable es el que subyace a la asonancia a simple vista anómala de los versos en que palabras que contienen un diptongo *-ué-*, procedente de *o* breve latina, riman en asonancia con palabras con *o* tónica, y no con *e* tónica, como sería de esperar: *fuert* (v. 1330, en rima con *Castejón, señor, Campeador;* véase también v. 2691); *puede* (v. 2007, en rima con *sabor, varón, nació),* etc.[25]. Según Menéndez Pidal, no nos hallamos ante asonancias defectuosas, sino ante la huella de un estado intermedio en la diptongación castellana de la *o* breve latina, un diptongo *-uó-* también detectable en el *Auto de los Reyes Magos* (de hacia 1150-1160)

---

[23] *Cantar de Mio Cid, op. cit.,* I, pág. 24. Más indicaciones al respecto en *Cantar de Mio Cid, op. cit.,* III, págs. 1169-1170.

[24] Para más implicaciones de esta mención al *CMC* en el *Poema de Almería,* véase Francisco Rico, «Del *Cantar del Cid* a la *Eneida:* Tradiciones épicas en torno al *Poema de Almería*», *BRAE,* LXV (1985), págs. 197-211.

[25] Más casos en *Cantar de Mio Cid, op. cit.,* I, pág. 117. Sobre la rima asonante en el *CMC,* véase Introducción, págs. 63-68.

y en numerosos textos no literarios. Este estado intermedio, que explica esas asonancias (serían originariamente *fuort* / *Castejón* / *señor* / *Campeador; sabor* / *varón* / *puode* / *nació,* etc.), «era usual todavía a mediados del siglo XII»[26], lo que explica su presencia en el texto original del *CMC* y confirma su datación hacia 1140, independientemente de que el manuscrito que hoy conservamos haya modernizado esos diptongos evolucionándolos hasta su forma *-ué-,* por ser ya inusuales en el XIV.

e) En el v. 1182 se menciona al «rey de los Montes Claros». Es alusión al rey de los almohades —Montes Claros es denominación antigua de la cordillera del Atlas—, y hace referencia a las guerras entre almohades y almorávides de Marruecos de 1143-1145. Es obvio el anacronismo si tenemos en cuenta que Rodrigo Díaz de Vivar murió en 1099. Para Menéndez Pidal ese anacronismo sólo se explica si dichos combates en el norte de África son coetáneos de la fecha de escritura del *CMC,* lo que justificaría la presencia de la noticia en el texto[27].

En resumen, los primeros trabajos cidianos de Menéndez Pidal establecen que el autor del *CMC* debió de ser un juglar de la zona de Medinaceli y que lo compuso en torno a 1140.

Nada menos que a los 93 años de edad publicó Menéndez Pidal un artículo en el que volvía a ocuparse de la autoría del *CMC*[28]. Según su nueva hipótesis, dos serían los juglares autores del *CMC:* uno, natural de (o radicado en) San Esteban de Gormaz, que escribió a comienzos del siglo XII (hacia 1110), y otro radicado en Medinaceli, que refundió en las proximida-

---

[26] *Cantar de Mio Cid, op. cit.,* I, pág. 145. Discusión del asunto en págs. 142-146, y en *Cantar de Mio Cid, op. cit.,* III, págs. 1191-1196.

[27] *Cantar de Mio Cid, op. cit.,* III, pág. 1170.

[28] Ramón Menéndez Pidal, «Dos poetas en el *Cantar de Mio Cid*», *Romania,* LXXXII (1961), págs. 145-200; recogido en su tomo recopilatorio *En torno al «Poema del Cid»,* Edhasa, Barcelona, 1983, págs. 115-174, por el que se cita en lo sucesivo.

des de 1140 el texto elaborado por su antecesor. Menéndez Pidal parte de que «hay dos únicas regiones descritas en el *Cantar de Mio Cid* con detalles de toponimia mayor y menor, reveladores de afección muy singular a la tierra: una es la de San Esteban de Gormaz, y otra la de Medinaceli, dos villas, municipios, de la actual provincia de Soria» [29]. El poeta de San Esteban conocía muy bien su territorio originario y, sobre todo, está al corriente de su situación durante los años de presencia del Cid en aquellas tierras —ubicación de la frontera con los moros en 1081 en la sierra de Miedes (vv. 415, 423), situación que cambió en 1085 con la reconquista de Toledo, como bien sabía el poeta, que señala que cuando Alfonso VI levantó el destierro al Cid (año 1086) Toledo era ya cristiana (vv. 1954, 1973, 2970)—. Por contra, el poeta de Medinaceli muestra escaso conocimiento de la historia de su región: dice que en vida del Cid Medinaceli era ciudad cristiana (vv. 1380-1383, 1449-1452, 1536-1539), cuando en realidad Alfonso VI sólo la reconquistó en 1104 (el Cid murió en 1099) para perderla en 1108; tal vez su conquista definitiva a los moros haya que situarla hacia 1125. Esto explica el desconocimiento de estos hechos elementales por parte del poeta de Medinaceli: según esa cronología, no pudo haber nacido en dicha población. Todo ello conduce a Menéndez Pidal a esta hipótesis:

> Hubo un poeta de San Esteban bastante antiguo, buen conocedor de los tiempos pasados, el cual poetizaba muy cerca de la realidad histórica; y hubo un poeta de Medina, más tardío, muy extraño a los hechos acaecidos en tiempos del Cid, y que por eso poetizaba más libremente. En el análisis del poema se notan algunos aciertos extraordinarios de veracidad, en detalles insignificantes para el propósito artístico del poeta, aciertos que son natural fruto de una relativa coetaneidad (en suma, verismo épico; poeta de San Esteban); esto se ve

[29] «Dos poetas», art. cit., pág. 119.

> en contraste chillón con grandes disparates históricos cometidos por el *Cantar*, en beneficio del mayor interés y animación del relato (en suma, novelación libre; poeta de Medinaceli)[30].

También se detectan diferencias en el tratamiento que en el *CMC* reciben los dos matrimonios de las hijas del Cid. El primero, el fallido con los infantes de Carrión, se trata con todo detalle, se menciona con precisión no ya a los dichos infantes, sino a un gran número de miembros de su familia (vv. 3307 y sigs.; v. 3457), se menciona el apelativo con que era conocida esa familia, los Vanigómez (v. 3443), apelativo sólo recogido por historiadores musulmanes y no por los cristianos[31]. Contrasta con esta precisión lo desafortunado de la alusión a los segundos matrimonios: en el *CMC* se dice que casaron con «los ifantes de Navarra e de Aragón» (v. 3420), lo que, si en el primer caso es cierto (la primogénita casó con Ramiro, señor de Monzón, infante de Navarra), en el segundo es disparatado (la menor casó con Ramón Berenguer III, conde de Barcelona). Ese contraste revela, en el primer caso, la mano del poeta de San Esteban, siempre apegado a los hechos, y en el segundo, la del de Medinaceli, dado a fantasear[32]. Este último poeta, además, y según Menéndez Pidal, mostraría unas tendencias en cuanto a la construcción de las asonancias de sus versos dispares de las del poeta de San Esteban, más hábil o partidario de soluciones más complejas. En lo que sí se produciría una continuidad clara entre ambos poetas es en su concepto de los personajes y la trama del *CMC*[33].

Las conclusiones de Menéndez Pidal respecto de la fecha y autoría del *CMC* son todavía hoy aceptadas, en su totalidad o

---

30 «Dos poetas», art. cit., pág. 121.

31 «Dos poetas», art. cit., págs. 123-124.

32 Son muchos otros los pormenores sobre los que Menéndez Pidal cimenta su argumentación, véase «Dos poetas», art. cit., págs. 125-149.

33 Véase «Dos Poetas», art. cit., pág. 174

parcialmente, por una parte de la crítica[34], pero no han sido compartidas por todos: diversos críticos, en general afines al individualismo, han mantenido posiciones distintas.

Los defensores de las posiciones individualistas propugnan un poema épico de creación artística individual, culta, ajeno a las esferas de la oralidad y basado en documentación histórica o en fuentes librescas. En el caso del *CMC* algunos críticos han fundado esta posibilidad en aspectos del poema que denotarían la presencia de un autor culto; entre ellos la preponderancia que en el texto cobra lo referido al ámbito de lo documental y de lo legal (véanse los vv. 23-28, 510-511, 527, 901-902, 2977-2982, por ejemplo), lo que remitiría a un autor de cultura legal considerable para aquellos tiempos y difícilmente asimilable con el mundo juglaresco —aunque conocedor de las técnicas literarias de composición oral empleadas por los juglares y capaz de emplearlas con propiedad—. Pero es que además los pormenores jurídicos presentes en el *CMC* no remiten, como pensaba Menéndez Pidal, al derecho germánico, sino al derecho romano que empieza a translucirse en obras legales —fueros— de finales del XII o principios del XIII. Por otro lado, las alusiones a documentos legales e instrumentos jurídicos remiten a modos y costumbres no fechables antes de 1175[35].

---

[34] Véanse como ejemplos el trabajo de Francisco Rico, citado en n. 24, o dos magistrales trabajos de un discípulo directo de don Ramón, Rafael Lapesa, «Sobre el *Cantar de Mio Cid*. Crítica de críticas. Cuestiones lingüísticas» y «Sobre el *Cantar de Mio Cid*. Crítica de críticas. Cuestiones históricas», ambos recogidos en su libro *Estudios de historia lingüística española,* Paraninfo, Madrid, 1985, págs. 1-42. También llega a conclusiones que apoyan una fecha temprana de redacción del *CMC,* si bien basadas en argumentos distintos, Diego Catalán, «El *Mio Cid*. Nueva lectura de su intencionalidad política», *Symbolae Lvdovico Mitxelenae septvagenario oblatae,* Universidad del País Vasco, Vitoria, 1985, II, págs. 807-819.

[35] Para la preponderancia de lo jurídico en el *CMC* véase María Eugenia Lacarra, *El «Poema de Mio Cid». Realidad histórica e ideología,* Porrúa Turanzas, Madrid, 1980, especialmente págs. 1-102. Sobre su caracterización del autor del *CMC,* véanse págs. 254-264. Para los documentos e instrumentos

El hispanista británico Colin Smith es quien ha formulado la alternativa más radical a las ideas neotradicionalistas sobre la génesis, autoría y fecha del *CMC*[36]. Según él, el autor del *CMC* no es otro que Per Abbat, quien lo habría escrito en la fecha mencionada en el citado éxplicit del manuscrito: 1207. Además, sería el primer poema épico castellano: no habría sido precedido de versiones previas del propio *CMC*, ni habrían existido otros cantares de gesta hoy perdidos. Per Abbat habría logrado su conocimiento de la vida del Cid en los textos literarios cultos, escritos en latín —*Carmen Campidoctoris, Historia Roderici*— y en las leyendas —nunca identificables con poemas épicos en castellano— irradiadas desde el monasterio de San Pedro de Cardeña, donde se forjó una leyenda cidiana cuyo objetivo era atraer peregrinos a la sepultura del héroe castellano por antonomasia (y, con ellos, donaciones y otros ingresos).

Según Smith, Per Abbat es un abogado burgalés que en 1223 participó en un pleito por la propiedad de un bien inmueble aduciendo un diploma —falsificado— en que diez de los otorgantes son personajes mencionados en el *CMC* y en otras obras literarias relativas al Cid. Esto caracteriza a Per Abbat como abogado y conocedor de la materia cidiana. Que el autor del *CMC* fue un abogado vendría también confirmado por la cantidad y precisión de los pormenores legales y jurídicos que afloran en el *CMC* —y este sí es un argumento de peso—. Por otro lado, y siempre según Smith, Per Abbat habría cursado su

---

legales mencionados en el texto (especialmente la carta «fuertemientre sellada» que el rey manda a los burgaleses, vv. 21 y sigs.) y su cronología, véase sir Peter Russell, «Algunos problemas de diplomática en el *Poema de Mio Cid* y su significación», en su *Temas de «La Celestina» y otros estudios. Del «Cid» al «Quijote»,* Ariel, Barcelona, 1978, págs. 13-33.

[36] La formulación más acabada de sus teorías consta en su libro *La creación del «Poema de Mio Cid»,* Crítica, Barcelona, 1985 (original inglés publicado en 1983). Es también de la mayor importancia su volumen recopilatorio *Estudios cidianos,* Planeta, Barcelona, 1977. Resumen de sus puntos de vista en las págs. 37-46 de su edición del *CMC,* Cátedra, Madrid, 1990.

carrera de leyes en Francia, lo que le permitió un conocimiento de primera mano de las *chansons de geste* francesas, hecho fundamental en su decisión de componer una obra equivalente en romance castellano y sin el cual no se explican muchos pormenores —versificación, fraseología, motivos, recursos estilísticos, etc.— del *CMC*. Como se ve, la discrepancia con las tesis de Menéndez Pidal es máxima.

Se han propuesto posibilidades intermedias entre estos extremos. Así, la del hispanista belga Jules Horrent[37], que asume las tesis de Menéndez Pidal sobre la génesis del *CMC* y considera merecedores de crédito sus razonamientos para datarlo hacia 1140. Pero al tiempo reconoce que en el texto hay diversos pormenores que casan mal con una datación del texto en la primera mitad del siglo XII: los usos referentes a instrumentos jurídicos y documentos legales —sin duda propios de la segunda mitad del XII— o la mención del v. 337 a «Melchior e Gaspar e Baltasar», los Reyes Magos, ya conocidos con sus nombres antes del siglo XII, pero no popularizados hasta su segunda mitad. Junto a estas circunstancias señala el fuerte contraste entre la ahistoricidad de muchas partes del *CMC* y la historicidad de un gran número de pormenores. A la vista de todo esto, Horrent propone una hipótesis mixta. El *CMC* habría sido escrito en su primera versión hacia 1120 —unos 20 años después de la muerte de Rodrigo Díaz de Vivar—; se trataría de un texto muy apegado a los pormenores históricos, pero ya lo suficientemente ficcionalizado como para conferirle el aura mitificadora requerida por todo héroe épico. Esa versión habría sido refundida hacia 1140-1150 —según indicarían algunos de los pormenores enumerados por Menéndez Pidal, especialmente los que no se corresponden con la verdad histórica—. Y por último, el texto habría experimentado una fuerte refundición modernizadora posterior a 1160, que habría incorporado a

[37] *Historia y poesía en torno al «Cantar del Cid»,* Ariel, Barcelona, 1973, especialmente págs. 242-311.

un texto que era, en lo esencial, el de 1120, un gran número de anacronismos tendentes a su modernización conceptual —aquí se habrían añadido todos los pormenores de índole jurídica y diplomática aludidos por Russell, Lacarra y Smith[38].

En cualquier caso, no se ha dicho aún la última palabra sobre esta cuestión de la fecha y autoría del *CMC*. Como señala Francisco Rico, «poco se puede conjeturar sobre la génesis y el desarrollo de nuestro poema» más allá de reconocer que:

> en algunos aspectos del lenguaje y la ambientación, el manuscrito de 1207 copiado en el apógrafo de la Biblioteca Nacional muestra serios indicios de responder a una versión pergeñada en la segunda mitad del siglo XII, pero la armazón de la gesta, la gran trama de personajes, lugares y acciones, debe ponerse en la primera mitad, antes de 1148. Para ese año, en efecto, el *Poema de Almería* nos exige suponer la existencia de un cantar sobre Ruy Díaz ninguno de cuyos ingredientes presumibles difiere significativamente del que conocemos[39].

Así las cosas, las aportaciones de Menéndez Pidal acerca de la génesis del *CMC* siguen manteniendo una parte importante de su vigencia.

Temas, estructura, estilo

El argumento de la obra: el Cid literario frente al Cid histórico[40]

Menéndez Pidal siempre defendió como una de las notas características del *CMC* y, en general, de la épica española,

---

38 Para estas conclusiones, véase Horrent, *op. cit.*, págs. 310-311.

39 Francisco Rico, «Estudio preliminar» a la ed. cit. de Montaner, pág. XXXVI.

40 Para una sinopsis argumental del *CMC*, véase la magnífica ofrecida por Menéndez Pidal en el prólogo a su edición de Clásicos Castellanos, *op. cit.*, págs. 9-13.

su historicidad [41]. Pero es un hecho que no puede entenderse el *CMC* como un relato histórico de las andanzas del Cid, por mucho que en él se den elementos históricamente contrastados [42].

Hay similitudes y diferencias entre el relato del *CMC* y la trayectoria histórica de Rodrigo Díaz de Vivar. Las similitudes son importantes: el destierro, la toma de Valencia y las campañas por Aragón, la enemistad con el conde García Ordóñez, la boda de una hija del Cid con un infante de Navarra, el establecimiento de la sede episcopal en Valencia, son parte de la materia narrativa del *CMC* que se corresponde con hechos históricos de la existencia de Rodrigo. Además, la mayoría de los personajes mencionados a lo largo del *CMC* existieron realmente, y los pormenores geográficos son también veraces. Incluso detalles menores, como la afición del Cid a consultar los agüeros (vv. 11-13, 859, 2615), son históricos. Ahora bien, las discrepancias entre el *CMC* y la realidad histórica son también numerosas: en el *CMC* sólo se habla de un destierro frente a los dos padecidos por el Cid histórico, la ruta seguida por el Cid en su destierro literario no se corresponde con las que siguió en la realidad, Álvar Fáñez no acompañó al Cid en todo su destierro, no consta la realidad del episodio de los judíos Raquel y Vidas [43], la hija menor del Cid no se casó con un infante de Aragón, y no consta la historicidad de las bodas de las hijas del Cid con los infantes de Carrión, ni del episodio de la afrenta de Corpes, ni de las Cortes toledanas. Por tanto, no es posible hablar de veracidad histórica en el *CMC,* aunque sí se puede hablar de dos conceptos importantes: de la existencia

---

41 Véase su prólogo a la ed. cit. de Clásicos Castellanos, págs. 13-23; véanse también las observaciones contenidas en el Prólogo de Riquer, págs. 24-27.

42 Sigue siendo fundamental para el conocimiento de la biografía del Cid histórico la magna obra de Menéndez Pidal, *La España del Cid,* Espasa Calpe, Madrid, 1969, 2 vols.

43 Para su naturaleza esencialmente literaria, véase el prólogo de Menéndez Pidal a su ed. cit. de Clásicos Castellanos, págs. 28-31.

en la obra de un fondo de historicidad y de un tono general de verismo, de verosimilitud.

Efectivamente, aunque es falso que Álvar Fáñez acompañara al Cid en todo su destierro, sí es cierto que era su sobrino y que estaba muy allegado a él. Es falso el episodio de la afrenta de los infantes de Carrión, pero es cierta su pertenencia a una familia históricamente enfrentada a la del Cid, y —según propone Menéndez Pidal— la existencia de unos tratos nupciales fracasados; es falso el episodio de la lid judicial entre unos y otros, pero es cierta la existencia de la institución [44]. Y, sobre todo, es constante en el *CMC* la voluntad de reflejar usos, costumbres y actitudes realistas, veraces [45]. No hay en el *CMC* más que un episodio fantástico, la aparición del ángel Gabriel al Cid (vv. 404-410), pero esa aparición sobrenatural tampoco perturba el tono general de realismo: se produce en sueños, mientras el Cid duerme (véase en cambio la aparición sobrenatural que consta en el pasaje del *Poema de Fernán González* citado en la sección Documentación complementaria). Igualmente, la caracterización del Cid como héroe se realiza dentro de los cauces del verismo: en ninguno de los combates lleva a cabo hazañas literalmente increíbles, como las que aparecen a menudo en las *chansons de geste* francesas (véanse los pasajes de la *Chan-*

---

[44] Véase Menéndez Pidal, *La épica medieval española, op. cit.*, págs. 180-181; *La España del Cid, op. cit.*, II, págs. 555-56, y «Dos poetas...», art. cit., págs. 121-129 y 138-149.

[45] Por ejemplo, aunque el episodio del engaño a los judíos Raquel y Vidas no es histórico, y hay paralelos en la tradición literaria (compárese el cuento 10 de la octava jornada del *Decamerón* de Boccaccio), el episodio debía resultar completamente verosímil a ojos de los receptores del *CMC:* en las *Siete Partidas* —código legal recopilado por Alfonso X el Sabio— se reprueba a aquellos que «toman sacos e bolsas e arcas cerradas llenas de arena o piedras» y las utilizan como garantía para prestamistas «faziéndoles entender que es tesoro aquello [...] et con este engaño toman dineros prestados» *(Partidas,* VII, 16.°, 9.ª; citado por Pidal, prólogo a ed. cit. de Clásicos Castellanos, págs. 29-30). Para otros pormenores fieles a usos y costumbres reales y existentes, véanse ahí mismo las págs. 73-94.

son de Roland y de la *Chanson de Guillaume* citados en Documentación complementaria).

Menéndez Pidal tal vez en ocasiones estimó en demasía el valor histórico del *CMC,* y olvidó un tanto su condición de obra literaria y, por consiguiente, de ficción[46]. El autor del *CMC* supo partir de una peripecia real para construir una trama narrativa adecuada a sus fines artísticos sin perder de vista el horizonte de la verosimilitud.

Los valores del héroe épico y la trama del relato

Los componentes fundamentales del poema épico son el héroe, las dificultades o enemigos que se le oponen, el conflicto o enfrentamiento del héroe con tales dificultades o enemigos y, finalmente, el triunfo del héroe sobre tales obstáculos, dadas sus mayores fuerza, destreza y sabiduría. El *CMC* se ajusta a este esquema: Rodrigo Díaz de Vivar es el héroe épico que, superando una serie de adversidades, culmina una progresión que lo deja, al final del poema, en una situación mejor que la que tenía en su inicio. Así, la preocupación constante del Cid a lo largo de toda la obra es la recuperación de la honra perdida a manos de los «enemigos malos» (v. 9), de los «malos mestureros» (v. 267): ese proceso de reparación de la honra perdida es el eje unificador de todo el *CMC.*

El Cid aparece como un personaje virtuoso, caracterizado por la mesura —esto es, la ecuanimidad, la prudencia, el buen sentido—. No es, como sucede tanto en la épica francesa como en otro poema épico castellano sobre el Cid, las *Mocedades de Rodrigo,* un personaje épico definido por la ferocidad guerrera, la rebeldía insolente y la soberbia altivez, sino un

---

[46] El primer crítico que rompió la visión «historicista» de la crítica sobre el *CMC* fue Leo Spitzer, «Sobre el carácter histórico del *Cantar de Mio Cid»* [1948], recogido en *Estilo y estructura en la literatura española,* prólogo de Fernando Lázaro Carreter, Crítica, Barcelona, 1980, págs. 61-80.

personaje cuya prudencia y sensatez son el cimiento de su grandeza[47]. Constantemente se pone de relieve esa mesura del héroe: tanto al comienzo del destierro (vv. 7-9) como al recibir la noticia de la deshonra de sus hijas (vv. 2826-2834) el héroe encaja con prudencia y resignación situaciones que otro héroe épico habría buscado resolver mediante la sublevación violenta y la sangre. Tanto es así que la resolución del episodio de Corpes no se logra mediante una sangrienta venganza, sino mediante un proceso judicial expresamente solicitado por el Cid (vv. 2914-2915). También se manifiesta esa mesura cidiana en el hecho de que, pese al injusto destierro que sufre, el héroe no desee nunca enfrentarse con su rey (v. 538), pues sigue respetando el vínculo de vasallaje (de lo que el destierro le eximía, según las leyes de la época) y envía ricos dones al monarca (por ejemplo, vv. 813-818, 1270-1281, etc.). Otros detalles que muestran esa sensatez primordial del héroe son su preocupación por el bienestar de los integrantes de su hueste (por ejemplo, vv. 80-83, 300-303, 510-515) o su generosidad con los vencidos (vv. 616-622, 1035-1076). Menos se ha llamado la atención acerca de la mesura política del Cid. Es ejemplo de ella el episodio en que, tras vencer a los marroquíes, no se deja arrebatar por la euforia, y no cree factible una incursión militar en Marruecos: se conformará con hacer tributario suyo a este reino (vv. 2499-2503)[48].

Dos aspectos más ayudan a configurar ese perfil del héroe: su piedad religiosa y su amor por la familia. Ya se aludió (en

---

[47] Menéndez Pidal subrayó la importancia de la mesura del Cid como rasgo primordial de la caracterización del personaje: prólogo a la ed. de Clásicos Castellanos, págs. 62-63; *La España del Cid, op. cit.*, II, págs. 619-23. Para el contraste con las *Mocedades de Rodrigo,* véase el fragmento de esta obra recogido en la sección Documentación complementaria.

[48] Es preciso señalar que tal caracterización del Cid literario no parece corresponderse con el carácter del Rodrigo Díaz de Vivar histórico. En palabras de Menéndez Pidal, «el Cid de la realidad, si sentía vedado el camino del comedimiento, echaba por el atajo de la violencia [...]. Era hombre de reacciones extremosas» *(La España del Cid, op. cit.,* II, pág. 597).

págs. 53-56) a la aparición en sueños del arcángel San Gabriel al Cid, indicio del respaldo divino que lo asistía. Súmese a eso el hecho de que Rodrigo envíe dones generosos a la catedral de Burgos (v. 822), lugar desde donde se despidió de esa ciudad (v. 215). También envía dones al monasterio de San Pedro de Cardeña (vv. 1285-1286), donde dejó recogidas a su mujer y sus hijas mientras él se desterraba (vv. 231 y sigs.). Nótese también que una de las acciones del Rodrigo dueño de Valencia es reponer la sede episcopal en la ciudad conquistada (vv. 1297 y sigs.). Añádanse a todo esto las numerosísimas invocaciones del Cid a Dios, la Virgen y los santos, en demanda de ayuda y auxilio (por ejemplo, vv. 8, 52-54, 94-95, 215-225, 372-372, entre muchos otros). En cuanto al amor familiar del Cid, queda de relieve en tres aspectos que basta con mencionar: lo dramático de la despedida entre el Cid y su familia cuando parte al destierro (vv. 232-386, especialmente 368-375), la alegría del reencuentro y el placer que tiene el Cid de poder combatir ante su mujer e hijas (vv. 1592-1619 y 1642-1650) y, evidentemente, el hecho de que la mayor deshonra recibida por el héroe sea la que se le causa a través de la deshonra de sus hijas.

Esto no anula la faceta de valeroso e inteligente guerrero que, como héroe épico, el Cid debe mostrar. En el texto esa faceta brilla especialmente cuando vence en combate singular al rey moro Búcar (vv. 2392-2429), o cuando toma Alcocer merced a sus dotes de estratega (vv. 570-610). Por tanto, la caracterización del héroe responde al tópico retórico clásico de *sapientia et fortitudo:* sabiduría y fortaleza como ideal de perfección[49].

En el *CMC* dos son las pruebas que avaloran la condición heroica de Rodrigo: superar su caída en desgracia ante el monarca de que es vasallo y reparar la deshonra de que son ob-

---

[49] Véase Alan Deyermond, *El «Cantar de Mio Cid» y la épica medieval española,* Sirmio (Biblioteca General, 2), Barcelona, 1987, págs. 25-26, y Francisco López Estrada, *Panorama crítico sobre el «Poema del Cid»,* Castalia, Madrid, 1982, págs. 117-119.

jeto sus hijas a manos de los infantes de Carrión. Estos son los dos grandes núcleos de la acción del poema (véanse págs. 60-62) y ambos se vinculan con el universo de la honra —que se erige en línea vertebradora de la obra— como máxima virtud de la persona[50]. En el *CMC* se declara expresamente el momento en que se superan las situaciones de deshonra como puntos de inflexión: el propio Cid subraya la recuperación de su honra pública en los vv. 1933-1936, y diversos vv. de la parte final del poema reflejan la recuperación de la honra privada (vv. 3453, 3714, 3725*a*).

Esa bipartición no va en detrimento de la unidad de la obra porque los dos conflictos que padece el Cid están vinculados por elementos comunes. Así, la primera caída en desgracia del Cid viene dada por los «enemigos malos», fundamentalmente el conde García Ordóñez; y la segunda comienza cuando la primera se resuelve: cuando el rey Alfonso VI quiere honrar al Cid casando a sus hijas con los infantes de Carrión. Los de Carrión tienen gran influencia en la corte y no simpatizan con el Cid: de hecho, son parientes de García Ordóñez. El germen de la deshonra que recibirá el Cid a través de la de sus hijas va anunciándose a lo largo del proceso de recuperación de la honra pública que va desarrollando en su destierro: justo en el episodio en que el rey Alfonso perdona a la familia del héroe, los infantes de Carrión se plantean, ante las enormes ganancias que el Cid va atesorando a lo largo de sus campañas, matrimoniar con sus hijas (vv. 1373-1374). Paralelamente, y justo después de otra de las manifestaciones de agrado de Alfonso VI ante los dones del Cid previos al perdón regio, los de Carrión siguen tramando su matrimonio de conveniencia y llegan a proponerlo al rey (vv. 1882-1888). Por lo tanto, los «enemigos malos» estarán siempre en la raíz de la desgracia

---

[50] El trabajo clásico sobre este asunto es el del poeta Pedro Salinas, «El *Cantar de Mio Cid,* poema de la honra» [1945], en sus *Ensayos de literatura hispánica,* Aguilar, Madrid, 1958, págs. 27-44; véase también Deyermond, *El «Cantar de Mio Cid», op. cit.,* págs. 26-29.

cidiana hasta ser finalmente derrotados en las Cortes de Toledo. Otra presencia constante será la del propio rey, quien en el primer episodio de deshonra destierra al Cid y quien, involuntariamente, desencadena el segundo episodio deshonroso al querer honrar y distinguir a Rodrigo casando a sus hijas con los infantes de Carrión. Con el anudamiento de lazos como los expresados, la unidad entre los dos episodios nucleares del poema resulta reforzada.

Así pues, la figura del Cid queda nítidamente delimitada como un compendio, conforme al concepto clásico de *sapientia et fortitudo,* de habilidad y valor militares junto con mesura, prudencia y sensatez. Definido así el héroe épico, la trama del relato del *CMC* se traza como un doble episodio de pérdida y recuperación de la honra por parte del héroe, que vence ambas pruebas y alcanza la cumbre de toda buena fortuna.

La(s) estructura(s) del *CMC*

No hay en el manuscrito del *CMC* división del texto en partes, capítulos o apartados, pero sí algunos versos que permiten considerar la existencia de dos límites estructurales, originadores de una división tripartita del texto. Sin embargo, también es posible, adoptando el punto de vista del desenvolvimiento de la trama temática de la obra, considerar el *CMC* como obra bipartita.

Menéndez Pidal fue quien primero advirtió la condición tripartita de la obra que el propio texto sugería y, de hecho, en sus ediciones dividió la obra en tres cantares[51]: el del destierro (vv. 1-1086), el de las bodas (vv. 1087-2277) y el de Corpes (vv. 2278-3730).

---

[51] Así lo presenta en sus dos ediciones, tanto en la edición crítica incorporada en *Cantar de Mio Cid, op. cit.*, III, págs. 1017-1164, como en la de Clásicos Castellanos. La misma disposición sigue esta que presentamos.

La primera división —entre el primer y segundo cantar— la marca el v. 1085 (que Menéndez Pidal recoloca entre los vv. 1086 y 1087): «Aquis' conpieça [=comienza] la gesta de mio Çid el de Bivar». Este verso situado en mitad del texto sólo tiene sentido como inicio de una subdivisión del mismo, de una parte dotada de una autonomía que justifique ese anuncio de comienzo. La segunda divisoria —la existente entre segundo y tercer cantar— viene marcada por los vv. 2276-2277: «Las coplas deste cantar aquis' van acabando. / El Criador vos vala con todos los sos santos». Esta forma de despedida del auditorio esboza la verdadera naturaleza de estas divisiones: se trata de una división relacionada con la lectura del poema en público por parte de los juglares, lectura que no podía comprender la integridad del poema en una sola sesión por razones obvias de resistencia tanto del juglar como de su público, y a la que hace referencia Martín de Riquer en el Prólogo que abre este volumen (págs. 14-15). Por ende, la división tripartita del *CMC* podría obedecer no tanto a rasgos inherentes al texto como al azar de la división asignada por un determinado juglar —uno cercano a la plasmación del texto escrito—, que insertó esos versos, fruto de su ingenio, en el lugar que le pareció adecuado para «dosificar» en tres partes de similar extensión la lectura de la obra[52].

En otras ocasiones la división tripartita se ha entendido como aspecto vinculado al plan estructural de la obra: ejemplo de ello es el trabajo en que Menéndez Pidal defiende su hipótesis acerca de los dos autores del *CMC* (Introducción, págs. 42-53), donde asigna diverso grado de intervención a uno u otro poeta en cada cantar, lo que implica reconocimiento de los mencionados límites estructurales como realidad explícita del plan del texto por parte de esos poetas.

El otro modo de considerar el problema de la disposición estructural del *CMC* es tener en cuenta factores vinculados

---

[52] Véase Francisco López Estrada, *Panorama crítico, op. cit.*, págs. 53-61.

con el modo en que se organiza la trama narrativa de la obra. Como se ha dicho (Introducción págs. 56-60), el asunto central del *CMC* es la recuperación de la honra perdida por Rodrigo Díaz de Vivar, pérdida injusta, arbitraria y causada por sus enemigos. Por tanto, la obra es un proceso de progresión y restitución, desde un principio desgraciado hasta un final feliz. Sin embargo, el proceso de pérdida y recuperación de la honra por el Cid es bipartito, pues sufre primero menoscabo en su honra pública o política y luego lo sufre en su honra personal. Esto se refleja en la disposición del texto en una estructura bipartita: ambos procesos de pérdida-restitución no son simultáneos, sino sucesivos. El punto de inflexión es el episodio (tirada 104) en que se cierra la restitución de la honra pública del Cid por el perdón que personalmente le expresa el rey, mismo momento en que el propio rey le pide que conceda la mano de sus hijas a los infantes de Carrión, petición a la que Rodrigo no puede oponerse y que es el inicio de su segunda pérdida, la más dolorosa: la de la honra personal. Así pues, la trama del *CMC* gravita en torno a ese episodio, gozne sobre el que pivotan los dos grandes núcleos narrativo-argumentales que constituyen la obra. Puede decirse que la estructura del poema, según el desarrollo de su trama, figura una línea semejante a la de una W, con tres puntos altos, de buena fortuna (la situación inicial de buena relación entre el Cid y el rey Alfonso [no expresa en el texto, tal y como lo conservamos], el perdón real y la restitución del honor en los retos con los de Carrión) y dos puntos bajos, de desgracia (el destierro y el ultraje de las hijas del Cid por los infantes de Carrión); lo que es igual, dos procesos encadenados de pérdida de una situación favorable y restitución posterior de la misma[53].

---

[53] En el fondo, la sintaxis narrativa del *CMC* se articula mediante dos secuencias narrativas idénticas a las que Tzvetan Todorov considera básicas en la constitución de cualquier tipo de relato: «Un relato ideal comienza con una situación estable que una fuerza cualquiera viene a perturbar. Esto produce un estado de desequilibrio, por la acción de una fuerza dirigida en sen-

El *CMC* como poesía: el estilo de la épica juglaresca

El *CMC* está escrito, en coherencia con su afiliación genérica, en el verso característico de la épica juglaresca castellana: el empleado en otras producciones épicas de la España medieval, como el *Roncesvalles* o las *Mocedades de Rodrigo.*

Los versos del *CMC* son versos largos, propios de la poesía narrativa, con tendencia al anisosilabismo (es decir, a no tener todos el mismo número de sílabas) y divididos por una cesura (esto es, por una pausa fuerte en su mitad). A su vez, estos versos establecen entre sí rimas asonantes, que se mantienen a lo largo de series de versos (las llamadas *tiradas)* de longitud variable y, por lo general, definidas por una cierta unidad temática. Dichas asonancias cambian de una serie a otra —y con frecuencia dentro de una serie— para no caer en la monotonía (funesta para textos recitados o cantados en público). En ocasiones, dichas rimas presentan irregularidades.

En esencia, esta caracterización del verso del *CMC* y de la épica castellana coincide con la de la épica francesa, salvo en dos detalles: el anisosilabismo y la irregularidad en las asonancias. También coincide con la métrica del Romancero castellano, salvo en el anisosilabismo. Por estas razones, ciertos críticos han postulado un mal estado de conservación del verso del *CMC:* el anisosilabismo sería resultado de una de-

---

tido inverso el equilibrio es restablecido; el segundo equilibrio es muy semejante al primero, pero ambos no son nunca idénticos» *(¿Qué es el estructuralismo? Poética,* Losada, Buenos Aires, 1975, págs. 95-96). La índole primordial de relato, la naturaleza básica y poderosamente narrativa del *CMC,* se percibe no sólo en esa identidad entre su estructura y la propuesta teórica de sintaxis narrativa universal de Todorov, sino también en el modo en que otros de sus aspectos de organización textual se ajustan a otras propuestas de definición de universales narrativos, como la de los actantes del texto narrativo y sus funciones básicas realizada por A. J. Greimas *(Semántica estructural,* Gredos, Madrid, 1971, págs. 270-275), en todo aplicables a los principales personajes del *CMC* y esclarecedores de las relaciones subyacentes que mantienen entre sí, como se verá en el Taller de lectura, págs. 446-449.

fectuosa transmisión del texto y en realidad los versos del *CMC* deberían estar formados siempre por dos hemistiquios de ocho sílabas, como los del Romancero. Menéndez Pidal demostró que esa hipótesis era errónea y estableció que el anisosilabismo es inherente al verso épico castellano y no resultado de una deturpación de los textos: «hemos de concluir que tanto el juglar del siglo XII, como los refundidores del XIII, no fundaban su versificación en el cuento regular de las sílabas en los hemistiquios, sino que seguían un procedimiento amétrico, que sin duda era el popular» [54]. Menéndez Pidal halla confirmación a su hipótesis en el hecho de que el autor del *Libro de Alexandre,* uno de los textos más representativos del mester de clerecía (poesía culta, de transmisión escrita, libresca, nacida al amparo de las bibliotecas monacales) se jacta, en la segunda estrofa de la obra, de escribir un verso de cómputo silábico exacto («a sílabas contadas»), lo que implica un contraste con otra forma de poetizar (la juglaresca) no tan rigurosa en ese aspecto [55].

El anisosilabismo se produce dentro de unos límites: el 90 por 100 de los versos del *CMC* tienen entre 12 y 16 sílabas, es decir, oscilan entre combinaciones de hemistiquios de entre 5 y 8 sílabas en la mayor parte de los casos; las más frecuentes son las combinaciones de 7+7, 6+7, 7+8, 6+8, 8+7, 5+7, 8+8, en orden de frecuencia (es cierto que hay algún hemistiquio de cuatro sílabas [vv. 67, 142, 440...] y alguno de 13 [vv. 3197, 3667]). Lo que resulta claro es que la poética del verso épico castellano exigía únicamente una aproximación al isosilabismo y seguramente consideraba elemento más fuertemente cohesionador del verso épico al ritmo imprimido a su recitación o a su canto.

Hay coincidencia entre la épica y el Romancero por lo que respecta a la rima asonante, pues una y otro hacen sus rimas

---

[54] *Cantar de Mio Cid, op. cit.*, I, pág. 84. La más amplia contribución de Menéndez Pidal acerca de la métrica del *CMC* se halla en *Cantar de Mio Cid, op. cit.*, I, págs. 76-124 y III, págs. 1173-1185.

[55] Véase Menéndez Pidal, *Cantar de Mio Cid, op. cit.*, I, pág. 86.

mediante la coincidencia entre las vocales correspondientes al último acento del verso y las siguientes (caso de haberlas), sin coincidir las consonantes. En este caso, como estableció Menéndez Pidal, sí es necesario considerar que el proceso de transmisión del texto alteró en ocasiones las asonancias originarias, y que la tendencia general del texto es a la regularidad de las asonancias[56]. A veces esa alteración viene causada por modernización de formas lingüísticas: ya quedó mencionado (págs. 42-53) el caso de las rimas desajustadas por modernización del viejo diptongo *-uó-* en la forma más moderna *-ué-*, lo que estropea las asonancias en *-ó-;* añádanse otros casos, como la aparición de las formas del patronímico terminadas en *-oz,* modernizadas en su forma acabada en *-ez* (un moderno *Vermúez* [=Bermúdez] sustituye al antiguo *Vermudoz* en una serie asonantada en *-ó,* v. 1907; véase también v. 722). En otras ocasiones, por alteración de las desinencias verbales en fin de verso (vv. 462, 1015, 1535, 1538, 1581), hay que restituir una forma acabada en *-aran* o *-avan* en vez de la forma en *-aron* que aparece en el manuscrito, para así poder restituir la asonancia en *-á-a*[57].

Uno de los elementos que explica algunas incoherencias en la regularidad de la asonancia del texto del *CMC* es la llamada *-e paragógica*[58]. Se trata de una *-e* añadida al final de algunas palabras como licencia poética, a fin de mantener la asonancia en series asonantadas en alguna combinación de vocal tónica seguida de *-e-* átona: es recurso muy frecuente en el Romancero. En el manuscrito de Per Abbat se conservan dos casos: *alaudare* (v. 335) y *Trinidade* (v. 2370), que permiten suponer

---

[56] *Cantar de Mio Cid, op. cit.*, I, págs. 104-108.

[57] Como verá el lector, el texto del *CMC* que tiene en sus manos realiza las enmiendas textuales precisas para restituir a su estado original tales pasajes. Menéndez Pidal indicó en cursiva los lugares en que practicó tales enmiendas.

[58] Sobre la *-e paragógica* en el *CMC,* véase Menéndez Pidal, *Cantar de Mio Cid, op. cit.*, I, págs. 120-122, y López Estrada, *Panorama crítico, op. cit.*, págs. 223-224.

que en el texto originario debieron existir más, pero los sucesivos copistas fueron suprimiéndolas. Por ello es preciso propugnarlas en los vv. 15 y 17-20 para mantener la asonancia en *-ó-e;* en vv. 325-327, 329-332, 334 y 336-339 para mantenerla en *-á-e;* en 1387-1390 para lo mismo; igual que en vv. 2361*b*-2365, 2367-2368 y 2371-2372.

Los versos se agrupan en series o tiradas, por lo general caracterizadas por una cierta unidad temática. Lo normal es que las asonancias cambien de una tirada a otra y es presumible que el juglar hiciera una pausa en su recitación al producirse el cambio de tirada. Las tiradas tienen una extensión variable: algunas tienen tres versos (las 70, 71 y 73), algunas tienen cuatro (55), otras superan los 140 (83, 104) e incluso rozan los 190 (tirada 137). Hay un recurso para encadenar tiradas consecutivas y cohesionar el texto: la repetición de palabras o ideas contenidas en los últimos versos de la primera dentro de los primeros versos de la segunda, en cada caso con su asonancia correspondiente (vv. 100, 557, 665, 1098, 2403, 2763, etc.); de esta manera el hilo de la recitación se mantenía a través del cambio de asonancia. Dentro de este ámbito de las tiradas del *CMC* hallamos un fenómeno que puede causar extrañeza en el lector actual: en ocasiones se dan en el texto series gemelas, es decir, tiradas consecutivas que tratan la misma materia pero con distinta asonancia (vv. 926-934, 1192-1194, 2749-2753). Es un rasgo de maestría juglaresca, presente también en la épica francesa (véase lo dicho por Riquer en el Prólogo a este volumen, págs. 17-18).

Estos son los rasgos fundamentales del verso en que está escrito el *CMC*. Como se ha visto, son numerosos los rasgos que apuntan hacia un modo de poetizar vinculado con el mundo juglaresco.

Esa misma impronta juglaresca es perceptible en el estilo del *CMC*. Sus más llamativos rasgos estilísticos —es obra de una sobriedad estilística extrema, carente de grandes artificios formales— remiten al ámbito de la épica juglaresca y de la oralidad, y de entre ellos nos ocuparemos principalmente de dos: las fórmulas y el epíteto épico[59].

En poesía épica, una fórmula es una secuencia de palabras fija o estable empleada con regularidad en unas mismas condiciones métricas y que expresa una idea esencial dentro del texto. A lo largo del *CMC* encontramos un buen número de ellas, tanto es así que suponen cerca de un 30 por 100 del texto; esos clichés expresivos aparecen en ocasiones ocupando uno de los dos hemistiquios del verso, en ocasiones los dos. Pueden pertenecer a prácticamente todas las esferas temáticas del poema: así, las relativas a la batalla *(al espada metio mano; diol' un colpe),* al acto de cabalgar *(aguijó mío Cid; apriessa cavalgava[n]),* al viaje y su itinerario *(a siniestro* [o *a diestro] dexan* [nombre geográfico]), a gestos *(tornava la cabeça; fincó los inojos...),* etc.

El epíteto épico es aquel que se aplica sistemáticamente para la caracterización de un personaje, por lo que viene a ser el equivalente de la fórmula aplicada a personas. Los más frecuentes en el *CMC* son los referidos al Cid: *el Campeador; el que en buena ora nació; el que en buena ora cinxo espada.* Otros personajes también aparecen caracterizados por sus correspondientes epítetos épicos, como Álvar Fáñez: *fardida lança; mio diestro braço;* o Jimena *(muger ondrada).* Incluso la ciudad de Valencia tiene su epíteto épico correspondiente: *Valençia la mayor*[60].

Estas fórmulas y epítetos facilitan la composición poética al ofrecer un arsenal de hemistiquios «prefabricados», encaja-

---

[59] El estilo no es un aspecto al que Menéndez Pidal prestara demasiada atención; véase su artículo «Fórmulas épicas en el *Poema del Cid*», en *En torno al «Poema del Cid», op. cit.*, págs. 103-113. Es obligada la referencia al trabajo de Edmund De Chasca, *El arte juglaresco en el «Cantar de Mio Cid»,* Gredos, Madrid, 1972, 2.ª ed. Véase también Montaner, *op. cit.,* págs. 44-56, y las págs. 15-19 del Prólogo de Martín de Riquer, donde se comenta lo general de este estilo formulaico en la poesía épica de todos tiempos y lugares.

[60] Para un tratamiento más detenido de estos aspectos, véase el Taller de lectura de este volumen, apartado 2.3.1.

bles donde el asunto y la asonancia lo requieren, siempre conforme a unos cánones fijos. También tienen un fuerte valor estilístico, pues actúan como *leitmotiv* transmisor de ciertos contenidos y resonancias, y fortalecen una formalización estilística propia de la poesía épica. El epíteto, especialmente, es portador de una inequívoca caracterización valorativa de los personajes. Nótese que siempre es portador de clichés valorativos positivos: el personaje que tiene asociado un mayor número es precisamente el Cid y es significativo que ninguno de sus enemigos reciba epíteto épico alguno. Fórmulas y epítetos llevan asociada en el texto épico una función estética y son denotadores de una clara voluntad estilística, cuya eficacia se centra en su recurrencia. No en vano, en cualquier lengua poética, la repetición es un recurso elemental de voluntad artística, cuyas manifestaciones más básicas —el ritmo, la rima, el paralelismo, la anáfora— están en la raíz del lenguaje poético.

Además de esa función interna a la composición del texto y a su fisonomía estilística, para el juglar que recitaba el texto tales fórmulas y epítetos cumplen función de apoyos mnemotécnicos[61], y para el público que lo escuchaba eran claros indicadores para la recta interpretación o valoración de determinadas situaciones o personajes. Sin duda son dos de los recursos más característicos y eficaces del estilo del *CMC* y, en general, de la poesía épica.

Muchos otros son los aspectos del estilo y de la técnica literaria del *CMC* merecedores de comentario, como la utilización del estilo directo —claramente vinculable con la viveza de las recitaciones juglarescas—. No es este prólogo un espacio tan amplio que permita ocuparse de todos ellos: de alguno nos ocuparemos en el Taller de lectura que acompaña a esta edición.

---

[61] Véase el Prólogo de Riquer, págs. 15-16.

BIBLIOGRAFÍA SELECTA

Hemos optado por dividir la bibliografía esencial en dos grandes grupos: obras escritas por Ramón Menéndez Pidal y obras de otros críticos. Mientras que las primeras se ofrecen por orden cronológico de publicación, las segundas se relacionan por el orden alfabético de sus autores.

OBRAS DE RAMÓN MENÉNDEZ PIDAL REFERIDAS AL *CMC*

Cantar de Mio Cid. Texto, gramática y vocabulario, Bailly-Baillière, Madrid, 1908-1911, 3 vols. Edición revisada en *Obras completas,* ts. III-IV-V, Madrid, 1944-1946, 3 vols.

Primera de las publicaciones pidalinas sobre el *CMC* y cimiento de toda su investigación posterior sobre la obra. Con este trabajo Pidal ganó el concurso sobre el Cid convocado por la Real Academia (véase Nota previa). Todavía mantiene en muchas de sus partes su validez científica y resulta imprescindible para el conocimiento de la obra. La edición revisada de 1944-1946 presenta importantes adiciones.

Poema del Cid, edición y notas de Ramón Menéndez Pidal, Ediciones de «La Lectura» (Clásicos Castellanos, 24), Madrid, 1913. Sucesivas reimpresiones en Espasa Calpe (Clásicos Castellanos, 24), Madrid, 15.ª 1980.

En este volumen presenta Menéndez Pidal el texto crítico que elaboró para su magno *Cantar de Mio Cid,* acompañado de una anotación breve pero adecuada para facilitar la lectura del texto y de un prólogo donde se tocan los aspectos principales para la interpretación de la obra.

Poesía juglaresca y juglares. Aspectos de la historia literaria y cultural de España, Madrid, 1924. Edición abreviada: Espasa Calpe (col. Austral, núm. 300), Madrid, 1942. Edición ampliada: *Poesía juglaresca y orígenes de las literaturas románicas,* Instituto de Estudios Políticos, Madrid, 1957. Edición revisada: *Poesía juglaresca y juglares. Orígenes de las literaturas románicas*, prólogo de Rafael Lapesa, Espasa Calpe (col. Austral, núm. 159), Madrid, 1991.

Obra en la que Menéndez Pidal excede los límites filológicos y positivistas y elabora un amplio panorama histórico-literario de la actividad de los juglares en la Edad Media, incluido el modo en que los juglares intervenían en la difusión y recreación del texto épico.

La España del Cid, Plutarco, Madrid, 1929, 2 vols. 7.ª edición revisada en *Obras completas,* ts. VI-VII, Espasa Calpe, Madrid, 1969.

La más importante indagación sobre la figura del Rodrigo Díaz de Vivar histórico y su época, imprescindible para el conocimiento de la historia de la península Ibérica en el siglo XI. Pidal utiliza fuentes literarias (ofrece en apéndices los dos textos latinos principales sobre el Cid, el *Carmen Campidoctoris* y la *Historia Roderici)* e historiográficas para construir un exhaustivo retrato de la España en que vivió Rodrigo.

Reliquias de la poesía épica española, Madrid, 1951. Reimpresión en *Reliquias de la poesía épica española. Acompañadas de «Epopeya y romancero», I. Adicionadas con una introducción crítica de Diego Catalán,* Gredos, Madrid, 1980.

Menéndez Pidal formula aquí su teoría sobre la vida de la épica española y el estudio de sus poemas perdidos, que rescata y reconstruye a partir de las crónicas castellanas medievales y de otras fuentes historiográficas. También se ocupa en *Epopeya y romancero* de los restos épicos presentes en los romances. La introducción de Diego Catalán ilumina el modo en que Pidal fue construyendo su teoría.

Los godos y la epopeya española. «Chansons de geste» y baladas nórdicas, Espasa Calpe (col. Austral, núm. 1275), Madrid, 1956.

Recopilación de ensayos con un hilo conductor: la teoría de los orígenes germánicos de la poesía épica castellana, elaborada a partir de la continuidad de temas y motivos presentes en la épica visigótica dentro de la castellana.

La epopeya castellana a través de la literatura española, Espasa Calpe, Madrid, 1959.

El germen de este trabajo son las conferencias impartidas en 1909 en una universidad norteamericana, publicadas en francés en 1910. En él Menéndez Pidal pone al día sus teorías acerca de la épica castellana medieval, rastreando su presencia en el Romancero, el teatro clásico y la literatura española de los siglos XVIII-XX, siempre con especial atención al *CMC*.

La «Chanson de Roland» y el neotradicionalismo (Orígenes de la épica románica), Espasa Calpe, Madrid, 1959.

Menéndez Pidal refina sus teorías neotradicionalistas acerca de los orígenes y modo de vida de la poesía épica castellana y las aplica a la obra señera de la épica románica medieval, la *Chanson de Roland*. Libro de carácter polémico, hasta agresivo, respecto de las teorías individualistas; admirable ejemplo de la vitalidad intelectual de un Menéndez Pidal nonagenario. Tal vez la formulación más acabada de las teorías del neotradicionalismo épico.

En torno al «Poema del Cid», Edhasa, Barcelona, 1970.

Miscelánea donde aparecen diversos trabajos, desde la introducción preparada para la edición del *CMC* en Clásicos Castellanos hasta trabajos de los últimos años de vida de Menéndez Pidal, en que se perfilan y remachan algunas de las opiniones expuestas en los grandes trabajos cidianos de los decenios anteriores. Especialmente significativo es el trabajo en que Menéndez Pidal expone su teoría acerca de los dos juglares autores del *CMC*.

La épica medieval española (Desde sus orígenes hasta su disolución en el romancero), ed. Diego Catalán y María del Mar Bustos, Espasa Calpe (Obras completas de R. Menéndez Pidal, XIII), Madrid, 1992.

Publicación póstuma de lo que Menéndez Pidal entendió a lo largo de su vida como la *summa* de sus estudios sobre la épica española. Trabajo global, de amplia síntesis, al que se dedicó durante los últimos cuarenta años de su vida, y que encierra y recapitula lo fundamental de sus ideas sobre la épica castellana y, en general, sobre los orígenes, vida y transmisión de la épica europea.

OTRAS REFERENCIAS

ALONSO, Dámaso, «Estilo y creación en el *Poema del Cid*» [1941], en *Obras completas, II. Estudios y ensayos sobre literatura (primera parte),* Gredos, Madrid, 1973, págs. 107-143.

Estudio estilístico del *CMC* —en una época en que todavía seguían siendo mayoría los estudios emprendidos desde puntos de vista predominantemente históricos—, que pone de relieve su voluntad de realismo y los rasgos más destacados de su estilo.

ALVAR, Carlos, y ALVAR Manuel, *Épica medieval española,* Cátedra, Madrid, 1991.

Volumen que ofrece en su prólogo un útil panorama del género épico en diversas tradiciones y literaturas, y que ofrece la reconstrucción de varios poemas épicos castellanos medievales a partir de los restos presentes en las crónicas.

DE CHASCA, Edmund, *El arte juglaresco en el «Cantar de Mio Cid»,* Gredos, Madrid, 1972, 2.ª ed.

Estudio cuyo principal interés está en las partes en que se ocupa del análisis de los rasgos de estilo juglaresco detectables en el *CMC:* fórmulas, versificación, uso del epíteto épico, organización formularia del relato, etc. Un estudio todavía hoy insuperado.

DEYERMOND, Alan D, *El «Cantar de Mio Cid» y la épica medieval española,* Sirmio (Biblioteca General, 2), Barcelona, 1987.

Panorama de la épica medieval española, con especial atención al *CMC,* modélico por su precisión, su sencillez, su claridad y su exactitud. Una guía imprescindible. Especial relevancia tienen las páginas dedicadas al análisis del problema de los textos épicos perdidos y su casuística (más extensamente tratado por Deyermond en su imprescindible *La literatura perdida de la Edad Media castellana. Catálogo y estudio. I. Épica y romances,* Universidad de Salamanca, Salamanca, 1995).

HORRENT, Jules, *Historia y poesía en torno al «Cantar del Cid»,* Ariel, Barcelona, 1973.

Estudio de las relaciones entre la realidad histórica de Rodrigo Díaz de Vivar y la realidad poética forjada en el *CMC.* A partir de esos datos se propone una hipótesis acerca de la creación del *CMC* que tiende a sintetizar las propuestas al respecto de Menéndez Pidal con las objeciones que otros estudiosos habían ido formulando a ellas.

LACARRA, María Eugenia, *El «Poema de Mio Cid»: realidad histórica e ideología,* Porrúa, Turanzas, Madrid, 1980.

Estudio imprescindible para percibir la naturaleza y relevancia del elemento jurídico en el *CMC,* y sus repercusiones para el entendimiento e interpretación de la obra. Tiene un capítulo referido a los problemas de fecha y autoría del *CMC.*

LAPESA, Rafael, «Sobre el *Cantar de Mio Cid.* Crítica de críticas. Cuestiones lingüísticas» y «Sobre el *Cantar de Mio Cid.* Crítica de críticas. Cuestiones históricas», ambos recogidos en *Estudios de historia lingüística española,* Paraninfo, Madrid, 1985, págs. 1-42.

Dos magistrales trabajos que analizan un gran número de las críticas realizadas a los trabajos pidalinos sobre el *CMC,* tanto en lo lingüístico como en lo histórico. En todos los casos, Lapesa rebate con rigor y brillantez las críticas efectuadas a su maestro y muestra la vigencia de las ideas de Pidal sobre el *CMC.*

LÓPEZ ESTRADA, Francisco, *Panorama crítico sobre el «Poema del Cid»,* Castalia, Madrid, 1982.

Útil trabajo de síntesis en que se revisan los principales problemas suscitados por la crítica que ha estudiado el *CMC,* con una amplia revisión de la bibliografía a él dedicada desde todos los puntos de vista. Su carácter de «estado de la cuestión» hace que vaya empezando a envejecer.

MONTANER, Alberto (ed.), *Cantar de Mio Cid,* estudio preliminar de Francisco Rico, Crítica (Biblioteca Clásica, 1), Barcelona, 1993.

Edición del *CMC* destacable especialmente por la riqueza de su anotación, que podríamos calificar de exhaustiva, y que la convierte en un auténtico *status quaestionis* en todo lo referente al *CMC.* Sin duda, la mejor de las ediciones modernas del *CMC.* El estudio de Francisco Rico que la antecede resulta igualmente una aportación notable en la bibliografía cidiana.

RICO, Francisco, «Del *Cantar del Cid* a la *Eneida:* Tradiciones épicas en torno al *Poema de Almería», BRAE,* LXV (1985), págs. 197-211.

Rico retoma la cita cidiana presente en el *Poema de Almería* —ya utilizada como argumento para la datación del *CMC* por Menéndez Pidal— y demuestra fehacientemente que dicha mención postula la existencia de un *CMC*, esencialmente igual al que conservamos, en la primera mitad del siglo XII.

SMITH, Colin, *Estudios cidianos,* Cupsa, Madrid, 1977.

Recopilación de estudios donde Smith se ocupa de diversos asuntos estilísticos y argumentales relacionados con el *CMC,* desde una perspectiva ajena a los postulados neotradicionalistas y, por ello, contraria a la de Menéndez Pidal.

—, *La creación del «Poema de mio Cid»,* Crítica, Barcelona, 1985.

En este trabajo Smith culmina sus estudios cidianos, y define su visión individualista del *CMC*. Deduce de sus estudios que el *CMC*, primer poema épico castellano, fue escrito por Per Abbat, el que aparece mencionado en el éxplicit del manuscrito del *CMC*. Este Per Abbat sería un abogado burgalés conocedor de la épica francesa.

SPITZER, Leo, «Sobre el carácter histórico del *Cantar de Mio Cid*» [1948], en *Estilo y estructura en la literatura española,* Crítica, Barcelona, 1980, págs. 61-80.

Una de las primeras reivindicaciones, y sin duda la más brillante, de la necesidad de contemplar el *CMC* no como documento histórico, sino como obra literaria de ficción.

ESTA EDICIÓN

Se presenta el texto del *CMC* tal y como lo fijó Menéndez Pidal para su edición en Clásicos Castellanos, que es, en lo sustancial, el mismo que estableció en la edición crítica que consta en el tomo III de su *Cantar de Mio Cid. Texto, gramática y vocabulario.* Se han corregido algunas erratas y se han sistematizado acentuación y puntuación.

La edición se complementa con la prosificación realizada por el escritor mexicano Alfonso Reyes y con las notas que preparó Menéndez Pidal para la edición de Clásicos Castellanos, si bien con algunas modificaciones: por lógica, se han suprimido las remisiones existentes a los pasajes del estudio preliminar que contenía dicha edición, así como aquellas notas que discuten aspectos relacionados con los estudios relativos al *CMC* que tenían actualidad en el momento en que Menéndez Pidal realizó el estudio (1913), pero que hoy están anticuadas o no resultan interesantes para el lector no especialista. Por otra parte, las notas de índole léxica con que Pidal glosó su edición han sido incorporadas y refundidas en el Glosario que cierra el volumen.

La anotación

Hemos incorporado numerosas notas cuya finalidad es proporcionar algunas indicaciones útiles para seguir la lectura del texto e integrar en ella los elementos aportados en el Prólogo de Martín de Riquer, la Introducción, la Documentación complementaria y el Taller de lectura. Para distinguirlas de las notas de Menéndez Pidal, estas nuevas van entre corchetes.

Todas las notas van precedidas del número de verso correspondiente, excepto las que afectan a los fragmentos en prosa reconstruidos por Menéndez Pidal; en este caso, se atienen a la fórmula habitual de superíndices numéricos.

Las notas se distribuyen al pie de ambas páginas confrontadas, comenzando en la que contiene el *CMC* y ocupando la de la prosificación si fuera preciso.

No se incluyen referencias léxicas o filológicas, que quedan cubiertas con el Glosario y con la lectura en paralelo de la prosificación. Para ello, al margen del texto prosificado se ha añadido el número del verso con que se corresponde.

Peculiaridades de la edición

En cuanto a las características que presenta el texto del *CMC*, es preciso realizar las siguientes aclaraciones a los lectores no familiarizados con los procedimientos filológicos:

La base de la edición es el manuscrito del que se habló en el apartado «El manuscrito» de la Introducción y los versos se numeran conforme al orden que ocupan en él. Ahora bien, dicho manuscrito presenta diversos errores de copia que, en ocasiones, repercuten en la numeración de los versos. Menéndez Pidal considera que algunos versos fueron copiados en lugares incorrectos y, al situarlos donde según él deben ir, se producen saltos o discontinuidades en la numeración; esto sucede en los versos 394-395, 398 (aparece entre 415 y 416), 1085-1086, 1146-1155, 1587-1589, 1688-1689, 2115-2116, 2127-2130 (entre 2155 y 2156), 2455 (entre 2437 y 2438), 2507-2508, 2522-2523 (entre 2530 y 2531), 2568-2569, 2654-2655 (entre 2657 y 2658), 2675-2676 (entre 2680 y 2681) y 3662 (entre 3659 y 3660).

En otros casos, el manuscrito presenta una lectura defectuosa cuya corrección provoca que un determinado verso se desdoble en dos; cuando esto sucede, el segundo de los dos versos resultantes se designa mediante la letra *b;* así sucede en: 16*b,* 69*b,* 228*b,* 248*b,* 269*b,* 282*b,* 298*b,* 443*b,* 446*b,* 464*b,* 477*b,* 481*b,* 585*b,* 796*b,* 800*b,* 826*b,* 1033*b,* 1102*b,* 1246*b,* 1252*b,* 1261*b,* 1284*b,* 1385*b,* 1492*b,* 1499*b,* 1666*b,* 1690*b,* 1782*b,* 1819*b,* 1899*b,* 1992*b,* 2000*b,* 2002*b,* 2032*b,* 2036*b,* 2043*b,* 2112*b,* 2286*b,* 2361*b,* 2835*b,* 2862*b,* 3114*b,* 3197*b,* 3216*b,* 3236*b,* 3259*b,* 3318*b,* 3359*b* y 3525*b.*

En general, Menéndez Pidal corrige los errores de copia presentes en el manuscrito, y restaura la lectura correcta mediante una conjetura que en el texto aparece impresa en cursiva, como ocurre también con todos los cambios y enmiendas introducidas por él en el conjunto del manuscrito; por ejemplo, para salvar las lagunas originadas por la pérdida de folios (indicadas en el apartado «El manuscrito» de la Introducción y en las correspondientes notas a pie de página). También aparecen en cursiva versos enteros reconstruidos por Pidal, que no se computan en la secuencia numérica (véanse los incluidos entre los versos 14-15, 181-182, 441-442, 875-876, 1573-1574, 1937-1938 y 3006-3009).

Por último, a veces el manuscrito presenta en dos líneas lo que para Menéndez Pidal es un único verso; en estos casos, restituye el verso correcto refundiendo los dos imperfectos y le asigna una numeración doble (versos 1044-45, 1072-73, 1719-20, 2431-32, 2564-65, 2754-55 y 2759-60).

J. C. C.

Monumento al Cid Campeador (Burgos)

CANTAR DE MIO CID

CANTAR PRIMERO

DESTIERRO DE MIO CID [1]

El rey Alfonso envía al Cid para cobrar las parias del rey moro de Sevilla. Este es atacado por el conde castellano García Ordóñez.—El Cid, amparando al moro vasallo del rey de Castilla, vence a García Ordóñez en Cabra y le prende afrentosamente.—El Cid torna a Castilla con las parias, pero sus enemigos le indisponen con el rey.—Este destierra al Cid

Enbió el rey don Alfonso a Ruy Díaz *mio Çid* por las parias [2] que le avían a dar los reyes de Córdova e de Sevilla cada año. Almutamiz rey de Sevilla e Almudafar rey de Granada eran a aquella sazón muy enemigos e queríansse mal de muerte. E eran entonçes con Almudafar rey de Granada estos ricos omnes que le ayudavan [3]: el conde don Garçía Ordóñez, e Fortún Sánchez el yerno del rey don Garçía de Navarra, e Lope Sánchez [...] e cada uno destos ricos omnes

---

[1] La falta de la primera hoja del códice del *Cantar* se suple con el relato de la *Crónica de Veinte Reyes,* que en el pasaje que vamos a transcribir es una traducción de la historia latina del Cid *[Historia Roderici,* biografía del Cid que refleja puntos de vista de su entorno]; pero esta coincidía bastante con la parte perdida de nuestro *Cantar* (como se verá por las tres notas de concordancia que siguen) de tal modo que, al traducir esa historia latina, la *Crónica de Veinte Reyes* halló natural el sumar su relato con algunos pormenores tomados evidentemente del comienzo del *Cantar*. Incluyo entre corchetes las adiciones que la *Crónica* hace a la historia latina del Cid, e imprimo en tipo cursivo la parte de estas adiciones que me parece proceden de

CANTAR PRIMERO

DESTIERRO DE MIO CID

El rey Alfonso envía al Cid para cobrar las parias del rey moro de Sevilla. Este es atacado por el conde castellano García Ordóñez.—El Cid, amparando al moro vasallo del rey de Castilla, vence a García Ordóñez en Cabra y le prende afrentosamente.—El Cid torna a Castilla con las parias, pero sus enemigos le indisponen con el rey.—Este destierra al Cid

Envió el rey don Alfonso al Cid Ruy Díaz por el tributo que los reyes de Córdoba y de Sevilla tenían que pagarle todos los años. Almutamiz, rey de Sevilla, y Almudafar, rey de Granada, eran a la sazón muy enemigos y se odiaban a muerte. Almudafar, rey de Granada, tenía de su parte a algunos ricos hombres que le ayudaban: tal era el conde García Ordóñez, y Fortún Sánchez —yerno del rey don García de Navarra— y Lope Sánchez... Todos estos auxiliaban con

---

la hoja perdida del *Cantar.* [La *Crónica de Veinte Reyes* es una versión de la *Estoria de España* promovida por Alfonso X (1221-1284); en ella se utilizó una copia del *Mio Cid* análoga a la conservada y anterior a ella].

2 *por las parias* (comp. con v. 109): «El Campeador por las parias fo entrado», el cual nos asegura que esta excursión del Cid a Andalucía formaba parte del comienzo del *Cantar.*

3 Era muy común el hecho de que los caballeros cristianos, sea porque su rey los desterrase, sea por el espíritu aventurero, pasasen al servicio militar de los musulmanes. Así también el Cid estuvo al servicio del rey de Zaragoza en los primeros tiempos de su destierro, hecho no referido por el *Cantar*.

con su poder ayudavan a Almudafar, e fueron sobre Almutamiz rey de Sevilla.

Ruy Díaz Çid, quando sopo que assí venían sobre el rey de Sevilla que era vasallo e pechero del rey don Alfón su señor, tóvolo por mal e pesóle mucho; e enbió a todos sus cartas de ruego, que non quisiessen venir contra el rey de Sevilla nin destruirle su tierra, por el debdo que avían con el rey don Alfonso, [ca si ende ál quisiessen fazer, supiessen que non podría estar el rey don Alfonso que non ayudasse a su vasallo, pues que pechero era]. El rey de Granada e los ricos omnes non presçiaron nada sus cartas del Çid e fueron todos mucho esforçadamente e destruyeron al rey de Sevilla toda la tierra, fasta el castillo de Cabra[4].

Quando aquéllo vio Ruy Díaz Çid, [tomó todo el poder que pudo aver de cristianos e de moros, e fue contra el rey de Granada, por le sacar de la tierra del rey de Sevilla. E el rey de Granada e los ricos omnes que con él eran, quando sopieron que en aquella guisa iva, *enviáronle dezir que non le saldrían de la tierra por él.* Ruy Díaz Çid quando aquello oyó, tovo que non le estaría bien si los non fuese cometer, e] fue a ellos, e lidió con ellos en campo, e duróles la batalla desde ora de terçia fasta ora de medio día, e fue grande la mortandad que ý ovo de moros e de cristianos de la parte del rey de Granada, e venciólos el Çid e fízolos fuir del canpo. E priso el Çid en esta batalla al conde don Garçia Ordóñez *[e mesóle una pieça de la barva]*[5] [...] e a otros cavalleros muchos, e tanta de la otra gente que non avié cuenta; e tóvolos el Çid presos tres días, desí quitólos a todos. Quando él los ovo presos, mandó a los suyos coger los averes e las riquezas que fincavan en el canpo, desí tornósse el Çid con toda su conpaña e con todas sus riquezas para Almutamiz rey

[4] *Cabra* es hoy ciudad de la provincia de Córdoba. En el barrio viejo de la población se alza el histórico castillo que después fue palacio de los condes de Cabra.

[5] Comp. con vv. 3288-3290, en que el Cid apostrofa a Garci Ordóñez: «Quando pris a Cabra, e a vos por la barba... la que yo messé…». Estos versos

su poder a Almudafar; y juntos marchaban sobre Almutamiz, rey de Sevilla.

El Cid Ruy Díaz, cuando supo cómo venían sobre el rey de Sevilla, que era vasallo y pechero del rey don Alfonso, su señor, túvolo a mal y pesóle mucho; y envió a todos cartas rogándoles que no se empeñasen en atacar al rey de Sevilla y destruir sus tierras, por la obligación que tenían al rey don Alfonso; y que si a toda costa querían hacerlo, tuvieran por cierto que el rey don Alfonso no podría dejar de sostener a su vasallo, puesto que era su pechero. El rey de Granada y los ricos hombres no hicieron caso de las cartas del Cid; y cayeron esforzadamente sobre el rey de Sevilla, destruyendo todas sus tierras hasta el castillo de Cabra.

Al ver esto, el Cid Ruy Díaz reclutó todas las fuerzas que pudo juntar entre cristianos y moros, y marchó contra el rey de Granada para expulsarle de las tierras del rey de Sevilla. Cuando supieron esto el rey de Granada y los ricos hombres que le acompañaban, enviáronle a decir que no sería él quien los echara de aquellas tierras. Oyólo el Cid Ruy Díaz, y se dijo que estaba obligado a castigarlos; y fue hacia ellos, y lidió con ellos en batalla campal que duró desde la hora de tercia hasta mediodía; y grande fue la mortandad de moros y cristianos por parte del rey de Granada. Así venció el Cid a sus enemigos, obligándolos a abandonar el campo. En esta batalla, el Cid hizo prisionero a don García Ordóñez y le arrancó un mechón de las barbas..., y también cogieron a otros muchos caballeros. Tantos fueron los enemigos presos, que se perdió la cuenta. Tres días los tuvo cautivos el Cid, y después los mandó soltar. Pero una vez presos, ordenó a los suyos que recogiesen todos los bienes y riquezas abandonados en el campo, y luego se reunió con su

---

nos prueban que la batalla de Cabra figuraba al comienzo del *Cantar,* en forma muy semejante a como la refieren la historia latina y la *Crónica;* mesar la barba a uno, o arrancarle de ella mechones, era una injuria corriente que las leyes castigaban con grandes multas. [Sobre la simbología de la barba, véase Taller de lectura (T. L. 2.1.1.), Documentación complementaria (D. C. 6.) y n. a vv. 3287-3288].

de Sevilla, [e dio a él e a todos sus moros quanto conosçieron que era suyo, e aun de lo ál quanto quisieron tomar. *E de allí adelante llamaron moros e cristianos a éste Ruy Díaz de Bivar el Çid Campeador,* que quiere dezir batallador[6]].

Almutamiz dióle estonçes muchos buenos dones e las parias por que fuera [...] E tornósse el Çid con todas sus parias para el rey don Alfonso su señor. [El rey resçibióle muy bien, e plógole mucho con él, e fue muy pagado de quanto allá fiziera]. Por esto le ovieron muchos enbidia e buscáronle mucho mal e mezcláronle con el rey[7] [...].

El rey, commo estava muy sañudo e mucho irado contra él, creyólos luego [...] *[e enbió luego dezir al Çid por sus cartas que le saliesse de todo el regno. El Çid después que ovo leídas las cartas, commo quier que ende oviesse grand pesar, non quiso ý ál fazer, ca non avía de plazo más de nueve días en que salliesse de todo el reyno*[8].]

[1][9] *El Cid convoca a sus vasallos; estos se destierran con él.* (Sigue el relato de la *Crónica de Veinte Reyes* y se continúa con versos de una *Refundición del Cantar.)—Adiós del Cid a Vivar* (aquí comienza el manuscrito de Per Abbat).

[Enbió por sus parientes e sus vasallos, e díxoles cómmo el rey le mandava sallir de toda su tierra, e que le non dava de plazo más de nueve días, e que quería saber dellos quáles querían ir con él o quáles fincar[10],]

---

[6] Esta es la verdadera explicación del epíteto de nuestro héroe: *Campeador*, 'batallador, vencedor', o como decía el conde de Barcelona al retar al Cid: «eris ipse Rodericus quem dicunt bellatorem et Campeatorem».

[7] Recuérdense los *enemigos malos* (v. 9) o *los malos mestureros* (v. 267), que según el *Cantar* son los causantes del destierro del Cid, lo mismo que según la *Crónica.* Esta no dice, empero, que los envidiosos acusaran ante el rey al Cid de haber retenido para sí las principales riquezas de las parias, como se desprende de los vv. 110-112 y 125 del *Cantar.*

[8] En la alta Edad Media sólo *nueve días* de plazo se daba al hidalgo desterrado para salir del reino (comp. con vv. 306-307); en el siglo XIII, las *Par-*

compañía y su botín a Almutamiz, rey de Sevilla. A él y a sus moros entregó, de los objetos rescatados, cuanto reconocieron por suyo, y aun de lo ajeno cuanto quisieron. Y desde entonces moros y cristianos apellidaron a Ruy Díaz de Vivar el Cid Campeador, para recordar su bravura en las batallas.

Almutamiz le mandó obsequiar con ricos presentes y le entregó además el tributo que había venido a recoger... el Cid volvióse con el tributo al rey don Alfonso, su señor. El rey lo recibió muy bien, se declaró satisfecho de él y muy contento de su conducta. Y esta fue la causa de que le salieran muchos envidiosos, procurándole incontables daños, hasta que le pusieron a mal con el rey.

El rey les prestó oídos, porque tenía viejas rencillas contra él, y envió a decir al Cid por una carta que saliese del reino. El Cid, leída la carta, aunque lleno de pesar, no quiso dilatar la obediencia, que sólo se le dejaba un plazo de nueve días para ausentarse del reino.

[1] *El Cid convoca a sus vasallos; estos se destierran con él.* (Sigue el relato de la *Crónica de Veinte Reyes* y se continúa con versos de una *Refundición del Cantar.)—Adiós del Cid a Vivar* (aquí comienza el manuscrito de Per Abbat).

Convocó a sus deudos y vasallos, díjoles cómo el rey le mandaba abandonar su tierra dentro del corto plazo de nueve días, y que quería saber quiénes de ellos estaban dispuestos a desterrarse con él y quiénes no.

---

tidas conceden un plazo de treinta días. Según la *Crónica Particular,* la mudanza se introdujo en el siglo XII, pues dice que fue el mismo Cid quien después de desterrado obtuvo del rey que ampliase el plazo en favor de los hidalgos castigados. El rey podía desterrar libremente y sin previo juicio a cualquiera de sus vasallos.

[9] Esta parte del *Cantar* estaba asonantada en *á-o (vasallos: plazo),* es decir, que pertenecía a la primera serie conservada hoy en el manuscrito del poema. Por eso empezamos aquí la numeración de las series.

[10] Según el *Fuero Viejo de Castilla,* los vasallos del señor desterrado tenían obligación de acompañarle hasta que hallase medio de vivir en el destierro.

«e los que conmigo fuéredes   de Dios ayades buen grado[11],
»e los que acá fincáredes   quiérome ir vuestro pagado.»
Estonçes fabló Álvar Fáñez   su primo cormano[12]*:*
«Convusco iremos, Çid,   por yermos e por poblados,
»ca nunca vos fallesçeremos   en quanto seamos bivos e sanos
»convusco despenderemos   las mulas e los cavallos
»e los averes e los paños
»siempre vos serviremos   como leales amigos e vasallos.»
Entonçe otorgaron todos   quanto dixo don Álvaro;
mucho gradesçio mio Çid   quanto allí fue razonado...
Mio Çid movió de Bivar   pora Burgos adeliñado,
assí dexa sus palaçios   yermos e desheredados[13].

De los sos ojos   tan fuertemientre llorando,
tornava la cabeça   i estávalos catando.

---

[11] La *Crónica de Veinte Reyes* (y la *Primera Crónica)* prosigue: «Minaya Álvar Fáñez le dixo: "Çid, todos iremos con vusco e seer vos hemos leales vasallos. Todos los otros dixeron otrossí que irién con él onde quier que él fuesse, e que se non quitarién nin le desenpararían por ninguna guisa. El Çid gradesciógelo estonçes mucho, e díxoles que si le Dios bien fiziesse, que gelo gualardonaría muy bien. Otro día sallió el Çid de Bivar con toda su compaña; e dizen que cató por agüero, e que tovo corneja diestra..."». En vez de este resumen, continúo con algunos versos de una *Segunda Refundición* de nuestro *Cantar,* conservados en la *Crónica de Castilla* y en la *Particular del Cid.* Estos versos darán idea de los que inmediatamenre precedían a los primeros conservados en la copia de Per Abbat; pero téngase en cuenta que la *Refundición* ampliaba seguramente lo que en la redacción primitiva era más conciso y rápido. [La *Crónica de Castilla* (fin del siglo XIII-1312) es uno de los representantes de la tradición de la *Estoria de España* alfonsí; se caracteriza por su poco rigor historiográfico y por la acumulación indiscriminada de materiales cronísticos, legendarios, épicos, etc., lo que hace de ella un retroceso respecto de la perfección historiográfica propia del taller alfonsí. Sin embargo, eso mismo la hace interesantísima para el estudio de las tradiciones épicas castellanas. La *Crónica de Castilla* servirá de base estructural para la *Crónica particular del Cid,* compuesta por fray Juan de Belorado, abad del monasterio de San Pedro de Cardeña].

[12] *[primo cormano,* 'primo hermano'. De otros pasajes del *CMC* se deduce que Álvar Fáñez era más bien sobrino del Cid, pues llama «primas» a sus hijas (vv. 2846, 2858, 3438)].

[13] La *Segunda Refundición* del *Cantar,* seguida por las *Crónica de Castilla* y *Particular,* contaba aquí el trato de las arcas de arena [vv. 78-190] antes de la par-

—Y a los que quisieren venir conmigo —añadió—, que Dios se lo pague; y de los que prefieran quedarse aquí, quiero despedirme como amigo.

Y su primo hermano, Álvar Fáñez, le contestó:

—Con vos, Cid, con vos iremos por yermos y poblados, y no os hemos de faltar mientras tengamos alientos. En vuestro servicio se nos han de acabar nuestros caballos y mulas, dinero y vestidos. Ahora y siempre hemos de ser vuestros leales vasallos.

Todos aprobaron lo que dijera don Álvaro, y el Cid lo agradeció mucho a todos. En seguida partió de Vivar, encaminándose a Burgos. Desiertos y abandonados quedan sus palacios.

Con los ojos llenos de lágrimas, volvía la cabeza para contemplarlos (por última vez). Y vio las puertas abiertas

---

tida de Bivar (mientras la *Primera Refundición,* seguida por la *Primera Crónica,* se mantenía fiel al primitivo cantar). Luego, las *Crónicas de Castilla* y la *Particular* continúan: «e desquel Çid tomó el aver, movió con sus amigos de Bivar, e mando que se fuesen camino de Burgos. E quando el Cid vio los sus palacios desheredados e sin gentes, e las perchas sin açores»...; suprimo el verbo «vio», pues está ya en el v. 3 de Per Abbat; el sustantivo «palacios» es el antecedente gramatical obligado del pronombre *los,* que aparece en el v. 2 de Per Abbat.

1 [Con este verso comienza el manuscrito del *CMC*. La eficacia estética de este fragmento inicial, que construye con muy escasos elementos una visión desolada de las posesiones que el desterrado va a dejar atrás de inmediato, ha hecho pensar a algunos críticos que la hoja que falta al inicio del manuscrito del *CMC* (véase Intr., págs. 39-42) estaba en blanco, y que el comienzo del texto conservado es el original, y se trata, por tanto, de un comienzo *in medias res,* artificio retórico habitual en la épica. Sin embargo, el anafórico *estávalos* del v. 2 exige un antecedente (los *palaçios* mencionados en el texto reconstruido a partir de las crónicas), lo que demuestra que falta texto. Es muy eficaz el dibujo que hace el juglar, con muy pocos trazos, de Rodrigo Díaz de Vivar: en medio de una gran desgracia aparece afectado pero sereno (la fórmula «llorar de los ojos» —frecuente en el *CMC,* vv. 18, 370, 2023, 2863— no es pleonástica, sino que hace referencia al llorar sólo con lágrimas, sin gritos ni gestos —mesarse los cabellos, romperse los vestidos— de los que solían acompañar el llanto), y sereno en la constatación del origen de su desgracia (vv. 7-9). En esa caracterización ya se señala, por sucesivas designaciones metonímicas, la mesura como rasgo esencial del héroe (véase lo dicho en Intr., págs. 56-60)].

Vío puertas abiertas e uços sin cañados,
alcándaras vázias sin pielles e sin mantos
e sin falcones e sin adtores mudados.
Sospiró mio Çid, ca mucho avié grandes cuidados.
Fabló mio Çid bien e tan mesurado:
«¡Grado a tí, señor padre, que estás en alto!
»Esto me an buelto mios enemigos malos.»

[2] *Agüeros en el camino de Burgos.*

Allí pienssan de aguijar, allí sueltan las riendas.
A la exida de Bivar ovieron la corneja diestra,
e entrando a Burgos oviéronla siniestra.
Meçió mio Çid los ombros y engrameó la tiesta:
«¡Albricia, Álbar Fáñez, ca echados somos de tierra!
»Mas a grand ondra tornaremos a Castiella.»

[3] *El Cid entra en Burgos.*

Mio Çid R*o*y Díaz por Burgos entr*óve,*
En su*e* conpaña sessaenta pendones;
16*b* exién lo ve*e*r mugieres e varones,
burgeses e burgesas por las finiestras son*e,*
plorando de los ojos, tanto avién el dolor*e.*
De las sus bocas todos dizían una razón*e:*
«¡Dios, qué buen vassallo, si oviesse buen señor*e!»*

---

7 El *fablar tan mesurado*, 'tan comedidamente', era una virtud muy estimada en un caballero. [Véase la n. al v. 960 y T. L. 2.1.2.].

9 El Cid alude a los que le acusaron falsamente ante el rey (comp. con v. 267). [Véase para la identificación de uno de estos «enemigos malos» el v. 1836.]

12 Cuando en el camino volaba la corneja de la derecha a la izquierda, era un buen agüero. El agüero que observaba el Cid, era, pues, adverso.

14-14*b* [véase T. L. 2.2.1.].

15 La paragoge de que doy una muestra en esta copla se usaba en el canto de la poesía narrativa para nivelar las terminaciones agudas *(entró)* con las llanas *(pendones)*. Esta forma de paragoge antigua *entró-ve* (así

y los postigos sin candados; vacías las perchas, donde
antes colgaban mantos y pieles, o donde solían posar los
5 halcones y los azores mudados. Suspiró el Cid, lleno de
tribulación, y al fin dijo así con gran mesura:

—¡Loado sea Dios! A esto me reduce la maldad de mis enemigos.

[2] *Agüeros en el camino de Burgos.*

10 Ya aguijan, ya sueltan la rienda. A la salida de Vivar
vieron la corneja al lado derecho del camino; entrando a
Burgos, la vieron por el lado izquierdo. El Cid se encoge
de hombros, y sacudiendo la cabeza:

—¡Albricias, Álvar Fáñez —exclama—; nos han desterrado, pero hemos de tornar con honra a Castilla!

[3] *El Cid entra en Burgos.*

Ya entra el Cid Ruy Díaz por Burgos; sesenta pendones
15 le acompañan. Hombres y mujeres salen a verlo; los burga-
16*b* leses y las burgalesas se asoman a las ventanas; todos afli-
gidos y llorosos. De todas las bocas sale el mismo lamento:
20 —¡Oh Dios, qué buen vasallo si tuviese buen señor!

---

usada en la *Gesta de los Infantes de Lara*, pero en los romances del siglo XV sería *entro-e)* se hallaba sin duda en el original de que se sirvió Per Abbat, pues este copió *entrava,* estropeando el asonante. [Para este recurso a la *e* paragógica, véase Intr., págs. 63-68].

16 Aquí la gente del Cid se cuenta por el número de pendones. Más común es contar por el de lanzas, como en v. 419, en el cual se advierte que todas las lanzas llevaban pendones, igual que en v. 723.

20 [«¡Dios, qué buen vasallo sería el Cid si tuviera un buen señor al que servir!» Este verso, que refleja el sentir de gran parte de los habitantes de Burgos, muestra las simpatías que el héroe concitaba y formula escuetamente el núcleo conflictivo de la primera parte del poema (véase Intr., págs. 56-62: la pérdida de la honra pública del Cid ante su señor natural, el rey Alfonso, que le condena al destierro y rompe con ello el vínculo de vasallaje entre señor y vasallo. Versos similares a este aparecen en la lírica francesa; véase el Prólogo de Riquer, pág. 19].

[4] *Nadie hospeda al Cid.—Sólo una niña le dirige la palabra para mandarle alejarse.—El Cid se ve obligado a acampar fuera de la población, en la glera.*

Conbidar le ien de grado, mas ninguno non osava:
el rey don Alfonsso tanto avié la grand saña.
Antes de la noche en Burgos dél entró su carta,
con grand recabdo e fuertemientre se*e*llada:
que a mio Çid R*o*y Díaz, que nadi nol' diessen posada,
e aquel que gela diesse sopiesse vera palabra
que perderié los averes e más los ojos de la cara,
e aun demás los cuerpos e las almas.
Grande duelo avién las yentes cristianas;
ascóndense de mio Çid, ca nol' osan dezir nada.
El Campeador adeliñó a su posada;
así commo llegó a la puorta, fallóla bien çerrada,
por miedo del rey Alfons, que assí lo para*ran:*
que si non la quebrantás, que non gela abriesse*n* por nad*a*.
Los de mio Çid a altas vozes llaman,
los de dentro non les querién tornar palabra.
Aguijó mio Çid, a la puerta se llegaua,
sacó el pie del estribera, una ferídal' dava;
non se abre la puerta, ca bien era çerrada.
Una niña de nuef años a ojo se parava:
«¡Ya Campeador, en buen*a* çinxiestes espada!
»El rey lo ha vedado, anoch dél *en*tró su carta,
»con grant recabdo e fuertemientre se*e*llada.
»Non vos osariemos abrir nin coger por nada;

---

21 [Se subraya el desamparo en que se encuentra el desterrado. A la desolación causada por los objetos (vv. 1-5) se suma la causada por la falta de apoyo de los ciudadanos de Burgos, inhibidos por el terror que les infunde la prohibición de auxiliar al Cid. El rigor del castigo regio se muestra implacable].

27 Este verso y el siguiente resumen la cláusula penal que solía ponerse en las cartas de la alta Edad Media, maldiciendo con ceguera y excomunión al que violase lo dispuesto en aquellas, y condenándole además a una multa. Alfonso VI usó realmente de esta cláusula en sus diplomas, pero Alfonso VII la abandonó, y, por tanto, iba ya haciéndose arcaica cuando se escribió el *Cantar.*

[4] *Nadie hospeda al Cid.—Sólo una niña le dirige la palabra para mandarle alejarse.—El Cid se ve obligado a acampar fuera de la población, en la glera.*

¡Con cuánto gusto le hospedarían! Pero nadie osa, por miedo a la saña de don Alfonso. Antes de anochecer han llegado a Burgos cartas suyas con prevenciones muy severas y autorizadas por el sello real. Mandan que nadie dé posada al Cid Ruy Díaz, y que quien se atreva a hacerlo sepa por cierto que perderá sus bienes, y además los ojos de la cara y aun el cuerpo y el alma. Gran duelo tienen todos. Huyen de la presencia del Cid, no atreviéndose a decirle palabra.

El Campeador se dirigió a su posada; llegó a la puerta, pero se encontró con que la habían cerrado en acatamiento al rey Alfonso, y habían dispuesto primero dejarla romper que abrirla. La gente del Cid comenzó a llamar a voces; y los de adentro, que no querían responder. El Cid aguijó su caballo y, sacando el pie del estribo, golpeó la puerta; pero la puerta, bien remachada, no cedía.

A esto se acerca una niña de unos nueve años:

—¡Oh, Campeador, que en buena hora ceñiste espada! Sábete que el rey lo ha vedado, y que anoche llegó su orden con prevenciones muy severas y autorizadas por sello real. Por nada en el mundo osaremos abriros nues-

---

29 Las *yentes cristianas* significa 'todos'; como en frases negativas *cristiano* significa persona viviente, nadie (vv. 93, 1295, 1788; comp. con v. 145 [y la nota que lo acompaña]).

41 *en buena,* omitiendo el sustantivo *hora*, caso muy corriente; así Berceo dice: «ca en buena naçieron». *[En buena çinxiestes espada* es una de las fórmulas con las que se alude habitualmente al Cid a lo largo del poema véase Intr., págs. 63-68 y T. L. 2.3.1.].

42-43 [Nótese la práctica identidad de estos versos con los vv. 23-24, en el primer caso en boca del narrador, en el segundo en boca de la niña. Esa misma correlación se produce entre los vv. 45-46 y 27].

»si non, perderiemos   los averes e las casas,
»e *aun* demás   los ojos de las caras.
»Çid, en el nuestro mal   vós non ganades nada;
»mas el Criador vos vala   con todas sus vertudes santas.»
Esto la niña dixo   e tornós' pora su casa.
Ya lo ve*de* el Çid   que del rey non avié graçia.
Partiós' dela puerta,   por Burgos aguijaua,
llegó a Santa María,   luego descavalga;
fincó los inojos,   de coraçón rogava.
La oraçión fecha,   luego cavalgava;
salió por la puerta   e Arlançón p*as*sava.
Cabo *Burgos* essa villa   en la glera posava,
fincava la tienda   e luego descavalgava.
Mio Çid R*o*y Díaz,   el que en buen*a* çinxo espada,
posó en la glera   quando nol' coge nadi en casa;
derredor dél   una buena conpaña.
Assí posó mio Çid   commo si f*o*sse en montaña.
Vedada l'an conpra   dentro en Burgos la casa
de todas cosas   quantas son de vianda;
nol osarién vender   al menos dinarada.

[5] *Martín Antolínez viene de Burgos a proveer de víveres al Cid.*

Martín Antolínez,   el Burgalés conplido,
a mio Çid e alos s*o*s   abástales de pan e de vino;
non lo conpra,   ca él se lo avié consigo;
de todo conducho   bien los ovo bastidos.

---

52 *Santa María* es la catedral de Burgos que Alfonso VI estaba edificando en el año 1075 sobre el palacio de su padre Fernando I. En el siglo XIII, Fernando III derribó esta antigua iglesia para levantar la que hoy admiramos.

56 El Cid pasa el río Arlanzón por el puente de Santa María (así llamado por estar inmediato a la iglesia catedral, donde el Cid acababa de hacer oración) y acampa en la glera o arenal del río.

tras puertas ni daros acogida, porque perderíamos nuestros bienes y casa, amén de los ojos de la cara. ¡Oh, Cid: nada ganarías en nuestro mal! Sigue, pues, tu camino, y válgate el Creador con todos sus santos.

Así dijo la niña, y se entró en su casa. Comprende el Cid que no puede esperar gracia del rey y, alejándose de la puerta, cabalga por Burgos hasta la iglesia de Santa María, donde se apea del caballo y, de hinojos, comienza a orar. Hecha la oración, vuelve a montar, y, saliendo por la puerta de Santa María, cruza el Arlanzón. Al lado de Burgos, pasado el río, está el arenal donde acampa, manda izar la tienda y deja el caballo. Así el Cid Ruy Díaz, que en buena hora ciñó su espada, cuando ve que no le acoge nadie, decide acampar en el arenal. Muchos son los que le acompañan. Allí se instala el Cid como en pleno monte. También le han vedado comprar sus viandas en el pueblo de Burgos, y nadie osaría venderle ni la ración mínima que se obtiene por un dinero.

[5] *Martín Antolínez viene de Burgos a proveer de víveres al Cid.*

Martín Antolínez, un cumplido burgalés, procura al Cid y a los suyos el pan y la bebida; no desobedece al rey, porque nada compra; todo lo que daba era suyo. Y así pudo

---

62 *Burgos la casa,* 'la población de Burgos', como vv. 842, 1606, etc.; véase también v. 1232. El rigor extremo que el rey usa con el Cid se manifiesta no sólo en la prohibición de hospedarle, sino en la de venderle viandas. Las *Partidas* y el Fuero Viejo expresan que el rey no debe prohibir la venta de viandas al desterrado; no obstante, todavía en el siglo XV hay ejemplos de tal prohibición.

64 La *dinarada* era la cantidad de víveres que se compraba por un dinero, y solía ser ración suficiente para una persona.

65 [Este *Martín Antolínez* (no identificable con personaje histórico conocido) aparece providencial y súbitamente en socorro del Cid y su hueste. A lo largo de todo el *CMC* se distinguirá como uno de los más eficaces y leales caballeros de la hueste cidiana].

Pagós' mio Çid - el Campeador *conplido,*
69b e todos los otros que van a so çervicio.
Fabló Martín Antolínez, odredes lo que á dicho:
«¡Ya Canpeador, en buen ora f*o*stes naçido!
»Esta noch y*a*gamos e vay*á*mosnos al matino,
»ca acusado seré de lo que vos he seruido,
»en ira del rey Alffons yo seré metido.
»Si con vusco escapo sano o bivo,
»aun çerca o tarde el rey querer m' á por amigo;
»si non, quanto dexo no lo preçio un figo.»

[6] *El Cid empobrecido acude a la astucia de Martín Antolínez.—Las arcas de arena.*

Fabló mio Çid, el que en buen ora çinxo espada:
«¡Martín Antolínez, sodes ardida lança!
»Si yo bivo, doblar vos he la soldada.
»Espeso é el oro e toda la plata,
»bien lo ve*e*des que yo no trayo *nada,*
»huebos me serié pora toda mi compaña;
»fer lo he amidos, de grado non avrié nada.
»Con vuestro consejo bastir quiero dos arcas;
»inchámoslas d'arena, ca bien serán pesadas,
»cubiertas de guadalmeçí e bien enclaveadas.

---

77 «non val un figo» y otras expresiones semejantes («un moxquito», «una mançana», etc.) no estaban excluidas en la literatura medieval del estilo elevado, como lo están hoy las frases correspondientes («no me importa un comino», «un ardite», «tres pitos», etc.). Aparecen usadas en todos los buenos autores, como Berceo, el *Alexandre,* el Arcipreste de Hita.

81 [Esta afirmación del Cid y el episodio que sigue muestran su pobreza absoluta, lo que evidencia la falsedad de las acusaciones de robo de impues-

proporcionarles las necesarias provisiones, de que queda-
ban contentos el buen Cid Campeador y todos los suyos.
69*b* Habló, pues, Martín Antolínez; oíd lo que dijo:
70 —¡Oh, Campeador, que en buena hora nacisteis: repo-
semos aquí esta noche; partamos por la mañana; porque
sin duda me acusarán de lo que he hecho por vos, y la ira
del rey Alfonso me perseguirá. Si logro escapar sano y
75 salvo a vuestro lado, tarde o temprano el rey me ha de
querer por amigo; de lo contrario, cuanto soy y valgo no
lo aprecio ya en nada.

[6] *El Cid empobrecido acude a la astucia de Martín Antolínez.—Las arcas de arena.*

Y el Cid, que en buena hora ciñó espada, le contestó:
—Martín Antolínez, caballero de valiente lanza: si
80 Dios me concede vida, os he de doblar el sueldo. He gas-
tado todo el oro y la plata: bien veis que nada traigo con-
migo y buena falta me haría para todos los que me
siguen. Me lo he de procurar a la fuerza, ya que de vo-
luntad no me lo han de dar. Con vuestro consejo, quiero
85 que construyamos dos arcas y las llenemos de arena de
manera que pesen mucho y sean forradas de cuero la-
brado y bien claveteadas.

---

tos que causan su destierro. Durante todo este Primer Cantar, y en gradación decreciente, el factor económico (de una economía primero de supervivencia, luego de extraordinario enriquecimiento) está muy presente en el texto: constantemente se habla del botín, de su reparto tras los combates, de pagos a soldados, de los recursos para mantener la hueste, etc. En la épica francesa —la más importante en la Edad Media— jamás se habla de estos aspectos, lo que acentúa su significación en el *CMC]*.

[7] *Las arcas destinadas para obtener dinero de dos judíos burgaleses.*

»Los guadameçís vermejos   e los clavos bien dorados.
»Por Raquel e Vidas   vayádesme privado:
»quando en Burgos me vedaron compra   y el rey me á ayrado,
»non puedo traer el aver,   ca mucho es pesado,
»enpeñar gelo he   por lo que f*o*re guisado;
»de noche lo lieven,   que non lo vean cristianos.
»Véalo el Criador   con todos los sos santos,
»yo más non puedo   e amidos lo fago.»

[8] *Martín Antolínez vuelve en busca de los judíos.*

Martín Antolínez   non lo detar*da*va,
passó por Burgos,   al castiello entrava,
por Raquel e Vidas   apriessa demandava.

[9] *Trato de Martín Antolínez con los judíos.—Estos van a la tienda del Cid.—Cargan con las arcas de arena.*

Raquel e Vidas   en uno estavan amos,
en cuenta de sus averes,   de los que avién ganados.

---

88 En este verso de encadenamiento, repitiendo el final de la copla anterior, hace resaltar que el discurso del Cid continúa a pesar del cambio de asonancia. En la primera parte, el Cid expone su situación real; en la segunda indica la que puede fingirse entre los judíos.

90 y sigs. [El Cid narra a su fiel Martín Antolínez la treta que van a gastar a los judíos Raquel y Vidas para disponer del dinero necesario para mantener a la hueste. Este detallado relato se realiza sin ningún tipo de fórmula narrativa introductoria del tipo «les dirás», «diles que», lo que aligera el relato. Después, Martín Antolínez expone a Raquel y Vidas una situación coincidente con la calumnia que ha hecho caer en desgracia al Cid (y que ya debía ser del dominio público): que el Cid ha robado parte de los tributos que recaudó para el rey (vv. 111-112). El astuto Antolínez sabe emplear para su provecho (el del Cid y el de todas sus gentes) la situación que ha sido origen de su desgracia, recono-

[7] *Las arcas destinadas para obtener dinero de dos judíos burgaleses.*

—Sea bermejo el cuero, dorados los clavos. Id después a buscarme prontamente a Raquel y a Vidas. «Puesto que me vedan la compra en Burgos y me destierra la ira del rey —les diré—, no puedo llevar conmigo mis bienes, que pesan mucho; por lo cual prefiero empeñárselos a un precio razonable.» Llévenles las arcas de noche, no lo vea nadie. Sólo lo vea y lo juzgue el Creador, con todos los santos; Él sabe que no puedo más, que lo haga forzado.

[8] *Martín Antolínez vuelve en busca de los judíos.*

Martín Antolínez, sin tardar, entra a Burgos, llega al castillo de la ciudad (donde moran los judíos), y pregunta urgentemente por Raquel y Vidas.

[9] *Trato de Martín Antolínez con los judíos.—Estos van a la tienda del Cid.—Cargan con las arcas de arena.*

Juntos estaban Raquel y Vidas haciendo cuentas de sus ganancias, cuando llegó a ellos Martín Antolínez el prudente:

---

ciendo la calumniosa detracción de tributos como origen de las presuntas riquezas que llenan las arcas y que captarán la codicia de los prestamistas.]

92 *guisado,* 'justo, razonable'. El autor emplea más comúnmente *aguisado* (vv. 132, 143, 197).

95 La refundición del *Cantar* conocida a fines del siglo XIII por la *Primera Crónica General,* moralizaba más los pensamientos del Cid, añadiendo a sus palabras estas otras: «mas si Dios me diese consejo (esto es: me ayudase), yo gelo emendaré e gelo pecharé todo».

96 [En el manuscrito aparece tras este verso otro idéntico al v. 99 («por Raquel e Vidas...»). Menéndez Pidal consideró la duplicidad un error de copista, y suprimió el primero de ellos: eso explica el salto en la numeración (el suprimido es el 97)].

98 Era costumbre que la judería estuviese incluida dentro de las fortificaciones del castillo de las ciudades.

Llegó Martín Antolínez   a guisa de menbrado:
«¿Ó sodes, Raquel e Vidas,   los mios amigos caros?
»En poridad   fablar querría con amos.»
Non lo detardan,   todos tres se apartaron.
«Raquel e Vidas,   amos me dat las manos,
»que non me descubrades   a moros nin a cristianos;
»por siempre vos faré ricos   que non seades menguados.
»El Campeador   por las parias f*o* entrado,
»grandes averes priso   e mucho sobejanos,
»retovo dellos   quanto que f*o* algo;
»por én vino a aquesto   por que f*o* acusado.
»Tiene dos arcas   llennas de oro esmerado.
»Ya lo ve*e*des   que el rey le á ayrado.
»Dexado ha heredades   e casas e palaçios.
»Aquellas non las puede levar,   sinon, serié ventad*o;*
»el Campeador   dexar las ha en vuestra mano,
»e prestalde de aver   lo que sea guisado.
»Prended las arcas   e metedlas en vuestro salvo;
»con grand jura   meted ý las fe*d*es amos,
»que non las catedes   en todo aqueste año.»
Raquel e Vidas   seiense consejando:
«Nós huebos avemos   en todo de ganar algo.
»Bien lo sabemos   que él algo á gañ*ad*o,
»quando a tierra de moros entró,   que grant aver *á* sac*ad*o;
»non duerme sin sospecha   qui aver trae monedado.
»Estas arcas   prendámoslas am*o*s,
»en logar las metamos   que non sea ventad*o*.
»Mas dezidnos del Çid,   ¿de qué será pagado,
»o qué ganançia nos dará   por todo aqueste año?»
Respuso Martín Antolínez   a guisa de menbrado:
«Myo Çid querrá   lo que ssea aguisado;
»pedir vos á poco   por dexar so aver en salvo.

---

106 El apretón de manos es un acto simbólico equivalente a la promesa jurada, muy difundido en la antigüedad y aún vigente en algunos pueblos. Hasta llegó a hacerse la frase *dar la mano que...,* como sinónima de «prometer que…», según se ve en este verso que anotamos.

—¿Dónde están Raquel y Vidas, mis queridos amigos? Quisiera hablar con ellos a solas.

Y, en efecto, se apartaron los tres.

—Raquel y Vidas, vengan esas manos (en prenda de fidelidad), que no me descubriréis ni a moros ni a cristianos. Quiero haceros ricos para siempre de modo que no paséis más trabajos. Sabed, pues, que el Campeador ha venido por unos tributos y ha cobrado bienes incontables y extraordinarios, reteniendo para sí cuanto había de algún valor, de lo cual ha sido acusado. Tiene llenas de oro fino dos arcas. Sabréis, además, que está airado por el rey, y ha tenido que abandonar sus heredades, sus casas y sus palacios. No puede llevarse consigo las riquezas, porque sería descubierto, y desea el buen Campeador dejarlas en vuestras manos, y que le prestéis por la prenda una cantidad razonable. Coged, pues, las arcas, ponedlas en seguro, y prometed y jurad que no las habéis de tocar en todo este año.

Raquel y Vidas se ponen a meditar:

—A nosotros nos importa sacar de todo alguna ventaja. Ya sabíamos, en efecto, que él también ha sacado algo de los bienes que cobró en tierra de moros. Quien mucho dinero acuñado guarda, no duerme tranquilo. Tomemos, pues, estas arcas, y guardémoslas donde nadie lo huela.

—Pero veamos: ¿cuánto pedirá el Cid, y qué interés nos pagará por todo este año?

Y el prudente Martín Antolínez repuso:

—El Cid se contentará con lo que sea justo; poco pedirá, con tal de dejar en salvo sus riquezas. De todas par-

---

107 [Véase n. al v. 145].

116 *ventado*, 'descubierto', como en v. 128 (metáfora tomada del vocabulario de la caza: el perro vienta la caza); se refiere al robo de las parias de que se acusaba al Cid.

»Acógensele omnes   de todas partes me*n*guados,
»á menester   seysçientos marcos.»
Dixo Raquel e Vidas: «Dar gelos *hemos* de grado.»
—«Ya vedes que entra la noch,   el Çid es pressurado,
»huebos avemos   que nos dedes los marcos.»
Dixo Raquel e Vidas: «Non se faze assí el mercado,
»sinon primero prendiendo   e después dando.»
Dixo Martín Antolínez: «Yo desso me pago.
»Amos tred   al Campeador contado,
»e nós vos ayudaremos,   que assí es aguisado,
»por aduzir las arcas   e meterlas en vuestro salvo,
«que non lo sepan   moros nin cristianos.»
Dixo Raquel e Vidas: «Nós desto nos pagamos.
»Las arcas aduchas,   prendet seyesçientos marcos.»
  Martín Antolínez   caualgó privado
con Raquel e Vidas,   de voluntad e de grado.
Non viene a la puent,   ca por el agua á passado,
que gelo non ventassen   de Burgos omne nado.
Afévoslos a la tienda   del Campeador contado;
assí commo entraron   al Çid besáronle las manos.
Sonrrisós mio Çid,   estávalos fablando:
«¡Ya don Raquel e Vidas,   avédesme olbidado!
»Ya me exco de tierra,   ca del rey so ayrado.
»A lo quem' semeja,   de lo mio avredes algo;
»mientra que vivades   non seredes menguados.»
Raquel e Vidas a mio Çid   besáronle las manos.

---

136 Cuando el verbo precede a varios sujetos, suele ir en singular (véanse vv. 139, 146, 3422, etc.).

142 El verbo «traer», en imperativo, significaba 'ven'; así el *Fuero de Plasencia* traduce *veni mecum* por 'trae conmigo'; Juan Ruiz dice también «trete con migo».

145 *moros nin cristianos* significa 'nadie'; la expresión indefinida señalada en el v. 29, *cristianos,* 'nadie', que es común a todas las lenguas romances, tuvo en España la curiosa ampliación de añadirle la mención de los *moros* a causa de la convivencia en nuestro suelo de otro gran pueblo que no era cristiano. La misma expresión se usa en v. 107 y semejante en vv. 3286

tes se le vienen a juntar los desheredados, y él necesita unos seiscientos marcos para pagar a su gente.

Y dijeron Raquel y Vidas:

—Los daremos de buena gana.

—Pues mirad que viene la noche, el Cid está de prisa, y necesitamos que nos deis los marcos.

Y dijeron Raquel y Vidas:

—No se hacen así los negocios, sino primero tomando y después dando.

—Conformes —dice Martín Antolínez—. Venid ambos con el ilustre Campeador ahora mismo, y os ayudaremos, como es justo, a acarrear las arcas y ponerlas en seguro, donde moros ni cristianos lo sepan.

Y Raquel y Vidas:

—Bien está. Y una vez aquí las arcas, recibiréis los seiscientos marcos.

Y hete aquí a Martín Antolínez cabalgando muy apresurado en compañía de Raquel y Vidas. Pero no han pasado por el puente; para que no los sientan los de Burgos, cruzan por el agua.

Pronto llegan a la tienda del Campeador; apenas entran, van a besar las manos al Cid. El Cid, sonriente les habla:

—¡Hola, don Raquel y don Vidas, no os habréis olvidado de mí! Voy desterrado: me ha echado el rey. Se me figura que vais a compartir de lo mío. No pasaréis más trabajos en vuestros días.

---

y 3514. En frases positivas hallamos: *moros e cristianos,* 'todo el mundo' (vv. 1242, 2729; comp. con v. 901).

150 No quiere pasar el puente de Santa María (véase n. a v. 56) para no ser visto.

152 *afé* (vv. 262, 1597, 2947) o *fe* (vv. 269, 1452) es el adverbio demostrativo 'he' (de origen árabe) que generalmente se usa seguido de un pronombre personal enclítico, 'heme', 'hete', 'heos'.

159 Los judíos besan de nuevo la mano del Cid en señal de gracias por el favor que les acaba de prometer. También se besaba la mano al ir a pedir un favor, como se verá en vv. 174 y 179.

Martín Antolínez el pleyto á parado,
que sobre aquellas arcas dar le ien seysçientos marcos,
e bien gelas guardarién fasta cabo del año;
ca assil' dieran la fe*d* e gelo auién jurado,
que si antes las catassen que f*o*ssen perjurados,
non les diesse mio Çid de ganançia un dinero malo.
Dixo Martín Antolínez: «Carguen las arcas privado.
»Levaldas, Raquel e Vidas, ponedlas en vuestro salvo;
»yo iré convusco, que adugamos los marcos,
»ca a mover á mio Çid ante que cante el gallo.»
Al cargar de las arcas veriedes gozo tanto:
non las podién poner en somo maguer eran esforçados.
Grádanse Raquel e Vidas con averes monedados,
ca mientra que visquiessen refechos eran amos.

[10] *Despedida de los judíos y el Cid.—Martín Antolínez se va con los judíos a Burgos.*

Raquel a mio Çid la manol' *h*a besa*da:*
«¡Ya Canpeador, en buena çinxiestes espada!
»de Castiella vos ides pora las yentes estrañas.
»Assí es vuestra ventura, grandes son vuestras ganançias;
»una piel vermeja morisca e ondrada,
»Çid, beso vuestra mano en don que la yo aya.»
—«Plazme», dixo el Çid, «d'aquí sea mandada.
»Si vos la aduxier d'allá; si non, contalda sobre las arcas».

---

168 *que* es aquí conjunción final (como en vv. 93, 151, 562, etc.).

179 Como el besar la mano precedía a la petición de un favor (v. 159), se llegó a hacer la frase *besar la mano que...*, como sinónima de 'pedir que...' (vv. 880, 1324, etc.; caso semejante al explicado en v. 106).

181-182 [Los versos que aparecen en cursiva no constan en el manuscrito. Menéndez Pidal los reconstruyó por conjetura a partir del texto de las crónicas, por entender que existía una clara discontinuidad narrativa (cambio de lugar, de personajes) entre el v. 181 (y anteriores) y el v. 182 (y siguientes). Esto mismo sucede en otras ocasiones a lo largo del cantar (véase Esta edición, págs. 76-77)].

Y Raquel y Vidas le besaron las manos. Martín Antolínez ha concertado ya el negocio, pidiendo seiscientos marcos sobre aquellas arcas que los judíos han de guardar cuidadosamente hasta fin de año. Ellos le han prometido y dado fe de no tocarlas antes, pena de perjurio y de no percibir un mal dinero, como interés sobre el préstamo.

—Carguen al instante las arcas —dice Martín Antolínez—. Llevadlas, Raquel y Vidas; ponedlas en vuestro secreto. Os acompañaré para que nos deis los marcos convenidos, porque el Cid tiene que marcharse antes que cante el gallo.

¡Vierais qué alegría de cargar las arcas! Aunque forzudos, apenas podían ponerlas sobre el lomo de las bestias. Gozosos estaban Raquel y Vidas con sus riquezas, y ya se daban por opulentos para todos sus días.

[10] *Despedida de los judíos y el Cid.—Martín Antolínez se va con los judíos a Burgos.*

Raquel le ha besado la mano al Cid (para hacerle una petición):

—Campeador, Campeador, que en buena hora ceñisteis espada: ya os alejáis de Castilla y vais a vivir entre extrañas gentes. Tal es vuestra ventura, muy grandes serán vuestras ganancias. ¡Oh, Cid, os beso la mano y os pido que me deis una piel bermeja, morisca, hermosa!

—Que me place —dijo el Cid—. Desde ahora está concedida, sea que os la traiga de allá, o si no, descontadla del valor de las arcas.

---

181 Entiéndase: 'Si vos la aduxier d'allá, bien; si non...'. Cuando se contraponen dos períodos hipotéticos, era muy común suprimir el adverbio que completa el primero. 'Si esa piel morisca os la trajera de mi destierro, bien; si no, descontadla del valor de las arcas'; comp. con vv. 832-833 y también con vv. 421 y 504.

Raquel e Vidas   las arcas levavan,
con ellos Martín Antolínez   por Burgos entrava.
Con todo recabdo   llegan a la posada;
en medio del palaçio   tendieron un almoçalla,
sobr'ella una sávana   de rançal e muy blanca.
A tod' el primer colpe   trezientos marcos de plata,
notólos don Martino,   sin peso los tomava;
los otros trezientos   en oro gelos pagavan.
Çinco escuderos tiene don Martino,   a todos los cargava.
Quando esto ovo fecho,   odredes lo que fablava:
«Ya, Don Raquel e Vidas,   en vuestras manos son las arcas;
»yo, que esto vos gané,   bien mereçía calças.»

[11] *El Cid, provisto de dinero por Martín Antolínez, se dispone a marchar.*

Entre Raquel e Vidas   aparte ixieron amos:
«Démosle buen don,   ca él no' lo ha buscado.
»Martín Antolínez,   un burgalés contado,
»vos lo mereçedes,   darvos queremos buen dado,
»de que fagades calças   e rica piel e buen manto.
»Dámosvos en don   a vos treínta marcos;
»mereçer no' lo hedes,   ca esto es aguisado:
»atorgar nos hedes   esto que avemos parado.»
Gradeçiólo don Martino   e recibió los marcos;
gradó exir de la posada   e espidiós' de amos.
Exido es de Burgos   e Arlançón á passado,
vino pora la tienda   del que en buen ora nasco.
Reçibiólo el Çid   abiertos amos los braços:
«¿Venides, Martín Antolínez,   el mio fi*d*el vassallo?

---

183 *rançal* significa 'tela de hilo muy fina'. En los textos del siglo XIII se halla, por lo común, otra forma diferente: «rançán».

185 No bastaba contar la moneda antigua, sino que debía pesarse, dada la irregularidad de sus piezas.

187 *[Çinco escuderos:* el peso estimado de las monedas que Martín Antolínez se lleva a cambio del depósito de las arcas es de unos 140 kilos, por ello es preciso el auxilio de esos cinco escuderos para su transporte].

Ya se llevaban las arcas Raquel y Vidas, y con ellos entraba en Burgos Martín Antolínez. Cautelosamente llegaron a la posada. Tendieron en mitad de la sala una alfombrilla, y sobre ella una sábana de hilo muy fina y blanca. De una vez contó allí don Martín trescientos marcos de plata, sin pesarlos; y los otros trescientos se los pagaron en oro. Cinco escuderos traía consigo; a todos los carga. Hecho esto, dijo lo que oiréis.

—Ya están en vuestras manos las arcas, amigos Raquel y Vidas. Bien merezco unas calzas en agasajo por lo que os he hecho ganar.

[11] *El Cid, provisto de dinero por Martín Antolínez, se dispone a marchar.*

Y Raquel y Vidas se alejaron un poco, hablando entre sí:

—Démosle algún buen regalo; él nos ha procurado este negocio. ¡Ea, pues! Martín Antolínez, burgalés ilustre, vos lo merecéis y a nosotros place obsequiaros con que os mandéis hacer unas calzas, rica piel y precioso manto. He aquí, pues, treinta marcos para vos; bien los merecéis, puesto que os toca, en justicia, ser el fiador de lo que hemos pactado.

Muy agradecido recibió don Martín los marcos, y tras de haberse despedido, salió de la posada. Ya sale de Burgos, ya cruza el Arlanzón, ya está de nuevo en la tienda del Cid bienhadado. Con los brazos abiertos lo recibe el Cid.

—¿Sois vos, Martín Antolínez, mi fiel vasallo? ¡Ojalá

---

190 Se daban realmente las calzas, o el dinero correspondiente para comprarlas (comp. con v. 195).

191 La preposición *entre* se antepone frecuentemente a los nombres unidos por conjunción copulativa (vv. 842, 1549, 2087, etc.).

192 *no' lo* por *nos lo,* como en vv. 197, 2364.

204 *¿Venides?,* interrogación muy común en los saludos (vv. 489, 1479, etcétera). En las despedidas, *¿Ides vos?* (vv. 829, 1397).

»¡Aun vea el día que de mí ayades algo!»
—«Vengo, Campeador, con todo buen recabdo:
»vós seysçientos e yo treynta he ganados.
»Mandad coger la tienda e vayamos privado,
»en San Pero de Cardeña í nos cante el gallo;
»veremos vuestra mugier, menbrada fija d'algo.
»Mesuraremos la posada e quitaremos el reynado;
»mucho es huebos, ca çerca viene el pla*zdo*.»

[12] *El Cid monta a caballo y se despide de la catedral de Burgos, prometiendo mil misas al altar de la Virgen.*

Estas palabras dichas, la tienda es cogida.
Mio Çid e sus conpañas cavalgan tan aína.
La cara del cavallo tornó a Santa María,
alçó su mano diestra, la cara se santigua:
«A tí lo gradesco, Dios, que çielo e tierra guías;
»¡válanme tus vertudes, gloriosa santa María!
»D'aquí quito Castiella, pues que el rey he en ira;
»non sé si entraré í más en todos los mios días.
»Vuestra vertud me vala, Gloriosa, en mi exida
»e me ayude *e* me acorra de noch e de día!
»Si vós assí lo fiziéredes e la ventura me f*o*re complida,
»mando al vuestro altar buenas donas e ricas;
esto *he* yo en debdo que faga í cantar mil missas.»

[13] *Martín Antolínez se vuelve a la ciudad.*

Spidiós' el caboso de cuer e de veluntad.
Sueltan las riendas e pienssan de aguijar.
Dixo Martín Antolínez *el Burgalés leal:*

---

210 [Jimena, la mujer del Cid —a la que aquí se menciona por vez primera—, provenía de una noble familia asturiana].

222 *de noch e de día* es frase adverbial muy usada, en vez de 'siempre, continuamente' (vv. 2045, 824, 1547, etc.).

llegue día en que pueda recompensaros lo que habéis hecho!

—Soy yo, Campeador, que traigo buenas nuevas. Vos habéis ganado seiscientos, yo treinta. Mandad recoger la tienda y alejémonos a toda prisa, que nos cante el gallo en San Pedro de Cardeña. Allí veremos a vuestra hidalga y digna mujer. Abreviaremos la estancia, y abandonaremos el reino; que ya es fuerza, porque el plazo está por cumplirse.

[12] *El Cid monta a caballo y se despide de la catedral de Burgos, prometiendo mil misas al altar de la Virgen.*

Dicho esto, recogieron la tienda y cabalgaron a toda prisa el Cid y los suyos. Vuelve el Cid su caballo hacia Santa María y, alzando la diestra y santiguándose, dice:

—¡Loado sea Dios, señor del cielo y de la tierra! ¡Gloriosa santa María, válgame tu amparo! La ira del rey me destierra de Castilla; ni siquiera sé si he de volver a ella en mis días. Válgame tu socorro, gloriosa Virgen: no me desampares ni de noche ni de día. Si así lo hicieres y la ventura me acompaña, desde ahora ofrezco para tu altar bellas y ricas donas, y prometo que te haré cantar un millar de misas.

[13] *Martín Antolínez se vuelve a la ciudad.*

Así se despidió aquel varón prudente, con todo el dolor de su alma. Todos soltaron las riendas, y espolearon su cabalgadura. El leal burgalés Martín Antolínez dijo entonces:

---

226 *caboso,* 'cabal, cumplido'. Es epíteto [épico] frecuente del Cid (vv. 908, 946, etc.) y se aplica también a otros principales personajes, como Minaya (v. 1804) y el obispo don Jerónimo (v. 1793).

228*b* «veré a la mugier   a todo mio solaz,
»castigar los he   commo abrán a far.
»Si el rey me lo quisiere tomar,   a mí non m'incal.
»Antes seré convusco   que el sol quiera rayar.»

[14] *El Cid va a Cardeña a despedirse de su familia.*

Tornavas' *don* Martin*o* a Burgos   e mio Çid aguij*ó*
pora San Pero de Cardeña   quanto pudo a espol*ón,*
con estos cavalleros   quel' sirven a so sabor.
Apriessa cantan los gallos   e quieren *cre*bar albores,
quando llegó a San Pero   el buen Campeador;
el abbat don Sancho,   cristiano del Criador,
rezaba los matines   abuelta de los albores.
Ý estava doña Ximena   con çinco dueñas de pro,
rogando a San Pero   e al Criador:
«Tú que a todos guías,   val a mio Çid el Canpeador.»

[15] *Los monjes de Cardeña reciben al Cid.—Jimena y sus hijas llegan ante el desterrado.*

Llamavan a la puerta,   í sopieron el mandado;
¡Dios, qué alegre f*o*   el abbat don Sancho!

---

229 *[castigar* tenía en español medieval el sentido de 'advertir, aconsejar' (véanse también los vv. 383 y 3523)].

230 *incal,* 'importa', verbo impersonal, como en v. 2357. Aquí el *lo* que antecede es un neutro que no lleva expreso su antecedente (comp. con vv. 2347, 3163); se refiere sin duda a las heredades de Martín Antolínez, aunque este, como vasallo que era del Cid (v. 204), tenía obligación de acompañarle en el destierro y el rey no debía por ello desheredarle ni hacerle daño alguno.

232 y sigs. [Tras tener que dejar sus posesiones y caudales por la pena de destierro, el Cid alcanza el punto de carencia que más le duele como ser

228*b* —Quiero despedirme de mi mujer despacio, y advertir
a todos lo que deberán hacer (en mi ausencia). Si el rey
230 quisiera despojarme, no me importa. Antes de rayar el
alba, estaré de vuelta con vosotros.

[14] *El Cid va a Cardeña a despedirse de su familia.*

Mientras don Martín volvía a Burgos, el Cid daba de
espuelas para San Pedro de Cardeña, acompañado de
aquellos caballeros que tan a su sabor le servían.
235 Cantaban los gallos y quería romper el alba cuando
llegó a San Pedro el buen Campeador. Al amanecer, el
abad don Sancho, buen cristiano, estaba rezando los mai-
tines; y doña Jimena, con cinco ilustres damas de su com-
240 pañía, rogaba así a san Pedro y al Todopoderoso:

—Tú, que a todos guías, ampara tú a mi Cid Campeador.

[15] *Los monjes de Cardeña reciben al Cid.—Jimena y sus hijas llegan ante el desterrado.*

Llaman a la puerta; la noticia vuela en un instante. ¡Oh Dios, cuál no fue la alegría del abad don Sancho! Con lu-

---

humano: la separación de su familia. El final del episodio —y, sobre todo, la concentración expresiva del v. 375— muestra que la quiebra de la unión familiar es lo que más pesa al Cid, lo que subraya su dimensión humana y acentúa en esta vertiente de la *pietas* paterno-conyugal la profundidad de su virtud más característica, la mesura (véase Intr., págs. 56-60 y T. L. 2.2.1.). En este episodio concurren los tres ámbitos de acción y sentimiento de Rodrigo Díaz de Vivar: la religión, la familia y la hueste].

242-245 [Contrasta la puerta del monasterio que se abre, jubilosa y hospitalaria, al Cid, con la puerta cerrada de las posadas de Burgos (vv. 31-39)].

Con lu*m*bres e con candelas   al corral dieron salto,
con tan grant gozo reçiben   al que en buena ora nasco.
«Gradéscolo a Dios, mio Çid»,   dixo el abbat don Sancho;
«pues que aquí vos veo,   prendet de mí ospedado.»
Dixo el Çid,   *el que en buen ora nasco:*
248b «Graçias, don abbat,   e so vuestro pagado;
»yo adobaré conducho   pora mí e pora mi*o*s vassallos;
»mas por que me vo de tierra,   dóvos çinquaenta marcos,
»si yo algún día visquier*o,*   se*er*vos han doblados.
»Non quiero far en el monesterio   un dinero de daño;
»evades aquí pora doña Ximena   dóvos çient marcos;
»a ella e a sus fijas e a sus dueñas   sirvádeslas est' año.
»Dues fijas dexo niñas   e predetlas en los braços;
»aqu*í* vos *las* acomiendo   a vós, abbat don Sancho;
»dellas e de mi muger   fagades todo recabdo.
»Si essa despenssa vos falleçiere   o vos menguare algo,
»bien las abastad,   yo assí vos lo mando;
por un marco que despendades   al monesterio daré yo quatro.»
Otorgado gelo avié   el abbat de grado.

Afevos doña Ximena   con sus fijas dó va llegando;
señas dueñas las traen   e adúzenlas *en los braços.*
Ant' el Campeador doña Ximena   fincó los inojos amos,
Llorava de los ojos,   quísol besar las manos:
«¡Merçed Canpeador,   en ora buena f*o*stes nado!
»Por malos mestureros   de tierra sodes echado.

---

244 La frase *dar salto* significaba igualmente 'salir', que 'saltar' o 'asaltar', como el simple *salir* significaba 'salir' y 'saltar'.

247 [La inmunidad que los recintos sagrados tenían respecto de la justicia civil permite al abad de Cardeña ofrecer al Cid la hospitalidad que no pueden ofrecerle los ciudadanos de Burgos (so pena de incurrir en la ira regia; véase n. a v. 629)].

248*b* La conjunción *e* pleonástica, como en v. 255.

ces y cirios acudieron todos al patio, y reciben llenos de
245 gozo al que en buen hora nació.
—¡Gracias a Dios, Cid mío! —dijo el abad don San-
cho—. Y pues al fin os tengo a mi lado, sed mi hués-
ped.
Y el Cid bienhadado le dijo así:
248*b* —¡Gracias, señor abad; muy satisfecho estoy de vos!
Yo prepararé la comida para mí y para mi gente. Como
250 tengo que salir de la tierra, os quiero dejar cincuenta mar-
cos, y os los doblaré si Dios me da vida y salud. No qui-
siera causar el menor gasto en el monasterio. He aquí
otros cien marcos para que podáis servir durante este año
a doña Jimena, a sus hijas y dueñas. Cuidadme bien a
255 esas dos niñas que dejo; os las encomiendo especial-
mente, abad don Sancho. Tened toda clase de miramien-
tos con ellas y con mi mujer. Si se os acabare el dinero u
os faltare algo, no miréis en gastos para darles cuanto ne-
260 cesiten; os lo encargo mucho. Por cada marco que gas-
téis, yo daré cuatro al monasterio.
El abad le ofrece hacerlo así con la mejor voluntad.
Pero he aquí a doña Jimena y con ella sus hijas, cada
una en brazos de una aya. Doña Jimena se arrodilla ante
265 el Campeador; no puede contener las lágrimas, quiere
besarle las manos.
—Campeador, Campeador, en buena hora nacisteis.
¡Hay, que os destierran las intrigas de los malvados!

---

251 *si yo algún día visquiero*; comp. con *algunos días* (v. 283), *algunt año* (v. 1754), como expresión de tiempo indeterminado.

253 *evades aquí,* adverbio demostrativo (vv. 820, 2519) o simplemente *evades* (v. 2326).

267 Los *mestureros* o *mezcladores,* como también se les llamaba, eran detractores que actuaban cerca del monarca.

[16] *Jimena lamenta el desamparo en que queda la niñez de sus hijas.—El Cid espera llegar a casarlas honradamente.*

»¡Merçed, ya Çid,   barba tan complida!
»Fem' ante vós   yo e vuestras ffijas,
269b »iffantes son   e de días chicas,
»con aquestas mis dueñas   de quien so yo servida.
»Yo lo veo   que estades vós en ida
»e nós de vós   partir nos hemos en vida.
»¡Dandnos consejo   por amor de santa María!»
Enclinó las manos   la barba vellida,
a las su*e*s fijas   en braço' las prendía,
llególas al coraçón,   ca mucho las quería.
Llora de los ojos,   tan fuerte mientre sospira:
«¡Ya doña Ximena,   la mi mugier tan complida,
»commo a la mi*e* alma   yo tanto vos quería!
»Ya lo ve*e*des   que partir nos emos en vida,
»yo iré y vós   fincaredes remanida.
«¡Plega a Dios   e a santa María,
282*b* »que aun con mis manos   case estas mis fijas,
»o que dé ventura   y algunos días vida,
»e vós, mugier ondrada,   de mí seades servida!»

[17] *Un centenar de castellanos se juntan en Burgos para irse con el Cid.*

Grand yantar le fazen   al buen Canpeador.
Tañen las campanas   en San Pero a clamor.

---

268 Verso de encadenamiento para hacer resaltar que el discurso de Jimena continúa a pesar del cambio de asonancia (comp. con v. 88).

273 El imperativo *dad,* unido al pronombre *nos,* tiene tres formas: *dadnos, dandos* y *dandnos.*

[16] *Jimena lamenta el desamparo en que queda la niñez de sus hijas.—El Cid espera llegar a casarlas honradamente.*

—Escuchadme, oh Cid de la hermosa barba. Henos
269b aquí en vuestra presencia a mí y a vuestras hijas, muy ni-
270 ñas y tiernas; ved allí a las dueñas que me sirven. Ya veo
que estáis para partir y que hemos de separarnos de vos.
Por amor de santa María, aconsejadnos lo que hemos de
hacer.

El de la hermosa barba alargó las manos, cogió a sus
275 hijas en brazos, y las acercó, amoroso, a su corazón. Lá-
grimas acuden a sus ojos, y al fin dijo así, tras un suspiro:

—Doña Jimena, mi excelente mujer, os quiero tanto
280 como a mi alma. Ya lo veis: hemos de separarnos. Yo
tengo que alejarme, y vos vais a quedaros aquí. ¡Oh, ple-
gue a Dios y a santa María que pueda casar con mis pro-
282b pias manos a estas mis hijas, y aún me quede vida para
gozar de tanta ventura y para serviros a vos, mujer hon-
rada!

[17] *Un centenar de castellanos se juntan en Burgos para irse con el Cid.*

285 Le preparan una abundante comida al buen Campea-
dor. Las campanas de San Pedro tañen a todo vuelo. En

---

274 *barba vellida* es epíteto épico propio del Cid (v. 2192), y después, sin nombre precedente, pasa a designar por sí solo la persona del Campeador, como en este verso y en v. 930. [Véase Intr., págs. 63-68 y T. L. 2.3.1.].

281 *fincar* y *remanir* significaban 'quedar', de modo que *fincar remanido* significa simplemente 'quedar', pleonasmo que el *Poema de Yúçuf* usa también, aunque empleando otros verbos, «quedar restado».

282*b* [Este verso anticipa uno de los asuntos que vertebran el *CMC:* el casamiento de las hijas del Cid, eje central de la segunda mitad de la obra: véase Intr., págs. 56-62].

Por Castiella   o*d*iendo van los pregones,
cómmo se va de tierra   mio Çid el Canpeador;
unos dexan casas   e otros onores.
En aqués día   a la puent de Arla*n*çón
çiento quinze cavalleros   todos juntados son;
todos demandan   por mio Çid el Campeador;
Martín Antolínez   con ellos' cojó.
Vansse pora San Pero,   do está el que en buen*a* naçió.

[18] *Los cien castellanos llegan a Cardeña y se hacen vasallos del Cid.—Este dispone seguir su camino por la mañana.—Los maitines en Cardeña.—Oración de Jimena.—Adiós del Cid a su familia.—Últimos encargos al abad de Cardeña.—El Cid camina al destierro; hace noche después de pasar el Duero.*

Quando lo sopo   mio Çid el de Bivar,
quel' creçe conpaña,   por que más valdrá,
apriessa cavalga,   reçebir los sale;
dont a ojo los ovo,   tornós' a sonrisar;
298*b* lléganle todos,   la manol' ban besar.
Fabló mio Çid   de toda voluntad:
«Yo ruego a Dios   e al Padre spirital,
»vós, que por mí dexades   casas e heredades,
»enantes que yo muera,   algún bien vos pueda far:
»lo que perdedes   doblado vos lo cobrar.»
Plogo a mio Çid,   por que creçió en la yantar,
plogo a los otros omnes todos   quantos con él están.
Los seys días de pla*zdo*   passados los an,
tres an por troçir,   sepades que non más.

---

289 Los caballeros castellanos que no siendo vasallos del Cid querían irse con él al destierro, ya sabían que perdían las casas y las *onores* (sinónimo de *heredades;* comp. con v. 301 y vv. 2565, 3264).

298*b* *Besar la mano* es la única fórmula conocida por el *Cantar* para pactar el vasallaje. Otra fórmula más solemne, la del homenaje —que consistía en poner las manos entre las del señor, estando de rodillas ante él— se

tanto, van diciendo por Castilla cómo se aleja de su tierra
el Cid Campeador. (Por conseguirle), unos abandonan
sus casas, otros sus heredades. Ese mismo día pasaban el
290 puente del Arlanzón ciento quince jinetes, preguntando
por dónde anda el Cid. Martín Antolínez se les reúne, y
juntos se encaminan hacia San Pedro, donde está el bien-
hadado.

[18] *Los cien castellanos llegan a Cardeña y se hacen vasallos del Cid.—Este dispone seguir su camino por la mañana.—Los maitines en Cardeña.—Oración de Jimena.—Adiós del Cid a su familia.—Últimos encargos al abad de Cardeña.—El Cid camina al destierro; hace noche después de pasar el Duero.*

295 Cuando vio el Cid de Vivar que su compañía aumen-
taba, y con ello sus esperanzas de ganarse fácilmente la
vida, sale a caballo a recibirlos. En cuanto los divisa, son-
ríe satisfecho. Todos llegan a besarle las manos (en señal
298*b* de vasallaje).
El Cid dijo animosamente:
300 —Ruego a Dios, Padre Espiritual, que pueda haceros
algún bien, a cambio de las heredades y casas que así ha-
béis dejado por seguirme. Doblado habéis de cobrar lo
que perdéis.
El Cid se regocijaba de ver crecer su compañía, y to-
305 dos sus hombres estaban tan alegres como él.
Han transcurrido ya seis días. Sabed que faltan tres, y
no más, para que el plazo se cumpla. El rey ha mandado

---

practicaba cuando había que pactar algo especial, por ejemplo, al recibir feudos o tierras del señor.

300 La conjunción *e* no quiere decir que se invoque a dos personas distintas; solía ponerse la conjunción entre un sustantivo y su aposición (comp. vv. 1633, 2342, 2456, 2626).

Mandó el rey   a mio Çid aguardar
que, si después del plazo   en su tierral pudiés' tomar,
por oro nin por plata   non podríe escapar.
El día es exido,   la noch querié entrar,
a sos cavalleros   mandólos todos juntar:
«Oíd, varones,   non vos caya en pesar;
»poco aver trayo,   dar vos quiero vuestra part.
»Se*e*d me*m*brados   commo lo devedes far:
»a la mañana,   quando los gallos cantarán,
»non vos tardedes,   mandedes ensellar;
»en San Pero a matines   tandrá el buen abbat,
»la missa nos dirá,   de santa Trinidad;
»la missa dicha,   penssemos de cavalgar,
»ca el plazo viene açerca,   mucho avemos de andar.»
Qu*o*mo lo mandó mio Çid,   assí lo an todos ha far.
Passando va la noch,   viniendo la man;
a los mediados gallos   pie*n*ssan de *ensellar.*
Tañen a matines   a una priessa tan grand*e;*
mio Çid e su mugier   a la eglesia van*e.*
Echós' doña Ximena   en los grados delantel altar*e,*
rogando al Criador   quanto ella mejor sabe,
que a mio Çid el Campeador   que Dios le curiás' de mal*e:*
«Ya señor glorioso,   padre que en çielo estas*e,*
»fezist çielo e tierra,   el terçero el mar*e;*
»fezist estrellas e luna   y el sol pora escalentar*e;*
»prisist encarnaçión   en santa María madre,
»en Belleem apareçist,   commo f*o* tu veluntad*e;*
»pastores te glorifficaron,   ouieron *te* a laudare,
»tres reyes de Arabia   te vinieron adorar*e,*

---

319 La *Missa votiva de Sancta Trinitate* se dice también en el *Cantar* antes de la batalla con Búcar (v. 2370) era una misa a que se tenía gran devoción y que solía decirse abusivamente (según las *Siete Partidas)* en lugar de la misa propia del día.

324 *a los mediados gallos,* cuando cantan los segundos gallos, esto es, al tercer nocturno, a las tres de la madrugada (v. 1701). El *Cantar* no menciona

que vigilen al Cid; y como le coja dentro de su tierra después del plazo, no escapará por todo el oro del mundo. El día va cayendo, anochece. Manda el Cid a todos sus caballeros.

—Oíd, varones, y no os aflija lo que voy a deciros. Poco dinero traigo, pero quiero daros vuestra parte. Tened muy presente lo que debéis hacer: en cuanto amanezca, al canto del gallo, mandaréis ensillar sin tardanza. Nuestro buen abad tañerá a maitines en San Pedro, y nos dirá la misa de la Santa Trinidad; y hecho esto, comenzaremos a cabalgar, porque el plazo se acerca y hay que andar mucho todavía.

Tal como lo mandó se hará. Ya va pasando la noche, se acerca la mañana. Al segundo canto de los gallos comienzan a ensillar.

Tañen presurosamente a maitines. El Cid y su mujer van a la iglesia. Doña Jimena se arroja sobre las gradas del altar, rogando a Dios, lo mejor que puede, que libre de todo mal al Cid Campeador.

—¡Glorioso Señor —exclama—. Padre que estás en los cielos, creador del cielo y de la tierra y también del mar, de las estrellas y la luna y el sol que nos calienta; encarnado en santa María madre; nacido en Belén según su voluntad, donde te glorificaron y cantaron los pastores y te fueron a adorar tres reyes de Arabia —Melchor, Gas-

---

nunca los primeros gallos, los de medianoche; su canto del gallo es el que anuncia el amanecer (vv. 235, 316).

326 *vane* por «van»; alrededor de la *e* paragógica que el manuscrito conserva en v. 335, introduzco una muestra de paragoge en otros versos.

330 y sigs. [Comienza en este verso la oración de doña Jimena suplicando el auxilio divino para Rodrigo. Este tipo de oraciones petitorias son frecuentes en la épica francesa (como en la *Chanson de Roland,* vv. 2384-2388)].

334 *apareçer* tenía la significación de 'nacer', que es la que aquí le conviene.

»Melchior   e *C*aspar e Baltasar*e,*
»oro e tus e mirra   te offreçieron *de* veluntad*e;*
»salvest a Jonás,   quando cayó en la mar*e*
»salvest a Daniel   con los leones en la mala cárçel,
»salvest dentro en Roma   a señor san Sebastián,
»salvest a santa Susanna   del falso criminal;
»por tierra andidiste treynta e dos años,   Señor spirital,
»mostrando los miraclos,   por én avemos qué fablar:
»del agua fezist vino   e de la piedra pan,
»resuçitest a Lázaro   ca f*o* tu voluntad;
»a los judios te dexeste prender;   do dizen monte Calvarie
»pusiéronte en cruz   por nombre en Golgotá;
»dos ladrones contigo,   estos de señas partes,
»el uno es en para*d*iso,   ca el otro non entró allá;
»estando en la cruz,   vertud fezist muy grant:
»Longinos era çiego,   que nu*n*qua vi*d*o alguandre,
»diot' con la lança en el costado,   dont yxió la sangre,
»corrió por el astil ayuso,   las manos se ovo de untar,
»alçólas arriba,   llególas a la faz,
»abrió sos ojos,   cató a todas partes,
»en tí crovo al ora,   por end es salvo de mal;
»en el monumento   *oviste a* resuçit*ar,*
»fust a los infiernos,   commo f*o* tu voluntad;
»*cr*ebanteste las puertas,   e saqueste los santos padres.
»Tú eres rey de los reyes,   e de todel mundo padre,
»a tí adoro e cre*do*   de toda voluntad,
»e ruego a san Peydro   que me ayude a rogar
»por mio Çid el Campeador,   que Dios le curie de mal.
»Quando oy nos partimos,   en vida nos faz juntar.»
La oración fecha,   la missa acabada la an,
salieron de la eglesia,   ya quieren cavalgar.
El Çid a doña Ximena   ívala abraçar;

---

337 Si los nombres de los reyes magos no son una interpolación posterior al original del *Cantar,* este nos ofrecería una de las primeras menciones

par y Baltasar—, ofreciéndote de corazón el oro, el incienso y la mirra; tú salvaste a Jonás cuando cayó en el mar, y a Daniel de los leones en aquella funesta cárcel, y al señor san Sebastián en Roma, y a santa Susana del criminal falsario; tú anduviste por el mundo treinta y dos años, oh Señor espiritual, obrando milagros tan famosos; hiciste del agua vino y pan de la piedra, y resucitaste a Lázaro por la fuerza de tu deseo; te dejaste prender de los judíos en el monte Calvario y poner en una cruz en el Gólgota, entre dos ladrones a ambas partes —uno merecedor del paraíso, otro no—; donde, estando en la cruz, hiciste todavía aquel raro milagro: Longinos, ciego de nacimiento, te dio con la lanza en el costado y la sangre brotada corrió por el asta abajo y le empapó las manos, y habiéndoselas llevado a la cara, abrió los ojos, miró en redor, creyó en ti que así le curabas de su mal; tú resucitaste del sepulcro, fuiste por tu voluntad a los infiernos, quebrantaste las puertas y sacaste a los santos padres: tú eres rey de los reyes y Padre y Señor del mundo; en ti adoro y creo de corazón y ruego a san Pedro que me ayude a implorarte para que guardes de todo mal a mi Cid Campeador y, puesto que ahora nos separamos, nos concedas volver a juntarnos en esta vida.

Hecha la oración, la misa acabada, todos salieron de la iglesia y comenzaron a montar. El Cid va a abrazar a

---

de ellos en la poesía europea. Esos nombres sólo se generalizan a fines del siglo XII.

347 *Calvarie* es buen asonante *-á* y se usa en las biblias del siglo XIII, en vez del moderno Calvario.

348 La acentuación hebrea y griega de *Golgotá* fue usada hasta el siglo XVI. Después triunfó la acentuación latina Gólgota.

358 El colocar la resurrección antes de la bajada de Cristo a los infiernos es error cronológico que se repite en otras oraciones épicas; por ejemplo, en dos que figuran en la *Historia del Abad Juan de Montemayor,* probablemente imitadas de nuestro poema.

doña Ximena al Çid   la manol' va besar,
llorando de los ojos,   que non sabe qué se far.
E él a las niñas   tornólas a catar:
«A Dios vos acomiendo   e al Padre spirital;
»agora nos partimos,   ¡Dios sabe el ajuntar!»
Llorando de los ojos,   que non vi*di*estes atal,
assís' parten unos d'otros   commo la uña de la carne.
Myo Çid con los sos vassallos   pensó de cavalgar,
a todos esperando,   la cabeça tornando va.
A tan grand sabor   fabló Minaya Álvar Fáñez:
«Çid, ¿dó son vuestros esfuerços?   ¡En buen*a* nasquiestes
[de madre!
»Pensemos de ir nuestra vía,   esto sea de vagar.
»Aun todos estos duelos   en gozo se tornarán;
»Dios que nos dió las almas,   consejo nos dará.»
Al abbat don Sancho   tornan de castigar
cómmo sirva a doña Ximena   e a las fijas que ha,
e a todas sus dueñas   que con ellas están;
bien sepa el abbat   que buen galardón dello prendrá.
Tornado es don Sancho,   e fabló Álbar Fáñez:
«Si viéredes yentes venir   por connusco ir, abbat,
»dezildes que prendan el rastro   e pie*n*ssen de andar,
»ca en yermo o en poblado   poder nos *han* alcançar.»
Soltaron las riendas,   pie*n*ssan de andar;
çerca viene el pla*zd*o   por el reyno quitar.
Vino mio Çid yazer   a Spinaz de Can;
395 grandes yentes sele acojen   essa noch de todas partes.
394 Otro día mañana   pienssa de cavalgar.
396 Ixiendos' va de tierra   el Campeador leal,
de siniestro Sant Estevan,   una buena çipdad,

---

372 Para la conjunción *e,* véase n. a v. 300.

373 [Véase T. L. 2.2.1.].

378 *[Minaya,* sobrenombre con que se alude frecuentemente a Álvar Fáñez. Procede del vasco *anai,* 'hermano', por lo que significa 'mi hermano'].

doña Jimena, que le besa la mano, llorosa y sin saber bien
370 lo que hace. Volvióse él a mirar a las niñas:
—A Dios, Padre espiritual de todos, os encomiendo.
Ahora nos separamos, pero sabe Dios cuándo volvere-
mos a reunirnos.
No visteis llanto más amargo que aquel: así se separa-
375 ban unos de otros como la uña de la carne.
El Cid y sus vasallos están ya sobre las sillas, y el Cid
vuelve la cabeza hacia los suyos. A esta sazón, Minaya
Álvar Fáñez se dejó oír:
—Oh, Cid, nacido de madre en buena hora, ¿qué es
380 de vuestro ánimo? Pensemos sólo en aguijar y dejémo-
nos de ociosidades. Ya se tornarán los duelos en gozos.
Dios, que nos ha dado estas almas, él nos dará su am-
paro.
385 Vuelve a advertir al abad don Sancho que cuide de
doña Jimena y sus hijas y dueñas de compañía, y que
tenga por cierto que ganará buena recompensa.
Al acercarse don Sancho, Álvar Fáñez le dice:
—Abad, si sabéis de gente que quiera venir con noso-
390 tros, les diréis que sigan el rastro y aprieten el paso, que
nos darán alcance en yermo o en poblado.
Ya sueltan las riendas, ya empiezan a caminar, que el
395 plazo del destierro está por cumplirse. En Espinazo de
394 Can reposa el Cid. Mucha gente se le ha juntado aquella
396 noche. Otro día, de mañana, emprenden de nuevo el ca-
mino. De esta vez el leal Campeador deja su tierra. Ti-
rando por la izquierda de San Esteban (de Gormaz),

393 *Spinaz de Can* es lugar desconocido que debía de estar al sur de Silos en la provincia de Burgos. Es nombre topográfico común que designa siempre una montaña, cerro o loma.

397 Quiere decir este verso que el Cid camina a la izquierda de San Esteban de Gormaz, sobre el río Duero; no que San Esteban se halla a la izquierda del caminante.

399 passó por Alcobiella   que de Castiella fin es ya;
la calçada de Quinea   ívala traspassar,
sobre Navas de Palos   el Duero va passar,
a la Figueruela   mio Çid iva posar.
Vánssele acogiendo   yentes de todas partes.

[19] *Última noche que el Cid duerme en Castilla.—Un ángel consuela al desterrado.*

Í se echava mio Çid   después que f*o de noch,*
un sueñol' priso dulçe,   tan bien se adurmió.
El ángel Gabriel   a él vino en *visión:*
«Cavalgad, Çid,   el buen Campeador,
»ca nunqua en tan buen punto   cavalgó varón;
»mientra que visquiéredes   bien se fará lo to.»
Quando despertó el Çid,   la cara se santigó.

[20] *El Cid acampa en la frontera de Castilla.*

Sinava la cara,   a Dios se *fo* acomend*ar*,
mucho era pagado   del sueño que soñado á.
Otro día mañana   pienssan de cavalgar;
es día á de plazo,   sepades que non más.
A la sierra de Miedes   ellos ivan posar,
398 de diestro *Atiença* las torres,   que moros las han.

---

399 Alcubilla del Marqués, al este de San Esteban. Nótese que es fin de *Castiella,* pues la tierra del sur del Duero, aunque dependía del rey Alfonso, ya no se llama Castilla, sino Extremadura, o frontera con los musulmanes.

400 La *calçada de Quinea* es la vía romana de Uxama a Termancia, cuyos restos se ven hoy entre Osma y Tiermes, llamados simplemente «la calzada».

401 *Navas de Palos,* hoy Navapalos, es una aldea situada a ocho kilómetros de Alcubilla, a la otra orilla del Duero. Próximo debía estar *la Figueruela,* lugar desconocido.

405 y sigs. [La aparición en sueños del ángel Gabriel es el único episodio de índole sobrenatural del *CMC,* si bien atemperada por producirse en

399 buena ciudad, pasa después por Alcubilla (del Marqués),
400 término de Castilla, y sale por la calzada de Quinea, cru-
zando el Duero sobre Navapalos, para rendir la jornada
en Figueruela. De todas partes se le va reuniendo gente
por el camino.

[19] *Última noche que el Cid duerme en Castilla.—Un ángel consuela al desterrado.*

Venida la noche, el Cid se acostó, y un dulce sueño
405 empezó a invadirle, adormeciéndole profundamente. En
una visión, vino a su lado el ángel Gabriel:

—Cabalga —le dijo—, cabalga, buen Campeador, que
nunca varón alguno cabalgó con más suerte. Todo te ha
de salir bien mientras vivas.

410 Y el Cid se santiguó al despertar.

[20] *El Cid acampa en la frontera de Castilla.*

Habiéndose persignado, se encomienda a Dios, con-
tento de sus buenos sueños. Por la mañana empiezan a
415 caminar, pues hay que saber que es el último día del
398 plazo. Y fueron a descansar a Sierra de Miedes, a la dere-
cha de las torres de Atienza, donde están los moros.

---

sueños, es decir, en un ámbito ajeno a la vigilia y de contornos imaginarios, nocturnos e irreales. La aparición es respuesta a las invocaciones a Dios y a la Virgen formuladas por el Cid (vv. 8, 94, 217. y 282), y Jimena (vv. 330 y sigs.). Compárese esta aparición onírica con el pasaje del *Poema de Fernán González* que aparece en el texto 3, vv. 550 y sigs., de los recogidos en D. C., para ver la distinta concepción del realismo en ambas obras].

409 En este verso se mezcla el vos *(visquiéredes)* y el tú *(lo to),* cosa que la sintaxis medieval tolera en los discursos directos.

415 La *sierra de Miedes* es una de las que separan la cuenca del Duero de la del Tajo; en la época del destierro del Cid, era límite de la tierra del rey Alfonso.

[21] *Recuento de las gentes del Cid.*

Aun era de día, non era puesto el sol,
mandó ve*e*r sus yentes mio Çid el Campeador:
sin las peonadas e omnes valientes que son,
notó trezientas lanças que todas tienen pendones.

[22] *El Cid entra en el reino moro de Toledo, tributario del rey Alfonso.*

«¡Temprano dat çevada, sí el Criador vos salue!
»El qui quisiere comer; e qui no, cavalgue.
»Passaremos la sierra que fiera es e grand,
»la tierra del rey Alfonsso esta noch la podemos quitar.
»Después qui nos buscare fallar nos podrá.»
De noch passan la sierra, vinida es la man,
e por la loma ayuso pienssan de andar.
En medio d'una montaña maravillosa e grand
fizo mio Çid posar e çevada dar.
Díxoles a todos cómmo querié trasnochar;
vassallos tan buenos por coraçón lo an,
mandado de so señor todo lo han a far.
Ante que anochesca pienssan de cavalgar;
por tal lo faze mio Çid que no *lo* ventasse nadi.
Andidieron de noch, que vagar non se dan.
O dizen Castejón, el que es sobre Fenares,
mio Çid se echó en çelada con aquellos que él trae.

---

417 *veer* significa aquí 'revistar', o, como dice la *Crónica General* prosificando este pasaje, «facer alarde».

419 Comp. con n. a v. 16.

421 [Véase n. a v. 181].

427 *montaña* significa 'bosque, selva'. Esta acepción fue llevada por los españoles a América, y perdura en el Perú, donde hay una vasta región

[21] *Recuento de las gentes del Cid.*

416 Aún era de día y no se había puesto el sol cuando el Cid Campeador quiso pasar revista a su gente: sin los peones y otros valientes, contó hasta trescientas lanzas, todas con pendones.

[22] *El Cid entra en el reino moro de Toledo, tributario del rey Alfonso.*

420 —Así os salve el Creador, dad cebada a las bestias
desde temprano. El que quiera comer, bien; y el que no,
que ande. Pasaremos la sierra, que es harto escabrosa y
empinada, y así podremos dejar esta noche las tierras del
rey Alfonso. Al que después quiera buscarnos, no le cos-
tará trabajo dar con nosotros.
425 Por la noche traspusieron la sierra, y luego caminan
cuesta abajo. En medio de un bosque maravilloso y tu-
pido, mandó el Cid parar y dar cebada. Allí manifestó a
sus hombres que quería caminar de noche. Como buenos
430 vasallos, todos lo aceptan de buena gana y están dispues-
tos a hacer cuanto les mande. Antes de anochecer, em-
prenden la marcha, porque el Cid tiene empeño en no ser
sentido. Toda la noche anduvieron sin descansar. Cerca
435 del lugar que llaman Castejón de Henares, el Cid se puso
a preparar la emboscada.

---

llamada Montaña, no por sus elevaciones de terreno, sino a causa de sus bosques.

429 *trasnochar* es 'caminar de noche'. Para esto había que dar cebada de día, como el Cid ahora. Tales *trasnochadas* se hacían generalmente para no ser descubierto (v. 433).

435 Hoy se llama Castejón de Henares.

[23] *Plan de campaña.—Castejón cae en poder del Cid por sorpresa.—Algara contra Alcalá.*

Toda la noche   yaze *Mio Çid* en çelada,
commo los consejava   Álvar Fáñez Minaya:
«¡Ya Çid,   en buen ora çinxiestes espada!
»Vós con çiento   de aquesta nuestra conpaña,
»pues que a Castejón   sacaremos a çelada,
»en él fincaredes   teniendo a la çaga;
»a mí dedes dozientos   pora ir en algara;
»con Dios e vuestra auze   feremos grand ganançia.»
Dixo el Campeador: «Bien fablastes, Minaya;
»vós con los dozientos   id vos en algara;
»allá vaya Álbar Á*l*barez   e Álbar Salvadórez sin falla,
»e Galín Garcia*z,*   una fardida lança,
»cavalleros buenos   que acompañen a Minaya.
»Aosadas corred,   que por miedo non dexedes nada.
»Fita ayuso   e por Guadalfajara,
»fata Alcalá   lleguen las algaras,
»e bien acojan   todas las ganançias,
»que por miedo de los moros   non dexen nada.
»E yo con los çiento   aquí fincaré en la çaga.
»terné yo Castejón   don abremos grand enpara.
»Si cueta vos f*o*re   alguna al algara,
»fazedme mandado   muy privado a la çaga;
»¡d'aqueste acorro   fablará toda España!»
Nonbrados son   los que irán en el algara,
e los que con mio Çid   fincarán en la çaga.
Ya *cr*ieban los albores   e vinié la mañana,
ixié el sol,   ¡Dios, qué fermoso apuntava!
En Castejón   todos se levantavan,
abren las puertas,   de fuera salto davan,
por ver sus lavores   e todas sus heredan*ças.*
Todos son exidos,   las puertas abiertas an dexadas.
con pocas de gentes   que en Castejón fincar*a*n;
las yentes de fuera   todas son derramadas.

[23] *Plan de campaña.—Castejón cae en poder del Cid por sorpresa.—Algara contra Alcalá.*

Toda la noche estuvo emboscado, según los consejos
de Álvar Fáñez Minaya:
—Cid, que en buena hora ceñiste espada, puesto que
ponemos celada a Castejón, conviene que os quedéis de-
440 trás con cien de los nuestros; a mí me daréis doscientos
para ir a la vanguardia. Con Dios y ventura, saldremos
bien de la empresa.
Y el Campeador:
—Decís bien, Minaya. Abrid la vanguardia con doscien-
tos hombres. Y que os acompañen Álvar Álvarez y Álvar
443*b* Salvadórez, caballero sin tacha, y Galindo García, valiente
lanza; acompañen a Minaya los buenos caballeros. Arre-
445 meted con osadía, no os haga el miedo perder la presa. Por
446 Hita abajo y por Guadalajara, alargaos hasta Alcalá, y ase-
guren todas las ganancias, no vayan a perder presa por
miedo de los moros. Yo me quedaré a la retaguardia con los
450 otros ciento, resguardados en Castejón, que es buen abrigo.
Si ocurriere algún peligro en vanguardia, presto mándame
un aviso a retaguardia. Toda España va a hablar del caso.
Aquí nombran los que han de ir a vanguardia y los que
han de quedar en la retaguardia con el Cid. Ya rompe el
455 alba, ya viene la mañana, ya sale el sol. ¡Oh Dios, cuán
hermoso despunta! Los de Castejón se levantan, abren
sus puertas y salen a su trabajo y a sus heredades. Todos
460 se han marchado ya, dejando las puertas abiertas, y muy
pocos quedan en Castejón. Los demás se han diseminado
por mil partes.

---

436 [Nada más comenzar su destierro, el Cid ya inicia sus actividades guerreras para conseguir dos objetivos: botín para mantener a su hueste y hechos gloriosos de armas para restaurar su honra].

450 [La táctica de la algara exigía de un lugar seguro para el repliegue de las tropas que realizaban la incursión].

El Campeador   salió de la çelada,
464b *en derredor* corrié   a Castejón sin falla.
Moros e moras   avienlos de ganançia,
e essos gañados   quantos en derredor andan.
Mio Çid don Rodrigo   a la puerta adeliñava;
los que la tienen,   quando vi*di*eron la rebata,
ovieron miedo   e *fo* dese*n*parada.
Mio Çid Ruy Díaz   por las puertas entrava,
en mano trae   desnuda el espada,
quinze moros matava   de los que alcançava.
Gañó a Castejón   e el oro y ela plata.
Sos cavalleros   llegan con la ganançia,
déxanla a mio Çid,   todo esto non preçia' nada.
  Afevos los dozientos   *e* tres en el algara,
e sin dubda corren,   *toda la tierra preavan;*
477b fasta Alcalá   llegó la seña de Minaya;
e desí arriba   tórnanse con la ganaçia,
Fenares arriba   e por Guadalfajara.
Tanto traen   las grandes ganançias,
muchos gañados   de ovejas e de vacas
481b e de ropas   e de otras riquizas largas.
Derecha viene   la seña de Minaya;
non osa ninguno   dar salto a la çaga.
Con aqueste aver   tornan se essa conpaña;
fellos en Castejón,   o el Campeador estava.
El castiello dexó en so poder,   el Campeador cavalga,
Saliólos reçebir   con esta su mesnada,
los braços abiertos   reçibe a Minaya:
«¿Venides, Albarfáñez,   una fardida lança?
»Do yo vos enbiás'   bien abría tal esperança.

---

473 Aceptando una corrección coetánea a Per Abbat, admitimos aquí la forma arcaica *ela* para el artículo femenino.

475 *precian nada* con asimilación de las dos *nn.*

476 *[Afevos,* 'he aquí, aquí tenéis', invocación del juglar al auditorio para subrayar el cambio de secuencia narrativa: los hechos en torno a Caste-

El Campeador abandona entonces su escondite, y cae
464*b* sobre Castejón. Todos aquellos ganados que andan por
465 las afueras son bienes de los moros. El Cid don Rodrigo
se encamina a la puerta de la ciudad. Los que la guardan, cuando ven venir tanta gente, llenos de terror,
470 la desamparan. El Cid Ruy Díaz entra entonces por la
puerta franca, la espada desnuda en la mano, y da muerte a quince moros que encuentra al paso. Ganó a Castejón, y su oro y su plata. Sus caballeros se le acercan con
475 el botín y, sin apreciarlo en nada, lo dejan en sus manos.

En tanto los doscientos tres de vanguardia corren y sa-
477*b* quean toda la tierra. Hasta Alcalá llega la enseña de Minaya, y de allí se vuelven con el botín Henares arriba y
480 por Guadalajara. Traen grandes ganancias, rebaños de
481*b* ovejas y vacas, ropas y otras riquezas. Y donde se ve pasar la orgullosa enseña, no hay quien se atreva a asaltarlos por la espalda. Vuelven con todo lo ganado hasta Cas-
485 tejón, donde está el Cid. Este, dejando el castillo bajo su
custodia, sale a saludarlos con su mesnada. Recibe a Minaya entre sus brazos.

—¿Sois vos Álvar Fáñez, valiente lanza? No podía fa-
490 llar empresa que se os encomienda. Juntemos lo vuestro
con lo mío, y desde luego —si la queréis— os concedo la

---

jón dejan paso a los de la incursión en tierra de moros (véase T. L. 2.3.2.). Los *dozientos e tres* aludidos son los doscientos hombres solicitados por Álvar Fáñez (vv. 441c, 442) más los tres capitanes que lo acompañan (vv. 443-443b). El propio Álvar Fáñez queda fuera del cómputo].

477 Suplo el verbo *prear,* derivado de *praedere,* 'robar, saquear', usado por el poeta en vv. 903, 913, 937.

481 *gañado* se emplea en sentido lato para designar, no sólo los rebaños, sino las ropas y en general toda riqueza mueble (comp. con vv. 1852, 2465). En los documentos del siglo X es frecuente usar *ganato* para designar los 'bienes muebles', en oposición a *hereditate,* 'bienes inmuebles'.

489 *¿Venides?;* para la interrogación de saludo véase v. 204.

»Esso con esto sea ajuntado,   *e de toda la ganançia*
»dovos la quinta,   si la quisiéredes, Minaya.»

[24] *Minaya no acepta parte alguna en el botín y hace un voto solemne.*

«Mucho vos lo gradesco,   Campeador contado.
»D'aqueste quint*o*   que me avedes mand*ado,*
»pagar se ýa dell*e*   Alfonsso el Castellano.
»Yo vos l*o* suelt*o*   e avello quitado.
»A Dios lo prometo,   a aquel que está en alto:
»fata que yo me pague   sobre mio buen cavallo,
»lidiando   con moros en el campo,
»que enpleye la lança   e al espada meta mano,
»e por el cobdo ayuso   la sangre destellando,
»ante R*o*y Díaz   el lidiador contado,
»non prendré de vós   quanto un dinero malo;
»pues que por mí ganaredes   quesquier que sea d'algo,
»todo lo otro   afelo en vuestra mano.»

[25] *El Cid vende su quinto a los moros.—No quiere lidiar con el rey Alfonso.*

Estas ganançias   allí eran juntadas.
Comidiós' mio Çid,   el que en buen*a çinxo espada,*
el rey Alfonsso,   que llegarién sus compañas,
quel' buscarié mal   con todas sus mesnadas.
Mandó partir   tod' aqueste aver *sin falla,*
sos quiñoneros   que gelos diessen por carta.
Sos cavalleros   í an arribança,
a cada uno dellos   ca*d*en çient marcos de plata,

---

492 Según el *Fuero de Cuenca* (poco posterior al *Cantar),* los que iban en algara debían cobrar el quinto de lo que en ella ganaran. La generosidad del Cid consiste, pues, en ofrecer a Minaya también el quinto de lo ganado en Castejón, que correspondía al Cid como capitán.

quinta sobre el total de la ganancia (y no sólo sobre lo que vos conquistasteis).

[24] *Minaya no acepta parte alguna en el botín y hace un voto solemne.*

—Ilustre Campeador, mucho os lo agradezco. De esta quinta que me ofrecéis, hasta el castellano Alfonso quedaría bien pagado; pero yo os lo devuelvo. Y de aquí prometo a Dios que está en lo alto, que yo no me satisfaga de lidiar en campo con los moros sobre mi caballo, empleando la lanza y metiendo mano a la espada, hasta que chorree la sangre por el codo, delante de Ruy Díaz, el gran combatiente, no he de aceptar que me paguéis ni un mal dinero. Cuando yo os haya ganado algo que valga la pena, aceptaré mi parte; entre tanto, tomadlo todo para vos.

[25] *El Cid vende su quinto a los moros.—No quiere lidiar con el rey Alfonso.*

Reunieron el botín. El Cid, que en buena hora ciñera espada, pensó que acaso le buscarían para atacarlo las mesnadas del rey Alfonso. Mandó repartir cuanto antes la ganancia, y a sus repartidores pidió que le diesen carta de lo que a él le tocaba. Buena parte sacan sus caballeros,

495 [Doble sentido: 1) el botín es lo suficientemente grande como para satisfacer al rey; 2) si el rey no hubiera desterrado a Rodrigo, Alfonso hubiera recibido beneficio de esa ganancia].

511 Construcción descuidada en que el sustantivo a que se refiere el pronombre *los* no va expreso, sino que se le supone embebido en otra palabra anterior, en *quiñonero.* Estos descuidos abundan aún en nuestros autores del siglo XVI.

e a los peones   la meatad sin falla;
tod*o* *el* quint*o*   a mio Çid fincava.
Aquí non lo puede vender   nin dar en presentaja;
nin cativos nin cativas   non quiso traer en su conpaña.
Fabló con los de Castejón,   y envió a Fita y a Guadalfajara,
esta quinta   por quánto serié conprada,
aun de lo que diessen   oviessen gran ganançia.
Asmaron los moros   tres mil marcos de plata.
Plogo a mio Çid   d'aquesta presentaja;
a tercer día   dados f*o*ron sin falla.
   Asmó mio Çid   con toda su conpaña
que en el castiello   non í avrié morada,
e que serie retenedor,   mas non í avrié agua.
«Moros en paz,   ca escripta es la carta,
»buscar nos ie el rey Alfonsso,   con toda su*e* mesnada.
»Quitar quiero Castejón,   ¡oíd, escuelas e Minaya!

[26] *El Cid marcha a tierras de Zaragoza, dependientes del rey moro de Valencia.*

»Lo que yo dixier*o*   non lo tengades a mal:
»en Castejón   non podriemos fincar;
»çerca es el rey Alfonsso   e buscar nos verná.
»Mas el castiello   non lo quiero hermar;
»çiento moros e çiento moras   quiero las í quitar,
»por que lo pris dellos   que de mí non digan mal.

---

515 *el quinto* o *la quinta* es la quinta parte del botín.

520 En efecto, la quinta del Cid, en vez de los 3.000 marcos que le pagaron por ella, debía valer más de 11.000, a juzgar por lo que se dice en los vv. 513-514, 519, 674.

526 ['que ofrecía buen resguardo, pero que allí carecería de agua'].

527 La *Tercera Crónica General* [la versión de la *Estoria de España* alfonsí impresa en 1541 por Florián de Ocampo] aclara bien el sentido de este verso: «el rey don Alfonso ha pazes con los moros e sé yo que escritas son ya las cartas (o escritura, capitulación) dello». Alfonso VI, que extendió su im-

pues a cada uno le tocan cien marcos de plata, y a los peones, la mitad justa, quedándose el quinto para el Cid. Pero no puede este venderlo ni tiene a quién regalarlo. No ha querido traer consigo cautivos ni cautivas. Se pone al habla con los de Castejón y manda preguntar a Hita y a Guadalajara que en cuánto le compran su quinta, aunque sea pagando poco. Los moros ofrecen tres mil marcos de plata, proposición que contenta al Cid; y le son puntualmente pagados al tercer día.

Pensó el Cid que no podría alojar a los suyos en el castillo, por falta de agua, aunque desde luego podría retenerlo en su poder.

—Los moros están ahora de paz, y sé yo que están ya escritas las cartas. El rey Alfonso puede venir a buscarme con sus mesnadas. Oíd, pues, oh mesnadas, oh Minaya: quiero que salgamos de Castejón.

[26] *El Cid marcha a tierras de Zaragoza, dependientes del rey moro de Valencia.*

—No toméis a malo lo que os digo. Sabed que aquí en Castejón no podríamos quedarnos; el rey Alfonso está cerca y nos buscaría. Pero tampoco quiero asolar este castillo. Demos libertad a cien moros y cien moras, a fin de que no digan mal de mí por lo que les quito. Ya estáis

---

perio sobre casi todos los musulmanes de España, exageraba la eficacia de su protección sobre los moros sometidos, para inspirarles confianza, y castigaba severamente a los cristianos que les atacaban; hasta se decía que había querido quemar a la reina, su mujer, y al arzobispo de Toledo porque habían atropellado la mezquita de los moros de esta ciudad.

534 Parece que el Cid propone libertar sólo doscientos moros, a quienes cederá el castillo y además les cederá o venderá los demás moros cautivados. Algo así entendió la *Crónica Particular del Cid* (cap. 94): «dexemos el castillo en esta manera: dexemos ay algunos destos moros que tenemos cautivos, que lo tengan de nuestra mano».

»Todos sodes pagados e ninguno por pagar.
»Cras a la mañana pensemos de cavalgar,
»con Alfonso mio señor non querría lidiar.»
Lo que dixo el Çid a todos los otros plaz.
Del castiello que prisieron todos ricos se parten;
los moros e las moras bendiziéndol' están.
Vansse Fenares arriba quanto pueden andar,
troçen las Alcarrias e ivan adelant,
por las Cuevas d'Anquita ellos passando van,
passaron las aguas, entrando al campo de T*a*ranz,
por essas tierras ayuso quanto pueden andar.
Entre Fariza e Çetina mio Çid iva a albergar.
Grandes ganançias priso por la tierra do va;
non lo saben los moros el ardiment que an.
Otro día moviós' mio Çid el de Bivar,
e passó a Alfama, la Foz ayuso va,
passó a Bovierca e a Teca que es adelant,
e sobre Alcoçer mio Çid iva posar,
en un otero redondo, fuerte e grand;
açerca corre Salón, agua nol' puedent vedar.
Mio Çid don Rodrigo Alcoçer cueda ganar.

[27] *El Cid acampa sobre Alcocer.*

Bien puebla el otero, firme prende las posadas,
los unos contra la sierra e los otros contra la agua.
El buen Canpeador que en buen ora *cinxo espada*
derredor del otero, bien çerca del agua,
a todos sos varones mandó fazer una cárcava,

---

538 [El Cid, por prudencia y por respeto, rehúye el enfrentamiento con la hueste real que se encuentra cerca].

543 *Alcarrias,* del árabe *cária,* 'aldea', territorio que ocupa la mayor parte de la actual provincia de Guadalajara.

544 *Anquita,* hoy Anguita, sobre el río Tajuña, al este de Sigüenza.

pagados todos, y ninguno queda por pagar. Y mañana por la mañana saldremos, porque no quisiera lidiar con Alfonso, mi señor.

A todos parece bien lo que ha dicho el Cid. Abandonan, pues el castillo, enriquecidos entre las bendiciones de moros y moras.

Caminan hacia arriba de Henares todo lo que pueden: pasan la Alcarria adelante y las cuevas de Anguita; pasan las aguas (del Tajuña), entran en el campo de Taranz y se van metiendo por aquella tierra. El Cid fue a albergarse entre Ariza y Cetina, cogiendo por todo el camino grandes ganancias. No saben los moros el intento audaz de aquella gente. Al día siguiente se puso en marcha el Cid de Vivar, pasó Alhama y la Hoz, pasó Briviesca, y más adelante Ateca, y fue a descansar en Alcocer, en un otero redondo, fuerte y grande, donde no le pueden cortar el agua, porque corre cerca el Jalón. El Cid don Rodrigo tiene pensado ganar a Alcocer.

[27] *El Cid acampa sobre Alcocer.*

Puebla el otero, construye el campamento, unas tiendas en la sierra y junto al río las otras. El buen Campeador, que en buen hora ciñera espada, en redor del otero, y junto al río mandó a sus varones cavar un foso, e hizo de-

---

545 El *campo de Taranz* es parte de la meseta que divide las aguas del Tajuña y del Jalón, en el límite de las provincias de Guadalajara y Soria.

547 Ariza y Cetina, sobre el Jalón, provincia de Zaragoza.

551 Alhama, también sobre el río Jalón, cerca de Cetina. La *Foz* será una hoz del río, hoy despoblada.

552 Bubierca y Ateca, también sobre el Jalón, cerca de Alhama.

553 *Alcoçer,* lugar hoy desconocido, que debía de estar a la izquierda del Jalón, entre Ateca y Calatayud.

561 El Cid hace un campamento con cárcava o foso, tanto para defensa como para atemorizar a los moros, anunciándoles su permanencia o *fincança* en este país.

que de día nin de noch   non les diessen arrebata,
que sopiessen que mio Çid   allí avié fincança.

[28] *Temor de los moros.*

Por todas essas tierras   ivan los mandados,
que el Campeador mio Çid   allí avié poblado,
venido es a moros,   exido es de cristianos;
en la vezindad   non se treven ganar tanto.
A*legr*ando se va mio Çid   con todos s*o*s vasallos;
el castiello de Alcoçer   en paria va entrando.

[29] *El Campeador toma a Alcocer mediante un ardid.*

Los de Alcoçer   a mio Çid yal' dan parias
e los de Teca   e los de Ter*rer* la casa;
a los de Calatauth,   sabet, ma' les pesava.
Allí yogo mio Çid   complidas quinze se*d*manas.
Quando vi*d*o mio Çid   que Alcoçer non se le dava,
el*le* fizo un art   e non lo detardava:
dexa una tienda fita   e las otras levava,
cojó' Salón ayuso,   la su seña alçada,
las lorigas vestidas   e çintas las espadas,
a guisa de menbrado,   por sacarlos a çelada.
Vi*d*ienlo los de Alcoçer,   ¡Dios, cómmo se alabavan!

---

567 En español, *ganar* debió tener el significado que tenía el antiguo francés *gaignier,* 'labrar la tierra' (comp. con 'gañán', 'guadaña').

569 La perífrasis del verbo *ir* más gerundio no tiene muchas veces sentido durativo o iterativo especial y es puramente pleonástica. Aquí, *en paria va entrando* significa sólo 'entra en paria', esto es, 'paga parias', como se repite en el verso de encadenamiento con que comienza la copla siguiente (comp. con v. 586). *[Entrar en parias* o *pagar parias* era hacerse tributario, pagar a alguien más fuerte un tributo a cambio de protección. Véanse vv. 941-942].

cir que nadie se atreviera a asaltarlo de día ni de noche, y que tuvieran entendido que allí era la morada del Cid.

[28] *Temor de los moros.*

La noticia de que el Cid Campeador había poblado allí se extendió por aquellas tierras, y de que había dejado a los cristianos para vivir entre moros. Estos, en su vecindad, apenas se atreven a labrar sus terruños. El Cid y sus vasallos tienen razón de alegrarse: pronto el castillo de Alcocer les paga tributo.

[29] *El Campeador toma a Alcocer mediante un ardid.*

Los de Alcocer le pagan tributo al Cid, y los de Ateca y pueblo de Terrer; pero sabed que esto les pasaba a los de Calatayud. Allí descansó el Cid quince semanas cumplidas.

Viendo que Alcocer no se le rendía, inventó al punto un ardid de guerra. Mandó levantar todas las tiendas menos una, y fuese Jalón abajo con bandera desplegada, espadas al cinto y puestas las lorigas, para hacerlos caer cautelosamente en una emboscada. ¡Cómo se alababan los de Alcocer viéndolos marcharse!

---

571 Ateca y Terrer son dos pueblos de la ribera del Jalón entre los cuales estaba el desaparecido castillo de Alcocer.

572 *Calatauth,* hoy Calatayud, cerca de Terrer. Nótese *ma' les* por *mal les.*

574 [Es extraña esta afirmación, porque acaba de decirse (vv. 569-570) que Alcocer pagaba parias al Cid, y esta situación de tributario no implicaba una rendición, sino, al contrario, una prolongación de ese estado de «protección pagada» (véanse los vv. 941-942, en que contrasta la tranquilidad de los que pagan parias con la desazón de quienes no lo hacen). La única explicación es que Alcocer dejara unilateralmente de pagar parias al Cid, y que este, en represalia, decidiera tomar la población].

«Fallido á a mio Çid   el pan e la çevada.
»Las otras abés lieva,   una tienda á dexada.
»De guisa va mio Çid   commo si escapasse de arrancada;
»demos salto a él   e feremos grant ganançia.
»antes quel prendan   los de Ter*r*er *la casa,*
»ca si ellos le prenden,   non nos darán dent nada;
»la paria qu' él á presa   tornar nos la ha doblada.»
Salieron de Alcoçer   a una priessa much estraña.
Mio Çid, quando los vío fuera,   cogiós' commo de arrancada;
   Cojós' Salón ayuso,   con los sos abuelta *anda.*
Dizen los de Alcoçer: «¡Ya se nos va la ganançia!»
Los grandes e los chicos   fuera salto da*va*n,
al sabor del prender   de lo ál non pienssan nada,
abiertas dexan las puertas,   que ninguno non las guarda.
El buen Campeador   la su cara tornava,
vío que entrellos y el castiello   mucho avié grant plaça;
mandó tornar la seña,   a priessa espoloneavan.
«¡Firidlos, cavalleros,   todos sines dubdança;
»con la merçed del Criador   nuestra es la ganançia!»
Bueltos son con ellos   por medio de la llaña.
¡Dios, qué bueno es el gozo   por aquesta mañana!
Mio Çid e Álbar Fáñez   adelant aguijavan;
tienen buenos cavallos,   sabet, a su guisa les andan;
entrellos y el castiello   en essora entravan.
Los vassallos de mio Çid   sin piedad les davan,
en un poco de logar   trezientos moros matan.
Dando grandes alaridos   los que están en la çelada,
dexando van los delant,   por*a*l castiello se tornavan,
Las espadas desnudas,   a la puerta se paravan.
Luego llegavan los sos,   ca fecha es el arrancada.
Mio Çid gañó a Alcoçer,   sabet, por esta maña.

---

595 'había muy gran trecho'.

—Ya al Cid se le acabó todo el pan y la cebada. Ha de-
jado una tienda y ya se lleva las demás, que apenas puede
con ellas. Va de tal modo como si escapase derrotado:
585 asaltémosle ahora, y ganaremos buen botín, antes que lo
585*b* cojan los del pueblo de Terrer, porque si ellos lo hacen no
nos tocará nada. Ahora es tiempo de que nos devuelva
doblado el tributo que le pagábamos.

Salieron de Alcocer con gran prisa. El Cid, al ver-
los, hizo como que huía. Y echó por Jalón abajo con los
suyos.

590 —¡Ea, que se nos va la ganancia! —decían los de Al-
cocer.

Y grandes y chicos se salían de la ciudad, sin pensar
más que en su codicia, y dejando libres de par en par las
puertas. Entonces el Campeador tornó la cabeza, y
595 viendo el gran trecho que mediaba entre ellos y el casti-
llo mandó volver la enseña y lanzar los caballos (hacia
Alcocer).

—¡A ellos, mis caballeros, heridos sin temor! Si Dios
nos ayuda, nuestra es la ganancia.

Y se revuelven con ellos en mitad de la llanura. ¡Oh,
600 Dios, qué alegría la de esa mañana! Adelante iban el Cid
y Álvar Fáñez, con buenos caballos que mueven a su an-
tojo; y pronto se metieron entre los moros y el castillo.
Sin piedad caían los vasallos del Cid sobre los moros, y
605 en corto espacio matan trescientos. Dando entonces gran-
des alaridos los que habían quedado ocultos, salen, se
adelantan, desenvainan las espadas y se agolpan a la
puerta del castillo para guardarla. Pronto llegan los su-
yos; la victoria está consumada.

610 Así ganó el Cid el castillo de Alcocer.

---

606 La narración es confusa. Por este verso se ve que el Cid, al fingir su huida, había dejado parte de su gente escondida en celada, para cortar la retirada a los de Alcocer (comp. con v. 631).

[30] *La seña del Cid ondea sobre Alcocer.*

Vino Per Vermu*doz,*   que la seña tiene en mano,
metióla en somo   en todo lo más alto.
Fabló mio Çid R*o*y Díaz,   el que en buen ora fue nado:
«Grado a Dios del çielo   e a todos los sos santos,
»ya mejoraremos posadas   a dueños e a cauallos.

[31] *Clemencia del Cid con los moros.*

»¡Oíd a mí, Álbar Fáñez   e todos los cavalleros!
»En este castiello   grand aver avemos preso;
»los moros yazen muertos,   de bivos pocos veo.
»Los moros e la*s* moras   vender non los podremos,
»que los descabeçemos   nada non ganaremos;
»cojámoslos de dentro,   ca el señorío tenemos;
»posaremos en sus casas   e d'ellos nos serviremos.»

[32] *El rey de Valencia quiere recobrar a Alcocer.—Envía un ejército contra el Cid.*

Mio Çid con esta ganançia   en Alcoçer está;
fizo enbiar por la tienda   que dexara allá.
Mucho pesa a los de Teca   e a los de Ter*rer* non plaze,
e a los de Calatayuth,   *sabet, pesando va.*
Al rey de Valençia   enbiaron con mensaje,
que a uno que dizien   mio Çid R*o*y Díaz de Bivar
«ayrólo rey Alfonsso,   de tierra echado lo ha,

---

611 [Este Pero Vermudoz o Pedro Bermúdez, sobrino del Cid (véase v. 2351), es uno de los caballeros de confianza del Campeador, quizá el más importante después de Álvar Fáñez. Tendrá una intervención destacada en el *CMC,* tanto en aspectos militares (vv. 704 y sigs.) como diplomáticos (vv. 1181 y sigs., 3309 y sigs.)].

625-635 [Los dos triunfos del Cid en Castejón y Alcocer, así como la exitosa algara por territorio de moros, siembran la inquietud entre los musul-

[30] *La seña del Cid ondea sobre Alcocer.*

Vino a esto Pedro Bermúdez, el portaenseña, y clava la enseña en lo más alto. Habló el Cid, nacido en buen hora:

—Gracias a Dios del cielo y a todos sus santos: a los jinetes y a los caballos mejoraremos ahora de posada.

[31] *Clemencia del Cid con los moros.*

—Oídme, Álvar Fáñez y todos los caballeros. Mucho hemos ganado con este castillo; muchos moros han muerto, pocos son los que quedan vivos; no tenemos a quién vender moros y moras; con descabezarlos no ganaríamos nada; acojámoslos dentro, puesto que somos los amos del lugar; nos hospedaremos en sus casas y nos haremos servir por ellos.

[32] *El rey de Valencia quiere recobrar a Alcocer.—Envía un ejército contra el Cid.*

Así está el Cid en Alcocer, en medio de sus ganancias. Envió por la tienda que había dejado en el campamento. Mucho pesaba su triunfo a los de Ateca, y tampoco agrada a los de Terrer, y a los de Calatayud les resulta duro. Enviaron entonces un mensaje al rey de Valencia, diciéndole que uno que llaman el Cid Ruy Díaz de Vivar «echólo de sus tierras el rey Alfonso y vino a acampar en

---

manes, que empiezan a organizar su ejército. Como dice Menéndez Pidal en la nota 636, el episodio, aunque verosímil, carece de historicidad].

629 [*ayrólo rey Alfonso,* 'recayó sobre él la ira del rey Alfonso'. La *ira regia* era una figura jurídica que se aplicaba cuando el rey resultaba ofendido, perjudicado o traicionado por alguno de sus vasallos y tenía como consecuencias inmediatas la ruptura de la relación de vasallaje y la imposición de una pena sin proceso jurídico, sólo por decisión del rey].

»vino posar sobre Alcoçer, en un tan fuerte logar;
»sacólos a çelada, el castiello ganado á;
»si non das consejo, a Teca e a Ter*rer* perderás,
»perderás Calatayuth, que non puede escapar,
»ribera de Salón toda irá a mal,
»assí ferá lo de Siloca, que es del otra part.»
Quando lo o*di*ó rey Tamín por cuer le pesó mal:
«Tres reyes veo de moros derredor de mí estar,
»non lo detardedes, los dos id pora allá,
»tres mill moros levedes con armas de lidiar;
»con los de la frontera que vos ayudarán,
»prendétmelo a vida, aduzídmelo deland;
»por que se me entró en mi tierra derecho me avrá a dar.»
Tres mil moros cavalgan e pienssan de andar,
ellos vinieron a la noch en Sogorve posar.
Otro día mañana pienssan de cavalgar,
vinieron a la noch a Çelfa posar.
Por los de la frontera pienssan de enviar;
non lo detienen, vienen de todas partes.
Ixieron de Çelfa la que dizen de Canal,
andidieron todo'l día, que vagar non se dan,
vinieron essa noche en Calatayu*t*h posar.
Por todas essas tierras los pregones dan;
gentes se ajuntaron sobejanas de grandes
con aquestos dos reyes que dizen Fáriz e Galve;
al bueno de mio Çid en Alcoçer le van çercar.

[33] *Fáriz y Galve cercan al Cid en Alcocer.*

Fincaron las tiendas e prendend las posadas,
creçen estos virtos, ca yentes son sobejanas.

---

636 No existió nunca un rey Tamín de Valencia; esta era regida por Abu Béquer ben Abdeláziz. Pero es más, las tierras de Calatayud no creo perteneciesen nunca a Valencia, sino al rey Al-Mostain de Zaragoza, como dice la

un lugar de Alcocer; sacó con engaños a los habitantes, y les ha ganado el castillo. Si no nos auxilias —añadían— perderás Ateca y a Terrer, perderás a Calatayud, que no habrá medio de que se salve; todo irá de mal en peor en esta ribera del Jalón y lo mismo en la del Jiloca, que está a la otra parte».

Pesóle de corazón al rey Tamín cuando esto supo.

—Tres emires veo junto a mí —dijo al punto—. Id allá dos sin tardanza, llevando con vosotros unos tres mil moros bien armados; con ayuda de los de la frontera, cogédmelo vivo y traédmelo delante; por habérseme entrado en mi tierra me ha de pagar derecho.

Cabalgan los tres mil moros, pasan en Segorbe la noche, y prosiguen al día siguiente para reposar nuevamente en Cella la otra noche. Envían aviso a los de la frontera, y estos acuden de todas partes. Salieron, pues, de Cella del Canal, como suelen llamarla; anduvieron todo el día sin descanso, y por la noche llegaron a Calatayud. Despachan pregoneros a todos lados y se reúne numerosísima gente, bajo el mando de los dos emires: Fáriz y Galve. Van a poner cerco al buen Cid en el castillo de Alcocer.

[33] *Fáriz y Galve cercan al Cid en Alcocer.*

Alzan tiendas, forman el campamento, aumentan las fuerzas, que ya son muy numerosas. Los centinelas avan-

---

historia latina del Cid. El poeta fantasea aquí a su capricho. *Fáriz* y *Galve* (v. 654) también son personajes fabulosos.

637 *reyes de moros* son simplemente los emires o caudillos musulmanes (vv. 654, 876, 1147).

644 El itinerario que nos marca el juglar por Segorbe (provincia de Castellón), por *Çelfa* (antes Celha, hoy Cella, cerca de Teruel, con importantes ruinas romanas) hacia Calatayud, nos muestra que se hallaba en uso la vía romana a unir a Sagunto (Murviedro, en el *Cantar)* con Bílbilis (Calatayud).

Las arrobdas, que los moros sacan,
de día e de noch enbueltos andan en armas;
muchas son las arrobdas e grande es el almofalla.
A los de mio Çid ya les tuellen el agua.
Mesnadas de mio Çid exir querien a batalla,
el que en buen ora nasco firme gelo vedava.
Toviérongela en çerca complidas tres se*d*manas.

[34] *Consejo del Cid con los suyos.—Preparativos secretos.—El Cid sale a batalla campal contra Fáriz y Galve.—Pedro Bermúdez hiere los primeros golpes.*

A cabo de tres se*d*manas, la quarta querie entrar,
mio Çid con los sos tornós' a acordar:
«El agua nos an vedada, exir nos ha el pan,
»que nos queramos ir de noch no nos lo consintrán;
»grandes son los poderes por con ellos lidiar;
»dezidme, cavalleros, cómmo vos plaze de far.»
Primero fabló Minaya, un cavallero de prestar:
«De Castiella la gentil exidos somos acá,
»si con moros non lidiáremos, no nos darán del pan.
»Bien somos nós seysçientos, algunos ay de más;
»en el no*m*bre del Criador, que non passe por ál:
»vayámoslos ferir en aquel día de cras.»
Dixo el Campeador: «A mi guisa fablastes;
»ondrástesvos, Minaya, ca aver vos los iedes de far.»
Todos los moros e las moras de fuera los manda echar,
que non sopiesse ninguno esta su poridad.

---

673 [Se resume en este verso la necesidad de combatir que tenían los desterrados: sin la ganancia obtenida en asaltos y saqueos contra moros carecían de medios de subsistencia (véase n. a v. 81)].

678 *far* es verbo vicario por *ondrar:* 'os honrasteis Minaya, pues oslo habríais de hacer'; esto es: ''pues sin duda habríais de honraros'. La *Primera Crónica* entiende simplemente 'pues vos los habríais de hacer', y pone «et

zados de los moros andan armados hasta los dientes de día y de noche. Muchos son los centinelas, inmensas las huestes. Les cortan el agua a los del Cid. Las mesnadas de este quisieran presentar batalla, pero lo prohíbe terminantemente el bienhadado. Por tres semanas apretaron el cerco.

[34] *Consejo del Cid con los suyos.—Preparativos secretos.—El Cid sale a batalla campal contra Fáriz y Galve.—Pedro Bermúdez hiere los primeros golpes.*

Al cabo de tres semanas, cuando ya se echaba encima la cuarta, el Cid convoca a consejo a los suyos.

—Ya nos han quitado el agua los moros —les dijo— y puede faltarnos el pan. Si quisiéramos salir de noche, no nos dejarán. Sus fuerzas son grandes para que luchemos contra ellas. Decidme, pues, caballeros, lo que os parece mejor que hagamos.

Habló primero Minaya, ilustre caballero:

—Aquí hemos venido desde Castilla la gentil, y si no ha de ser luchando con moros no ganaremos nunca el pan. Bien llegaremos a seiscientos y acaso más. En el nombre del Creador, que no se disponga otra cosa sino comenzar el ataque desde mañana.

Y el Campeador:

—Es muy de mi gusto cuanto habéis dicho, y con ello os habéis honrado, Minaya, que no podía esperarse menos de vos.

Y mandó echar fuera a todos los moros y moras, a fin de que no descubriesen su secreto. Todo el resto del día y

---

assi lo devedes fazer et onrastesvos en ello»; pero si *vos* fuese sujeto, no iría intercalado entre *aver* y el auxiliar *iedes*. La *Tercera Crónica* comprendió que no era Minaya el encargado de ejecutar el pensamiento, como puso la *Primera*, y corrigió por su cuenta: «e así lo devemos fazer e honrrastesvos en ello».

El día e la noche piénssanse de adobar.
Otro día mañana, el sol querié apuntar,
armado es mio Çid con quantos que él ha;
fablava mio Çid commo odredes contar:
«Todos iscamos fuera, que nadi non raste,
»sinon dos pe*d*ones solos por la puerta guardar;
»si nós muriéremos en campo, en castiello nos entrarán,
»si vençiéremos la batalla, creçremos en rictad.
»E vós, Per Vermu*doz*, la mi seña tomad;
»commo sodes muy bueno, tener la edes sin ar*t*h;
»mas non aguijedes con ella, si yo non vos lo mandar.»
Al Çid besó la mano, la seña va tomar.
Abrieron las puertas, fuera un salto dan;
viéronlo las arrobdas de los moros, al almofalla se van tornar.
¡Qué priessa va en los moros! e tornáronse a armar;
ante roído de atamores la tierra querié quebrar;
veriedes armarse moros, appriessa entrar en az.
De parte de los moros, dos señas ha cabdales,
e *los* pen*d*ones mezclados, ¿qui los podrié contar?
Las azes de los moros ya mueven adelant,
por a mio Çid e a los sos a manos los tomar.
«Quedas se*e*d, mesnadas, aquí en este logar,
»non derranche ninguno fata que yo lo mande.»
Aquel Per Vermu*doz* non lo pudo endurar,
la seña tiene en mano, conpeçó de espolonar:
«¡El Criador vos vala, Çid Campeador leal!
»Vo meter la vuestra seña en aquella mayor az;
»los que el debdo avedes veré commo la acorr*a*des.»
Dixo el Campeador: «¡Non sea, por caridad!»
Respuso Per Vermu*doz*: «Non rastará por al.»
Espolonó el cavallo, e metiól' en el mayor az.

---

692 El entregar la enseña para llevarla en la batalla era distinción que se agradecía besando la mano como cuando se recibía una merced.

694 Las avanzadas se tornan a la hueste (véanse vv. 658 y 660).

la noche ocupan en armarse convenientemente, y a la mañana, cuando apuntaba la aurora, el Cid y los suyos amanecen apercibidos.

Y dijo el Campeador lo que vais a oír:

—Salgamos todos, no quede nadie, con excepción de dos peones que han de guardar la puerta. Si morimos en el campo, que nos entren en el castillo. Y si vencemos la batalla, nos habremos enriquecido. Vos, Pedro Bermúdez, tomad mi enseña: sois bueno, y la guardaréis lealmente; pero no os adelantéis mientras no os lo mande.

Besó la mano al Cid y tomó la enseña.

Abrieron las puertas y salieron. Las avanzadas, al verlos, corren a decirlo a sus huestes. ¡Con qué prisa se están armando los moros! Tanto es el ruido de los tambores que se estremece la tierra. Vierais allí armarse a los moros y entrar prontamente en sus filas. Los moros traen dos enseñas principales, y las otras secundarias ¿quién las podría contar? Ya se adelantan las filas de los moros para encontrarse con el Cid y los suyos.

—Quietas, mesnadas. De aquí no se mueva nadie. No salga uno solo de las filas mientras yo no lo ordene.

Ya no puede contenerse Pedro Bermúdez. Lleva la enseña en la mano y espolea su corcel:

—¡Oh leal Cid Campeador, el Creador os Valga! Voy a meter nuestra enseña en la fila mayor. Ahora veremos cómo saben protegerla los que están obligados.

—¡No lo hagáis, por caridad! —grita el Campeador.

—Pues no faltaría más —responde el otro; y dando espuelas al caballo lo mete por entre la fila más compacta,

---

696 *ante* expresa la causa, como el latín *prae:* compárese el uso moderno en frases como «ante la imposibilidad de huir, se rindieron».

698 Las dos enseñas caudales o principales son las de los dos cuerpos de ejército de Fáriz y Galve; los pendones mezclados o varios son, según la *Primera Crónica,* «los otros pendones daquellos pueblos ayuntados allí», es decir, los de los pueblos *de las fronteras* (vv. 640, 653).

Moros le reçiben por la seña ganar,
danle grandes colpes, mas nol' pueden falssar.
Dixo el Campeador: «¡valelde, por caridad!»

[35] *Los del Cid acometen para socorrer a Pedro Bermúdez.*

Enbraçan los escudos delant los coraçones,
abaxan las lanças abue*l*tas de los pendones,
enclinaron las caras de suso de los arzones,
ívanlos ferir de fuertes coraçones.
A grandes vozes llama el que en buen ora na*çió:*
«¡feridlos, cavalleros, por amor de*l Criador!*
»¡Yo so R*o*y Díaz, el Çid de Bivar Campeador!»
Todos fieren en el az do está Per Vermu*doz*.
Trezientas lanças son, todas tienen pendones;
seños moros mataron, todos de seños colpes;
a la tornada que fazen otros tantos *muertos* son.

[36] *Destrozan los haces enemigos.*

Veriedes tantas lanças premer e alçar,
tanta adágara foradar e passar,
tanta loriga falssa*r e* desmanchar,

---

713 *falssar,* o sin elipsis, *falssar las armas* (v. 2391), o *falssar la loriga* (v. 728), o la *guarnizon* (v. 3681), era romper o destrozar el arma ofensiva.

715 Esta descripción del arremeter de los caballeros se repite en vv. 3615-3618.

715-819 [En estos versos se contiene el primer relato de una batalla campal en el *CMC*. El poeta se recrea en una serie de pormenores acerca del combate y su desarrollo. La narración comienza por la descripción de la carga de los caballeros, lanza en ristre, contra la hueste enemiga, seguida de la *tornada* o carga de vuelta (v. 725); luego una descripción general del combate (vv. 726-732), seguida de una mención particularizada de los caballeros más destacados de la hueste del Cid (vv. 733-743), de la presentación en acción

donde los moros lo esperan para arrebatarle la enseña, y aunque lo tiran grandes tajos no logran romperle (la loriga).

El Cid grita:

—¡Auxiliadle, por caridad!

[35] *Los del Cid acometen para socorrer a Pedro Bermúdez.*

Embrazan frente a los pechos los escudos, enristran las lanzas, envuelven los pendones, se inclinan sobre los arzones con ánimo de acometer denodadamente.

El que en buen hora naciera dice a grandes voces:

—¡A ellos, mis caballeros, en el nombre de Dios! ¡Yo soy Ruy Díaz de Vivar, el Cid Campeador!

Todos dan sobre la fila en que está luchando Pedro Bermúdez. Son trescientas lanzas con pendones, y de sendos golpes mataron a trescientos moros. Al revolverse cargan otra vez y matan otros trescientos.

[36] *Destrozan los haces enemigos.*

Allí vierais subir y bajar tantas lanzas, pasar y romper tanta adarga, tanta loriga quebrantarse y perder las ma-

---

sobre el terreno de batalla de algunos de los protagonistas (Álvar Fáñez y el Cid: vv. 744-764; Martín Antolínez: vv. 765-769; Álvar Fáñez: vv. 778-784) y, en fin, la resolución de la batalla (vv. 770-777) y el reparto del botín (vv. 794-819). Nótese la desproporción de esta última parte del relato respecto de lo dedicado a los hechos de armas propiamente dichos: véase n. 81].

721 Era costumbre que el caudillo gritase su nombre para esforzar a sus caballeros, así dice don Juan Manuel en el *Libro de los Estados* que el Capitán «débese nombrar muchas veces a sí et a su apellido, et mandar que digan todos: feridlos, que vanse et vencidos son». Este grito de guerra se repite en el v. 1140.

724 'sendos moros' (uno cada uno), 'de sendos golpes' (uno de cada golpe).

tantos pendones blancos   salir vermejos en sangre,
tantos buenos cavallos   sin sos dueños andar.
Los moros llaman Mafómat   e los cristianos santi Yague.
Ca*dién* *por el campo*   en un poco de logar
732*b* moros muertos   mill e trezientos ya.

[37] *Mención de los principales caballeros cristianos.*

¡Quál lidia bien   sobre exorado arzón
mio Çid Ruy Diaz   el buen lidiador!
Minaya Álbar Fáñez,   que Çorita mandó,
Martín Antolínez,   el Burgalés de pro,
Muño Gustioz,   el que so criado f*o,*
Martín Muñoz,   el que mandó a Mont Mayor,
Álbar Albar*oz*   e Álbar Salvadórez,
Galín Garcia*z*   el bueno de Aragón,
Félez Muñoz   so sobrino del Campeador;
desí adelante,   quantos que ý son,
acorren la seña   e a mio Çid el Campeador.

[38] *Minaya, en peligro.—El Cid hiere a Fáriz.*

A Minaya Álbar Fáñez   matáronle el cavallo,
bien lo acorren   mesnadas de cristianos.
La lança á quebrada,   al espada metió mano,
maguer de pie,   buenos colpes va dando.
Víolo mio Çid   R*o*y Díaz el Castellano,
acostós a un aguazil   que tenié buen cavallo,
diol' tal espadada   con el so diestro braço,
cortól' por la çintura,   el medio echó en campo.

---

731 Los moros podían gritar el nombre de Mahoma en las batallas, como parte de la invocación usual «Bismi Allahí»: «En el nombre de Alá». Los cristianos, según el arzobispo don Rodrigo de Toledo, desde la aparición del

llas, tantos pendones blancos salir enrojecidos de san-
730 gre, tantos hermosos caballos sin jinete. Los moros in-
vocan a Mahoma y los cristianos a Santiago. En poco
732*b* trecho yacían por el campo no menos de mil trescientos
moros.

[37] *Mención de los principales caballeros cristianos.*

¡Oh qué bien lidia, sobre dorado arzón, el Cid Ruy
735 Díaz, gran combatiente; oh qué bien Minaya Álvar Fá-
ñez, el que tuvo mando en Zurita; Martín Antolínez, el
ilustre burgalés, y Muño Gustioz, que fue su criado; y
Martín Muñoz, el que mandó en Monte Mayor; y Álvaro
740 Álvar, y Álvaro Salvadórez, y Galindo García el buen
aragonés, y Félix Muñoz, sobrino del Cid! Cuantos hay,
todos acuden en auxilio del Cid y de su enseña.

[38] *Minaya, en peligro.—El Cid hiere a Fáriz.*

745 Las mesnadas de cristianos auxilian a Minaya Álvar
Fáñez, porque le han matado el caballo. También se le ha
roto la lanza, pero mete mano a la espada y, aunque des-
montado, va dando unos tajos furibundos. Violo el Cid
Ruy Díaz el castellano, y acercándose a un general moro
750 que traía un caballo excelente, tiróle un tajo con la dies-
tra que, cortándole por la cintura le echó al suelo la mitad

---

apóstol en la batalla de Clavijo, usaban como grito de guerra «¡Dios ayuda y Santiago!».

737 *Muño Gustioz,* criado por el Cid (comp. con v. 2902).

751 También el Cid hiende a Búcar desde el yelmo *fata la çintura.* Estos tajos no son increíbles si se tiene en cuenta la anchura y el peso de las espadas de entonces; por ejemplo, los cronistas de las Cruzadas cuentan de Godofredo de Bullón que hendió a un musulmán desde la cabeza hasta la silla del caballo y a otro lo dividió por medio.

A Minaya Álbar Fáñez   íval' dar el cavallo:
«¡Cavalgad, Minaya,   vós sodes el mio diestro braço!
»Oy en este día   de vos abré grand bando;
»firme' son los moros,   aun nos' van del campo,
»á menester   que los cometamos de cabo.»
Cavalgó Minaya,   el espada en la mano,
por estas fuerças   fuerte mientre lidiando,
a los que alcança   valor delibrando.
Mio Çid R*o*y Díaz,   el que en buen*a* nasco,
al rey Fáriz   tres colpes le avié dado;
los dos le fallen,   y el unol' ha tomado,
por la loriga ayuso   la sangre destell*an*do;
bolvió la rienda   por írsele del campo.
Por aquel colpe   rancado es el fonssado.

[39] *Galve, herido, y los moros, derrotados.*

Martín Antolínez   un colpe dio a Galve,
las carbonclas del yelmo   echógelas aparte,
cortól' el yelmo,   que llegó a la carne;
sabet, el otro   non gel' osó esperar.
Arrancado es   el rey Fáriz e Galve;
¡tan buen día   por la cristiandad,
ca fuyen los moros   della *e della* part!
Los de mio Çid   firiendo en alcaz,
el rey Fáriz   en Ter*rer* se f*o* entrar,
e a Galve   nol' cogieron allá;
para Calatayu*t*h   quanto puede se va.
El Campeador   íval' en alcaz,
fata Calatayu*t*h   duró el segudar.

---

754 *bando,* 'auxilio, apoyo'. Este significado abstracto deriva naturalmente del concreto 'partido', o conjunto de parientes y secuaces que en la Edad Media estaban obligados a apoyarse mutuamente en pretensiones, enemistades y venganzas.

del cuerpo. Después se acercó a Álvar Fáñez para darle el caballo.

—A caballo, Minaya. Vos sois mi brazo derecho. Hoy necesito vuestra ayuda. Ved que los moros están firmes; aún no los echamos del campo; fuerza es que acabemos con ellos.

Montó Minaya sin soltar la espada de la mano, y siguió luchando denodadamente por entre las fuerzas enemigas: a cuantos alcanza los deshace. En tanto, el bienhadado Cid Ruy Díaz le lanza al emir Fáriz tres golpes: dos le fallan, pero el tercero lo acierta, y escurre la sangre por la loriga abajo. El emir volvió grupas, tratando de abandonar el campo: de sólo aquel golpe queda derrotado el ejército.

[39] *Galve, herido, y los moros, derrotados.*

Martín Antolínez asestó tan tremendo tajo al moro Galve que le arranca los rubíes del yelmo y, partiendo el yelmo, entra en la carne. No quiso esperar el emir el segundo golpe. Derrotados están los emires Fáriz y Galve: gran día para la cristiandad, que ya de una y otra parte huyen los moros.

Al alcance los van atacando los del Cid. El emir Fáriz se refugió en Terrer, y a Galve no lo quisieron recibir, por lo que huye hacia Calatayud a toda rienda. El Campeador le sigue de cerca, y la persecución continúa hasta Calatayud.

---

772 *alcaz* (vv. 776, 786, 1147, etc.) es la forma más corriente junto a *alcanço* (v. 2533), en vez del moderno 'alcance'.

[40] *Minaya ve cumplido su voto.—Botín de la batalla.—El Cid dispone un presente para el rey.*

A Mynaya Álbar Fáñez   bien l'anda el cavallo,
d'aquestos moros   mató treínta e quatro;
espada tajador,   sangriento trae el braço,
por el cobdo ayuso   la sangre destellando.
Dize Minaya: «Agora so pagado,
»que a Castiella   irán buenos mandados,
»que mio Çid R*o*y Díaz   lid campal a *arrancado.»*
Tantos moros yazen muertos   que pocos bivos á dexados,
ca en alcaz   sin dubda les f*o*ron dando.
Yas' tornan   los del que en buen ora nasco.
Andava mio Çid   sobre so buen cavallo,
la cofia fronzida   ¡Dios, cómmo es bien barbado!
almófar a cuestas,   la espada en la mano.
Vio los sos   cómmos' van allegando:
«¡Grado a Dios,   aquel que está en alto,
»quando tal batalla   avemos arrancado!»
Esta albergada   los de mio Çid luego la an robad*o*
de escudos e de armas   e de otros averes largos;
de los moriscos,   quando son llegados,
796*b* ffallaron   quinientos e diez cavallos.
Grand alegreya va   entre essos cristianos,
más de quinze de los sos   menos non fallaron.
Traen oro e plata   que non saben recabdo;
refechos son   todos essos cristianos
800*b* con aquesta ganançia   *que ý ávién fallado.*
A so castiello a los moros   dentro los an tornados,

---

782 Minaya, al decir *agora so pagado,* alude al voto que hizo: «fata que yo me pague...» (v. 498).

789 La cofia fruncida sobre la cara y el amófar caído sobre las espaldas dejaban bien al descubierto la barba del Cid.

792 Muy usado en frases exclamativas (vv. 1118, 1267, 2456, etc.); a veces se usa junto a su sinónimo *gracias* (vv. 895, 2095).

[40] *Minaya ve cumplido su voto.—Botín de la batalla.—El Cid dispone un presente para el rey.*

El caballo le salió bueno a Minaya Álvar Fáñez, y así pudo matar hasta treinta y cuatro moros. ¡Oh tajante espada, y cuán ensangrentado trae el brazo, escurriéndole por el codo la sangre!

—Ahora sí que estoy satisfecho —dice Minaya—. Ahora llegarán a Castilla las buenas nuevas de que mi Cid Ruy Díaz ha salido victorioso en guerra campal.

Hay tantos moros muertos, que apenas quedan supervivientes.

Los de aquel que nació en buen hora los han ido persiguiendo, y ya están de regreso. Veíase el Cid sobre su caballo, espada en mano, fruncida la cofia (sobre la cara) y caída sobre la espalda la capucha de la loriga. ¡Oh Dios, qué bien barbado que es!

Viendo venir a los suyos exclama:

—Gracias a Dios, que está en los cielos, nuestra es la victoria.

Los de Mio Cid se entregan después a saquear el campamento, recogiendo escudos, armas y abundantes riquezas. Juntaron hasta quinientos diez caballos de los moriscos, y grande es su alegría cuando advierten que sus bajas no pasan de quince. No saben ya ni dónde poner tanto oro y plata. Enriquecidos están con el botín. Vuelven a recibir en el castillo a los moros que los servían, y aún manda el Cid que les den algo. El Cid y sus vasallos se

---

798 ['no echaron de menos a más de quince de los suyos', es decir, no sufrieron más de quince bajas. La apreciación del número de bajas es muy exagerada, si consideramos que las tropas del Cid eran algo más de 600 hombres (v. 674), las de los moros 3.000 (v. 639), y las bajas sufridas por estos 1.300 (v. 732) o más (v. 785)].

801 Antes de la batalla, los moros habitantes del castillo habían sido echados fuera, según v. 679.

mandó mio Çid   aún que les diessen algo.
Grant á el gozo mio Çid   con todos sos vasallos.
Dio á partir estos dineros   e estos averes largos;
en la su quinta   al Çid caen cient cavallos.
¡Dios, qué bien pagó   a todos sus vassallos,
a los peones   e a los encavalgados!
Bien lo aguisa   el que en buen ora nasco,
quantos él trae   todos son pagados.
«¡Oíd, Minaya,   sodes mio diestro braço!
»D'aquesta riqueza   que el Criador nos á dado
»a vuestra guisa   prended con vuestra mano.
»Enbiar vos quiero   a Castiella con mandado
»d'esta batalla   que avemos arrancad*o;*
»al rey Alfons   que me á ayrado
»quiérol' enbiar   en don treínta cavallos,
»todos con siellas   e muy bien enfrenados,
»señas espadas   de los arzones colg*ando.»*
Dixo Minaya Álbar Fáñez: «Esto faré yo de grado.»

[41] *El Cid cumple su oferta a la catedral de Burgos.*

—«Evades aquí   oro e plata *fina,*
»una uesa lleña,   que nada nol' mingua;
»en Santa María de Burgos   quitedes mill misas;
»lo que romaneçiere   daldo a mi mugier e a mis fijas,
»que rueguen por mí   las noches e los días;
»si les yo visquier*o,*   serán dueñas ricas.»

---

805 Recuérdese el v. 796*b.*

813 [Véase el v. 783, donde Álvar Fáñez predice la llegada de noticias de la batalla a Castilla sin sospechar que él será el encargado de transmitirlas

regocijan, y ordena aquel que sean distribuidas las ganancias. Sólo en la quinta del Cid entran cien caballos. ¡Oh Dios, qué bien paga a los suyos, así peones como jinetes! ¡Qué bien sabe hacerlo todo el bienhadado; todos los que le acompañan quedan contentos!

—Oíd, Minaya, mi brazo derecho: de esta riqueza que Dios nos ha enviado, tomad cuanto os plazca. Y quiero que vayáis a Castilla a dar cuenta de esta victoria, porque deseo obsequiar al rey Alfonso, que me desterró, con treinta caballos, todos con sus sillas y frenos y espadas al arzón.

—Que me place —dijo Álvar Fáñez.

[41] *El Cid cumple su oferta a la catedral de Burgos.*

—He aquí oro y fina plata —continuó el Cid— hasta colmar esta bota por completo. Pagaréis mil misas en Santa María de Burgos; lo que sobre sea para mi mujer e hijas; que rueguen por mí de día y de noche. Si Dios me da vida, llegarán a ser damas opulentas.

---

al rey. Esta es la primera vez en que Álvar Fáñez desempeña la función de mediador entre el Cid y el rey Alfonso, imprescindible en la trama de la obra (véase T. L. 2.2.2.)].

816 También el rey Alfonso XI de Castilla, después de vencer la batalla del Salado, en el año 1340, envió al papa, en Aviñón, caballos cogidos a los moros.

818 'sendas espadas' (una cada caballo).

821 Es curioso ver la *uesa,* o bota alta, usada como saco. Aun cuando se la llevaba calzada, la huesa servía para guardar los objetos menudos cuando los trajes no tenían bolsillos.

822 El Cid cumple la oferta que hizo en el v. 225.

825 *visquiero,* 'viviere', del perfecto *visco*, 'vivió'. El futuro subjuntivo hacía su persona «yo» en *-o: fallaro* (v. 1260), asegurado por la asonancia.

[42] *Minaya parte para Castilla.*

Minaya Álbar Fáñez   desto es pagado,
826*b* por ir con él   omnes son contados.
Agora davan çevada,   ya la noch *avié* entrad*o*,
mio Çid R*o*y Díaz   con los sos se acorda*ndo:*

[43] *Despedida.*

«¿Hides vos, Minaya,   a Castiella la gentil?
»A nuestros amigos   bien les podedes dezir:
»Dios nos valió   e vençiemos la lid.
»A la tornada,   si nos falláredes aquí;
»si non, do sopiéredes que somos,   indos conseguir.
»Por lanças e por espadas   avemos de guarir,
«si non, en esta tierra angosta   non podriemos bivir,
»e commo yo cuedo,   a ir nos avremos d' aquí.»

[44] *El Cid vende Alcocer a los moros.*

Ya es aguisado,   mañánas' f*o* Minaya,
e el Campeador   *fincó ý* con su mesnada.
La tierra es angosta   e sobejana de mala.
Todos los días   a mio Çid aguardavan
moros de las fronteras   e unas yentes extrañas;
sanó el rey Fáriz,   con él se consejavan.
Entre los de Teca   e los de Ter*rer* la casa,
e los de Calatayut,   que es más ondrada,
así lo an asmado   e metudo en carta:
vendido les á Alcoçer   por tres mil marcos de plata.

---

840 [Probablemente esas *yentes extrañas* (es decir, 'forasteras') son moros procedentes de Valencia, que acuden a causa de la petición de ayuda que se formula en v. 627].

[42] *Minaya parte para Castilla.*

Álvar Fáñez está muy contento de la embajada. Desig-
826*b* nan a los que le han de acompañar, y dan cebada a las
bestias, ya entrada la noche. En tanto, el Cid Ruy Díaz
reúne a los suyos en consejo.

[43] *Despedida.*

—¿Así, pues, Minaya, os vais a Castilla la gentil? Po-
830 déis decir a nuestros amigos que Dios nos ha ayudado a
vencer. Acaso nos encontréis aquí a la vuelta. Si no, bus-
cadnos donde os informen que andamos. De lanza y es-
pada hemos de valernos: de otra suerte, esta escasa tierra
835 no nos daría lo bastante para vivir. Me temo, por eso, que
tengamos que irnos a otra parte.

[44] *El Cid vende Alcocer a los moros.*

Hecho está: partió Minaya de madrugada, y el Campea-
dor se quedó con los demás. Escasa, malísima es la tierra
aquella. Todos los días andan espiando al Cid los moros
840 de la frontera y unos hombres extraños. Algo tramaban
con consejo del emir Fáriz, ya repuesto de sus heridas.
Con los de Ateca y el pueblo de Terrer y los de Calata-
yud, que es ciudad más rica, el Cid entra en tratos, redac-
845 tan el convenio por carta, y les vende por tres mil marcos
de plata el castillo de Alcocer.

---

842 *Entre,* pleonástico con la conjunción (véase v. 191).

[45] *Venta de Alcocer.* (Repetición.)

Mio Çid Ruy Díaz   a Alcoçer *ha* ven*di*do;
qué bien pagó   a s*o*s vassallos mismos!
A cavalleros e a peones   fechos los ha ricos,
en todos los sos   non fallariedes un mesquino.
Qui a buen señor sirve,   siempre bive en deliçio.

[46] *Abandono de Alcocer.—Buenos agüeros.—El Cid se asienta en el Poyo, sobre Monreal.*

Quando mio Çid   el castiello quiso quitar,
moros e moras   tomáronse a quexar:
«¿Vaste, mio Çid?   ¡Nuestras oraçiones váyante delante!
»Nós pagados finca*m*os,   señor, de la tu part.»
Quando quitó Alcoçer   mio Çid el de Bivar,
moros e moras   compeçaron de llorar.
Alçó su seña,   el Campeador se va,
passó Salón ayuso,   aguijó cabadelant,
al exir de Salón   mucho ovo buenas aves.
Plogo a los de Terrer   e a los de Calatayut más,
Pesó a los de Alcoçer,   ca pro les fazié grant.
Aguijó mio Çid,   ívas' cabadelant,
y ffincó en un poyo   que es sobre Mont Real;
alto es el poyo,   maravilloso e grant;
non teme guerra,   sabet, a nulla part.
Metió en paria   a Daroca enantes,
desí a Molina,   que es del otra part,
la terçera Teruel,   que estava delant.
en su mano tenié   a Çelfa la del Canal.

---

846 [Este verso repite parcialmente el contenido del anterior para conectar más sólidamente las dos tiradas y marcar el cambio de asonancia. Para este procedimiento, típicamente juglaresco, véase Intr., págs. 63-68].

850 Este verso es un proverbio que se halla con variantes: «quien a buen señor sirve, buen galardón alcanza», «quien a buen señor sirve, ese vive en bienandanza», etc.

[45] *Venta de Alcocer.* (Repetición.)

Vende a Alcocer el Cid Ruy Díaz, y paga opulentamente a sus vasallos, enriqueciendo a caballeros y peones; no queda pobre entre todos: «quien a buen señor sirve, buen galardón alcanza».

[46] *Abandono de Alcocer.—Buenos agüeros.—El Cid se asienta en el Poyo, sobre Monreal.*

Cuando ven que el Cid va a abandonar el castillo, los moros y moras cautivos comienzan a quejarse: «¿Te vas, pues, oh Cid? Te acompañan nuestras oraciones Señor, te quedaremos agradecidos». Al salir de Alcocer el Cid, los moros y las moras están llorando. El Campeador se aleja, en alto su enseña, encaminándose hacia abajo del río Jalón. Al pasar el río, las aves le dieron buenos agüeros. Si contentos quedan los de Terrer y más aún los de Calatayud, a los de Alcocer les pesa mucho, porque el Cid les era benéfico. El Cid caminaba, y así continuó hasta llegar al Poyo, que está sobre Monreal: es alto, grande y maravilloso de ver; por ningún lado podrían alcanzarlo los enemigos. Comenzó por someter a tributo a Daroca, y más allá a Teruel y al fin a Cella, la del Canal.

---

856 Sobre el buen trato que el Cid da a los moros, véase v. 802.

859 [Las aves con que el viajero se cruzaba tenían valor de agüero, en esta ocasión favorable (véanse vv. 11-12)].

863 Monreal del Campo, sobre el río Jiloca.

864 Se trata de El Poyo, pueblo situado a la izquierda del Jiloca, en la vía de Sagunto a Calatayud (v. 644), y dominado por un alto poyo o cerro. [Para este verso y sus paralelos en la épica francesa, véase el Prólogo de Martín de Riquer, págs. 17-19].

869 *Çelfa,* hoy Cella (v. 644).

[47] *Minaya llega ante el rey.—Éste perdona a Minaya, pero no al Cid.*

¡Mio Çid R*o*y Díaz   de Dios aya su graçia!
Ido es a Castiella   Álbar Fáñez Minaya,
treynta cavallos   al rey los enpresentava;
ví*d*olos el rey,   fermoso sonrrisava:
«¿Quin los dio estos,   sí vos vala Dios, Minaya?»
—«Mio Çid R*o*y Díaz,   que en buen ora cinxo espada.
»Pues quel' vos ayrastes,   Alcoçer gañó por maña;
»al rey de Valençia   dello el mensaje llegava,
»mandólo ý çercar,   e tolléronle el agua.
»Mio Çid salió del castiello,   en campo lidiava,
»venció dos reyes de moros   en aquesta batalla,
»sobejana es,   señor, la su*e* ganançia.
»A vos, rey ondrado,   enbía esta presentaja;
»bésavos los pie*des*   e las manos amas
»quel' ay*a*des merçed,   sí el Criador vos vala».
Dixo el rey: «Mucho es mañana,
»omne ayrado,   que de señor non ha graçia,
»por acogello   a cabo de tres se*d*manas.
»Mas después que de moros f*o,*   prendo esta presentaja;
»aun me plaze de mio Çid   que fizo tal ganançia.
»Sobresto todo,   a vos quito, Minaya,
»honores e tierras   avellas condonadas,
»hid e venit,   d' aquí vos dó mi gracia;
»mas del Çid Campeador,   yo non vos digo nada.

---

870 [Esta invocación del narrador/juglar marca explícitamente el cambio de secuencia narrativa: el Cid y su hueste quedan en lugar seguro, y el relato pasa a ocuparse de Álvar Fáñez, que llega a presencia del rey. Véase T. L. 2.3.2.].

883 *tres sedmanas* expresa tiempo breve indeterminado. Sólo en ganar y defender a Alcocer habían pasado dieciocho semanas (vv. 573, 664), y debemos suponer que ya habían pasado cinco o seis meses de destierro cuando el rey pronuncia estas palabras.

885 [El razonamiento que guía la respuesta del rey a la petición de clemencia formulada por Álvar Fáñez es claro: dejar sin efecto la ira regia suscitada por el Cid (véase n. a v. 629) en tan breve plazo iría en menoscabo de la

[47] *Minaya llega ante el rey.—Este perdona a Minaya, pero no al Cid.*

No deje Dios de su gracia al Cid Ruy Díaz. Álvar Fáñez Minaya ha partido ya para Castilla, y presenta al rey los treinta caballos. El rey los admira con una sonrisa de complacencia:

—Minaya, así Dios te valga: ¿quién me manda semejante regalo?

—El Cid Ruy Díaz, que en buen hora ciñó espada. Después que le desterrasteis, logró, valiéndose de un ardid, ganar a Alcocer. Súpolo el rey de Valencia por un mensaje, y mandó que lo cercaran; y, en efecto, le cortaron el agua. Pero el Cid salió del castillo a lidiar en campo y venció a dos emires: enormes han sido sus ganancias, señor. Y a vos, rey honrado, os envía hoy este presente, y os besa los pies y las manos para pediros que le hagáis merced, en nombre de Dios.

—Muy pronto es —dijo el rey— para acoger al cabo de unas cuantas semanas a un desterrado que perdió la gracia de su señor. Pero acepto el presente, por venir de patrimonio de moros, y aun confieso que me alegro de las ganancias del Cid. Y sobre todo, Minaya, a vos os perdono y os restituyo honores y tierras, y os doy mi permiso para que entréis y salgáis a vuestro antojo. Pero respecto al Cid, no quiero deciros nada más.

---

propia autoridad del rey. Sin embargo, este se congratula de los logros del Cid en sus combates contra moros, y lo muestra aceptando el presente que le envía, levantando a Álvar Fáñez su castigo (v. 887) y permitiendo a quien lo quisiera incorporarse a la hueste del Cid sin caer por ello en la ira regia (v. 893). Es el primer paso hacia la reconciliación que cerrará la primera de las dos situaciones de conflicto que forman la trama del *CMC* (véase Intr., págs. 60-62)].

887 *honores e tierras* (como en v. 3413) eran las rentas y territorios que el rey concedía en tenencia o gobierno a uno. El que recibía la *tierra* o la *honor* cobraba las rentas, administraba justicia y tenía que sostener cierto número de caballeros para servir en la guerra al rey durante tres meses al año. El rey devuelve a Minaya cuanto había confiscado por irse con el Cid (comp. con vv. 230, 289, 893, 1363-1364).

[48] *El rey permite a los castellanos irse con el Cid.*

»Sobre aquesto todo,   dezir vos quiero, *Álbar Fáñez:*
»de todo mio reyno   los que lo quisieren far,
»buenos e valientes   pora mio Çid huyar,
»suéltoles los cuerpos   e quítoles las heredades.»
Besóle las manos   Minaya Álbar Fáñez:
«Grado e graçias, rey,   commo a señor natural;
»esto feches agora,   ál feredes adelant;
»con Dios nós guisaremos   cómmo vós lo fagades.»
Dixo el rey: «Minaya,   esso sea de vagar.
»Hid por Castiella   e déxenvos andar,
»si'nulla dubda   id a mio Çid buscar.»

[49] *Correrías del Cid desde el Poyo.—Minaya, con doscientos castellanos, se reúne con el Cid.*

Quiérovos dezir   del que en buen*a* çinxo espada:
aquel poyo   en él priso posada;
mientra que sea el pueblo de moros   e de la yente cristiana,
el Poyo de mio Çid   asil' dirán por carta.
Estando allí   mucha tierra preava,
el *val* de río Martín   todo lo metió en paria.
A Saragoça   sus nuevas legavan,
non place a los moros,   firme mientre les pesava.
Allí sovo mio Çid   conplidas quinze se*d*manas;
quando vío el caboso   que se tardava Minaya,
con todas sus yentes   fizo una trasnochada;

---

893 El rey promete no confiscar las heredades de los que se vayan con el Cid (comp. con v. 887).

896 [Álvar Fáñez interpreta la actitud del rey como un indicio del futuro perdón al Cid].

897 [El rey indica aquí que Álvar Fáñez puede circular por Castilla sin temor a la justicia regia].

[48] *El rey permite a los castellanos irse con el Cid.*

Aún añadiré algo, Álvar Fáñez, y es que a todos los hombres buenos y valientes de mi reino que quieran ir a ayudar al Cid, les doy permiso, y no les confiscaré sus bienes.

Minaya Álvar Fáñez, besándole las manos, exclama:

—¡Gracias, gracias, mi rey y señor natural! Esto concedéis por ahora: mañana concederéis algo más, y para ello pondremos nosotros de nuestra parte todo lo que podamos.

Dijo el rey:

—No se hable más de esto, Minaya, sino id con toda libertad por Castilla, y reuníos con el Cid sin temor de que se os moleste.

[49] *Correrías del Cid desde el Poyo.—Minaya, con doscientos castellanos, se reúne con el Cid.*

Entretanto quiero deciros del que en buen hora ciñó espada, el cual había alzado campamento en el Poyo, donde ya sabéis. Siempre, mientras el mundo sea mundo, los escritos le han de llamar el Poyo del Cid. Sus correrías se extendían desde allí a muchas partes, y acabó por someter a tributo todo el valle del río Martín. Llegaron nuevas a Zaragoza de que mucho pesó a los moros, y estaban todos muy descontentos. El Cid se mantuvo allí quince semanas, y cuando vio el prudente capitán que Minaya comenzaba a tardarse, hizo una salida nocturna

---

899 [De nuevo una intervención del narrador/juglar indica el cambio de secuencia narrativa: dejamos a Álvar Fáñez y volvemos al Cid. Véase T. L. 2.3.2.].

902 La predicción del juglar salió fallida; el nombre, cuya eternidad predice nuestro poema, se perdió pronto, aunque todavía se usa en el *Fuero de Molina* (v. 864).

903 Véase n. a v. 477.

dexó el Poyo,   todo lo desenparava,
allén de Teruel   don Rodrigo passava,
en el pinar de Tévar   Roy Díaz posava;
todas essas tierras   todas las preava,
a Saragoça   metuda l'á en paria.
Quando esto fecho ovo,   a cabo de tres s*ed*manas,
de Castiella   venido es Minaya,
dozientos con él,   que todos çiñen espadas;
non son en cuenta,   sabet, las peonadas.
Quando vi*do* mio Çid   asomar a Minaya,
el cavallo corriendo,   valo abraçar sin falla,
bésole la boca   e los ojos de la cara.
Todo gelo dize,   que nol' encubre nada.
El Campeador   fermoso sonrrisava:
«Grado a Dios   e a las sus vertudes santas;
mientras vos visquiéredes,   bien me irá a mí, Minaya!»

[50] *Alegría de los desterrados al recibir noticias de Castilla.*

¡Dios, cómmo f*o* alegre   todo aquel fonssado,
que Minaya Álbar Fáñez   assí era llegado,
diziéndoles saludes   de primos e de hermanos,
e de sus compañas,   aquellas que avién dexad*o!*

[51] *Alegría del Cid.* (Serie gemela.)

¡Dios, cómmo es alegre   la barba vellida,
que Álbar Fáñez   pagó las mill missas,
e quel' dixo saludes   de su mugier e de sus fijas!
¡Dios, cómmo f*o* el Çid pagado   e fizo grant alegría!
«¡Ya Álbar Fáñez,   bivades muchos días!
»Más valedes que nós,   ¡tan buena mandadería!»

---

912 Véase n. a v. 971.

con toda su gente, abandonó el Poyo, pasó más allá de Teruel, y no paró hasta el pinar de Tévar. Por el camino va saqueando la tierra, y aún logra imponer tributo a Zaragoza.

Hecho esto, he aquí que al cabo de otras tres semanas aparece Minaya, de vuelta de Castilla, y con él doscientos caballeros de espada al cinto e innumerable gente de a pie. Cuando el Cid divisó a Minaya, aguijó el caballo y fue a abrazarlo, besándole la boca y los ojos. El otro le cuenta al instante lo sucedido sin ocultarle nada, y el Campeador, sonriendo alegremente, le dice:

—¡Gracias a Dios y a todos sus santos! Mientras cuente con vos, Minaya, todo me ha de salir bien en la vida.

[50] *Alegría de los desterrados al recibir noticias de Castilla.*

¡Qué alegría la del ejército con el regreso de Minaya, que les trae noticias de sus hermanos y sus primos, y de las compañeras que habían dejado en su rincón!

[51] *Alegría del Cid.* (Serie gemela.)

¡Y qué alegría, oh Dios, la de aquel de la hermosa barba al saber que Álvar Fáñez pagara la promesa de las mil misas y oír las noticias que le trae de su mujer y de sus pequeñas!

¡Qué fiestas, qué contento el del Cid!

—Mil años viváis, Álvar Fáñez; valéis mucho más que nosotros. ¡Así se cumplen los encargos!

---

921 [Besar en la boca era en la Edad Media forma habitual de saludo entre varones; el beso en los ojos era en cambio saludo entre personas que tenían entre sí una estrecha relación de amistad; véase v. 2040].

[52] *El Cid corre tierras de Alcañiz.*

Non lo tardó el que en buen ora nasco,
priso dozientos cavalleros escollechos a mano,
fizo una corrida la noch trasnochando;
tierras d'Alcañ*iz* negras las va parando,
e a derredor todo lo va preando.
Al terçer día, don ixo í es tornado.

[53] *Escarmiento de los moros.*

Hya va el mandado por las tierras todas,
pesando va a los de Monçon e a los de Hu*o*sca;
porque dan parias plaze a los de Saragoça,
de mio Çid R*o*y Díaz que non temién ninguna fonta.

[54] *El Cid abandona el Poyo.—Corre tierras amparadas por el conde de Barcelona.*

Con estas ganançias a la posada tornando se van,
todos son alegres, ganançias traen grandes;
plogo a mio Çid e mucho a Álbar Fáñez.
Sonrrisós' el caboso, que non lo pudo endurar:
«¡Hya cavalleros! Dezir vos he la verdad:
»qui en un logar mora siempre, lo so puede menguar;
»cras a la mañana penssemos de cavalgar,
»dexat estas posadas e iremos adelant.»
Estonçes se mudó el Çid al puerto de Alucat;
dent corre mio Çid a Huesa e a Mont Alván;
en aquessa corrida diez días ovieron a morar.
F*o*ron los mandados a todas partes,
que el salido de Castiella así los trae tan mal.

---

940 Monzón es un pueblo y castillo al sureste de Huesca, entre esta población y Balaguer.

[52] *El Cid corre tierras de Alcañiz.*

Sin tardanza, el que en buen hora nació, escogió doscientos caballeros y emprendió una correría nocturna. Yermas va dejando tras sí las tierras de Alcañiz, y saquea los alrededores. A tercero día, regresó al punto de partida.

[53] *Escarmiento de los moros.*

Voló la noticia de pueblo en pueblo. Mucho pesa a los de Monzón y a los de Huesca; en cambio, los de Zaragoza aceptan sin desagrado el tributo, pues saben que del Cid no deben temer el menor ultraje.

[54] *El Cid abandona el Poyo.—Corre tierras amparadas por el conde de Barcelona.*

Con tales ganancias, todos volvían alegres al campamento, para satisfacción del Cid y de Álvar Fáñez. El prudente capitán, no pudiéndose contener, sonríe y dice:

—Oíd, caballeros, he de hablaros claro: al que no se mueve de un sitio, se le acaba el sustento. Cabalguemos al amanecer, recoged las tiendas, y adelante.

El Cid fue a acampar entonces al puerto de Olocau, de donde se alarga hasta Huesca y Montalbán, en una correría que duró diez días. Y por todas partes volaba la noticia de que el expatriado de Castilla andaba trastornando el mundo.

---

946 El sentido es que el Cid no pudo evitar a su gente la incomodidad de la marcha inmediata que les anuncia. Recuérdese que en el *Poema de Fernán González* (v. 333), los vasallos del conde se le quejan de estar en continuas expediciones.

951 *Alucat* es hoy Olocau del Rey, cerca de Morella, en el límite occidental de la provincia de Castellón.

[55] *Amenazas del conde de Barcelona.*

Los mandados son idos   a *las* partes todas;
llegaron las nuevas   al *com*de de Barçilona,
que mio Cid R*o*y Díaz   quel' corrié la tierra toda:
ovo grand pesar   e tóvoslo a grand fonta.

[56] *El Cid trata en vano de calmar al conde.*

El conde es muy follón   e dixo una vanidat:
«Grandes tuertos me tiene   mio Çid el de Bivar.
»Dentro en mi cort   tuerto me tovo grand:
»firióm' el sobrino   e non lo enmendó más;
»agora córrem' las tierras   que en mi enpara están;
»non lo desafié   nil' torné e*l a*mi*z*tad,
»mas quando él me lo busca,   ir gelo he yo demandar.»
Grandes son los poderes   e a priessa llegandos van,
entre moros e cristianos   gentes se le allegan grandes;
adeliñan tras mio Çid   el bueno de Bivar,
tres días e dos noches   penssaron de andar,
alcançaron a mio Çid   en Tévar e el pinar;
así viene*n* esforçados   que a manos se le cuyd*an* tomar.
Mio Çid don Rodrigo   trae ganançia grand,

---

956 [Nótese la similitud de este verso con v. 954: de nuevo hallamos la repetición imperfecta de versos para subrayar el mantenimiento de la línea argumental a través de un cambio de tirada y, por tanto, de asonancia (véase n. a v. 846)].

958 No eran propiamente tierras del conde, sino sujetas a su protectorado (comp. con v. 964). Eran las tierras del rey moro de Lérida, Alhagib Monzir, protegido de Berenguer Ramón el Fratricida.

960 [Este verso pinta en muy pocas palabras al conde de Barcelona como la antítesis del Cid: la mesura y el comedimiento de este contrastan con la índole presuntuosa del conde. El «follón» que «dixo una vanidat», o, lo que es igual, el fantasmón que habla demasiado, es lo opuesto al Cid, que siempre habla «bien e tan mesurado» (v. 7): desde esa antítesis se prefigura el enfrentamiento al que ambos se verán abocados. Sobre la polaridad *ha-*

[55] *Amenazas del conde de Barcelona.*

Por todas partes vuela la noticia, y al fin llega a oídos del conde de Barcelona la voz de que el Cid Ruy Díaz anda saqueando las tierras (de su protectorado). Súpolo con gran pesadumbre, y lo tiene por grave ultraje.

[56] *El Cid trata en vano de calmar al conde.*

Muy fanfarrón es el conde; habla como muy vanidoso: —Grandes daños me está causando el Cid de Vivar. Tampoco se portó mejor cuando estuvo en mi corte: tras de herir a mi sobrino, no se cuidó de enmendar su yerro; y ahora anda saqueando las tierras de mi protectorado. Yo nunca lo he desafiado ni le he retirado mi amistad; pero pues me busca, yo se lo demandaré como es justo.

Muy grandes son sus fuerzas, y empiezan a concentrarse a toda prisa; se le reúne mucha gente mora y cristiana, y todos se dirigen en busca de nuestro buen Cid de Vivar. Tres días con sus noches caminaron, y al fin le dieron alcance en el pinar de Tévar. Son tantos, que piensan cogerlo con las manos.

Nuestro Cid bajaba de un monte y entraba en un valle,

---

blar/hacer como elemento caracterizador de personajes en el *CMC,* véase T. L. 2.1.2. Por último, la oposición *ser/parecer* va a presidir el trasfondo de todo este episodio, manifestándose en detalles que encarnan esa polaridad entre castellanos y catalanes (véanse nn. a vv. 992-994, 1007, 1023, 2173 y 3328)].

962 El Cid, recién desterrado, efectivamente estuvo en Barcelona.

963 [Este hecho, de suyo ofensivo, se ve agravado por haberse llevado a cabo en la propia corte del conde de Barcelona].

965 *tornar amistad* era retirar la amistad que se suponía preexistente entre todos los hidalgos.

971 *Tévar e el pinar* equivale a *el pinar de Tévar,* como se dice en los vv. 912, 999 (también v. 300). Según una escritura del año 1209, el pinar de Tévar estaba entre la confluencia de los ríos Monroy y Tastavins, en el límite de las provincias de Tarragona y Castellón.

diçe de una sierra   e llegava a un val.
Del conde don Remont   venido l'es mensaje;
mio Çid cuando lo oyó,   enbió pora allá:
«Digades al conde   non lo tenga a mal,
»de lo so non lievo nada   déxem' ir en paz.»
Repuso el co*m*de: «¡Esto non será verdad!
»Lo de antes e de agora   tódom' lo pechará;
»sabrá el salido   a quien vino desondrar.»
Tornós' el mandadero   quanto pudo más.
Essora lo connosçe   mio Çid el de Bivar
que a menos de batalla   nos' pueden den quitar.

[57] *Arenga del Cid a los suyos.*

«Ya cavalleros,   apart fazed la ganançia;
»apriesa vos guarnid   e metedos en las armas;
»el co*m*de don Remont   dar nos ha grant batalla,
»de moros e de cristianos   gentes trae sobejanas,
»a menos de batalla   non nos dexarié por nada.
»Pues adelant irán tras nos,   aquí sea la batalla:
»apretad los cavallos   e bistades las armas.
»Ellos vienen cuesta yuso,   e todos trahen calças;
»e las siellas coçeras,   las çinchas amojadas;
»nos cavalgaremos siellas gallegas,   huesas sobre calças;
»çiento cavalleros   devemos vençer aquellas mesnadas.
»Antes que ellos lleguen a llaño,   presentémosles las lanças;
»por uno que firgades,   tres siellas irán vázias.
»Verá Remont Verenguel   tras quién vino en alcança
»oy en este pinar de Tévar   por tollerme la ganançia.»

---

985 *apart fazed,* 'apartad', como «longe facit sunt», 'los alejaron' *(Crónica de Alfonso VII).*

992-994 [Los del conde de Barcelona vienen guapamente vestidos, con sillas y arreos propios para carreras o alardes pero no para el combate, mientras que los castellanos van equipados de forma menos estética (las *huesas* o botas altas eran de cuero basto y grueso, y las *sillas gallegas* debían de ser sillas tos-

llevando todas sus ganancias consigo, cuando he aquí que le avisan de la llegada del conde don Ramón. Oyólo el Cid, y le mandó este mensaje:

—Decid al conde de mi parte que no lo tome a mal y que me deje en paz, que no le he quitado nada de lo suyo.

Pero a esto repuso el conde:

—No, no puede quedar así: Ahora me las pagará todas juntas, los agravios nuevos y los añejos; ahora verá el expatriado con quién tiene que habérselas.

Con estas palabras regresó el mensajero, y el Cid de Vivar comprendió que no podía salir de aquel trance sino librando formal batalla.

[57] *Arenga del Cid a los suyos.*

¡Ea, mis caballeros! Poned el botín en salvo: armaos con presteza y vestid las armas. El conde don Ramón se ha empeñado en darnos batalla; le acompaña innumerable gente, entre cristianos y moros. Sólo a la fuerza nos dejará tranquilos. Si seguimos, nos dará alcance; sea, pues, aquí mismo la batalla. Apretad las cinchas, vestid los hierros. Ellos vienen cuesta abajo y traen calzas; ellos traen (esas inseguras sillas coceras) y las cinchas flojas; nosotros, buenas sillas gallegas y unas buenas botas sobre las calzas. Con ciento bastamos para esas mesnadas. Antes que pongan pie en el llano, den sobre ellos nuestras lanzas, y por cada uno que ensartéis, tres sillas quedarán vacías. Ahora verá Ramón Berenguer con quién ha querido medirse en los pinares de Tévar, para arrebatarle el botín.

---

cas y fuertes, de menos valor aunque más seguras) pero más adecuada para combatir. En el atavío y arreo de ambas huestes se proyecta el carácter de cada uno de sus capitanes: la eficacia castellana, olvidada de la estética, es reflejo del Cid mesurado y buen capitán, poco dado a bravatas; la bella apariencia de los de Barcelona se corresponde con el vanidoso conde (véase n. a v. 960)].

[58] *El Cid vence la batalla.—Gana la espada Colada.*

Todos son adobados   quando mio Çid esto ovo fablado;
las armas avién presas   e sedién sobre los cavallos.
Vi*di*eron la cuesta yuso   la fuerça de los francos;
al fondón de la cuesta,   çerca es de'llaño,
mandólos ferir mio Çid,   el que en buen ora nasco.
Esto fazen los sos   de voluntad e de grado;
los pendones e las lanças   tan bien las van enpleando,
a los unos firiendo   e a los otros derrocando.
Vençido á esta batalla   el que en buen*a* nasco;
al co*m*de don Remont   a presón le á tomado;
hí gañó a Colada,   que más vale de mill marcos.

[59] *El conde de Barcelona, prisionero.—Quiere dejarse morir de hambre.*

Í venció esta batalla   por o ondró su barba,
prísolo al co*m*de,   pora su tie*nd*a lo levava;
a sos creenderos   guardar lo mandava.
De fuera de la tienda   un salto dava,
de todas partes   los sos se ajunta*van;*

1002 *los francos* son los catalanes. Cataluña fue una marca o condado del imperio de los carolingios y, como recuerdo de esta época, aún en el siglo XII, los historiadores cristianos y árabes suelen llamar francos a los catalanes.

1007 *derrocando,* 'derribando'; recuérdese que las *siellas coceras* que llevaban los catalanes eran inseguras; por eso describe este verso el juglar en vez del que escribe el Alexandre (estrofa 529): «a los unos matando, a los otros feriendo». Los caballeros del Cid no necesitaban matar a sus adversarios, ni siquiera herirlos para derribarlos (comp. con 997).

1010 *[Colada,* nombre de una de las dos famosas espadas del Cid (la otra, Tizona, la ganará al rey moro Búcar, véase v. 2426). Adviértase que ambas espadas, como el mismo caballo Babieca (v. 1573), son ganadas en combate al enemigo, lo que subraya la importancia de la idea de botín, de cosa ganada al enemigo que simboliza el triunfo sobre el mismo. En la épica francesa es habitual que se haga referencia a las espadas de los héroes, resaltando

[58] *El Cid vence la batalla.—Gana la espada Colada.*

Cuando esto hubo dicho el Cid, todos se aprestan, empuñan las armas y montan a caballo. Por la cuesta abajo vieron venir las fuerzas de los catalanes, y cuando llegaban al pie, junto al llano, el Cid, el que nació en buena hora, mandó atacar. Se arrojan animosamente los suyos, y tan bien se las arreglan con sus pendones y sus lanzas, que a estos hieren y a esotros derriban. ¡Ha vencido ya la batalla el que nació en buen hora! Preso tiene al conde don Ramón; ganado ha la famosa Colada, que bien vale más de mil marcos.

[59] *El conde de Barcelona, prisionero.—Quiere dejarse morir de hambre.*

Así venció esta batalla y honró sus barbas. Llevóse a su tienda al conde prisionero, encargando a sus servidores que lo guardasen, y después salió de la tienda. Sus hombres comenzaron a llegar, trayendo consigo muchos objetos de va-

---

el glorioso historial de que son depositarias como resultado de las hazañas de sus posesores previos, o su brillo, belleza u otra cualidad material (véase *Chanson de Roland,* vv. 2304-2308 y 2501-2502, y en D. C. texto 1, vv. 57-62). Este aspecto no falta en el *CMC* (vv. 3194-3196 y 3648-3649), pero el primer encomio que se hace de ambas armas es su gran valor material: mil marcos de oro (véase, además de este v. 1010, el v. 2426): este tipo de elogios no se produce en la tradición épica francesa. Ello sintoniza con otras manifestaciones acerca del vínculo entre los asuntos *de re militari* y su financiación (véase n. a v. 81). Por último, la mención de Colada mediante su solo nombre propio, sin especificar que es una espada, puede ser indicio de que el juglar presuponía por parte de los receptores de su texto un conocimiento previo de la historia y la leyenda cidianas, incluso en detalles de pormenor como el del nombre de sus armas, lo que haría ociosa la especificación de que Colada es el nombre de una de las espadas del Cid].

1013 Los pormenores que el poeta da de esta prisión concuerdan con los de la segunda prisión histórica del conde de Barcelona en las montañas de Morella, el año 1090.

plogo a mio Çid, ca grandes son las ganançias.
A mio Çid don Rodrigo grant cozina l'adobavan;
el conde don Remont non gelo preçia nada;
adúzenle los comeres, delant gelos paravan,
él non lo quiere comer, a todos los sosañava:
«Non combré un bocado por quanto ha en toda España,
»antes perderé el cuerpo e dexaré el alma,
»pues que tales malcalçados me vençieron de batalla.»

[60] *El Cid promete al conde la libertad.*

Mio Çid R*oy* Díaz odredes lo que dixo:
«Comed, co*m*de, d'este pan e beved d'este vino.
»Si lo que digo fiziéredes, saldredes de cativo;
»si non, en todos vuestros días non veredes cristianismo.»

[61] *Negativa del conde.*

—«Comede, don Rodrigo, e penssedes de folgar,
»que yo dexar m'é morir, que non quiero comer *ál.*»

1023 *[malcalçados:* alusión despectiva del conde de Barcelona a las tropas del Cid basada en el contraste entre los atavíos y el calzado que lucían unos y otros (véase n. a vv. 992-994). El conde de Barcelona sigue mostrando su índole de *follón* (v. 960) y su literal *des-mesura* (véase n. a v. 960). Primero, y sobre todo, negándose a comer lo que sus vencedores, cumpliendo lo que ley y costumbre prescriben, le ofrecen, en una reacción mezcla de orgullo y despecho pueriles y de medida de fuerza de dudosa eficacia. Esta actitud lo hace objeto de burla por el Cid en el episodio siguiente. Y segundo, la follonía del conde se encierra en ese pretendido insulto de *malcalçados,* en alusión a las bastas botas que calzaban el Cid y los suyos, menos elegantes que las finas calzas que él y los suyos lucían. El insulto se vuelve, irónicamente, en contra del vanidoso que lo pronuncia: los verdaderamente mal calzados —no según la etiqueta cortesana, sino según la eficacia en la batalla— eran el conde de Barcelona y su hueste: otra manifestación de la polaridad *ser/parecer* mencionada en la n. a v. 960].

lor, de que el Cid se regocijaba. Le prepararon una comida suculenta, pero el conde don Ramón no hacía caso de los manjares; en vano se los traían, se los ponían delante. No se dignaba comer, y a todos los desairaba diciendo:

—¡No he de probar bocado, por todo el oro que hay en España; antes prefiero perder el cuerpo y el alma! ¡Haberme vencido a mí estos mal calzados!

[60] *El Cid promete al conde la libertad.*

Aquí hablará el Cid, bien oiréis lo que dirá:

—Comed, conde, de este pan; bebed de este vino. Si así lo hacéis, os daré libertad; de lo contrario, no gozaréis de la comunicación humana en toda vuestra vida.

[61] *Negativa del conde.*

—Comed vos si os place, don Rodrigo, y descansad si se os antoja; que yo no quiero comer nada, sino dejarme morir.

1025 *[Comed, comde,* estas dos palabras, caracterizadas por su relación de paronomasia, van a ser el *leit motiv* de la ironía con que el Cid trata a su vanidoso prisionero: se repetirán en vv. 1033 y 1039, y se perciben sus ecos en vv. 1052 y 1054. La crítica ha notado el trasfondo paródico de esta primera interpelación del Cid al conde: la ofrenda expresa de pan y vino, dos de los alimentos básicos de la dieta medieval, evoca la Eucaristía, evocación que se ve subrayada por la amenaza del v. 1027, donde *cristianismo* tiene el valor de indefinido de persona (en este caso, 'a nadie') habitual en la lengua medieval y perceptible en construcciones de la lengua actual (comp. 'esto no hay cristiano que lo entienda', y la locución 'moros nin cristianos' con el mismo valor indefinido en los vv. 107 y 145 del *CMC*, 'cristiano' con igual valor en v. 93), pero que sin duda ayuda, más que ninguna otra palabra del mismo valor gramatical, a construir la parodicidad subyacente al episodio].

1029 [La respuesta del conde es tajante: no acepta la liberación prometida en el v. 1026, sino que prefiere inmolarse en una particular huelga de hambre. Este gesto de dignidad desembocará en el desenlace expresado en los vv. 1036-1038].

Fasta terçer día   nol' pueden acordar;
ellos partiendo   estas ganançias grandes,
nol' pueden fazer   comer un muesso de pan.

[62] *El Cid reitera al conde su promesa.—Pone en libertad al conde y le despide.*

Dixo mio Çid: «Comed, co*m*de, algo,
1033*b* »ca si non comedes, non veredes cristianos;
»e si vós comiéredes   don yo sea pagado,
»a vós, *el comde,*   e dos fijos d'algo
1035*b* »quitarvos he los cuerpos   e darvos é de mano.»
Quando esto oyó el co*m*de,   yas' iva alegrando:
«Si lo fiziéredes, Çid,   lo que avedes fablado,
»tanto quanto yo biva,   seré dent maravillado.»
—«Pues comed, co*m*de,   e quando f*ó*redes yantado,
»a vós e a otros dos   dar vos he de mano.
»Mas quanto avedes perdido   e yo gané en canpo,
1042 »sabet, non daré a vós   *de ello* un dinero malo;
1044-5 »ca huebos me lo he pora estos   que comigo andan lazrados.
»Prendiendo de vós e de otros   ir nos hemos pagando;
»abremos esta vida   mientra ploguiere al Padre Santo,
»commo qui ira á de rey   e de tierra es echado.»
   Alegre es el conde   e pidió agua a las manos,

1031-1032 [De forma compendiosa estos dos versos contraponen la riqueza atesorada por el Cid (y el poder que confiere) con el hecho de no poder torcer la voluntad del conde, mostrando así la inutilidad de todo poder y riqueza frente a una voluntad firmemente establecida. Esto cobra tintes de ironía, casi de sarcasmo, tras la lectura de los versos siguientes].

1034-1038 [La oferta que el Cid ofrece aquí al conde —de nuevo con el acto de comer como desencadenante— no difiere de la hecha en los vv. 1025-1027. Entre medias, los tres días aludidos en el v. 1030. ¿Razones del cambio? ¿Hambre, temor? En cualquier caso, y como resultado, la claudicación del propósito tajante y pomposamente establecido en el v. 1029, y la demostración de la inconstancia de los propósitos del conde, definido una vez más como un bocazas, en contraposición con la figura del Cid: véase n. a v. 960].

1030 Al tercer día no han podido aún persuadirle. Todavía
están ocupados en partir el botín, y en tanto, no logran
que consienta en comer una sola miga de pan.

[62] *El Cid reitera al conde su promesa.—Pone en libertad al conde y le despide.*

El Cid insiste:
—Vamos, comed, conde un poco; de lo contrario, no
1033*b* volveréis a ver caras cristianas. Si consentís en comer a
1035 mi satisfacción, a vos, conde, y a dos de vuestros hidal-
1035*b* gos me comprometo a dejarlos en libertad.
A esta promesa, el conde va recobrando el ánimo:
—Cid —contesta—: si cumplís lo que acabáis de ofre-
cerme, habréis hecho la maravilla más grande de mi vida.
—Pues comed, conde y lo veréis. En cuanto os hayáis sa-
1040 tisfecho, os soltaré a vos con otros dos caballeros. Solamente
os prevengo que cuanto habéis perdido y yo he ganado en el
campo, de eso no pienso restituiros un mal dinero. Me hace
1044-5 mucha falta para estos que andan pasando miserias con-
migo. No tengo más remedio que ir tomando lo que nece-
sito, hoy de vos y mañana de otros; y así seguiremos en tanto
que Dios no disponga otra cosa, como conviene al que ha
caído en la ira del rey y lo han echado de su tierra.
(Con la esperanza de la libertad), el conde se anima;

1043 [Este verso es suprimido por Menéndez Pidal, por ser repetición parcial de los vv. 1041 y 1042].

1047 *esta vida,* la del *ome airado* por su rey, o sea, 'el desterrado (v. 882), el cual tenía que sostenerse a costa de guerras y despojos. Por eso *airado* fue muchas veces sinónimo de 'malhechor', lo mismo que otra palabra equivalente, *foraxido* ('exido fuera, desterrado'), y por eso también la *vida airada* vino a tomarse en mal sentido.

1049 *[pidió agua a las manos,* esto es, 'pidió agua para lavarse las manos'. En la Edad Media era costumbre, y señal de buena educación, lavarse las manos antes de comer, por lo general en la misma mesa y en un aguamanil presentado por un criado, y el conde de Barcelona cumple con tal hábito].

e tiénengelo delant e diérongelo privado.
Con los cavalleros que el Çid le avié dados
comiendo va el co*m*de, ¡Dios, qué de buen grado!
Sobrél sedié el que en buen ora nasco:
«Si bien non comedes, co*m*de, don yo sea pagado,
»aquí feremos la morada, no nos partiremos amos.»
Aquí dixo el co*m*de: «De voluntad e de grado.»
Con estos dos cavalleros apriessa va yantando;
pagado es mio Çid, que lo está aguardando,
por que el co*m*de don Remont tan bien bolvié las manos.
«Si vos ploguiere, mio Çid, de ir somos guisados;
»mandadnos dar las bestias e cavalg*a*remos privado;
»del día que fue co*m*de non yanté tan de buen grado,
»el sabor que de*n*d é non será olbidado.»
Danles tres palafrés muy bien ensellados
e buenas vestiduras de pelliçones e de mantos.
El co*m*de don Remont entre los dos es entrado.
Fata cabo del albergada escurriólos el Castellano:
»Hya vos ides, co*m*de, a guisa de muy franco;
»en grado vos lo tengo lo que me avedes dexado.
»Si vos viniere emiente que quisiéredes vengallo,
»si me viniéredes buscar, fa*zedme antes* mand*ado;*
»o me dexaredes de lo vuestro, o de lo mio levaredes algo.»
—«Folguedes, ya mio Çid, sodes en vuestro salvo.
»Pagado vos he por todo aqueste año,
»de venirvos buscar sol non será penssado.»

1053 *sobre* expresa situación junto a una persona en lugar más alto, o dominándola de cualquier modo (vv. 2285, 3689).

1062 *fue* por 'yo fui' se usa aún hoy en ciertos dialectos.

pide aguamanos, se apresuran a servirlo; y el conde y los dos caballeros cuya libertad ha otorgado el Cid se ponen a comer con un apetito que da envidia. A su lado, el que en buen hora naciera (los contempla y dice con sorna):

—Mirad, conde, que si no coméis bien y a mi satisfacción, aquí os quedáis a vivir conmigo y no nos separaremos más.

Y el conde:

—Ya veis que lo hago de buena gana.

Y en verdad, él y sus dos caballeros comían bien y deprisa; con lo que se dio por satisfecho el Cid. Viendo que los estaba aguardando, el conde se daba más maña de acabar.

—Cid, si os parece, podemos marcharnos ahora mismo. Mandad que nos ensillen unos caballos, y partiremos al instante. Sabed que nunca he comido más a mi gusto desde que soy conde: por cierto que no se me olvidará el placer que he tenido.

Se les manda traer tres palafrenes ensillados, vestiduras, mantos y pieles. El conde don Ramón se coloca entre los dos caballeros. El castellano salió a despedirlos hasta fuera de la posada.

—Ya os marcháis, conde, libre y franco. Os agradezco los bienes que me dejáis. Si acaso tuviereis antojo de vengaros, y me viniereis a buscar, me haréis favor de avisármelo antes (y entonces, ya se sabe): o me dejaréis más de lo vuestro, u os llevaréis algo de lo mío.

—Podéis quedaros tranquilo, Cid: bien libre estáis de eso. Cuanto que os he pagado el tributo para todo un año. Y en cuanto a venir a buscaros otra vez, ni pensarlo.

1068 Juego de palabras con los dos significados de *franco,* 'catalán' y 'libre, exento'.

[63] *El conde se ausenta receloso.—Riqueza de los desterrados.*

Aguijava el co*m*de   e penssava de andar,
tornando va la cabeça   e catándos' atrás;
miedo iva aviendo   que mio Çid se repintrá,
lo que non ferié el caboso   por quanto en el mundo ha,
una deslea*l*tança   ca non la fizo alguandre.
Hido es el co*m*de, tornós' el de Bivar,
juntós con sus mesnadas,   conpeçós' de *a*leg*r*ar
de la ganançia que han fecha   maravillosa e grand;
tan ricos son los sos   que non saben qué se an.

[63] *El conde se ausenta receloso.—Riqueza de los desterrados.*

El conde caminaba presurosamente, y volvía la cabeza
de tiempo en tiempo, temiendo que el Cid se arrepintiera,
1080 cosa que el prudente capitán no haría por todo el oro del
mundo; que en su vida cometió deslealtad ninguna.

Partido el conde, el de Vivar se reunió de nuevo a sus
mesnadas y dio suelta a su alegría al ver la enormidad del
1086 botín ganado: tan ricos están sus hombres, que ya no sa-
ben lo que tienen.

CANTAR SEGUNDO

BODAS DE LAS HIJAS DEL CID

[64] *El Cid se dirige contra tierras de Valencia.*

1085 Aquis' conpieça la gesta   de mio Çid el de Bivar.
1087 Poblado ha mio Çid   el puerto de Alucat,
dexado a Saragoça   e a las tierras ducá,
e dexado a Huesa   e tierras de Mont Alván.
1090 Contra la mar salada   conpeçó de guerrear;
a orient exe el sol,   e tornós' a essa part.
Myo Çid gañó a Xérica   e a Onda e Almenar,
tierras de Borriana   todas conquistas las ha.

1085 [Para explicar la situación de este verso en el *CMC,* véase Intr., págs. 60-62. Este segundo cantar continúa narrando las actividades guerreras del Cid en su exilio, ahora orientadas hacia Valencia y su entorno].

1087 Como resultado de la victoria obtenida sobre el conde de Barcelona, el Cid se asienta definitivamente en las tierras del rey de Lérida (comp. con vv. 958, 951).

1088 *[ducá,* Menéndez Pidal interpreta esta palabra del manuscrito como un posible topónimo hoy desconocido (en cuyo caso tal vez sería preciso editar *d'Ucá).* La mayor parte de los editores modernos prefiere consi-

CANTAR SEGUNDO

BODAS DE LAS HIJAS DEL CID

[64] *El Cid se dirige contra tierras de Valencia.*

1085 Aquí comienza la canción del Cid de Vivar.
1087 El Cid ha poblado ya el puerto de Olocau, alejándose
de Zaragoza y sus tierras, de Huesca, de Montalbán. Y
1090 ahora comienza a guerrear del lado de la mar salada. Por
el Oriente sale el sol: allá se encamina el Cid. Y gana
a Jérica, a Onda, a Almenara, y conquista las tierras de
Burriana.

---

derar que hay un error de copia del manuscrito, y que sería preferible entender *d'acá,* es decir, las tierras del interior, en contraposición con las tierras de la costa mediterránea a las que se alude en los vv. 1090-1091].

1090 No quiere decir que el héroe castellano sea capaz de 'guerrear contra la mar misma' [, sino que prosigue sus expediciones guerreras avanzando hacia la costa].

1092 Jérica, Onda, Almenara y Burriana son poblaciones de la parte sur de Castellón, vecina a la provincia de Valencia. Hacia el año 1091, el Cid moraba en Burriana; pero de Almenara no se apoderó sino hacia 1098, es decir, después de conquistada Valencia.

[65] *Toma de Murviedro.*

Ayudól' el Criador, el Señor que es en çielo.
Él con todo esto priso a Murviedro;
ya vi*dí*e mio Çid que Dios le iva valiendo.
Dentro en Valençia non es poco el miedo.

[66] *Los moros valencianos cercan al Cid.—Este reúne sus gentes.—Arenga.*

Pesa a los de Valençia, sabet, non les plaze;
prisieron so consejo quel' viniessen çercar.
Trasnocharon de noch, al alva de la man
açerca de Murviedro tornan tiendas a fincar.
Viólo mio Çid, tomós' a maravillar:
1102*b* «¡Grado a tí, Padre spirital!
»En sus tierras somos e fémosles tod mal,
»bevemos so vino e comemos el so pan;
»si nos çercar vienen, con derecho lo fazen.
»A menos de lid aquesto nos' partirá;
»vayan los mandados por los que nos deven ayudar,
»los unos a Xérica e los otros a Alucad,
»desí a Onda e los otros a Almenar,
»los de Borriana luego vengan acá;
»conpeçaremos aquesta lid campal,
»yo fío por Dios que en nuestro pro eñadrán.»
Al terçer día todos juntados s'*a*n,
el que en buen ora nasco compeçó de fablar:
«¡Oíd, mesnadas, sí el Criador vos salve!
»Después que nos partiemos de la linpia cristiandad,

1095 Murviedro, al norte de Valencia, no fue conquistado por el Cid sino después de esta ciudad, en el año 1098 (comp. con n. a v. 1092).

1106 [Comp. con v. 984. Es notable también la comprensión que muestra el Cid hacia la actitud hostil de los moros de Valencia: al fin y al cabo, los del

[65] *Toma de Murviedro.*

El Creador, señor del cielo, es quien le ayuda. Así
1095 pudo tomar Murviedro. Bien ve el Cid que Dios no le de-
sampara. Miedo, y no poco, hay en Valencia.

[66] *Los moros valencianos cercan al Cid.—Este reúne sus gentes.—Arenga.*

No lo miran con buenos ojos los de Valencia, antes
mucho les pesa, y deciden en consejo ponerle sitio. Sa-
1100 lieron de noche, y al amanecer plantaron las tiendas en
las cercanías de Murviedro.
El Cid, al verlos, se maravilla.
1102*b* —¡Alabado sea Dios, Padre espiritual! —exclama—.
Por sus tierras andamos, y les hacemos todo el mal que
podemos: bebemos sus vinos, comemos de su pan. Si
1105 vienen a ponernos sitio, no les falta razón. Esto no se
puede arreglar sino combatiendo. Vayan a convocar a
los que tienen obligación de ayudarnos: unos, a Jérica;
otros, a Olocau; de ellos, a Onda; de ellos, a Almenara;
1110 también acudan acá los de Burriana. Empecemos la lid
campal. Yo confío en Dios que redundará en provecho
nuestro.
Al tercer día, ya están todos reunidos, y el que en buen
hora nació les dice así:
1115 —Oíd, mesnadas, así os salve Dios como deseo.
Desde que salimos de la limpia cristiandad —y no lo hi-

Cid son los invasores (vv. 1103-1104), y los moros tienen derecho (v. 1105) a hostilizarlos. Esto, además de muestra de la mesura del Cid, es signo de que su entendimiento de la guerra contra moros carece de vinculación alguna con cualquier espíritu de reconquista o guerra santa y sus acciones guerreras tienen un móvil y una función estrictamente personales, ajenos a cualquier empresa colectiva].

»—non f*o* a nuestro grado   ni nós non pudiemos más,—
»grado a Dios,   lo nuestro f*o* adelant.
»Los de Valençia   çercados nos han;
»si en estas tierras   quisiéremos durar,
»firme mientre   son estos a escarmentar.

[67] *Fin de la arenga del Cid.*

»Passe la noche   e venga la mañana,
»aparejados me se*e*d   a cavallos e armas;
»hiremos ve*e*r   aquella su almofalla.
»Commo omnes exidos   de tierra estraña,
»allí pareçrá   el que mereçe la soldada.»

[68] *Minaya da el plan de batalla.—El Cid vence otra lid campal.—Toma de Cebolla.*

Oíd qué dixo   Minaya Álbar Fáñez:
«Campeador,   fagamos lo que a vos plaze.
»A mí dedes çient cavalleros,   que non vos pido más;
»vós con los otros   firádeslos delant.
»Bien los ferredes,   que dubda non í avrá,
»yo con los çiento   entraré del otra part,
»commo fío por Dios,   el campo nuestro será.»
Commo gelo á dicho,   al Campeador mucho plaze.
Mañana era   e piénssanse de armar,
quis cada uno dellos   bien sabe lo que ha de far.
Con los alvores   mio Çid ferirlos va:
«¡En el nombre del Criador   e d'apostol santi Yague,
»feridlos, cavalleros,   d' amor e de voluntad,
»ca yo so R*o*y Díaz,   mio Çid el de Bivar!»
Tanta cuerda de tienda   í veriedes *cr*ebar,
arrancarse las estacas   e acostarse a todas partes los tendales.

1140 El caudillo gritaba su nombre para esforzar a los suyos (véase v. 721).

cimos por nuestro gusto, que fue irremediable—, nuestras cosas han ido siempre adelante, gracias a Dios. Ahora vienen a cercanos los de Valencia; si queremos vivir tranquilos en esta tierra, fuerza es que les hagamos un gran escarmiento.

[67] *Fin de la arenga del Cid.*

—Pase la noche, venga la mañana, y encuentre aparejadas las bestias y prestos los hierros. Atacaremos aquel su ejército. Desterrados somos en tierra ajena; allí se verá quién sabe ganarse la soldada.

[68] *Minaya da el plan de batalla.—El Cid vence otra lid campal.—Toma de Cebolla.*

Y aquí habló Minaya Álvar Fáñez, oíd:

—Campeador, hagámoslo como mandáis. A mí dadme cien caballeros, más no pido. Id vos delante con los otros, y dadle fuerte y sin temor, mientras ataco con los otros ciento por otra parte, y fío en Dios que el campo será nuestro.

Muy bien le parece al Campeador. Ya amanece, ya se arman todos; sabe bien cada uno lo que le toca.

Con el alba cayó el Cid sobre sus contrarios:

—¡En nombre sea de Dios y del apóstol Santiago! ¡Atacadlos, mis caballeros, con brío y corazón! ¡Que yo soy Ruy Díaz, que yo soy el Cid de Vivar!

Allí vierais estallar las cuerdas de las tiendas, desga-

1142 *acostarse los tendales,* 'ladearse, derrumbarse los postes' sobre los que están armadas las tiendas. Esta descripción del asalto del campamento moro se repite en el v. 2400.

Moros son muchos,   ya quieren reconbrar.
Del otra part   entróles Álbar Fáñez;
1145 maguer les pesa,   oviéronse a dar e a arrancar;
1151 de pie*de*s de cavallo   los que pudieron escapar.
1147 Dos reyes de moros   mataron en e*l* alcaz,
fata Valençia   duró el segudar.
Grandes son las ganançias   que mio Çid fechas ha;
1152 robavan el campo   e piénssanse de tornar.
1153 Entravan a Murviedro   con estas ganançias que traen;
1146 grand es el gozo   que va por es logar.
1150 Prisieron Çebolla   e quanto que es í adelant;
1155 miedo an en Valençia   que no saben qué se far;
1154 las nuevas de mio Çid,   sabet, sonando van.

[69] *Correrías del Cid al sur de Valencia.*

1156 Sonando van sus nuevas,   alent parte del mar *andan;*
alegre era el Çid   e todas sus compañas,
que Dios le ayudara   e fiziera esta arrancada.
Davan sus corredores   e fazién las trasnochadas,
1160 llegan a Gujera   e llegan a Xátiva,
aun mas ayusso,   a Den*i*a la casa;
cabo del mar tierra de moros   firme la quebranta.
Ganaron Peña Cadiella,   las exidas e las entradas.

1150 *Çebolla* es una etimología popular del diminutivo vulgar árabe *jubayla,* 'montecito'; hoy se llama el Puig ('podium, montículo') y está al norte de Valencia. El Cid conquistó este Puig o Cebolla en el año 1093.

1156 [Este verso repite parcialmente el contenido del anterior para conectar más sólidamente las dos tiradas y marcar el cambio de asonancia (para este procedimiento, típicamente juglaresco, véase Intr., págs. 63-68); *alent parte del mar andan,* hace referencia a la llegada de las noticias del triunfo cidiano hasta el norte de África, en posible alusión a la futura presencia del rey de Marruecos (vv. 1622 y sigs.)].

jarse las estacas, derrumbarse los postes. Pero los moros
son numerosos y parece que se recobran.
A esto, por insospechada parte, entra por ellos Álvar
1145 Fáñez; y aunque les pese, ya no pueden menos de darse a
1151 partido. A uña de caballo escapan unos los que pueden.
1147 En la persecución quedan muertos dos emires; y así los
fueron siguiendo hasta Valencia.
1152 Grandes ganancias obtuvo el Cid. Recogen los despo-
1153 jos del campo, y vuelven las grupas. Entran a Murviedro
1146 cargados con el botín, y el gozo corre por el lugar. Con-
1150 quistada queda Puig y sus alrededores. En Valencia nadie
1155 sabe qué hacer de miedo, y por todas partes va sonando
1154 la fama del Cid.

[69] *Correrías del Cid al sur de Valencia.*

1156 La fama llega hasta allende el mar. El Cid y sus com-
pañeros dan gracias a Dios, que los ayuda en la guerra.
1160 Envían a sus jinetes, salen de noche, llegan a Cullera, a
Játiba, y más abajo, al pueblo de Denia.
Asolando van la tierra de moros hasta las orillas del
mar. Al fin ganan Benicadell, con sus entradas y salidas.

1160 *Gujera* es pronunciación con *j* castellana del nombre valenciano Cullera; tenía un importante castillo a la boca del río Júcar, rodeado por el mar.

1161 *Denia la casa:* 'la población de Denia' (v. 1232).

1163 *Peña Cadiella,* llamada Pennacatel en la historia latina del Cid y Peñacadell en varios documentos, es la moderna sierra de Benicadell que, en el límite de las provincias de Valencia y Alicante, separa los valles de Albaida, al Norte, y de Concentaina, al Sur. El Cid reedificó el castillo de Benicadell en el año 1092; era un punto estratégico que aseguraba el camino de Valencia y Játiva a Alcoy y Alicante.

[70] *El Cid en Peña Cadiella.*

Quando el Çid Campeador   ovo Peña Cadiella,
ma'les pesa en Xátiva   e dentro en Gujera,
non es con recabdo   el dolor de Valençia.

[71] *Conquista de toda la región de Valencia.*

En tierra de moros   prendiendo e ganando,
e durmiendo los días   e las noches tranochando,
en ganar aquellas villas   mio Çid duró tres años.

[72] *El Cid asedia a Valencia.—Pregona a los cristianos la guerra.*

A los de Valençia   escarmentados los han,
non osan fueras exir   nin con él se ajuntar;
tajávales las huertas   e fazíales grand mal,
en cada uno destos años   mio Çid les tollió el pan.
Mal se aquexan los de Valençia   que non sabent ques' far,
de ninguna part que sea   non les vinié pan;
nin da co*n*ssejo padre a fijo,   nin fijo a padre,
nin amigo a amigo   nos' pueden consolar.
¡Mala cueta es, señores,   aver mingua de pan,
fijos e mugieres   ve*e*r los murir de fanbre!
Delante veyen so duelo,   non se pueden huviar,
por el rey de Marruecos   ovieron a enbiar;
con el de los Montes Claros   avié guerra tan grand,
non les dixo co*n*sejo,   nin los vino huviar.

1169 [Nótese la enorme elipsis temporal que representa esta sucinta alusión a tres años de actividad militar en el territorio del reino de Valencia. Tal vez la alusión al tres sea meramente convencional (recuérdense las tres semanas que el Cid sufrió cerco en Alcocer, v. 664; o los tres días sin comer del

[70] *El Cid en Peña Cadiella.*

Ganada Benicadell por el Cid crece el disgusto en Játiba y en Cullera; y ya en Valencia no disimulan la desesperación.

[71] *Conquista de toda la región de Valencia.*

Tres años se pasó el Cid en tierras de moros, saqueando aquí y allá, durmiendo los días, trasnochando las noches, ganando una villa y otra villa.

[72] *El Cid asedia a Valencia.—Pregona a los cristianos la guerra.*

Muy escarmentados quedan los de Valencia, que ya no se atreven a salir ni a buscarlo. Mucho les perjudicaba talándoles una y otra vez las huertas y arrebatándoles el sustento año tras año. Los valencianos se quejan y no saben qué hacer, porque no pueden sacar su pan de ninguna parte. El padre no puede socorrer a su hijo ni el hijo al padre, ni el amigo puede consolar al amigo. ¡Ay, señores míos, y qué pena tan grande es no tener pan, y ver morirse de hambre a los hijos y a las mujeres! Los míseros no hallaban remedio a su dolor. Envían por el rey de Marruecos; pero este, que tenía guerra empeñada con el rey del Atlas, no quiso darles consejo ni venir a ayudarlos.

---

conde de Barcelona, v. 1030), pues en la realidad la campaña cidiana por Valencia se extendió durante cerca de siete años (1087-1094)].

1170 [Comp. con v. 1121].

1182 *Montes Claros* se llamaba antes a la cordillera del Atlas en Marruecos. El poeta se refiere anacrónicamente al jefe de los almohades. Estos aparecen al sur del Atlas en 1120, y combaten al emperador de Marruecos, quien murió en la guerra con ellos el año 1145.

Sópolo mio Çid, de coraçón le plaz;
salió de Murviedro una noch *a* trasnocha*r*
amaneció a mio Çid en tierras de Mon Real.
Por Aragón e por Navarra pregón mandó echar,
a tierras de Castiella enbió s*o*s menssajes:
Quien quiere perder cueta e venir a rritad,
viniesse a mio Çid, que á sabor de cavalgar;
çercar quiere a Valençia pora cristianos la dar:

[73] *Repítese el pregón.* (Serie gemela.)

«Quien quiere ir comigo çercar a Valençia,
»—todos vengan de grado, ninguno non ha premia,—
»tres días le speraré en Canal de Çelfa.»

[74] *Gentes que acuden al pregón.—Cerco y entrega de Valencia.*

Esto dixo mio Çid el *Campeador leal.*
Tornávas a Murviedro, ca él ganada se la á.
Andidieron los pregones, sabet, a todas partes,
al sabor de la ganançia, non lo quiere*n* detardar,
grandes yentes se le acojen de la buena cristiandad;
creçiendo va riqueza a mio Çid el de Bivar;
quando vi*d*o las gentes juntadas, compeçós' de pagar.
Mio Çid don Rodrigo non lo quiso detardar,
adelinó pora Valençia e sobr'ellas' va a echar,
bien la çerca mio Çid, que non í avía hart;
viédales exir e viédales entrar.
Sonando va*n* sus nuevas todas a todas partes;
más le vienen a mio Çid, sabet, que nos' le van.

1192-1194 [Para los valores expresivos y estilísticos de esta duplicidad de versos similares, véase el Prólogo de Riquer, págs. 19-21].

Lo supo el Cid, placiόle la nueva. Al punto saliό de Murviedro una noche y amaneciό en tierras de Monreal. Manda echar pregones por Aragón y Navarra, y envía a Castilla sus mensajeros:

«El que quiera quitarse de trabajos y enriquecerse, que venga con el Cid, amigo de las batallas, que ahora quiere poner cerco a Valencia para darla a los cristianos.»

[73] *Repítese el pregón.* (Serie gemela.)

«Quien conmigo quisiera venir para cercar a Valencia, todos vengan por su voluntad, ninguno forzado; sepa que le esperaré tres días en el Canal de Cella.»

[74] *Gentes que acuden al pregón.—Cerco y entrega de Valencia.*

Esto mandó decir nuestro Cid, el leal Campeador. Después se volvió a Murviedro, que ya es dueño de aquella tierra. Y sabed que los pregones iban a todas partes, y que mucha gente acudía, al olor de la ganancia, de toda la limpia cristiandad. Por todas partes se difunden las nuevas. Nadie se le deserta al Cid; y al contrario, siempre le aumentan los refuerzos. El Cid de Vivar crece en riqueza. ¡Cuánto se alegraba de ver tan numerosa gente a su lado! Ya no quiso dilatarlo más; antes se encamina derechamente a Valencia, da sobre ella y la cerca con tal apretura que no deja escape. A nadie permite que entre ni salga. Todavía dio un plazo a la ciudad, por si alguien

1194 *Çelfa,* situada en la gran vía que conducía a Valencia (v. 644).

1204 *sin art* significaba 'sin engaño', y luego 'perfectamente' (comp. con v. 690); de modo que «no había en ello art» parece significar 'no había defecto', el cerco era absolutamente perfecto.

Metióla en plaz*do*, si les viniessen huviar.
Nueve meses complidos, sabet, sobr'ella yaz,
quando vino el dezeno oviérongela a dar.
¡Grandes son los gozos que van por es logar,
quando mio Çid gañó a Valençia e entró en la çibdad!
Los que f*o*ron de pie cavalleros se fazen;
el oro e la plata ¿quien vos lo podrié contar?
Todos eran ricos quantos que allí ha.
Mio Cid don Rodrigo la quinta mandó tomar,
en el aver monedado treynta mill marcos le caen,
e los otros averes, ¿quien los podrié contar?
Alegre era el Campeador con todos los que ha,
quando su seña cabdal sedié en somo del alcáç*e*r.

[75] *El rey de Sevilla quiere recobrar Valencia.*

Ya folgava mio Çid con todas sus conpañas;
a aquel rey de Sevilla el mandado llegava,
que presa es Valençia, que non gela enparan;
vino los ve*e*r con treynta mill de armas.
Aprés de la uerta ovieron la batalla,
arrancólos mio Çid el de la luenga barba.
Fata dentro en Xátiva duró el arrancada,
en el passar de Xúcar í veriedes barata,
moros en a*rr*uenço amidos bever agua.

1208 Según una historia árabe, el Cid dio a los valencianos una última tregua de quince días para que pidiesen auxilio a los reyes de Zaragoza y de Murcia, por si querían venir a socorrerles. Pasados los quince días sin resultado, Valencia se rindió al Cid.

1209 El cerco de Valencia no duró nueve meses, sino veinte; pero nótese que estos nueve meses los cuenta el poeta sólo como una segunda parte del asedio; este empieza mucho antes de la idea del Cid a reclutar gentes, según se dice en vv. 1170 y sigs.

1212 [Sorprende el breve relato de la toma de Valencia comparado con el extenso de las de Castejón y Alcocer (vv. 436-800), de menor importancia.

quería venir a socorrerla. Y allí se estuvo nueve meses cabales, y al décimo mes se le rindieron.

¡Qué alegría por los lugares, cuando el Cid ganó a Valencia y entró en la ciudad! Los que antes andaban a pie ya son de a caballo. ¿Quién podría contar el oro y la plata que ganaron? Ya todos son ricos. Sacada la quinta por mandato del Cid Rodrigo, vio que le tocaban treinta mil marcos en moneda; y en especie, ni contarlo.

Regocíjanse el Campeador y los suyos cuando ven plantada su enseña en lo alto del alcázar.

[75] *El rey de Sevilla quiere recobrar Valencia.*

El Cid y sus compañías descansaban, cuando llegaron las nuevas al rey de Sevilla de que Valencia había caído sin poder defenderse más. Y al punto se dirigió hacia allá con treinta mil hombres. La batalla se dio detrás de la huerta, y el choque se prolongó hasta Játiba, y al pasar el Júcar ya iban desbaratados; donde los moros tuvieron que beber agua, a su pesar, arreando contra la corriente.

Hay razones: las acciones sobre estas localidades son las primeras del Cid desterrado, y su buen fin, la prueba —en la articulación narrativa del texto— de su competencia militar, indiscutida cuando alcanza Valencia. Además, la estrategia de las acciones sobre Castejón y Alcocer es mejor para un tratamiento dinámico del combate que el estático cerco sobre Valencia, menos vistoso narrativamente. Por último, la toma de ésta aportará al Cid satisfacciones diferentes de las militares: véase n. a v. 1600].

1213 [Los que llegaron a la hueste del Cid como soldados de a pie han obtenido riquezas como para ser caballeros. Esto supone un ascenso en la escala militar y también en la social: dichos *cavalleros* son además «caballeros villanos», es decir, caballeros no hidalgos que gozaban de un régimen de impuestos especial por mantener armas y caballos para servir a su señor].

1222 *Sevilla,* desde 1091, no tenía reyes propios, pues había sido conquistada por los almorávides. Pero téngase en cuenta que *rey* de moros se llama habitualmente a cualquier general o emir (v. 637), y aquí *rey de Sevilla* no puede designar sino al general almorávide que gobernaba Sevilla.

1229 Es frecuente, en las descripciones de batallas, presentar a los fugitivos que se hartan de agua al pasar un río. En el poema de Fernán González

Aquel rey de *Sevilla* con tres colpes escapa.
Tornado es mio Çid con toda esta ganançia.
Buena f*o* la de Valencia quando ganaron la casa,
más mucho fue provechosa, sabet, esta arrancada:
a todos los menores cayeron çient marcos de plata.
¡Las nuevas del cavallero ya ve*e*des dó llegavan!

[76] *El Cid deja su barba intonsa.—Riqueza de los del Cid.*

Grand alegría es entre todos essos cristianos
con mio Çid R*o*y Díaz, el que en buen ora nasco.
Yal' creçe la barba e vale allongando;
ca dix*era* mio Çid de la su boca atanto:
«por amor de rey Alffonsso, que de tierra me á echado»
nin entrarié en ella tigera, ni un pelo non avrié tajado,
e que fablassen d'esto moros e cristianos.
Mio Çid don Rodrigo en Valencia está folgando,
con él Minaya Álbar Fáñez que nos' le parte de so braço.
Los que exieron de tierra de ritad son abondados,
a todos les dio en Valençia *el Campeador contado*
1246*b* casas y heredades de que son pagados;
el amor de mio Çid ya lo ivan provando.
Los que f*o*ron después todos son pagados;
veelo mio Çid que con los averes que avién tomados,
que sis' pudiessen ir, fer lo ien de grado.

(v. 358*c*), los tolosanos, empujados por el conde contra el Ebro, «Ovieron gran rrevato en passar aquel vado... Maguer que non querían, bevían mal de su grado. Dellos se afogavan, dellos salían a nado» (el manuscrito pone equivocadamente *venían* por *veuían.* Compárese «bevían *mal de su grado»* con *«amidos* bever agua» de nuestro *Cantar).* En la *Chanson de Roland* (v. 2473), los sarracenos, perseguidos por Carlomagno, se ahogan en el Ebro: «Envers le funz s'en turnerent alquant, Li altre en vunt encuntreval flotant, Li mielz guarit en ont boüt itant».

1230 El rey de Sevilla pudo escapar con tres heridas, y el Cid
se volvió acarreando el botín; porque sabréis que si fue
buena la de Valencia, cuando ganaron la ciudad, esta vic-
toria les resultó (si cabe) más provechosa. Aun a los últi-
mos les tocaron cien marcos de plata por cabeza. Ya veis,
1235 pues, cómo medraban las cosas de nuestro caballero.

[76] *El Cid deja su barba intonsa.—Riqueza de los del Cid.*

No conoce límite la alegría de los cristianos que andan
con el Cid Ruy Díaz, el bienhadado. La barba le ha cre-
cido mucho entretanto, porque el Cid había dicho un día
1240 que «por amor del rey Alfonso, que me ha desterrado»,
no había de meterle tijera ni cortar un pelo, y que ya po-
día murmurar el mundo.

En Valencia descansa, pues, el Cid don Rodrigo; a su
lado, sin apartársele un punto, Minaya Álvar Fáñez. En-
1245 riquecidos están los que desterraron con él: a todos les
1246*b* dio ese buen Campeador casas y heredades en Valencia,
de que están satisfechos. Ahora ven cuán grande es la ge-
nerosidad del Cid. También están ya pagados los que se
le juntaron después, y el Cid bien comprende que, a ser-
1250 les posible, se volverán a su tierra con lo ganado. Enton-

---

1233 *más mucho* es el comparativo de *mucho;* significa, pues, simplemente 'más'.

1241 Comp. con v. 2059. El no cortarse la barba ni los cabellos, y a veces ni las uñas, era señal de dolor, que solía cumplirse previo juramento o promesa, como aquí hace el Cid. Aun en las épocas en que era moda la barba afeitada, se dejaba esta crecer durante el período de luto; así el rey Católico, generalmente afeitado, gasta barba después de la muerte del príncipe don Juan. [Sobre el valor simbólico de la barba en el *CMC* y en la leyenda cidiana, véase T. L. 2.1.1. y el texto 6 de la D. C.].

1245 Aquí se contraponen los que se desterraron con el Cid a los que se agregaron después a su ejército (v. 1248; véase también vv. 917, 1199); lo mismo se contraponen *los que son aquí* (v. 1258) y *míos vasallos* (v. 1261). En favor de los antiguos vasallos se hace el repartimiento de la ciudad; los allegadizos participan sólo del botín.

Esto mandó mio Çid, Minaya lo ovo conssejado:
que ningún omne de los sos *que con él ganaron algo*
1252*b* ques' le non spidiés', o nol besás' la mano,
sil' pudiessen prender o f*o*sse alcançado,
tomássenle el aver e pusiéssenle en un palo,
Afevos todo aquesto puesto en buen recabdo;
con Minaya Álbar Fáñez él se va consej*ando:*
«Si vos quisiéredes, Minaya, quiero saber recabdo
»de los que son aquí e comigo ganaron algo;
»meterlos he en escripto, e todos sean contados,
»que si algunos' furtare o menos le fallar*o,*
»el aver me avrá a tornar a aquestos myos vassallos
1261*b* »que curian a Valençia e andan arrobdando.»
Allí dixo Minaya: «Consejo es aguisado.»

[77] *Recuento de la gente del Cid.—Este dispone nuevo presente para el rey.*

Mandólos venir a la corth e a todos los juntar,
quando los falló, por cuenta fízolos nonbrar:
tres mill e seys çientos avié mio Çid el de Bivar;
alégrasle el coraçón e tornós' a sonrrisar:
«¡Grado a Dios, Minaya, e a santa María madre!
»Con más pocos ixiemos de la casa de Bivar.
»Agora avemos riquiza, más avremos adelant.
»Si a vós ploguiere, Minaya, e non vos caya en pesar,

1252*b* El vasallo no podía dejar a su señor sin despedirse de él, diciéndole: «despídome de vos et bésovos la mano, et de aquí adelante non so vuestro vasallo».

1270 y sigs. [Nótese la suma educación («si ploguiere», «non vos caya en pesar») con que el mesurado Cid se dirige a Fáñez, su hombre de confianza (véase v. 1244) pero también su subordinado, lo que hace este tono de petición cortés innecesario y, por lo mismo, significativo. Al igual que sucedió tras de la toma de Alcocer y la victoria sobre Fáriz y Galve (vv. 557-777), el Cid decide enviar un presente al rey Alfonso (véanse vv. 810-819). El en-

ces, con consejo de Minaya, dispuso el Cid que a cual-
quiera de los que, habiendo ganado algo a su lado, pre-
tendiere marcharse sin despedirse de él y venirle a besar
1252*b* la mano (como se acostumbraba para emanciparse del
vasallaje), le prendiesen donde fuere, le quitasen el haber
y lo ahorcasen.

1255 Y dispuesto esto con todas las precauciones del caso,
se puso a departir así con Álvar Fáñez:

—Si os parece bien, Minaya, quisiera tener noticia de
los que se me han juntado después y han ganado algo en
1260 mis empresas; lo pondremos por escrito, lo contaremos y
si hay alguno que se oculte o que se le echare de menos,
1261*b* tendrá que devolver lo ganado a estos vasallos míos que
hacen la guardia exterior de la fortaleza de Valencia.

—Bien pensado —dijo Minaya.

[77] *Recuento de la gente del Cid.—Este dispone nuevo presente para el rey.*

Mandó, pues, que se juntara todo el mundo en la corte,
1265 y los hizo nombrar y contar a todos. Sonrió alegremente
al saber que llegaban a tres mil seiscientos los suyos.

—¡Minaya, gracias a Dios y a santa María madre!
Ciertamente que salimos con menos fuerzas del pueblo
de Vivar. Riqueza tenemos hoy, y mayor ha de ser ma-
1270 ñana. Si os parece bien, Minaya, y no os incomoda, qui-

---

cargado de la embajada a Castilla será Álvar Fáñez (véase n. a v. 813), y es de notar que, además del rico presente destinado al rey como muestra de buena voluntad —cien caballos(v. 1274), frente a los treinta (v. 816) de la primera embajada: el aumento de la cifra es indicio de la mejora de la situación del Cid (véase n. a v. 1808)—, en esta embajada el Cid pide al rey que deje a Jimena y a sus hijas reunirse con él. Es importante esta requisitoria, porque después de un paréntesis en que, tras la despedida en San Pedro de Cardeña, el ámbito familiar desaparece del *CMC,* a partir de esta embajada ese ámbito va a reaparecer hasta hacerse fundamental en la segunda parte de la obra (véase Intr., págs. 56-62)].

»enbiar vos quiero a Castiella,   do avemos heredades,
»al rey Alfonso   mio señor natural;
»d'estas mis ganançias   que avemos fechas acá,
»dar le quiero çient cavallos,   e vós ídgelos levar;
»desí por mí besalde la mano   e firme gelo rogad
»por mi mugier *doña Ximena*   e mis fijas *naturales,*
»si f*o*re su merçed   quen'las dexe sacar.
»Enbiaré por ellas,   e vós sabed el mensage:
»la mugier de mio Cid   e sus fijas las iffantes
»de guisa irán por ellas   que a grand ondra vernán
»a estas tierras estrañas   que nós pudiemos ganar.»
Essora dixo Minaya: «De buena voluntad.»
  Pues esto an fablado,   piénssanse de adobar.
Ciento omnes le dio   mio Çid a Álbar Fáñez
por servirle en la carrera   *a toda su voluntad,*
e mandó mill marcos de plata   a San Pero levar
e que los *quinientos* diesse   a don Sancho el abbat.

[78] *Don Jerónimo llega a Valencia.*

  En estas nuevas   todos se alegrando,
de parte de orient   vino un coronado;
el obispo don Jero*me*   so nombre es llamado.
Bien entendido es de letras   e mucho acordado,
de pie e de cavallo   mucho era arreziado.
Las provezas de mio Çid   andávalas demandando,
sospirando ques' viesse   con moros en el campo:

1285-1286 [Estos versos están correlacionados con vv. 250-254. Nótese que, frente a los cincuenta marcos que el Cid promete devolver «doblados» —esto es, duplicados— en el v. 250 al abad de Cardeña, son quinientos los que se le van a entregar en esta embajada, lo que es señal espectacular de la progresión económica del Cid (confróntese con lo dicho en la n. al v. 81)].

1288 *de parte de orient,* 'ex orientis partibus', 'ab Eois partibus' son expresiones vagas con que en Castilla se solía designar la procedencia de los monjes o sacerdotes que venían del norte del Ebro a restaurar los monaste-

siera que fuerais a Castilla, donde están nuestras heredades, para que vierais al rey Alfonso, mi señor natural. Quiero que escojáis de entre mis ganancias un centenar de caballos y se los llevéis (en mi nombre). Y que le be-
1275 séis la mano de mi parte, y le roguéis encarecidamente que, si a tanto alcanza su gracia, me deje traer conmigo a mi mujer, doña Jimena, y a mis hijas. Si así fuere, enviaré por ellas, y oíd cuál ha de ser mi mensaje:

«Manda el Cid que su mujer y sus hijas pequeñas sean
1280 conducidas con gran honra a las tierras extrañas que él y los suyos han ganado.»

Y dijo entonces Minaya:

—Que me place.

Habiendo hablado así, comienzan a disponer la partida.
1284*b* El Cid le dio a Álvar Fáñez cien hombres para su servicio
1285 en el viaje, y le encargó que llevara mil marcos de plata a San Pedro, y diera la mitad al abad don Sancho.

[78] *Don Jerónimo llega a Valencia.*

Con alegría de todos, llegó un clérigo de la parte de Oriente, a quien llamaban obispo don Jerónimo. Es muy
1290 entendido en letras y muy cuerdo en todas sus cosas, y tan esforzado a pie como a caballo. Este, pues, andaba buscándole nuevos provechos al Cid, deseando que saliese otra vez a lidiar en campo con los moros, diciendo

---

rios y las iglesias. Hablando de Valencia, la frase resulta inexacta aplicada a un clérigo francés, como era don Jerónimo.

1291 ['peleaba reciamente tanto a pie como a caballo'. Sorprende este rasgo, desde la óptica actual, en la condición de clérigo, pero en la Edad Media era formulación acorde con el ideal de *sapientia et fortitudo* (sabiduría y fortaleza) como caracterización óptima del hombre (así aparece, de hecho, diseñada la figura mesurada y guerrera del propio Cid). La fundación de las órdenes militares coadyuvó a que las figuras de clérigos y obispos guerreros no fueran cosa rara].

1292 ['iba preguntando por las proezas del Cid'].

que sis' fartás' lidiando   e firiendo con sus manos
a los días del sieglo   non le llorassen cristianos.
Quando lo oyó mio Çid,   de aquesto f*o* pagado:
«Oíd, Minaya Álbar Fáñez,   por aquel que está en alto,
»quando Dios prestar nos quiere,   nós bien gelo gradescamos:
»en tierras de Valençia   fer quiero obispado,
»e dárgelo a este   buen cristiano;
»vós, quando ides a Castiella,   levaredes buenos mandados.»

[79] *Don Jerónimo hecho obispo.*

Plogo a Álbar Fáñez   de lo que dixo don Rodrigo.
A este don Jero*me*   yal' otorgan por obispo;
diéronle en Valençia   o bien puede estar rico.
¡Dios, qué alegre era   tod cristianismo,
que en tierras de Valençia   señor avié obispo!
Alegre f*o* Minaya   e spidiós' e vínos'.

[80] *Minaya se dirige a Carrión.*

Tierras de Valençia   remanidas en paz,
adelinó pora Castiella   Minaya Álbar Fáñez.
Dexarévos las posadas,   non las quiero contar.
Demandó por Alfonsso,   dó lo podrié fallar.

1295 [La interpretación correcta de este verso debe ser 'nadie en el mundo lloraría por él a su muerte', porque, al haber luchado acérrimamente contra los infieles, habría obtenido con certeza la salvación].

1302 El Cid, *de su mano* (v. 1332), hace el obispo. Los reyes, en los primeros tiempos de la Reconquista, creaban los obispados y nombraban los obispos, pues se interpretaba en este sentido el canon 19 del IV Concilio de Toledo, que concedía al rey la aprobación de la elección de obispo. Don Bernardo de Toledo fue, al parecer, el primero que obtuvo, en 1088 (seis años antes de la conquista de Valencia), la declaración de primacía a favor de la iglesia de Toledo y la consagración de su nombramiento por el pontífice. En la realidad,

que si se hartara de lidiar, nunca tendría que oír las lamentaciones de los cristianos. Cuando el Cid lo supo, dijo muy complacido:

—Oíd, Minaya Álvar Fáñez, por el Padre que está en los cielos: sepamos agradecerlo a Dios cuando él quiere procurar nuestro bien. Deseo erigir un obispado en Valencia y encomendárselo a este piadoso cristiano, y así llevaréis a Castilla famosas nuevas.

[79] *Don Jerónimo hecho obispo.*

Parecióle bien a Álvar Fáñez lo que decía don Rodrigo. Otórganle el obispado a don Jerónimo en la misma ciudad de Valencia, donde vivirá ricamente. ¡Oh, Dios, qué alegres estaban los cristianos de tener ya en tierra de Valencia un señor obispo! Minaya, dándose por contento, se despide y emprende el viaje.

[80] *Minaya se dirige a Carrión.*

Dejadas en paz y ventura las tierras de Valencia, tomó Minaya Álvar Fáñez el rumbo de Castilla. Olvidemos el hablar de todas las posadas que hizo: no quiero contarlas. Un día, al fin, pregunta dónde se hallaba el rey don Al-

---

después de la elección de don Jerónimo como obispo de Valencia, hecha por el Cid y los suyos, intervinieron el papa Urbano II y el metropolitano de Toledo don Bernardo para consagrar canónicamente el nuevo obispo, según consta de la carta de dotación de la iglesia valentina otorgada por el Cid en 1098.

1307 [*e spidiós e vinos;* y se despidió y se vino (a Castilla, se entiende). El uso de *venir* sitúa el acto implícito de narración / recitación del texto en tierras de Castilla].

1310 [De nuevo una intervención del narrador para indicar una elipsis (véase n. a v. 1169), aunque en esta ocasión articulada en torno a una interpelación al auditorio típica de la poética juglaresca (véase Intr., págs. 63-68)].

F*o*ra el rey a San Fagunt aún poco ha,
tornós a Carrión, í lo podrié fallar.
Alegre f*o* de aquesto Minaya Álbar Fáñez,
con esta present*a*ja adelinó pora allá.

[81] *Minaya saluda al rey.*

De missa era exido essora el rey Alfonsso,
afé Minaya Álbar Fáñez dó llega tan apu*o*sto;
fincó sos inojos ante tod el pu*o*blo,
a los pie*des* del rey Alfons cayó con grand du*o*lo,
besávale las manos e fabló tan apu*o*sto:

[82] *Discurso de Minaya al rey.—Envidia de Garci Ordóñez.—El rey perdona a la familia del Cid.—Los infantes de Carrión codician las riquezas del Cid.*

«¡Merçed, señor Alfonsso, por amor del Criador!
»Besávavos las manos mio Çid lidiador,
»los pie*des* e las manos, commo a tan buen señor,
»quel ayades merçed, ¡sí vos vala el Criador!
»Echástesle de tierra, non ha la vuestra amor;
»maguer en tierra agena, él bien faze lo so:
»ganada a Xérica e a Onda por nombre,
»priso a Almenar e a Murviedro que es miyor,
»assí fizo Çebolla e adelant Castejón

1312 *San Fagunt,* hoy Sahagún, al oeste de Carrión. Ambas poblaciones están unidas por el camino francés o de Santiago. Alfonso VI estaba también en Sahagún cuando el Cid le envió a pedir justicia (v. 2922). Le atraía a esa población el gran monasterio benedictino que allí había. La devoción de Alfonso a este monasterio era heredada de su padre, Fernando I (como heredada era la devoción a san Isidoro de León, v. 1342). Cuando fue vencido Alfonso por su hermano, tuvo que vestir el hábito monacal de Sahagún, el año 1072; pero de allí se escapó a vivir entre los moros de Toledo, con ayuda de Pero Ansúrez. Entronizado de nuevo, no dejó por eso de llamar «su abad» al de Sahagún (ad

fonso, y averiguando que ha poco saliera para Sahagún, y de allí se encaminara para Carrión, donde sería fácil encontrarlo. Minaya Álvar Fáñez, siempre de buen ánimo, para allá se encaminó derecho, llevando consigo sus presentes.

[81] *Minaya saluda al rey.*

Apenas salía de misa el rey Alfonso, hete aquí a Minaya, por do viene, tan apuesto y gentil. Arrodíllase a la vista de todo el pueblo, cae con gran duelo a los pies del rey, le besa repetidas veces las manos, y dice así:

[82] *Discurso de Minaya al rey.—Envidia de Garci Ordóñez.—El rey perdona a la familia del Cid.—Los infantes de Carrión codician las riquezas del Cid.*

—¡Merced, señor don Alfonso, por amor de Dios! El Cid, ese gran guerrero, os besaba las manos, os besaba manos y pies, como corresponde a tan buen señor, y os pedía —así os premie Dios— que le hagáis merced. Vos lo desterrasteis, le privasteis de nuestro amor; allá, aunque en tierra extraña, él se las arregla no muy mal: ha ganado a Jérica y a la llamada Onda; ha tomado Almenara y Murviedro, que todavía es mejor; lo mismo hizo con Puig y con Castellón

---

abbati meo Juliano); y para resarcir al monasterio de su fuga, le favoreció continuadamente, ora donándole su cuerpo para que allí fuese enterrado, ora repoblándolo de monjes de Cluny en el año 1079, eximiéndolo de toda jurisdicción civil y dejando que viviese sujeto directamente a la Sede Apostólica.

1319 [Álvar Fáñez intenta aquí conmover al rey antes de pedirle que permita a Jimena y sus hijas ir al encuentro del Cid].

1329 *Castejón* es la pronunciación castellana del nombre valenciano Castellón de la Plana, llamado antes Castellón de Burriana. Este pueblo, no nombrado antes, representa las *tierras de Borriana* que se citan en v. 1093.

»e Peña Cadiella, que es una peña fu*o*rt;
»con aquesta todas de Valençia es señor,
»obispo fizo de su mano el buen Campeador,
»e fizo çinco lides campales e todas las arrancó.
»Grandes son las ganançias quel' dio el Criador,
»fevos aquí las señas, verdad vos digo yo:
»çient cavallos gruessos e corredores,
»de siellas e de frenos todos guarnidos son,
»bésavos las manos que los prendades vós;
»razonas' por vuestro vassallo e a vós tiene por señor.»
Alçó la mano diestra, el rey se santigó:
«De tan fieras ganançias commo á fechas el Campeador
»¡sí me vala sant Esid*re!* plázme de coraçón,
«e plázem' de las nuevas que faze el Campeador;
»reçibo estos cavallos quem' enbía de don.»
Maguer plogo al rey, mucho pesó a Garcí Ordóñez:
«¡Semeja que en tierra de moros non á bivo omne,
»quando assí faze a su guisa el Çid Campeador!»
Dixo el rey al co*m*de: «Dexad essa razón,
»que en todas guisas mijor me sirve que vós.»
Fablava Minaya í a guisa de varón:
«Merçed vos pide el Çid, si vós ca*d*iesse en sabor,
»por su mugier doña Ximena e sus fijas amas a dos:

1342 *sant Esidre* es san Isidoro, obispo de Sevilla del año 599 al 636. Le invoca a menudo el rey en el *Cantar* (vv. 1867, 3028, 3140, etc.). La devoción de Alfonso VI a este santo es heredada de su padre, Fernando I. Este, en 1063, trasladó el cuerpo del santo desde Sevilla a León y, postrado ante el altar de sus reliquias, depuso la corona real antes de morir. Por el culto que recibía el santo en León se le llama *sant Esidro el de León* (v. 3509). La devoción a este santo perduró en la casa real castellana.

1345 [Garcí o García Ordóñez era un noble castellano que hizo una brillante carrera en la corte de Alfonso VI, llegando a ser conde de Nájera y ayo del infante Sancho. Murió en la desastrosa batalla de Uclés, en 1108, junto con el propio príncipe Sancho y un gran número de cristianos. En la realidad histórica tuvo un enfrentamiento con el Cid cuando ambos se hallaban en los reinos de Sevilla y Granada cobrando parias, enfrentamiento que se saldó con la derrota de Ordóñez y su prisión por el Cid. Se ha considerado que tal

de la Plana, y con Benicadell, que es una peña muy fuerte; y, en fin, ya es señor de Valencia, donde ha creado por su mano un obispo y se ha batido en cinco lides campales, triunfando en todas. Grandes ganancias le ha dado Dios, y he aquí las pruebas de que os digo verdad: cien caballos, fuertes y corredores, provistos de sillas y de frenos, que el Cid os suplica que aceptéis. Es (como siempre) vuestro vasallo y (como siempre) os tiene por su señor.

El rey, alzando la diestra, se santigua:

—¡Válgame san Isidoro! ¡Y cuánto me alegro de esas inmensas ganancias que ha hecho el Campeador y de sus continuas hazañas! Los caballos con que me obsequia, los acepto.

Pero lo que complace al rey, a Garcí Ordóñez le pesa:

—Se dijera —observa— que no hay un solo hombre vivo en tierra de moros según pone y dispone a su guisa el Campeador.

Y el rey dijo al conde:

—Callad ya, conde; que me sirve mejor que vos en todo caso.

Y Minaya, el esforzado varón, prosiguió entonces:

—Si os plugiese, oh rey, el Cid os pide merced de que le dejéis sacar a su mujer, doña Jimena, y a sus dos hijas

---

enfrentamiento fue el detonante de una campaña de insidias cortesanas que acarreó el destierro del Cid, y tal cosa es lo que permite translucir la reconstrucción del comienzo perdido del *CMC* hecha por Menéndez Pidal a partir de las crónicas. Históricamente, se desconoce la intervención de García Ordóñez en el destierro del Cid; lo que sí dice la historia es que la enemistad entre ellos fue duradera, pues en 1092 el Cid arrasó el señorío de Nájera para castigar a García Ordóñez. Por lo que respecta a la función del personaje en el *CMC*, aparece de continuo como el principal (vv. 1836, 2998) de los «enemigos malos» (v. 9) del Cid, como uno de los representantes de la vieja nobleza castellana frente a la que los nuevos nobles inferiores, como el propio Cid, oponen un nuevo código ético y de costumbres (véase T. L. 1.2. y 2.1.2.). Nótese que su presentación aquí, haciendo un comentario extemporáneo, recuerda a la que se hizo del conde de Barcelona: de nuevo un representante de la nobleza se presenta «diziendo una vanidat» (véase v. 960 y n.)].

»saldrién del monesterio   do elle las dexó,
»e irién pora Valençia,   al buen Campeador.»
Essora dixo el rey: «Plazme de coraçon*e;*
»hio les mandaré dar conducho   mientra que por mi tierra f*o*ren,
»de fonta e de mal curial*l*as'   e de desonor*e;*
»quando en cabo de mi tierra   aquestas dueñas f*o*ren,
»catad cómmo las sirvades   vós e el Campeador*e.*
»¡Oídme, escuelas,   e toda la mi cort!
»Non quiero que nada   pierda el Campeador;
»a todas las escuelas   que a él dizen señor
»por que los deseredé;   todo gelo suelto yo;
»sírvanle sus her*e*dades   do f*o*re el Campeador;
»atrégoles los cuerpos   de mal e de ocasión,
»por tal fago aquesto   que sirvan a so señor.»
Minaya Álbar Fáñez   las manos le besó.
Sonrrisós' el rey,   tan vellido fabló:
«Los que quisieren ir   se*r*vir al Campeador,
»de mí sean quitos   e vayan a la graçia del Criador.
»Más ganaremos en esto   que en otra des*amor.»*
  Aquí entraron en fabla   iffantes de Carrión:
«Mucho creçen las nuevas   de mio Çid el Campeador,
»bien casariemos con sus fijas   pora huebos de pro.
»Non la osariemos   acometer nós esta razón,

1356 El rey promete proteger a las dueñas en toda la extensión de su reino, como era obligación del señor respecto del vasallo (comp. con vv. 3476-3479). Las tropelías que cometían los poderosos condes e infanzones eran un continuo peligro.

1360 *escuelas,* en los textos latinos *schola regis,* corresponde a las *scholae palatinae* o guardias de palacio en el Imperio romano. En general, *escuelas* es equivalente a *mesnadas* o conjunto de vasallos, sean del rey, sean del Cid (vv. 1362, 2072).

1364 En diplomas y fueros es frecuente la frase «serviat ei sua hereditas ubucumque voluerit esse». El perdón del rey se refiere principalmente a los ciento quince caballeros que se fueron voluntariamente con el Cid (v. 289).

del monasterio en que las dejó, y llevárselas consigo a Valencia.

Entonces habló el rey así:

—Pláceme de corazón. Yo les mandaré las provisiones mientras viajan por mi reino, y las guardaré de todo daño y afrenta; cuanto lleguen a la frontera estas damas, entonces cuidaréis de ellas vos mismo y el Campeador. ¡Ea, pues, mesnadas y toda la corte, escuchadme!: No quiero que pierda nada el Cid. A todos aquellos que le reconocen por señor, les restituyo cuanto les había confiscado; queden en posesión de sus bienes doquier que se hallen al lado del Cid; les aseguro que no recibirán mal ni daño grave; y todo esto lo hago por tal que sirvan bien a su señor.

Minaya Álvar Fáñez le besaba las manos, y el rey, sonriendo, continuaba así, hermosamente:

—Los que quieran ir a servir al Campeador, reciban mi venia y vayan en gracia de Dios. Más ganaremos con esta merced que con otro nuevo castigo.

Aquí los infantes de Carrión pusiéronse a departir:

—Mucho van creciendo las hazañas de este Cid. No nos vendría mal casarnos con sus hijas para atender a nuestro provecho. Pero la verdad, no nos atrevemos a

---

1371 [El rey, aunque no perdona al Cid —no hay petición expresa de perdón, por otra parte—, no sólo accede a la petición transmitida por Álvar Fáñez de permitir a Jimena y a las niñas partir de San Pedro de Cardeña, sino que además deja sin sanción a aquellos que se incorporaron —y a los que deseen incorporarse— a las tropas de Rodrigo; en este verso reconoce que esta cesión por su parte es preferible a un enconamiento de las posturas. El acercamiento entre el señor y el vasallo (recuérdese el v. 20) va avanzando poco a poco a resultas de las embajadas de Álvar Fáñez].

1372 Los infantes de Carrión, más nobles que ricos, empiezan a codiciar las riquezas del Cid al ver los magníficos presentes que el desterrado envía a Castilla (comp. con vv. 1835, 1864, 1881 y 1888). [Desde esta primera aparición en el texto, haciendo un comentario secreto a espaldas de todos, se nos presentan como ambiciosos, desaprensivos, clasistas (ese es el sentido de lo comentado en los vv. 1375-1376) e intrigantes].

»mio Çid es de Bivar   e nós de co*m*des de Carrión.»
Non lo dizen a nadi,   e fincó esta razón.
  Minaya Álbar Fáñez   al buen rey se espidió.
«¿Hya vos ides, Minaya?   ¡Id a la graçia del Criador!
»Levedes un portero,   tengo que vos avrá pro;
»si leváredes las dueñas,   sírvanlas a su sabor,
»fata dentro en Medina   denles quanto huebos les f*o*r,
»desí adelant piensse   dellas el Campeador.»
Espidiós' Minaya   e vasse de la cort.

[83] *Minaya va a Cardeña por doña Jimena.—Más castellanos se prestan a ir a Valencia.—Minaya en Burgos.—Promete a los judíos buen pago de la deuda del Cid.—Minaya vuelve a Cardeña y parte con Jimena.—Pedro Bermúdez parte de Valencia para recibir a Jimena.—En Molina se le une Abengalbón.—Encuentran a Minaya en Medinaceli.*

  Iffantes de Carrión   *so consejo preso ane,*
dando ivan conpaña   a Minaya Álbar Fáñez:
«En todo sodes pro,   en esto assí lo fagades:
»saludadnos   a mio Çid el de Bivar*e,*
»somos en so pro   quanto lo podemos far*e;*
»el Çid que bien nos quiera   nada nos perdera*ve.*»
Respuso Minaya: «Esto non me á por qué pesar*e.*»

1376 La desigualdad de los dos linajes resaltaba para los infantes de tan sólo contraponer los nombres de los lugares de donde ambas casas tomaban apellido: *Vivar* era una aldea; *Carrión,* una ciudad, cabeza de condado. Realmente el linaje de los condes de Carrión, o sea, de los Beni-Gómez, era muy ilustre.

1380 El *portero* hacia el siglo XI sustituye al antiguo sayón real o al executor del período visigótico y primeros siglos de la Reconquista. Era un oficial palatino encargado originariamente de introducir las personas a la presencia del monarca, y luego de llevar las cartas u órdenes del rey y ejecutar sus mandatos (comp. con vv. 1536-1539, 2962-2963).

1382 *Medina* es Medinaceli, ciudad recién conquistada por Alfonso y límite extremo de sus reinos.

proponerle el proyecto: el Cid es de la aldea de Vivar y nosotros somos todos unos condes de Carrión.

A nadie quieren comunicarlo, y (por ahora), así quedó todo. Ya se despide del buen rey Minaya Álvar Fáñez:

—¿Os vais, pues, Minaya? El Creador os tenga en su
1380 santa gracia. «Llevaos un mensajero real, que puede ser-
viros. Si habéis de acompañar a las damas, sean debidamente atendidas; denles cuanto necesitaren hasta Medinaceli, y en adelante cuide de ellas el Campeador.» Y Minaya se despidió del rey y de la corte.

[83] *Minaya va a Cardeña por doña Jimena.—Más castellanos se prestan a ir a Valencia.—Minaya en Burgos.—Promete a los judíos buen pago de la deuda del Cid.—Minaya vuelve a Cardeña y parte con Jimena.—Pedro Bermúdez parte de Valencia para recibir a Jimena.—En Molina se le une Abengalbón.—Encuentran a Minaya en Medinaceli.*

1385 Ya los infantes de Carrión están decididos: salen a acom-
1385*b* pañar a Minaya Álvar Fáñez, y le dicen (por el camino):

—Siempre sabéis ser buen amigo; sedlo ahora para nosotros; saludad de nuestra parte al Cid de Vivar, y decidle que cuenta con ambos para todo aquello en que podamos servirle, y que nada perderá con tenernos por suyos.

1390 Repuso Minaya:

1385 *ane* por *an,* damos una muestra de *e* paragógica en estos versos; *[so consejo preso ane:* este hemistiquio falta en el manuscrito, y Menéndez Pidal lo reconstruye hipotéticamente a partir de las crónicas].

1388 *ser en pro* de uno, como *andar en pro* de uno (vv. 1913, 2054), es 'tratar del provecho de uno, serle favorable y amigo'.

1389 *perderave* por *perderá*, con *e* paragógica, al uso arcaico. Los romances dirían *perderáe.*

1390 [Minaya Álvar Fáñez comete, sin saberlo, un craso error: la entrada en relación de los infantes con el Cid será origen de pesar para el Cid y todos sus allegados. Contrasta este error de predicción con otros aciertos en el mismo ámbito del propio Fáñez: véanse los vv. 783 y 896].

Hido es Minaya, tórnansse los iffantes.
Adelinó pora San Pero, o las dueñas están,
tan grand fue el gozo quandol' vieron assomar.
Deçido es Minaya, a ssan Pero va a rogar,
quando acabó la oraçión, a las dueñas se *fo* torn*ar:*
«Omíllom', doña Ximena, Dios vos curie de mal,
»assí ffaga a vuestras fijas amas *a dos las iffantes.*
»Salúdavos mio Çid allí onde elle está;
»sano lo dexé e con tan grand rictad.
»El rey por su merçed sueltas me vos ha,
»por levaros a Valencia que avemos por heredad.
»Si vos viesse el Çid sanas e sin mal,
»todo serié alegre, que non avrié ningún pesar.»
Dixo doña Ximena, «¡El Criador lo mande!»
Dio tres cavalleros Minaya Álbar Fáñez,
enviólos a mio Çid, a Valençia do está:
«Dezid al Canpeador —que Dios le curie de mal—
»que su mugier e sus fijas el rey sueltas me las ha,
»mientra que f*ó*remos por sus tierras conducho nos mandó
[dar.
»De aquestos quinze días, si Dios nos curiare de mal,
»seremos í yo e su mugier e sus fijas que él á
»hy todas las dueñas con ellas quantas buenas ellas han.»
Hidos son los cavalleros e d'ello penssarán,
remaneçió en San Pero Minaya Álbar Fáñez.
Veriedes cavalleros venir de todas partes,
hirse quiere*n* a Valençia a mio Çid el de Bivar.
Que les toviesse pro rogavan a Álbar Fáñez;
diziendo Minaya: «Esto feré de veluntad.»

1394 *Deçido,* 'descendido' del caballo. También *diçiendo del cavallo* (vv. 1756, 1842). El viajero, al llegar al punto de destino, lo primero que hace es entrar a orar en la iglesia del lugar, antes de ocuparse del asunto de su viaje; lo mismo en vv. 2928-2929.

1396 *Omíllom* era fórmula usual de saludo reverente (comp. con vv. 1748, 3036). Lo mismo *Dios vos curie de mal* era saludo habitual en los siglos XII

—Tal encargo en manera alguna podría serme gravoso.

Ya ha partido Minaya; los infantes han regresado. Se encamina a San Pedro, donde están las damas procurándoles muy grata alegría con su presencia. Baja del caballo y entra a rezar en la iglesia, y después viene hacia las damas:

—Humíllome a vos, doña Jimena, a quien Dios guarde de todo mal, así como a vuestras hijas ambas a dos. El Cid, desde donde está, os envía su saludo; muy rico y muy sano lo he dejado. El rey me ha dado la merced de daros permisos para que os conduzca a Valencia, que es ahora nuestra heredad. Como el Cid os vea llegar tan buenas y sanas, no volverá a conocer las penas y será todo él alegría.

—¡Dios lo haga! —dice doña Jimena.

Y Minaya Álvar Fáñez mandó a Valencia tres caballeros con este aviso:

—Decid al Campeador —a quien Dios guarde— que el rey ha dado libertad a su mujer y a sus hijas; que mientras viajáremos por su reino, él nos proporcionará bastimentos; y que dentro de quince días, si Dios quiere, estaremos a su lado yo, su mujer, sus hijas y cuantas damas las acompañan y sirven.

Los caballeros parten a fin de cumplir lo que se les manda, y Minaya Álvar Fáñez permanece aún en San Pedro.

Por todas partes aportaban caballeros, deseosos de marcharse a Valencia, al lado del Cid, pidiendo a Álvar Fáñez que los ayudase a realizarlo; y este contestaba a todos: «Lo haré, sí, lo haré con el mayor gusto». Así se le

---

y XIII *(Auto de los Reyes Magos, Libro de Alexandre,* etc.) y lo repite el *Cantar* en el v. 2890.

1397 *assí faga,* verbo vicario, 'también curie'; como en el romance *Helo, helo por do viene:* «Alá te guarde, señora... Así haga a vos, señor».

Sessaenta e çinco cavalleros acreçídol' han,
e él se tenié çiento que aduxiera d'allá;
por ir con estas dueñas buena conpaña se faze.
Los quinientos marcos dio Minaya al abbat;
de los otros quinientos dezir vos he qué faze:
Minaya a doña Ximena e a sus fijas que ha,
e a las otras dueñas que las sirven delant,
el bueno de Minaya pensólas de adobar
de los mejores guarnimientos que en Burgos pudo fallar,
palafrés e mulas, que non parescan mal.
Quando estas dueñas adobadas las ha,
el bueno de Minaya p*i*enssa de cavalgar;
afevos Raquel e Vidas a los pie*de*s le caen:
«¡Merçed, Minaya, cavallero de prestar!
»Desfechos nos ha el Çid, sabet, si no nos val;
»soltariemos la ganançia, que nos diesse el cabdal.»
—«Hyo lo veré con el Çid, si Dios me lieva allá.
»Por lo que avedes fecho buen cosiment ý avrá.»
Dixo Raquel e Vidas: «¡El Criador lo mande!
»Si non, dexaremos Burgos, ir lo hemos buscar.»
Hido es pora San Pero Minaya Álbar Fáñez,
muchas yentes se le acogen, penssó de cavalgar,
grand duelo es al partir del abbat:
«¡Sí vos vala el Criador, Minaya Álbar Fáñez!
»Por mí al Campeador las manos le besad
»aqueste monesterio no lo quiera olbidar;
»todos los días del sieglo en levarlo adelant
»el Çid *Campeador* siempre valdrá más.»
Respuso Minaya: «Fer lo he de veluntad.»
Hyas' espiden e pienssan de cavalgar,
el portero con ellos que los ha de aguardar;
por la tierra del rey mucho conducho les dan.
De San Pero fasta Medina en çinco días van;

1431 [Raquel y Vidas, los dos judíos víctimas del timo de las arcas de arena (vv. 88-200). Pese a lo dicho por Álvar Fáñez en el v. 1435, y la gro-

han juntado ya sesenta y cinco caballeros, sin contar los
1420 ciento que él trajera consigo: buena escolta para las
damas.

Dio Minaya al abad los quinientos marcos, y voy a de-
ciros aquí lo que hizo de los quinientos restantes: pensó,
pues, el bueno de Minaya proveer de los mejores vesti-
dos y aderezos que se encuentran en Burgos a doña Ji-
1425 mena, a sus hijas y a las damas de su cortejo, de mulas y
de palafrenes escogidos. Hecho esto (en Burgos), el
1430 bueno de Minaya se dispone a volver; cuando hete aquí a
Raquel y Vidas que, arrojándose a sus plantas, exclaman:

—¡Merced, Minaya, caballero de pro! Sabed que si el
Cid no nos ayuda, podemos decir que nos ha perdido: de
buena gana le perdonaríamos los intereses, con tal que
nos devolviese el capital.

1435 —Si Dios quiere —les contesta—, yo lo trataré con el
Cid. Por lo demás, contad con que vuestro servicio os
será pagado largamente.

Y Raquel y Vidas le dijeron:

—¡Dios lo haga! De lo contrario, dejaremos Burgos e
iremos a buscarlo allá.

De regreso en San Pedro, Minaya Álvar Fáñez dispone
1440 el viaje. Numerosa gente se le reúne. La despedida del
abad fue muy dolorosa:

—El Creador os valga, Minaya Álvar Fáñez. Besadle
las manos de mi parte al Campeador, y pedidle que no se
1445 olvide del monasterio, y continúe siempre protegiéndolo,
que con eso valdrá más el Cid.

—Así lo haré —repuso Minaya.

Se despiden, emprenden el viaje, y con ellos va el
1450 mensajero real a su servicio. Por todo el reino les dan
abundantes provisiones. En cinco días se pusieron de San

---

tesca amenaza velada del v. 1438, Raquel y Vidas no vuelven a aparecer en el *CMC*. Véase para este asunto el texto 5 de D. C.].

felos en Medina   las dueñas e Álbar Fáñez.
  Dirévos de los cavalleros   que levaron el menssaje:
al ora que lo sopo   mio Çid el de Bivar,
plógol' de coraçón   e tornós' a alegrar;
de la su boca   conpeçó de fablar:
«Qui buen mandadero enbía,   tal deve sperar.
»Tú, Muño Gustioz   e Per Vermu*doz* delant,
»e Martín Antolínez,   un burgalés leal,
»el obispo don Jero*me,*   coronado de prestar,
»cavalguedes con çiento   guisados pora huebos de lidiar;
»por Santa María   vós vayades passar,
»vayades a Molina,   que iaze más adelant,
»tiénela Ave*n*galvón,   mio amigo es de paz,
»con otros çiento cavalleros   bien vos conssigrá;
hid pora Medina   quanto lo pudiéredes far,
»mi mugier e mis fijas   con Minaya Álbar Fáñez,
»así commo a mí dixieron,   hí los podredes fallar;
»con grand ondra   aduzídmelas delant.
»E yo fincaré en Valençia,   que mucho costadom' ha;
»grand locura serié   si la desenparás';
»yo ffincaré en Valençia,   ca la tengo por heredad.»
  Esto era dicho,   pienssan de cavalgar,
e quanto que pueden   non fincan de andar.
Troçieron a Santa María   e vinieron albergar a Fron*chales,*
e el otro día vinieron   a Molina posar.
El moro Ave*n*galvón,   quando sopo el mensaje,
saliólos reçebir   con grant gozo que faze:
«¿Venides, los vassallos   de myo amigo natural?

1452 [El fin de este verso, en parte redundante con el anterior, es explicitar la situación y lugar en que se hallan Álvar Fáñez y la familia del Cid antes de cambiar el punto de vista de la narración y presentar la reacción del héroe ante las noticias que le llevan los emisarios enviados por Fáñez. Recursos similares se usan en vv. 870, 899 y 1308 para delimitar esos cambios del modo de la narración. Véase T. L. 2.3.2.].

1462 *Santa María,* hoy Albarracín, en la provincia de Teruel. Los autores árabes la llaman Santa María del Oriente de Andalus (para distinguirla de

Pedro en Medinaceli; y aquí dejaremos a las damas en compañía de Álvar Fáñez.

Y ahora os diré de los caballeros que llevaron el mensaje al Cid. Cuando este lo oyó, no cabía en sí de alegría, y dejó salir estas palabras:

—Quien de buen mandadero se vale, buen mandado espere. Tú, Muño Gustioz, y tú también, Pedro Bermúdez, y el leal burgalés Martín Antolínez, y el obispo don Jerónimo, sacerdote preclaro, cabalgad todos al punto con cien hombres armados por si se ofreciere combate. Pasaréis por Albarracín hasta Molina, que está algo más adelante, y de que es señor Abengalbón, amigo mío, con quien estoy de paz; él accederá a acompañaros con otros cien caballeros. Y de allí os entraréis por Medinaceli lo más que sea posible; donde, según mis noticias, habéis de encontraros con mi mujer e hijas y Minaya Álvar Fáñez. Traédmelas acá con grandes honras. Yo esperaré en Valencia, que harto me ha costado ganarla, y desampararla ahora fuera locura; aquí esperaré yo en esta Valencia, mi heredad.

Dicho esto, todos emprenden la marcha y cabalgan sin detenerse más de lo indispensable.

Pasaron Albarracín y fueron a descansar a Bronchales; y a otro día rindieron la jornada en Molina. Cuando el moro Abengalbón supo a lo que iban, salió a recibirlos muy alegre:

---

la del Occidente o del Algarve en Portugal) o Santa María de Aben Razín (*Santa María d'Alvarazín,* v. 2645), porque la poseía desde antiguo la familia musulmana de los Aben Razín, que ahora era tributaria del Cid.

1464 *[Avengalvón,* personaje identificable con un alcaide musulmán del que se tiene noticia por las crónicas, aunque con algún problema de cronología que impide asegurar la historicidad de su amistad con el Campeador. Su figura encarna en el texto la histórica relación amistosa de convivencia entre andalusíes sometidos y cristianos. Como iremos viendo, Avengalvón será un fiel (y generoso: véase v. 1490) amigo del Cid].

1475 *Fronchales,* hoy Bronchales, pueblo de la provincia de Teruel, rayano con la de Guadalajara.

»¡A mí non me pesa, sabet, mucho me plaze!»
Fabló Muño Gustioz, non speró a nadi:
«Mio Çid vos saludava, e mandólo recabdar,
»co*n* çiento cavalleros que privado l'acorrades;
»su mugier e sus fijas en Medina están;
»que vayades por ellas, adugades gelas acá,
»e ffata en Valençia dellas non vos partades.»
Dixo Ave*n*galvón: «Fer lo he de veluntad.»
Essa noch conducho les dio grand,
a la mañana pienssan de cavalgar;
çientol' pidieron, mas él con dozientos va.
Passan las montañas, que son fieras e grandes,
passaron *desí* Mata de T*a*ranz
de tal guisa que ningún miedo non han,
por el val de Arbux*uel*o pienssan a deprunar.
E en Medina todo el recabdo está;
vídolos venir armados, temiós' Minaya Álvar Fáñez.
Envió dos cavalleros que sopiesse*n* la verdad;
esto non detard*an,* ca de coraçón lo han;
el uno fincó con ellos y el otro tornó a Álbar Fáñez:
«Virtos del Campeador a nós vienen buscar;
»afevos aquí Per Vermu*doz delant*
» e Muño Gustioz que vos quieren sin hart,
»e Martín Antolínez, el burgalés natural,
»e obispo don Jero*me,* coranado leal,
»e alcáyaz Ave*n*galvón con su*e*s fuerças que trahe,
»por sabor de mio Çid de grand óndral' dar;
»todos vienen en uno, agora llegarán.»

1491 *las montañas* son las que después llama *montes de Luzón* (v. 2653). Luzón es un pueblo de la provincia de Guadalajara, entre Medinaceli y Molina. Debe su nombre a los antiguos lusones, pueblo celtíbero de hacia el nacimiento del Tajo, nombrado por Estrabón.

1492 La *Mata de Taranz* es llamada *campo de Taranz* (v. 1544); hoy se llama campo Taranz, y es una llanura pedregosa que se dilata sobre el alto del valle de Arbujuelo, entre las provincias de Soria y Guadalajara.

1493 *val de Arbuxuelo,* hoy valle de Arbujuelo, riachuelo afluente del Jalón. Arbujuelo es como el punto central de toda la geografía del *Cantar,*

1480 —¿Sois vosotros los vasallos de mi entrañable amigo?
Pues tened por cierto que vuestra llegada me llena de alegría.

Muño Gustioz le responde al punto:

—El Cid os manda saludar y os pide que le socorráis
1485 sin tardanza con cien caballeros; su mujer y sus hijas de-
ben de estar ya en Medinaceli. Desea que vayáis por ellas
y las acompañéis hasta llegar a Valencia.

—De todo corazón —dijo el moro.

Mandóles preparar una buena comida esa noche, y a la
1490 mañana siguiente se puso en marcha. Cien hombres le
habían pedido, pero él va con una escolta de doscientos.
Pasan las altas y ásperas montañas (de Luzón), rebasan el
1492*b* campo de Taranz, y sin vacilar se aprestan a bajar la
cuesta que sale al valle de Arbujuelo.

Los otros, con toda clase de precauciones, estaban en
Medinaceli, donde Minaya Álvar Fáñez vio venir a los
1495 caballeros armados, y, receloso, envió dos a que averi-
guaran quiénes eran. Asienten gustosos y al punto parten,
y uno se queda con ellos y otro vuelve al lado de Álvar
Fáñez para decirle:

—Son fuerzas del Campeador que vienen a encontrar-
1499*b* nos. A su cabeza viene Pedro Bermúdez, y también Muño
1500 Gustioz, vuestros amigos sin falsía, y ese Martín Anto-
línez, natural de Burgos, y el obispo don Jerónimo, el leal clérigo, y en fin, el alcaide Abengalbón, que trae consigo a los suyos, por amor al Cid y porque se empeña en honrarlo. Juntos vienen; pronto los tendremos aquí a todos.

---

nombrado siempre, a pesar de su insignificancia, cuando los personajes viajan de Valencia a Castilla (véanse vv. 1543, 2656).

1501 *coranado,* 'clérigo' (como en v. 1993), forma concurrente con *coronado* (vv. 1288, 1460, etc.).

1502 *alcáyaz,* 'alcaide', el que tiene a su cargo una fortaleza. Avengalvón gobernaba Molina (vv. 1464, 1545).

Essora dixo Minaya: «Vay*a*mos cavalgar.»
Esso ff*o* apriessa fecho,   que nos' quieren detardar.
Bien salieron den çiento   que non pareçen mal,
en buenos cavallos   a cuberturas de çendales
e peytrales a cascav*í*ell*o*s,   e escudos a los cuellos *traen,*
e en las manos lanças   que pendones traen,
que sopiessen los otros   de qué seso era Álbar Fáñez
o qu*ó*mo saliera de Castiella   con estas dueñas que trahe.
Los que ivan mesurando   e llegando delant
luego toman armas   e tómanse a deportar;
por çerca de Salón   tan grandes gozos van.
Don llegan los otros,   a Minaya se van homillar.
Quando llegó Ave*n*galvón,   dont a ojo *lo* ha,
sonrrisándose de la boca,   hívalo abraçar,
en el ombro lo saluda,   ca tal es s*o* husaje:
«¡Tan buen día convusco,   Minaya Álbar Fáñez!
»Traedes estas dueñas   por o valdremos más,
»mugier del Çid lidiador   e sus ffijas naturales;
»ondrar vos hemos todos,   ca tal es la su auze,
»maguer que mal le queramos,   non gelo podremos f*a*r,
»en paz o en guerra   de lo nuestro abrá;
»muchol' tengo por torpe   qui non conosçe la verdad.»

[84] *Los viajeros descansan en Medinaceli.—Parten de Medinaceli a Molina.—Llegan cerca de Valencia.*

Sorrisós' de la boca   Álbar Fáñez Minaya:
«¡Hy*a* Ave*n*galvón,   amígol' sodes sin falla!
»Si Dios me llegare al Çid   e lo vea con el alma,
»d'esto que avedes fecho   vós non perderedes nada.

1509 Antiguamente se adornaban los petrales de los caballos con grandes cascabeles, especialmente para correr en las fiestas.

1513 Se refiere a los bastidores de la caballería de Pero Bermúdez y de Avengalvón.

—Pues vayamos a su encuentro —dijo entonces Minaya.

Y todos se apresuraron a hacerlo. Y salieron hasta cien caballeros muy bien puestos, en buenos caballos, cubiertos de cendales, con petrales de cascabeles, collares de escudos y lanzas con pendones, porque Álvar Fáñez quiere que los otros vean de lo que es capaz y toda la pompa con que ha sacado de Castilla a las damas.

Los que iban explorando el terreno a la descubierta empuñan las armas para solazarse en los deportes, y así pasan junto al Jalón tan gozosos. Cuando los demás llegan, van a postrarse ante Minaya; y Abengalbón, al mirarlo, sonríe y se acerca a darle un abrazo, le besa en el hombro, según es su costumbre, y dice:

—¡Dichoso el día en que se os ve, Minaya Álvar Fáñez! He aquí que traéis con vos a esas damas que nos honran, la mujer del Cid lidiador y sus dos hijas. Todos hemos de respetaros; tal es la ventura del Cid; aun cuando no le amáramos, ningún mal podríamos hacerle; lo nuestro ha de compartir, sea en paz o en guerra. Y al que no le reconoce así, lo tengo por torpe.

[84] *Los viajeros descansan en Medinaceli.—Parten de Medinaceli a Molina.—Llegan cerca de Valencia.*

Sonríe de muy buena gana Minaya Álvar Fáñez y dice:

—¡Vamos, Abengalbón, que vos le sois amigo muy fiel! Si Dios me lleva con bien hasta donde está el Cid, y estos ojos míos vuelven a verlo, os garantizo que no habréis perdido el trabajo que os dais por él. Y por ahora, a descansar, que la cena está preparada.

1519 Era costumbre propia de los moros saludar besando en el hombro, en el brazo (así Boabdil al rey Católico cuando le entregó Granada) o en el cuello (así en *Roland,* v. 601).

»Vayamos posar, ca la çena es adobada.»
Dixo Avengalvón: «Plazme desta presentaja;
»antes deste te*r*çer día *a* vos la daré doblada.»
Entraron en Medina, sirvíalos Minaya,
todos fueron alegres del çerviçio que tomar*an*,
el portero del rey quitar lo mandava;
ondrado es mio Çid en Valençia do estava
de tan grand conducho commo en Medínal' sacar*an*;
el rey lo pagó todo, e quito se va Minaya.
Passada es la noche, venida es la mañana;
oída es la missa, e luego cavalgavan.
Salieron de Medina, e Salón passavan,
Arbuxuelo arriba privado aguijavan,
el campo de T*a*ranz luégol' atravessavan,
vinieron a Molina, la que Ave*n*galvón mandava.
El obispo don Jero*me,* buen cristiano sin falla,
las noches e los días las dueñas aguarda*va;*
e buen cavallo en diestro que va ante su*e*s armas.
Entre él e Álbar Fáñez hivan a una compaña.
Entrados son a Molina, buena e rica casa;
el moro Ave*n*galvón bien los sirvié sin falla,
de quanto que quisieron non ovieron falla,
aun las ferraduras quitar gelas mandava;
a Minaya e a las dueñas, ¡Dios, cómmo las ondrava!
Otro día mañana luego cavalgavan,
fata en Valençia sirvíalos sin falla;
lo so despendié el moro, que de*l*los non tomava nada.
Con estas alegrías e nuevas tan ondradas
aprés son de Valençia a tres leguas contadas.
A mio Çid, el que buen*a çinxo espada,*
dentro a Valençia el mandádo*l'* l*eva*van.

1539 [El gesto del rey, por mediación de su portero (véase n. al v. 1380) es otro signo más de amistad hacia Álvar Fáñez, e, indirecta pero inequívocamente, hacia el Cid (de ahí la implicación placentera declarada en los vv. 1537-1538). Otro paso más hacia la reconciliación entre ambos].

Y Abengalbón:

—Me place este agasajo. Antes de tercer día os lo devolveré con creces.

Entraron en Medinaceli, donde todos agradecían los cuidados que les prodigaba Minaya. De allí despidió al mensajero real. El Cid, desde Valencia, do estaba, se había de tener por muy honrado de los grandes festines que hicieron en Medinaceli a los suyos. Todo lo paga el rey, y Minaya queda libre de gastos.

Pasa la noche, viene la mañana, oyen misa, y a cabalgar. Salen de Medinaceli, cruzan el río Jalón. Por Arbujuelo arriba pican espuelas, atraviesan en poco tiempo el campo de Taranz, y llegan a Molina, donde Abengalbón era alcaide. El obispo don Jerónimo, cristiano excelente, atendía a las damas día y noche, con buen caballo de guerra que va delante de sus armas, y Álvar Fáñez le acompaña de cerca. Cuando llegan a Molina, pueblo próspero, el moro Abengalbón los sirve muy bien, sin que falte nada a su comodidad; aun las herraduras que necesitaban reponer, él se las pagaba. Y no hay ni qué decir lo que honraba a Minaya y a las señoras. Otro día por la mañana reanudaron el viaje y él los acompaña hasta Valencia, donde se despide sin querer tomar nada de ellos. En medio de todos estos regocijos llegan a tres leguas de Valencia y mandan recado al Cid, el que en buen hora ciñó espada.

1548 *cavallo en diestro* (antiguo francés, *cheval en destre, destrier;* en latín, *dexterarius)* era el caballo de armas, entero y de gran talla. Se le reservaba para el combate, y así en el viaje se le llevaba *en diestro,* o a la derecha del *caballero,* el cual iba sobre un *palafré* o caballo de camino y de lujo. Caso necesario, el caballero descendía del palafré y hallaba el caballo a su derecha, dispuesto para ser montado por el estribo izquierdo. Detrás del caballo iba una acémila llevando las armas y el equipaje.

1549 *Entre,* pleonástico, con la conjunción.

1553 El pagar las herraduras era una atención, y a veces una obligación; por ejemplo, el señor debía herrar el caballo del vasallo a quien llamaba a vistas.

[85] *El Cid envía gentes al encuentro de los viajeros.*

Alegre f*o* mio Çid,   que nunqua más nin tanto,
ca de lo que más amava   yal' viene el mandado.
Dozi*en*tos cavalleros   mandó exir privado,
que reçiban a Minaya   e a las dueñas fijas d'algo;
él sedié en Valençia   curiando e guardando,
ca bien sabe que Álbar Fáñez   trahe todo recabdo.

[86] *Don Jerónimo se adelanta a Valencia para preparar una procesión.—El Cid cabalga al encuentro de Jimena.—Entran todos en la ciudad.*

Afevos todos aquestos   reçiben a Minaya
e a las dueñas e a las niñas   e a las otras conpañas.
Mandó mio Çid   a los que ha en su*e* casa
que guardassen el alcáç*er*   e las otras torres altas
e todas las puertas   e las exidas e las entradas,
e aduxiéssenle a Bavieca;   poco avié quel' ganara
d'aquel rey de Sevilla   e de la sue arrancada,
aun non sabié mio Çid,   el que en buen ora çinxo espada,
si serié corredor   o ssi abrié buena parada;
a la puerta de Valençia,   do en so salvo *estava,*
delante su mugier e de sus fijas   querié tener las armas.
Reçebidas las dueñas   a una grant ondrança,
obispo don Jero*me*   adelant se entrava,

1573-1573*b* [Se menciona aquí por vez primera a Babieca, el famoso caballo del Cid, ganado en el combate contra moros, al igual que sus espadas (véase n. a v. 1010). No se menciona cuándo lo gana, y por eso Menéndez Pidal reconstruye a partir de la *Crónica de Veinte Reyes* un verso (1573b) en el que se da por hecho que sucedió en el combate del Cid con el rey de Sevilla (vv. 1221-1235). Babieca es el único caballo que recibe nombre propio en todo el texto, al igual que las espadas del Cid son las únicas mencionadas por su nombre en todo el relato. Así se resaltan las que sin duda eran más importantes herramientas para un caballero, aquellas extensiones de su cuerpo con

[85] *El Cid envía gentes al encuentro de los viajeros.*

Nunca, nunca se vio más alegre al Cid, que ya tiene cerca lo que más amaba en el mundo. Al instante manda salir a doscientos caballeros para que reciban a Minaya y a las ilustres damas. Él se quedará guardando a Valencia, que seguro está de que Álvar Fáñez ha tomado cuantas precauciones hacen al caso.

[86] *Don Jerónimo se adelanta a Valencia para preparar una procesión.—El Cid cabalga al encuentro de Jimena.—Entran todos en la ciudad.*

Todos estos, pues, reciben a Minaya, a las damas y niñas y todo el cortejo.

El Cid manda a sus servidores que guarden el alcázar y las torres altas, las puertas y todas las entradas y salidas de la ciudad, y que le apresten a *Babieca,* que había ganado poco tiempo antes en la derrota del rey de Sevilla. Aún no lo había probado el Cid —en buena hora armado— ni sabe si será corredor o dócil de freno. Pero quería, a las puertas de Valencia, donde estaba seguro, jugar las armas delante de su mujer y sus hijas.

Recibidas con gran pompa las damas, el obispo don

---

las cuales probaba su fuerza y habilidad en el combate y a través de las cuales ganaba —o perdía— honra y riquezas].

1575 *[ssi abrié buena parada*: si se detendría justo al ordenarlo su jinete. Importantísimo para un caballo cuyo uso en batalla obligaba a ser capaz de arrancar fulgurantemente, detenerse en seco y cambiar de dirección en el acto].

1576 Recuérdense los temores del Cid para no alejarse de Valencia (vv. 1566, 1471).

1577 *tener las armas,* 'jugar las armas', para ejercitarse en ellas y mostrar destreza, ya en las fiestas (vv. 1602, 2243), ya al recibir a una persona (vv. 2887, 1896) o al despedirla (vv. 2613, 2673, 2687).

1580 y dexava el cavallo,   pora la capiella adeliñava;
con quantos que él puede,   que con oras se acordar*an*,
sobrepelliças vestidas   e con cruzes de plata,
reçibir salién las dueñas   e al bueno de Minaya.
El que en buen ora nasco   non lo detardava:
1587 vistiós' el sobregonel;   luenga trahe la barba;
1585 ensiéllanle a Bavieca,   cuberturas le echavan,
mio Çid salió sobr'él,   e armas de fuste tomava.
1589 Por nombre el cavallo   Bavieca cavalga,
1588 fizo una corrida,   ésta f*o* tan estraña,
1590 quando ovo corrido,   todos se maravillavan;
d'es día se preçió Bavieca   en quant grant f*o* España.
En cabo del cosso   mio Çid desca*va*lgava,
adelinó a su mugier   e a su*e*s fijas amas;
quando lo vio doña Ximena,   a pie*de*s se le echava:
1595 «¡Merçed, Campeador,   en buen ora cinxiestes espada!
»Sacada me avedes   de muchas vergüenças malas;
»afeme aquí, señor,   yo *e* vuestras fijas amas,
»con Dios e convusco   buenas son e criadas.»
A la madre e a las fijas   bien las abraçava,
1600 del gozo que avién   de los sos ojos lloravan.
Todas las sus mesnadas   en grant deleyt estavan,

1587 *sobregonel* es voz desconocida; debe ser especie de gonela o túnica de seda, probablemente la prenda que viste Fernando II en su relato con armas de fuste.

1592 *en cabo del cosso,* 'al terminar la carrera' (o la *corrida,* v. 1588). Esta *corrida* del caballo era un ejercicio caballeresco muy usado. El Cid vuelve a correr a Babieca ante el rey (comp. con v. 3513). En antiguo francés, la *corrida,* o alarde de equitación a galope, se llamaba *eslai.* Carlomagno corre su caballo Tencendur delante de todo su ejército, antes de la batalla, y lo mismo hace Baligant *(Roland,* vv. 2997, 3166). El *eslai* era uno de los ejercicios que el novel caballero hacía después de recibir caballería.

1596 [Se hace referencia a que las hazañas y conquistas realizadas por el Cid han cambiado la situación en que Jimena (y sus hijas) se hallaban: de estar confinadas en San Pedro de Cardeña, privadas de sus propiedades y bienes —aunque a juzgar por las disposiciones del Cid, nunca faltas de dinero ni

1580 Jerónimo se adelanta, desmonta, entra en la capilla,
donde, preparados con tiempo los que pudo haber a la
mano, le esperan ya, vestidos las sobrepellices, empu-
ñando cruces de plata; y así salen todos a recibir a las da-
mas y al buen caballero Minaya.

1587 El que en buen hora nació se da prisa, viste la sobrego-
nela de seda, deja ver sus luengas barbas; ensíllanle a *Ba-*
1585 *bieca* y le ponen todos los arreos. Monta el Cid, y sale ar-
1589 mado con armas de pelo. Ya cabalga en el nombrado
1588 *Babieca,* y da una carrera tan veloz que a todos deja ma-
1590 ravillados: desde ese instante fue famoso en toda España
Babieca. Al terminar la carrera, el Cid baja del caballo y
se acerca a su mujer y a sus hijas. Doña Jimena se le
arroja a los pies.

1595 —¡Merced, merced, oh Campeador, que ceñiste es-
pada en buen hora! Me has libertado de vergonzosos tra-
bajos; heme aquí ya, señor, en compañía de vuestras dos
hijas, sanas y hermosas, para servir a vos y a Dios.

Abraza a la madre, abraza a las hijas, el gozo le brota
1600 en lágrimas por los ojos.

Y sus mesnadas le contemplan en tanto, llenas de jú-

---

medios (vv. 250-254 y 1285-1286)—, han pasado a atravesar Castilla con el favor real para encontrarse con su esposo y padre, que ya no es —aunque aún no se haya producido el perdón— un desterrado víctima de la ira regia (véase n. a 629)].

1600 [Esta escena del reencuentro entre el Cid y su familia debe ponerse en paralelo con la de la separación en San Pedro de Cardeña (vv. 368-375), y verse como respuesta a la pregunta formulada en el v. 373. Al tiempo, el reencuentro cifra la recuperación de la unidad familiar por el Cid, lo que, en un héroe caracterizado por su amor a los suyos, representa un triunfo casi mayor que el de la propia toma de Valencia (véase n. a v. 232). En el relato de la campaña valenciana del Cid el ámbito militar abarca un número de versos menor que el familiar, presentado en una demorada progresión desde que Jimena y sus hijas abandonan Castilla hasta que se produce el encuentro en Valencia. Este desplazamiento de la preeminencia de lo militar en beneficio de lo familiar preanuncia la función dominante que este ámbito cobrará en la segunda parte del *CMC* (véase la n. al v. 1270 e Intr., págs. 56-62)].

armas teníen e tablados *cr*ebanta*van*.
Oíd lo que dixo el que en buen*a çinxo espada:*
«Vós, *doña Ximena,* querida mugier e ondrada,
»e amas mis fijas mi*o* coraçón e mi alma,
»entrad comigo en Valençia la casa,
»en esta heredad que vos yo he ganada.»
Madre e fijas las manos le besavan.
A tan grand ondra ellas a Valençia entravan.

[87] *Las dueñas contemplan a Valencia desde el alcázar.*

Adelinó mio Çid con ellas al alcáç*e*r,
allá las subié en el más alto logar.
Ojos vellidos catan a todas partes,
miran Valençia cómmo yaze la çibdad,
e del otra parte a ojo han el mar,
miran la huerta, espessa es e grand,
e todas las otras cosas que eran de solaz;
alçan las manos pora Dios rogar,
d'esta ganançia cómmo es buena e grand.
Mio Çid e sus compañas tan a grand sabor están.
El ivierno es exido, que el março quiere entrar.
Dezir vos quiero nuevas de allent partes del mar,
de aquel rey Yúcef que en Marruecos está.

[88] *El rey de Marruecos viene a cercar a Valencia.*

Pesól' al rey de Marruecos de mio Çid don Rodrigo,
«que en mis heredades fuertemie*n*tre es metido,
»e él non gelo gradeçe sinon a Jesu Cristo.»

1602 El tablado era un castillejo de tablas, al que los caballeros alanceaban para derribarlo.
1606 [*Valençia la casa,* véase n. a v. 62].
1620 [De nuevo (como en vv. 870 y 1452-1453) una interpelación directa del juglar al auditorio indica un cambio del punto de vista narrativo

bilo, mientras algunos se daban a jugar las armas y quebrar tablas. Y oíd aquí lo que dijo el que ciñera espada en buen hora:

—Vos, doña Jimena, mujer mía muy honrada y querida, y entrambas hijas, que son mi corazón y mi alma, entrad conmigo en el pueblo de Valencia, heredad que para vosotras he ganado.

Madre e hijas le besan las manos, y entraban fastuosamente en Valencia.

[87] *Las dueñas contemplan a Valencia desde el alcázar.*

El Cid las condujo al alcázar y las hizo subir a lo más alto. Los hermosos ojos miraban a todas partes: ven cómo se extiende la ciudad de Valencia y de otra parte ven el mar; ven la huerta, inmensa y frondosa, y todas las otras cosas admirables. Y alzan las manos para agradecer a Dios tanta riqueza.

El Cid y sus compañeros lo pasan alegremente. Ido es el invierno, marzo está encima. Quiero en tanto daros noticias de las partes de allende el mar: de aquel rey Yúsuf que está en Marruecos.

[88] *El rey de Marruecos viene a cercar a Valencia.*

Pesábale al rey de Marruecos la prosperidad del Cid don Rodrigo.

—Se me ha metido por mis tierras, y no quiere agradecérselo sino a Jesucristo —exclamaba.

(véase T. L. 2.3.2.): se deja al Cid y a las suyas en Valencia y se aborda la reacción del rey de Marruecos ante la noticia de las conquistas cidianas en el Levante peninsular].

1621 *Yúcef de Marruecos,* emperador almorávide.

1624 [El rey de Marruecos hace hincapié en la condición de infiel de Rodrigo. Ya vimos que al Cid no le preocupa de forma decisiva este aspecto al encarar sus campañas en Valencia (véase n. a v. 1106)].

Aquel rey de Marruecos   ajuntava sus virtos;
con çinquaenta vezes mill de armas,   todos f*o*ron conplidos,
entraron sobre mar,   en las barcas son metidos,
van buscar a Valençia   a mio Çid don Rodrigo.
Arribado an las naves,   fuera eran exidos.

[89]

Llegaron a Valençia,   la que mio Çid á conquista,
fincaron las tiendas e posan   las yentes descreídas.
Estas nuevas   a mio Çid eran venidas.

[90] *Alegría del Cid al ver las huestes de Marruecos.—Temor de Jimena.*

«¡Grado al Criador   e a*l* Padre espirital!
»Todo el bien que yo he,   todo lo tengo delant:
»con afán gané a Valençia,   e ela por heredad,
»a menos de muert   no la puodo dexar;
»grado al Criador   e a santa María madre,
»mis fijas e mi mugier   que las tengo acá.
»Venídom' es deliçio   de tierras d' allent mar,
»entraré en las armas,   non lo podré dexar;
»mis fijas e mi mugier   ve*e*rme an lidiar;
»en estas tierras agenas   verán las moradas cómmo se fazen,
»afarto verán por los ojos   cómmo se gana el pan.»
Su mugier e sus fijas   subiólas al alcáç*e*r,
alçavan los ojos,   tiendas vi*di*eron finca*r:*
«¿Qué's esto, Çid,   sí el Criador vos salve?»

1630 *[á conquista,* 'ha conquistado'. A diferencia de lo que sucede en el español de hoy, el participio concuerda en género y número con su complemento; véase también v. 1795].

Y manda juntar sus varones, y todos acuden hasta reunir cincuenta veces mil armas. Se embarcan, se hacen a la mar, van a Valencia en busca del Cid don Rodrigo. Ya han arribado las naves, ya saltan a la orilla.

[89]

Arribaron a Valencia, la que el Cid conquistara; ya alzan las tiendas; ya acampa la descreída gente. Pronto llega el rumor al Cid.

[90] *Alegría del Cid al ver las huestes de Marruecos.—Temor de Jimena.*

—¡Loado sea el Creador y Padre espiritual! —exclama—. Todo lo que poseo lo tengo delante. Con grandes afanes gané a Valencia, que hoy tengo por heredad; no la he de dejar mientras viva. ¡Loado sea el Creador y Santa María Madre, que hoy están conmigo mi mujer y mis hijas! Desde las tierras de allende el mar vienen las delicias a buscarme. No puedo menos; he de empuñar las armas; mis hijas y mi mujer me verán lidiar; ahora verán cómo se vive en estas tierras extrañas; ahora van a ver por sus propios ojos cómo se gana el pan.

Subo al alcázar a su mujer y a sus hijas, y al alzar los ojos, ven estas el campamento de tiendas:

1633 La conjunción *e* pleonástica (v. 300).

1639 [El Cid contempla con alegría la llegada de las numerosas fuerzas del rey de Marruecos (véase v. 1626) porque le proporcionan ocasión de mostrar a su mujer y a sus hijas sus destrezas militares y de obtener riquezas].

—«¡Ya mugier ondrada,   non ayades pesar!
»Riqueza es que nos acreçe,   maravillosa e grand;
»a poco que viniestes,   presend vos quieren dar:
»por casar son vuestras fijas,   adúzenvos axuvar.»
—«A vos grado, Çid,   e al Padre spirital.»
—«Mugier, se*e*d en este   palacio, en el alcáç*e*r;
»non ayades pavor   por que me veades lidiar,
»con la merçed de Dios   e de santa María madre,
»créçem' el coraçón   por que estades delant:
»con Dios aquesta lid   yo la he de arrancar.»

[91] *El Cid esfuerza a su mujer y a sus hijas.—Los moros invaden la huerta de Valencia.*

Fincadas son las tiendas   e pareçen los alvores,
a una grand priessa   tañién los atamores;
alegravas' mio Çid e dixo: «¡Tan buen día es oy!»
Miedo á su mugier   e quiérel' *cr*ebar el coraçón,
assí ffazié a las dueñas   e a sus fijas amas a dos:
del día que nasquieran   non vi*di*eran tal tremor.
Prísos' a la barba   el buen Çid Campeador:
«Non ayades miedo,   ca todo es vuestra pro;
»antes d'estos quinze días,   si ploguiere a*l* Criador,
»abremos a ganar   aquellos atamores,
1666*b* »a vos los pondrán delant   e veredes quáles son,
»desí an a sse*e*r   del obispo don Jero*me*,
»colgar los han en Santa María   madre del Criador.»
Vocaçión es que fizo   el Çid Campeador.

1647-1650 [De nuevo (como en v. 1639) el Cid explica que la acumulación de tropas en torno a Valencia no le preocupa, sino que es nueva ocasión de acumular riquezas. Pero ahora este aspecto cobra especial relevancia: el botín servirá para dotar a sus hijas y permitirles conseguir un matrimonio digno (preocupación constante del Cid). Se vinculan de nuevo las dos esferas de la realidad vital del Cid, la del guerrero y la del cabeza de fa-

—¿Qué es esto, Cid, en el nombre de Dios?

—Ea, honrada mujer, no os aflijáis. Es la riqueza ma-
ravillosa y grande, que viene a buscarnos. Apenas lle-
gada, ya os quieren hacer presentes: ahí os traen el ajuar
1650 para el casamiento de vuestras hijas.

—Gracias a vos, Cid, y al Padre espiritual.

—Mujer mía, quedaos en este palacio, en el alcázar, y
no os asustéis porque me veáis combatir. Con el favor de
Dios y de Santa María Madre el campo quedará por mí, y
1655 créceme el corazón de orgullo porque ello ha de ser a
vuestros ojos.

[91] *El Cid esfuerza a su mujer y a sus hijas.—Los moros invaden la huerta de Valencia.*

Izadas están las tiendas. Ya rompe el alba. Tañen presu-
rosamente los atambores. El Cid ha dicho lleno de júbilo:

—Gran día será este.

1660 Pero su mujer tiene un miedo que quiere rompérsele el
corazón, y otro tanto acontece a sus damas y a sus dos hi-
jas; en su vida no han sentido un temor más grande.

El Cid Campeador, acariciándose las barbas, les dice:

—No tengáis miedo, que todo ha de parar en ventaja
1665 vuestra. Antes de quince días, si Dios quiere, estarán en
nuestras manos aquellos atambores que oís; os los trae-
1666*b* rán para que veáis cómo están hechos, y luego los dare-
mos al obispo don Jerónimo a fin de que los cuelgue en
el templo de Santa María Madre de Dios.

El Campeador había hecho, en efecto, este voto.

---

milia, prefigurando una vez más el deslizamiento temático de la primera esfera —la militar y pública— a la segunda —la familiar y privada— que se percibirá entre la primera y la segunda parte del *CMC* (véanse nn. a los vv. 1270 y 1600 e Intr., págs. 56-62)].

1669 [Se hace referencia a la consagración a la Virgen María que hizo el Cid de la sede cristiana de Valencia].

1670 Alegre' son las dueñas, perdiendo van el pavor.
Los moros de Marruecos cavalgan a vigor,
por las huertas adentro e*ntr*an sines pavor.

[92] *Espolonada de los cristianos.*

V*íd*olo el atalaya e tanxo el esquila;
prestas son las mesnadas de las yentes de *Roy Díaz,*
1675 adóbanse de coraçón e dan salto de la villa.
Dos' fallan con los moros cometiénlos tan aína,
sácanlos de las huertas mucho a fea guisa;
quinientos mataron dellos conplidos en es día.

[93] *Plan de batalla.*

Bien fata las tiendas dura aqueste alcaz,
1680 mucho avién fecho, pié*n*ssan*se de tornar.*
Álbar Salvadórez preso fincó allá.
Tornados son a mio Çid los que comién so pan;
él se lo vío con los ojos, cuéntangelo delant,
alegre es mio Çid por quanto fecho han:
1685 «Oídme, cavalleros, non rastará por ál;
»oy es día bueno e mejor será cras:
»por la mañana prieta todos armados seades,
1689 »el obispo do*n* Jero*me* soltura nos dará,
1688 »dezir nos ha la missa, e penssad de cavalgar;
1690 »hir los hemos fferir, *non passará por ál,*
1690*b* »en el nombre del Criador e d' apóstol santi Yagüe.
»Más vale que nós los vezcamos, que ellos cojan el pan.»
Essora dixieron todos: «D'amor e de voluntad.»

1691 [Esto es, los maten de hambre al sitiarlos y devastar los terrenos circundantes de donde obtienen la mayor parte de sus víveres; comp. con vv. 581 y 667].

1670 Ya van tranquilizándose con esto las damas y van perdiendo el pavor primero.

Con presteza vienen cabalgando a lo lejos los moros de Marruecos, y luego entran denodadamente por la huerta.

[92] *Espolonada de los cristianos.*

El atalaya los ha visto; tañe la campana. Prestas están
1675 las mesnadas de Ruy Díaz; se arman animosamente y se
echan fuera de la ciudad. Donde topan con moros, al punto los acometen, y con mucho daño los van arrojando de la huerta. Al cerrar el día, han dejado muertos quinientos moros.

[93] *Plan de batalla.*

La persecución llega hasta el mismo campamento.
1680 Harto han hecho ya, y están de regreso. Pero allá ha quedado cautivo Álvaro Salvadórez. Los que comen el pan del Cid han vuelto a su lado y se lo cuentan, aunque también lo ha visto él con sus propios ojos. El Cid está satisfecho de ellos:
1685 —Oídme, caballeros —les dice—. No quede por eso.
Hoy es buen día, mejor será el de mañana. Antes de que
1689 aclare, armaos todos; el obispo don Jerónimo nos dará
1688 la absolución, nos dirá una misa, y a cabalgar. E iremos
1690 a atacarlos, que no puede ser de otro modo, en nombre
1690*b* del Creador y del apóstol Santiago. Mejor será que les
ganemos y no que nos cojan el pan.

Y todos responden:

—De voluntad y de corazón lo haremos.

Fablava Minaya,   non lo quiso detardar:
«Pues esso queredes,   Çid, a mí mandedes ál;
»dadme çiento e treínta cavalleros   pora huebos de lidiar;
»quando vós los f*ó*redes ferir,   entraré yo del otra part;
»o de amas o del una   Dios nos valdrá.»
Essora dixo el Çid: «De buena voluntad.»

[94] *El Cid concede al obispo las primeras heridas.*

Es día es salido   e la noch es entrada,
nos' detardan de adobasse   essas yentes cristianas.
A los mediados gallos,   antes de la mañana,
el obispo don Jero*me*   la missa les cantava;
la missa dicha,   grant sultura les dava:
«El que aquí muriere   lidiando de cara,
»préndol' yo los pecados,   e Dios le abrá el alma.
»A vos, Çid don Rodrigo,   en buen*a* çinxiestes espada,
»hyo vos canté la missa   por aquesta mañana;
»pídovos un*a* don*a*   e seam' presentad*a:*
»las feridas primeras   que las aya yo otorgadas.»
Dixo el Campeador: «Desaquí vos sean mandadas.»

1693-1697 [En estos versos (como en vv. 438-444, 1129-1133 y 2361-2366), Álvar Fáñez propone al Cid la estrategia para el combate: dividir la hueste en dos haces y efectuar un ataque combinado. En todos los casos, la idea de Minaya recibe el beneplácito del Cid y se lleva a la práctica con éxito].

1705 Compárese la absolución de don Jerónimo con la que el arzobispo Turpín da a los franceses antes de la batalla de Roncesvalles, imponiéndoles por penitencia el matar a los sarracenos *(Roland,* v. 1132). La indulgencia

A esto habló Minaya, y dijo así:

—Pues que así lo deseáis, Cid, dejadme a mí otra misión; dadme ciento treinta caballeros para la lid, y cuando vosotros caigáis sobre ellos, apareceré yo por la otra parte. Y en uno u otro lado, o en los dos a un tiempo, Dios nos ayudará.

—Bien está —le contestó el Cid.

[94] *El Cid concede al obispo las primeras heridas.*

Cae el día; entrada es la noche. La gente cristiana se está aprestando sin tardanza. Al segundo canto del gallo, antes de que amanezca, les dice la misa el obispo don Jerónimo, y hecho esto, les da la más franca absolución:

—Al que muriere hoy lidiando frente a frente, yo le absuelvo sus pecados, y Dios recibirá su alma. Y a vos, Cid don Rodrigo, que ceñís espada en buen hora, os pido que me concedáis un don a cambio de la misa que os he cantado: y es que me otorguéis el dar yo los primeros golpes.

Y dijo el Cid:

—Por otorgado.

---

plenaria a los que parten para una expedición militar ocurre en *Girard de Vienne* y otros poemas.

1709 [El obispo de Valencia, Jerónimo, se dispone a demostrar en la práctica su condición de clérigo guerrero ya antes proclamada (véase n. a v. 1291). Las primeras heridas eran las que iniciaban el combate, y esa primera acometida le era siempre reservada, como especial distinción, a algún combatiente distinguido por su valor y cualidades: véanse vv. 2374 y 3317].

[95] *Los cristianos salen a batalla.—Derrota de Yúsuf.—Botín extraordinario.—El Cid saluda a su mujer y sus hijas.—Dota a las dueñas de Jimena.—Reparto del botín.*

Salidos son todos armados   por las torres de *Quarto,*
mio Çid a los sos vassallos   tan bien los acordando.
Dexan a las puertas   omnes de grant recabdo.
Dió salto mio Çid   en Bavieca el so cavallo;
de todas guarnizones   muy bien es adobado.
La seña sacan fuera,   de Valençia dieron salto,
quatro mill menos treínta   con mio Çid van a cabo,
a los çinquaenta mill   vanlos ferir de grado;
Álvar Álvar*oz* e Minaya   entráronles del otro cabo.
Plogo al Criador   e ovieron de arrancarlos.
Mio Çid empleó la lança,   al espada metió mano,
atantos mata de moros   que non fueron contados;
por el cobdo ayuso   la sangre destellando.
Al rey Yúçef   tres colpes le ovo dados,
saliós'le de so l'espada,   ca mucho l'andido el cavallo,
metiós'le en Gujera,   un castiello palaçiano;
mio Çid el de Bivar   fasta allí llegó en alca*nço,*
con otros quel' consiguen   de s*o*s buenos vassallos.
Desd' allí se tornó   el que en buen ora nasco,
mucho era alegre   de lo que an caçado;
allí preçió a Bavieca   de la cabeça fasta a cabo.
Toda esta ganançia   en su mano á rastado.
Los çinquaenta mill   por cuenta fuero' notados:
non escaparon   más de çiento e quatro.

1711 Las *torres de Quarto* (en valenciano, *torres de Cuart)* son las que defienden por ambos lados la puerta de la muralla de Valencia que da salida al camino de Cuart. Las que hoy se conservan son del siglo XV y pertenecen a un ensanche de la muralla más antigua; esta, a su vez, también tenía su puerta y torres de Cuarto.

1717 [Es interesante el deseo de precisión al contabilizar el número de efectivos de la hueste cidiana, así como el modo perifrástico de expresión del numeral (utilizado con frecuencia en la Edad Media, pero no tanto

[95] *Los cristianos salen a batalla.—Derrota de Yúsuf.—Botín extraordinario.—El Cid saluda a su mujer y sus hijas.—Dota a las dueñas de Jimena.—Reparto del botín.*

Ya han salido todos armados por las torres de Cuarto, y
el Cid va previniendo y aleccionando bien a su gente. A las
puertas de la ciudad dejan algunos hombres de confianza.
1715 El Cid salta sobre su caballo *Babieca,* que está provisto de
toda guarnición. Sale con ellos la enseña. Ya están fuera de
Valencia. Con el Cid van cuatro mil menos treinta, y deno-
dadamente van a atacar a los cincuenta mil contrarios.
1719-20 Álvar Álvarez y Minaya entraron a punto por el otro lado.
Y plugo al Creador que fuera suya la victoria.
El Cid empleó la lanza, y (cuando la hubo quebrado)
metió la mano a la espada y mató innumerables moros; la
1725 sangre le chorreaba por el codo. Tres golpes le asesta al
rey Yúsuf, el cual se le escapa de la espada a toda rienda
y se le oculta en el castillo de Cullera. Hasta allá le sigue
al alcance el Cid de Vivar, con algunos buenos vasallos
1730 que le acompañan. De allá se volvió el bienhadado, muy
complacido de la captura. Entonces supo lo que valía *Ba-
bieca,* desde la cabeza hasta el rabo. Todo el botín queda
por suyo. Echaron cuentas de los cincuenta mil enemi-
1735 gos, y no se habían escabullido más de ciento cuatro. Sus

---

en la épica). Llama la atención el contraste entre los ejércitos: cincuenta mil efectivos el del rey de Marruecos, cuatro mil cien (los mencionados 3.970 más los 130 que van con Álvar Fáñez, véase v. 1695) el del Cid. La diferencia servirá para avalorar el triunfo de estos, que alcanzará proporciones exageradas (véase n. a v. 1735)].

1727 *Gujera,* 'Cullera' (v. 1160).

1731 *caçar,* 'coger' en general *(captare, captiare);* no había aún restringido su significado 'a lo que se coge u ocupa por medio de la caza' *(aucupari, venari).*

1735 [El balance final de la batalla para el bando musulmán resulta bastante exagerado, más si consideramos la diferencia de efectivos existente entre uno y otro bando (véase n. a v. 1717). Para otros aspectos, véase n. a v. 1773].

Mesnadas de mio Çid   robado an el canpo;
entre oro e plata   fallaron tres mill marcos,
de las otras ganançias   non avía recabdo.
Alegre era mio Çid   e todos sos vassallos,
que Dios les ovo merçed   que vençieron el campo.
Quando al rey de Marruecos   assí lo an arrancado,
dexo a Álvar Fáñez   por saber todo recabdo;
con çient cavalleros   a Valençia es entrado;
fronzida trahe la cara,   que era desarmado,
assí entró sobre Bavieca,   el espada en la mano.
Reçibienlo las dueñas   que lo están esperando;
mio Çid fincó ant'ellas,   tovo la rienda al cavallo:
«A vos me omillo, dueñas,   grant prez vos he gañado:
»vós teniendo Valençia,   e yo vençí el campo;
»esto Dios se lo quiso   con todos los sos santos,
»quando en vuestra venida   tal ganançia nos an dad*o*.
»¿Ve*e*des el espada sangrienta   e sudiendo el cavallo?
«Con tal cum esto   se vençen moros del campo.
»Rogad al Criador   que vos biva algunt año,
»entraredes en prez,   e besarán vuestras manos.»
Esto dixo mio Çid,   diçiendo del cavallo.
Quandol' vieron de pie,   que era descavalgado,
las dueñas e las fijas   e la mugier que vale algo
delant el Campeador   los inojos fincaron:
«¡Somos en vuestra merçed,   e bivades muchos años!»
En buelta con él   entraron al palaçio,
e ivan posar con él   en unos preçiosos escaños.
«Hya mugier d*o*ña Ximena,   ¿nom lo aviedes rogado?
»Estas dueñas que aduxiestes,   que vos sirven tanto,

1744 *froncida la cara,* como en v. 2436, entiéndase que se trata de *la cofia froncida;* y *era desarmado* quiere decir que se había quitado las armas defensivas, el *yelmo* y el *almófar,* lo cual se hacía en cuanto se cesaba de combatir, para refrescar la cabeza. Este pasaje resulta perfectamente claro comparándolo con vv. 789-790 y 2436-2437.

1748 *a vos me omillo,* fórmula usual de saludo (v. 1396).

mesnadas recogieron los despojos del campo; hasta tres mil marcos han llegado en oro y plata; y lo demás, ni lo cuentan. Alegre está el Cid, no menos alegres sus vasallos, que Dios les ha concedido la victoria campal. En cuanto el Cid vio vencido al rey de Marruecos abandonó en el campo a Álvar Fáñez por atender a los demás, y entraba en Valencia acompañado de sus cien caballeros. Traía la cofia fruncida y se había quitado el yelmo y capucha: así entraba sobre *Babieca,* espada en mano.

Allí lo recibían las damas, que lo habían estado esperando. Y él paró el caballo ante las damas, y dijo sin soltar las riendas:

—Me humillo ante vosotras, damas. Buen botín os he ganado. Mientras me guardabais Valencia, yo vencía en la guerra. Así lo ha querido Dios con todos sus santos, cuando semejantes ganancias me brinda a poco que habéis llegado aquí. Ved ensangrentada la espada, ved el caballo sudoroso; así es como se vence en campo a los moros. Pedid a Dios que me preste vida y salud, que yo he de alcanzaros prez y os han de venir a besar las manos.

Así dijo el Cid, y después se apeó del caballo. Cuando así le vieron, las damas e hijas, y la excelente mujer, se arrodillaron ante el Campeador.

—¡Mil años viváis! Vuestras somos.

Le acompañaron a palacio y se sentaron a su lado en los escaños preciosos.

—Mujer mía, doña Jimena, ¿no me lo habías pedido

1755 *besarán vuestras manos,* 'tendréis vasallos' (comp. con v. 3450 y *vos besa las manos como vassallo a señor,* v. 2948); entiéndase que aumentarán en el número de vasallos, pues ya eran señoras de Valencia, y como tales tenían numerosos vasallos.

1764 [Se refiere aquí el Cid a las damas de compañía que han llegado a Valencia formando parte del séquito de Jimena y las hijas del Cid].

»quiérolas casar   con de aquestos mios vassallos;
»a cada una dellas   doles dozientos marcos,
»que lo sepan en Castiella,   a quién sirvieron tanto.
»Lo de vuestras fijas   venir se á más por espacio.»
Levantáronse todas   e besáronle las manos,
grant f*o* el alegría   que f*o* por el palaçio.
Commo lo dixo el Çid,   assí lo han acabado.
 Minaya Álbar Fáñez   fuera era en el campo,
con todas estas yentes   escriviendo e contando;
entre tiendas e armas   e vestidos preçiados
tanto fallan *ellos* desto   que *mucho* es sobejano.
Quiérovos dezir   lo que es más granado:
non pudieron saber la cuenta   de todos los cavallos,
que andan arriados   e non ha qui tomallos;
los moros de las tierras   ganado se an ý algo;
maguer de todo esto,   el Campeador contado
de los buenos e otorgados   cayéronle mill cavallos;
quando a mio Çid   cayeron tantos,
1782*b* los otros bien pueden   fincar pagados.
¡Tanta tienda preciada   e tanto tendal obrado
que á ganado mio Çid   con todos s*o*s vasallos!
La tienda del rey de Marruecos,   que de las otras es cabo,
dos tendales la sufren,   con oro son labrados;
mandó mio Çid,   *el Campeador contado,*
que fita sovisse la tienda,   e non la tolliesse dent cristiano:

1768 [El Cid no quiere precipitarse al concertar un matrimonio para sus hijas, y prefiere esperar al momento y a las personas propicias. Este verso, amén de reiterar el interés que como padre tiene por el matrimonio de sus hijas (véanse nn. a vv. 1647-1650), proporciona un contrapunto irónico, con su apelación al buen sentido, al desdichado desenlace que tendrá esa búsqueda de los maridos ideales al irrumpir en escena los infantes de Carrión].

1769 Besan la mano al Cid, agradeciéndole la dote que les concede (comp. con vv. 159, 692, etc.).

1773 *Minaya* al frente de los quiñoneros o repartidores del botín. [La profesionalidad y competencia militares del Cid y sus lugartenientes no se limitan a la planificación y realización del combate; es preciso, cuando este fi-

1765 así? Yo quiero que casemos con mis vasallos a estas da-
mas que trajisteis con vosotras y que tan amorosamente
os saben servir. Doyle a cada una doscientos marcos, y
que sepan en Castilla a quién han venido a servir. Y en
cuanto a vuestras hijas, conviene que lo tratemos más
despacio.

Todas a una se levantan para besarle la mano (en señal
1770 de agradecimiento), y cunde por el palacio la alegría.

Y como lo dijo el Cid, así se ha hecho.

Mientras tanto Minaya Álvar Fáñez continúa en el
campo de batalla, auxiliado por los quiñoneros, escri-
biendo y echando cuentas de lo ganado. Inmenso es el
1775 botín en tiendas y armas y vestiduras de gran precio; y
voy a deciros lo mejor, y es que no hay manera de sacar
inventario de los caballos enemigos, porque andan arrea-
dos y no hay quien los pueda coger. También han ganado
1780 algo los moros de la tierra. Y todavía le tocan en parte al
Campeador mil caballos de gran alzada.

1782*b* Si tanto le corresponde al Cid, es que todos quedan
bien pagados. ¡Oh, cuánta hermosa tienda y postes de
preciosas labores han ganado el Cid y los suyos! La
1785 tienda del rey de Marruecos, que está al cabo de las de-
más, tiene dos postes labrados de oro. El prudente Cid
Campeador manda que la dejen plantada y nadie la
toque.

---

naliza, recoger, valorar y repartir el botín cuidadosamente. Ese trabajo de «escribir y contar», aparentemente tan alejado de los quehaceres del buen guerrero, también alcanza el cómputo de las bajas causadas al adversario (véanse vv. 1734-1735)].

1783 *tendal obrado* (comp. con v. 2410), poste con labores, sea de taracea y piedras preciosas, sea de plata, etc. (como se ve en otras descripciones de tiendas preciosas) sea de oro (como en v. 1786).

1786 Se trata de una tienda alargada, de base elíptica, con dos centros marcados por los dos postes o tendales.

1788 *fita sovisse,* 'quedase plantada'; *sovisse* es forma dialectal por *soviese,* del verbo *seder* (comp. con v. 1820). Para *cristiano,* 'nadie', véase v. 29.

«Tal tienda commo esta,   que de Marruecos *ha* passad*o,*
»enbiar la quiero   a Alfonso el Castellano,
»que croviesse s*u*s nuevas   de mio Çid que avié algo.»
Con aquestas riquezas tantas   a Valençia son entrados.
El obispo don Jero*me,*   caboso coronado,
quando es farto de lidiar   con amas las sus manos,
non tiene en cuenta   los moros que ha matados;
lo que ca*d*ié a él   mucho era sobejano;
mio Çid don Rodrigo,   el que en buen ora nasco,
de toda la su quinta   el diezmo l'a mandado.

[96] *Gozo de los cristianos.—El Cid envía nuevo presente al rey.*

Alegres son por Valençia   las yentes cristianas,
tantos avién de averes,   de cavallos e de armas;
alegre es doña Ximena   e sus fijas amas,
e todas la*s* otras dueñas,   que*s'* tienen por casadas.
El bueno de mio Çid   non lo tardó por nada:
«¿Do sodes, caboso?   ¡Venid acá, Minaya!
»De lo que a vós ca*d*ió   vós non gradeçedes nada;
»desta mi quinta,   dígovos sin falla,
»prended lo que quisiéredes,   lo otro remanga.
»E cras ha la mañana   ir vos hedes sin falla
»con cavallos desta quinta   que yo he ganada,
»con siellas e con frenos   e con señas espadas;
»por amor de mi mugier   e de mis fijas amas,
»porque assí las enbió   dond ellas son pagadas,
»estos dozientos cavallos   irán en presentajas,
»que non diga mal el rey Alfons   del que Valençia manda.»
Mandó a Per Vermu*do*z   que f*o*sse con Minaya.

1796 ['lo que le cayó a él (del botín) era extraordinario'].

1808 y sigs. [El Cid dispone su tercera embajada al rey, otra vez con Fáñez como mediador: en la primera le obsequió treinta caballos (vv. 810-819), en la segunda, cien (vv. 1270-1281). La progresión culmina en esta

—Tienda tan hermosa y venida de Marruecos —dice—, quiero enviarla a Alfonso el Castellano, para que atestigüe las nuevas de mi prosperidad.

Y acarrearon todo el botín a Valencia.

El obispo don Jerónimo, buen sacerdote, se ha hartado de combatir a dos manos, y no sabe ya cuántos moros lleva tendidos. Así es también el botín que le corresponde, porque el Cid don Rodrigo, que en buen hora nació, le ha otorgado el diezmo sobre su quinta.

[96] *Gozo de los cristianos.—El Cid envía nuevo presente al rey.*

Mucha es la alegría de los cristianos de Valencia; mucho han ganado en dinero, en armas y en caballos. Doña Jimena y sus hijas están contentas; no se diga las damas del séquito, que ya se dan por bien casadas.

Y el Cid, sin perder tiempo, dice:

—¿Dónde estáis, grande hombre? Minaya, venid acá. Veo que no hacéis caso de vuestra parte; pues venid acá y tomad cuanto os plazca sobre mi quinta, y quede para mí lo demás. Y mañana a primera hora me habéis de salir sin remisión con unos caballos de mi quinta que lleven frenos, sillas y espadas, y sean doscientos; y los llevaréis de regalo al rey Alfonso, para que no diga mal del que gobierna a Valencia, por amor de mi mujer y mis hijas y porque las ha dejado venir adonde era su gusto.

A Pedro Bermúdez le ordena que acompañe a Minaya;

---

tercera con el envío de doscientos caballos (vv. 1813, 1819*b*). El incremento de la riqueza de los presentes simboliza una creciente prosperidad material y los vivos deseos de restaurar un vínculo, el de vasallaje, que el Cid considera capital e indestructible (v. 1820), pese a la ira regia (véase n. a v. 629). Véase para otros aspectos n. a v. 1270].

1810 Comp. con v. 818.

Otro día mañana privado cavalgavan,
e dozientos omnes lievan en su conpaña,
con saludes del Çid que las manos le besava:
desta lid que *mio Çid* ha arrancada
dozientos cavallos le enbiava en presentaja,
«e servir lo he sienpre mientra que ovisse el alma.»

[97] *Minaya lleva el presente a Castilla.*

Salidos son de Valençia e pienssan de andar,
tales ganançias traen que son a aguardar.
Andan los días e las noches, *que vagar non se dan,*
e passada han la sierra, que las otras tierras parte.
Por el rey don Alfons tómanse a preguntar.

[98] *Minaya llega a Valladolid.*

Passando van las sierras e los montes e las aguas,
llegan a Valladolid do el rey Alfons estava;
enviávale mandado Per Vermu*doz* e Minaya,
que mandasse reçebir a esta conpaña
mio Çid el de Valençia enbía su*e* presentaja.

[99] *El rey sale a recibir a los del Cid.—Envidia de Garci Ordóñez.*

Alegre f*o* el rey, non vi*di*estes atanto,
mandó cavalgar apriessa todos sos fijos d'algo,
hi en los primeros el rey fuera dió salto,
a ve*e*r estos mensajes del que en buen ora nasco.
Ifantes de Carrión, sabet, í s'açertaron,
e co*m*de don Garçía, *del Çid* so enemigo malo.

1824 *la sierra* que separa la cuenca del Tajo de la del Duero; aquí se trata del Guadarrama.

y al otro día por la mañana salieron con doscientos de sé-
quito para llevar las nuevas y los cumplimientos del Cid
(al rey Alfonso). Envíale doscientos caballos de los que
1819*b* ganó en el último encuentro, y le manda decir «que siem-
1820 pre le ha de servir mientras su alma aliente».

[97] *Minaya lleva el presente a Castilla.*

Ya salen de Valencia y se ponen en camino con tales
riquezas a cuestas que es fuerza vigilarlas. Andan día y
noche sin descanso, pasan la sierra que los divide del
1825 reino y preguntan por el rey Alfonso.

[98] *Minaya llega a Valladolid.*

Pasan sierras, montes, ríos; llegan a Valladolid, donde
está el rey. Y Pedro Bermúdez y Minaya le mandan aviso
para que salgan a recibir a su compañía, que trae los pre-
1830 sentes del Cid.

[99] *El rey sale a recibir a los del Cid.—Envidia de Garci Ordóñez.*

Mucho se alegra el rey; habíais de verlo. Mandó cabal-
gar a sus hidalgos, y salió él a la cabeza para recibir los
mensajes del que en buen hora es nacido. Y los infantes
de Carrión, vuelta a cavilar; y lo mismo el conde don
1835 García, enemigo irreconciliable del Cid. Lo que a unos
place, a otros pesa. Ya están a la vista los del que en buen

1835 Para la codicia que los presentes del Cid despiertan en los de Carrión, véase v. 1372.

1836 El conde Garcí Ordóñez. [Véase n. a v. 1345].

A los unos place e a los otros va pesando.
A ojo lo*s* avién los del que en buen ora nasco,
cuédanse que es almofalla, ca non vienen con mandado;
el rey don Alfonsso seíse santiguando.
Minaya e Per Vermu*doz* adelante son llegados,
firiéronse a tierra, diçieron de los cavallos;
ant'el rey Alfons los inojos fincados,
besan la tierra e los pie*de*s amos:
«¡Merçed, rey Alfonsso, sodes tan ondrado!
»Por mio Çid el Campeador todo esto vos besamos;
»a vos llama por señor, e tienes' por vuestro vassallo,
»mucho preçia la ondra el Çid que l'avedes dado.
»Pocos días ha, rey, que una lid á arrancado:
»a aquel rey de Marruecos, Yúceff por nombrado,
»con çinquaenta mill arrancólos del campo.
»L*o*s gana*dos* que fizo mucho son sobejan*o*s,
»ricos son venidos todos los sos vassallos,
»e embíavos dozientos cavallos, e bésavos las manos.»
Dixo rey don Alfons: «Reçíbolos de grado.
»Gradéscolo a mio Çid que tal don me ha enbiado;
»aún vea ora que de mí sea pagado.»
Esto plogo a muchos e besáronle las manos.
Pesó al co*m*de don García, e mal era irado;
con diez de s*o*s parientes aparte davan salto:
«¡Maravilla es del Çid, que su ondra creçe tanto!
»En la ondra que él ha nós seremos abiltados;
»por tan biltadamientre vençer reyes del campo,
»commo si los fallase muertos aduzirse los cavallos,
»por esto que él faze nós abremos enbargo.»

1839 Los del rey, al divisar a los del Cid, piensan que más parecen un ejército que simples mensajeros, aunque ya sabían quiénes eran por el aviso expresado en v. 1828.

1847 [Póngase este verso en relación con v. 1820].

hora nació, y más que simples mensajeros se diría que eran un ejército: el rey don Alfonso se hace cruces. Ya se adelantan Minaya y Pedro Bermúdez; bajan del caballo, echan pie a tierra y se arrodillan ante el rey Alfonso, besando el suelo y sus plantas.

—¡Merced, don Alfonso, rey honrado! Aquí estamos a vuestros pies en nombre del Campeador, que os llama señor y se reconoce vuestro vasallo, apreciando en mucho lo que habéis querido otorgarle. Hace pocos días, rey, ha tenido un triunfo con las armas; ha vencido en campo a aquel rey Yúsuf de Marruecos y a sus cincuenta mil hombres. Grande es el botín, los vasallos se han enriquecido, y el Cid os envía como presente estos doscientos caballos y os besa la mano.

—Los recibo con mucho gusto —dijo el rey— y agradezco mucho al Cid el presente que me envía. Dios me dé ocasión de corresponderle.

A muchos complacieron estas palabras, y se acercaron a besar las manos del rey. Pero le pesaron al conde don García, que, muy iracundo, se apartó con diez parientes suyos hablando así:

—Me maravillo de que así prospere en honras el Cid. Más gana él, más nos envilecemos nosotros. Y por sólo esas fáciles hazañas de vencer reyes en el campo, como si se los encontrara muertos, y despojarlos de sus caballerías, ya veréis cómo nosotros acabamos por sufrir algún menoscabo.

1862 [La postura de García Ordóñez y los suyos viene motivada por la tensión extrema en que las hazañas del Cid sitúan las relaciones entre la antigua nobleza y la nueva, la representada por los nobles de baja alcurnia que ganan haberes, territorios y honores por sus obras, y no los heredan sin esfuerzo por vía de su linaje. Véase T. L. 1.2. y 2.1.2.].

[100] *El rey muéstrase benévolo hacia el Cid.*

Fabló el rey don Alfons, *odredes lo que diz:*
«¡Grado al Criador e a señor sant Esidr*e*
»estos dozientos cavallos quem' enbía mio Çid!
»Mio reyno adelant mejor me podrá servir.
»A vós Minaya Álbar Fáñez e a Per Vermu*dos* aquí,
»mándovos los cuorpos ondradamientre vestir
»e guarnirvos de todas armas commo vós dixiéredes aquí,
»que bien parescades ante R*o*y Díaz mio Çid;
»dovos tres cavallos e prendedlos aquí.
»Assí commo semeja e la veluntad me lo diz,
»todas estas nuevas a bien abrán de venir.»

[101] *Los infantes de Carrión piensan casar con las hijas del Cid.*

Besáronle las manos y entraron a posar;
bien los mandó servir de quanto huebos han.
D' iffantes de Carrión yo vos quiero contar,
fablando en s*o* conssejo, aviendo su poridad:
«Las nuevas del Çid mucho van adelant,
»demandemos sus fijas pora con ellas casar;
»creçremos en nuestra ondra e iremos adelant.»
Vinién al rey Alfons con esta poridad:

1867 Para *sant Esidre,* véase v. 1342.

1876 [El augurio del rey respecto al buen fin de esta embajada es verdadero y falso, como una paradoja: llegará el perdón regio gracias a ella, y con él el fin de la caída en desgracia del Cid y la desaparición del conflicto que centra la primera parte de la trama de la obra. Pero al mismo tiempo, ese acto de reconciliación culminará —con la mejor intención por parte del rey, véanse los vv. 1905 y 2074-2077— con el compromiso matrimonial entre las hijas del Cid y los infantes de Carrión, noticia en principio buena pero que luego desatará el conflicto que articula la segunda mitad de la obra].

[100] *El rey muéstrase benévolo hacia el Cid.*

Aquí habló el rey don Alfonso, bien oiréis lo que dijo:

—¡Loado sea Dios, y también señor san Isidro! Hoy el Cid me envía estos doscientos caballos. En lo sucesivo de mi reinado, espero de él mayores servicios. A vos, Minaya Álvar Fáñez, y también a Pedro Bermúdez, mando que se os den ricas vestiduras y se os provea de las armas que escojáis, para que lleguéis muy apuestos a presencia del Cid Ruy Díaz. Tomad de aquí mismo tres caballos. Se me figura, y me da el corazón, que en algo bueno han de parar todas estas cosas.

[101] *Los infantes de Carrión piensan casar con las hijas del Cid.*

Besáronle las manos en señal de agradecimiento, y entraron a reposar. Se les mandó proveer de cuanto necesitaban.

Y ahora voy a hablaros de los infantes de Carrión, que andaban por ahí en cabildeos a solas:

—Mucho prosperan los negocios del Cid —se dicen—. Pidámosle las hijas en matrimonio, que nos ha de aprovechar de mil modos.

Y fueron con esta súplica al rey.

1879 [De nuevo una interpelación directa del narrador / juglar marca el cambio del punto de vista del relato: véase T. L. 2.3.2.].

1881 'Los negocios del Cid prosperan mucho'.

1883 [Compárese lo dicho en este verso con lo que los mismos infantes de Carrión afirman cuando la segunda embajada del Cid al rey (vv. 1373-1376). Ante la magnitud de las riquezas atesoradas por el Cid en sus campañas contra el rey de Marruecos, las diferencias de linaje pasan a un segundo plano, y lo que antes era inaceptable, ahora se va a considerar deseable, y se va a obtener].

[102] *Los infantes logran que el rey les trate el casamiento.—El rey pide vistas con el Cid.—Minaya vuelve a Valencia, y entera al Cid de todo.—El Cid fija el lugar de las vistas.*

«Merced vos pidimos commo a rey e a señor;
»con vuestro conssejo lo queremos fer nós,
»que nos demandedes fijas del Campeador;
»casar queremos con ellas a su ondra y a nuestra pro.»
Una grant ora el rey penssó e comidió;
«Hyo eché de tierra al buen Campeador,
»e faziendo yo a él mal, e él a mí grand pro,
»del casamiento non sé si s'abrá sabor;
»mas pues bós lo queredes, entremos en la razón.»
A Minaya Álbar Fáñez e a Per Vermu*doz*
el rey don Alfonsso essora los llamó,
a una quadra elle los apartó:
«Oídme Minaya e vós, Per Vermu*doz:*
»sírvem mio Çid *Roi Díaz* Campeador,
»el*le* lo mereçe e de mí abrá perdón;
1899*b* viniéssem' a vistas, si oviesse dent sabor.
»Otros mandados ha en esta mi cort:
»Dí*da*go e Ferrando, los iffantes de Carrión,
»sabor han de casar con sus fijas amas a dos.
»Se*e*d buenos mensageros, e ruégovoslo yo
»que gelo digades al buen Campeador:
»abrá ý ondra e creçrá en onor,
»por conssagrar con iffantes de Carrión.»
Fabló Minaya e plogo a Per Vermu*doz:*

1888 [Este planteamiento no es reprochable, ya que lo normal en la Edad Media era que los matrimonios se concertaran por intereses económicos o estratégicos. No es cínico el planteamiento que los de Carrión hacen al rey, aunque esté claramente orientado al beneficio personal].

1892 'no sé si gustará del casamiento'.

1899 [En un aparte con Álvar Fáñez y Pero Vermúdez el rey declara por primera vez su decisión de perdonar al Cid. Nótese que en los versos siguien-

[102] *Los infantes logran que el rey les trate el casamiento.—El rey pide vistas con el Cid.—Minaya vuelve a Valencia, y entera al Cid de todo.—El Cid fija el lugar de las vistas.*

1885 —Merced os pedimos como a rey y señor nuestro, y
queremos, con vuestra licencia, que nos pidáis en matri-
monio a las hijas del Campeador, porque deseamos ca-
sarnos con ellas para bien nuestro y honra suya.
El rey estuvo meditando largo rato.
—Yo desterré al buen Campeador, y habiéndole yo
1890 causado tanto mal, mientras él ha procurado mi bien por
tanto mal, no sé si le agradará la proposición. Pero puesto
que así lo deseáis, comencemos la plática.
Entonces mandó el rey llamar a Minaya Álvar Fáñez y
a Pedro Bermúdez, y llevándoselos a una sala aparte, les
1895 dijo:
—Oídme, Minaya, y vos también, Pedro Bermúdez.
Ruy Díaz, el Cid Campeador, me sirve como bueno; yo
le otorgaré mi perdón, que bien lo merece. Venga a
1899*b* verse conmigo, si gusta, que en esta mi corte hay nove-
1900 dades. Diego y Fernando, los infantes de Carrión, de-
sean casarse con las hijas del Cid. Dignaos ser los men-
sajeros; yo os ruego que se lo hagáis saber al buen
1905 Campeador. Por emparentar con los infantes quedará
más honrado.

Minaya, con acuerdo de Pedro Bermúdez, dijo entonces:

---

tes esta decisión se vincula —por mera contigüidad, sin que haya relación causal— con la del matrimonio de sus hijas con los de Carrión. Esto es, se articula por primera vez (luego, y públicamente, en vv. 2033-2081; véase n. a v. 1985) la vinculación entre el fin del conflicto de la primera parte del *CMC* (el perdón que restablece la honra pública del Cid) y el origen del de la segunda (la deshonra en el ámbito privado-familiar que el Cid recibe a través del trato aleve que sus hijas reciben de sus prometidos)].

1906 *conssagrar* por *consagrar,* ‘emparentar con relación de suegro a yerno’, o ‘de yerno a suegro’ (v. 3356).

«Rogar gelo emos   lo que dezides vos;
»después faga el Çid   lo que oviere sabor.»
—«Dezid a R*o*y Díaz,   el que en buen ora na*çi*ó,
»quel' iré a vistas   do aguisado f*o*re;
»do el*le* dixiere,   ý sea el mojón.
»Andar le quiero   a mio Çid en toda pro.»
Espidiénsse al rey,   con esto tornados son,
van pora Valençia   ellos e todos los sos.
  Quando lo sopo   el buen Campeador,
apriessa cavalga,   a reçebirlos salió;
sonrrisós' mio Çid   e bien los abraçó:
«¿Venides, Minaya,   e vos, Per Vermu*doz?*
»¡En pocas tierras   á tales dos varones!
»¿Commo son las saludes   de Alfons mio señor,
»si es pagado   o reçibió el don?»
Dixo Minaya: «D' alma e de coraçón
»es pagado,   e davos su amor.»
Dixo mio Çid: «¡Grado al Criador!»
Esto diziendo, conpieçan la razón,
lo quel' rogava   Alfons el de León
de dar su*e*s fijas   a ifantes de Carrión,
quel' connosçié í ondra   e creç*ri*é en onor,
que gelo conssejava   d' alma e de coraçón.
Quando lo oyó mio Çid   el buen Campeador,
una grand ora   penssó e comidió:
«¡Esto gradesco   a Cristus el mio señor!
»Echado fu de tierra,   *h*e tollida la onor,
»con grand afán gané   lo que he yo;
»a Dios lo gradesco,   que del rey he su *amor,*
»e pídenme mis fijas   pora ifantes de Carrión.
»Dezid, Minaya   e vos Per Vermudoz:

1912 Vemos que al Cid le corresponde fijar el lugar de las vistas y al rey, el plazo de ellas (vv. 1962 y 1951).

—Le haremos la petición que nos encargáis, y él decidirá como mejor le plazca.

—Y decid además a Ruy Díaz, el que nació en buen hora, que la entrevista ha de ser donde a él le parezca, y plantaremos la señal donde él quiera. Deseo ayudar al Cid en cuanto de mí dependa.

Con esto se despidieron, y volvieron a Valencia acompañados de sus hombres.

Cuando lo supo el buen Campeador, salió a recibirlos a caballo, y sonriente, los abraza y dice:

—¿Sois vosotros, Minaya y Pedro Bermúdez? Varones tales no se encuentran todos los días. ¿Qué nuevas de Alfonso, mi señor? ¿Queda contento? ¿Recibió el presente?

Dijo Minaya:

—Lo recibió con el mayor gusto. Muy contento queda, y os devuelve su favor.

—¡Alabado sea Dios! —dijo el Cid.

Y diciendo esto, empiezan la plática y le comunican la súplica que le hace Alfonso el de León, sobre dar la mano de sus hijas a los infantes, puesto que como él bien comprende, ha de ganar honra en el parentesco, por lo cual le aconseja acceder.

Oyólo el buen Cid Campeador y estuvo un gran rato meditando.

—Gracias sean dadas a Nuestro Señor Jesucristo —dice—. Yo fui desterrado, me despojaron de mis honras, y con grandes afanes conquisté lo que ahora poseo. Agradezco a Dios al contar de nuevo con el favor del rey, y el que ahora me pida mis hijas para los infantes de

---

1934-1937 [Estos cuatro versos sintetizan la acción transcurrida en la parte precedente del texto, y se sitúan como balance previo a una toma de determinación importante (véase v. 1768)].

»¿d'aqueste casamiento qué semeja a vos?
—»Lo que a vos ploguiere, esso dezimos nos.»
Dixo el Çid: «De grand natura son ifantes de Carrión,
1938 »ellos son mucho urgullosos e an part en la cort,
»deste casamiento non avría sabor;
1940 »mas pues lo conseja el que más vale que nós,
»fablemos en ello, en la poridad seamos nós.
»¡Afé Dios del çielo que nos acuerde en lo mijor!»
—«Con todo esto, a vos dixo Alfons
»que vos vernié a vistas do oviéssedes sabor;
1945 »querer vos ye ve*e*r e darvos su amor,
»acordar vos yedes después a todo lo mejor.»
Essora dixo el Çid: «Plazme de coraçón.»
—«Estas vistas ó las ayades vós»,
dixo Minaya, «vós se*e*d sabidor.»
1950 —«Non era maravilla si quisiesse el rey Alfons,
»fasta do lo fallássemos buscar lo ir*i*emos nós,
»por darle grand ondra commo a rey *e señor.*
»Mas lo que él quisiere, esso queramos nós.
»Sobre Tajo, que es una agua *mayor,*
1955 »ayamos vistas quando lo quiere mio señor.»
Escrivién cartas, bien las se*e*lló
con dos cavalleros luego las enbió:
lo que el rey quisiere, esso ferá el Campeador.

1937*b* y sigs. El Cid consulta con sus sobrinos el matrimonio de sus hijas, pero no con Jimena, a la cual sólo en el v. 2188 le comunica que el matrimonio está ya concertado. No obstante, la potestad de casar a las hijas residía en el padre y en la madre. Más adelante (v. 2606), Jimena manifiesta su participación en el casamiento. La *Primera Crónica General* hace que el Cid consulte a su mujer en el pasaje correspondiente al verso que anotamos. [Los versos restituidos por Pidal no son imprescindibles para la línea argumental del poema; de hecho, interfieren en el desarrollo del razonamiento que el Cid, en voz alta, va haciendo sobre la conveniencia de la boda propuesta].

Carrión. Decidme, pues, Minaya y Pedro Bermúdez:
¿qué opináis de este casamiento?

—Lo que dispongáis nos parecerá bien hecho.

Y dijo el Cid:

—Los infantes de Carrión son muy nobles, gente or-
1938 gullosa que cuenta en el séquito el rey; no me agradaría
1940 el matrimonio a no aconsejarlo quien vale más que noso-
tros. Tratémoslo aquí en secreto, y Dios que está en el
cielo quiera inspirarnos felizmente.

—Además dijo el rey Alfonso que se vería con vos
1945 donde le indicaseis; que desea veros y manifestaros su
afecto; y entonces podréis decidir lo que más con-
venga.

Y el Cid:

—Me place de corazón.

Y dice Minaya:

1950 —Pensad, pues, dónde ha de ser la entrevista.

—Si el rey quisiera y me llamase a su presencia, yo le
iría a buscar hasta dar con él, pues este honor le corres-
ponde como a rey y señor; pero pues me honra conce-
diéndome una entrevista, fijo el lugar en el Tajo, que es
1955 río mayor, y sea la cita cuando mi señor mande.

Escribieron cartas, las selló y las envió con dos ca-
balleros: el Campeador ha de hacer lo que el rey dis-
ponga.

1938 *an part en la cort,* no quiere decir que tengan asiento en las Cortes, sino que siguen habitualmente la corte del rey, formando parte de la *escuela* o séquito del mismo.

1939-1940 [El Cid sólo acepta la posibilidad de la boda de sus hijas con los de Carrión porque es un deseo formulado por su señor, el rey Alfonso ('el que más vale que nós'); su desaprobación va a tener mucha importancia en la organización de la estructura del relato de la segunda parte de la obra].

[103] *El rey fija plazo para las vistas.—Dispónese con los suyos para ir a ellas.*

Al rey ondrado   delant le echaron las cartas;
quando las vío,   de coraçón se paga:
«Saludadme a mio Çid,   el que en buen*a* çinxo espada;
»sean las vistas   d'estas tres se*d*manas;
»s' yo bivo só,   allí iré sin falla.»
Non lo detardan,   a mio Çid se tornavan.
Della part e della   pora la*s* vistas se adobavan:
¿quién vi*d*o por Castiella   tanta mula preçiada,
e tanto palafré   que bien anda,
cavallos gruessos   e corredores sin falla,
tanto buen pendón   meter en buenas astas,
escudos boclados   con oro e con plata,
mantos e pielles   e buenos çendales d' A*n*dria?
Conduchos largos   el rey enbiar mandava
a las aguas de Tajo,   o las vistas son aparejadas.
Con el rey   atantas buenas conpañas.
Iffantes de Carrió*n*   mucho alegres andan,
lo uno adebdan   e lo otro pagavan;
commo ellos tenién,   creçer les ýa la gana*n*cia,
quantos quisiessen   averes d' oro o de plata.
El rey don Alfonso   apriessa cavalgava,
cue*m*des e podestades   e muy grandes mesnadas.
Ifantes de Carrión   llevan grandes conpañas.
Con el rey van leoneses   e mesnadas gallizianas,
non son en cuenta,   sabet, las castellanas;
sueltan las riendas,   a las vistas se van adeliñadas.

1971 Tejidos de seda procedentes de la isla de Andros, una de las Cícladas, en Grecia, famosa por sus cendales y jametes, tejidos muy apreciados en la Edad Media. Era llamada concurrentemente con *Andra* y *Andre,* también *Andria,* por ejemplo, en Ramón Montaner (y en la *Crónica de Morea,* págs. 22 y 147).

[103] *El rey fija plazo para las vistas.—Dispónese con los suyos para ir a ellas.*

Llegan, pues, las cartas a manos del honrado monarca, quien las recibe con júbilo.

Saludadme, a Mio Cid, el que en buen hora ciñó espada. Sean las vistas dentro de tres semanas, y si Dios me da vida y salud, no faltaré.

Vuelven al Cid sin tardanza. De una y otra parte empiezan a prepararse para las vistas.

¿Quién vio tanta hermosa mula por Castilla, tanto palafrén de buen aire, tanto caballo de bella estampa y gran corredor, tanto vistoso pendón en asta rica, tanto escudo con centro de oro y plata, mantos y pieles y buenos cendales de Andría? El rey manda que alleguen abundantes provisiones a orillas del Tajo, donde han de celebrarse las vistas. Al rey acompaña séquito numeroso. Los infantes de Carrión andan muy alegres; aquí contraen nuevas deudas y allá pagan, y piensan que van a enriquecerse con todo el oro y plata del mundo. Deprisa caminaba el rey don Alfonso, llevando consigo condes y podestades y numerosas mesnadas.

También llevan mucha compañía los infantes de Carrión. Con el rey van leoneses, mesnadas gallegas, y las castellanas son incontables. A toda rienda se dirigen hacia el lugar de las vistas.

1980 El conde era, desde los tiempos visigóticos, gobernador de una comarca donde ejercía, por delegación del rey, funciones militares, judiciales y económicas. Las *podestades* eran ricos *omnes* investidos de un cargo inferior al del conde, que consistía en el gobierno o tenencia de una fortaleza, ciudad o territorio.

[104] *El Cid y los suyos se disponen para ir a las vistas.—Parten de Valencia.—El rey y el Cid se avistan a orillas del Tajo.—Perdón solemne dado por el rey al Cid.—Convites.—El rey pide al Cid sus hijas para los infantes.—El Cid confía sus hijas al rey, y este las casa.—Las vistas acaban.—Regalos del Cid a los que se despiden.—El rey entrega los infantes al Cid.*

Dentro en Valençia mio Çid el Campeador
non lo detarda, pora las vistas se adobó.
¡Tanta gruessa mula e tanto palafré de sazón,
tanta buena arma e tanto buen cavallo corredor,
tanta buena capa e mantos e pelliçones!
Chicos e grandes vestidos son de colores.
Minaya Álbar Fáñez e aquel Per Vermu*doz,*
Martín Muñoz, *el que mandó a Mont Mayor,*
1992*b* e Martín Antolínez, el Burgalés de pro,
el obispo don Jero*me,* coronado mejor,
Álvar Alvar*oz* e Alvar Sa*l*vadórez,
Muño Gustioz, el cavallero de pro,
Galind Garçiaz, el que f*o* de Aragón:
estos se adoban por ir con el Campeador,
e todos los otros *quantos* que í son.
Álvar Salvadórez e Galind Garciaz el de Aragón,
a aquestos dos mandó el Campeador
2000*b* que curien a Valençia d' alma e de corazón,
e todos los *otros* que en poder d'essos fossen.
Las puertas del alcáç*er,* *mio Çid lo mandó,*
2002*b* que non se abriessen de día nin de noch;
dentro es su mugier e sus fijas amas a dos,
en que tiene su alma e s*o* coraçón,
e otras dueñas que las sirven a su sabor;
recabdado ha, commo tan buen varón,
que del alcáç*er* una salir non pu*o*de,
fata ques' torne el que en buen ora na*çió*.

1985 [La tirada 104 es el centro de la organización del texto. En ella se cierra públicamente (para el ámbito privado, véase nota al v. 1899) el conflicto

[104] *El Cid y los suyos se disponen para ir a las vistas.—Parten de Valencia.—El rey y el Cid se avistan a orillas del Tajo.—Perdón solemne dado por el rey al Cid.—Convites.—El rey pide al Cid sus hijas para los infantes.—El Cid confía sus hijas al rey, y este las casa.—Las vistas acaban.—Regalos del Cid a los que se despiden.—El rey entrega los infantes al Cid.*

1985 También el Cid Campeador, en Valencia, se está pre-
parando para las vistas. Robustas mulas, excelentes pa-
lafrenes, ricas armas, corredores caballos, lujosas ca-
1990 pas, mantos y pieles, y trajeados con vistosos colores
los chicos y los grandes. Minaya Álvar Fáñez, Pedro
1992b Bermúdez, Martín Muñoz, gobernador de Montema-
yor, Martín Antolínez, el burgalés de pro, y el obispo
1995 don Jerónimo, claro sacerdote, Álvaro Álvarez y Ál-
varo Salvadórez, Muño Gustioz, el ilustre caballero,
Galindo García, el de Aragón, todos se disponen a
acompañar al Cid, y cuantos se encuentran a su lado
hacen lo propio.

A Álvaro Salvadórez y a Galindo García, el de Ara-
2000 gón, les encarga el Campeador la custodia de Valencia y
2000b los que en ella quedan; y que no se abriesen de día ni de
2002b noche las puertas del alcázar; que dentro quedan su mu-
jer y sus dos hijas, dueñas de su alma y corazón, y las
2005 otras damas que las sirven, y ordena además, como pru-
dente, que no salga del alcázar ni una sola hasta que él no
esté de regreso.

---

que vertebra la primera parte del texto: el del vasallo que sufre la ira de su rey y debe desterrarse. El perdón regio (v. 2034) restituye al vasallo su honra pública. Mas el desenlace feliz abre un nuevo conflicto, el que ocupa la segunda parte del texto: cuando el rey busca honrar al Cid casando bien a sus hijas, causa el derrumbe de su ámbito privado y familiar por el comportamiento infame de los infantes de Carrión. Véase Intr., págs. 60-62].

1987 *mula* para carga, o como *palafré,* para camino (v. 1548); *caballo* para guerra (comp. con 2572, 3242).

Salién de Valençia,   aguijan *a* espolón.
Tantos cavallos en diestro,   gruessos e corredores,
mio Çid se los gañara,   que non ge los dieran en don.
Hyas' va pora las vistas   que con el rey paró.
De un día es llegado antes   el rey don Alfons.
Quando vieron que vinié   el buen Campeador,
reçebir lo salen   con tan grand onor.
Don lo ovo a ojo   el que en buen ora na*çió*,
a todos los sos   estar los mandó,
si non a estos cavalleros   que querié de coraçón.
Con unos quinze   a tierras firió,
commo lo comidía   el que en buen ora naçió;
los inojos e las manos   en tierra los fincó,
las yerbas del campo   a dientes las tomó,
llorando de los ojos,   tanto avié el gozo mayor;
assí sabe dar omildança   a Alfons so señor.
De aquesta guisa   a los pie*de*s le cayó;
tan grand pesar ovo   el rey don Alfons:
«Levantados en pie,   ya Çid Campeador,
»besad las manos,   ca los pie*de*s no:
»si esto non feches,   non avredes mi amor.»
Hinojos fitos   sedié el Campeador:
«¡Merçed vos pido a vos,   mio natural señor,
»assí estando,   dédesme vuestra amor,
»que lo oyan *todos*   quantos aquí son!»
Dixo el rey: «Esto feré   d' alma e de coraçón;
»aquí vos perdono   e dovos mi amor,
»e en todo mio reyno   parte desde oy.»
Fabló mio Çid   e dixo *esta razón:*
«Merçed; yo lo reçibo,   Alfons mio señor;
»gradéscolo a Dios del çielo   e después a vos,
»e a estas mesnadas   que están aderredor.»
Hinojos fitos   las manos le besó,
Levós' en pie   e en la bocal' saludó.
Todos los demás   desto avién sabor;

Salen de Valencia y pican espuelas. Todos esos corce-
2010 les de armas, robustos y corredores, el Cid se los ha ga-
nado, que no son de obsequio. Y ya se va para las vistas
que ha concertado con el rey.
Don Alfonso había llegado un día antes. Cuando vie-
2015 ron venir al buen Campeador, salieron a recibirlo con
gran festejo. Al mirar esto el que en buen hora nació,
mandó refrenar a todos los suyos, salvo a los más escogi-
dos de su corazón. Con unos quince caballeros echó pie a
2020 tierra, como lo tenía mandado; se arrojó al suelo, mordió
la hierba, y dio suelta al llanto jubiloso —que así rinde
acatamiento a su señor— y cayó a sus plantas. El rey don
2025 Alfonso, muy apesadumbrado, luego al punto le dice:
—Levantaos, oh Cid Campeador; besadme en buen
hora las manos, que no los pies. De otra suerte no contáis
con mi amor.
2030 El Campeador estaba todavía de rodillas:
—Merced os pido, mi señor natural: imploro vuestro
2032*b* favor de rodillas, y óiganlo todos los presentes.
Y dijo el rey:
—Con todo el corazón os perdono aquí, y os devuelvo
2035 mi favor y os doy acogida en mi reino desde este día.
Habló el Cid, y dijo estas razones:
—Gracias, mi señor Alfonso; vuestro perdón acepto.
2036*b* Doy gracias primero a Dios y a vos después, y a estas
mesnadas que nos rodean.
Siempre arrodillado, le besa la mano, y después se
2040 pone en pie y le besa en la boca. Y todos se regocijaban

---

2022 Compárese la frase clásica «morder la tierra» ('morir', 'ser vencido'), la cual tiene en alemán la curiosa variante «ins Grans beissen», esto es: «morder la yerba». Se ha demostrado que era costumbre entre los pueblos indios, itálicos, germanos y eslavos, que el vencido tomase hierba en la boca o en la mano en señal de sumisión o pidiendo misericordia. La señal de rendimiento que da el Cid al rey es una supervivencia de aquella costumbre.

2040 Comp. con v. 3030 [y véase n. a v. 921].

pesó a Álbar Díaz e a Garcí Ordóñez.
 Fabló mio Çid e dixo esta razón:
2043*b* «Esto gradesco al *padre* Criador,
»quando he la graçia de Alfons mio señor;
»valer me á Dios de día e de noch.
»F*o*ssedes mi*o* huesped, si vos ploguiesse, señor.»
Dixo el rey: «Non es aguisado oy:
»vós agora llegastes, e nós viniemos anoch;
»mio huésped seredes, Çid Campeador,
»e cras feremos lo que ploguiere a vós.»
Besóle la mano, mio Cid lo otorgó.
Essora se le omillan iffantes de Carrión:
«Omillámosnos, Çid, ¡en buen*a* nasquiestes vós!
»En quanto podemos andamos en vuestro pro.»
Respuso mio Çid: «¡Assí lo mande el Criador!»
Mio Çid R*o*y Díaz, que en ora buena na*ció*,
en aquel día del rey so huesped f*o;*
non se puede fartar dél, tántol' querié de coraçón;
catándol' sedié la barba, que tan aínal' creçi*ó*.
Maravíllanse de mio Çid quantos que ý son.
 Es día es passado e entrada es la noch.
Otro día mañana, claro salié el sol,
el Campeador a los sos lo mando
que adobassen cozina pora quantos que í son;
de tal guisa los paga mio Çid el Campeador,
todos eran alegres e acuerdan en una razón:
passado avié tres años no comieran mejor.
 Al otro día mañana, assí commo salió el sol,
el obispo don Jero*me* la missa cantó.
Al salir de la missa todos juntados son;
non lo tardó el rey, la razón conpeçó:

2042 *Álbar Díaz,* potestad de la corte de Alfonso VI, enemigo del Cid. [Es cuñado de García Ordóñez (véase n. a v. 1345). Pertenecía al grupo de los nobles enemistados con el Cid, o recelosos por su incremento de poder. Esta es su única aparición en el texto (aunque véase v. 3007*b)]*.

de verlos, si no es Álvaro Díaz y Garci Ordóñez, a quien
mucho pesa.

Y habló el Cid y dijo estas razones:
2043*b* —Gracias al Padre Creador he alcanzado la gracia de
2045 mi señor don Alfonso. Siempre ha de ayudarme Dios del
cielo. Señor, si os place, seréis mi huésped.

El rey le contestó:

—No sería justo. Vosotros acabáis de llegar, y noso-
tros estamos aquí desde ayer. Vos debéis ser mi huésped,
2050 Cid Campeador; mañana será como lo deseáis.

El Cid le besa la mano, y lo concede.

Entonces se acercan a saludarlos los infantes de Ca-
rrión.

—Os saludamos, oh Cid; en buena hora habéis nacido.
Somos vuestros amigos leales.

2055 Repuso el Cid:

—Dios lo haga.

Y aquel día el Cid Ruy Díaz, nacido en buen hora, fue
huésped del rey. El rey no se hartaba de él: tanto le ama.
Asombrado le contemplaba las barbas, que tanto y tan
2060 deprisa le habían crecido. Cuantos veían al Cid se admi-
raban.

Pasó el día, vino la noche, y a la otra mañana brilló
claro el sol. Entonces mandó el Campeador a los suyos
2065 que preparasen comida para todos. Y con tanto gusto
obedecían al Cid, que trabajaban con mucho acierto; en
tres años por lo menos no habían probado mejor comida.

Al otro día por la mañana, en cuanto salió el sol, el
2070 obispo don Jerónimo cantó misa, y después se reunieron
todos. El rey comenzó al instante:

2059 Hacía poco tiempo que el Cid estaba desterrado y que había hecho el voto de no cortarse la barba (v. 1241), y, sin embargo, él, que siempre era *bien barbado* (v. 789), tenía la barba tan crecida que admiraba a cuantos le veían (vv. 2059-2060, 3273-3274), y por eso el juglar le aplica como epíteto *el de la luenga barba* (v. 1226), o *el de la barba grant* (v. 2410). [Véase T. L. 2.1.1.].

«¡Oidme, las escuelas,   cue*m*des e ifançones!
»Cometer quiero un ruego   a mio Çid el Campeador;
»assí lo mande Cristus   que sea a so pro.
»Vuestras fijas vos pido,   doña Elvira e doña Sol,
»que las dedes por mugieres   a ifantes de Carrión.
»Semejam' el casamiento   ondrado e con grant pro,
»ellos vos las piden   e mándovoslo yo.
»Della e della parte,   quantos que aquí son,
»los mios e los vuestros   que sean rogadores:
»¡dándoslas, mio Çid,   sí vos vala el Criador!»
—«Non abría fijas de casar»,   respuso el Campeador,
«ca non han grant hedad   e de días pequeñas son.
»De grandes nuevas son   ifantes de Carrión,
»perteneçen pora mis fijas   e aún pora mejores.
»Hyo las engendré amas   e criásteslas vós,
»entre yo y ellas   en vuestra merçed somos nós;
»afellas en vuestra mano   don Elvira e doña Sol,
»dadlas a qui quisiéredes vos,   ca yo pagado so.»
—«Graçias», dixo el rey,   «a vós e a tod est cort.»
Luego se levantaron   iffantes de Carrión,
ban besar las manos   al que en ora buena naçió;
camearon las espadas   ant'el rey don Alfons.
Fabló rey don Alfons   commo tan buen señor:
«Graçias, Cid, commo tan bueno,   e primero al Criador,
»quem' dades vuestras fijas   pora ifantes de Carrión.

2075 [Por vez primera se menciona por sus nombres a las hijas del Cid, que se llamaban en la realidad Cristina y María, no Elvira y Sol. Se desconoce la razón de este cambio de nombre].

2080 *rogador* era el que solemnemente intercedía y pedía la novia en matrimonio: recibía la novia y era mediador en la transmisión de la potestad que sobre ella se confería al esposo o pretendiente (comp. con vv. 2088, 2097-2099, 2132-2137).

2082 [Este verso y los siguientes, que apelan a la corta edad de las hijas del Cid para no tratar de su matrimonio, tienen aire de excusa, motivada por lo inadecuado que los de Carrión le parecen al Cid como yernos (véase v. 1939), más si consideramos que el Cid ya ha expresado su inquietud sobre ello (véanse vv. 282*b,* 1650, 1768). En las dos ocasiones en que el Cid refle-

—Escuchadme, mesnadas, condes, infanzones: Quiero proponer un deseo al Cid Campeador. Jesucristo ha de permitir que sea para bien. Os pido, pues, que deis a los infantes de Carrión por mujeres a doña Elvira y a doña Sol, vuestras hijas. Paréceme casamiento honrado y ventajoso; ellos lo piden, yo os lo recomiendo. Y quiero que cuantos hay aquí, de una y otra parte, los míos y los vuestros, intercedan por mí. Dádnoslas, pues, ¡oh Cid, así os ampare el Creador!

—No debiera casar a mis hijas —repuso el Cid—, que todavía son de poca edad. Los infantes de Carrión son de mucha fama, buenos para mis hijas y aun para otras mejores. Yo las engendré, vos las criasteis. Ellas y yo estamos en vuestras manos. Disponed de doña Elvira y de doña Sol; dadlas a quien os parezca bien, que yo quedaré contento.

—Gracias —dijo el rey— a vos y a toda esta corte.

Al punto se pusieron de pie los infantes de Carrión y vinieron a besar las manos al que en buena hora nació. Ante el rey don Alfonso cambian las espadas (en señal de pacto).

Allí hablará el rey don Alfonso, como tan cumplido señor.

—Gracias, buen Cid, predilecto del Creador; gracias de que me deis así a vuestras hijas para los infantes de

---

xiona sobre el asunto (tanto aquí como antes, vv. 1937-1942) comienza mostrando su disconformidad con la idea para luego ir deslizando su posición hasta aceptarla, por constarle que es del agrado del rey: una sutil manera de expresar la tensión entre la convicción personal y la obediencia debida (véase v. 2891). Para más reticencias hacia estos matrimonios, véase n. a v. 2133].

2083 Las hijas del Cid son aún *de días pequeñas,* o *de días chicas* (vv. 269), esto es, *niñas* (vv. 255, 371, 1569) o *iffantes* (v. 1279), tanto al empezar la acción del *Cantar* como al ir a Valencia y ahora al desposarse (comp. con n. a v. 2703).

2086 El rey había criado a las hijas del Cid.

2093 Era corriente dar las armas como prenda de amistad.

»D'aquí las prendo por mis manos   don Elvira e doña Sol,
»e dólas por veladas   a ifantes de Carrión.
»Hyo las caso a vuestras fijas   con vuestro amor,
»al Criador plega   que ayades ende sabor.
»Afellos en vuestras manos   ifantes de Carrión,
»ellos vayan convusco,   ca d' aquén me torno yo.
»Trezientos marcos de plata   en ayuda les do yo,
»que metan en sus bodas   o do quisiéredes vos;
»pues fueren en vuestro poder   en Valençia la mayor,
»los yernos e las fijas   todos vuestros fijos son:
»lo que vos ploguiere,   d'ellos fet, Campeador.»
Mio Çid gelos reçibe,   las manos le besó:
»¡Mucho vos lo gradesco,   commo a rey e a señor!
»Vós casades mis fijas,   ca non gelas do yo.»
   Las palabras son puestas,   *los omenajes dados son,*
que otro dia mañana   quando salie*sse* el sol,
2112*b* ques' tornasse cada uno   don salidos son.
Aquís' metió en nuevas   mio Çid el Campeador;
tanta gruessa mula   e tanto palafré de sazón,
2116 tantas buenas vestiduras   que d'alfaya son,
2115 conpeçó mio Çid a dar   a quien quiere prender so don;
2117 cada uno lo que pide,   nadi nol' dize de no.
Mio Çid de los cavallos   sessaenta dio en don.
Todos son pagados de las vistas   quantos que ý son;
partir se quieren,   que entrada era la noch.
   El rey a los ifantes   a las manos les tomó,
metiólos en poder   de mio Çid el Campeador:
«Evad aquí vuestros fijos,   quando vuestros yernos son;
»de oy mas sabed   qué fer d'ellos, Campeador;
»sírvanvos commo a padre   e guárdenvos cum a señor.»
—«Gradéscolo, rey,   e prendo vuestro don;
»Dios que está en çielo   dé*vos* dent buen galardón.

2103 El señor debía dar a su vasallo *ayuda* de costa para las bodas. Por esto Ruy Velázquez, en *La leyenda de los infantes de Lara,* se queja de que su señor el conde de Castilla no cumplió bien este deber, «me costaron mu-

Carrión. Desde ahora tomo con mis manos a doña Elvira
y a doña Sol y las doy por esposas a los infantes. Con
vuestra licencia, caso a vuestras hijas: Dios querrá que
2100 sea para bien. Os entrego a los infantes de Carrión; ellos
os acompañen, que yo me vuelvo de aquí. Yo les doy
trescientos marcos de plata como ayuda de costa para sus
bodas o para lo que vos queráis. Cuando estén en vuestro
2105 poder todos, en Valencia, yernos e hijas, todos serán ya
vuestros hijos. Haced lo que os plazca de ellos, Campea-
dor.

Recíbelos el Cid, después de besar al rey las manos:

—Mucho os lo agradezco, como a mi rey y señor. Sois
2110 vos, señor, quien casáis y dais a mis hijas, no yo.

Ya están dadas las palabras y las promesas. A otro día de
2112*b* mañana, al salir el sol, cada uno se volverá por su camino.

Entonces hizo cosas señaladas el Cid: todas aquellas
2116 mulas robustas, bellos palafrenes y vestiduras preciosas,
2115 comenzó a darlas el Cid a quien las quería: piden todos y
2117 a nadie les niega lo que piden. Sesenta caballos regaló el
Cid. Todos los que han asistido a las vistas quedan paga-
2120 dos. Ya se alejan, que entra la noche.

El rey toma de la mano a los infantes y los entrega al
Campeador.

—He aquí a vuestros hijos, puesto que son ya vuestros
yernos. En adelante dependan de vuestra voluntad. Que
os sirvan como a padre, que os respeten como a señor.

2125 —Lo agradezco, rey, y acepto el don, Dios del cielo
quiera premiároslo.

---

cho mis bodas, et el conde Garci Fernández non me ayudó y tan bien como yo cuidé et el deviera».

2110 [Este verso resultará importantísmo para el desarrollo de la acción de la segunda mitad del *CMC*. El Cid subraya que no es él mismo, sino el rey Alfonso, quien entrega a sus hijas en matrimonio (insiste en v. 2204), con lo que implica al monarca en el conflicto creado por el ultraje de los infantes].

[105] *El Cid no quiere entregar las hijas por sí mismo.—Minaya será representante del rey.*

»Yo vos pido merçed a vós, rey natural:
»pues que casades mis fijas, así commo a vós plaz,
»dad manero a qui las dé, quando vós las tomades;
»non gelas daré yo con mi mano, nin de*nd* non se alabarán.»
Respondió el rey: «Afé aquí Álbar Fáñez;
»prendellas con vuestras manos e daldas a los ifantes,
»assí commo yo las prendo d'aquent, commo si fosse delant,
»se*e*d padrino d'ell*as* a tod el velar;
»quando vos juntáredes comigo, quem' digades la verdat.»
Dixo Álbar Fáñez: «Señor, afé que me plaz.»

[106] *El Cid se despide del rey.—Regalos.*

Tod esto es puesto, sabed, en grant recabdo.
«Hya rey don Alfons, señor tan ondrado,
»d'estas vistas que oviemos, de mí tomedes algo.
»Tráyovos *treínta* palafrés, estos bien adobados,
»e treínta cavallos corredores, estos bien ensellados;
»tomad aquesto, e beso vuestras manos.»
Dixo rey don Alfons: «¡Mucho me avedes enbargado!
»Reçibo este don que me avedes mandado;
»plega al Criador, con todos los sos santos,
»este plazer quem' feches que bien sea galardonado.

2133 [El Cid pide un representante que entregue las manos de sus hijas a los infantes, para no vincularse en el proceso («non ge las daré yo con mi mano», v. 2134). Siguen las reticencias del Cid hacia este matrimonio (véanse nn. a vv. 2082, 2110 y 2204), y aparecen además ecos del v. 282*b*, en que el Cid formula el deseo de poder casar a sus hijas «con mis manos». Aquí, significativamente, rechaza hacerlo, lo que subraya su desacuerdo con los desposorios].

[105] *El Cid no quiere entregar las hijas por sí mismo.—Minaya será representante del rey.*

—A vos, mi rey natural, una merced os pido: puesto que casáis a mis hijas conforme a vuestra voluntad, designad un representante que las reciba en vuestro nombre. Yo no las entregaré por mi mano; no se alaben de ello.

Y el rey respondió:

—Aquí está Álvar Fáñez. Tómelas él por su mano, y délas a los infantes, así como las tomo yo desde aquí cual si estuvieran ambas delante. Vos me seréis padrino de la ceremonia, y cuando volvamos a vernos ya me contaréis si lo habéis cumplido.

Y dijo Álvar Fáñez:

—A fe mía que lo haré, señor.

[106] *El Cid se despide del rey.—Regalos.*

Con grandes precauciones se llevó a cabo todo esto.

—Ea, pues, rey don Alfonso, honrado señor: guardad un recuerdo de estas vistas. He aquí treinta palafrenes enjaezados y treinta caballos corredores con sus monturas: aceptarlos en don; yo os beso la mano.

Dijo el rey don Alfonso:

—Vuestra generosidad me abruma. Acepto el don, y plegue a Dios y a todos sus santos que os sea largamente

---

2137 El rey simula entregar a las hijas del Cid, cogiéndolas de las manos, como si estuviese con ellas en Valencia, *commo si fosse delant*. Así también se simulaba la entrega material de una heredad, como si se hiciese entregando la rama o el césped de ella.

2127-2130 [Nótese el cambio de lugar de estos versos realizado por Menéndez Pidal respecto del que ocupan en el manuscrito (se mantiene la numeración correspondiente a la secuencia que presentan en el mismo)].

»Mio Çid R*o*y Diaz,   mucho me avedes ondrado,
»de vós bien so servido,   e téngon' por pagado;
»¡aún bivo se*d*iendo,   de mí ayades algo!
»A Dios vos acomiendo,   d'estas vistas me parto.
»¡Afé Dios del çielo,   que lo ponga en buen *recabdo!*»

[107] *Muchos del rey se van con el Cid a Valencia.—Los infantes, acompañados por Pedro Bermúdez.*

2127 Sobrel' so cavallo Bavieca   mio Çid salto di*o:*
«Aquí lo digo   ante mio señor el rey Alfons:
»qui quiere ir a las bodas,   o reçebir mi*o* don,
»d'aquend vaya conmigo;   cuedo quel' avrá pro.»
2156 Hyas' espidió mio Çid   de so señor Alfons,
non quiere quel' escurra,   dessí luégo*l'* quitó.
Veriedes cavalleros   que bien andantes son
besar las manos,   espedirse de rey Alfons:
«Merçed vos sea   e fazednos este perdón:
»hiremos en poder de mio Çid   a Valençia la mayor;
»seremos a las bodas   d' ifantes de Carrión
»he de fijas de mio Çid,   de don Elvira e doña Sol.»
Esto plogo al rey,   e a todos los soltó;
la compaña del Çid creçe,   e la del rey mengó,
grandes son las yentes   que van con el Campeador.
Adelinan pora Valençia,   la que en buen punto ganó.
A Fernando e a Dí*a*go   aguardar los mandó
a Per Vermu*doz*   e Muño Gustioz,
—en casa de mio Çid   non á dos mejores,—
que sopiessen s*u*s mañas   d' ifantes de Carrión.
E va í A*n*su*o*r Gonçál*v*ez,   que era bullidor,
que es largo de lengua,   mas en lo ál non es tan pro.

2164 [Los vasallos del rey Alfonso, tras el pertinente besamanos, le piden permiso para abandonar su compañía y marchar con el Cid a las bodas. Haber marchado sin cumplimentar este acto formal de solicitud de permiso los hubiera hecho víctimas de la ira regia; véanse vv. 1251-1254 y n. a v. 1252*b].*

pagado el gusto que me dais. Mucho me honráis, Cid
Ruy Díaz; muy bien me servís; estoy satisfecho de vos.
2155 Si Dios me da vida, os lo recompensaré. Y ahora me voy,
y os dejo encomendado a Dios. Y Dios que está en los
cielos haga que todo sea para bien.

[107] *Muchos del rey se van con el Cid a Valencia.—Los infantes, acompañados por Pedro Bermúdez.*

2127
El Cid saltó sobre su caballo *Babieca* y dijo:
—Aquí, ante mi señor don Alfonso, lo declaro: quien
2130 quisiere venir a las bodas y recibir mis dones, que me
2156 siga, que ha de aprovecharle.
El Cid se despide de su señor don Alfonso, sin permi-
tirle que salga a despedirlo. Allí vierais a los apuestos ca-
2160 balleros besar la mano al rey para despedirse.
—Hacednos merced, concedednos esto. Nos vamos a
Valencia la mayor, en poder del Cid, para asistir a las bo-
das de los infantes con doña Elvira y doña Sol, sus dos
2165 hijas.
Plugo al rey dar permiso a todos. Así aumentan el sé-
quito del Cid y disminuye el del monarca; muchos se van
con el Campeador.
2170 Se dirigen a Valencia, la que ganara en buena lid. A
Pedro Bermúdez y a Muño Gustioz —no los hay mejo-
res en su séquito— encarga el Cid que atiendan a los
infantes de Carrión, Fernando y Diego, y averigüen sus
costumbres. Allí iba Asur González, muy bullanguero
y suelto de lengua, aunque para los demás no vale

2172 Este Asur González era hermano mayor de los infantes de Carrión.

2173 [De nuevo uno de los representantes de la vieja nobleza (la opuesta al Cid) se caracteriza por ser hablador pero poco fructífero en sus obras: véanse nn. a vv. 960, 1345 y 2529-2531].

Grant ondra les dan   a ifantes de Carrión.
Afelos en Valençia,   la que mio Çid ganó;
quando a ella assomaron,   los gozos son mayores.
Dixo mio Çid a don Pero   e a Muño Gustioz:
«Dad les un reyal   a ifantes de Carrión,
»*e* vós con ellos se*e*d,   que assí vos lo mando yo.
»Quando viniere la mañana,   que apuntare el sol,
»verán a sus esposas,   a don Elvira e a doña Sol.»

[108] *El Cid anuncia a Jimena el casamiento.*

Todos essa noch   f*o*ron a sus posadas,
mio Çid el Campeador   al alcáç*e*r entrava;
reçibiólo doña Ximena   e sus fijas amas:
«¿Venides, Campeador,   buena çinxiestes espada?
»¡Muchos dias vos veamos   con los ojos de las caras!»
—«¡Grado al Criador,   vengo, mugier ondrada!
»Hyernos vos adugo   de que avremos ondrança:
»¡gradídmelo, mis fijas,   ca bien vos he casadas!»

[109] *Doña Jimena y las hijas se muestran satisfechas.*

Besáronle las manos   la mugier e las fijas
e todas las dueñas   *de quien son servidas:*
«¡Grado al Criador   e a vós, Çid, barba vellida!
»Todo lo que vós feches   es de buena guisa,
»non serán menguadas   en todos vuestros dias»
—«¡Quando vós nos casáredes   bien seremos ricas!»

2185 Para la interrogación de saludo, véase v. 204.

tanto. Mucho honran todos a los infantes. Helos ya en Valencia, la del Cid. Crece el júbilo al acercarse a la ciudad.

Y dijo el Cid a don Pedro y a Muño Gustioz:

—Dadles un albergue a los infantes, y quedaos para acompañarlos, os lo encargo mucho. Y mañana, así que amanezca, vengan a saludar a doña Elvira y a doña Sol, sus esposas.

[108] *El Cid anuncia a Jimena el casamiento.*

Fueron todos a sus posadas. El Cid Campeador entró al alcázar. Doña Jimena y sus hijas vienen a recibirlo:

—¿Sois vos, Campeador, el que en buena hora ciñó espada? Dichosos los ojos que os contemplan.

—Heme aquí gracias a Dios, mujer honrada. Os traigo unos yernos que nos ilustran. Agradecédmelo, hijas más, que os he casado muy bien.

[109] *Doña Jimena y las hijas se muestran satisfechas.*

La mujer y las hijas le besan la mano, y lo mismo hacen las damas de su servicio:

—¡Gracias sean dadas al Creador y a vos, Cid de la hermosa barba! Todo lo que hacéis está bien hecho. Mientras viváis no han de padecer nuestras hijas.

—Bien ricas hemos de estar cuando nos caséis.

[110] *El Cid recela del casamiento.*

—«Mugier doña Ximena, ¡grado al Criador!
»A vós digo, mis fijas, don Elvira e doña Sol,
»d'este vu*e*stro casamiento creçremos en onor;
»mas bien sabet verdad que non lo levanté yo:
»pedidas vos ha e rogadas el mio señor Alfons,
»atan firme mientre e de todo coraçón
»que yo nulla cosa nol' sope dezir de no.
»Metívos en sus manos, fijas, amas ados;
»bien me lo creades, que él vos casa, ca non yo.»

[111] *Preparativos de las bodas.—Presentación de los infantes.—Minaya entrega las esposas a los infantes.—Bendiciones y misa.—Fiestas durante quince días.—Las bodas se acaban; regalos a los convidados.—El juglar se despide de sus oyentes.*

Penssaron de adobar essora el palaçio;
por el suelo e suso tan bien encortinado,
tanta pórpola e tanto xámed e tanto paño preciado.
¡Sabor abriedes de se*e*r e de comer en el palaçio!
Todos s*o*s cavalleros apriessa son juntados.
Por iffantes de Carrión essora enbiaron,
cavalgan los iffantes, adelant adeliñavan al palaçio,
con buenas vestiduras e fuerte mientre adobados,
de pie e a sabor, ¡Dios, qué quedos entraron!
Recibiólos mio Çid con todos s*o*s vasallos;
a el*le* e a ssu mugier delant se le omillaron,
e ivan posar en un preçioso escaño.
Todos los de mio Çid tan bien son acordados,
están parando mientes al que en buen ora nasco.
El Campeador en pie es levantado:
«Pues que a fazer lo avemos, ¿por qué lo imos tardando?

2200 *rogadas,* recuérdese que el rey fue *rogador* del matrimonio (véase v. 2080).

[110] *El Cid recela del casamiento.*

—Sea por Dios, doña Jimena. A vosotras os digo, doña Elvira y doña Sol, que este matrimonio nos honrará; pero tened por sabido que yo no lo inicié. Mi señor Alfonso os ha pedido tan firmemente y con tanta voluntad, que yo nada pude negarle. A ambas, hijas, os he confiado en sus manos. Creédmelo: es él, no yo, quien os casa.

[111] *Preparativos de las bodas.—Presentación de los infantes.—Minaya entrega las esposas a los infantes.—Bendiciones y misa.—Fiestas durante quince días.—Las bodas se acaban; regalos a los convidados.—El juglar se despide de sus oyentes.*

Comenzaron a adornar el palacio, cubriendo los muros y el suelo de tapices, púrpuras, sedas, paños preciosos.

Si hubiérais asistido a las bodas no os hubiera pesado. En tanto, ya se van reuniendo los caballeros.

Mandaron traer a los infantes, que a poco llegaron a caballo, frente al palacio, espléndidamente vestidos y ataviados con lujo. Después echaron pie a tierra y entraron con notable comedimiento. El Cid y sus vasallos los recibieron, y ellos saludaron al Cid y a su mujer y fueron a sentarse en los escaños preciosos. Los del Cid, con mucha prudencia, examinaban el rostro del bienhadado.

El Campeador se levanta y dice:

—Pues que tenemos que hacerlo, ¿a qué retardarlo?

2206 Los tapices de pared se usaron desde muy antiguo, pero los del suelo eran más bien un lujo de los pueblos orientales que no se propagó en Francia sino en las Cruzadas.

»¡Venit acá, Álbar Fáñez,   el que yo quiero e amo!
»Affé amas mis fijas,   métolas en vuestra mano;
»sabedes que al rey   assí gelo he mandado,
»no lo quiero fallir por nada   de quanto ay parado;
»a ifantes de Carrión   dadlas con vuestra mano,
»e prendan bendiçiones   e vayamos recabdando.»
Estoz dixo Minaya: «Esto faré yo de grado.»
Levántanse derechas   e metiógelas en mano.
A ifantes de Carrión   Minaya va fablando:
«Afevos delant Minaya,   amos sodes hermanos.
»Por mano del rey Alfons,   que a mí lo ovo mandado,
»dovos estas dueñas,   —amas son fijas d'algo,—
»que las tomássedes por mugieres   a ondra e recabdo.»
Amos las reçiben   d' amor e de grado,
a mio Çid e a su mugier   van besar la mano.
   Quando ovieron aquesto fecho,   salieron del palaçio,
pora Santa María   apriessa adelinnando;
el obispo don Jero*me*   vistiós' tan privado,
a la puerta de la eclegia   sediellos sperando;
dióles bendictiones,   la missa á cantado.
   Al salir de la ecclegia   cavalgaron tan privado,
a la glera de Valençia   fuera dieron salto;
¡Dios, qué bien tovieron armas   el Çid e s*o*s vassallos!
Tres cavallos camió   el que en buen ora nasco.
Mio Çid de lo que v*idi*é   mucho era pagado:
ifantes de Carrión   bien an cavalgado.
Tórnanse con las dueñas,   a Valençia an entrado;
ricas fueron las bodas   en el alcáç*e*r ondrado,
e al otro día fizo mio Çid   fincar siete tablados:
antes que entrassen a yantar   todos los *cr*ebantaron.

2224 [El Cid hace referencia a la conversación mantenida con el rey en las vistas (véanse vv. 2131-2140)].

2233 Minaya entrega las esposas como representante del rey (v. 2137), realizando la ceremonia civil del matrimonio antes que la religiosa. La Iglesia procuraba que la entrega de la novia se hiciese por mano del sacerdote, el cual la recibía de manos de los parientes.

Venid acá, Álvar Fáñez, a quien amo y quiero. He aquí a mis hijas: en vuestras manos las pongo; ya sabéis que así lo convine con el rey, y no quiero faltar un punto a lo pactado: vos, con vuestra mano, entregadlas a los infantes; reciban la bendición, y despachemos.

Minaya dijo entonces:

—Así lo haré.

Ellas se levantan, el Cid las entrega a Minaya, y este, dirigiéndose a los infantes dice:

—Ambos hermanos, poneos ante Minaya. Por mandato del rey Alfonso y en su nombre os doy estas damas —ambas hidalgas— y tomadlas por mujeres para honra y bien mutuos.

Recíbenlas de corazón, y besan la mano al Cid y a su mujer.

Hecho esto, salieron de palacio y se dirigen sin tardanza a Santa María. El obispo don Jerónimo se vistió al punto; estaba esperándoles a la puerta de la iglesia. Los bendice y canta misa.

Al salir de la iglesia se dirigen, cabalgando, hacia el arenal de Valencia. Y allí jugaron las armas el Cid y sus vasallos: ¡Oh, Dios con cuánta destreza! Tres caballos cambió el bienhadado. Alégrase de ver que los infantes de Carrión son buenos jinetes. Y después se vuelven a Valencia con las damas. En el honrado alcázar las bodas se celebraron con pompa, y al día siguiente el Cid mandó alzar siete tablados, y todos los quebraron antes de la comida.

2243 [Para celebrar las bodas se lleva a cabo una justa caballeresca. La celebración de justas o alardes de este tipo era habitual después de un acontecimiento señalado. Anteriormente, con motivo de la llegada a Valencia de Jimena y sus hijas, se había celebrado una justa de estas características (v. 1602)].

2246 [La brillantez de los infantes de Carrión en el ejercicio caballeresco contrastará con su deficiente comportamiento en el campo de batalla, véanse vv. 2320-2323 y tirada 115].

2249 Para *tablados,* véase v. 1602.

Quinze días complidos en las bodas duraron,
çerca de los quinze días yas' van los fijos d'algo.
Mio Çid don Rodrigo, el que en buen ora nasco,
entre palafrés e mulas e corredores cavallos,
en bestias sines ál çiento *ha* mandados;
mantos e pelliçones e otros vestidos largos;
non f*o*ron en cuenta los averes monedados.
Los vassallos de mio Çid assí son acordados,
cada uno por sí sos dones avién dados.
Qui aver quiere prender bien era abastado;
ricos tornan a Castiella los que a las bodas llegaron.
Hyas' ivan partiendo aquestos ospedados,
espidiéndos' de R*o*y Díaz, el que en buen ora nasco,
e a todas las dueñas e a los fijos d'algo;
por pagados se parten de mio Çid e de s*o*s vassallos.
Grant bien dizen dellos ca será aguisado.
Mucho eran alegres Dí*da*go y Ferrando;
estos f*o*ron fijos del co*m*de don Gonçal*v*o.
Venidos son a Castiella aquestos ospedados,
el Çid e sos hyernos en Valençia son rastados.
Hy moran los ifantes bien cerca de dos años,
los amores que les fazen mucho eran sobejanos.
Alegre era el Çid e todos s*o*s vassallos.
¡Plega a santa María e al Padre Santo
ques' pague d'es casamiento mio Çid o el que lo ovo a algo.
Las coplas d'este cantar aquis' van acabando.
¡El Criador vos vala con todos los sos santos!

2251 Las bodas solían durar una o dos semanas, y hasta cinco y siete, tanto que, en el siglo XIII, tuvieron las leyes que imponer restricciones a tan dispendiosos regocijos.

2259 No sólo el padre, sino los parientes y los amigos de la novia regalaban pródigamente a todos los convidados a la boda.

2263 Nótese la mezcla de construcción: *espedirse de* y *espedirse a.*

2268 [Alusión a Gonzalo Ansúrez, padre de los infantes de Carrión].

Quince días emplearon en los festejos, y al cabo de ellos los hidalgos comienzan a irse. El Cid don Rodrigo, el que en buen hora nació, ha regalado ya por lo menos un centenar de bestias, entre palafrenes, mulas, caballos corredores; y en mantos, pieles, vestidos en abundancia y dinero acuñado, una cantidad incontable. Los vasallos del Cid, por su parte, también se pusieron de acuerdo para dar sus dones (a los huéspedes). Al que quería dinero le daban abasto, y así, los que fueron a las bodas regresaron ricos a Castilla. Ya se despiden los huéspedes de Ruy Díaz, el que en buen hora nació, y de las damas y los hidalgos. Muy agradecidos van del Cid y los suyos, y, como es justo, dicen de ellos mucho bien. Contentos quedan así mismo Diego y Fernando, los hijos del conde don Gonzalo.

Los huéspedes han vuelto a Castilla. El Cid y sus yernos quedan en Valencia, adonde los infantes morarán cerca de dos años, entre solícitas atenciones. El Cid y sus vasallos vivían contentos. ¡Plegue a santa María y al Padre Santo que el Cid y el que lo propuso tengan razones para alegrarse de aquel matrimonio!

Y aquí se acaban las coplas de este cantar: El Creador os valga con todos sus santos.

2275 *o el que lo ovo a algo,* 'o el que lo estimó en algo', frase que, sin duda, alude al rey, *rogador* del matrimonio. Es de lectura muy dudosa por estar estropeado el manuscrito de este pasaje. El juglar aparenta no conocer la suerte que aguarda a las hijas del Cid, para mantener así despierto el interés de sus oyentes.

2276-2277 [Para estos versos, su función delimitadora de una divisoria en el texto y su naturaleza juglaresca, véase Intr., págs. 60-62, y comp. con v. 1085].

CANTAR TERCERO

LA AFRENTA DE CORPES

[112] *Suéltase el león del Cid.—Miedo de los infantes de Carrión.—El Cid amansa al león.—Vergüenza de los infantes.*

En Valençia se*dí* mio Çid con todos *los* s*o*s,
con el*le* amos s*o*s yernos ifantes de Carrión.
Yaziés' en un escaño, durmié el Campeador,
mala sobrevienta sabed que les cuntió:
saliós' de la red e desatós' el león.
En grant miedo se vieron por medio de la cort;
enbraçan los mantos los del Campeador,
e çercan el escaño, e fincan sobre so señor.
Ferran*t* Gonçál*v*ez, *ifant de Carrión,*
2286*b* non vi*d*o allí dó s'alçasse, nin cámara abierta nin torre;
metiós' so l'esçaño, tanto ovo el pavor.
Dí*a*g Gonçál*v*ez por la puerta salió,
diziendo de la boca: «¡Non veré Carrión!»

2281 'mala sorpresa les aconteció'.

2282 [No era raro en la Edad Media que algunas personas tuvieran en sus residencias animales salvajes, como curiosidad o como diversión; así lo atestigua el hecho de que uno de los códigos legales más importantes de la Castilla medieval, las *Siete Partidas* elaboradas por mandato de Alfonso X, regularan las medidas de seguridad que debían guardar aquellos que tuvieran en su casa «león [...] o león pardo, o osso, o lobo [...], o gineta, o ser-

CANTAR TERCERO

LA AFRENTA DE CORPES

[112] *Suéltase el león del Cid.—Miedo de los infantes de Carrión.—El Cid amansa al león.—Vergüenza de los infantes.*

Estaba el Cid en Valencia con todos los suyos; sus
yernos, los infantes de Carrión, le acompañaban. El
2280 Campeador, sentado en su escaño, se había dormido,
cuando sobrevino algo inesperado: el león se escapó de
la jaula y se desató. Toda la corte estaba espantada. Los
del Campeador embrazan los mantos y rodean el escaño
2285 donde dormía su señor (para proteger su sueño). Uno de
los infantes, Fernán González, no hallaba dónde me-
2286*b* terse, ni encontraba la puerta abierta en torre ni en cá-
mara; al fin, a impulsos del miedo, se agazapó bajo el
escaño. El otro, Diego González, salió de estampía gri-
tando a voz en cuello:

—¡Ay, Carrión, no volveré a verte!

---

piente, o otras bestias que son bravas de natura», y las compensaciones que el propietario del animal debía hacer efectivas caso de que la fiera causara algún mal].

2289 Los infantes, en cualquier peligro, suspiran cobardemente por su Carrión (v. 2322).

Tras una viga lagar   metiós' con grant pavor;
el manto e el brial   todo suzio lo sacó.
    En esto despertó   el que en buen ora nació;
vi*d*o çercado el escaño   de s*o*s buenos varones:
«¿Qué's esto, mesnadas,   o qué queredes vos?»
—«¡Hya señor ondrado,   rebata nos dió el león!»
Mio Çid fincó el cobdo,   en pie se levantó,
el manto trae al cuello,   e adelinó pora'l león;
el león quando lo vío,   assí envergonçó,
ante mio Çid la cabeça   premió e el rostro fincó.
Mio Çid don Rodrigo   al cuello lo tomó,
e liévalo adestrando,   en la red le metió.
A maravilla lo han   quantos que í son,
e tornáronse al palaçio   pora la cort.
    Mio Çid por sos yernos   demandó e no los falló;
maguer los están llamando,   ninguno non responde.
Quando los fallaron,   assí vinieron sin color;
non vi*di*estes tal juego   commo iva por la cort;
mandólo vedar   mio Çid el Campeador.
Muchos' tovieron por enbaídos   ifantes de Carrión,
fiera cosa les pesa   desto que les cuntió.

[113] *El rey Búcar de Marruecos ataca a Valencia.*

    Ellos en esto estando,   don avién grant pesar,
fuerças de Marruecos   Valençia vienen çercar;
en el campo de Quarto   ellos fueron posar,

2290 [En realidad el infante Diego González se esconde dentro del lagar, de ahí la suciedad que presentan sus ropas (véase v. 2291)].

2291 La suciedad de los vestidos del infante fue tema divertido para los refundidores y poetas tardíos; Quevedo dedicó a este asunto un romance, según el cual el Cid tiene hartos motivos para decir a su yerno: «Ya que Colada no os fizo valiente aquesta vegada, fágavos colada limpio: echaos, buen conde, en colada» [«Pavura de los condes de Carrión», en Quevedo, *Poesía original completa,* ed. J. M. Blecua, Planeta, Barcelona, 1981, pág. 1032].

Y fue a esconderse tras una viga de lagar, donde puso el manto y la túnica perdidos.

Despertó a esto el que en buen hora nació, y vio que le rodeaban sus buenos varones.

—¿Qué ocurre, mesnadas, qué queréis aquí?

—¡Ay, honrado señor, el susto que el león nos ha dado!

El Cid se acoda en el escaño; se levanta después, y con el manto prendido al cuello, como estaba, se va derecho para el león. Cuando el león le vio venir se atemorizó de manera que bajó la cabeza e hincó el hocico. El Cid don Rodrigo lo cogió por el cuello, y, cual si lo llevara por la rienda, lo metió en la jaula. Y todos los que tal vieron volvían a palacio maravillados.

El Cid preguntó entonces por sus yernos, que nadie le daba razón, y aunque los estaban llamando no respondían. Cuando al fin dieron con ellos, estaban tan demudados que toda la corte se deshacía en risa, hasta que el Cid impuso respeto. Los infantes quedaron muy avergonzados, y lamentando profundamente el suceso.

[113] *El rey Búcar de Marruecos ataca a Valencia.*

Mientras ellos están lamentándose amargamente, he aquí que vinieron fuerzas de Marruecos a cercar a Valencia. Posaron en el campo de Cuarto, donde levantan no

---

2310 [Es el propio Cid el que corta de raíz las chanzas (v. 2308) de que son objeto (v. 2307) los de Carrión por su cobardía. Lógico, pues al fin y al cabo se trataba de sus yernos, y, aunque su comportamiento fuera deplorable, no podía permitir que fueran blanco de la general rechifla. Pese a ello, los de Carrión se sentirán avergonzados por un acto de cobardía que, por otra parte, será sólo el primero: habrá otros, y todos contribuirán a hacer insostenible su situación en la corte, lo que a la postre desencadenará la situación de crisis de esta segunda parte de la obra: su cobarde venganza en las hijas del Cid por los desaires recibidos].

2312*b* Sobre el *Quarto*, véase v. 1711.

cinquaenta mill tiendas   fincadas ha de las cabdales;
aqueste era el rey Búcar,   si l'oviestes contar.

[114] *Los infantes temen la batalla.—El Cid les reprende.*

Alegravas' el Çid   e todos s*o*s varones,
que les creçe la ganançia,   grado al Criador.
Mas, sabed, de cuer les pesa   a ifantes de Carrión;
ca veyén tantas tiendas de moros   de que non avié*n* sabor.
Amos hermanos   apart salidos son:
«Catamos la ganançia   e la pérdida no.
»Ya en esta batalla   a entrar abremos nos;
»esto es aguisado   por non ve*er* Carrión,
»bibdas remandrán   fijas del Campeador.»
Oyó la poridad   aquel Muño Gustioz,
vino con estas nuevas   a mio Çid el Campeador:
«¡Evades vuestros yernos   tan osados so*n*,
»por entrar en batalla   desean Carrión!
»Hidlos conortar,   sí vos vala el Criador,
»que sean en paz   e non ayan í ración.
»Nós convusco la vençremos,   e valer nos ha el Criador.»
Mio Çid don Rodrigo   sonrrisando salió:
«¡Dios vos salve, yernos,   ifantes de Carrión,
»en braços tenedes mis fijas,   tan blancas commo el sol!
»Hyo desseo lides,   e vós a Carrión;
»en Valençia folgad   a todo vuestro sabor,
»ca d' aquellos moros   yo só sabidor;
»arrancar me los trevo   con la merçed del Criador.»

2314 La frase *si l'oviestes contar,* 'si oísteis de él', es común en la poesía medieval.

2319 [De nuevo, como casi siempre que han de tomar una decisión, los dos infantes hacen un aparte; véanse vv. 1373-1377, 1880, 2538. Esta actitud secretista los caracteriza como intrigantes y gente de mala índole. Véase T. L. 2.1.2.].

2322 Comp. con v. 2289.

menos de cincuenta mil tiendas. Mandábalos el rey Búcar, de quien acaso habéis oído contar.

[114] *Los infantes temen la batalla.—El Cid les reprende.*

El Cid y sus varones se alegran y dan gracias a Dios pensando ya que van a sacar grandes ganancias. Pero sabed que mucho les pesa a los infantes de Carrión, y ven con tristísimos ojos las innumerables tiendas de los moros. Y se apartan los dos hermanos hablando así:

—(Al casarnos con las hijas del Cid), sólo calculamos lo que ganábamos, pero no lo que perdíamos. Ahora no podremos menos de entrar en la batalla. De seguro que no volveremos a Carrión; de esta, las hijas del Cid se quedan viudas.

Muño Gustioz sorprendió estas palabras, y fue con las nuevas al Cid.

—He aquí que vuestros yernos son tan osados que, por no entrar en la batalla, echan de menos a Carrión. Así os valga Dios, ir a consolarlos: que se queden en paz y no tomen parte en la batalla. Vos y nosotros nos bastamos, y Dios nos ayudará.

El Cid don Rodrigo fue hacia los infantes, sonriendo:

—El cielo os guarde, infantes de Carrión, yernos míos; tenéis a mis hijas, tan blancas como el sol, entre vuestros brazos. Yo pienso en lides, vosotros en vuestro Carrión. Quedaos en Valencia descansando, porque a esos moros yo solo me atrevo a vencerlos, si Dios me ayuda.

2324 Recuérdese que Muño Gustioz estaba encargado de acompañar y observar a los infantes (vv. 2169, 2177).

2333 Aunque ya hacía más de un año que los infantes se habían casado (v. 2271), el Cid les recuerda a sus esposas, porque el caballero estaba excusado de ir a la guerra durante el año de sus bodas, según el fuero de tierra de León y de Carrión, confirmado por la reina doña Urraca el año 1109.

[115 [1]**]** *Mensaje de Búcar.—Espolonada de los cristianos.—Cobardía del infante Fernando.—Generosidad de Pedro Bermúdez.*

Ellos en esto fablando, enbió el rey Búcar dezir al Çid que le dexasse Valençia e se fuesse en paz; sinón, que le pecharié quanto ý avié fecho. El Çid dixo a aquel que troxiera el mensaje: «Id dezir a Búcar, a aquel fi de enemigo, »que ante destos tres días le daré yo lo que él demanda.»

Otro día mandó el Çid armar todos los suyos e sallió a los moros. Los infantes de Carrión pidiéronle entonces la delantera [2]*; e después que el Çid ovo paradas sus azes, don Ferrando, el uno de los infantes, adelantósse por ir ferir a un moro a que dizian Aladraf. El moro quando lo vio, fue contra él otrossí; e el infante, con el grand miedo que ovo dél, bolvió la rienda e fuxó, que solamente non lo osó esperar.*

Pero Vermúdez, [3] *que iva açerca dél, quando aquéllo vio fue ferir en el moro, e lidió con él e matólo. Desí tomó el cavallo del moro, e fue en pos el infante que iva fuyendo e díxole: «Don Ferrando, tomad este cavallo e »dezid a todos que vós mataste al moro cúyo era, e yo »otorgarlo é con vusco.»*

El infante le dixo: «Don Pero Vermúdez, mucho os »gradezco lo que dezides;

»aun vea el ora que vos meresca dos tanto.»
En una conpaña tornados son amos.
Assí lo otorga don Pero qu*o*mo se alaba Ferrando.
Plogo a mio Çid e a todos sos vasallos;
«Aún, si Dios quisiere e el Padre que está en alto,
»amos los mios yernos buenos serán en ca*n*po.»

---

1 [Aquí comienza una discontinuidad en el manuscrito, causada por la pérdida de un folio (véase Intr., págs. 39-42). Se suple mediante la prosificación del *CMC* contenida en la *Crónica de Veinte Reyes]*.

2 *la delantera,* esto es, las *heridas primeras* (comp. con v. 3317). [Aunque el Cid los había dispensado de participar en la batalla (v. 2335), los de

[115] *Mensaje de Búcar.—Espolonada de los cristianos.—Cobardía del infante Fernando.—Generosidad de Pedro Bermúdez.*

Mientras ellos hablaban así, el rey Búcar envió a decir al Campeador que abandonase Valencia y se fuese en paz, o de lo contrario allí le haría pagar cuanto le había hecho. El Cid contestó al mensajero:

—Id y decirle a Búcar, ese hijo de enemigo, que antes de tres días le habré dado lo que me pide.

Al otro día mandó el Cid armarse a toda su gente, y marchó sobre los moros. Los infantes de Carrión pidiéronle entonces el honor de dar los primeros golpes. Y cuando el Cid tuvo a los suyos formados en fila, uno de los infantes, Fernando, se adelantó para atacar a un moro llamado Aladraf. Este, cuando lo vio venir, fue contra él; y entonces el infante, invadido de un pavor súbito, volvió grupas y huyó sin atreverse a esperarlo.

Pedro Bermúdez, que iba a su lado, cuando esto vio, arrojóse sobre el moro, y a pocos lances lo dejó muerto. Tomó consigo el caballo del moro, y corriendo en pos del infante que iba de huida, le gritó:

—Don Fernando, tomad este caballo, y decid a todos que vos habéis matado al jinete, y yo lo atestiguaré.

—Don Pedro Bermúdez —dijo el infante—, os lo
2338 agradezco mucho; ojalá os lo pueda pagar doble.

2340 Volviéronse juntos, y don Pedro dio testimonio de la hazaña de que se alababa Fernando. El Cid y sus vasallos se alegraron mucho de saberlo.

—Si Dios lo concede —observó el Cid—, mis yernos acabarán por ser buenos combatientes.

Carrión solicitan una intervención privilegiada en la lucha, generalmente reservada a guerreros de especial mérito (véase n. a v. 1709)].

[3] *[Pero Vermúdez,* uno de los más fieles vasallos del Cid, intenta salvaguardar el honor de uno de los yernos de su señor].

2342 Para *Dios e el Padre,* comp. con v. 300.

Esto van diziendo e las yentes se allegando,
en la ueste de los moros los atamores sonando;
a mara*vi*lla lo avién muchos dessos cristianos,
ca nunqua lo vieran, ca nuevos son llegados.
Más se maravillan entre Dí*a*go e Ferrando,
por la su voluntad non serién allí llegados.
Oíd lo que fabló el que en buen ora nasco:
«¡Ala, Per Vermu*doz,* el mio sobrino caro!
»Cúriesme a Dí*da*go e cúriesme a Fernando,
»mios yernos amos a dos, la cosa que mucho amo,
»ca los moros, con Dios, non fincarán en canpo.»

[116] *Pedro Bermúdez se desentiende de los infantes.—Minaya y don Jerónimo piden el primer puesto en la batalla.*

—«Hyo vos digo, Çid, por toda caridad,
»que oy los ifantes a mí por amo non abrán;
»cúrielos qui quier, ca dellos poco m' incal.
»Hyo con los mios ferir *los* quiero delant,
»vós con los vuestros firme mientre a la çaga tengades;
»si cueta fuere, bien me podredes huviar.»
Aquí llegó Mynaya Álbar Fáñez:
2361*b* «¡Oíd, ya Çid, Canpeador lea*le!*
»Esta batalla el Criador la fera*ve,*
»e vós tan dinno que con él avedes part*e.*
»Mandádno'los ferir de qual part vos semejar*e,*
»el debdo que a cada uno a conplir sera*ve.*
»Verlo hemos con Dios e con la vuestra auze.»
Dixo mio Çid: «Ayamos más de vagar*e.*»
Afevos el obispo don Jero*me* muy bien armado *estave,*
Parávas' delant al Campeador, siempre con la buen auze:

2348 Para *entre,* véase n. a v. 191.
2351 Recuérdense los vv. 2169 y 2177, en que Pedro Bermúdez se encarga de los infantes juntamente con Muño Gustioz.

Diciendo esto, se iban acercando a las huestes, y los tambores de los moros se oían redoblar. Asombrábanse algunos cristianos recién llegados que nunca los habían oído. Y los que más se asombraban eran Diego y Fernando, que darían cualquier cosa por no encontrarse en aquel trance.

Y oíd ahora lo que dijo el que en buen hora nació:

—¡Hola, Pedro Bermúdez, caro sobrino mío; cuidadme a Diego y a Fernando, mis amados yernos, prendas queridas! ¡Que estos moros, si Dios me ayuda, no se han de quedar con el campo!

[116] *Pedro Bermúdez se desentiende de los infantes.—Minaya y don Jerónimo piden el primer puesto en la batalla.*

—¡Oh, Cid!, por caridad os lo pido; no sea yo el ayo de los infantes; hoy los cuide quien quiera, que a mí poco se me da de ello. Yo quiero atacar al enemigo, seguido de los míos, y vos os quedaréis a retaguardia con los vuestros; que ya, si hubiere peligro, me socorreréis.

Aquí se acercó Minaya Álvar Fáñez:

—Oh, leal Cid Campeador, escuchadme: El Creador dará esta batalla, y vos, que sois de sus agraciados. Decidnos por qué parte hemos de atacar, y cada uno habrá de cumplir con su obligación. A ver en qué para esto, con Dios y vuestra ventura.

—Tengamos calma —dijo el Cid.

A esto se le acerca el obispo don Jerónimo muy bien armado, y poniéndose delante del bienhadado Campeador, le dice:

2362 *ferave,* 'hará', con *-e* paragógica (comp. con v. 15), de la cual ponemos aquí una muestra alrededor de la forma *Trinidade* que aparece en el manuscrito de Per Abbat. [Para la *-e* paragógica, véase Intr., págs. 63-68].

«Oy vos dix la missa   de santa Trinidade.
»Por esso salí de mi tierra   e vin vos buscar*e*,
»por sabor que avía   de algún moro matar*e;*
»mi orden e mis manos   querría las ondrar,
»e a estas feridas   yo quiero ir delant.
»Pendón trayo a corças   e armas de señal,
»si plogiesse a Dios   querríalas ensayar,
»mio coraçón   que pudiesse folgar,
»e vós, mio Çid,   de mí más vos pagar.
»Si este amor non feches,   yo de vós me quiero quitar.»
Essora dixo mio Çid: «Lo que vós queredes plazme.
»Afé los moros a ojo,   idlos ensayar.
»Nós d' aquent veremos   cómmo lidia el abbat.»

[117] *El obispo rompe la batalla.—El Cid acomete.—Invade el campamento de los moros.*

El obispo don Jero*me*   priso a espolonada
e ívalos ferir   a cabo del albergada.
Por la su ventura   e Dios que l'amava
a los primeros colpes   dos moros matava;
el ástil á *cr*ebado   e metió mano al espada.
Ensayavas' el obispo,   ¡Dios, qué bien lidiava!
Dos mató con lança   e çinco con el espada.
Moros son muchos,   derredor le çercavan,
dávanle grandes colpes,   mas nol falssan las armas.
El que en buen ora nasco   los ojos le fincava,
enbraçó el escudo   e abaxó el asta,
aguijó a Bavieca,   el cavallo que bien anda,
hívalos ferir   de coraçón e de alma.

2370 'la misa de santa Trinidad'; véase v. 319.

2374 [Como ya hizo en otra ocasión (véase n. a v. 1709)].

2375 Verso dudoso. Parece que el obispo lleva en su pendón pintadas unas corzas por señal o blasón; *armas de señal* son armas con un emblema

—Hoy os he cantado la misa de la Santa Trinidad. Y yo salí de mi tierra y vine a buscaros sólo por el deseo que tenía de matar moros; bien quisiera ilustrar mis armas y la orden a que pertenezco. Deseo ser el primero en el ataque; traigo un pendón con unas corzas, y unas armas de emblema y quisiera, si Dios lo permite, ensayarlas. Mucho me holgaría de ello, y sé que vos mismo, Cid, me estimaríais más. Si no me concedéis este favor, me alejaré de vuestro lado.

Y el Cid:

—Hágase lo que pedís. Allí tenéis moros a la vista; atacadlos. Desde aquí veremos cómo pelea el señor abad.

[117] *El obispo rompe la batalla.—El Cid acomete.—Invade el campamento de los moros.*

El obispo don Jerónimo se adelantó para arremeterlos, y se llegó hasta el campamento. Por ventura suya y especial ayuda de Dios, a los primeros golpes mató dos moros. Ya ha roto el asta, ya echa mano a la espada. Proezas hacía el buen obispo; ¡oh Dios, qué bien pelea! A dos mató con la lanza, y con la espada a otros cinco más. Pero numerosos moros comienzan a rodearlo, y le tiran furibundos tajos, aunque sin mellarle la armadura.

El bienhadado, que así lo ve, embraza el escudo, enristra la lanza, espolea a *Babieca,* su excelente caballo, y se arroja denodadamente sobre los enemigos. Rompe por

---

pintado, para que el caballero fuese conocido en la batalla por los que debían guardarle y seguirle. Téngase en cuenta que en tiempo del Cid estas señales o blasones no eran todavía fijos y hereditarios en las familias.

2376 *ensayar,* 'probar, usar un arma' (vv. 2414, 3663). En los versos inmediatos se emplea este verbo con otras dos acepciones diferentes.

2379 'si no me hacéis este favor, yo me alejaré de vos'.

2383 La *espolonada* es la arremetida que unos pocos caballeros, adelantándose a su hueste, hacen contra el enemigo.

2391 Para *falssar las armas* defensivas, véase v. 713.

En las azes primeras   el Campeador entrava,
abatió a siete   e a quatro matava.
Plogo a Dios,   aquesta f*o* el arrancada.
Mio Çid con los s*os*   ca*de* en alcança;
veriedes *cr*ebar ta*n*tas cuerdas   e arrancarse las estacas
e acostarse los tendales,   con huebras eran tantas.
Los de mio Çid a los de Búcar   de las tiendas los sacan.

[118] *Los cristianos persiguen al enemigo.—El Cid alcanza y mata a Búcar.—Gana la espada Tizón.*

Sácanlos de las tiendas,   cáenlos en alcaz;
tanto braço con loriga   veriedes caer apart,
tantas cabeças con yelmos   que por el campo ca*d*en,
cavallos sin dueños   salir a todas partes.
Siete migeros conplidos   duró el segudar.
Mio Çid al rey Búcar   ca*di*ól' en alcaz:
«¡Acá torna, Búcar!   Venist d'alent mar,
»ve*e*rte as con el Çid,   el de la barba grant,
»saludar nos hemos amos,   e tajaremos amiztad.»
Respuso Búcar al Çid: «¡Cofonda Dios tal amiztad!
»Espada tienes en mano   e veot' aguijar;
»así commo semeja,   en mí la quieres ensayar.
»Mas si el cavallo non estropieça   o comigo non ca*de,*
»non te juntarás comigo   fata dentro en la mar.»
Aquí respuso mio Çid: «Esto non será verdad.»
Buen cavallo tiene Búcar   e grandes saltos faz,
mas Bavieca el de mio Çid   alcançándolo va.
Alcançólo el Çid a Búcar   a tres braças del mar,
arriba alçó Colada,   un grant colpe dádol' ha,
las carbonclas del yelmo   tollidas gelas ha,
cortól' el yelmo   e, librado todo lo hal,
fata la çintura   el espada llegado ha.

2400 Para esta descripción, comp. con vv. 1141-1142.

las primeras filas y derriba a siete y mata a cuatro. Y plugo a Dios que de aquí naciera su victoria. El Cid y los suyos corren en seguimiento de los moros. Y allí fue el estallar las cuerdas y el quebrarse las estacas y rodear los postes labrados de las tiendas.

Y al fin los del Cid expulsan del campamento a los de Búcar.

[118] *Los cristianos persiguen al enemigo.—El Cid alcanza y mata a Búcar.—Gana la espada Tizón.*

Los expulsan del campamento, los persiguen un trecho. Allí vierais caer, tronzados, tantos brazos con sus lorigas, tantas cabezas con yelmos rodando por el campo, tantos caballos sin jinetes huyendo de aquí para allá. La persecución duró siete millas cabales.

El Cid le daba alcance al rey Búcar:

—Vuélvete acá, oh Búcar, que has venido de allende el mar; ahora has de habértelas con el Cid de la luenga barba. Tenemos que besarnos y pactar amistad.

Y Búcar le respondió al Cid:

—¡Dios confunda tales amistades! Traes la espada en mano, te veo aguijar: o mucho me equivoco, o quieres probarla en mis carnes. Pero si el caballo no se me tropieza o cae conmigo, sólo podrás alcanzarme en mitad del mar.

—No ha de ser así —le grita el Cid.

Buen caballo tiene el rey Búcar, y va saltando con ligereza; pero ya *Babieca,* el del Cid, le va dando alcance. Al fin, a tres brazas del mar, logra emparejarle: levanta en alto la Colada y le descarga un furioso tajo, que, arrancándole los carbunclos del yelmo, le abre la cabeza abajo

2404 Esta descripción está imitada de las *chansons de geste* francesas; *[caer a part,* esto es, separados de los cuerpos, cortados por las espadas].

2422 Comp. con v. 766.

Mató a Búcar, al rey de allén mar,
e ganó a Tizón que mill marcos d'oro val.
Vençió la batalla maravillosa e grant.
Aquís' ondró mio Çid e quantos con el*le están.*

[119] *Los del Cid vuelven del alcance.—El Cid, satisfecho de sus yernos; estos, avergonzados.—Ganancias de la victoria.*

Con estas ganançias ya ivan tornando;
sabet, todos de firme robavan el campo.
2431-2 A las tiendas eran llegados *con* el que en buen*a* nasco.
2433 Mio Çid R*o*y Díaz, el Campeador contado,
con dos espadas que él preçiava algo
por la matança vinía tan privado,
la cara fronzida e almófar soltado,
cofia sobre los pelos fronzida d'ella yaquanto.
2455 De todas partes sos vassallos van llegando;
2438 algo vi*dié* mio Çid de lo que era pagado,
alçó sos ojos, est*a*va adelant catando,
e vi*do* venir a Dí*a*go e a Fernando;
amos son fijos del co*m*de don Go*n*çal*v*o.
Alegrós' mio Çid fermoso sonrrisando:
«¿Venides, mios yernos? ¡Mios fijos sodes amos!
»Sé que de lidiar bien sodes pagados;
»a Carrión de vós irán buenos mandados,
»cómmo al rey Búcar avemos arrancado.
»Commo yo fío por Dios y en todos los sos santos,
»desta arrancada nós iremos pagados.»
Minaya Álbar Fáñez essora es llegado,
el escudo trae al cuello e todo espad*ado*,

2426 [Sobre la obtención de la espada Tizón o Tizona, y de otras armas o bienes en combate, véase n. a v. 1010].

2437 Para la *cofia froncida,* comp. con v. 1744 [y véase n. a v. 789].

2425 hasta la cintura. Mató a Búcar, el rey de allende el mar, y
ganó a Tizona, la espada que bien vale mil marcos de oro.
Venció la maravillosa y gran batalla. Aquí se honró el
Cid, y con él todos los que están de su parte.

[119] *Los del Cid vuelven del alcance.—El Cid, satisfecho de sus yernos; estos, avergonzados.—Ganancias de la victoria.*

Con estas ganancias se vuelven todos, no sin recoger
2430 antes los despojos del campo. Llegan a las tiendas en
2433 compañía del Cid Ruy Díaz, el bravo Campeador, que
nació en buen hora. Este, llevando consigo las dos espa-
2435 das que tanto precia, venía por el campo de batalla a todo
correr, con la cofia echada sobre la cabeza y la capucha
2455 suelta. Rodéanle sus vasallos, y él mira seguramente algo
2438 que le contenta, porque no aparta los ojos de un punto:
por allí se acercan Diego y Fernando, los hijos del conde
2440 don Gonzalo. Sonríe el Cid satisfecho.

—¿Sois vosotros, yernos e hijos míos? Ya sé que os
2445 agrada el pelear, buenas nuevas de vosotros llegarán a
Carrión, que cuenten cómo hemos vencido al rey Búcar.
Fío en Dios y en todos sus santos que quedaremos bien
pagados de esta victoria.

A este punto llega Minaya Álvar Fáñez, que trae pen-
2450 diente del cuello, y todo lleno de espadas, el escudo. Las

---

2442-2448 [El Cid, que no ha visto pelear a sus yernos, supone erróneamente que han luchado con valor, y no puede ocultar su satisfacción por ello (reiterada más adelante en los vv. 2477-2481). Gracias a la estrategia narrativa con que se configura el texto, el lector sabe (a diferencia del Cid) que el infante Fernando ha huido cobardemente (véase la tirada 115); igualmente sabemos que los hombres de la hueste del Cid más allegados a su señor intentan ocultar piadosamente la cobardía de los de Carrión (tirada 115; luego vv. 2460-2461). El error del Cid y el engaño de sus vasallos tendrían consecuencias desfavorables (v. 2464)].

2450 Como el escudo era de tabla, conservaba las señales de los golpes de espada y de lanza.

de los colpes de las lanças non avié recabdo;
aquellos que gelos dieran non gelo avién logrado.
Por el cobdo ayuso la sangre destellando;
de veínte arriba ha moros matado;
«¡Grado a Dios e al Padre que está en alto,
»e a vós, Çid, que en buen ora f*o*stes nado!
»Matastes a Búcar e arrancamos el canpo;
»todos estos bienes de vós son e de vuestros vassallos.
»E vuestros yernos aquí son ensayados,
»fartos de lidiar con moros en el campo.»
Dixo mio Çid: «Yo d'esto só pagado;
»quando agora son buenos, adelant serán preçiados.»
Por bien lo dixo el Çid, mas ellos lo touieron a *escarnio.*
Tod*o*s l*o*s gana*dos* a Valencia son llegad*o*s;
alegre es mio Çid con tod*o*s s*o*s *vassallos,*
que a la raçión ca*dié* de plata seys çientos marcos.
Los yernos de mio Çid quando este aver tomaron
desta arrancada, que lo tenién en so salvo,
cuydaron que en s*o*s días nunqua serién minguados.
F*o*ron en Valençia muy bien arreados,
conduchos a sazones, buenas pieles e buenos mantos.
Muchos son alegres mio Çid e s*o*s vassallos.

[120] *El Cid, satisfecho de su victoria y de sus yernos.* (Repetición.)

Grant f*o* el dia *por* la cort del Campeador,
después que esta batalla vençieron e al rey Búcar mató;
alçó la mano, a la barba se tomó:
«Grado a Cristus, que del mundo es señor,
»quando veo lo que avía sabor:
»que lidiaran comigo en campo mios yernos amos a dos.

2456 Conjunción *e* pleonástica (v. 300).

2460-2461 [Álvar Fáñez presenta una actitud de los infantes en combate que no se corresponde con la real y busca ocultar al Cid su desastroso comportamiento].

lanzas dirigidas contra él fueron inofensivas; no se salieron con la suya los agresores. La sangre le chorrea por el codo: ha matado de veinte moros arriba.

2456 —Gracias a Dios, Padre nuestro que estás en los cielos, y a vos, Cid, nacido en hora buena. Matasteis a Búcar y hemos vencido. Vuestros y de los vasallos son estos
2460 bienes. Y vuestros yernos se han señalado, y están hartos de lidiar y de matar moros en campo.

Y el Cid:

—Contento estoy; si ahora son buenos, más adelante serán óptimos.

El Cid lo ha dicho de buena fe pero ellos lo han tomado a escarnio.

2465 Ya están en Valencia todas las ganancias, y el Cid y sus vasallos se regocijan. Cada ración ha sido de seiscientos marcos de plata. Los yernos del Cid, cuando tuvieron en su poder la parte que les tocaba, se dijeron que nunca pa-
2470 sarían pobrezas. Los de Valencia se han ataviado lujosamente; tienen grandes festines, buenas pieles y buenos mantos. Muy contentos quedan el Cid y los suyos.

[120] *El Cid, satisfecho de su victoria y de sus yernos.* (Repetición.)

Gran día fue aquel en la corte del Campeador por la
2475 victoria alcanzada y la muerte del moro Búcar. El Cid se acariciaba las barbas y decía:

—Gracias a Cristo, señor del mundo, que al fin veo lo que anhelaba: que lidiaran a mi lado mis amados yernos.

2464 [A estas alturas, los infantes de Carrión eran de sobra conscientes de la imagen que estaban dando ante su suegro y la gente del Cid. De ahí su actitud recelosa, defensiva, suspicaz, ante sus palabras, en absoluto irónicas (véanse vv. 2477-2481) actitud que causa el malentendido expresado en este verso].

2467 El botín se dividía en *raciones,* que después se repartían proporcionalmente entre los combatientes.

»Mandados buenos irán   dellos a Carrión,
»cómmo son ondrados   e aver *nos han* grant pro.»

[121] *Reparto del botín.*

Sobejanas son las ganançias   que todos an ganad*o;*
lo uno es *d'ellos,*   lo otro han en salvo.
Mandó mio Çid,   el que en buen ora nasco,
d'esta batalla   que han arrancado
que todos prisiessen   so derecho contado,
e *el* s*o* quint*o de mio Çid*   non f*o*sse olbidado.
Assí lo fazen todos,   ca eran acordados.
Ca*di*éronle en quinta al Çid   seys çientos cavallos,
e otras azémilas   e camellos largos
tantos son de muchos   que non serién contados.

[122] *El Cid, en el colmo de su gloria, medita dominar a Marruecos.— Los infantes, ricos y honrados en la corte del Cid.*

Todas estas ganançias   fizo el Canpeador.
«¡Grado ha Dios   que del mundo es señor!
»Antes fu minguado,   agora rico só,
»que he aver e tierra   e oro e onor,
»e son mios yernos   ifantes de Carrión;
»arranco las lides   commo plaze al Criador,
»moros e cristianos   de mí han grant pavor.
»Allá dentro en Marruecos,   o las mezquitas son,
»que abrám de mi salto   quiçab alguna noch
»ellos lo temen,   ca non lo pie*n*sso yo:
»no los iré buscar,   en Valençia seré yo,
»ellos me darán parias   con ayuda del Criador,
»que paguen a mí   o a qui yo ovier sabor.»

2495 *onor* puede significar aquí 'heredades' (como en v. 289), o bien 'feudos' (como en v. 887).

Buenas nuevas de ellos llegarán a Carrión, se hablará de su bravura y con eso nos honraremos más.

[121] *Reparto del botín.*

Enormes ganancias han tocado a todos; mucho tenían ya ganado, y lo de ahora lo tienen ya puesto a buen recaudo. El Cid, nacido en buen hora, manda que cada uno tome su parte del botín, y no se olvidase la quinta que a él le correspondía. Todos obedecen como prudentes. En la quinta del Cid entraron seiscientos caballos, otras acémilas y camellos en abundancia, que no se los podía contar.

[122] *El Cid, en el colmo de su gloria, medita dominar a Marruecos.— Los infantes, ricos y honrados en la corte del Cid.*

Tales fueron las ganancias del Campeador.

—¡Gracias a Dios, señor de lo creado! Antes fui pobre y ahora rico: poseo dinero, tierra, oro, heredades; yernos míos son los infantes de Carrión; venzo las batallas cada vez que Dios es servido; moros y cristianos me respetan. En Marruecos, tierras de las mezquitas, quién sabe si teman que los asalte yo cualquier noche, aunque a mí no se me ha ocurrido. No, no iré a buscarlos, que mejor me estoy en Valencia, adonde, si Dios lo consiente, me traerán ellos el tributo, sea que me lo paguen a mí o a quien yo ordene.

2504 [Estas palabras muestran una vez más la mesura y la prudencia del Cid: sus espectaculares triunfos guerreros no le hacen pensar en emprender una campaña para conquistar el reino de Marruecos, sino que se conforma con hacerlo tributario suyo y seguir aposentado en Valencia; véase Intr., págs. 56-60].

2505 Grandes son los gozos en Valençia *la mayor*
de todas sus conpañas *de* mio Çid el Canpeador,
2508 d'aquesta arrancada que lidiaron de coraçón;
2507 grandes son los gozos de s*o*s yernos amos a dos:
2509 valía de çinco mill marcos ganaron amos a dos;
2510 muchos' tienen por ricos ifantes de Carrión.
Ellos con los otros vinieron a la cort;
aquí está con mio Çid el obispo do*n* Jero*me,*
el bueno de Álbar Fáñez, cavallero lidiador,
e otros muchos que crió el Campeador.
2515 Quando entraron ifantes de Carrión,
recibiólos Minaya por mio Çid el Campeador:
«¡Acá venid, cuñados, que más valemos por vos!»
Assí commo llegaron, pagós' el Campeador:
«Evades aquí, yernos, al mi*e* mugier de pro,
2520 »e amas la*s* mis fijas, don Elvira e doña Sol;
»bien vos abraçen e sírvanvos de coraçón.
2524 »¡Grado a Santa María, madre del nuestro señor Dios!
2525 »destos *v*uestros casamientos vós abredes honor:
»buenos mandados irán a tierras de Carrión.»

[123] *Vanidad de los infantes.—Burlas de que ellos son objeto.*

A estas palabras fabló *ifant* Ferran*do:*
«Grado al Criador e a vós, Çid ondrado,
»tantos avemos de áveres que no son contados;
2530 »por vós avemos ondra e avemos lidiado,

2507 [El gozo de los infantes viene producido por el extraordinario botín que han obtenido en la lucha contra los marroquíes (véanse vv. 2468-2470)].

2517 *cuñado* significaba, en general, 'pariente por afinidad'; por esto Minaya llama así a los maridos de sus primas.

2529-2531 [Versos necesarios para entender la tensión en torno a los infantes que desembocará en la afrenta de Corpes. El infante Fernando se jacta de haber combatido bravamente contra los de Búcar, lo que sabemos que es

2505 Grandes regocijos hay en Valencia, entre las compa-
2508 ñías del Cid Campeador, a causa de esta victoria alcan-
2507 zada con singular denuedo. Los yernos también se rego-
2509 cijan, que entre los dos han ganado hasta cinco mil
2510 marcos, y con razón se tienen por ricos. Han venido a la
corte con todos los otros caballeros, donde se encuentran
al Cid acompañado del obispo don Jerónimo, el buen Ál-
var Fáñez, gran combatiente, y otros muchos que el
2515 mismo Campeador ha criado en su casa. Al ver entrar a
los infantes, Minaya, en nombre del Campeador, los sa-
luda:

—Venid acá, parientes, que por vosotros somos hoy más de lo que éramos.

Y el Cid, alegre de verlos, les dice:

—Aquí tenéis, yernos, a mi excelente mujer; he aquí a
2520 mis dos hijas, doña Elvira y doña Sol, para que os abra-
cen y os sirvan con el alma. Gracias a santa María, madre
2524 de Dios Nuestro Señor, vuestro casamiento os enaltece, y
2525 a la tierra de Carrión han de llegar muy buenas noticias.

[123] *Vanidad de los infantes.—Burlas de que ellos son objeto.*

A estas palabras contestó el infante don Fernando:

—Gracias al Creador y a vos también, honrado Cid, te-
2530 nemos ahora ganancias incontables; por vos nos hemos

---

mentira (véase tirada 115). El compromiso de discreción de Pero Bermúdez (tirada 115), la falsa o errónea opinión de Álvar Fáñez (vv. 2460-2461), o la idea equivocada del Cid sobre el comportamiento de sus yernos (vv. 2443-2448 —compárese 2445 con 2522-2523— y 2477-2481) dan alas a Fernando para proclamar sin pudor, y ante testigos de su cobardía, su aportación al triunfo. Un error fatal, una imprudencia y, sobre todo, un ejemplo de la proporción inversa entre valor guerrero y capacidad para hablar de más de la alta nobleza (véanse nn. a vv. 960 y 2173). Muchos de los del Cid no comparten los propósitos conciliadores o encubridores de Bermúdez y Fáñez, y no pueden por menos de reírse de tan ridículas palabras].

»vençiemos moros en campo e matamos
» aquel rey Búcar, traydor provado.
»Pensad de lo otro, que lo nuestro tenémoslo en saluo.»
Vassallos de mio Çid se*di*ense sonrrissando:
quién lidiara mejor o quién f*o*ra en alcanço,
mas non fallavan í a Dí*da*go ni a Ferrando.
Por aquestos juegos que ivan levantando,
e las noches e los días tan mal los escarmentando,
tan mal se conssejaron estos iffantes amos.
Amos salieron a part, veramientre son hermanos;
d'esto que ellos fablaron nós parte non ayamos;
—«Vayamos pora Carrión, aquí mucho detardamos.
»Los averes que tenemos grandes son e sobejanos,
»despender no los podremos mientra que *bivos seamos.*

[124] *Los infantes deciden afrentar a las hijas del Cid.—Piden al Cid sus mujeres para llevarlas a Carrión.—El Cid accede.—Ajuar que da a sus hijas.—Los infantes dispónense a marchar.—Las hijas despídense del padre.*

—«Pidamos nuestras mugieres al Çid Campeador,
»digamos que las llevaremos a tierras de Carrión,
»enseñar las hemos dó *e*llas heredad*a*s son.
»Sacar las hemos de Valençia, de poder del Campeador;
»después en la carrera feremos nuestro sabor,
»ante que nos retrayan lo que cuntió del león.
»¡Nos de natura somos de co*m*des de Carrión!

2522 *matamos aquel rey Búcar* es buena fanfarronada en boca de Fernando y contrasta con el *matastes a Búcar* que antes dijo Minaya (v. 2458).

2538 [Se resalta con esta frase la coincidencia de acción y pensamiento que se detecta entre ambos infantes, precisamente ahora que van a tomar la determinación de cobrar venganza de su desaire (véase n. a v. 2319)].

2542 [De nuevo el factor económico cobra una función preponderante en las decisiones de los infantes].

2548 [*retraer* tiene unas connotaciones jurídicas muy concretas: según las *Siete Partidas,* los hombres que han sido acusados de infamia (la cobar-

2522 enaltecido combatiendo; vencimos a los moros en campo,
2523 matamos a este traidor probado del rey Búcar. Ahora cui-
2531 daos de los demás, que ya lo nuestro está a buen recaudo.
Los vasallos del Cid se reían a esto por lo bajo; estos
habían peleado furiosamente, y aquellos se habían seña-
lado en persecución; pero no recordaban haber visto entre
ellos a Diego ni a Fernando. Con estas mal disimuladas ri-
2535 sas y estos escarmientos continuos que les hacían, los in-
fantes empezaron a concebir un plan perverso. Dignos her-
manos son el uno del otro. Se apartan y empiezan a cavilar;
pero no tengamos parte en las maldades que hablaron.
2540 —Marchémonos a Carrión; mucho nos vamos retar-
dando en Valencia. Las grandes ganancias que hemos lo-
grado no podríamos gastarlas ya en toda la vida.

[124] *Los infantes deciden afrentar a las hijas del Cid.—Piden al Cid sus mujeres para llevarlas a Carrión.—El Cid accede.—Ajuar que da a sus hijas.—Los infantes dispónense a marchar.—Las hijas despídense del padre.*

—Pidámosle al Cid Campeador que nos entregue a
nuestras mujeres; digámosle que queremos llevarlas a la
2545 tierra de Carrión, para que vean dónde tienen sus hereda-
des. Así las sacaremos de Valencia y de la custodia del
Cid. Ya en el camino, haremos lo que se nos antoje. No
vayan a echarnos antes en cara lo que sucedió con el
león. Nosotros tenemos sangre de condes de Carrión; los

día es una de sus formas) pierden legalmente su dignidad, lo que lleva consigo importantes limitaciones en sus derechos. De ahí el interés que tienen los infantes porque no se los acuse públicamente de cobardía por el desdichado episodio del león].

2549 [Es patética esta reafirmación de los infantes en su estatuto alto y noble (ya realizada en otro momento; véase v. 1376), precisamente cuando queda patente que su nobleza es puramente nominal, y no basada en las obras. Esta declaración contrasta con la inicua venganza que traman].

»Averes levaremos grandes   que valen grant valor;
»escarniremos   las fijas del Canpeador.»
—«D' aquestos averes   sienpre seremos ricos omnes,
»podremos casar con fijas   de reyes o de emperadores,
»ca de natura somos   de co*m*des de Carrión.
»Assí las escarniremos   a fijas del Campeador,
»antes que nos retrayan   lo que f*o* del león.»
Con aqueste conssejo   amos tornados son,
fabló Ferrán*t* Gonçal*v*ez   e fizo callar la cort:
«¡Sí vos vala el Criador,   Çid Campeador!
»Que plega a doña Ximena   e primero a vós
»e a Minaya Álbar Fáñez   e a quantos aquí son:
»dadnos nuestras mugieres   que avemos a bendiçiones,
»levar las hemos   a nuestras tierras de Carrión,
2564-5 »meter las hemos en arras   que les diemos por onores;
»verán vuestras fijas   lo que avemos nós,
»los fijos que oviéremos   en qué avrán partición.»
2569 Nos' curiava de *fonta   mio* Çid el Campeador:
2568 «Darvos he de mis fijas   e algo de lo mio;
»vós les diestes villas por arras   en tierras de Carrión,
»hyo quiéroles dar axuvar   tres mill marcos de *valor;*
»darvos é mulas e palafrés,   muy gruessos de sazón,
»cavallos pora en diestro   fuertes e corredores,
»e muchas vestiduras   de paños e de çiclatones;
»darvos he dos espadas,   a Colada e a Tizón,
»bien lo sabedes vós que las gané   a guisa de varón;
»mios fijos sodes amos,   quando mis fijas vos dó;
»allá me levades   las telas del coraçón.
»Que lo sepan en Gallizia   e en Castiella e en León,
»con qué riqueza enbío   mios yernos amos a dos.

2552 Estos versos deben considerarse repartidos entre los dos hermanos; uno remeda neciamente las palabras del otro, produciendo cierto efecto cómico que, bien manejado por un juglar festivo, causaría gran risa en el auditorio.

2564-2565 Las *arras* son las villas y tierras que el varón da a la mujer al casarse con ella. La mujer no podía disponer libremente de las arras cuando tenía hijos del donante, pues tenía que reservarlas para dejarlas en herencia a sus hijos.

2550 bienes que llevamos valen ya mucho y podremos escar-
necer a las hijas del Cid.
—Con estos bienes siempre seremos ricos hombres, y
podremos casarnos con hijas de reyes o emperadores, que
para algo somos de la sangre de los condes de Carrión.
2555 Sí; escarneceremos a las hijas del Cid, antes que nos
echen en cara la aventura del león.
Habiéndose puesto así de acuerdo, vuelven a la corte,
donde Fernán González impone silencio y habla así:
2560 —¡Dios os valga, Cid Campeador! A doña Jimena, y a
vos el primero, y a Minaya Álvar Fáñez y a cuantos aquí
nos escuchan, pedimos que consientan en entregarnos a
nuestras legítimas esposas, porque quisiéramos llevarlas
a nuestras tierras de Carrión, para ponerlas en posesión
2564-5 de las arras que les dimos por heredades; que vean vues-
tras hijas lo que poseemos y del patrimonio que se ha-
brán de repartir nuestros hijos.
2569 El Cid Campeador, sin recelar la menor afrenta, res-
ponde:
2568 —Os daré a mis hijas, y con ellas algo de lo que me
pertenece. Vosotros les disteis por arras unas villas de
Carrión, y yo quiero darles por ajuar tres mil marcos; y
os daré además mulas y palafrenes andadores y fuertes,
caballos ágiles y corredores para montar, y gran cantidad
de vestiduras de paño y seda tejida de oro; os daré dos
2575 espadas, *Colada* y *Tizona;* ya sabéis que las he ganado a
lo varón. Sois mis hijos; por eso os entrego a mis hijas.
Con ellas me arrancáis las entretelas del corazón. Que lo
sepan en Galicia, León y Castilla; que sepan con cuánta
2580 riqueza despido a mis dos yernos. Servid, pues, a mis hi-

---

2571 [El Cid es muy generoso con sus yernos: compárense estos tres mil marcos con los seiscientos que obtuvo de Raquel y Vidas (v. 135)].

2578 *[las telas del coraçón,* 'mis entrañas, mi corazón, o, más exactamente, los tejidos o telas que lo forman'. Es designación metafórica para expresar el concepto 'lo que más quiero'; véase v. 3260].

»A mis fijas sirvades, que vuestras mugieres son;
»si bien las servides, yo vos rendré buen galardón.»
Atorgado lo han esto iffantes de Carrión.
Aquí reçiben fijas del Campeador;
conpieçan a reçebir lo que el Çid mandó.
Quando son pagados a todo so sabor,
hya mandavan cargar iffantes de Carrión.
Grandes son las nuevas por Valençia la mayor,
todos prenden armas e cavalgan a vigor,
porque escurren fijas del C*id* a tierras de Carrión.
Hya quieren cavalgar, en espidimiento son;
amas hermanas, don Elvira e doña Sol,
fincaron los inojos ant'el Çid Campeador:
«¡Merçed vos pedimos, padre, sí vos vala el Criador!
»vós nos engendrastes, nuestra madre nos parió;
»delant sodes amos, señora e señor.
»Agora nos enviades a tierras de Carrión,
»debdo nos es a cunplir lo que mandáredes vos.
»Assí vos pedimos merçed nós amas a dos,
»que ayades vuestros menssajes en tierras de Carrión.»
Abraçólas mio Çid e saludólas amas a dos.

[125] *Jimena despide a sus hijas.—El Cid cabalga para despedir a los viajeros.—Agüeros malos.*

El*le* fizo aquesto, la madre lo doblava;
«Andad, fijas, ¡d'aquí el Criador vos vala!
»de mí e de vuestro padre, bien avedes nuestra graçia.
»Hid a Carrión do sodes heredadas,
»assí commo yo tengo, bien vos he casadas.»
Al padre e a la madre las manos les besavan;
amos las bendixieron e diéronles su graçia.
Mio Çid e los otros de cavalgar penssavan,
a grandes guarnimientos, a cavallos e armas.
Hya salién los ifantes de Valençia la clara,

jas, vuestras mujeres; y si así lo hacéis, yo os recompensaré con largueza.

Así prometen hacerlo los infantes; les entregan a las
2585 hijas, y comienza también a darles todo lo que el Cid les
ha ofrecido.

Cuando ya están hartos de obsequios, los infantes de
Carrión mandan cargar los fardos. Gran animación hay
en Valencia. Todos se arman y cabalgan para despedir a
2590 las hijas del Cid, que se marchan a Carrión.

Ya echan a andar, ya se despiden. Ambas hermanas doña Elvira y doña Sol, se arrodillan ante el Cid.

—Padre, así os valga el cielo, os pedimos merced. Vos
nos engendrasteis y nos parió nuestra madre; señora y señor
nuestros, ambos estáis delante escuchándonos. Ahora nos
enviáis a tierras de Carrión, y estamos obligadas a obede-
2600 cer vuestras órdenes. Ambas os pedimos como especial
merced que enviéis mensajeros vuestros hasta Carrión.

Y el Cid les abrazó y las besó en la boca.

[125] *Jimena despide a sus hijas.—El Cid cabalga para despedir a los viajeros.—Agüeros malos.*

Eso hizo el Cid; más hizo la madre:

—Id, hijas mías —dice—. ¡El Creador os valga! Con-
táis con mi amor y con el de vuestro padre. Id a Carrión,
2605 do están vuestras heredades; que buen creo haberos ca-
sado en provecho vuestro.

Ellas besan la mano a su padre y a su madre, y reciben la bendición.

Y empiezan a caminar el Cid y los suyos, con gran
2610 pompa y armas y caballos. Ya salen de la clara Valencia
los dos infantes, tras decir adiós a las damas y compañe-

2606 [Esta afirmación contrasta con lo que saben los lectores/oyentes acerca de los verdaderos propósitos de los de Carrión, lo que intensifica el dramatismo del relato].

esp*id*iéndos' de las dueñas   e de todas su*e*s compañas.
Por la huerta de Valençia   teniendo salién armas;
alegre va mio Çid   con todas su*e*s compañas.
Víolo en los auueros   el que en buen*a* cinxo espada,
que estos casamientos   non serién sin alguna tacha.
Nos' puede repentir,   que casadas las ha amas.

[126] *El Cid envía con sus hijas a Félix Muñoz.—Último adiós.—El Cid torna a Valencia.—Los viajeros llegan a Molina.—Abengalbón les acompaña a Medina.—Los infantes piensan matar a Abengalbón.*

¿Ó heres mio sobrino,   tú, Félez Muñoz?
»Primo eres de mis fijas amas   d' alma e de coraçón.
»Mándot' que vayas con ellas   fata dentro en Carrión,
»verás las heredades   que a mis fijas dadas son;
»con aquestas nuevas   vernás al Campeador.»
Dixo Félez Muñoz   «Plazme d' alma e de coraçón.»
Minaya Álbar Fáñez   ante mio Çid se paró:
«Tornémosnos, Çid,   a Valençia la mayor;
»que si a Dios ploguiere   e al Padre Criador,
»hir las hemos ve*de*r   a tierras de Carrión.»
—«A Dios vos hacomendamos,   don Elvira e doña Sol,
»atales cosas fed   que en plazer caya a nós.»
Respondién los yernos: «¡Assí lo mande Dios!»
Grandes fueron los duelos   a la departiçión;
el padre con las fijas   lloran de coraçón,
assí fazían   los cavalleros del Campeador.
»¡Oyas, sobrino,   tú, Félez Muñoz!
»por Molina iredes,   í yazredes una noch;
»saludad a mio amigo   el moro Avengalvón;
»reçiba a mios yernos   commo ell*e* pudier mejor;

2616 [Véase T. L. 2.1.2.].
2626 *a Dios e al Padre* (comp. con v. 300).

ros. Por la huerta de Valencia iban jugando armas. Tranquilo va el Cid, y lo mismo los de su séquito.

Pero los agüeros han dicho al que en buen hora ciñera espada que no habían de ser sin tacha estos casamientos. Ya están casadas; ya no es tiempo de arrepentirse.

[126] *El Cid envía con sus hijas a Félix Muñoz.—Último adiós.—El Cid torna a Valencia.—Los viajeros llegan a Molina.—Abengalbón les acompaña a Medina.—Los infantes piensan matar a Abengalbón.*

—¿Dónde estás, sobrino mío Félix Muñoz? Primo eres de mis hijas, y sé que las tienes voluntad. Mándote que vayas con ellas hasta Carrión, donde verás las heredades que han dado a mis hijas, y regresarás aquí con las nuevas.

—Pláceme de todo corazón —dijo Félix Muñoz.

Minaya Álvar Fáñez compareció ante el Cid:

—¡Oh, Cid! Volvámonos a Valencia y con ayuda de Dios, Creador y Padre, hemos de saber que llegan buenas a tierra de Carrión.

—A Dios os recomendamos, pues, doña Elvira y doña Sol; y portaos siempre de manera que podamos enorgullecernos de vosotras.

—Así lo permita Dios —dijeron los yernos.

Muy grande fue el sentimiento de la despedida; llora el padre, lloran las hijas, y aun los caballeros que acompañan al Campeador.

—Óyeme bien, sobrino Félix Muñoz. Iréis por Molina, donde pernoctaréis. Saludadme a ese moro Abengalbón, mi buen amigo; y que reciba a mis yernos lo me-

---

2636 [Para la figura del moro Avengalvón, amigo del Cid, véase n. a v. 1464].

»dil' que enbío mis fijas   a tierras de Carrión,
»de lo que ovieren huebos   sírvalas a so sabor,
2640 »desí escúrralas fasta Medina   por la mi amor.
»De quanto él fiziere   yol' dar*é* por ello buen galardón.»
Quomo la uña de la carne   ellos partidos son.
   Hyas' tornó pora Valençia   el que en buen ora nasçió.
Piénssanse de ir   ifantes de Carrión;
2645 por Santa María d' Alvarrazín   la posada *fecha fo,*
aguijan quanto pueden   ifantes de Carrión;
félos en Molina   con el moro Avengalvón.
El moro quando lo sopo,   plógol' de coraçón;
saliólos recebir   con grandes avorozes;
2650 ¡Dios, que bien los sirvió   a todo so sabor!
Otro día mañana   con ellos cavalgó,
con dozientos cavalleros   escurrirlos mandó;
hivan troçir los montes,   los que dizen de Luzón,
2656 troçieron Arbuxuelo   e llegaron a Salón,
o dizen el Anssarera   ellos posados son.
2654 A las fijas del Çid   el moro sus donas dió,
2655 buenos seños cavallos   a ifantes de Carrión;
2658 tod esto les fizo el moro   por el amor del Çid Campead*or.*
   Ellos ve*di*én la riqueza   que el moro sacó,
2660 entramos hermanos   conssejaron traçión:
«Hya pues que a dexar avemos   fijas del Campeador,
»si pudiéssemos matar   el moro Avengalvón,
»quanta riquiza tiene   aver la yemos nós.
»Tan en salvo lo abremos   commo lo de Carrión;
2665 »nunqua avrié derecho   de nós el Çid Campeador.»
Quando esta falssedad   dizién los de Carrión,
un moro latinado   bien gelo entendió;
non tiene poridad,   díxolo a Avengalvón:
«Acáyaz, cúriate destos,   ca eres mio señor:
2670 »tu muert o*di* co*n*ssejar   a ifantes de Carrión.»

2642 [Compárese con v. 375, empleado en circunstancias muy similares].
2645 Para *Alvarrazín,* véase v. 1462.

jor que pueda. Decidle que envío a mis hijas a Carrión, y
que las sirva en todo lo que sea menester, y que por mi
2640 amor le pido las acompañe hasta Medinaceli; yo le re-
compensaré debidamente.

Al fin se separan, como se arranca la uña de la carne.
Ya vuelve a Valencia el bienhadado, y los infantes de Ca-
2645 rrión siguen su camino. Por Santa María de Albarracín
rindieron la jornada, y apretando después el paso, helos
en Molina, donde está el moro Abengalbón. Su llegada
regocija al moro sinceramente, y sale a recibirlos con al-
2650 borozo. ¡Oh Dios, y qué bien y cumplidamente los sirve!
A la mañana siguiente cabalga con ellos, habiendo man-
dado a doscientos caballeros que le acompañen. Atravie-
2656 san los montes de Luzón, pasan Arbujuelo, y al llegar al
2654 Jalón, reposan en cierto lugar llamado el Ansarera. El
2655 moro ofrece presentes a las hijas del Cid, y sendos caba-
2658 llos a los infantes; todo por amor del Cid Campeador.

Pero los infantes, viendo la riqueza del moro, pusié-
2660 ronse a maquinar una vil traición:

—Puesto que vamos a abandonar a las hijas del Cid, si
de paso pudiésemos matar al moro Abengalbón, sus mu-
chas riquezas pasarían a nuestras manos. Todo lo pon-
dríamos tan a salvo como nuestras posesiones de Carrión
2665 y el mismo Cid no podría nunca exigirnos que reparáse-
mos la afrenta.

Pero mientras los infantes decían estas perversas palabras, un moro que sabía la lengua los estaba escuchando y, sin guardárselo para sí, al punto lo comunica a Abengalbón:

—Alcaide, mi señor, cuídate de esos; que he oído a los
2670 infantes de Carrión concertar tu muerte.

2653 Son las *montañas fieras e grandes* del v. 1491.

2657 *el Anssarera* es lugar hoy desconocido, que tenía que estar situado entre Medinaceli y el río Jalón.

[127] *Abengalbón se despide amenazando a los infantes.*

El moro Avengalvón,   mucho era buen barragán,
co*n* dozientos que tiene   iva cavalgar;
armas iva teniendo,   parós' ante los ifantes;
de lo que el moro dixo   a los ifantes non plaze:
2677 «Si no lo dexás'   por mio Çid el de Bivar,
»tal cosa vos faría   que por el mundo sonás,
»e luego levaría sus fijas   al Campeador leal:
»vós nu*n*qua en Carrión   entrariedes jamás.

[128] *El moro se torna a Molina, presintiendo la desgracia de las hijas del Cid.—Los viajeros entran en el reino de Castilla.—Duermen en el robledo de Corpes.—A la mañana quédanse solos los infantes con sus mujeres y se preparan a maltratarlas.—Ruegos inútiles de doña Sol.—Crueldad de los infantes.*

2675 »Dezidme, ¿qué vos fiz,   ifantes de Carrión?
»Hyo sirviéndovos sin art,   e vós conssejastes mi*e* mu*o*rt.
2681 »Aquim' parto de vós   commo de malos e de traydores.
»Hiré con vuestra graçia,   don Elvira e doña Sol;
»poco preçio las nuevas   de los de Carrión.
»Dios lo quiera e lo mande,   que de tod el mundo es señor,
»d' aqueste casamiento   que*s'* grade el Campeador.»
Esto les ha dicho,   e el moro se tornó;
teniendo iva armas   al troçir de Salón;
qu*o*mmo de buen seso   a Molina se tornó.
Ya movieron del Anssarera   ifantes de Carrión,
acójense a andar   de día e de noch;
a ssiniestro dexan Ati*en*ça,   una peña muy fu*o*rt,
la sierra de Miedes   passáronla estoz,
por los Montes Claros   aguijan a espolón.

2687 Por esta parte, frente a Medinaceli, el Jalón tiene todavía muy poco fondo y se pasa sin necesidad de vado.
2692 Sobre *Miedes* y *Atiença,* véase v. 415.

[127] *Abengalbón se despide amenazando a los infantes.*

El moro Abengalbón era mozo muy esforzado; sus
doscientos cabalgan con él, jugando las armas. Detúvose
ante los infantes y, con gran desconcierto suyo, les habló
así:
2677 —Si no fuera por respeto al Cid de Vivar, yo haría con
vosotros una sonada, y al Campeador le devolvería sus
2680 hijas y vosotros no entraríais nunca en Carrión.

[128] *El moro se torna a Molina, presintiendo la desgracia de las hijas del Cid.—Los viajeros entran en el reino de Castilla.—Duermen en el robledo de Corpes.—A la mañana quédanse solos los infantes con sus mujeres y se preparan a maltratarlas.—Ruegos inútiles de doña Sol.—Crueldad de los infantes.*

2675 —Decidme, pues, infantes, ¿qué mal os he hecho?
Mientras yo os sirvo sin malicia, vosotros concertáis mi
2681 muerte. Aquí os abandono como a traidores, si Elvira y
doña Sol me dan su permiso, que el renombre de los de
Carrión a mí no me importa. ¡Quiera Dios, dueño y señor
2685 del mundo, que el Campeador pueda felicitarse de estas
nupcias!
Dicho esto, vuelve grupas; al pasar por el río Jalón, va
todavía jugando las armas. Muy cuerdo fue en tornarse a
Molina.
Los infantes de Carrión abandonan el Ansarera, y an-
2690 dan de día y de noche. A la izquierda dejan Atienza, la
fuerte peña, pasan la sierra de Miedes, y pican espuelas
por Montes Claros; a la izquierda, dejan a Griza, la que

2693 *Montes Claros* es hoy el rincón de la provincia de Guadalajara donde nace el río Jarama. Para que convenga al pasaje de nuestro *Cantar* que anotamos, este nombre debía extenderse por el Norte, dentro de la limítrofe provincia de Soria, hacia Caracena.

A ssiniestro dexan a Griza   que Alamos pobló,
allí son caños   do a Elpha ençerró;
a diestro dexan a Sant Estevan,   más ca*d*e alu*ó*n.
Entrados son los ifantes   al robredo de Corpes,
los montes son altos,   las ramas pujan con las nu*o*ves,
elas bestias fieras   que andan aderredor.
Fallaron un vergel   con una linpia fu*o*nt,
mandan fincar la tienda   ifantes de Carrión;
con quantos que ellos traen   í yazen essa noch,
con sus mugieres en braços   demuéstranles amor;
¡mal gelo cunplieron   quando salié el sol!
Mandaron cargar las azémilas   con averes *a nombre,*
cogida han la tienda   do albergaron de noch,
adelant eran idos   los de criazón:
assí lo mandaron   ifantes de Carrión,
que non í fincás ninguno,   mugier nin varón,
si non amas sus mugieres   doña Elvira e doña Sol:
deportar se quieren con ellas   a todo su sabor.
Todos eran idos,   ellos quatro solos son,
tanto mal comidieron   ifantes de Carrión:
«Bien lo creades   don Elvira e doña Sol,
»aquí seredes escarnidas   en estos fieros montes.
»Oy nos partiremos,   e dexadas seredes de nós;
»non abredes part   en tierras de Carrión.
»Hirán aquestos mandados   al Çid Campeador;
»nos vengaremos aquesta   por la del león.»
Allí les tuellen   los mantos e los pelliçones,
páranlas en cuerpos   y en camisas y en çiclatones.

2694-2695 [Estos dos misteriosos versos —no conocemos la referencia exacta del topónimo *Griza*, ni de los antropónimos *Álamos* y *Elpha*— deben estar basados en leyendas locales, propias de las comarcas cercanas a San Esteban de Gormaz, de las que hoy día no tenemos conocimiento (véase Intr., págs. 42-53)].

2696 [Sobre la importancia de las alusiones a San Esteban y su área de influencia para las hipótesis de Menéndez Pidal acerca de la autoría del *CMC*, véase Intr., págs. 42-53].

poblara Álamos; allí están las cuevas donde tuvo a Elfa encerrada. A la derecha, más adelante, está San Esteban (de Gormaz). Ya entran en el robledal de Corpes: bosques altísimos, cuyas ramas suben hasta las nubes, y rondados por abundantes fieras. Allí encontraron un vergel y una limpia fuente, y mandaron plantar la tienda. Allí reposaron esa noche los infantes y sus compañeros. Los infantes, con sus mujeres en los brazos, les dan muchas muestras de amor. ¡Qué mal lo habían de mantener al siguiente día!

Mandaron cargar las acémilas con los numerosos fardos, recoger la tienda que los albergara aquella noche; y echaron por delante a sus criados y familiares; porque han ordenado que no se quede nadie con ellos, hombre ni mujer, sino sus esposas doña Elvira y doña Sol, con quienes desean solazarse sin testigos.

Todos se han ido ya: los cuatro están solos. Allí los infantes de Carrión meditan maldades:

—Doña Elvira, doña Sol: creedlo. Aquí vais a ser escarnecidas en estos ariscos montes. Hoy mismo nos marcharemos y os dejaremos aquí abandonadas. No; no tendréis vosotras parte en la tierra de nuestro condado. Las nuevas llegarán al Cid, y así nos pagará la mala pasada del león.

Quítanles los mantos y pieles, déjanlas en cuerpo con sólo la camisa y el brial. Los negros traidores llevan las

---

2697 El *robredo de Corpes* ha desaparecido hoy: existió al suroeste de San Esteban de Gormaz, que es el *Sant Estevan* nombrado en el verso anterior.

2703 [Es decir, duermen con sus mujeres, hacen el amor con ellas]. Aunque las hijas del Cid, según el pensamiento del poeta, eran de poca edad al desposarse (v. 2083), su casamiento es un matrimonio perfecto. Ellas son *mugieres a bendiciones* (vv. 2562 y 2581), y *parejas pora en braços* de los infantes (v. 2761). El Cid dice a sus yernos: en braços tenedes mis fijas (v. 2333), bien vos abraçen e sirvanvos de coraçon (v. 2521).

Espuelas tienen calçadas   los malos traydores,
en mano prenden las çinchas   fuertes e duradores.
Quando esto vieron las dueñas,   fablava doña Sol:
«¡Por Dios vos rogamos,   don D*ía*go e don Ferrando, *nos*!
»Dos espadas tenedes   fuertes e tajadores,
»al una dizen Colada   e al otra Tizón,
»cortandos las cabeças,   mártires seremos nós.
»Moros e cristianos   departirán desta razón,
»que por lo que nós mereçemos   no lo prendemos nós.
»Atan malos enssienplos   non fagades sobre nós:
»si nós fuéremos majadas,   abiltaredes a vós;
»retraer vos lo an   en vistas o en cortes.»
Lo que ruegan las dueñas   non les ha ningún pro.
Essora les conpieçan a dar   ifantes de Carrión;
con las çinchas corredizas   májanlas tan sin sabor;
con las espuelas agudas,   don ellas an mal sabor,
ronpién las camisas e las carnes   a ellas amas a dos;
linpia salie la sangre   sobre los çiclatones.
Ya lo sienten ellas   en los sos coraçones.
¡Quál ventura serié esta,   sí ploguiesse al Criador,
que assomasse essora   el Çid Campeador!
Tanto las majaron   que sin cosimente son;
sangrientas en las camisas   e todos los ciclatones.
Canssados son de ferir   ellos amos a dos,
ensayandos' amos   quál dará mejores colpes.
Hya non pueden fablar   don Elvira e doña Sol,
por muertas las dexaron   en el robredo de Corpes.

2722-2723 *[Espuelas... çinchas:* el acto de ser azotadas y abandonadas es infamante para las hijas del Cid, pero se ve agravado por el hecho de utilizar armas prohibidas para el castigo corporal —espuelas y cinchas—: de ahí lo interesante de la mención de este detalle, y la rápida solicitud de doña Sol de recibir otra índole de castigo no deshonrosa].

2733 Las *vistas,* o entrevistas convenidas de antemano, a veces tenían carácter judicial, como las *juntas* o asambleas judiciales de distrito que se

espuelas calzadas, y han echado mano a las ásperas cinchas. Cuando esto vieron las damas, dice doña Sol:

—Don Diego, don Fernando: os lo pedimos por Dios. Tenéis dos espadas fuertes y tajantes: a aquella le llaman *Colada;* a esta *Tizona.* Cortadnos las cabezas; seremos mártires. Moros y cristianos irán diciendo que no lo hemos merecido nosotras. Pero no cometáis tan gran crueldad; no nos ultrajéis, que no ganaréis más que envileceros, y os lo demandarán en vistas o en cortes.

No aprovechan a las damas sus ruegos. Los infantes de Carrión comienzan a golpearlas. Sin compasión descargan sobre ellas las cinchas corredizas y las espolean donde más les duela. Así las rasgan las camisas y con ellas las carnes; escurría, tiñendo los briales, la hermosa sangre. Ya muerde el dolor sus corazones. ¡Oh, sin igual ventura, si pluguiese al cielo que apareciese de pronto el Cid Campeador!

Tanto las maltratan, que yacen desfallecidas, ensangrentadas las camisas y paños. Ya se han hartado ellos de herirlas, probando a cuál pegaría mejor. Ya doña Elvira y doña Sol no pueden hablar. Por muertas las dejan en el robledo de Corpes.

---

mencionan en vv. 2014 y 2949; estas, aunque a veces eran presididas por el rey, eran siempre menos solemnes que las *cortes.* [En este verso doña Sol preanuncia el desenlace del *CMC:* el Cid buscará la reparación de la deshonra de sus hijas —y la suya— en las cortes].

2741-2742 [Este deseo del narrador es el contrapunto que subraya el abuso de poder y la cobardía de los infantes: es impensable que hubieran sido capaces de plantar cara a su suegro, a quien atacan de forma aviesa a través de sus hijas. Por otro lado, esta optación del narrador/juglar viene a expresar en forma concreta lo que sus lectores/oyentes tienen en la cabeza al leer/escuchar este episodio: recurso eficaz para implicarlos más intensamente en el relato].

[129] *Los infantes abandonan a sus mujeres.*

Leváronles los mantos   e las pieles armiñas,
mas déxanlas marridas   en briales y en camisas,
e a las aves del monte   e a las bestias de la fiera guisa.
por muertas la*s* dexaron,   sabed, que non por bivas.
¡Quál ventura serié   si assomas' essora el Çid *Roy Díaz!*

[130] *Los infantes se alaban de su cobardía.*

Ifantes de Carrión   por muertas las dexaron,
que el una al otra   nol' torna recabdo.
Por los montes do ivan,   ellos ívanse alabando:
«De nuestros casamientos   agora somos vengados.
»Non las deviemos tomar por varraganas,   si non [f*ó*ssemos rogados,
»pues nuestras parejas   non eran pora en braços.
»¡La desondra del león   assís' irá vengando!»

[131] *Félix Muñoz sospecha de los infantes.—Vuelve atrás en busca de las hijas del Cid.—Las reanima y las lleva en su caballo a San Esteban de Gormaz.—Llega al Cid la noticia de su deshonra.—Minaya va a San Esteban a recoger las dueñas.—Entrevista de Minaya con sus primas.*

Alabando*s'* ivan   ifantes de Carrión.
Mas yo vos diré   d' aquel Félez Muñoz;
sobrino era   del Çid Campeador;

2752 Repetición de v. 2748. Al tono lírico de este pasaje convienen las repeticiones; así los vv. 2749-2750 son semejantes a los vv. 2720-2721, y 2753 es semejante a los vv. 2741-2742. Véanse además n. de vv. 2754 y 2763. [Para la naturaleza y función de estas series gemelas, véanse págs. 19-20 del Prólogo de Martín de Riquer].

[129] *Los infantes abandonan a sus mujeres.*

Las han despojado de sus mantos y sus pieles de ar-
2750 miño; yacen, las tristes, sin más abrigo que los briales y
las camisas, expuestas miserablemente a las aves del
monte y a la voracidad de las fieras; por muertas las deja-
ron, que no por vivas. ¡Oh, sin igual ventura, si asomara
ahora el Cid Ruy Díaz!

[130] *Los infantes se alaban de su cobardía.*

2754-5 Los infantes de Carrión déjanlas por muertas, que ya
ni la una ni la otra puede hablar. Y ellos se iban alabando
por el camino:

—Ahora sí que estamos vengados del casamiento. Aun
2759-60 por barraganas no debimos tomarlas, ni aun rogados.
Para mujeres legítimas no son nuestras pares. Ya vamos
vengando la mala pasada del león.

[131] *Félix Muñoz sospecha de los infantes.—Vuelve atrás en busca de las hijas del Cid.—Las reanima y las lleva en su caballo a San Esteban de Gormaz.—Llega al Cid la noticia de su deshonra.—Minaya va a San Esteban a recoger las dueñas.—Entrevista de Minaya con sus primas.*

Así se van alabando los infantes. Pero ahora quiero de-
2765 ciros de Félix Muñoz, el sobrino del Cid. Habíanle man-

2754-2755 Verso de encadenamiento, semejante al penúltimo de la serie anterior, y tercera repetición de v. 2748.

2759-2760 Los infantes creían que aun para tomar a las hijas del Cid por barraganas debían haber sido instados por un *rogador* (v. 2080; comp. con v. 3276).

2761 *pareja* se había hecho sustantivo, significando 'mujer legítima' (v. 3277), y también se dice *pareja pora en braços* (v. 3449); comp. vv. 255, 2333.

mandáronle ir adelante,   mas de s*o* grado non f*o*.
En la carrera do iva   dolióľ el coraçón,
de todos los otros   aparte se salió,
en un monte espesso   Félez Muñoz se metió,
fasta que viesse venir   sus primas amas a dos,
o qué an fecho   ifantes de Carrión.
Víolos venir   e *odi*ó una razón,
ellos nol' vi*di*én   ni dend sabién raçión;
sabed bien que si ellos le vi*di*essen,   non escapara de mu*o*rt.
  Vansse los ifantes,   aguijan a espolón.
Por el rastro   tornós' Félez Muñoz,
falló sus primas   amorteçidas amas a dos.
Llamando: «¡Primas, primas!»,   luego descavalgó,
arrendó el cavallo,   a ellas adeliñó:
«¡Ya primas, las mis primas,   don Elvira e doña Sol,
»mal se ensayaron   ifantes de Carrión!
»¡A Dios plega que dent prendan   ellos mal galardón!»
Valas tornando   ellas amas a dos;
tanto son de traspuestas   que nada dezir non pu*o*den.
Partiéronsele las telas   de dentro del coraçón,
llamando: «¡Primas, primas,   don Elvira e doñ*a* Sol!
»¡Despertedes, primas,   por amor del Criador,
»mientra es el día,   ante que entre la noch,
»los ganados fieros   non nos coman en aqueste mont!»
Van recordando   don Elvira e doña Sol,
abrieron los ojos   e vieron a Félez Muñoz:
«¡Esforçadvos, primas,   por amor del Criador!
»De que non me fallaren   ifantes de Carrión,
»a gran priessa   seré buscado yo;
»si Dios non nos vale,   aquí morremos nós.»
Tan a grant duelo   fablava doña Sol:
«¡Sí vos lo meresca, mio primo,   nuestro padre el Canpeador!
»¡Dandos del agua,   sí vos vala el Criador!»

2795 [Félez Muñoz sabe que tan pronto como los infantes de Carrión alcancen a la comitiva y vean que Muñoz falta de ella comenzarán a sospechar y saldrán en su busca].

dado adelantarse; no lo hizo de buena gana. Por la carretera le dio una corazonada, y apartándose de los otros, se mete por la espesura de un monte, para acechar el paso de sus primas o ver lo que han hecho los infantes. Violos venir, les sorprendió algunas palabras; ellos ni le ven ni le sienten, que de otro modo, podéis estar ciertos, no hubiera escapado con vida.

Y mientras se alejan los infantes picando espuelas, Félix Muñoz se ha tornado por el rastro y al fin descubre a sus dos primas, amortecidas.

—¡Primas, primas! —grita.

Echa pie a tierra, ata por la rienda al caballo, corre hacia ellas:

—¡Ay, primas, primas mías! ¡Doña Elvira, doña Sol! ¡Oh, mala proeza hicieron los infantes! ¡Plegue a Dios que tengan su merecido!

Las va haciendo volver en sí. Tan desmayadas estaban que no pueden articular palabra. Se le desgarra el corazón.

—¡Primas, primas, doña Elvira, doña Sol! —sigue gritando—. ¡Despertaos, primas, por amor de Dios! ¡Despertaos mientras es de día!; ¡mirad que anochece; no nos vayan a devorar las fieras del monte!

Ya doña Elvira y doña Sol comienzan a recobrarse. Abren los ojos, ven a su lado a Félix Muñoz.

—¡Esforzaos, primas, por amor de Dios! Los infantes de Carrión en cuanto noten mi ausencia me harán buscar por todas partes. Si Dios no nos vale, aquí vamos a quedarnos muertos.

Y al fin doña Sol dice con inmensa amargura:

—¡Ay, primo mío! Así os lo compense nuestro padre el Campeador, que por amor de Dios nos deis agua.

Con un sombrero   que tiene Félez Muñoz,
nuevo era e fresco,   que de Valençial' sacó,
cogió del agua en el*le*   e a sus primas dio;
mucho son lazradas   e amas las fartó,
tanto las rogó   fata que las assentó.
Valas conortando   e metiendo coraçón
fata que esfuerçan,   e amas las tomó,
e privado   en el cavallo las cavalgó;
con el so manto   a amas las cubrió,
el cavallo priso por la rienda   e luego dent las part*ió*.
Todos tres señeros   por los robredos de Corpes,
entre noch e día   salieron de los montes;
a las aguas de Duero   ellos arribados son,
a la Torre de don Urraca   elle las dexó.
A Sant Estevan   vino Félez Muñoz,
falló a Dí*a*g Téllez   el que de Álbar Fáñez f*o*,
quando elle lo o*d*ió,   pesól' de coraçón;
priso bestias   e vestidos de pro,
hiva reçebir   a don Elvira e doña Sol.
En Sant Estevan   dentro las metió:
quanto él mejor puede   allí las ondró.
Los de Sant Estevan   siempre mesurados son,
quando sabién este,   pésoles de coraçón;
a llas fijas del Çid   danles e*n*ffurç*ión,*
allí sovieron ellas   fata que sanas son.
    Alabándos' se*d*ían   ifantes de Carrión
Por todas essas tierras   estas nuevas sabidas son;
de cuer pesó esto   al buen rey don Alfons.
Van aquestos mandados a Valençia la mayor;
quando gelo dizen   a mio Çid el Campeador,

2812 Esta *Torre de don Urraca* estaría en el término que hoy se llama La Torre, al oeste de San Esteban de Gormaz, y no lejos de un pago denominado Llano de Urraca, a orillas del Duero.

2814 [Este Diego Téllez, antiguo vasallo de Álvar Fáñez, debe ser el Diego Téllez histórico que llegó a ser gobernador de la villa segoviana de Sepúlveda y que, efectivamente, firma tras Álvar Fáñez con motivo de la repoblación de dicha villa].

En un sombrero, nuevo y hermoso, que acababa de sacar de Valencia, Félix Muñoz cogió agua y dio de beber a sus dos primas. Muy sedientas y lastimadas están, y hubo de aplacarlas.

Al fin, a ruegos, ha logrado que se incorporen. Poco a poco las va confortando e infundiendo ánimo hasta que, algo recobradas, las carga sobre el caballo y pica espuelas. A ambas cubre con su manto, requiere la rienda, y echa a andar. Helos solos por los robledos de Corpes, hasta que entre noche y día salen del monte. Llegan a las aguas del Duero, y Félix Muñoz deja a sus primas en la torre de doña Urraca, para acercarse a San Esteban (de Gormaz), donde encuentra a un tal Diego Téllez, hombre que fue de Álvar Fáñez. Al saber lo sucedido pesólo mucho, tomó consigo bestias y vestiduras adecuadas, y fue a recoger a doña Elvira y a doña Sol. Después las condujo a San Esteban y alojó y sirvió lo mejor que pudo. Los de San Esteban han sido siempre buena gente; mucho lamentaban el suceso y se empeñan en ofrecer a las hijas del Cid el tributo de viandas, grano y vino. Allí permanecieron ellas hasta que se sintieron restablecidas.

En tanto los infantes de Carrión se iban alabando. Ya las nuevas han corrido por toda la tierra. Al buen rey don Alfonso le ha pesado de corazón. El mensaje llega a Valencia, y cuando lo sabe el Cid Campeador, se estuvo un

---

2822 *enffurçión* (igual en v. 2849) era el tributo de viandas, granos y vino que pagaba el pechero al señor por razón del solar que este daba. El que inicia la hospitalidad que los de San Esteban dan a las hijas del Cid es un Diego Téllez, vasallo o pechero de Álvar Fáñez (v. 2814) y él y otros como él pagarían este tributo.

2824 [El punto de vista narrativo cambia aquí de las hijas del Cid a los infantes de Carrión y la difusión de sus noticias. En esta ocasión el cambio no va señalado por una interpelación del juglar a su auditorio (véase T. L. 2.3.2.)].

2825 [Es lógico el pesar del rey, pues él fue quien aceptó los planes de boda de los infantes, y quien los propuso al Cid; ya quedó dicho por boca de este que la boda se hizo por voluntad del rey (véanse vv. 2110, 2134 y 2204)].

una grand ora   penssó e comidió;
alçó la su mano,   a la barba se tomó:
«¡Grado a Cristus,   que del mundo es señor,
»quando tal ondra me an dada   ifantes de Carrión!
»¡Par aquesta barba   que nadi non messó,
»non la lograrán   ifantes de Carrión;
»que a mis fijas   bien las casaré yo!»
Pesó a mio Çid   e a toda su cort,
e a Albar Fáñez   d' alma e de coraçón.
Cavalgó Minaya   con Per Vermu*doz*
e Martín Antolínez,   el Burgalés de pro,
con dozientos cavalleros,   quales mio Çid mandó;
díxoles fuertemientre   que andidiessen de dia e de noch,
aduxiessen a ssus fijas   a Valençia la mayor.
Non lo detardan   el mandado de s*o* señor,
apriessa cavalgan,   andan los dias e las noches;
vinieron a Gormaz,   un castiello tan fu*o*rt,
hi albergaron   por verdad una noch.
A Sant Estevan   el mandado llegó
que vinié Minaya   por sus primas amas a dos.
Varones de Sant Estevan,   a guisa de muy pro*e*s,
reçiben a Minaya   e a todos s*o*s varones,
presentan a Minaya   essa noch grant enffurçión;
non gelo quiso tomar,   mas mucho gelo gradió:
«Graçias, varones de Sant Estevan,   que sodes coñosçedores,
»por aquesta ondra que vós diestes   a esto que nos cuntió:
»mucho vos lo gradeçe,   allá do está, mio Çid el Canpeador;
»assí lo ffago yo   que aquí estó.
»¡Affé Dios de los çielos   que vos dé dent buen galardón!»
Todos gelo gradeçen   e sos pagados son,
adeliñan a posar   pora folgar essa noch.
Minaya a ve*e*r   su*e*s primas do son,
en el*le* fincan los ojos   don Elvira e doña Sol:

2834 [El Cid reacciona ante una noticia tan terrible con gran mesura y comedimiento: tras larga reflexión, lo primero que hace es dar gracias a Dios

gran rato meditando. Al fin, tomándose las barbas, exclama:

—¡Alabado sea Nuestro Señor Jesucristo! ¡Cuando tal han hecho los infantes de Carrión, por estas barbas que nadie ha mesado nunca, que no lograrán deshonrarme, y que aún he de casar bien a mis hijas!

¡Qué aflicción la del Cid y la de toda su corte, y la de Álvar Fáñez, a quien pesa de corazón!

Cabalgó Minaya, con Pedro Bermúdez y Martín Antolínez, el burgalés de pro, y doscientos caballeros más que mandara el Cid. Ordenóles imperiosamente caminar de día y de noche y traerle sus hijas hasta Valencia. Todos se apresuraron a obedecerlo; cabalgaban a toda rienda, andan día y noche. Llegan a Gormaz, fuerte castillo, donde se albergan una noche. La noticia de que Minaya ha venido por sus primas llegó a San Esteban, donde los buenos varones se aprestan a recibirlo con su gente; esa misma noche le ofrecen tributos como vasallos; él, agradeciéndolo mucho, nada acepta.

—Gracias —dice—, gracias, varones de San Esteban, hombres de gran prudencia, por el auxilio que nos habéis prestado en la desgracia. Nuestro Cid Campeador os lo agradece allá donde está, y yo que aquí estoy lo hago en su nombre. Dios, que está en los cielos, permitirá que os lo recompense.

Todos quedan muy contentos y satisfechos de él, y se retiran a descansar por la noche. Minaya va a ver a sus primas doña Elvira y doña Sol, quienes, fijando en él los ojos exclaman:

---

y pensar en restaurar la honra de sus hijas mediante nuevos matrimonios. Ni siquiera en un momento así se deja llevar por instintos ni sentimientos vehementes. Véase también T. L. 2.2.1.].

2843 *Gormaz,* situado a orillas del Duero. Su gran castillo es de la época árabe y tuvo capital importancia en la Reconquista del siglo X, sobre todo en tiempo de los condes Fernán González y Garcí Fernández, su hijo.

«Atanto vos lo gradimos commo si viéssemos al Criador;
»e vos a él lo gradid, quando bivas somos nos.
»En los días de vagar, *en Valençia la mayor,*
2862*b* »toda nuestra rencura sabremos contar *nós.»*

[132] *Minaya y sus primas parten de San Esteban.—El Cid sale a recibirlos.*

Lloravan de los ojos las dueñas e Álbar Fáñez,
e Per Vermu*doz* otra tanto las ha;
«Don Elvira e doña Sol, cuydado non ayades,
»quando vós sodes sanas e bivas e sin otro mal.
»Buen casamiento perdiestes, mejor podredes ganar.
»¡Aún veamos el día que vos podamos vengar!»
Hi yazen essa noche, e tan grand gozo que fazen.
Otro día mañana pienssan de cavalgar.
Los de Sant Estevan escurriéndolos van
fata Rio d' Amor, dándoles solaz;
d' allent se espidieron d'ellos, piénssanse de tornar,
e Minaya con las dueñas iva cabadelant.
Troçieron Alcoçeva, adiestro dexan Gormaz,
o dizen Bado de Rey, allá ivan p*as*sar,
a la casa de Berlanga posada presa han.
Otro día mañana métense a andar,
a qual dizen Medina ivan albergar,
e de Medina a Molina en otro día van;
al moro Avengalvón de coraçón le plaz,
saliólos a reçebir de buena voluntad,
por amor de mio Çid rica cena les da.
Dent pora Valençia adeliñechos van.
Al que en buen ora nasco llegava el menssaje,

2867 El solo hecho del abandono y malos tratos basta para dar como disuelto el matrimonio, sin que se espere decisión ninguna eclesiástica ni civil. Lo mismo que aquí Pedro Bermúdez, se expresa luego el Cid (vv. 2893,

2860 —¡Tanto os lo agradecemos como si viésemos a Dios
mismo! Y vos debéis dar gracias a Dios de hallarnos vi-
vas y salvas. Ya, en ratos perdidos, cuando estemos en
2862b Valencia, os referiremos nuestra desgracia.

[132] *Minaya y sus primas parten de San Esteban.—El Cid sale a recibirlos.*

Las damas y Álvar Fáñez lloraban sin poder conte-
nerse. Y también Pedro Bermúdez les estaba diciendo:
2865 —Doña Elvira y doña Sol, no paséis cuidados, puesto
que estáis ya sanas y salvas. Habéis perdido buen casa-
miento; mejor lo podréis ganar tal vez. ¡Ojalá veamos el
día de nuestra venganza!

Y se pasan allí la noche, todos consolándose y conten-
2870 tos de verse. A otro día por la mañana emprenden el re-
greso. Los de San Esteban los van acompañando y divir-
tiendo hasta Río de Amor, donde se despiden y vuelven a
sus casas. Minaya y las damas siguen en ruta. Pasan la
2875 Alcoceba, dejan a la derecha Gormaz, cruzan por Vado-
rrey y toman posada en el pueblo de Berlanga. Otro día
siguen caminando, y paran en la llamada Medinaceli, y
al otro día hacen el trecho de Medinaceli a Molina. El
2880 moro Abengalbón, muy contento, sale a recibirlos y, por
amor del Cid, les hace dar una cena suculenta. Y de allí
se van derechos para Valencia.

2885 Llegan los menajes al bienhadado, que se apresura a

3156-3157, 3206) y el segundo casamiento de Elvira y Sol se hace sin la menor dificultad.

2872 *Rio d'Amor,* hoy desconocido, debía de estar al este de San Esteban de Gormaz.

2876 *Bado de Rey,* hoy Vadorrey, despoblado a la izquierda del Duero, en el camino de Berlanga a Gormaz.

2877 *Berlanga,* pueblo y castillo a la izquierda del Duero.

privado cavalga,   a reçebirlos sale;
armas iva teniendo   e grant gozo que faze.
Mio Çid a sus fijas   ívalas abraçar,
besándolas a amas,   tornós' de sonrrisar:
«¿Venides, mis fijas?   ¡Dios vos curie de mal!
»Hyo tomé el casamiento,   mas non osé dezir ál.
»Plega al Criador,   que en çielo está,
»que vos vea mejor casadas   d' aquí en adelant.
»De mios yernos de Carrión   Dios me faga vengar.»
Besaron las manos   las fijas al padre.
Teniendo ivan armas,   entráronse a la cibdad;
grand gozo fizo con ellas   doña Ximena su madre.
  El que en buen ora nasco   non quiso tardar,
fablós' con los sos   en su poridad,
al rey Alfons de Castiella   penssó de enbiar.

[133] *El Cid envía a Muño Gustioz que pida al rey justicia. —Muño habla al rey en Sahagún, y le expone su mensaje. —El rey promete reparación.*

  «¿Ó eres, Muño Guztioz,   mio vassallo de pro?
»¡En buen ora te crié   a tí en la mi cort!
»Lieves el mandado   a Castiella al rey Alfons;
»por mí bésale la mano   d'alma e de coraçón,
»—qu*o*mo yo só s*o* vassallo,   e el*le* es mio señor,—
»desta desondra que me an fecha   ifantes de Carrión
»quel' pese al buen rey   d' alma e de coraçón.
»El*le* casó mi*e*s fijas,   ca non gelas di yo;
»quando las han dexadas   a grant desonor,
»si desondra ý cabe   alguna contra nós,
«la poca e la grant   toda es de mio señor.
»Mios averes se me an levado,   que sobejanos son;

2890 *¿Venides?* (comp. con v. 204) y *Dios vos curie* (comp. con v. 1396), fórmulas habituales de saludo.
2891 [Véase n. a v. 2082].

salir a su encuentro, cabalgando. Iba jugando las armas muy animoso. Al ver a sus hijas, se adelanta para abrazarlas, a ambas las besa, se sonríe:

—¿Sois vosotras, hijas mías? Dios os guarde de todo mal. Acepté vuestro casamiento, no osando contrariarlo. ¡Plegue a Dios que pueda veros mejor casadas! ¡Dios me dé venganza de mis yernos!

Las hijas besaron las manos de su padre. Y todos, jugando las armas, se volvieron a la ciudad. Gran gozo tuvo al verlas doña Jimena, su madre. El que en buen hora nació, sin perder tiempo, quiso hablar aparte con los suyos y enviar un mensaje al rey don Alfonso de Castilla.

[133] *El Cid envía a Muño Gustioz que pida al rey justicia. —Muño habla al rey en Sahagún, y le expone su mensaje. —El rey promete reparación.*

—¿Dó estás, Muño Gustioz, ilustre vasallo? En buen hora te crié en mi corte. Lleva el mensaje a Castilla, al rey Alfonso. Bésale la mano en mi nombre, de todo corazón, como a su señor el vasallo. Y ruega al buen rey que se dé también por ofendido de la injuria que los infantes me han hecho. Él, que no yo, casó a mis hijas. Y ahora que las han deshonrado, si es que en esto cabe deshonra, poca o mucha, como sea, recae toda sobre mi señor. Se

---

2908-2911 [El Cid plantea aquí que el hecho de que el rey haya sido el artífice de las bodas también le implica en la deshonra. La mesura cidiana se pone de manifiesto: el Cid renuncia a la venganza sangrienta y se conforma con un proceso legal (v. 2914) que restaure públicamente su honra y la de sus hijas. El transcurso de esa corte que el rey convocará a petición del Cid proporcionará el desenlace final de la obra].

2912-2913 [A la deshonra producida por el ultraje de sus hijas se puede sumar otro agravio: el de haberse llevado los infantes unas extraordinarias riquezas prevaliéndose de su vinculación familiar con el Cid (anulada, por otro lado, tras el ultraje de Corpes)].

»esso me puede pesar con la otra desonor.
»Adúgamelos a vistas, o a juntas o a cortes,
»commo aya derecho de ifantes de Carrión,
»ca tan grant es la rencura dentro en mi coraçón.»
Muño Gustioz, privado cavalgó,
con él dos cavalleros quel' sirvan a so sabor,
e con él escuderos que son de criazón.

Salién de Valençia e andan quanto pu*o*den,
nos' dan vagar los días e las noches.
Al rey *don Alfons* en San*t* Fagunt lo falló.
Rey es de Castiella e rey es de León,
e de las Asturias bien a San Çalvador,
fasta dentro en Santi Yaguo de todo es señor,
e llos co*m*des gallizanos a él tienen por señor.
Assí commo descavalga aquel Muño Gustioz,
omillós' a los santos e rogó a*l* Criador;
adelinó poral' palaçio do estava la cort,
con el*le* dos cavalleros que l'aguardan cum a sseñor.
Assí commo entraron por medio de la cort,
ví*d*olos el rey e connosció a Muño Gustioz;
levantós el rey, tan bien los reçibió.
Delant el rey *Alfons* los inojos fincó,
besábale los pie*de*s aquel Muño Gustioz;
«¡Merçed, rey, de largos reynos a vós dizen señor!
»Los pie*de*s e las manos vos besa el Campeador;
»elle es vuestro vassallo e vós sodes so señor.
»Casastes sus fijas con ifantes de Carrión,
»¡alto f*o* el casamien*to*, ca lo quisiestes vós!
»Hya vós sabedes la ondra que es cuntida a nós,
»qu*o*mo nos han abiltados ifantes de Carrión:
»mal majaron sus fijas del Çid Campeador;
»majadas e desnudas a grande desonor,
»desenparadas las dexaron en el robredo de Corpes,

2914 [Las mencionadas son tres modalidades diversas de convocatorias judiciales públicas con presencia del rey] (comp. con v. 2733).

han llevado muchas riquezas mías, y ese es nuevo cargo que añadir a la ofensa. Cítelos a vistas el rey, a juntas o a cortes, para que reclame yo mi derecho contra ellos, porque grande es el rencor que me roe el alma.

Muño Gustioz se apresura a cabalgar acompañado de los caballeros que le sirven y de algunos escuderos criados en la casa del Cid.

Salen de Valencia, andan todo lo más que pueden, sin descansar de día ni de noche. Encontraron al rey don Alfonso en Sahagún. Es rey de Castilla y de León, y de las Asturias y de Oviedo, y hasta de Santiago de Galicia es señor, y los condes gallegos le rinden acatamiento. Muño Gustioz desmonta, se humilla a los santos del cielo, ruega al Creador, y se dirige al palacio donde reside la corte, y con él van los caballeros que lo acompañan.

En cuanto entraron, el rey reconoció a Muño Gustioz y, levantándose, lo recibió con honores. El otro se arrodilla entonces ante el rey, y besándole las plantas exclama:

—¡Merced, oh rey a quien tantos reinos llaman señor! El Campeador os besa los pies y las manos; vuestro vasallo es; sois su señor. Habéis casado a sus hijas con los infantes de Carrión. Muy honroso fue el casamiento, pues vos lo quisisteis. Mas ya sabréis en lo que paró tanta honra, y cómo los infantes de Carrión nos han afrentado. Pues ellos han ultrajado miserablemente a las hijas del Cid Campeador, abandonándolas desnudas y lamentables en el desamparo del robledo de Corpes, expuestas a las

---

2922 Para la devoción de Alfonso VI al monasterio de Sahagún, véase v. 1312.

2924 *San Çalvador* es Oviedo, capital de Asturias, así llamado por tener su catedral consagrada a San Salvador.

2925 *Santi Yaguo,* la ciudad de Santiago de Galicia.

2928 Para la oración en el lugar de llegada, véase v. 1394.

2941 Muño Gustioz se tiene él mismo por deshonrado, como todos los de la casa del Cid.

»a las bestias fieras e a las aves del mont.
»Afélas sus fijas en Valençia do son.
»Por esto vos besa las manos commo vassallo a señor,
»que gelos levedes a vistas, o a juntas o a cortes.
»Tienes' por desondrado, mas la vuestra es mayor,
»e que vos pese, rey, commo sodes sabidor;
»que aya mio Çid derecho de ifantes de Carrión.»
El rey una grand ora calló e comidió:
«Verdad te digo yo, que me pesa de coraçón,
»e verdad dizes en esto, tú, Muño Gustioz,
»ca yo casé sus fijas con ifantes de Carrión;
»fizlo por bien, que ff*o*sse a su pro.
»¡Siquier el casamiento fecho non f*o*sse oy!
»Entre yo e mio Çid pésanos de coraçón.
»Ayudarl'é a derecho, ¡sín' salve el Criador!
»lo que non cuydava fer de toda esta sazón.
»Andarán mios porteros por todo *el* reyno mio,
»pora dentro en Toledo pregonarán mi*e* cort,
»que allá me vayan cue*m*des e ifançones;
»mandaré commo í vayan ifantes de Carrión,
»e commo den derecho a mio Çid el Campeador,
»e que non aya rencura podiéndolo veda*r* yo.

[134] *El rey convoca corte en Toledo.*

»Dizidle al Campeador que en buen ora nasco,
»que d'estas siet se*d*manas adóbes' con s*o*s vassallos,
»véngam' a Toledo, estol' dó de plaz*d*o.
»Por amor de mio Çid esta cort yo fago.
»Saludádmelos a todos, entr'ellos aya espaçio;
»desto que les abino aun bien serán ondrados.»
Espidiós' Muño Gustioz, a mio Çid es tornado.

2949 [Comp. con v. 2914].

fieras y a las aves del monte. Ya están en Valencia sus
dos hijas. Así, pues, os besa las manos como le cumple y
os pide que traigáis a vistas, juntas o cortes a esos infan-
2950 tes; tiénese por afrentado, pero mayor es la afrenta para
vos; y os pide, rey, que, pues lo sabéis todo, le acompa-
ñéis en este pesar y que le sea dable reclamar de los de
Carrión su derecho.
Gran rato estuvo el rey pensativo.
—En verdad te digo que me pesa de corazón y que
2955 cuanto has dicho, Muño Gustioz, es muy cierto: que yo
fui quien casó a sus hijas con los infantes, pensando que
sería para bien y en provecho suyo. ¡Ojalá no se hubiera
realizado el tal casamiento! Comparto de corazón el pe-
sar del Cid. Así me valga el Creador, que le he de ayudar
2960 en derecho. ¡Lejos estaba de imaginarlo! Mis mensajeros
reales irán por todo el reino pregonando que se juntarán
las cortes en Toledo, adonde tendrán que acudir condes e
2965 infanzones. Ordenaré a los infantes de Carrión que acu-
dan allá a responder en derecho ante el Cid; y decidle
que, mientras yo pueda remediarlo, no padezca por nada.

[134] *El rey convoca corte en Toledo.*

—Decidle al Campeador, nacido en buen hora, que se
2970 prepare para venir a Toledo con sus vasallos, de aquí a
siete semanas; este es el plazo que le doy. Por amor del
Cid convoco estas cortes solemnes. Saludádmelos a to-
dos, y hayan consuelo, que aún de tamaña afrenta saldrán
ellos enaltecidos.
Y Muño Gustioz despidióse para volver al lado del Cid.

2963 El rey escoge *la cort* como medio de enjuiciamiento y reparación más solemne que las *vistas* o *juntas*. El *portero* (v. 1380) es el encargado de convocar la *corte pregonada* (v. 3272) o solemne.

2973 [Comp. con v. 382].

Assi commo lo dixo, suyo era el cuydado:
non lo detiene por nada Alfons el Castellano,
enbía sus cartas pora León e a Santi Yaguo,
a los portogaleses e a gallizianos,
e a los de Carrión e a varones castellanos,
que cort fazié en Toledo aquel rey ondrado,
a cabo de siet se*d*manas que í f*o*ssen juntados;
qui non viniesse a la cort non se toviesse por s*o* vassallo.
Por todas sus tierras assí lo ivan penssando,
que non falliessen de lo que el rey avié mandado.

[135] *Los de Carrión ruegan en vano al rey que desista de la corte.—Reúnese la corte.—El Cid llega el postrero.—El rey sale a su encuentro.*

Hya les va pesando a ifantes de Carrión
porque en Toledo el rey fazié cort,
miedo han que í verná mio Çid el Campeador.
Prenden so conssejo assí parientes commo son,
ruegan al rey que los quite d'esta cort.
Dixo el rey: «No lo feré, ¡sín' salve Dios!
»ca í verná mio Çid el Campeador;
»darl'edes derecho, ca rencura ha de vos.
»Qui lo fer non quisiesse o no ir a mi cort,
»quite mio reyno, ca d'él non he sabor.»
Hya lo v*id*ieron qué es a fer ifantes de Carrión,
prenden conssejo parientes commo son;
el co*m*de don Garçía en estas nuevas f*o,*
enemigo de mio Çid, que mal siemprel' buscó,
aqueste conssejó los ifantes de Carrión.
Llegava el pla*zdo*, querién ir a la cort;
en los primeros va el buen rey don Alfons,

2982 [El vasallo tenía obligación de acudir al llamamiento del señor; comp. con v. 2893].

Y dijo verdad Alfonso el Castellano, que tiene aquel cuidado por suyo. Por nada en el mundo quiere retardarlo; envía luego cartas a León y a Santiago; a los portugueses y a los gallegos, a los de Carrión y a los varones castellanos, comunicándoles que se han de juntar las Cortes en Toledo al cabo de siete semanas, y que el que no concurra no se tenga por vasallo. Y por todas sus tierras, todos se disponen a obedecer el mandato de su señor.

[135] *Los de Carrión ruegan en vano al rey que desista de la corte.—Reúnese la corte.—El Cid llega el postrero.—El rey sale a su encuentro.*

Los infantes de Carrión están muy cabizbajos, porque el rey ha convocado una corte en Toledo; temen que asista el Cid Campeador. Se aconsejan de sus parientes, ruegan al rey que les permita no asistir. Y dice el rey:

—¡No lo haré, así me salve Dios! Que tiene que asistir el Cid, y habéis de responderle en derecho; que está agraviado. Quien no quiera hacerlo o no vaya a la corte, ya puede dejar mi reino y no cuente más con mi favor.

Ya los infantes de Carrión saben lo que tienen que hacer. Tratan el asunto con sus parientes. Tomó carta el conde García, enemigo del Cid, que siempre buscaba su mal, y este aconsejó a los infantes.

Llegaba el plazo; todos iban acudiendo a la corte. De los primeros fueron el buen rey don Alfonso, el conde

---

2989 [Los de Carrión y sus familiares desconocen el motivo de la convocatoria de cortes, pero temen encontrarse en ellas al Cid. Ante esa eventualidad, los infantes vuelven a dar muestras de su cobardía, y tratan de escurrir el bulto, sin conseguirlo].

2997 *[el comde don Garçia,* esto es, García Ordóñez; véase n. a v. 1345].

el co*m*de don Anrric   y el co*m*de don Remond,
—aqueste f*o* padre   del buen enperador,—
el co*m*de don Fr*ói*la   y el co*m*de don B*irbón*.
F*o*ron í de s*o* reyno   otros muchos sabidores,
de toda Castiella   todos los mejores.
El co*m*de don Garçía,   *el Crespo de Grañón,*
e Álvar Díaz   el que Oca mandó,
e A*n*su*o*r Gonçal*v*ez   e Gonçal*v*o A*n*su*ó*rez,
e Per Ansuórez,   sabet, allís' açertó,
e Dí*a*go e Ferrando   í son amos a dos,
e con ellos grand bando   que aduxieron a la cort:
e*n*bair le cuydan   a mio Çid el Campeador.
   De todas partes   allí juntados son,
aun non era llegado   el que en buen ora naçió,
porque se tarda   el rey non ha sabor.
Al quinto día venido es   mio Çid el Campeador;
a Álvar Fáñez   adelante l'enbió,
que bessase las manos   al rey so señor:
bien lo sopiesse   que í serié essa noch.
Quando lo *odi*ó el rey,   plógol' de coraçón;
con grandes yentes   el rey cavalgó
e iva reçebir   al que en buen ora naçió.
Bien aguisado viene   el Çid con todos los sos,
buenas conpañas   que assí an tal señor.
Quando lo ovo a ojo   el buen rey don Alfons,
firiós' a tierra   mio Çid el Campeador;
biltar se quiere   e ondrar a so señor.
Quando lo *vido* el rey,   por nada non tardó:
«¡Par sant Esidr*e*,   verdad non será oy!
»Cavalgad, Çid; si non,   non avría de*nd* sabor;
»saludar nos hemos   d' alma e de corazón,
»de lo que a vós pesa   a mí duele el coraçón.
»¡Dios lo mande que por vós   se ondre oy la cort!»

3002 *[don Anrric,* Enrique de Borgoña, sobrino de la reina Constanza, esposa de Alfonso VI, era conde de Portugal; *don Remond,* Raimundo de Borgoña, conde de Galicia, marido de Urraca, hija de Alfonso VI].

don Enrique, el conde don Ramón —padre del buen emperador—, el conde don Fruela y también el conde don Birbón. Y de todo el reino asistieron muchos otros peritos (en derecho) y los principales de Castilla: el conde don García (por otro nombre), el Crespo de Grañón, y Álvaro Díaz, el que mandó en Oca, y Asur González y Gonzalo Ansúrez, y en fin, Diego y Fernando, que traían consigo a la corte numeroso partido; se proponían maltratar al Cid Campeador.

De todas partes acuden los caballeros. Aún no había llegado el que nació en buen hora, y su tardanza tenía malhumorado al rey.

Al quinto día, por fin, se presenta el Cid, habiendo enviado por delante a Álvar Fáñez a besar las manos al rey y anunciarle su llegada para esa noche. Alegróse el rey de la noticia, y cabalgó con mucho séquito para recibir al bienhadado. El Cid y los suyos venían muy ataviados: la compañía era digna de tal señor. En cuanto estuvo a la vista del rey Alfonso, el Cid desmontó y vino a humillarse ante él y a honrarlo. Y el rey dice al punto:

—¡Oh, no, por san Isidoro, no lo hagáis! Montad a caballo, Cid, que me disgustaríais de otro modo y así nos besaremos con toda el alma. Lo que a vos os pesa, a mí me duele. Quiera Dios que hoy se honre la corte haciéndoos justicia.

3003 *[buen enperador,* Alfonso VII, rey de Castilla y León (1126-1157), que adoptó el título de *imperator totius Hispaniae].*

3004 *[don Fróila,* Froilán o Fruela Díez, conde de León; *don Birbón,* se ignora la identidad de este personaje].

3007-3009 [Para Álvar Díaz, véase n. a v. 2042].

3008 Asur González es el hermano de los infantes, charlatán y comedor, que aparece en los vv. 2172, 3373 y 3672; Gonzalo Ansúrez, padre de los infantes, ilustre caballero leonés, hermano del conde Pedro Ansúrez.

3028 *sant Esidre,* santo de la devoción del rey (v. 1342)

3031 [El rey asume públicamente (ya lo hizo en privado: vv. 2959-2967) su implicación personal en el conflicto planteado por el ultraje de los de Carrión, tal y como el Cid afirmó (vv. 2908-2911)].

—«¡Amén!», dixo mio Çid, el *buen* Campeador;
besóle la mano e después le saludó;
«¡Grado a Dios quando vos veo, señor!
»Omíllom' a vós e al co*m*de don Remond
e al co*m*de don Arric e a quantos que í son;
»¡Dios salve a nuestros amigos e a vós más, señor!
»Mi mugier doña Ximena, —dueña es de pro,—
»bésavos las manos, e mis fijas amas a dos,
»d'esto que nos abino que vos pese, señor.»
Respondió el rey: «¡Sí fago, sín' salve Dios!»

[136] *El Cid no entra en Toledo.—Celebra vigilia en San Servando.*

Pora Toledo el rey tornada da;
essa noch mio Çid Tajo non quiso passar:
«¡Merçed, ya rey, sí el Criador vos salve!
»Penssad, señor, de entrar a la cibdad,
»e yo con los mios posaré a San Serván:
»las mis compañas esta noche llegarán.
»Terné vigilia en aqueste santo logar;
»cras mañana entraré a la çibdad,
»e iré a la cort enantes de yantar.»
Dixo el rey: «Plazme de veluntad.»
El rey don Alfons a Toledo *va* entra*r*,
mio Çid R*o*y Díaz en San*t* Serván posa*r*.
Mandó fazer candelas e poner en el altar;
sabor á de velar en essa santidad,
al Criador rogando e fablando en poridad.
Entre Minaya e los buenos que í ha
acordados f*o*ron quando vino la man.

3047 *San Serván* es el castillo de San Servando, separado de Toledo por el río Tajo (v. 3044) y por el puente de Alcántara. Tres años después de reconquistar Toledo, Alfonso VI donó el castillo al abad de San Víctor de Marsella, año de 1088. Los monjes marsellescos ocupaban el monasterio del castillo cuando el Cid celebró allí su vigilia. El castillo fue destruido en 1109 por los almorávides y reedificado en 1113 por el arzobispo y el clero toledano.

—Amén —dijo nuestro buen Campeador. Bésale la mano y después la boca:

—Loado sea Dios, que puedo veros, señor. Humíllome a vos, y al conde don Ramón, y al conde don Enrique y a cuantos están aquí. Guarde Dios a nuestros amigos, y a vos sobre todo. Mi mujer, doña Jimena, dama ilustre, os besa las manos, y entrambas mis hijas, para pediros que compartáis nuestra afrenta, señor.

Y respondió el rey:

—Por Dios, que así lo hago.

[136] *El Cid no entra en Toledo.—Celebra vigilia en San Servando.*

El rey regresó a Toledo, pero esa noche el Cid se negó a pasar el Tajo:

—¡Merced, oh rey así os guarde Dios! Id vos a la ciudad, señor, que yo con los míos me quedaré en San Servando. Mis compañías se me juntarán esta noche; yo velaré en este santo lugar, y por la mañana entraré en Toledo; antes de comer iré a la corte.

—Bien está —dijo el rey.

Y el rey entra en Toledo, mientras el Cid Ruy Díaz posa en San Servando. Mandó encender luces e iluminar el altar; quiere velar en aquel sitio tan santo, para orar y hablar a solas con Dios. Tanto Minaya como los demás hombres buenos que le acompañan, ya están preparados a la mañana siguiente.

3049 *vigilia,* vela que se hace pasando la noche en oración dentro de un lugar sagrado. Precedía a varios actos graves, por ejemplo, el armarse caballero, y era costumbre velar antes de la lid judicial; por eso los del Cid *velan las armas* antes del duelo (v. 3544). El que celebraba la vigilia iluminaba a su costa la iglesia (v. 3055), y permanecía toda la noche de rodillas o de pie. La vigilia acababa al amanecer, con los maitines, la misa y las ofrendas del que velaba (vv. 3060-3062).

3056 [Se refiere al monasterio existente en el mencionado castillo de San Servando (véase n. a v. 3047)].

[137] *Preparación del Cid en San Servando para ir a la corte.—El Cid va a Toledo y entra en la corte.—El rey le ofrece asiento en su escaño.—El Cid rehúsa.—El rey abre la sesión.—Proclama la paz entre los litigantes.—El Cid expone su demanda.—Reclama* Colada *y* Tizón.*—Los de Carrión entregan las espadas.—El Cid las da a Pedro Bermúdez y a Martín Antolínez.—Segunda demanda del Cid.—El ajuar de sus hijas.—Los infantes hallan dificultad para el pago.*

Matines e prima dixieron faza l*o*s albo*res,*
suelta f*o* la missa antes que saliesse el sol,
e ssu ofrenda han fecha muy buena e *a sazón.*
«Vós Minaya Álbar Fáñez, el mio braço mejor,
»vós iredes comigo e obispo don Jero*me*
»e Per Vermu*doz* e aqueste Muño Gustioz
»e Martín Antolínez, el Burgalés de pro,
»e Álbar Albar*oz* e Álbar Salvadórez
»e Martín Muñoz, que en buen punto nació,
»e mio sobrino Félez Muñoz;
»comigo irá Mal Anda, que es bien sabidor,
» Galind Garçiez, el bueno d' Aragón;
»con estos cúnplansse çiento de los buenos que í son.
»Velmezes vestidos por sufrir las guarnizones,
»de suso las lorigas tan blancas commo el sol;
»sobre las lorigas, armiños e pelliçones,
»e que no parescan las armas, bien presos los cordones;
»so los mantos las espadas dulçes e tajadores;
»d' aquesta guisa quiero ir a la cort,
»por demandar mios derechos e dezir mi*e* razón.
»Si desobra buscaren ifantes de Carrión,

3063-3071 [En estos versos se menciona a los hombres de la hueste del Cid de su mayor confianza, y de los que se hará acompañar especialmente a lo largo de las sesiones de las cortes. Esta relación de nombres es simétrica de la efectuada en los vv. 3006-3010, referida a los más señalados representantes del partido de los de Carrión].

[137] *Preparación del Cid en San Servando para ir a la corte.—El Cid va a Toledo y entra en la corte.—El rey le ofrece asiento en su escaño.—El Cid rehúsa.—El rey abre la sesión.—Proclama la paz entre los litigantes.—El Cid expone su demanda.—Reclama* Colada y Tizón.*—Los de Carrión entregan las espadas.—El Cid las da a Pedro Bermúdez y a Martín Antolínez.—Segunda demanda del Cid.—El ajuar de sus hijas.—Los infantes hallan dificultad para el pago.*

Hacia el amanecer dijeron los maitines y prima, y acabó la misa antes que el sol saliera. Ya han hecho su valiosa ofrenda los del Cid.

—Vos, Minaya Álvar Fáñez, mi mejor brazo, iréis conmigo en compañía del obispo don Jerónimo y de Pedro Bermúdez, Muño Gustioz, Martín Antolínez, el claro burgalés; y Álvar Álvarez, Álvaro Salvadórez, Martín Muñoz —que nació en buen punto— y mi sobrino Félix Muñoz. Vendrá conmigo Mal Anda, el perito, y Galindo García, el bueno de Aragón. Y además complétense hasta ciento de los buenos caballeros que me acompañan. Vístanse las túnicas acolchadas para poder soportar las armaduras; póngase encima las lorigas brillantes como el sol, y sobre estas los armiños y pellizos; y apretad bien los cordones para que no se vean las armas. Bajo los mantos lleven las espadas flexibles y tajantes. Así quiero presentarme en la corte a pedir justicia. Y si los infantes de Carrión me buscan camorra, bien confiado voy con este ciento de caballeros.

3070 *Mal Anda* debió ser personaje real, al menos un «molino de Mal Anda» se menciona en una escritura de 1140, en Villahizán de Treviño, al norte de Burgos. Era Mal Anda uno de los muchos *sabidores* que concurrían a la corte, según el v. 3005.

3077 [Las espadas se hacían en su interior de acero dulce, menos frágil que el acero forjado; este se reservaba para la parte exterior porque permitía obtener una mejor calidad de corte].

»do tales çiento tovier,   bien seré sin pavor.»
Respondieron todos: «Nós esso queremos, señor.»
Assí commo lo ha dicho   todos adobados son.
Nos' detiene por nada   el que en buen ora naçió:
calças de buen paño   en sus camas metió,
sobr'ellas unos çapatos   que a grant huebra son.
Vistió camisa de rançal   tan blanca commo el sol,
con oro e con plata   todas las presas son,
al puño bien están,   ca él se lo mandó;
sobr'ella un brial   primo de çiclatón,
obrado es con oro,   pareçen por o son.
Sobr'esto una piel vermeja,   las bandas d'oro son,
siempre la viste   mio Çid el Campeador.
Una cofia sobre los pelos   d' un escarín de pro,
con oro es obrada,   fecha por razón,
que nol' contalassen los pelos   al buen Çid Campeador;
la barba avie luenga   e prísola con el cordón,
por tal lo faze esto   que recabdar quiere todo lo s*o*.
De suso cubrió un manto   que es de grant valor,
en el*le* abrién que ve*e*r   quantos que í son.
Con aquestos çiento   que adobar mandó,
apriessa cavalga,   de San Serván salió;
assí iva mio Çid   adobado a lla cort.
A la puerta de fuera   descavalga a sabor;
cuerda mientre entra   mio Çid con todos los sos:
el*le* va en medio,   elos çiento aderredor.
Quando lo vieron entrar   al que en buen ora naçió,
levantós' en pie   el buen rey don Alfons
e el co*m*de don Anrric   e el co*m*de don Remont,

3081 [*çiento,* se refiere a los cien hombres mencionados en el v. 3072].

3088 [*presas* puede referirse tanto a unas presillas como a unos ojales o anillas metálicos, a través de los cuales pasarían los cordones con que habitualmente se abrochaban los vestidos].

3091 Para el sustantivo *huebras,* embebido en el verbo *obrado,* comp. v. 511. Generalmente el çiclatón iba tejido con oro.

—Así sea, señor —dijeron todos.

Y se preparan de conformidad con sus deseos.

El que nació en buen hora sin tardanza se puso unas
3085 calzas de paño y unos zapatos primorosamente labrados,
una camisa de hilo tan blanca como el sol —de oro y
plata los broches—, y que cae muy bien sobre los puños,
3090 pues así la mandó hacer; sobre ella un brial precioso de
brocado, cuyas labores de oro relumbran por todas par-
tes; encima una piel bermeja con franjas de oro que acos-
tumbra a llevar. En la cabeza se pone una cofia de finí-
3095 sima tela, urdida de oro, para que nadie le tire de los
cabellos; y la barba, que tenía muy larga, también la re-
coge con un cordón, porque quiere prevenirlo todo. En-
3100 cima echóse un manto de gran valor, que admiraban
cuantos veían.

Y con sus cien hombres preparados, sale cabalgando de San Servando. Con tantas precauciones y arreos iba a la corte.

3105 Desmonta en la puerta exterior, y entra gravemente
acompañado de su séquito; él en medio, y sus cien hombres rodeándole. Cuando vieron entrar al que nació en buen hora, el rey se pone de pie, y también el conde don Enrique, y el conde don Ramón y cuantos hay en la corte.

3092 Los pellizuelos llevaban franjas en el cuello, en las bocamangas y en el borde de la falda.

3096 Al vestirse, el Cid tiene especial cuidado en proteger los cabellos, pone la cofia para recogerlos y que no puedan arrancárselos (esto debe significar *contalassen,* verbo desconocido), y además sujeta la barba, como dice el verso siguiente.

3097 El mesar la barba era una de las más graves injurias y, temiendo el Cid un insulto, recoge la barba con un cordón para evitar que puedan asir de ella sus enemigos. La barba, así recogida, era un gesto belicoso, una especie de desafío que preocupa a los que miran al Cid en la corte (vv. 3124-3125, 3273-3264. [Véase T. L. 2.1.1.].

3105 Los adverbios terminados en *-mientra* son raros, pero existe esta forma en vez de *-miente.*

e desí adelant, sabet, todos los otros *de la cort:*
a grant ondra lo reçiben al que en buen ora nació.
Nos' quiso levantar el Crespo de Grañón,
nin todos los del bando de ifantes de Carrión.
El rey a *mio* Çid *a las manos le tomó:*
3114*b* «Venid acá se*e*r *comigo,* Campeador,
»en aqueste escaño quem' diestes vós en don;
»maguer que a algunos pesa, mejor sodes que nós.»
Essora dixo muchas merçedes el que Valençia gañó:
«Se*e*d en vuestro escaño commo rey e señor,
»acá posaré con todos aquestos mios.»
Lo que dixo el Çid al rey plogo de coraçón.
En un escaño torniño essora mio Çid posó,
los çiento que l'aguardan posan aderredor.
Catando están a mio Çid quantos ha en la cort,
a la barba que avié luenga e presa con el cordón;
en sos aguisamientos bien semeja varón.
Nol' pueden catar de vergüença ifantes de Carrión.
Essora se levó en pie el buen rey don Alfons;
«¡Oíd, mesnadas, sí vos vala el Criador!
»Hyo, de que fu rey, non fiz más de dos cortes:
»la una f*o* en Burgos, e la otra en Carrión,
»esta terçera a Toledo la vin fer oy,
»por el amor de mio Çid, el que en buen ora nació,
»que reçiba derecho de ifantes de Carrión.
»Grande tuerto le han tenido, sabémoslo todos nós;

3112 El *Crespo de Grañón,* el conde García Ordóñez. [Véase n. a v. 1345].

3112-3113 [La jactancia y el desprecio hacia Rodrigo de la antigua nobleza contrastan con la actitud del rey Alfonso].

3115 Omite el juglar decirnos cuándo hizo el Cid este regalo. Las *Crónicas* omiten la mención de este don del Cid.

3116 *mejor sodes que nós* nos parece excesivo en boca del rey, pero era una frase usual de cortesía: *el que más vale que nós* (v. 1940); comp. con *por o valdremos más* (v. 1521); *más valemos por vós* (v. 2517).

3121 Los romances y las crónicas suponen que este escaño lo ganó el Cid al rey Búcar o al rey Yúcef. Cervantes lo recuerda también como el

3110 Con grandes honras lo reciben. Pero no quisieron levan-
tarse García Ordóñez (el Crespo de Grañón), ni los de-
más del bando de los infantes.
El rey tomó al Cid por las manos:
3114*b* —Venid, Campeador: sentaos a mi lado, en este es-
3115 caño que vos mismo me regalasteis. Aunque a algunos
pese, valéis mucho más que nosotros.
El que ganó a Valencia dijo entonces palabras de gra-
titud:
—Seguid ocupando vuestro escaño, como corresponde
al rey y señor. Yo me sentaré acá con los míos.
3120 Aceptólo el rey, y el Cid fue a sentarse en un escaño
torneado, siempre rodeándole sus cien caballeros. Todos
los que asisten a la corte le estaban en tanto contem-
plando y le miraban aquellas largas barbas recogidas en
3125 el cordón. Sí; aquel era todo un varón en las obras y en la
apariencia. Los infantes de Carrión no se atrevían a mi-
rarlo, avergonzados.
Entonces el rey Alfonso, levantándose, dijo:
—Oíd, mesnadas; así os guarde Dios. Yo, desde que
soy rey, sólo he convocado dos cortes: una en Burgos,
3130 otra en Carrión, y esta de Toledo es la tercera, convocada
por amor al Cid, que nació en buen hora, a fin de que pida
justicia a los infantes de Carrión. Ya sabemos todos
el grave ultraje que le han hecho. Sean jueces de ello el

---

asiento más honroso que podía imaginarse: «merecía el mismo escaño del Cid Ruidíaz Campeador» *(Quijote,* II, 33).

3124 Comp. con v. 3097.

3130 El juglar parece referirse sólo a cortes judiciales. Alfonso VI había celebrado corte en Toledo y otros puntos con diferentes motivos. Estos versos del *Cantar* se perpetuaron, a través de refundiciones, en la memoria del pueblo y se cantaban así en el siglo XVI y siguientes: «Tres cortes armara el rey, todas tres a una sazón / las unas armara en Burgos, las otras armó en León, / las otras armó en Toledo, donde los hidalgos son, / para cumplir de justicia al chico con el mayor». Nótese que también este romance se refiere a cortes judiciales.

»alcaldes sean desto co*m*de don Anrric e co*m*de don Remond
»e estos otros co*m*des que del vando non sodes.
»Todos meted í mientes, ca sodes coñosçedores,
»por escoger el derecho, ca tuerto non mando yo.
»D'ella e d'ella part en paz seamos oy.
»Juro par sant Esidr*e*, el que bolviere mi cort
»quitar me á el reyno, perderá mi amor.
»Con el que toviere derecho yo d'essa parte me só.
»Agora demande mio Çid el Campeador:
»sabremos qué responden ifantes de Carrión.»
Mio Çid la mano besó al rey e en pie se levantó:
«Muchos vos lo gradesco commo a rey e a señor,
»por quanto esta cort fiziestes por mi amor.
»Esto les demando a ifantes de Carrión:
»por mis fijas quem' dexaron yo non he desonor,
»ca vós las casastes, rey, sabredes qué fer oy;
»mas quando sacaron mis fijas de Valençia la mayor,
»hyo bien l*o*s quería d' alma e de coraçón,
»diles dos espadas a Colada e a Tizón
»—estas yo las gané a guisa de varón,—
»que s'ondrassen con ellas e sirviessen a vós;
»quando dexaron mis fijas en el robredo de Corpes,
»comigo non quisieron aver nada e perdieron mi amor:
»denme mis espadas quando mios yernos non son.»
Atorgan los alcaldes: «Tod esto es razón.»
Dixo co*m*de don Garçía: «A esto fablemos nós.»

3135 Los alcaldes de la corte debían ser ricos hombres y eran generalmente *condes*. Por eso aquí el rey nombra jueces a todos los *condes* sin más distinción que excluir a los que pertenecen al bando de los de Carrión (v. 3136). El conde don Ramón, como yerno principal del rey (don Anrric estaba casado con la hija bastarda del monarca), es el que lleva la voz de los alcaldes (vv. 3208, 3237).

3145 Los litigantes debían estar de pie para hacer sus alegaciones.

3150 [Reitera el Cid su idea de que la deshonra por la mancillación de los matrimonios afecta sobre todo al rey, por haber sido él quien los promovió (véase n. a vv. 2908-2911), de ahí que le diga «sabredes qué fer hoy»,

conde don Enrique y el conde don Ramón y los demás que no son del bando. Meditad todos el caso, pues lo conocéis, y decidid lo que sea justicia, porque yo no mando hacer injusticias. Y mantengámonos en paz de una y otra parte. Y juro por san Isidoro que el que armare camorra en mi corte perderá el reino y todo mi favor. Yo estaré con el que tenga derecho. Y ahora demande el Cid Campeador, y después sabremos lo que los infantes alegan.

El Cid besa al rey la mano y se pone de pie:

—Mi rey y señor: mucho os agradezco que por mí hayáis convocado esta corte. Y he aquí lo que demando contra los infantes de Carrión: el que hayan abandonado a mis hijas no me deshonra; porque vos las casasteis, rey, y hoy veréis lo que se ha de hacer. Pero cuando ellos se iban de Valencia la mayor, llevándose consigo a mis hijas, contaban con toda mi voluntad y cariño; entonces les di dos espadas: *Colada* y *Tizona* —yo las había ganado muy a lo varón—, para que con ellas ilustrasen su nombre y os sirviesen. Cuando abandonaron a mis hijas en el robledo de Corpes, puesto que nada mío querían, perdieron todo mi amor. Y puesto que no son ya mis yernos, devuélvanme mis espadas.

Y los jueces sentenciaron:

—Esto está muy puesto en razón.

Y dijo el conde don García:

---

esto es, 'sabréis qué os corresponde hacer hoy'. En los versos siguientes reclama las riquezas que los de Carrión se llevaron por amor del Cid, y por tanto, y a la vista de su posterior comportamiento, con manifiesta falsedad (véase n. a vv. 2912-2913)].

3154 [Véanse n. a vv. 1010 y 2426].

3158 El cambio de armas era señal de parentesco y amistad (v. 2093). El Cid no sólo había dado estas dos espadas a los infantes, sino otras dos anteriormente.

3160 *[comde don García,* esto es, el conde García Ordóñez (véase n. a v. 1345)].

Essora salién aparte   ifantes de Carrión,
con todos s*o*s parientes   y el bando que í son;
apriessa lo ivan trayendo   e acuerdan la razón:
«Aún grand amor nos faze   el Çid Campeador
»quando desondra de sus fijas   no nos demanda oy;
»bien nos abendremos   con el rey don Alfons.
»Démosle sus espadas,   quando assí finca la boz,
»e quando las toviere,   partir se á la cort;
»hya mas non avrá derecho   de nós el Çid Campeador.»
Con aquesta fabla   tornaron a la cort:
«¡Merçed, ya rey don Alfons,   sodes nuestro señor!
»No lo podemos negar,   ca dos espadas nos dio;
»quando las demanda   e d'ellas ha sabor,
»dárgelas queremos   delant estando vós.»
Sacaron las espadas   Colada e Tizón,
pusiéronlas en mano   del rey so señor;
saca*n* las espadas   e relumbra toda la cort,
las maçanas e los arriazes   todos d'oro son;
maravíllanse d'ellas   los omnes buenos de la cort.
A mio Çid llamó el rey,   las espadas le dio;
reçibió las espadas,   las manos le besó,
tornós' al escaño   don*t* se levantó.
En las manos las tiene   e amas las cató;
nos' l*a*s pueden camear,   ca el Çid bien las connosçe;
alegrósle tod el cuerpo   sonrrisós' de coraçón,
alçava la mano,   a la barba se tomó:
«Par aquesta barba   que nadi non messó,
»assí s'irán vengando   don Elvira e doña sol.»
A so sobrino *don Pero*   por nombrel' llamó,
tendió el braço,   la espada Tizón le dió:

3163 Acceden muy fácilmente, pues, como cobardes, no estiman las espadas que después les infundirán espanto (vv. 3643, 3665). Este adverbio *apriessa* contrasta con las graves dificultades que hallan después los infantes para responder a la otra demanda del Cid, la del dinero, y con las quejas en que prorrumpen (vv. 3218, 3207).

—Hablemos ahora nosotros.

Y saliendo aparte con los infantes de Carrión, los demás parientes y todos los del bando, trataron a toda prisa de concertar la respuesta:

—Lo cierto es que el Cid Campeador nos favorece con no pedirnos cuenta de la deshonra de sus hijas. Acaso, mediando el rey don Alfonso, podremos arreglarnos. Démosle sus espadas puesto que aquí para su demanda; y cuando las haya recibido se marchará, y en paz: se acabó la acción de derecho que el Cid Campeador pudiera tener sobre nosotros.

Y dicho esto, vuelven a la corte.

—¡Merced, rey don Alfonso, señor nuestro! No lo podemos negar; nos dio dos espadas, y puesto que las desea y las pide, queremos devolvérselas, vos delante.

Sacaron las espadas *Colada* y *Tizona,* y las pusieron en manos de su señor rey. Al desenvainarlas, toda la corte relumbra: los pomos y los gavilanes son de oro puro. Los hombres buenos de la corte quedan maravillados. El rey llama al Cid, le entrega las espadas; las recibe este, le besa las manos, vuelve al escaño. En sus manos tiene las espadas, las contempla: no pueden habérselas cambiado, que él las conoce bien. Todo el cuerpo se le alegra y parece que se le ríe el corazón. Tomándose entonces las barbas dice:

—Por estas barbas, que nadie ha mesado todavía, así iremos vengando a doña Elvira y a doña Sol.

Llamó por su nombre a su sobrino don Pedro y, alargando el brazo, le entregó la espada *Tizona:*

3164-3169 [Desconcierta a los del bando de Carrión que el Cid no les pida inmediatamente reparación por la afrenta infligida a sus hijas, por ello han de hacer un aparte para replantear su estrategia (vv. 3161-3163). Eso les alivia y consideran que el Cid les hace con ello demostración de estima (v. 3164). El error de apreciación sólo es explicable por un exceso de orgullo y cobardía mezclados].

3188 *[don Pero,* esto es, Pedro Bermúdez, sobrino del Cid y uno de sus hombres de confianza; véase n. a v. 611].

«Prendetla, sobrino, ca mejora en señor.»
A Martín Antolínez, el Burgalés de pro,
tendió el braço, el espada Coladal' dio:
«Martín Antolínez, mio vassallo de pro,
»prended a Colada, ganéla de buen señor,
»De Remont Verenguel, de Barçilona la mayor.
»Por esso vos la dó que la bien curiedes vos.
»Sé que si vos acaeçiere *o viniere sazón,*
3197*b* »con ellas ganaredes grand prez e grand valor.»
Besóle la mano, el espada recibió.
Luego se levantó mio Çid el Campeador:
«¡Grado al Criador e a vós, rey señor!
»Hya pagado só de mis espadas, de Colada e de Tizón.
»Otra rencura he de ifantes de Carrión:
»quando sacaron de Valençia mis fijas amas a dos,
»en oro e en plata tres mill marcos les dí yo;
»hyo faziendo esto, ellos acabaron lo so:
»denme mi*o*s averes, quando mios yernos non son.»
¡Aquí veriedes quexarse ifantes de Carrión!
Dize el co*m*de don Remond: «Dezid de ssí o de no.»
Essora responden ifantes de Carrión:
«Por essol' diemos sus espadas al Çid Campeador,
»que ál no nos demandasse, que aquí fincó la boz.»
Allí les respondió el comde do Remond:
«Si ploguiere al rey, assí dezimos nos:
»a lo que demanda el Çid, quel' recudades vós.»
Dixo el buen rey: «Assí lo otorgo yo.»

3190 [El obsequio y la frase representan tanto un cumplido para Pedro Bermúdez (pues recibe una de las míticas espadas del Cid) como un agravio para los infantes de Carrión; igual sucede con el obsequio que hace inmediatamente a Martín Antolínez].

3195 [Recuérdese el episodio, vv. 1010 y sigs].

3207 [No extraña la queja (y la resistencia) de los infantes ante la petición de la suma que el Cid les entregó al abandonar Valencia (véase n. a v. 2571), ya que lo que les movió a casar con sus hijas fue el provecho económico (vv. 1374, 1888, 2320, 2529, 2550)].

3190 —Tomadla, sobrino, que mejora de dueño.
A Martín Antolínez, el burgalés de pro, le entrega con
la otra mano a *Colada:*
—Martín Antolínez, vasallo ilustre, tomad a *Colada;*
3195 la he ganado de noble dueño: Ramón Berenguer, de Bar-
celona. Os la doy por eso, con encargo de cuidarla mu-
cho. Bien sé yo, que, si se ofrece el caso la honraréis con
3197*b* vuestro valor.
Besóle el otro la mano, recibió la espada.
Después de lo cual el Cid Campeador volvió a levantarse:
—¡Gracias a Dios, y a vos, mi rey y señor! Ya estoy
3200 pagado en cuanto a mis espadas *Colada* y *Tizona.* Pero
todavía tengo otro encargo contra los infantes de Carrión.
Cuando sacaron de Valencia a mis hijas entreguéles tres
mil marcos en oro y plata. Esto hice yo, y ellos perpetra-
ron lo que sabéis. Denme, denme mis dineros, puesto que
3205 ya no son mis yernos.
¡Ay! ¡Vierais las quejas que hacían los infantes de Ca-
rrión!
El conde don Ramón les exige:
—¡Ea, pues! Responded: sí o no.
Y los infantes:
3210 —Si le dimos al Cid Campeador sus espadas fue para
que no pidiera más: que en eso paró su demanda.
Y el conde don Ramón les objeta:
—Con licencia del rey, he aquí lo que decretamos: dad
satisfacción a la demanda del Cid.
Y el buen rey:
—Yo, así lo otorgo.

3211 *fincó la boz,* como en v. 3167. Los infantes alegan que el Cid debió hacer su demanda de una vez, en un solo acto. La práctica formalista exigía que el demandante expusiese consecutiva e inmediatamente todos los puntos de la demanda, so pena de perder su derecho. Por eso es necesario que los alcaldes o jueces y el rey mismo autoricen esta segunda parte de la demanda civil del Cid, en los vv. 3212-3214, y que el Cid se ponga otra vez de pie y repita la demanda (v. 3215) que antes se juzgó inútil.

Levantós' en pie el Çid Campeador;
«D'estos averes que vos di yo,
3216b »si me los dades, o dedes dello razón.»
 Essora salién aparte ifantes de Carrión,
non acuerdan en conssejo, ca los averes grandes son:
espesos los han ifantes de Carrión.
Tornan con el conssejo e fablavan a sso sabor:
«Mucho nos afinca el que Valençia gañó,
»quando de nuestros averes assíl' prende sabor;
»pagar le hemos de heredades en tierras de Carrión.»
Dixieron los alcaldes quando manfestados son:
«Si esso ploguiere al Çid, non gelo vedamos nós;
»mas en nuestro juvizio assí lo mandamos nós,
»que aquí lo enterguedes dentro en la cort.»
 A estas palabras fabló rey don Alfons:
«Nós bien la sabemos aquesta razón,
»que derecho demanda el Çid Campeador.
»Destos tres mil marcos los dozientos tengo yo;
»entr'amos me los dieron ifantes de Carrión.
»Tornárgelos quiero, ca t*an* d*e*sfechos son,
»enterguen a mio Çid el que en buen ora naçió;
»quando ellos los an a pechar, non gelos quiero yo.»
 Ferran*d* Gon*ç*ál*vez* *odredes qué* fabló:
3236b «Averes monedados non tenemos nós.»
Luego respondió el conde don Remond:
«El oro e la plata espendiésteslo vós;
»por juvizio lo damos ant'el rey don Alfons:
»páguenle en apreçiadura e préndalo el Campeador.»

3215 El Cid se dirige ahora directamente a los infantes y no a los alcaldes, como antes. Esta alternativa representa una transición entre el procedimiento germánico primitivo, en que el juicio era una lucha entre las partes, a la cual asistían los jueces casi como meros espectadores, y el posterior, en que la intervención de los jueces era más eficaz.

3216*b* Sobre la conjunción *si,* véase v. 1922.

3231 Estos *dozientos marcos* son el regalo que el marido hacía, en señal de gratitud, al que le transmitía la potestad sobre la mujer, según el antiguo

3215 Levantóse aún el Cid Campeador.
—Decid, pues, si me devolveréis estos dineros que os
3216*b* di, o me daréis razón de ellos.
Se apartan otra vez los infantes, pero no hallan la sa-
lida porque es muy cuantiosa la suma y ya la han gastado
3220 íntegra. Vuelven entonces al consejo, y hablan lo que pri-
mero se les ocurre:
—Mucho nos aprieta el que ganó a Valencia. Pues
tanta codicia tiene de nuestros bienes, le pagaremos so-
bre nuestras heredades de Carrión.
Cuando así reconocieron su deuda, dicen los jueces:
3225 —Si esto le conviene al Cid, no se la vedamos; pero a
nuestro parecer he aquí lo que decretamos: que aquí
mismo, dentro de la corte, le entreguéis esa suma.
A estas palabras intervino el rey don Alfonso:
3230 —Bien sabemos el derecho que asiste al Cid Campea-
dor. De estos tres mil marcos yo he recibido doscientos
de manos de los mismos infantes (como regalo del ma-
rido al padrino). Pero ahora quiero devolvérselos, pues
están tan arruinados, para que los entreguen al Cid, el
que nació en buen hora. Ya que ellos tienen que devolver
3235 sus arras, yo no quiero las mías.
Y oíd aquí lo que habló Fernán González:
3236*b* —Dinero acuñado no lo tenemos.
Y respondió el conde don Ramón:
—Gastasteis, pues, el oro y la plata. He aquí la senten-
3240 cia que damos ante el rey don Alfonso; pagad en especie
y tómelo el Campeador.

---

derecho germánico, en especial el de los lombardos y escandinavos. El rey había casado a las hijas del Cid y ahora, disuelto el matrimonio, no quiere retener ese regalo. Los infantes pagan su deuda descontando los 200 marcos (v. 3246); pero luego el Cid perdona al rey la devolución y aun le añade más regalos de su parte (v. 3502).

3240 *apreçiadura,* 'especie (opuesto a dinero), cosas equivalentes a una cantidad de moneda'; abajo se expresa que las *apreciaduras* en que pagan los infantes son caballos, armas y vestidos.

Hya vieron qué es a fer ifantes de Carrión.
Veriedes aduzir tanto cavallo corredor,
tanta gruessa mula, tanto palafré de sazón,
tanta buena espada con toda guarnizón;
recibiólo mio Çid commo apreçiaron en la cort.
Sobre los dozientos marcos que tenié el rey Alfons
pagaron los ifantes al que en buen ora nac*ió*;
enpréstanles de lo ageno, que non les cumple lo s*o*.
Mal escapan jogados, sabed, d'esta razón.

[138] *Acabada su demanda civil, el Cid propone el reto.*

Estas apreçiaduras mio Çid presas las ha,
sos omnes las tienen e d'ellas penssarán.
Mas quando esto ovo acabado, penssaron luego d'ál.
«¡Merçed, *ya* rey señor, por amor de caridad!
»La rencura mayor non se me puede olbidar.
»Oídme toda la cort e pésevos de mio mal;
»ifantes de Carrión, quem' desondraron tan mal,
»a menos de riebtos no los puedo dexar.

[139] *Inculpa de menos-valer a los infantes.*

»Dezid, ¿qué vos merecí, ifantes *de Carrión,*
»en juego o en vero o en alguna razón?
»Aquí lo mejoraré a juvizio de la cort.
»¿A quém' descubriestes las telas del coraçón?
»A la salida e Valençia mis fijas vos di yo,
»con muy grand ondra e averes a nombre;

3248 ['les prestan propiedades ajenas, pues sus bienes no les bastan para hacer frente al pago'].

3256-3257 [Queda patente la errónea apreciación de los propósitos del Cid hecha por los de Carrión (vv. 3164-3165). El reto era un procedimiento

Los infantes de Carrión comprenden que no les queda
más recurso que obedecer. E hicieron traer multitud de
corredores caballos, robustas mulas, hermosos palafre-
nes, preciosas espadas de guarnición. Los de la corte lo
3245 valoraron, y el Cid lo recibió. Sobre los doscientos mar-
cos que tenía el rey Alfonso, los infantes pagaron al que
en buen hora había nacido, y como no les basta lo suyo,
préstanles de lo ajeno. De esta vez la sentencia les ha de-
jado muy mal parados.

[138] *Acabada su demanda civil, el Cid propone el reto.*

3250 El Cid ha tomado ya el pago que le han hecho en espe-
cie, y ya está todo bajo la custodia de sus hombres. Pero
cuando acabaron con esto, aún faltaba otra cosa:

—¡Merced, rey y señor, por amor y caridad! No puedo
3255 echar en olvido el mayor cargo. Óigame toda la corte, y
compartan todos mi furor. A los infantes de Carrión, que
tanto me han ultrajado, yo no puedo menos de retarlos.

[139] *Inculpa de menos-valer a los infantes.*

—Decid, pues, infantes de Carrión, ¿qué daño os he
3259*b* hecho yo jamás, sea en burlas o en veras o en ninguna
3260 forma? Aquí, a juicio de la corte, tenemos que repararlo.
¿Por qué me desgarrasteis las telas del corazón? A la sa-
lida de Valencia yo os entregué a mis hijas, con mucha

---

para resolver los pleitos tocantes al honor entre personas nobles, realizado ante un tribunal público, que se materializaba en uno o varios combates armados entre las partes].

3260 ['¿por qué me desgarrasteis las telas del corazón?', esto es, '¿por qué me habéis causado tan gran dolor?' Para *telas del coraçón,* véase n. a v. 2578].

»quando las non queriedes, ya canes traidores,
»¿por qué las sacávades de Valençia sus honores?
»¿A qué las firiestes a çinchas e a espolones?
»Solas las dexastes en el robredo de Corpes,
»a las bestias fieras e a las aves del mont.
»¡Por quanto les fiziestes, menos valedes vós!
»Si non recudedes, véalo esta cort.»

[140] *Altercado entre Garci Ordóñez y el Cid.*

El co*m*de don García en pie se levantava:
«¡Merçed, ya rey, el mejor de toda España!
»Vezós' mio Çid a llas cortes pregonadas;
»dexóla creçer e luenga trae la barba:
»los unos le han miedo e los otros espanta.
»Los de Carrión son de natura ta*n alta,*
»non gelas devién querer sus fijas por varraganas
»¿o quien gelas diera por parejas o por veladas?
»Derecho fizieron por que las han dexadas.
»Quanto él dize non gelo preçiamos nada.»
Essora el Campeador prísos' a la barba:
«¡Grado a Dios que çielo e tierra manda!
»Por esso es lue*n*ga que a deliçio f*o* criada.
»¿Qué avedes vos, co*m*de, por retraer la mi barba?
»Ca de quando nasco a deliçio f*o* criada,
»ca non me priso a ella, fijo de mugier nada,
»nimbla messó fijo de moro nin de cristiana,
»commo yo a vós, co*m*de, en el castiello de Cabra,

3265 [Véase n. a los vv. 2722-2723].

3268 El denuesto de *menos valer* debía de preceder al reto (vv. 3346, 3334).

3277 Este altercado entre el Cid y los de Carrión se perpetuó en los cantos populares hasta en un romance que empieza: «Yo me estando en Valencia». [El conde ignora la participación del rey en el matrimonio, por lo que su pregunta es inoportuna y bordea el ridículo. Véase T. L. 2.1.2.].

3286 *fijo de moro nin de cristiana* es equivalente a *fijo de mugier nada* del verso anterior (comp. v. 145).

honra y numerosas riquezas. ¡Ea, pues, canes traidores! ¿Por qué, si no las queríais, las sacabais de Valencia y sus regalos? ¿Por qué las golpeasteis con cinchas y con espuelas? Desamparadas las dejasteis en el robledo de Corpes, expuestas a la voracidad de las fieras y las aves montaraces. ¡Por cuanto les hicisteis os habéis infamado y valéis menos! Si no dais aquí satisfacción, júzguelo esta corte.

[140] *Altercado entre Garci Ordóñez y el Cid.*

El conde don García se ha puesto en pie. Oigámosle:

—¡Oh rey, el mejor de toda España, merced! Avezóse el Cid para estas cortes solemnes; dejóse crecer las barbas y así las trae de largas; a unos pone miedo, a otros espanta. De muy alta sangre son los infantes de Carrión, que ni para barraganas les servían las hijas del Cid. ¿Quién, pues, se las dio por mujeres legítimas y parejas? Si las han dejado, han obrado conforme a su derecho. No nos importa lo que alegue.

Entonces dijo el Campeador, llevándose la mano a las barbas.

—¡Oh, loado sea el Señor Dios que manda en los cielos y la tierra! Si esta es larga, es porque fue criada con regalo: ¿qué tenéis vos, conde, que achacarle a mi barba? Desde que nació fue criada con regalo. Que nunca me la ha mesado hijo de mujer, moro ni cristiano, como yo a vos, conde, en aquel castillo de Cabra. Cuando tomé a

---

3287-3288 *[Quando pris... por la barba,* 'cuando tomé (= conquisté) a Cabra y (os tomé [= cogí, agarré]) a vos por las barbas'; manifestación de la figura retórica denominada zeugma dilógico, que se produce cuando se da por sobreentendido un término de la frase que aparece en ella repetido (aquí, el segundo «tomé»), aunque con un sentido diferente del de su primera aparición. Se alude aquí a un episodio que debió de figurar en la parte perdida del inicio del *CMC,* en el que el Cid afrentó al conde García Ordóñez arrancándole parte de la barba, lo venció y apresó. Para la barba en el *CMC,* véase T. L. 2.1.1.].

»quando pris a Cabra,   e a vós por la barba,
»non í ovo rapaz   que non messó su pulgada;
»la que yo messé   aun non es eguada,
»ca yo la trayo aquí   en mi bolsa alçada.»

[141] *Fernando rechaza la tacha de menos-valer.*

Ferrán Go*nç*ál*v*ez   en pie se levantó,
a altas vozes   odredes qué fabló:
«¡Dexássedesvos, Çid,   de aquesta razón!
»De vuestros averes   de todos pagado ssodes;
»non creçiés' varaja   entre nós e vós.
»De natura somos   de co*m*des de Carrión:
»deviemos casar con fijas   de reyes o de enperadores,
»ca non perteneçién   fijas de ifançones.
»Por que las dexamos   derecho fiziemos nós;
»más nos preçiamos,   sabet, que menos no.»

[142] *El Cid incita a Pedro Bermúdez al reto.*

Mio Çid R*o*y Díaz   a Per Vermu*do*z cata;
«¡Fabla, Pero Mudo,   varón que tanto callas!
»Hyo las he fijas,   e tú primas cormanas;
»a mí lo dizen,   a tí dan las orejadas.
«Si yo respondier*o,*   tú non entrarás en armas.»

3289 El que mesaba una barba debía pagar tantos sueldos cuantas pulgadas había mesado; si no podía pagar, debía ser mesado en su barba, y si no tenía barba, debían cortarle una *pulgada* de carne en la mejilla. Así disponen los fueros de Plasencia y de Sepúlveda.

3290 El Cid pondera, no sólo lo fuerte de su remesón, sino la prolongada impunidad de la injuria. Según el *Fuero de Brihuega,* el que afrentaba a otro en sus cabellos tenía que alimentar y vestir al afrentado «hasta que aya el cabello *eguado* como ante lo auie». El verso siguiente procede de la *Crónica de los Veinte Reyes:* 'la pulgada que yo mesé la traigo guardada en mi bolsa para testimonio de cuán grande fue el remesón'.

Cabra, y también a vos por las barbas, no hubo rapaz que no mesara su pulgarada. La que yo os arranqué todavía no se os empareja, que aquí la traigo alzada en mi bolsa.

[141] *Fernando rechaza la tacha de menos-valer.*

Fernando González, en pie, dice con descompuestas voces lo que vais a oír:

—Dejaos de eso, Cid. Ya os hemos pagado vuestro dinero. No crezca el pleito entre nosotros. Sangre tenemos de condes de Carrión; con hijas de reyes o emperadores podemos casarnos, que no con hijas de simples infanzones. Hicimos nuestro derecho al dejarlas, y por eso no nos infamamos, antes valemos más.

[142] *El Cid incita a Pedro Bermúdez al reto.*

El Cid Ruy Díaz advierte entonces, entre los demás, a Pedro Bermúdez, y le dice:

—Pero Mudo, varón que tanto callas, ¿no hablas? Hijas mías son, pero son tus primas hermanas. A mí me lo dicen, pero a ti te tiran de la oreja. Si yo respondo antes, no entrarás tú en armas.

3295 *varaja,* 'alegación de dos partes litigantes ante el juez', sentido derivado del primitivo de 'pelea, disputa'.

3296 [Esta proclamación de alto linaje está siempre en boca de los infantes de Carrión (véanse los vv. 2549 y 2554; en boca de su aliado el conde García Ordóñez en v. 3275): esta autoafirmación verbal contrasta con la nobleza de los hechos que encarna el Cid, véase T. L. 2.1.2.].

3298 Como muestra de la deformación que sufren los cantos populares citamos los versos correspondientes a estos en el romance aludido en la nota a v. 3277: «No somos hijos de reyes, sobrinos de emperador, / ¿merecimos ser casados con hijas de un labrador?».

3302 [Alusión jocosa del Cid a su sobrino Pedro Bermúdez, basada en un juego de palabras entre su apellido (Ver*múdez)* y su escasa locuacidad, que lo asemeja a un mudo. Véase n. a v. 3328, para la relevancia de este rasgo en este personaje].

[143] *Pedro Bermúdez reta a Fernando.*

Per Vermu*doz* conpeçó de fablar,
detiénes'le la lengua, non puede delibrar,
mas quando enpieça, sabed, nol' da vagar:
«Dirévos, Çid, costu*n*bres avedes tales,
»siempre en las cortes Pero Mudo me llamades;
»bien lo sabedes que yo non pu*o*do mas;
»por lo que yo ovier a fer por mí non mancará.
»¡Mientes, Ferrando, de quanto dicho has!
»Por el Campeador mucho valiestes más.
»Las tu*e*s mañas yo te las sabré contar:
»miémbrat' quando lidiamos çerca Valençia la grand;
»pedist' las feridas primeras al Canpeador leal,
»vist' un moro, fústel' ensayar;
3318*b* »antes fuxiste que a *é*l te allegasses.
»Si yo non uviás, el moro te jugara mal;
»passé por tí, con el moro me of de ajuntar,
»de los primeros colpes ofle de arrancar;
»did' el cavallo, tóveldo en poridad:
»fasta este día no lo descubrí a nadi.
»Delant mio Çid e delante todos ovístete de alabar
»que mataras el moro e que fizieras barnax;
»croviérontelo todos, mas non saben la verdad,
»e eres fermoso, mas mal varragán.
»¡Lengua sin manos, qu*ó*mo osas fablar?

3307 Nótese que el discurso de Pedro Mudo es el más largo que se pronuncia en la corte, más de cuatro o cinco veces mayor que el de los otros retadores que le siguen, Martín Antolínez y Muño Gustioz.

3328 [El taciturno Pedro Bermúdez (véase n. a v. 3302) actúa muy elocuentemente cuando desvela el episodio de la cobardía del infante Fernando y pone de relieve la falsedad y el cinismo del infante cuando se declaraba participante activo en la victoria sobre Búcar (vv. 2527-2531). Esta revelación aclara la función estructural que cumple en el texto el desconcertante

[143] *Pedro Bermúdez reta a Fernando.*

Y entonces intenta hablar Pedro Bermúdez, pero se le
traba la lengua y no acierta con las palabras. Eso sí, en
cuanto se suelta, ya no para:
—Os diré, Cid, tenéis unas costumbres más raras...
3310 Siempre me llamáis Pero Mudo en las cortes. Ya sabéis
que no soy diestro en palabras. Pero no ha de quedar por
mí, ni dejaré de hacer lo que debo.
»Fernando: en cuanto has dicho, mientes. Mucho más
3315 vales por el Campeador que por ti. Ya descubriré yo tus
mañas. Acuérdate aquel día en que lidiábamos lado a
lado en las cercanías de la gran Valencia. Tú habías pe-
dido al leal Campeador el honor de los primeros lances.
Descubriste un moro, fuiste sobre él; pero mejor que aco-
3318*b* meterle, preferiste huir. A no estar yo allí, cuál te hubiera
3320 burlado el moro. Pasé más allá de donde estabas, hasta
encontrarme con tu adversario. Vencíle a los primeros
golpes; te di el caballo, te guardé el secreto del caso;
hasta ahora no lo había descubierto a nadie. Y tú fuiste a
jactarte ante el Cid y ante todo el mundo de que habías
3325 dado muerte al moro y eras el héroe de la hazaña. Todos,
ignorantes de la verdad, te lo habían creído. Hermoso
eres, pero cobarde. ¡Oh lengua sin manos! ¿Y cómo te
atreves a hablar?

---

desconocimiento de las acciones guerreras de Fernando que muestran el Cid y Álvar Fáñez (vv. 2440-2463). La culminación de esta parte del parlamento de Pero Bermúdez es espectacular: en el v. 3328 define a su oponente con una expresiva metonimia *-lengua sin manos-* que sintetiza la oposición *decir / hacer* simbolizadora de la división nobleza antigua / nobleza nueva (véase n. a v. 960 y T. L. 2.1.2.). Más adelante (vv. 3330-3342) el poco locuaz Bermúdez hará pública también la cobardía de los infantes en el episodio del león; varias veces manifestaron su propósito de ocultarlo (vv. 2548, 2556 y 2719), pero aquí se ven obligados a la vergüenza pública].

[144] *Prosigue el reto de Pedro Bermúdez.*

»Di, Ferrando, otorga esta razón:
»¿non te viene en miente en Valençia lo del león,
»quando durmié mio Çid y el león se desató?
»E tú, Ferrando, ¿qué fizist con el pavor?
»¡Metístet’ tras el escaño de mio Çid el Campeador;
»metístet’ Ferrando, por o menos vales oy!
»Nós çercamos el escaño por curiar nuestro señor,
»fasta do despertó mio Çid, el que Valençia gañó;
»levantós’ del escaño e f*o*s’ poral león;
»el león premió la cabeça, a mio Çid esperó,
»dexós’le prender al cuello, e a la red le metió.
»Quando se tornó el buen Campeador,
»a sos vassallos víolos aderredor;
»demandó por s*o*s yernos, ¡ninguno non falló!
»¡Riébtot’ el cuerpo por malo e por traidor!
»Éstot’ lidiaré aquí ante rey don Alfons
»por fijas del Çid, don Elvira e doña Sol:
»por quanto las dexastes, menos valedes vós;
»ellas son mugieres e vós sodes varones,
»en todas guisas más valen que vós.
»Quando f*o*re la lid, si ploguiere al Criador,
»tú lo otorgarás a guisa de traydor;
»de quanto he dicho verdadero seré yo.»
D’ questos amos aquí quedó la razón.

3334 [Para la tacha de menos valer, véase n. a v. 3268, y más adelante, v. 3346].

3343 *Riébtot el cuerpo,* era fórmula de reto (v. 3442), así como la que indicamos a propósito del verso siguiente.

3344 *lidiar* significa aquí ‘sustentar por medio de una lid judicial una acusación’. Era una fórmula consagrada para el reto decir al retado: «esto te lidiaré, esto lidiaré» (v. 3359*b),* o bien, «yo te lo lidiaré» *(hyollo lidiaré* [v. 3367], «lidiártelo he», «ego tibi litiabo»).

[144] *Prosigue el reto de Pedro Bermúdez.*

»Di, pues, Fernando, y contesta aquí: ¿No te acuerdas tampoco cuando, durmiendo el Cid, en Valencia, se desató aquel león? Y tú, ¿qué hiciste con el pavor, Fernando? Te metiste —acuérdate—, te metiste debajo del escaño del Cid, y con eso te has envilecido. Nosotros rodeamos el escaño para cuidar el sueño de nuestro señor, el que conquistara a Valencia, hasta que él no se despertó. Entonces se levantó del escaño, fue hacia el león; el león doblando la cabeza, esperó al Cid, y se dejó coger por el cuello y meter en la jaula. Cuando el Cid volvió al lado de sus vasallos, en vano buscaba a sus yernos; nadie los hallaba. ¡Oh, Fernando, reto a tu persona mala y traidora! Y he de sustentarlo aquí, ante el rey don Alfonso, por las hijas del Cid, doña Elvira y doña Sol; porque las dejasteis valéis menos: ellas son mujeres, vosotros varones; por mil modos valen más que vosotros. Cuando sea la lid, si Dios lo concede, tú mismo confesarás por tu boca que eres traidor, y yo mantendré la verdad de lo que te digo.»

Y aquí paró la disputa entre ambos.

3347-3348 [Este comentario refleja la consideración tradicional de inferioridad de la mujer en la Edad Media; sirve de base para formular una acusación de menos valor].

3350 El vencido debía confesar con su boca que tenía razón el vencedor, o debía perder la vida. Por esto el acusador dice al retar: «por tu boca lo dirás que eres traydor» (v. 3370), o bien «fazertelo he dezir» (v. 3389); y el que se desmentía públicamente decía: «mentí por esta boca». Claro es que esta confesión basta que sea indirecta. En nuestro *Cantar* hasta que el vencido diga, por sí o por persona autorizada, *vençudo so* (vv. 3644, 3691), o que salga fuera del campo de la lid (v. 3667), para que se entienda que se da por traidor y reconoce la verdad de la acusación (vv. 3702, 3705).

[145] *Diego desecha la inculpación de menos-valer.*

Dí*a*g Gonçál*v*ez odredes lo que dixo:
«De natura somos de los co*m*des más li*npios,*
»estos casamientos non fuessen apareçidos,
»por consagrar con mio Çid don Rodrigo.
»Porque dexamos sus fijas aún no nos repentimos;
»mientra que bivan pueden aver sospiros:
»lo que les fiziemos se*e*r les ha retraýdo.
3359*b* »Esto lidiaré a tod el más ardido:
»que por que las dexamos ondrados somos *venidos.»*

[146] *Martín Antolínez reta a Diego González.*

Martín Antolínez en pie se *fo* levanta*r;*
«¡Calla, alevoso, boca sin verdad!
»Lo del león non se te deve olbidar;
»saliste por la puerta, metístet' al corral,
»fusted' meter tras la viga lagar;
»más non vestis*t'* el manto nin el brial.
»Hyollo lidiaré, non passará por ál:
»fijas del Çid, por que las vós dexastes,
»en todas guisas, sabed, que más que vós valen.
»¡Al partir de la lid por tu boca lo dirás,
»que eres traydor e mintist' de quanto dicho has!»

[147] *Asur González entra en la corte.*

D'estos amos la razón *ha* finc*ado.*
A*nsuo*r Gonçál*v*ez entrava por el palaçio,

3354 [Al igual que hizo su hermano Fernando (v. 3296 y n.), Diego vuelve a apelar a las excelencias de su linaje y a la diferencia con el de las hijas del Cid para justificar su acción (véase n. a v. 3300)].

3362 [Compárese el calificativo que Martín Antolínez aplica al infante Diego con el que Pedro Bermúdez dedica al infante Fernando (v. 3328)].

[145] *Diego desecha la inculpación de menos-valer.*

Y oíd lo que dice Diego González:
—Tenemos sangre de los condes más limpios. ¡Ojalá
3355 nunca se hubieran efectuado estas bodas, por no empparen-
tar con el Cid don Rodrigo! No nos hemos arrepentido, no,
de haber abandonado a sus hijas. Ya pueden suspirar mien-
tras vivan: la afrenta que les hicimos siempre se la han de
3359*b* echar en cara. Esto mantendré en lid con el más valiente:
3360 que nos hemos honrado más por el hecho de abandonarlas.

[146] *Martín Antolínez reta a Diego González.*

A esto Martín Antolínez se ha levantado:
—¡Calla, alevoso, boca sin verdad! Lo del león no se
te debiera olvidar: saliste escapado por la puerta, hasta el
corral no paraste, y allí te escondiste detrás de una viga
3365 de lagar; aquel manto, aquel brial que llevabas ya no pu-
diste usarlos más. Yo lo mantendré en lid, y no ha de ser
de otro modo; las hijas del Cid, por lo mismo que las ha-
béis dejado, entendedlo bien, valen mucho más que vo-
sotros. A la hora de la lid, tendrás que decir por tu propia
3370 boca que eres un traidor y has mentido en todo.

[147] *Asur González entra en la corte.*

En esto quedó la disputa. Cuando he aquí que entra por palacio Asur González, con manto de armiño y el

3367-3371 [Compárese esta formulación formal del reto con la efectuada por Pedro Bermúdez (vv. 3345-3351)].

3373 Este *Ansuor Gonçálvez* [Asur González] es el hermano de los infantes de Carrión. Recuérdese que en los vv. 2172-2173 el poeta le pintó también con rasgos festivos.

manto armiño   e un brial rastrando;
vermejo viene,   ca era almorzado.
En lo que fabló   avié poco recabdo:

[148] *Asur insulta al Cid.*

«¡Hya varones!,   ¿quien vi*d*o nunca tal mal?
»¿Quién nos darié nuevas   de mio Çid el de Bivar?
»¡F*o*sse a Rio d' Ovirna   los molinos picar
»e prender maquilas,   commo lo suele far!
»¿Quil' darié   con los de Carrión a casar?»

[149] *Muño Gustioz reta a Asur González.—Mensajeros de Navarra y de Aragón piden al Cid sus hijas para los hijos de los reyes.—Don Alfonso otorga el nuevo casamiento.—Minaya reta a los de Carrión.—Gómez Peláez acepta el reto, pero el rey no fija plazo sino a los que antes retaron.—El rey amparará a los tres lidiadores del Cid.—El Cid ofrece dones de despedida a todos.—El rey sale de Toledo con el Cid.—Manda a este correr su caballo.*

Essora Muño Gustioz   en pie se levantó;
«¡Calla, alevoso,   malo e traidor!
»Antes almuerzas   que vayas a oraçión,
»a los que das paz,   fártaslos aderredor.

3377 'Oh señores, ¿cuándo se vio cosa semejante? ¿Quién diría que habíamos de recibir nobleza de parte de mio Cid?' Los infantes eran *de grandes nuevas* (vv. 2084, 2683), y no concebían que pudiesen *ir adelant sus nuevas* (comp. con v. 1881), ni que llegasen a *valer más* por el Campeador (v. 3314), ni que las hijas del Cid valiesen más que ellos (vv. 3348, 3369). Hasta el llamar al Cid con el nombre de su pueblo, *el de Bivar,* tenía en la boca del deslenguado Asur González un sentido irónico (comp. con v. 1376).

3379 El Ubierna pasa por Vivar. El río recibe el nombre de un lugar, Ovirna o Ubierna, cuyo castillo había sido ganado a los navarros por el padre del Cid, y donde este tenía heredades también.

brial arrastrando. Como acababa de almorzar, estaba muy rojo. Las palabras que dijo son de hombre sin miramientos:

[148] *Asur insulta al Cid.*

—¡Oh, señores! ¿Cuándo se vio cosa semejante? ¿Quién diría que por parte de nuestro Cid habíamos de ganar en nobleza? Váyase en hora mala al río de Ubierna a picar sus molinos y a cobrar (el precio de la molienda en) puñados, como suele hacerlo. ¿Quién casó su sangre con la de Carrión?

[149] *Muño Gustioz reta a Asur González.—Mensajeros de Navarra y de Aragón piden al Cid sus hijas para los hijos de los reyes.—Don Alfonso otorga el nuevo casamiento.—Minaya reta a los de Carrión.—Gómez Peláez acepta el reto, pero el rey no fija plazo sino a los que antes retaron.—El rey amparará a los tres lidiadores del Cid.—El Cid ofrece dones de despedida a todos.—El rey sale de Toledo con el Cid.—Manda a este correr su caballo.*

Entonces Muño Gustioz se levanta:

—Calla, alevoso, malo y traidor. Primero almuerzas y después vas a la oración, y a los que das el ósculo de paz

---

3380 *e prender maquilas,* 'a cobrar maquilas'. *Maquila* es la cantidad de grano o de harina que se paga al molinero como precio de la molienda. La burla de Asur González no puede referirse sino a que el Cid tomase parte demasiado directa, como pequeño propietario, en el arreglo de los molinos y cobranza de la molienda; no puede referirse al hecho mismo de poseer molinos y percibir sus rentas, pues el molino era, desde los tiempos romanos, anejo a las grandes heredades. En la Edad Media, por lo general, pertenecía a los señores, los cuales frecuentemente obligaban a los villanos a servirse del molino, del horno y del lagar señorial, cobrando ese uso en especie.

3385 En la misa, cuando el sacerdote decía el *pax Domini,* los asistentes se besaban unos a otros.

»Non dizes verdad   a amigo ni ha señor,
«falsso a todos   e más al Criador.
»En tu amiztad   non quiero aver raçión.
»¡Fazer telo *he* dezir   que tal eres qual digo yo!»
Dixo el rey Alfons: «¡Calle ya esta razón!
»Los que an reptado   lidiarán, sín' salve Dios!»
  Assí commo acaban   esta razón,
affé dos cavalleros   entraron por la cort;
al uno dizen Ojarra   e al otro Yéñego Simen*ones,*
el uno es *del* infante   de Navarra *rogador,*
e el otro *es   del* ifante de Aragón;
besan las manos   al rey don Alfons,
piden sus fijas   a mio Çid el Campeador
por se*e*r reínas   de Navarra e de Aragón,
e que ge las diessen   a ondra e a bendiçión.
A esto callaron   e ascuchó toda la cort.
Levantós' en pie   mio Çid el Campeador:
«¡Merçed, rey Alfons,   vos sodes mio señor!
»Esto gradesco   yo al Criador,
»quando me las demandan   de Navarra e de Aragón.
»Vós las casastes antes,   ca yo non,
»afé mis fijas,   en vuestras manos son:
»sin vuestro mandado   nada non feré yo.»
Levantós' el rey,   fizo callar la cort:
«Ruégovos, Çid,   caboso Campeador,
»que plega a vós,   e atorgar lo he yo,
»este casamiento   oy se otorgue en esta cort,
»ca créçevos í ondra   e tierra e onor.»

3389 [Fórmula final del reto, tal y como se consigna en los de Pedro Bermúdez (vv. 3350-3351) y Martín Antolínez (vv. 3370-3371)].

3394 *Ojarra* es un nombre vasco *(otsoarra,* 'lobuno'), muy apropiado para designar un personaje navarro. *Yéñego,* hoy Íñigo, es también un nombre muy usado en Aragón y Navarra. Hubo un Enneco Semenones (o Íñigo Jiménez), cuyas memorias van de 1107 a 1129, gobernador de Calahorra y Calatayud, muy favorecido del rey de Aragón Alfonso el Batallador. Los mensajeros

después de la misa, encima los hartas a regüeldos. Ni al amigo ni al señor les dices verdad, falso para todos y más para el Creador. No tenga yo parte en tu amistad. Ya te haré confesar que eres tal como te pinto.

Dijo el rey Alfonso:

—Calle ya esta disputa. Los que se han retado habrán de lidiar, así Dios me salve.

Acababan de hablar así, cuando he aquí que dos caballeros entran por la corte: al uno llaman Ojarra y al otro Íñigo Jiménez; el uno es emisario del infante de Navarra, y el otro, emisario del de Aragón. Besan al rey Alfonso las manos y le piden a las hijas del Cid para reinas de Navarra y de Aragón, en matrimonio y como legítimas esposas. Toda la corte escucha suspensa. El Cid Campeador está en pie:

—¡Merced, rey Alfonso, sois mi señor! Gracias doy a Dios de que me las vengan a pedir de Aragón y Navarra. Antes las casasteis vos, que yo no. He ahí: en vuestras manos las confío. Ya no haré nada sin vuestra orden.

Levantóse el rey, impuso silencio a la corte:

—¡Oh, Cid, prudente Campeador, yo os ruego que lo aceptéis, y yo lo otorgaré! Quiero que en esta misma corte quede concertado este matrimonio, puesto que os aporta feudos y honores.

---

son *rogadores* (v. 2080) a quienes se *otorgan* y *dan* las hijas del Cid para que ellos las entreguen a los nuevos maridos (comp. con vv. 3418, 3421).

3400 [La irrupción repentina —recurso *ex machina*— de los dos mensajeros que solicitan a las hijas del Cid en matrimonio para los herederos de los tronos de Navarra y Aragón restituye de inmediato su honra, ya que si los primeros casamientos representaban emparentar con la alta nobleza castellana, los segundos suponen un ascenso social espectacular: emparentar con la realeza, ser reinas y madres de reyes. Además, sirve para ridiculizar a los infantes, que, tras manifestar que por su linaje merecerían casar con «fijas de reyes o de enperadores» (vv. 2553 y 3297), ven alcanzar ese estatus a aquellas a las que ellos han repudiado por su bajo linaje (vv. 1376, 2549, 2759-2760, 3276)].

3406 [El Cid, al dejar la decisión acerca de esta nueva proposición matrimonial a sus hijas en manos del rey Alfonso, otorga al monarca una oportunidad para enmendar el mal matrimonio que concertó con los de Carrión].

Levantós' mio Çid, al rey las manos le besó:
«Quando a vos plaze, otórgolo yo, señor.»
Essora dixo el rey: «¡Dios vos dé den buen galardón!
»A vós, Ojarra, e a vós, Yéñego Ximen*ones,*
»este casamiento otórgovosle yo
»de fijas de mio Çid, don Elvira e doña Sol,
»pora los ifantes de Navarra e de Aragón,
»que vos las dé a ondra e a bendiçión.»
Levantós' en pie Ojarra e Y*é*ñego Ximen*ones,*
besaron las manos del rey don Alfons,
e después de mio Çid el Campeador;
metieron las fe*de*s, e los omenajes dados son,
que qu*o*mo es dicho assí sea, o mejor.
A muchos plaze de tod esta cort,
mas non plaze a ifantes de Carrión.
Minaya Álba*r* Fáñez en pie se levantó;
«Merçed vos pido commo a rey e a señor,
»e que non pese esto al Çid Campeador:
»bien vos di vagar en toda esta cort,
»decir querría yaquanto de lo mio.»
Dixo el rey: «Plazme de coraçón.
»Dezid, Minaya, lo que oviéredes sabor.»
—«Hyo vos ruego que me oyades toda la cort,
»ca grand rencura he de ifantes de Carrión.
»Hyo les di mis primas por mano del rey Alfons,
»ellos las prisieron a ondra e a bendiçión;
»grandes averes les dio mio Çid el Campeador,
»ellos las han dexadas a pesar de nós.

3420 Estos segundos matrimonios de las hijas del Cid, que son los históricos, están equivocadamente reseñados en el *Cantar.* Nunca las hijas del héroe fueron reinas de Navarra y Aragón, como dice el juglar (v. 2299). Cristina, la hija mayor del Cid, casó, efectivamente, con un infante de Navarra, con Ramiro, señor de Monzón, y el hijo de ambos, García Ramírez, ocupó el trono en 1134. La segunda hija del Cid, María Rodríguez, casó con el conde de Barcelona, Ramón Berenguer III (sobrino de Berenguer Ramón II, el vencido por el Cid, y al cual alude el *Cantar:* «firiom' el sobrino» (v. 963). La

Levantóse el Cid y besó las manos del rey:

—Señor, si os contenta a vos, yo lo concedo.

Y el rey:

—¡Dios os lo recompense! A vos, Ojarra, y a vos, Íñigo Jiménez, os otorgo en casamiento a las hijas del Cid, doña Elvira y doña Sol, para esposas legítimas de los infantes de Navarra y de Aragón.

Ojarra e Íñigo Jiménez se levantan a besar las manos al rey, y después al Cid. Cambiadas están las promesas y los juramentos de que se hará todo como se ha dicho, o mejor aún. A muchos place, mas no a los infantes de Carrión.

Minaya Álvar Fáñez se levantó:

—Merced os pido como rey y señor, y que no pese al Cid el que yo a mi vez intervenga: ya os he dado tiempo de hablar, y también quisiera hablar en la corte.

Y dijo el rey:

—Me place, Minaya; decid lo que gustéis.

—Yo ruego a toda la corte que me escuche, porque tengo contra los infantes de Carrión graves cargos. Yo en nombre del rey Alfonso, les di por mi propia mano a mis primas, con quienes ellos contrajeron legítimas nupcias. El Cid Campeador les dio riquezas, y ahora, muy a pesar nuestro, abandonan a sus mujeres. Los reto por malos y

---

confusión del juglar se explica por el hecho de que Ramón Berenguer IV, hijo del yerno del Cid (pero no de María Rodríguez), llegó a ser príncipe de Aragón en 1137, por haberse casado con la hija de Ramiro el Monje, formando desde entonces Cataluña y Aragón un solo estado.

3421 [Véase n. a v. 3400].

3432 [Efectivamente, podría resultar chocante que el más distinguido de todos los caballeros de la hueste cidiana permaneciera inactivo a lo largo del desarrollo de las Cortes].

3438 [De nuevo se alude a la actuación del rey en las bodas (véase v. 3406). En este caso, y por interés personal, Álvar Fáñez subraya que él fue quien representó al rey como manero (véase n. a v. 2133) en la boda (vv. 2135-2137, 2221-2233), por lo que la infamia de los infantes también le afecta (aparte de porque las hijas del Cid son sus primas)].

»¡Riébtoles los cuerpos   por malos e por traidores!
»De natura sodes   de los de Vanigómez,
»onde salien co*m*des   de prez e de valor;
»mas bien sabemos   las mañas que ellos han *oy*.
»Esto gradesco   yo al Criador,
»quando piden mis primas,   don Elvira e doña Sol,
»los ifantes   de Navarra e de Aragón;
»antes las aviedes parejas   pora en braços las *dos*,
»agora besaredes sus manos   e llamar las hedes señor*e*s,
»aver las hedes a servir,   mal que vos pese a vós.
»¡Grado a Dios del çielo   e a aquel rey don Alfons,
»assí creçe la ondra   a mio Çid el Campeador!
»En todas guisas   tales sodes quales digo yo;
»si ay qui responda   o dize de no,
»¡hyo só Álbar Fáñez   pora tod el mejor!»
Gómez Peláyet   en pie se levantó;
«¿Qué val, Minaya,   toda essa razón?
»ca en esta cort   afarto*s* ha pora vós,
»e qui ál quisiesse   serié su ocasión.
»Si Dios quissiere   que d'esta bien salgamos nós,
»después veredes   qué dixiestes o qué no.»
Dixo el rey: «¡Fine esta razón!
»Non diga ninguno   d'ella más una entençión.
»Cras sea la lid,   quando saliere el sol,
»destos tres por tres   que rebtaron en la cort.»
Luego fablaron   ifantes de Carrión:
»Dandos, rey, plazo,   ca cras se*e*r non pu*o*de.
»Armas e cavallos   *diémos*los *a*l Canpeador,
»nós antes abremos a ir   a tierras de Carrión.»
Fabló el rey   contral' Campeador:

3443 Los *Vanigómez,* o descendientes de Gómez Díaz, conde de Carrión y Saldaña.

3454-3455 [Otra vez la fórmula ritual de reto; véanse vv. 3389, 3350-3351 y 3370-3371].

traidores. Sangre sois de los Beni-Gómez, que ha dado condes de prez y de valor; pero ya vemos hoy en día las aberraciones que engendra. Y doy a Dios gracias de que los infantes de Aragón y Navarra pidan la mano de mis primas doña Elvira y doña Sol. Antes fueron vuestras mujeres legítimas y vuestras iguales; ahora tendréis que besar sus manos y llamarlas señoras, y las serviréis aunque os pese. ¡Loado sea Dios que está en los cielos! ¡Loado sea el rey don Alfonso! ¡Así crece la honra del Campeador! Tales sois cual digo; y si hay quien lo discuta o lo niegue, sepa que yo soy Álvar Fáñez, valiente como el que más.

Gómez Peláez se levanta y dice:

—¿Y qué vale, oh Minaya, cuanto habéis dicho? Hay en esta corte muchos que con vos se pueden medir, y si hay quien lo niegue, será para su daño. Si Dios nos ayuda con bien, ya tendréis que considerar lo que hablasteis.

Dijo el rey:

—No haya más disputa. Nadie encone más este asunto. Mañana, en cuanto salga el sol, será la lid de los que se han retado en la corte, tres contra tres.

Aquí hablaron los infantes de Carrión:

—Rey: Dadnos mayor plazo; mañana no puede ser. Si hemos dado al Campeador armas y caballos, tendremos que ir a tierras de Carrión.

Entonces el rey dijo al Campeador:

3457 [Gómez Peláez, noble leonés que vivió realmente entre los siglos XI y XII, acaso relacionado con la familia de los Beni-Gómez (véase v. 3443).]

3466 *[destos tres por tres:* entre esos tres que retaron a los otros tres; es decir, Pedro Bermúdez, Martín Antolínez y Muño Gustioz, por el lado del Cid; los infantes de Carrión y Asur González, por el otro. El reto de Álvar Fáñez a Gómez Peláyet queda sin efecto al haberse producido cuando el rey ya había proclamado el cese de la causa (véanse vv. 3390-3391)].

3469 Alude al pago hecho al Cid, según los vv. 3242-3248.

«Sea esta lid o mandáredes vós.»
En essora dixo mio Çid: «No lo faré, señor;
»más quiero a Valençia que tierras de Carrión.»
En esora dixo el rey: «Aosadas, Campeador.
»Dadme vuestros cavalleros con todas guarnizones,
»vayan comigo, yo seré el curiador;
»hyo vos lo sobrelievo commo *a* buen vassallo faze señor,
«que non prendan fuerça de co*m*de nin de ifançón.
»Aquí les pongo plazo de dentro en mi cort,
»a cabo de tres se*d*manas, en begas de Carrión,
»que fagan esta lid delant estando yo;
»quien non viniere al plazo pierda la razón,
»desí sea vençido y escape por traydor.»
Prisieron el ju*d*izio ifantes de Carrión.
Mio Çid al rey las manos le besó:
«Estos mi*o*s tres cavalleros en vuestra mano son,
»d' aquí vos los acomiendo com*m*o a rey e a señor.
»Ellos son adobados pora cumplir todo lo so;
»¡ondrados me los enbiad a Valençia, por amor del Criador!»
Essora respuso el rey: «¡Assi lo mande Dios!»
Allí se tollió el capiello el Çid Campeador,
la cofia de rançal que blanca era commo el sol,
e soltava la barba e sacóla del cordón.
Nos' fartan de catarle quantos ha en la cort.
Adelinó a co*m*de don Anric e co*m*de don Remond;
abraçólos tan bien e ruégalos de coraçón
que prendan de s*o*s averes quanto ovieren sabor.
A essos e a los otros que de buena parte son,
a todos los rogava assí commo han sabor;
tales í á que prenden, tales í á que non.
Los dozientos marcos al rey los soltó;
de lo ál tanto priso quant ovo sabor.

3472 [Se propone aquí al Cid la elección del lugar concreto de celebración de las lides dentro del término de Carrión. Deniega el Cid la elección señalando que no tiene ninguna intención de viajar hacia Carrión].

3478 El señor sólo tenía que amparar al vasallo de cualquier violencia o deshonra (comp. con vv. 1356-1357). Las *fuerzas* o violencias y desmanes

—Sea, pues, esta lid donde y cuando lo dispongáis.

Y el Cid le contesta:

—No, señor; yo no iré a tierras de Carrión; más quiero volverme a Valencia.

Y el rey:

—Bien está, Campeador. Dadme a vuestros caballeros armados, vayan conmigo, y yo seré su protector; yo os lo garantizo, como corresponde a señor de tal buen vasallo, y cuidaré de que no sufran violencia alguna de condes ni de infanzones. Y aquí en esta corte doy de plazo tres semanas para que esta lid se lleve a cabo en las vegas de Carrión, estando yo presente. Y quien no asistiere a la lid, pierda su derecho y quede por vencido y traidor.

Los infantes de Carrión se dan por notificados.

El Cid besa la mano del rey:

—Bajo vuestro amparo dejo, pues, mis tres caballeros; como a rey y señor os los encomiendo. Y van bien aparejados para hacer lo que deben. ¡Devolvédmelos a Valencia honrados, por amor de Dios!

Y el rey le responde:

—Dios lo haga.

Allí el Cid se quitó la cofia, fina y blanca como el sol, y dejó ver sus cabellos, y deshaciendo el cordón, soltó su barba. No se hartaban todos de mirarle. Él se acerca al conde don Enrique y al conde don Ramón; los abraza y ruega que tomen cuanto les plazca de lo suyo, y lo mismo dice a los demás, que están de su parte; unos aceptan y otros no. El Cid perdonó al rey la devolución de los doscientos marcos, y del resto escogió lo que le convino.

---

cometidos por los *condes* y los *infanzones* que abusaban de su poder, son frecuentemente mencionados en los documentos de la época.

3493 El poeta se contradice en cuanto a la tela de la cofia (véase v. 3094).

3494 El Cid, situándose seguro ya de todo ultraje posible, suelta su cabello y su barba (comp. con v. 3097).

3500 Literalmente: 'insta a todos, así como a cada uno place'.

3502 Para estos 200 marcos, véase v. 3232.

«¡Merçed vos pido, rey, por amor del Criador!
»Quando todas estas nuevas assí puestas son,
»beso vuestras manos con vuestra graçia, señor,
»e irme quiero pora Valençia, con afán la gané yo.»

Entonçes mandó el Çid a los mandaderos de los infantes de Navarra e de Aragón bestias e todo lo ál que menester ovieron, e enbiólos.

El rey don Alfón caualgó entonçes con todos los altos omnes de su corte para salir con el Çid, que se iva fuera de la villa. E quando llegaron a Çocodover[1]*, el Çid yendo en su cavallo que dizen Bavieca, díxole el rey: «Don Rodrigo, fe que devedes que arremetades agora »esse cavallo que tanto bien oí dezir.» El Çid tomóse a sonrreir, e dixo: «Señor, aquí en vuestra corte á muchos »altos omnes e guisados para fazer esto, e a esos mandat »que trebejen con sus cavallos». El rey les dixo: «Çid, págome yo de lo que vos dezides: mas quiero to- »davía que corrades ese cavallo por mi amor.»*

[150] *El rey admira a* Babieca, *pero no lo acepta en don.—Últimos encargos del Cid a sus tres lidiadores.—Tórnase el Cid a Valencia.—El rey en Carrión.—Llega el plazo de la lid.—Los de Carrión pretenden excluir de la lid a* Colada *y* Tizona.*—Los del Cid piden al rey amparo y salen al campo de la lid.—El rey designa fieles del campo y amonesta a los de Carrión.—Los fieles preparan la lid.—Primera acometida.—Pedro Bermúdez vence a Fernando.*

El Çid remetió entonçes el cavallo, e tan de rezio lo corrió, que todos se maravillaron del correr que fizo.

El rey alçó la mano, la cara se santigó;

3507 [Aquí comienza una discontinuidad en el manuscrito, causada por la pérdida de un folio (véase Intr., págs. 39-42). Se suple mediante la prosificación del *CMC* contenida en la *Crónica de Veinte Reyes* (véase n. 1 a la pág. 80)].

—¡Merced os pido, rey, por amor de Dios! Ya que todos estos negocios han quedado arreglados, beso vuestras manos y, con vuestro permiso, quiero irme para Valencia, la que gané con tantos afanes.

El Cid mandó entonces obsequiar a los mensajeros de los infantes de Aragón y de Navarra con bestias y lo demás que hubieren menester, y los despidió.

Y el rey don Alfonso cabalgó con todos los altos varones de su corte para acompañar al Cid hasta fuera de la ciudad. Cuando llegaron a Zocodover, el rey le dijo al Cid, que iba montado en su caballo *Babieca:*

—Don Rodrigo, me gustaría ver que arrancarais ese caballo, del que tanto he oído hablar.

El Cid, sonriendo, le contesta:

—Señor: aquí en vuestra corte hay muchos altos varones capaces de hacerlo; mandadles a ellos que corran un poco sus caballos.

Y díjole el rey:

—Cid, eso es verdad; pero, con todo, quiero que me hagáis el favor de correr vuestro caballo.

[150] *El rey admira a* Babieca, *pero no lo acepta en don.—Últimos encargos del Cid a sus tres lidiadores.—Tórnase el Cid a Valencia.—El rey en Carrión.—Llega el plazo de la lid.—Los de Carrión pretenden excluir de la lid a* Colada *y* Tizona.*—Los del Cid piden al rey amparo y salen al campo de la lid.—El rey designa fieles del campo y amonesta a los de Carrión.—Los fieles preparan la lid.—Primera acometida.—Pedro Bermúdez vence a Fernando.*

El Cid entonces picó espuelas, y dio tal arrancada, que todos se maravillaron de su carrera. Y el rey, haciéndose cruces:

---

[1] El Zocodover (nombre árabe que significa 'mercado redondo') es una de las dos plazas principales de Toledo.

«¡Hyo lo juro par sant Esidr*e* el de León
»que en todas nuestras tierras non ha tan buen varón!»
Mio Çid en el cavallo adelant se llegó,
f*o* besar la mano a so señor Alfons;
«Mandástesme mover a Bavieca el corredor,
»en moros ni en cristianos otro tal non ha oy,
»hy*o* vos le do en don, mandédesle tomar, señor.»
Essora dixo el rey: «Desto non he sabor;
»si a vós le tollies', el cavallo no havrié tan buen señor.
»Mas atal cavallo cum ést pora tal commo vós,
»pora arrancar moros del canpo e se*e*r segudador;
»quien vos lo toller quisiere nol' vala el Criador,
»ca por vos e por el cavallo ondrados somo' nós.»

Essora se espidieron, e luégos' partió la cort.
El Campeador a los que han lidiar tan bien los castigó:
«Hya Martín Antolínez, e vós, Per Vermu*do*z,
»e Muño Gustioz, *mio vassallo de pro,*
»firmes se*e*d en campo a guisa de varones;
»buenos mandados me vayan a Valençia de vos.»
Dixo Martín Antolínez: «¿Por qué lo dezides, señor?
»Preso avemos el debdo e a passar es por nós;
»podedes *o*dir de muertos, ca de vencidos no.»
Alegre f*o* d' aquesto el que en buen ora nació;
espidiós' de todos los que sos amigos son.
Mio Çid pora Valençia e el rey pora Carrión.

Las tres se*d*manas de plazo todas complidas son.
Felos al plaz*do* los del Campeador,
cunplir quieren el debdo que les mandó so señor;
ellos son en p*o*der de Alfons el de León;
dos dias atendieron a ifantes de Carrión.
Mucho vienen bien adobados de cavallos e de guarnizones;
e todos s*o*s parientes con ellos *acordados* son

3509 Para *sant Esidre el de León,* véase v. 1342.

3513 Sobre este *mover* el caballo, o *arremeterlo,* como dice la *Crónica de Veinte Reyes,* véase v. 1592.

—Lo juro por san Isidoro, el que se venera en León —exclama—, que no hay otro hombre mejor en todas nuestras tierras.

El Cid se acercaba a esto para besar la mano a su rey:

—Me mandasteis correr al veloz *Babieca;* ya veis que no hay otro como este; aceptadlo, señor, os lo ofrezco como presente.

—No me parece bien —dijo el rey—. Si yo os privara de él, el caballo no tendría ya tan buen jinete. Digno es el caballo de quien lo monta para vencer en campo y perseguir a los moros; y al que os desposeyese de él no lo valga Dios, que por vos y por el caballo aumenta nuestra honra.

Despidiéronse; regresó la corte a la ciudad. El Campeador aconseja así a sus lidiadores:

—Ea, Martín Antolínez, Pedro Bermúdez y Muño Gustioz, mi buen vasallo: firmes en la lid como varones; que me lleguen a Valencia buenas noticias de vosotros.

Y Martín Antolínez:

—¿Y a qué decirlo, señor? Hemos contraído la obligación, queda a nuestro cargo; podrán llegaros noticias de unos que se han muerto, pero no que se han dejado vencer.

Alegróse con estas palabras el bienhadado y se despidió de todos sus amigos. El Cid se va para Valencia; el rey, para Carrión.

Ya se han cumplido las tres semanas del plazo. Presentes los del Campeador, que van a satisfacer la obligación contraída. Los ampara don Alfonso el leonés. Han llegado dos días antes que los de Carrión. Estos se presentan muy bien provistos de caballos y armas, y todos sus

---

3529 ['podréis oír la noticia de que hemos sido muertos, pero no la de que hemos sido vencidos'. Para ser derrotado en una lid judicial era preciso que el perdedor se diera por vencido o reconociera su menos valer expresamente; si el perdedor del combate se dejaba matar sin reconocer su derrota, no era en realidad vencido].

que si los pudiessen apartar   a los del Campeador,
que los matassen en campo   por desondra de so señor.
El cometer fue malo,   que lo ál no s'enpeçó,
ca gran miedo ovieron   a Alfonsso el de León.
De noche belaron las armas   e rogaron al Criador.
Troçida es la noche,   ya *cr*ieban los albores;
muchos se juntaron   de buenos ricos omnes
por ve*e*r esta lid,   ca avién ende sabor;
demás sobre todos   í es el rey don Alfons,
por querer el derecho   e *ningún* tuerto non.
Hyas' metién en armas   los del buen Campeador,
todos tres se acuerdan,   ca son de un señor.
En otro logar se arman   ifantes de Carrión,
sediélos castigando   el co*m*de Garçi Ordóñez.
Andidieron en pleyto,   dixiéronlo al rey Alfons,
que non f*o*ssen en la batalla   Colada e Tizón,
que non lidiassen con ellas   los del Canpeador:
mucho eran repentidos los ifantes   por quanto dadas son.
Dixiérongelo al rey,   mas non gelo conloyó;
«Non sacastes ninguna   quando oviemos la cort.
»Si buenas las tenedes,   pro abrán a vós;
»otrosí farán   a los del Canpeador.
»Levad e salid al campo,   ifantes de Carrión,
»huebos vos es que lidiedes   a guisa de varones,
»que nada non mancará   por los del Campeador.
»Si del campo bien salides,   grand ondra avredes vós;
»e ssi fuére*de*s vençidos,   non rebtedes a nós,
»ca todos lo saben   que lo buscastes vós.»
Hya se van repintiendo   ifantes de Carrión,
de lo que avién fecho   mucho repisos son;
no lo querrién aver fecho   por quanto ha en Carrión:

3541 [Antes que combatir en buena lid contra los hombres del Cid, prefieren planear su asesinato alevoso, para evitar la que presienten como una más que probable derrota].

3542 'El propósito (comp. con v. 2073) fue malo, que lo otro (es decir, la ejecución del mal designio) no se empezó'.

parientes les aconsejan que procuren alejar a los del Cid y matarlos en el campo, para deshonra del señor. Malo fue el propósito: que la ejecución, ni siquiera pudo iniciarse por miedo a Alfonso el leonés.

Los del Cid velaron las armas y rezaron. Ya pasa la noche, quiebran los albores, muchos buenos y ricos hombres se han congregado con el deseo de presenciar aquella lid. Y sobre todo está el rey don Alfonso, para cuidar de que se imponga el derecho, no la injusticia. Ya visten las armas los del Cid, concertándose entre sí como defensores del mismo señor. A otra parte se están armando los infantes, a quienes aconseja el conde García Ordóñez. Todavía promueven dificultades y vienen a pedirle al rey que no intervengan en la contienda la *Colada* y la *Tizona,* que no las empleen los del Cid. Muy arrepentidos están de haberlas devuelto. Se lo han dicho al rey, pero este no lo concede:

—Cuando la corte, no exceptuasteis ninguna espada. Si las tenéis buenas, bien os han de servir, lo mismo que las del Campeador las suyas. ¡Ea, pues, infantes de Carrión! Salid al campo. Preciso es que lidiéis como hombres, que por los del Campeador no quedará. Si salís con bien, quedaréis muy enaltecidos; si os derrotan, no nos culpéis, que todo el mundo sabe que os lo habéis buscado vosotros mismos.

Ya los infantes de Carrión están más que arrepentidos de sus desmanes. No quisieran haberlos cometido por todo lo que hay en Carrión.

3544 Para la *vela de armas,* véase v. 3049.

3551 'los tres están preparados' (comp. con vv. 3058-3059).

3566 'no nos culpéis'.

3567 [Se alude aquí al inicio de todo el proceso que está a punto de culminar con los combates correspondientes a la lid judicial: los propios infantes son responsables, según les dice el rey, de lo malo que les pueda pasar].

Todos tres son armados   los del Campeador,
hívalos ve*e*r   el rey don Alfons.
Essora le dixieron   los del Campeador:
«Besámosvos las manos   commo a rey e a señor,
»que fi*d*el seades   oy d'ellos e de nós;
»a derecho nos valed,   a ningun tuerto no.
»Aquí tienen s*o* vando   ifantes de Carrión,
»non sabemos   qués' comidrán ellos o qué non;
»en vuestra mano   nos metió nuestro señor;
»¡tenendos a derecho,   por amor del Criador!»
Essora dixo el rey: «¡D' alma e de coraçón!»
Adúzenles los cavallos   buenos e corredores,
santiguaron las siellas   e cavalgan a vigor;
los escudos a los cuellos,   que bien blocados son;
e' mano prenden las astas   de los fierros tajadores,
estas tres lanças   traen seños pendones;
e derredor dellos   muchos buenos varones.
Hya salieron al campo   do eran los mojones.
Todos tres son acordados   los de Campeador*e,*
que cada uno dellos   bien fos' ferir el so*ve.*
Fevos de la otra part   ifantes de Carrion*e,*
muy bien aconpañados,   ca muchos parientes son*e.*
El rey dioles fi*d*eles   por dezir el derecho e ál non*e;*
que non varagen con ellos   de sí o de non*e.*
Do sedien en el campo   fabló rey don Alfonss*e:*
«¡Oíd que vos digo,   ifantes de Carrion*e*!
»Esta lid en Toledo la fiziérades,   mas non quisiestes vos*e.*
»Estos tres cavalleros   de mio Çid el Campeador*e*
»hyo los adux a salvo   a tierras de Carrion*e;*
»aved vuestro derecho,   tuerto non querades vos*e.*
»ca qui tuerto quisiere fazer,   mal gelo vedaré yo*ve,*
»en todo mio reyno   non avrá buena sabor*e.*»
Hya les va pesando   a ifantes de Carrion*e.*

3583 [*santiguaron las siellas:* hicieron la señal de la cruz a las sillas de los caballos; es acción que buscaba propiciar el apoyo de Dios en el combate].

Ya están armados los del Cid, y el rey Alfonso va a examinarlos. Los del Campeador le dicen a una:

—Os pedimos como a rey y a señor que seáis juez de los dos bandos. Amparadnos en justicia, que no queremos injusticia. Los infantes de Carrión tienen aquí mucho partido, y no sabemos lo que maquinarán. Nuestro señor nos fió en vuestras manos. Mantenednos en justicia, por amor de Dios.

Y el rey les respondió:

—Lo haré de todo corazón.

Les traen los buenos y corredores caballos, y ellos, tras de santiguar las sillas, montan con presteza. Al cuello llevan los escudos con centros de oro, en la mano llevan las astas de aguzadas puntas: las tres lucen pendones. Muchos hombres buenos los acompañan. Ya llegan al campo donde están las señales. Los tres del Campeador se han puesto de acuerdo para herir con todo vigor a los enemigos. He allí por otro lado a los infantes muy bien acompañados, porque tienen muchos parientes. El rey les ha designado jueces de campo para que declaren lo que sea justo, y no disputen entre sí sobre si sucedió esto o aquello. Cuando todos están en el campo, dice el rey don Alfonso:

—Oíd lo que os digo, infantes de Carrión: en Toledo se pudo hacer esta lid, vosotros no la quisisteis. A estos tres caballeros del Cid yo los he traído resguardados hasta Carrión. Cumplid ahora con vuestro derecho, no pretendáis injusticias, que al que tal pretenda yo se lo vedaré, y no ha de hallar paz en todo mi reino.

¡Ay, cuánto les pesa de sus desmanes a los infantes de Carrión!

3590 'fuese a herir al suyo', esto es, a su contrario; *so-ve, so,* 'suyo', con la *e* paragógica de que ponemos aquí otra muestra.

Los fi*d*eles y el rey enseñaron los mojones,
librávanse del campo todos a derredor.
Bien gelo demostraron a todos seys commo son,
que por í serie vençido qui saliesse del mojón.
Todas las yentes esconbraron a derredor,
de seys astas de lanças que non llegassen al mojón.
Sorteávanles el campo, ya les partién el sol,
salién los fi*d*eles de medio, ellos cara por cara son;
desí vinién los de mio Çid a ifantes de Carrión,
e ifantes de Carrión a los del Campeador;
cada uno d'ellos mientes tiene al so.
Abraçan los escudos delant los coraçones,
abaxan las lanças abueltas con los pendones,
enclinavan las caras sobre los arzones,
batién los cavallos con los espolones,
tembrar querié la tierra do*n*d eran movedores.
Cada uno dellos mientes tiéne*t* al sol;
todos tres por tres ya juntados son:
cuédanse que essora cadrán muertos los que están aderredor.
Per Vermu*doz,* el que antes rebtó,
con Ferrá*nt* Gonçál*vez* de cara se juntó;
firiensse en los escudos sin todo pavor.
Ferrán Gonçál*vez* a *don* Pero el escudol' passó,
prísol' en vázio, en carne nol' tomó,
bien en dos logares el astil le quebró.
Firme estido Per Vermu*doz,* por esso nos' encamó;
un colpe reçibiera, mas otro firió:
*cr*ebantó la b*l*oca del escudo, apart gela echó,
passógelo todo, que nada nol' valió.
Metiól' la lança por los pechos, *çerca del coraçón;*
tres dobles de loriga tenié Fernando, aquestol' prestó,
las dos le desmanchan e la terçera fincó:

3608 No significa que 'las gentes se reúnen alrededor de las seis astas de lanza', sino que se apartan alrededor del campo, con la orden de no acercarse a los mojones en una distancia de seis astas de lanza.

Los jueces y el rey señalan los mojones, y luego se
3605 echan fuera del campo, haciendo entender claramente a
los seis caballeros que quien salga de la raya quedará
vencido. Todos despejaron el sitio en el término de seis
astas de lanza, a partir de la raya.
3610 Sortean el campo, parten el terreno, salen los jueces
cara a cara hasta medio campo. De aquí salen los del Cid
contra los de Carrión, y de allá aquellos contra estos,
cada uno acechando el avance de su contrario. Embrazan
3615 los escudos frente a los pechos; bajan, revolviendo el
pendón, las lanzas; se inclinan sobre los arzones; dan de
espuelas, y arrancan con un ímpetu que hizo retemblar la
3620 tierra. Cada uno acecha al contrario; ya se juntan tres
contra tres; los espectadores piensan que a cada instante
van a caer muertos los combatientes.
Pedro Bermúdez, el que primero retó, se enfrenta con
Fernán González, y ambos se golpean sin miedo los es-
3625 cudos. Fernán le pasa el escudo a Pedro; pero da en vacío
y no le alcanza las carnes, quebrando la lanza por dos
partes. Firme se mantuvo Pedro Bermúdez, que no se la-
deó por eso. Si un golpe recibe, otro contesta; rompe y
3630 arranca la broca escudo del enemigo y le pasa de parte a
parte sin que parezca resistir. Metióle la lanza por el pe-
cho, junto al corazón; Fernando tenía tres dobleces de lo-
riga, y eso le valió; porque dos dobleces se le desmallan,
3635 pero el tercero resiste (hundiéndose). La túnica acol-

3610 Se echaba a suertes cada una de las mitades del campo en que cada bando de los combatientes debía colocarse, y se procuraba que ambas mitades estuviesen en iguales condiciones de luz; esto se conseguiría dividiendo el campo por un diámetro que siguiese la dirección de Oriente a Poniente.

3615-3617 [Compárese esta descripción del modo en que los combatientes se disponen a acometer a sus contrarios con la contenida en los vv. 715-717].

3621 [Véase n. a v. 3466].

el belmez con la camisa   e con la guarnizón
de dentro en la carne   una mano gela metió;
por la boca afuera   la sangrel' salió;
*cr*ebáronle las çinchas,   ninguna nol' ovo pro,
por la copla del cavallo   en tierra lo echó:
assí lo tenién las yentes   que mal ferido es de mu*o*rt.
En el*le* dexó la lança   e mano al espada metió,
quando lo vi*do* Ferrán Go*n*çál*v*ez,   conuvo a Tizón;
antes que el colpe esperasse   dixo: «¡Vençudo só!».
Atorgarón gelo los fi*de*les,   Per Vermu*doz* le dexó.

[151] *Martín Antolínez vence a Diego.*

Don Martin*o* e Dí*a*g Gonçál*v*ez   firiéronse de las lanças,
tales f*o*ron los colpes   que les *cr*ebaron amas.
Martín Antolínez   mano metió al espada,
relumbra tod el campo,   tanto es linpia e clara;
diol' un colpe,   de traviéssol' tomava:
el casco de somo   apart gelo echava,
las moncluras del yelmo   todas gelas cortava,
allá levo el almófar,   fata la cofia llegava,
la cofia e el almófar   todo gelo levava,
ráxol' los pelos de la cabeça,   bien a la carne llegava;
lo uno cayó en el campo   e lo ál suso fincava.
Quando este colpe á ferido   Colada la preçiada,
vi*do* Dí*a*g Gonçál*v*ez   que no escaparié con el alma;
bolvió la rienda al cavallo   por tornasse de cara,
espada tiene en mano   mas no la ensayava.
Essora Martín Antolínez   reçibiól' con el espada,
un cólpel' dió de llano   con lo agudo nol' tomava.
Essora el ifante   tan grandes vozes dava:
«¡Valme, Dios glorioso!   ¡Señor, cúriam' d'este espada!»

3640 *copla* debe ser 'cola': «por las ancas del cavallo», dicen las *Crónicas* prosificando este pasaje.

chada, la camisa y la guarnición, se le entraron en la
carne todo el espesor de una mano, y empezó a echar san-
3640 gre por la boca. Las cinchas, perdidas, reventaron; el ca-
ballo se derrumbó sobre las ancas. Creen todos que está
herido de muerte. Don Pedro le dejó clavada la lanza y
echó mano a la espada. Fernán González, que lo ve, reco-
noce la *Tizona* y, sin esperar el golpe, exclama:

—Estoy vencido.

3645 Los jueces lo otorgan, y Pedro Bermúdez se aleja.

[151] *Martín Antolínez vence a Diego.*

Don Martín y Diego González arremeten con las lan-
zas; y tales fueron los golpes, que ambos las quebraron.
Martín Antolínez echó mano a la espada, y es tan limpia
3650 y clara que el reflejo vuela por el campo. Descarga un
golpe de través, le quita el casco de encima a su contra-
rio, cortándole todas las correas; descubrió la capucha,
llegó a la cofia, y capucha y cofia las arranca; le rae los
3655 pelos de la cabeza, le entra en la carne. Cuanto arrancó
cae por el suelo, y queda en su puesto lo demás.

Ante este tajo de la preciosa *Colada,* Diego González
ha comprendido que no escapará con vida. Tira la rienda
3662 para volverse de frente, y aunque trae la espada en la
3660 mano, no la emplea. Martín Antolínez le recibe entonces
con la espada, dándole un soberbio cintarazo. Y a esto el
infante comienza a gritar desaforadamente:

3665 —¡Válgame Dios, que está en la gloria! ¡Líbrame, Se-
ñor, de esta espada!

3644 Al darse por vencido, reconoce *por su boca* la verdad de las inculpaciones que le hizo Pedro Bermúdez (comp. con v. 3350).

3651 Este *casco de somo* parece una parte del yelmo, o el yelmo mismo.

3655 'le rayó los pelos'; *ráxo* de *raer*, no de *rajar*.

3661 [Esto es, le golpeó con la parte plana de la espada, no con el filo].

el cavallo asorrienda, e mesurándol' del espada,
sacól' del mojón; *don* Martin*o* en el campo fincava.
Essora dixo el rey: «Venid vos a mi compaña;
»por quanto avedes fecho vençida avedes esta batalla.»
Otórgangelo los fi*d*eles, que dize verdadera palabra.

[152] *Muño Gustioz vence a Asur González.—El padre de los infantes declara vencida la lid.—Los del Cid vuelven cautelosamente a Valencia.—Alegría del Cid.—Segundo matrimonio de sus hijas.—El juglar acaba su poema.*

Los dos han arrancado; dirévos de Muño Gustioz,
con A*n*ssu*o*r Gonçál*v*ez cómmo se adobó.
Firiénsse en los escudos unos tan grandes colpes.
A*n*ssu*o*r Gonçál*v*ez, furçudo e de valor,
firió en el escudo a don Muño Gustioz,
tras el escudo falssó*le* la guarnizón;
en vázio fue la lança, ca en carne nol' tomó.
Este colpe fecho, otro dio Muño Gustioz:
por medio de la bloca el escudol' *cr*ebanto;
nol' pudo guarir, falssó*l*e la guarnizón,
apart le priso, que non cab el coraçón;
metiól' por la carne adentro la lança con el pendón,
de la otra part una braça gela echó,
con él dio una tuerta, de la siella lo encamó,
al tirar de la lança en tierra lo echó;
vermejo salió el astil, e la lança y el pendón.
Todos se cuedan que ferido es de mu*o*rt.
La lança recombró e sobr'él se paró;
dixo Gonçal*v*o A*n*ssu*ó*rez: «¡Nol' firgades, por Dios!
»¡Vençudo es el campo quando esto se acabó!»
Dixieron los fi*d*eles: «Esto o*d*imos nós».

3677 [Comp. con v. 3627].
3683 [Comp. con v. 3637].

Refrena entonces el caballo, y, alejándose de la temida espada, lo saca de los mojones. Don Martín se queda en el campo.

El rey dijo:

—Venid a mi lado. Ya habéis vencido la lid.

3670 Y como así era la verdad, los jueces lo otorgan.

[152] *Muño Gustioz vence a Asur González.—El padre de los infantes declara vencida la lid.—Los del Cid vuelven cautelosamente a Valencia.—Alegría del Cid.—Segundo matrimonio de sus hijas.—El juglar acaba su poema.*

Estos dos han vencido ya. Ahora os diré cómo se las
arreglaba Muño Gustioz con Asur González. Grandes
golpes se han descargado sobre los escudos. Asur Gonzá-
3675 lez, bravo y forzudo, traspasando el escudo de Muño
Gustioz, le estropea la armadura; pero la lanza se desliza
en vacío sin coger carne. Entonces Muño Gustioz carga a
3680 su vez, quiebra el escudo por la broca, estropea las armas
sin que haya manera de evitarlo, y aunque lejos del cora-
zón, le mete lanza y pendón por el cuerpo del adversario,
atravesándole por el otro lado una braza; luego da un tirón,
3685 lo sacude sobre la silla, y al sacar la lanza lo echa al suelo;
tintos en sangre salen lanza y asta y pendón. Todos pien-
san que está herido de muerte. Muño asegura otra vez la
3690 lanza y va sobre el caído. Y aquí grita Gonzalo Ansúrez:

—¡No le toquéis, por Dios! ¡Vencido está el campo; esto es hecho!

Y los jueces confirman:

—Lo hemos oído.

3684 Es decir, lo atravesó de parte a parte.

3691 Asur perdió el habla a causa de su herida, y no pudiendo darse por vencido, va a ser muerto por Muño. El padre de Asur le salva la vida declarándole vencido (comp. con n. a v. 3350). [Véase T. L. 2.1.2.].

Mandó librar el canpo   el buen rey don Alfons,
las armas que í rastaron   ell*e* se las tomó.
Por ondrados se parten   los del buen Campeador;
vençieron esta lid,   ¡grado al Criador!
Grandes son los pesares   por tierras de Carrión.
El Rey a los de mio Çid   de noche los enbió,
que no les diessen salto   nin oviessen pavor.
A guisa de menbrados   andan días e noches,
felos en Valençia   con mio Çid el Campeador:
por malos los dexaron   a ifantes de Carrión,
conplido han el debdo   que les mandó so señor;
alegre f*o* d'aquesto   mio Çid el Campeador.
¡Grant es la biltança   de ifantes de Carrión!
Qui buena dueña escarneçe   e la dexa despu*ó*s,
atal le contesca   o siquier peor.
Dexémonos de pleitos   de ifantes de Carrión,
de lo que an preso   mucho an mal sabor;
fablemos nós d'aqueste   que en buen ora nació.
Grandes son los gozos   en Valençia la mayor,
porque tan ondrados   f*o*ron los del Canpeador.
Prísos' a la barba   R*o*y Díaz, so señor:
«¡Grado al rey del çielo,   mis fijas vengadas son!
»¡Agora las ayan quitas   heredades de Carrión!

3693-3694 'El rey mandó despejar el campo; él tomó para sí las armas que allí quedaron'. Según las *Partidas,* las armas y los caballos de los vencidos por alevosos eran incautados por el mayordomo del rey.

3698-3699 [Esta recomendación del rey viene dada por temor a venganzas o represalias por parte de representantes del bando de los vencidos].

3702 *[por malos,* es decir, por infamados, por deshonrados, ya que en la lid judicial no han sabido defenderse de la acusación de menos valer que se les formuló en las cortes de Toledo. La confirmación de esa acusación lleva consigo unas consecuencias legales de considerable importancia para un noble: la marginación de la corte, la prohibición de llevar a cabo actividades públicas destacadas y la imposibilidad de relacionarse normalmente con otros miembros de la nobleza].

El buen rey don Alfonso manda entonces despejar el campo, y toma para sí las armas que quedan por el suelo. Los del buen Campeador van muy gloriosos. Gracias a Dios, han triunfado en lid. En la tierra de Carrión quedan todos apesadumbrados.

El rey mandó a los del Cid salir de noche, para que no hubiera temor de asalto. Ellos, como prudentes, se ponen a caminar día y noche. Helos ya en Valencia con el Cid. Maltrechos dejaron a los de Carrión, y ellos han cumplido su compromiso. ¡Cuánto se alegra de esto el buen Cid! Muy envilecidos quedan los de Carrión. ¡Oh, tal y aún peor acontezca siempre al que escarnece y luego abandona a su buena dama!

Pero dejemos estas cosas de los infantes, que están muy apesadumbrados del castigo. Hablemos, hablemos del que nació en buen hora. Grandes fiestas hay en Valencia la mayor, porque los del Cid salieron de aquel lance con gloria. Ruy Díaz se acaricia las barbas y exclama:

—¡Loado sea el Rey de los cielos! Ya mis hijas están vengadas. ¡Ahora sí que disfrutan sin gravamen de sus

---

3706-3707 ['Quien a buena mujer escarnece y abandona después, / otro tanto le suceda (como a los infantes), o incluso peores cosas'. Estos versos encierran la moraleja del episodio de Corpes: su finalidad principal es escenificar el conflicto de la pérdida y recuperación de la honra personal del Cid y las tensiones entre el Cid y la nobleza antigua castellana. Sin embargo, la enseñanza de validez universal que encierran, sirve desde el punto de vista de la organización narrativa del *CMC* —junto con el tajante v. 3708— para marcar un cambio del punto de vista: se deja a los infantes y se mira hacia Valencia. Es un ejemplo más de intervención de la voz del narrador —sin interpelar, o sin hacerlo tan claramente como en otras ocasiones (véase v. 3710), al público (vv. 476, 899, 1620, 1879, 2746, y T. L. 2.3.2.)— para marcar el cambio de punto de vista narrativo].

3715 El Cid habla con ironía. Recuérdese que los infantes, al sacar a sus mujeres de Valencia con intención de ultrajarlas, decían al padre que las llevaban a posesionarlas de las heredades de Carrión (vv. 2563-2568). Estas heredades tenían, pues, para las hijas del Cid el gravamen de la afrenta, y ese gravamen queda redimido ahora con la venganza.

»Sin vergüença las casaré   o a qui pese o a qui non.»
Andidieron en pleytos   los de Navarra e de Aragón,
ovieron su ajunta   con Alfons el de León.
Fizieron s*o*s casamientos   don Elvira e doña Sol;
los primeros f*o*ron grandes,   mas aquestos son mijores;
a mayor ondra las casa   que lo que primero f*o*.
¡Ve*e*d quál ondra creçe   al que en buen naçió,
quando señoras son su*e*s fijas   de Navarra e de Aragón!
Oy los reyes d'España   sos parientes son,
a todos alcança ondra   por el que en buen*a* ora naçió.
Passado es d'este sieglo   *mio Çid de Valençia señor*
el día de cinquaesma;   ¡de Cristus aya perdón!
¡Assí ffagamos nós todos   justos e peccadores!
Estas son las nuevas   de mio Çid el Canpeador;
en este logar   se acaba esta razón.

3716 [El Cid retoma su preocupación, después del desdichado episodio de los infantes de Carrión, por casar por sí mismo a sus hijas; véase n. a vv. 282*b* y 2110].

3721 'con mayor honra'. En el matrimonio se consideraba muy principalmente la *ondra* que de él resultaba (vv. 1888, 1929, 3453, 2188, 2077). La frase *mugier a ondra* equivale a 'mujer legítima' (vv. 3400, 3421, 3439, 2233).

3724 En el año 1140, estando para darse una batalla entre el rey navarro García Ramírez (nieto del Cid, v. 3420) y Alfonso VII el Emperador de Castilla, cesó la guerra por mediación de parientes y obispos, conviniéndose el casamiento de dos niños: la princesa Blanca de Navarra, biznieta del Cid, con el heredero de Castilla, Sancho. De este matrimonio, consumado en 1151, nació Alfonso VIII, primer rey de Castilla descendiente del Campeador. Las hijas de Alfonso VIII llevaron la sangre del Cid a la casa real de Portugal, en 1208, y a la de Aragón, en 1221.

3727 *cinquaesma,* 'la pascua de Pentecostés', llamada así porque, según las *Partidas,* «es a cinquaenta días del día de pascua mayor, la de cuaresma». El Cid murió el año 1099, pero el día no se sabe: en el mes de julio, según la historia latina del héroe; en 10 de julio, según la *Crónica Particular del Cid;* en 15 de mayo, según la *Primera Crónica General,* o en 29 de mayo, domingo de Pentecostés, según nuestro poeta.

famosas posesiones de Carrión! Ahora puedo casarlas ya sin vergüenza, pese a quien pese.

Los de Navarra y Aragón hicieron sus pláticas, tuvieron junta con el rey don Alfonso, y al fin doña Elvira y doña Sol se casaron. Si grandes fueron las primeras bodas, estas máximas, y la casa queda mucho más honrada que antes. Ved, pues, cómo se enaltecía el bienhadado, que ya sus hijas son señoras de Aragón y Navarra. Hoy los reyes de España son sus parientes, y todos creen en honra por el que nació en claro día.

Nuestro buen Cid, señor de Valencia, dejó el siglo en la Pascua de Pentecostés. Dios le haya perdonado, y así haga con todos nosotros, justos y pecadores.

Estas son las hazañas del Cid Campeador.

Y en llegando a este punto se acaba la canción.

3730 El copista Per Abbat puso ese éxplicit al códice conservado:

Quien escrivió este libro
dél' Dios paraíso, ¡amén!
Per Abbat le escrivió en el mes de mayo
en era de 1345 años. [Véase Intr., págs. 39-42].

Es decir, año de Cristo 1307. Una mano posterior añadió otro éxplicit, en el mismo siglo XIV, que parece propio para que un juglar recitador de poemas lo dijese a sus oyentes:

El romanz es leído,
datnos del vino;
si non tenedes dineros,
echad allá unos peños,
que bien vos [error por *nos]* lo darán sobre'elos.

Romanz es neologismo desconocido al autor de Mio Cid, quien usa sólo las voces *cantar* y *gesta.* Tanto los poetas como los recitadores y los copistas pedían *vino* en pago de su obra. También es conocida la costumbre de dar al juglar, en vez de dinero, *peños* o prendas, que consistían en galas y alhajas; el juglar vendía luego esas prendas para convertirlas en dinero y en vino: 'que bien [n]os lo darán (el vino y los dineros) a cuenta de ellos (esto es, de los *peños)'.* [Véase el comentario a este éxplicit efectuado por Martín de Riquer en su Prólogo, págs. 19-23].

GUÍA DE LECTURA

por Juan Carlos Conde

CRONOLOGÍA CIDIANA

por Martín de Riquer

1040 (aproximadamente). Nace Rodrigo Díaz en el seno de una familia de infanzones, con casa solariega en Vivar.

1058 Muere el padre y va a la corte, donde será educado junto al príncipe Sancho, hijo de Fernando I, rey de Castilla, León, Galicia y Portugal.

1063 Interviene, junto al príncipe Alfonso, en la batalla de Graus contra los aragoneses.

1065 Dividido el reino a la muerte de Fernando I, Sancho, que hereda Castilla, nombra a Rodrigo Díaz alférez real.

1067-1072 Rodrigo Díaz ayuda al rey Sancho en las luchas contra sus hermanos: Alfonso, rey de León; García, rey de Galicia y Portugal; y Urraca, señora de Zamora.

1072 Muere Sancho en el cerco de Zamora. Conocedores de las relaciones incestuosas de Urraca con su hermano Alfonso, los castellanos sospechan un complot y antes de reconocer a este como rey le exigen juramento de no haber tenido parte en la muerte de su hermano. Crónicas y romances dicen que fue Rodrigo Díaz quien, en calidad de alférez real, tomó el juramento en Santa Gadea de Burgos.

Aunque estimado por el nuevo rey, Rodrigo Díaz pasa a un segundo plano, mientras crece el poder político de los condes de Carrión, partidarios de Urraca y Alfonso.

1074 Matrimonio con Jimena Díaz, mujer de sangre real.

1075 Acompaña al rey a Oviedo, donde asiste a la apertura del arca de las reliquias en la catedral.

1079 Es enviado por el rey a cobrar los tributos que le debía el rey moro de Sevilla. Coincide con el momento en que este es atacado por los moros de Granada, a los que ayuda el conde de Nájera. Rodrigo Díaz defiende al de Sevilla y vence y apresa al de Nájera en Cabra. Recibe por ello de Almutamiz de Sevilla regalos personales que, como tales, guarda para sí, mientras entrega al rey los tributos. El hecho da lugar a habladurías e insidias de los «malos mestureros».

1081 Rodrigo Díaz hace una incursión en el reino moro de Toledo, entonces en tregua con el rey Alfonso, y se lleva un buen número de cautivos. Alfonso, molesto y receloso, cambia su amor en odio y lo castiga con el destierro. Acompañan al Cid familiares, criados y sus guerreros. Ofrece sus servicios al conde de Barcelona y en seguida al rey moro de Zaragoza, que le encarga la defensa del reino.

1082-1085 Jefe del ejército real de Zaragoza. Comienza a ser llamado Cid (señor).

1087 La amenaza de los almorávides lleva al rey Alfonso a reconciliarse con el Cid. Aparte de otras muchas tierras, le concede todas las que conquiste en el reino moro de Valencia. En la pugna de muchas partes por conquistar el gobierno de este, el Cid se convierte en personaje clave.

1089 Nuevo destierro por no haber acudido a tiempo a auxiliar al rey Alfonso en la batalla de Aledo.
El Cid reacciona insistiendo en su pretensión de Valencia.

1092 Los almorávides asesinan a Alcadir, rey moro de Valencia tributario del Cid. Este sitia la ciudad con 8.000 hombres.

1094 Capitulación de Valencia. El Cid reorganiza la vida de la ciudad. Llegan a Valencia su esposa e hijas, que se casan con miembros de las familias reales de Navarra y del condado de Barcelona.
Un clérigo cuyo nombre ignoramos escribe el *Carmen Campidoctoris,* un poema en que se parangona al Cid con los héroes clásicos y se narran diversas hazañas suyas.

1098 Consagra la mezquita principal de Valencia en catedral.

1099 Muere el Cid.

1102 Los almorávides asedian de nuevo Valencia. Jimena pide ayuda al rey, que acude presuroso, aunque, no pudiendo resistir, evacua la ciudad y la incendia.
Jimena vuelve, con los restos del Cid, a Cardeña.

1110 *Gesta* o *Historia Roderici.* Crónica latina de hechos cidianos.

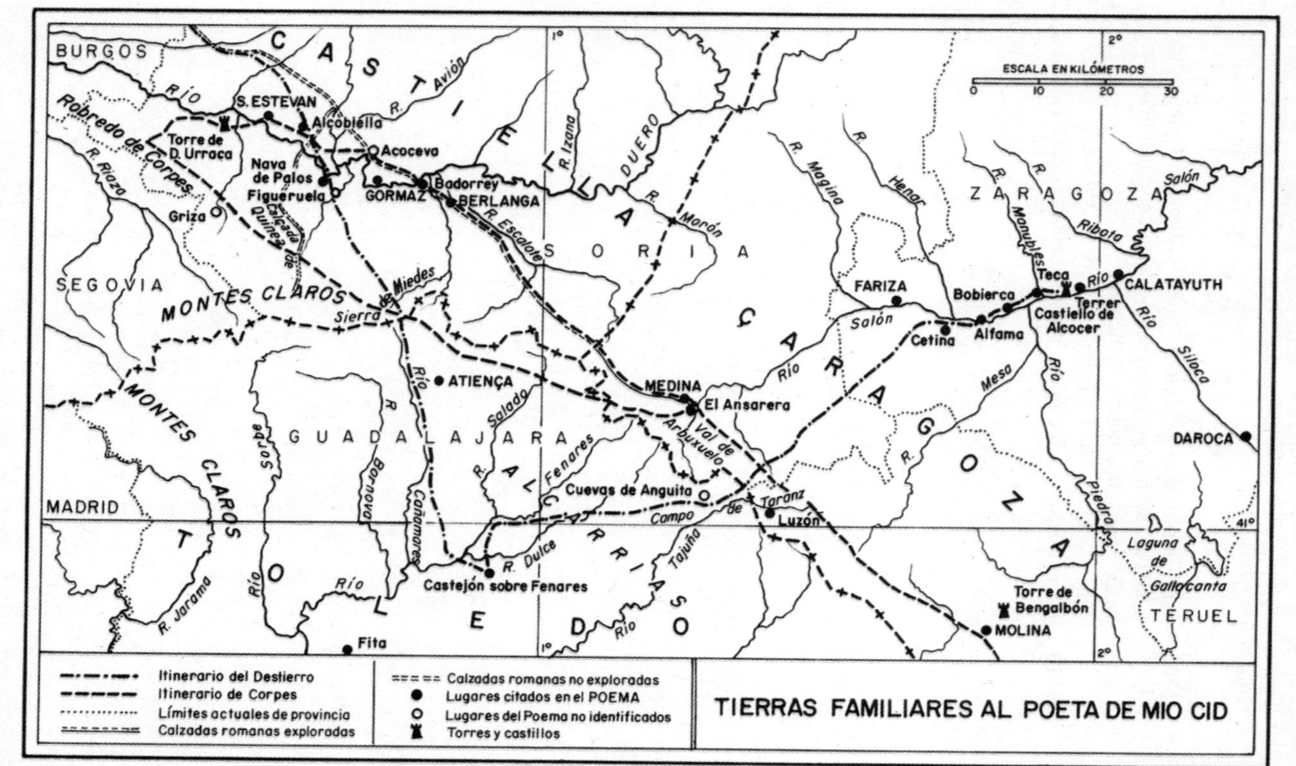
TIERRAS FAMILIARES AL POETA DE MIO CID
ESCALA EN KILÓMETROS
0 10 20 30
Itinerario del Destierro
Itinerario de Corpes
Límites actuales de provincia
Calzadas romanas exploradas
Calzadas romanas no exploradas
Lugares citados en el POEMA
Lugares del Poema no identificados
Torres y castillos
BURGOS
CASTIELLA
SORIA
SEGOVIA
MADRID
GUADALAJARA
ALCARRIAS
TOLEDO
ZARAGOZA
ÇARAGOZA
TERUEL
Río
Robredo de Corpes
S. ESTEVAN
Alcobiella
Torre de D. Urraca
Acoceva
Nava de Palos
Figueruela
GORMAZ
Badorrey
BERLANGA
Griza
Calçada de Quinea
R. Riaza
R. Avión
R. Izana
DUERO
R. Morón
R. Escalote
R. Magina
R. Henar
R. Manubles
R. Ribota
Salón
MONTES CLAROS
Sierra de Miedes
ATIENÇA
Río Salado
MEDINA
El Ansarera
Val de Arbuxuelo
R. Fenares
Cuevas de Anguita
Campo de Taranz
Luzón
Tajuña
R. Sorbe
R. Bornova
Cañamares
R. Dulce
Castejón sobre Fenares
R. Jarama
Fita
FARIZA
Río Salón
Cetina
Alfama
Bobierca
Teca
Terrer
Castiello de Alcocer
CALATAYUTH
Río Siloca
Mesa
Río Piedra
DAROCA
Laguna de Gallocanta
Torre de Bengalbón
MOLINA
1°
2°
41°

DOCUMENTACIÓN COMPLEMENTARIA

1. El poema de *Roncesvalles*

Una de las escasas muestras del cultivo de la épica en la Castilla medieval es *Roncesvalles,* poema del que disponemos únicamente de un fragmento conservado por azar. Fue descubierto y editado por Menéndez Pidal, quien lo considera escrito en el primer tercio del siglo XII. Su contenido se corresponde con los versos 2870-2944 de la *Chanson de Roland,* y es importante porque su métrica y versificaciones son idénticas a las del *CMC* (anisosilabismo, empleo de la -e paragógica, etc.).

....
raçonóse con ella,   como si fuese bivo:
«Bueno pora las armas,   mejor pora ante Jesuchristo,
»consejador de pecadores   e dar... tanto ...da...
»el cuerpo pri*so* martirio   por que le..... dino.
»¿Mas quién aconseyará   este viejo mesquino,
»que finca en grant cuita   *c*on mor*os* en pe*r*ig*l*o!»
Aquí clamó sus escuderos   Carlos el *e*nper*ante:*
«¡Sacat al arçebispo   desta mortaldade!
»Levémosle a su t*i*er*r*a   a Flanderes la ciudade.»
El enperador andava   catando por la mortaldade;
vido en la plaça   Oliveros o yaze,
el escudo crebantado   por medio del braçale;
non vio sano en éll   quanto un dinero *cabe;*
tornado yaze a orient,   como lo puso Roldáne.

El buen enperador mandó la cabeça alçare
que la linpiasen la cara del polvo e de la sangre.
Como si fuese bivo, començólo de preguntare:
«Digádesme, don Oliveros, cavallero naturale,
»¿dó dexastes a Roldán?, digádesme la verdade.
»Quando vos fiz conpanneros diéstesme tal omenaje
»por que nunca en vuestra vida non fués*e*des partidos *máes*.
»Dizímelo, don Oliveros, ¿dó lo iré buscare?
»Yo demandava por don Roldán a la priesa tan grande.
»¡Ya mi sobrino, dónt vos iré buscare?»
Vío un colpe que fizo don Roldáne:
«Esto fizo con cueyta con grant dolor que aviá*e.*»
Estonz alçó los ojos, cató cabo adelante,
vido a don Roldán acostado a un pilare,
como se acostó a la ora de finare.
El rey quando lo vido, oít lo que faze,
a*r*riba alçó las manos, por las barbas tirare,
por las barbas floridas bermeja sallia la sangre;
essa ora el buen rey oít lo que diráde,
diz: «¡Muerto es mio sobrino, el buen de don Roldáne!
»Aquí veo atal cosa que nunca vi tan grande;
»yo era pora morir, e vos pora escapare.
»Tanto buen amigo vos me soliádes ganare;
»Por vuestra amor ar*r*iba muchos me solián amare;
»pues vos sodes muerto, sobrino, buscar me an todo mal*e*.
»Asaz veo una cosa que sé que es verdade:
»que la v*uest*ra alma bien sé que es en buen logare;
»mas atal viejo mezquino, ¿agora que far*ád*e?
»Oi é perdido esfuerço con que soliá ganare.
»¡Ai, mi sobr*in*o, non me queredes fablare!
»Non vos veo colpe nin lançada por que oviésedes male,
»por esso non vos *c*reo que muerto sodes, don Roldáne.
»Dex*á*mosvos a çaga d*o*nd*e* prisiestes male;
»¡las mesnadas e los pares anbos van alláe
»con vos, e amigo por amor de a vos guardare!
»Sobrino, ¿por esso non me queredes fablare?
»Pues vos sodes muerto, Françia poco vale.
»Mio sobrino, ante que finásedes e*ra* yo pora morir má*e*s.
»Atal viejo meçquino, ¿qui lo conseyaráde?

»Quando fui mançebo de la primera edade,
»quis a*n*dar ganar preçio de Francia, de mi t*ie*r*r*a natural;
»fuime a Toledo a servir al rey Galafre
»que ganase a Durandarte large;
»ganéla de moros quando maté a Braymante,
»díla a vos, sobrino, con tal omenage
»que con vuestras manos non la diésedes a nadi;
»saquéla de moros, vos tornástesla allá*e*.
»¡Dios vos perdone, que non podiestes má*e*s!
»Con vuestra rencura el coraçón me quiere crebar*e*.
»Sallíme de Françia a tier*r*as estrannas morare
»por conquerir proveza e demandar linaje;
»acabé a Galiana, a la mug*e*r leale.
»Naçiestes, mi sobrino; a diezesiete annos de edade,
»fizvos cavallero a un preçio tan grande.
»Metím al camino, pasé ata la mare,
»pasé Jerusalem, fasta la fuent Jordane;
»corriémos las tier*r*as della e della parte.
»Con vos conquís Truquía e Roma a priessa dava.
»Con vuestro esfuerço ar*r*iba entramos en Espanna,
»matastes los moros e las t*ie*r*r*as ganá*vas,*
»adob*é* los caminos del apostol Santiag*ue;*
»non conquís a Çaragoça, ont me ferió tal lançada.
»¡Con tal duelo estó, sobrino, agora non fués bivo!
79 »¡Agora ploguiés al Criador, a mi sennor Jesuchristo,
80 »que finase en este logar, que me levase contigo!
78 »d'aquestos muertos que aquí tengo conmigo
81 »dizir me ias las nuevas, cada uno cómo fizo.»
El rey quando esto dixo, cayó esmortecido.

Dexemos al rey Kar*l*os fablemos de ale,
digamos del duc Aymón, padre de don Rinalte.
Vido yazer su fijo entre las mortaldades;
despennós del cavallo, tan grant duelo que faze,
alçóli la cabeça, odredes lo que diráde:
«Fijo, vuestras mannas, ¿qui las podriá contare?
»que cuerpo tan caboso omen non vió otro tale.
»¡Vos fuérades pora bivir, e yo pora morir má*e*s!
»Mas atal viejo mezquino siempre avrá male.
»Por que más me conuerto por que perdoneste a Roldáne.
»¡Finastes sobre moros, vuestra alma es en buen logare!

»¿Quí levará los mandados a vuestra madre   a las t*ier*ras de [Mo*n*talbane?»
El duc faziendo   su duelo muyt grande,
veniáli el mandado   que yaziá esmortecido el emperante.
Mandó sacar el fijo   de entre las mortaldades.

Veniá el duc Aymón,   *e* ese duc de Bretanna
e el caballero Be*l*art,   el fi de Terrin d'Ard*a*nna;
vidieron al rey   esmortecido *do* estava,
prenden agua fria,   al rei con ella davan.

(Menéndez Pidal, *Textos medievales españoles. Ediciones críticas y estudios,* en *Obras completas,* Espasa Calpe, Madrid, 1976, vol. XII, págs. 18-20).

2. Las *Mocedades de Rodrigo*

Las *Mocedades de Rodrigo* son otro de los poemas épicos castellanos conservados. Se escribió entre 1350-1375, por lo que el fragmento que se ofrece permite comprobar la evolución de la épica castellana en fechas posteriores a la composición del *CMC*. Además, el lector podrá apreciar la caracterización que se hace del joven y revoltoso Rodrigo Díaz de Vivar y cotejarla con la contenida en el *CMC*.

El hecho de que el poema narre la vida de Rodrigo Díaz de Vivar durante su juventud (esto es, un período de tiempo anterior al narrado en el *CMC),* no implica que la composición de los dos textos deba seguir idéntica secuencia cronológica. En la épica francesa, mucho más abundante que la española, era habitual que, si un poema épico acerca de un determinado héroe gozaba de buena acogida, se explotara el filón elaborando otro de su infancia y juventud. Así, tras el éxito de la *Chanson de Guillaume (Cantar de Guillermo),* de hacia 1140, se elaboran en el siglo XIII unas *Enfances Guillaume* (literalmente, «infancias de Guillermo») e incluso existe un texto anterior a esas «mocedades de Guillermo» que narra la senectud del héroe, retirado en un monasterio pero no olvidado de su condición heroica *(Moniage Guillaume,* siglo XII).

Desque los vio Rrodrigo armados, començó de fablar:
«Oytme, dixo, amigos, parientes e vasallos de mi padre:
aguardat vuestro sennor sin enganno e sin arte;
sy viéredes que el alguazil lo quisiere prender mucho apriessa [lo matat:
¡tan negro día aya el rey commo los otros que aý están!;
non vos pueden decir traydores por vos al rey matar,
que non somos sus vasallos, nin Dios non lo mande,
que más traydor serýa el rey sy a mi padre matasse,
por yo matar mi enemigo en buen lid campal».

Yrado va contra la corte do está el buen rrey don Fernando.
Todos dizen: «Ahé aquí el que mató al conde lozano».
Quando Rrodrigo bolvió los ojos todos yvan derramando:
avién muy grant pavor d'él e muy grande espanto.
Allegó don Diego Laynez al rey bessarle la mano;
quando esto vio Rrodrigo, non le quisso bessar la mano.
....
Rodrigo fincó los ynojos por le bessar la mano,
el espada traýa luenga, el rrey fue mal espantado.
A grandes bozes dixo: «Tiratme allá esse peccado».
Dixo estonçe don Rrodrigo: «Querría más un clavo
que vos seades mi sennor nyn yo vuestro vassallo:
porque vos la bessó mi padre soy yo mal amanzellado».
Essas oras dixo el rey al conde don Ossorio su amo:
«Dadme vos acá essa donçella: despossaremos este lozano».
Aún non lo creyó don Diego tanto estava espantado.

ESPONSALES DE RODRIGO Y JIMENA

Salió la donçella et tráela el conde por la mano;
ella tendió los ojos et a Rrodrigo comenzó de catarlo.
Dixo: «Sennor, muchas merçedes, ca este es el conde que yo [demando».
Allý despossavan a donna Ximena Gómez con Rodrigo el [Castellano.

EL VOTO DE LAS CINCO LIDES

Rrodrigo respondió muy sannudo   contra el rrey don
[Fernando:
«Sennor, vos me despossastes   más a mi pessar que de grado,
mas prométolo a Christus   que vos non besse la mano,
nyn me vea con ella   en yermo nin en poblado
ffasta que venza çinco lides   en buena lid en canpo».
Quando esto oyó el rrey,   fízose maravillado.
Dixo: «Non es éste omne,   mas figura ha de peccado».
Dixo el conde don Ossorio: «Mostrárvoslo he privado:
quando los moros corrieron a Castilla,   non le acorra omne
[nado,
veremos si lo dice de veras,   o si lo dize baffando».

(Juan Victorio [ed.], *Las Mocedades de Rodrigo,* Madrid, Espasa Calpe (Clásicos Castellanos, 226), 1982, págs. 36-38.)

3. *POEMA DE FERNÁN GONZÁLEZ*

El fragmento que se reproduce pretende reseñar las diferencias de este poema respecto de los otros dos que ya hemos analizado. Se trata de una refundición culta, efectuada a mediados del siglo XIII, de un poema perdido que pudo estar elaborado conforme a las pautas métricas y formales de la épica juglaresca castellana. Esta refundición trata acerca de Fernán González, conde de Castilla, una de las figuras míticas de los orígenes del reino castellano, y emplea como estructura formal la cuaderna vía, propia del mester de clerecía. Es importante reseñar la ausencia de verismo, al contrario que en el *CMC:* en el primer fragmento se narra la aparición sobrenatural de una especie de monstruo, y en el segundo la del Apóstol Santiago a los cristianos que luchan contra los moros.

Vyeron aquella noche vna muy fyera cosa,
venie por el ayre vna syerpe rrabiosa,

dando muy fuertes gruytos la fantasma astrosa,
toda venie sangruienta, bermeja commo rrosa.
466 Fazia ella senblante que feryda venia,
semejava en los gruytos que el çielo partya,
alunbraua las vestes el fuego que vertya,
todos ovyeron miedo que quemar los venia.
467 Non ovo end ninguno que fues tan esforçado,
que grran*[d]* miedo non ovo e *[non]* fue espantado;
cayeron muchos omnes en tierra del espanto,
ovyeron muy grran*[d]* miedo tod el pueblo crruzado.
468 Despertaron al conde que era ya dormido,
ante que el venies*[s]*e el culuebro era ydo,
fallo tod el su pueblo commo *[muy]* desmaydo,
demando del culuebro commo fuera venido.
469 Dyxeron gelo todo de qual guisa veniera,
commo cosa feryda que grrandes gritos diera,
vuelta venia en fuego aquella bestya fyera,
marauilla la tierra non la ençendiera.
470 Quando gelo contaron as*[s]*y commo lo vyeron,
entendio byen el conde que grran*[d]* miedo ovyeron,
que esta atal fygura diablos la fyzieron,
a los pueblos cruzados rreuoluer los quisieron.
471 A los moros tenia que venia ayvdar,
coydavan syn*[es]* duda a cristianos espantar,
por tal que los cruzados se ovyeran tornar,
quisyera*[n]* en la veste algun fuego echar.
[...]
481 Fueron a sus posadas, se echaron a dormir,
començaron las alas los gallos a feryr,
leuantaron se todos, mis*[s]*a fueron a oyr,
confes*[s]*ar se a Dios, pecados descubryr.

*

484 Ffueron todas las gentes en vn punto guarnidas,
movyeron pora ellos todos por sus partydas,
las azes fueron puestas, mescladas las ferydas,
ovo de cada parte muchas gentes caydas.
485 El conde don Fernando, este leal cabdi*[e]*llo,

paresçia entrre todos vn fermoso casty*[e]*llo,
avya en la az primera avyerto gran*[d]* porty*[e]*llo,
traya en el escudo muy mucho *[de]* cuadry*[e]*llo.
486 Rronpya todas las hazes que frronteras estavan,
a la parte quel yva todos carreral' davan,
los golpes que fazia byen a lexos sonavan.
....
487 Andava por las azes commo leon fanbryento,
de vençer o moryr tenia fuerte taliento,
dexava por do yva tod el canpo sangryento,
dava y muchas animas al bestyon mascariento.
488 Vn rrey de los de Afryca era de fuerça grande
—entre todos los otros semejava gygante—,
que al conde buscaua e el conde semejante,
quando vyo al conde fues le parar delante.
489 El conde quandol' vyo tan yrado venir,
aguijo el cavallo e fue lo a resçebyr,
abaxaron las lanças e fueron se a feryr,
devyeran tales golpes vna torre partyr.
490 Entramos vn a otrro fueron much enbargados,
fueron muy mal ferydos e estavan enbaçados,
fablar non se podian tant eran mal golpados,
eran de fuertes golpes amos a dos llagados.
491 El conde don Fernando maguer *[que]* mal ferydo,
antes que el rrey entrase en todo su sentydo,
del conde fue el rrey otra vez mal ferydo,
fue luego del cavallo a tierra abatydo.
492 Los vas*[s]*allos del moro quando aquesto vyeron,
çercaron al buen conde, muy gran*[d]* pries*[s]*a le dieron;
essora castellanos en vald non *[sovieron]*,
dando grrandes ferydas su sennor acorrieron.
493 El conde castellano con sus gentes dudadas,
fueron aquestas oras fuerte m*[i]*ente esforçadas;
el cavallo del conde traya grrandes lançadas,
tenie fasta los pyes las entrannas colgadas.
494 Ovo el su buen cavallo al conde de moryr,
a mayor fuert sazon nol' podiera fallir,
ca non podia tornar se nin podia foyr,
las coytas que sofrrya non las podrya dezir.

495 Estava apeado, derredor su mesnada,
escudo contra pechos, en mano su espada,
«vala me, dixo, Cristo, la tu virtud sagrrada,
non quede oy Casty*[e]*lla de ty desanparada».
[...]
550 Querellandos' a Dios el conde don Ferrando,
los finojos fincados, al Criador rogando,
oyo vna grrand voz que le estaua llamando:
«Ferrando de Castiella, oy te crez muy grrand bando.»
551 Alço suso sus ojos por ver quien lo llamaua,
vyol santo apostol que de suso le estaua,
de caveros con el grran*[d]* conpanna lleuaua,
todos armas cruzadas com a el semejaua.

552 Fueron contra los moros, las hazes *[byen]* paradas,
nunca vyo omne *[nado]* gentes tan esforçadas,
el moro Almançor con todas sus mesnadas,
con ellos fueron luego fuerte m*[i]*ente enbargadas.
553 Veyen d'una sennal tantos pueblos armados,
ovyeron muy grand miedo, fueron mal espantados,
de qual parte venian eran marauillados,
lo que mas les pesaua que eran todos cruzados.
554 Dixo Rey Almançor: «Esto non puede ser.
¿Dond recreço al conde atan fuerte poder?
Cuydaua yo oy syn duda le matar o prender,
e *[aura]* con *[sus]* gentes el a nos cometer.»
555 Los crystianos mesquinos que estauan cansados,
de fincar con las animas eran desfiuzados,
fueron con el apostol muy fuerte confortados,
nunca fueron en ora tan fuerte esforçados.
556 *[Acresçio]* les esfuerço, tod el miedo perdieron,
en los pueblos paganos grran*[d]* mortandad fizieron;
los poderes de Africa sofryr non lo pudieron,
tornaron las espaldas, del canpo se mouieron.

(Alonso Zamora Vicente [ed.], *Poema de Fernán González,* Espasa Calpe (Clásicos Castellanos, 128), Madrid, 1963, págs. 139-140, 142, 144-146 y 162-164).

4. El *CMC* en las crónicas medievales

Menéndez Pidal puso de relieve en sus estudios que los cantares de gesta castellanos fueron utilizados como fuente en la composición de las crónicas medievales (véase Introducción, págs. 33-38). El taller historiográfico formado y promovido por Alfonso X no fue una excepción a esta práctica, y tampoco el *CMC* permaneció al margen de esa corriente de prosificación de cantares de gesta. Se ofrece seguidamente un fragmento de la *Estoria de España,* compuesta por mandato y bajo las órdenes de Alfonso X (aunque se continuó más allá de su muerte en 1284), una de las producciones historiográficas más importantes de la Edad Media europea por su planteamiento, su composición y su rigor histórico. El texto que sigue toma como fuente uno de sus episodios del *CMC* carentes de base histórica, el engaño a los judíos Raquel y Vidas.

Con este pasaje se pretende, en primer lugar, que la comparación entre el pasaje cronístico y el *CMC* (debe establecerse con los vv. 10-261) permita ver las coincidencias, no sólo en lo temático, sino incluso en lo formal, entre ambos textos y, en segundo lugar, apreciar la muy diferente caracterización lingüística y estilística del contenido según se trate en uno u otro registro literario: el de la historiografía o el de la poesía épica.

> *El capítulo de como Roy Diaz el Çid llego sus parientes et sus uassallos, et salio con ellos de tierra al rey don Affonsso su sennor.*
>
> Sobre aquellas nueuas, el Çid enuio luego por sus parientes et sus amigos, et mostroles lo quel rey enuiara dezir, et dixoles de como non le diera el rey mas de nueue dias de plazo en quel saliesse de la tierra; et que querie saber dellos quales querien yr con el o quales fincar. Et dixo Aluar Hannez Minnaya: «sennor, todos yremos con uusco et dexaremos Castiella, et ser uos emos uassallos leales». Et esto mismo le dixieron todos los otros, et quel non desampararien por ninguna guisa. El Çid quando les esto oyo, gradesciogelo mucho, et

dixoles que si el tiempo uiesse que gelo gualardonarie el muy bien. Otro dia salio el Çid de Viuar con toda su companna, et dizen algunos que cato por aguero, et saliente de Viuar que ouo corneia diestra, et a entrante de Burgos que la ouo siniestra, et que dixo estonces a sus amigos et a sus caualleros: «bien sepades por cierto que tornaremos a Castiella con grand onrra et grand ganancia, si Dios quisiere». Et pues que entro en Burgos fuesse pora la posada do solie posar; mas non le quisieron y acoger, ca el rey lo enuiara defender quel non acogiessen en ninguna posada en toda la uilla, nin le diessen uianda ninguna. Quando aquello uio el Çid, saliosse de la uilla et fue posar en la glera. Et diol esse dia Martin Antolinez de comer quanto ouo mester pora si et pora sus bestias. Et pues que el Çid ouo comido, apartosse con Martin Antolinez et dixol como non tenie de que guisasse su companna, et que querie mandar fazer con su conseio dos arcas cubiertas de guadamesçi et pregarlas et guarnirlas muy bien et enchirlas de arena; et aun dixol: «leuarmelas edes uos a dos mercaderos que a aqui en Burgos, que son muy ricos; all uno dizen Rachel et all otro Bipdas; et dezirles edes que yaze en ellas muy grand auer en oro et en piedras preciosas, et que gelas quiero empennar por alguna poca cosa, ca non quiero leuar comigo agora tan grand auer como esto, et que las quitare al mas tarde fasta un anno, et demas darles e de ganancia quanto ellos quisieren; et si al cabo del anno non ge las quitar, que las abran et que se entreguen de su auer, et lo al que lo guarden fasta que yo enuie por ello. Et bien sabe Dios que esto que lo fago yo amidos; mas si Dios me diere conseio, yo gelo emendare et gelo pechare todo». Pues que las arcas fueron fechas et fermosamientre guisadas, fuesse Martin Antolinez pora los mercadores, et dixoles tod aquello, assi como el Çid le dixiera, et puso con ellos quel diessen DC marcos: si los CCC de plata et los CCC de oro. Et desque fue de noche fueron los mercadores por las arcas a la tienda del Çid, et pusieron alli su pleyto con ell como las touiessen fasta cabo de un anno, que las non abriessen; et nombraron quanto les diesse de ganancia. Desi leuaronlas pora sus posadas los mercaderos; et Martin Antolinez fue por ell auer, et aduxolo. El Çid, qual ora touo ell auer en su poder, mando luego arrancar las tiendas, et fuesse dalli pora Sant Pedro de Cardenna do tenie la mugier et las fijas. Et ell abbat del logar, que auie nombre don Sancho, recibiol muy bien et su muger donna Xemena et sus fijas besaronle las manos. Otro dia mannana, fablo el Çid con ell abbat toda su fazienda, et dixol quel querie alli dexar la muger et las fijas en comienda, et quel rogaua como a amigo que penssasse bien dellas. Et dio a ell et a los monges L marcos de plata, et diol pora donna Xemena et a sus fijas et su companna cient marcos de oro; et rogol que si aquello les non cumpliesse, que les diesse ell quanto les fuesse mester, ca el gelo darie todo. Et ell abbad dixol et prometiol que lo farie muy de grado.

(Menéndez Pidal, *Primera crónica general de España,* Seminario Menéndez Pidal-Gredos, Madrid, 1977, vol. II, págs. 523-524).

5. Presencia del Cid en otros textos: el Romancero

La presencia literaria de la figura del Cid supera con mucho los límites del *CMC,* de las *Mocedades de Rodrigo* y de la historiografía medieval. Su presencia en el Romancero, por ejemplo, es tan amplia que ha permitido recopilar un *Romancero del Cid* como el publicado por Juan de Escobar en 1605. Ofrecemos aquí varios ejemplos. Uno de los romances cidianos más famosos es aquel en que Rodrigo, antiguo vasallo del asesinado Sancho II de Castilla, toma juramento al nuevo rey castellano, Alfonso VI, de su inocencia en la muerte de Sancho, su hermano. El malestar de Alfonso por el duro trance que le hace pasar el joven Rodrigo le lleva a condenarle al destierro, por lo que se establece una continuidad con el comienzo del *CMC.*

El segundo texto se corresponde claramente con la tirada 77 del poema, en la que el Cid encarga a su fiel Álvar Fáñez que marche a Castilla con presentes para el rey y la petición de que este autorice el viaje de Jimena y las hijas del Cid a Valen-

Jura de Alfonso VI ante Rodrigo Díaz de Vivar, por M. Hiráldez Acosta (Antiguo Palacio del Senado, Madrid)

cia. Nótese, sin embargo, cómo este romance aprovecha para atar uno de los cabos sueltos del *CMC:* el impago a los prestamistas judíos.

El tercero es uno de los muchos dedicados a recrear el episodio de la afrenta de Corpes.

En Santa Gadea de Burgos, do juran los hijosdalgos,
allí toma juramento el Cid al rey castellano,
sobre un cerrojo de hierro y una ballesta de palo.
Las juras eran tan recias que al buen rey ponen espanto
—Villanos te maten, rey, villanos, que non hidalgos;
abarcas traïgan calzadas, que no zapatos con lazo;
traigan capas aguaderas, no capuces ni tabardos;
con camisones de estopa, no de holanda ni labrados;
cabalguen en sendas burras, que no en mulas ni en caballos;
las riendas traigan de cuerda, no de cueros fogueados;
mátente por las aradas, no en camino ni en poblado;
con cuchillos cachicuernos, no con puñales dorados;
sáquente el corazón vivo, por el derecho costado,
si no dices la verdad de lo que te es preguntado:
si tú fuiste o consentiste en la muerte de tu hermano.
Las juras eran tan fuertes que el rey no las ha otorgado.
Allí habló un caballero de los suyos más privado:
—Haced la jura, buen rey, no tengáis de eso cuidado
que nunca fue rey traidor ni Papa descomulgado.
Jura entonces el buen rey que en tal nunca se ha hallado.
Después habla contra el Cid malamente y enojado:
—Mucho me aprietas, Rodrigo, Cid, muy mal me has [conjurado;
mas si hoy me tomas la jura, después besarás mi mano.
—Aqueso será, buen rey, como fuer galardonado,
porque allá en cualquiera tierra dan sueldo a los hijosdalgo.
—¡Vete de mis tierras, Cid, mal caballero probado,
y no me entres más en ellas deste este día en un año!
—Que me place —dijo el Cid—, que me place de buen grado,
por ser la primera cosa que mandas en tu reinado.
Tú me destierras por uno, yo me destierro por cuatro.
Ya se partía el buen Cid sin al rey besar la mano;

ya se parte de sus tierras, de Vivar y sus palacios:
las puertas deja cerradas, los alamudes echados,
las cadenas deja llenas de podencos y de galgos;
sólo lleva sus halcones, los pollos y los mudados.
Con él iban los trescientos caballeros hijosdalgo;
los unos iban a mula y los otros a caballo;
todos llevan lanza en puño, con el hierro acicalado,
y llevan sendas adargas con borlas de colorado.
Por una ribera arriba al Cid van acompañando;
acompañándolo iban mientras él iba cazando.

*

—Partíos dende, los moros, vuestros muertos soterrad;
pensad de los mal heridos, y a los cuitados contad
que el saber nuestro en la guerra es humildoso en la paz,
que no quiero sus haciendas, no se las iré a quitar,
ni para mis barraganas sus hijas he de tomar,
que yo no uso más mujeres que la mía natural.
Y mándovos yo, Álvar Fáñez, si he poder de vos mandar,
que por mi doña Jimena y mis hijas otro tal,
a San Pedro de Cardeña os queráis encaminar;
rogaréis al rey Alfonso que me las deje sacar;
llevaréisle mi presente como a señor natural.
Y vos, Martín Antolínez, con Álvar Fáñez andad,
y a los honrados judíos Raquel y Vidas llevad
los tres mil marcos de plata que vos quisieron prestar;
pagadles la logrería, otros mil marcos de más.
Rogarles heis de mi parte que me quieran perdonar
el engaño de los cofres que en prenda les fui a dejar,
porque con cuita lo hice de mi gran necesidad;
y aunque cuidan que es arena lo que en los cofres está,
quedó soterrado en ellos el oro de mi verdad.

*

De concierto están los condes hermanos Diego y Fernando;
afrentar quieren al Cid, muy gran traición han armado,
quieren volverse a sus tierras, sus mujeres demandando;

y luego les dice el Cid, cuando se las ha entregado:
—Mirad, yernos, que tratedes como a dueñas hijasdalgo
mis hijas, pues que a vosotros por mujeres las he dado.
Ellos ambos le prometen de obedecer su mandado.
Ya cabalgaban los condes; y el buen Cid está a caballo
con todos sus caballeros que le van acompañando;
por las huertas y jardines van riendo y festejando.
Por espacio de una legua el Cid los ha acompañado;
cuando dellas se despide, lágrimas le van saltando.
Como hombre que ya sospecha la gran traición que han [zarmado,
llamó a su sobrino Ordoño, y en secreto le ha mandado
que vaya tras de los condes cubierto y disimulado.
Los condes con sus mujeres, por sus jornadas andando,
en el robledal de Corpes dentro del monte han entrado;
espeso es y muy oscuro, de altos árboles poblado.
Mandan ir toda su gente adelante muy gran rato;
quédanse con sus mujeres tan solos Diego y Fernando.
De sus caballos descienden, las riendas les han quitado;
sus mujeres que lo ven muy gran llanto han levantado.
Apéanlas de las mulas; ambas las han desnudado;
cada uno azota la suya, con riendas de su caballo;
danles muchas espoladas, en sangre las han bañado;
con palabras injuriosas mucho las han denostado.
Los cobardes caballeros allí se las han dejado.
—De vueso padre, señoras, en vos ya somos vengados;
que vosotras no sois tales para con nusco casaros.
Ahora pagáis las deshonras que el Cid a nós hubo dado
cuando soltara el león y procurara matarnos.

(Menéndez Pidal, *Flor nueva de romances viejos,* Espasa Calpe, Madrid, 1968, págs. 204-207, 209-210 y 224-226).

6. El Cid después de muerto

Nada se narra en el *CMC* posterior al fallecimiento del héroe. Sin embargo, casi nadie ignora la leyenda que atribuye al

Cid la victoria en una batalla contra moros en la que se ató su cadáver a la silla de su caballo; la simple visión lejana del héroe, según la leyenda, puso en fuga al enemigo. La huella de ese episodio legendario es tan profunda que incluso ha calado en la fraseología popular. El episodio que aquí ofrecemos es igualmente legendario y póstumo: se halla contenido en la *Estoria de España* alfonsí y narra un hecho ficticio acaecido cuando el cadáver del héroe se hallaba expuesto en San Pedro de Cardeña, monasterio en que finalmente fue enterrado. Llamo la atención sobre la importancia concedida a la barba en este episodio, que habrá ocasión de poner en contacto con las alusiones contenidas a lo largo del *CMC*. (Véanse notas al texto y T. L. 2.1.1.).

> Cuenta la Estoria deste noble varon el Çid Ruy Diaz el Campeador, sennor que fue de Valencia, et dize assy, que diez annos estudo el su cuerpo assentado en aquella siella en el tabernaculo que el rey don Alfonso le pusiera; et cada anno, en tal dia commo el finara, el abbat don Garci Tellez et Gil Diaz mandauan fazer muy grant fiesta et dauan a comer et a uestir a muchos pobres, et ayuntauase y muy grant conpanna de todas partes de enderredor. Et acaescio assy vna vez, faziendo aquella fiesta, que se allegaron y muy grandes conpannas, et vinien y muchos judios et moros por veer aquella estranneza del cuerpo del Çid. Et el abbat don Garcia Tellez auie por costunbre, quando fazie aquella fiesta, de fazer su predication muy noble al pueblo, et porque non cabien en la eglesia, salie siempre fuera a la plaça. Et el estando faziendo su sermon, diz que finco y vn judio en la puerta de la eglesia; et estando todos fuera por oyr aquel sermon, aquel judio entrosse dentro en la eglesia, et fuesse parar ante el cuerpo del Çid Ruy Diaz; et començol a catar en commo estaua tan noblemiente asentado et en commo tenie el rostro tan fermoso et la barba luenga et mucho apuesta, et tenie la espada en la mano siniestra et la derecha en las cuerdas del manto, assy commo lo el rey mandara poner, saluo ende quel camiauan cada anno los pannos, et tornauanle en aquella misma manera; et dize la es-

toria que quando aquel judio se paro antel Çid, auie ya siete annos que estaua en aquella siella. Et en toda la eglesia non estaua otro omne sinon aquel judio, ca todos estauan fuera, oyendo la predicaçion que el abbat fazie et mucho assessegados; et el judio quando se vio en su cabo, començo a cuydar et a dezir entre ssi mismo: «este es el cuerpo de aquel Ruy Diaz el Çid, de que dizen que nunca en toda su vida le trauo omne de la barba! quiero yo agora trauarle en ella et veer que sera lo que el me podra fazer». Entonçe tendio la mano por trauar en la barba del Çid, et ante que la mano huuiasse llegar al Çid, cayo la mano derecha de las cuerdas del manto et trauo en el arriaz del espada, et sacola fuera quanto vn palmo. Et quando esto vio el judio, ouo atan grant miedo que cayo atras de espaldas, et començo a dar muy grandes bozes, que quantos estauan fuera de la eglesia lo oyeron, et el abbat mismo ouo a dexar la predication, et entro en la eglesia; et fallaron aquel judio antel cuerpo del Çid tendido, et callara ya de dar bozes, et estaua tan quedo que semeiaua que era muerto. Et quando esto vio el abbat don Garcia Tellez, paro mientes al cuerpo del Cid, et vio commo tenia la mano derecha en el arriaz del espada et la espada sacada quando vn palmo, et fue marauillado, ca la non solie tener siempre sinon en las cuerdas del manto. Estonces el abbat demando del agua, et echola al judio en el rostro, et recordo; et el abbat pregunto que que fuera aquello; et el judio començo a dezir todo lo quel acaesçiera. Quando esto oyeron el abbat et Gil Diaz et quantos y estauan, fueron marauillados, et fizieron grant clamor de grant plegaria a Dios porque tal virtud mostrara por el cuerpo del Çid, ca manifiestamente paresçio que assy fue commo el judio dixo. Et desde aquel día en adelante, estido el cuerpo del Çid en aquella manera, que nunca mas le pudieron mudar los pannos nin toller la mano del arriaz del espada, nin sacar la espada nin meterla mas en la bayna; et assy estudo tres annos, en que se cumplieron los X annos. Et despues destos X annos, cayosele al Çid el pico de la nariz; et quando esto vieron el abbat don Garçi Tellez et Gil Diaz, entendieron que dalli adelant non caye que el cuerpo del Çid estudiesse en aquel lugar, porque parescie feo; et ayuntaronse y tres obispos de las prouincias de enderredor, et con muchas missas et con muchas vigilias enterraron el cuerpo del Çid ante el altar, a par de donna Ximena su muger, ally o agora yaze.

(Menéndez Pidal, *Primera crónica general de España,* Seminario Menéndez Pidal-Gredos, Madrid, 1977, vol. II, págs. 642-643).

7. La lírica francesa y la lírica castellana

Se ofrece seguidamente la traducción de varios fragmentos de dos de las obras más importantes de la épica francesa, la *Chanson de Roland* y la *Chanson de Guillaume,* que se pretende sirvan para ilustrar dos aspectos en los que el *CMC* se opone a elementos arquetípicos de la épica francesa. En primer lugar, el distinto valor que el concepto de verismo (véase Introducción, págs. 39-42) recibe en las tradiciones épicas castellana y francesa. Se narra en este primer fragmento, tomado de la *Chanson de Roland,* el encuentro en combate entre Roldán y uno de sus enemigos en el campo de batalla (vv. 1197-1205), por lo que el episodio bien puede ser comparado con el que narra el enfrentamiento del Cid con el rey Búcar en el *CMC* (tirada 118):

> Aguija [Roldán] su caballo, lo deja correr con fuerza y va, el conde [=Roldán], a acometerlo cuanto puede. Le rompe el escudo y le desclava la loriga, le parte el pecho y le quiebra los huesos; le separa completamente el espinazo de la espalda y con su azcona [=lanza] le echa el alma fuera: la hunde bien, la extrae del cuerpo y con el asta de plano lo derriba muerto del caballo; le ha quebrado el cuello en dos mitades.

(*Chanson de Roland [Cantar de Roldán y el Roncesvalles navarro],* edición y traducción de Martín de Riquer, Sirmio, Barcelona, 1989, págs. 155-157).

Este segundo fragmento, tomado de la *Chanson de Guillaume* (tirada XLIII), muestra unos tintes truculentos e inverosímiles de los que carece el *CMC.*

> Encuentran a setecientos hombres de su país, que arrastran sus intestinos entre los pies. Por las bocas salen sus cerebros que luego escurren por los escudos hasta la hierba. Turbia es su mirada, pálidas sus mejillas; los ojos, desencajados se les salen de la cabeza. Gritan y gimen aquellos que van a perder la vida.
>
> (*Cantar de Guillermo,* trad. de Joaquín Rubio Tovar, Gredos, Madrid, 1997, pág. 90).

Estos últimos fragmentos, tomados también del *Cantar de Guillermo* (tiradas CLIV y CLVIII), recogen pasajes en los que Guillermo se dirige al rey Luis, hijo de Carlomagno, y a la reina Blanchefleur, su esposa. Muestran un comportamiento hacia los representantes de la monarquía muy distinto al que refleja el *CMC,* fruto de las condiciones de vasallo propias del Cid ya mencionadas.

> «Luis, señor, mucho he sufrido y me he esforzado en numerosos combates. Guibure está sola en la sede de Orange. ¡Por Dios os pido que la socorráis!».
>
> Entonces dice el rey: «No me es posible; esta vez no llevaré mis pies hasta allí».
>
> Guillermo dice: «¡Quinientas veces sea maldito quien falta a su palabra!».
>
> Después se quita su guante incrustado con oro y lo arroja a los pies del emperador.
>
> «¡Luis, señor, os devuelvo vuestro feudo. No conservaré de él ni siquiera medio pie. Entregádselo a quien os plazca!»
>
> [...]
>
> «Reina inmunda, lengua de víbora. Teobaldo, el miserable canalla, fornica contigo, y también Esturmí de cara siniestra. Ambos deberían haber defendido Larchamp frente a los pa-

ganos. Ellos huyeron pero Vivién se quedó allí. Más de cien prestes os han poseído [...]. ¡Reina inmunda, lengua de víbora! Mejor hubiera sido que el rey te decapitara, pues toda Francia está deshonrada por ti. Cuando estás en tu habitación bien caliente y comes tu pescado con salsa de pimienta y bebes tu vino en copas tapadas, cuando estás acostada, bien cubierta y te dejas joder con las piernas levantadas, esos bellacos te dan buenos empujones y somos nosotros quienes pasamos mañanas terribles y recibimos en Larchamp golpes y heridas que nos ensangrientan la cabeza. ¡Si desenvaino esta espada te cortaré la cabeza!».

(*Cantar de Guillermo,* ed. cit., págs. 160 y 163-164).

8. Pervivencia de la figura del Cid en la literatura española

La figura del Cid ha gozado de una larga pervivencia en la literatura española, no ya a lo largo de la Edad Media o los Siglos de Oro, sino incluso en nuestro siglo. Obviamente en este caso no nos hallamos ante la continuación de una línea literaria tradicional, sino ante un rescate, con conciencia de distanciamiento, de asuntos del pasado. El poema que se aduce como ejemplo es uno de los más conocidos textos de recreación cidiana de la literatura española contemporánea: es obra de Manuel Machado y lo incluyó en su primer libro, *Alma,* publicado en 1900. Evidentemente, la impronta de las ideas acerca de Castilla, España y su pasado sostenidas por los miembros de la generación del 98 —a la que, no se olvide, pertenecía Menéndez Pidal— no está alejada de este texto. Y, desde luego, la presencia del *CMC* es obvia: se recrean aquí sus vv. 31-49, y se reproduce, más o menos literalmente, el v. 47: «Çid, en el nuestro mal vós non ganades nada».

CASTILLA

El ciego sol se estrella
en las duras aristas de las armas,
llaga de luz los petos y espaldares
y flamea en las puntas de las lanzas.
El ciego sol, la sed y la fatiga.
Por la terrible estepa castellana,
al destierro, con doce de los suyos
—polvo, sudor y hierro— el Cid cabalga.
Cerrado está el mesón a piedra y lodo...
Nadie responde. Al pomo de la espada
y al cuento de las picas el postigo
va a ceder... ¡Quema el sol, el aire abrasa!
A los terribles golpes,
de eco ronco, una voz pura, de plata
y de cristal, responde... Hay una niña
muy débil y muy blanca
en el umbral. Es toda
ojos azules y en los ojos lágrimas.
Oro pálido nimba
su carita curiosa y asustada.
—Buen Cid, pasad... El rey nos dará muerte,
arruinará la casa,
y sembrará de sal el pobre campo
que mi padre trabaja...
Idos. El cielo os colme de venturas...
¡En nuestro mal, oh Cid, no ganáis nada!
Calla niña y llora sin gemido...
Un sollozo infantil cruza la escuadra
de feroces guerreros,
y una voz inflexible grita: «¡En marcha!».
El ciego sol, la sed y la fatiga.
Por la terrible estepa castellana,
al destierro, con doce de los suyos
—polvo, sudor y hierro— el Cid cabalga.

(Gerardo Diego, *Poesía española contemporánea,* Taurus, Madrid, 1981, págs. 138-139).

TALLER DE LECTURA

1. El *Cantar de Mio Cid* y su entorno histórico

El *CMC* es, ante todo, una obra literaria y, como tal, un texto de ficción (aunque sin duda muy allegado a un contexto histórico específico). Con esa idea central en mente (complementaria de la de la historicidad del *CMC*, que guió la indagación cidiana de Menéndez Pidal) está elaborado este Taller de lectura. En él haremos referencia a varios aspectos del *CMC* importantes a la hora de explicar su configuración y sentido como texto artístico. Sin embargo, el *CMC,* como cualquier obra literaria alejada cronológicamente de su lector actual, requiere para su adecuada lectura un conocimiento de las circunstancias históricas y sociales en que fue compuesto y transmitido, y, en otro nivel, de las que subyacen al mundo construido o creado por el texto.

1.1. *Castilla entre los siglos* XI *y* XII

Si consideramos que el Cid histórico vivió entre 1040 y 1099, y que el *CMC* pudo muy bien ser escrito hacia 1150 (Introducción, págs. 42-53), es importante establecer la situación sociopolítica en vigor en la península Ibérica, y más específicamente en Castilla, entre 1050 y 1150. La sociedad castellana, como todas las europeas de su tiempo, era una sociedad estamental, dividida en clases sociales nítidamente separadas entre sí (nobleza, caballeros, clero, campesinos) y unificada de forma sólida por dos elementos de capital importancia: la institución monárquica y la religión católica. La figura del rey, cuyo poder emanaba de Dios, encerraba en sí la más alta expresión del poder político y judicial. Dios y la religión configuraban la esfera a que se sometían todo tipo de consideraciones morales, éticas y, muy frecuentemente, también políticas (no se olvide el poder terrenal de la Iglesia, ni el aliento religioso de empresas político-militares, como las Cruzadas).

Sin embargo, la sociedad castellana vivía una circunstancia peculiar que la diferenciaba de las europeas: Castilla era un reino absolutamente pendiente de su frontera con los musulmanes, establecidos en la Península desde el 711. La existencia de este frente movible y oscilante condiciona en gran medida la vida de la sociedad castellana, en la que cobran una preponderancia muy acusada todos los aspectos vinculados con la vida militar o con las diversas fricciones y contactos a que daba lugar dicha frontera.

En el período cronológico que nos interesa, la Reconquista alcanza varios de sus hitos más importantes (en 1085 Alfonso VI reconquista Toledo; en 1094 el Cid conquista Valencia; en 1118 es reconquistada Zaragoza), todo ello en un contexto distinto al que hoy entendemos propio de una guerra, ya que más bien se trataba de una peculiar ósmosis causada por los diversos acuerdos, pactos o establecimientos de tributos (las parias del *CMC,* véanse vv. 569 y 574) entre cristianos y musulmanes. Esta dimensión preeminente de la vida de la frontera y del mundo militar tendrá un influjo muy notable en la propia estructura social de Castilla, pues proporcionará dos elementos clave para las clases sociales más bajas: en primer lugar, oportunidades para probar en el duro día a día de la vida en la frontera un valor personal que será cimiento de una honra no hija del linaje, sino de las obras; en segundo, la posibilidad de obtener un patrimonio económico considerable merced a las tierras conquistadas y a los beneficios materiales obtenidos en la guerra: es decir, posibilidades de conseguir un cambio o as-

Alfonso VI. Miniatura del Tumbo A de la catedral de Santiago, siglo XII

censo de estatus social. Además, las necesidades de repoblar las zonas reconquistadas hacen que muchos campesinos se conviertan en propietarios libres de tierras (no sometidos a vasallaje). Estos aspectos hacen que en Castilla nunca se llegara a instalar en su ideal rigidez el sistema feudal, y que en ella arraigara con considerable fuerza un espíritu vagamente «democrático», de cambio social, impensable en otros reinos cristianos de Occidente: los colonos o guerreros podían llegar a convertirse en miembros de las más bajas capas de la nobleza, la de los infanzones: se trata de una nobleza no cortesana, cuya economía es esencialmente agraria y que topa siempre, en sus intentos por proseguir el ascenso social, con el techo que suponen los beneficios de casta y linaje de que goza la vieja nobleza. A esta clase de los infanzones pertenecía Rodrigo Díaz de Vivar.

— Busca información acerca de la Edad Media en Castilla, sobre la organización social de la época y la Reconquista, y aplícala a la lectura del *CMC*.

— Localiza en el *CMC* personajes o episodios que personifiquen la relación entre cristianos y musulmanes en torno a la frontera. Comenta el caso del moro Avengalvón y los vv. 1103-1105, en relación con conceptos como los de guerra santa o expulsión de infieles.

1.2. *La realidad histórica y su presencia en el CMC*

La realidad castellana de la época condiciona no sólo el trasfondo histórico del *CMC*, sino también la función del componente histórico-social en la organización del texto. Rodrigo Díaz de Vivar era uno de los representantes de la nobleza inferior emergente (véase 1.1.) y sus actuaciones militares en el área fronteriza le traerán consigo el éxito y la gloria, a la par que la enemistad de los miembros de la antigua nobleza. Precisamente esa animadversión (vinculada a las circunstancias histórico-políticas de la época), a la que se añade un profundo desprecio (vv. 1374-1376, 2757-2760, 3112-3113, 3275-3279, 3296-3300, 3377-3381, por ejemplo) está en el origen del conflicto que desencadena la trama narrativa del *CMC*.

Esta se articula en torno a las peripecias del infanzón Rodrigo Díaz de Vivar para recuperar su honra como vasallo del rey Alfonso, perdida a instancias de miembros de la alta nobleza que intrigaron para que perdiera el favor regio y fuera desterrado. Así pues, y si dejamos a un lado a los musulmanes contra los que combate —pero a los que respeta, véanse vv. 533-541, 1103-1105—, los enemigos del Cid van a ser siempre integrantes de la alta nobleza (el conde de Barcelona, los infantes de Carrión, el conde García Ordóñez), que continuamente se van a encargar de recordarle al Cid su inferioridad de linaje y sus humildes orígenes de propietario rural. Esa tensión entre la antigua y la nueva nobleza emergente castellana se manifiesta, por lo tanto, como uno de los ejes temáticos centrales del texto (véase Taller de lectura, 2.1.2.).

> — A la vista del desenlace de la obra (vv. 2985-*ad finem),* ¿es posible postular como balance ideológico o mensaje final del *CMC* una crítica a la antigua nobleza y una postura favorable a quienes, como el Cid, basaban su trayectoria vital en el esfuerzo y el mérito personales?

2. El *CMC* como creación literaria

2.1. *Temas y motivos*

2.1.1. La honra/el honor: su simbolización en el *CMC*

Ya hemos hablado en la Introducción, págs. 56-60, de la honra como núcleo temático central del *CMC*. Vamos a ocuparnos aquí de un elemento importantísimo de la caracterización del héroe en el texto por su condición de símbolo de la honra: la barba.

La vinculación existente en el *CMC* entre la barba y el personaje de Rodrigo Díaz de Vivar es casi absoluta. De las 24 apariciones de la palabra *barba,* 23 se refieren a la del Cid, algo muy llamativo dado que en la época en que vivió el Cid lo normal era que todos los varones adultos llevaran pelo largo y barba (sólo los religiosos iban tonsurados y afeitados). Por lo tanto, las menciones a la barba del Cid dentro del *CMC* no responden a la pura descripción física de una barba cualquiera, sino a un valor simbólico codificado en el texto en diversos niveles. En primer lugar, es preciso tener en cuenta que 6 de las 24 apariciones de la palabra *barba* pertenecen a fórmulas o epítetos épicos referidos al Cid: «barba tan conplida» (v. 268), «barba vellida» (vv. 274, 930, 2192), «el de la luenga barba» (v. 1226), «el de la barba grant» (v. 2410). La presencia de la barba en estas fórmulas, dado el carácter encomiástico que estas poseen (véase Introducción, págs. 63-68 y Taller de lectura, 2.3.1.) subraya su valor simbólico, emblemático.

La barba era en la Edad Media una parte del cuerpo privilegiada en su consideración. Los fueros (recopilaciones de leyes por las que se regía la sociedad medieval) consideran una grave ofensa cortar o arrancar la barba a alguien, o tan sólo tirarle de ella. En estos fueros, la pena asignada al que cortara o repelara la barba a alguien era idéntica a aquella con la que se castigaba la castración, y muy superior a la pena con que se castigaban lesiones tan graves como la amputación de extremidades. Este hecho —sorprendente desde la perspectiva actual— es claro indicio del carácter emblemático y representativo de la barba, de su carácter de signo externo de la honra y de la virilidad, y aclara en gran medida la funcionalidad de la barba en el *CMC* (y, en general, en la leyenda cidiana: véase Documentación complementaria, texto núm. 6) como elemento nuclear de un tipo de epíteto épico y como símbolo de la honra.

— La primera aparición de la barba cidiana no contenida en un epíteto épico es la presente en el v. 1011:

vencido el conde de Barcelona por el Cid, el narrador consigna: «Í venció esta batalla, por o ondró su barba». Analiza dicho verso: un triunfo militar del Cid trae honra para su barba. ¿Tiene sentido el verso si no se interpreta la barba como sinécdoque de la totalidad del individuo, incluyendo su dimensión espiritual? ¿Por qué se concentra esa sinécdoque en la barba y no en otra parte del cuerpo? ¿Tendría sentido en nuestros días?

Por ello es importante seguir los avatares de la barba cidiana a lo largo del texto. Hay un punto de inflexión en que se enuncia una importante determinación tomada por el Cid:

> Yal' creçe la barba e vale allongando;
> ca dixera mio Çid de la su boca atanto:
> «Por amor de rey Alffonsso, que de tierra me á echado»
> nin entrarié en ella tigera, ni un pelo non avrié tajado,
> e que fablassen d'esto moros e cristianos (vv. 1238-1242).

Dejarse crecer el pelo y especialmente la barba era en la Edad Media expresión de luto, duelo o tristeza: en este caso, el Cid manifiesta pena por su situación de exiliado («por amor de rey Alffonsso, que de tierra me á echado»). Es de notar, por otro lado, que la promesa del Cid de dejar intonsa su barba se indica mediante una analepsis o *flashback* —«dixera mio Çid»— precisamente en un momento en que debería estar alegre, pues acaba de ganar Valencia. El autor establece así un contraste entre el hecho favorable puntual —la conquista de Valencia— y el trasfondo dramático de su situación de exiliado. Con esto, a la barba como emblema de la honra se suma la barba como emblema de la pena por la deshonra causada por el destierro. Así, a la consideración estática de emblema de la honra, se suma otra dinámica, símbolo de la situación de mejora o empeoramiento de la misma honra, principal línea de la trama del *CMC*.

La crecida barba del Cid causa admiración y asombro en cuantos lo ven, empezando por el rey (v. 2059); es decir, va a ser parte esencial de su apariencia. Así pues, en el episodio de la presentación ante las Cortes de Toledo, desenlace de la trama del *CMC*, el valor simbólico de la barba (de las barbas, en este caso) cobra toda su relevancia. En primer lugar, el texto dedica demorada atención a la forma en que el Cid se viste y arregla para esa comparecencia pública (vv. 3084-3100), y dentro de estos preparativos el pelo y específicamente la barba no quedan al margen:

> Una cofia sobre los pelos d'un escarín de pro,
> con oro es obrada, fecha por razón,
> que nol' contalassen los pelos al buen Çid Campeador;
> la barba avié luenga e prísola con el cordón,
> por tal lo faze esto que recabdar quiere todo lo so
> (vv. 3094-3098).

Esto es, el Cid recoge su barba atándola con un cordón (véase también v. 3124). ¿Por qué? En primer lugar, era un modo de protegerla y evitar que nadie pudiera tirar de ella o cortársela (ya se habló de la deshonra enorme que suponía esto); y en segundo lugar, era una forma de provocación, ya que protegerse la barba en un acto público implicaba reconocer que en él podría llegarse a la lucha o enfrentamiento físico (compárese esto con el consejo de que los de su hueste lleven las armas ocultas bajo sus ropas, vv. 3073-3077). En tercer lugar, la imponente barba del Cid sujeta con el cordón llama de inmediato la atención de todos los asistentes a las Cortes (v. 3123-3125), especialmente la del conde García Ordóñez, su gran enemigo. Este sacará a colación la barba del Cid, cometiendo con ello un grave error y poniendo de relieve su escasa prudencia y lo ligero de su lengua (véase Taller de lectura, 2.1.2.). Al criticarla (vv. 3273-3274) ofrece en bandeja al Cid —de ahí el tono irónico de su intervención— la ocasión de mencionar un hecho importantísimo: su barba está intonsa, nadie la tocó nunca; en cambio, la del conde no, pues el mismo Cid arrancó una buena parte de ella, que todavía guarda en una bolsa (vv. 3285-3291). Y no sólo el Cid: el acto de afrenta al conde es apabullante, pues fue una afrenta colectiva («non í ovo rapaz que non messó su pulgada», v. 3289). La relevancia otorgada al valor simbólico de la barba como emblema de la honra personal cobra aquí toda su importancia: el Cid, que busca la rehabilitación de su honra frente a las insidias de la alta nobleza, demuestra en público que el mayor representante de ella ha sido deshonrado por él mismo y, lo que es peor, que no buscó reparación pública y legal contra ese agravio (lo que duplica la deshonra). Así pues, García Ordóñez es una persona deshonrada, ultrajada, injuriada, que no podrá volver a intervenir en las Cortes (una persona deshonrada no podía hacerlo).

— Al hilo de lo anterior, ¿en qué basa el Cid su argumentación jurídica para defenderse del ultraje de los condes de Carrión? ¿Tenían estos razón al abandonar a las hijas del Cid por ser inferiores en linaje y honra? ¿Cuál es la tesis central del *CMC* respecto de la honra de linaje y la honra personal?

— ¿Qué significado tiene la acción final del Cid de soltar el cordón que ceñía su barba al finalizar la sesión de Cortes (v. 3494)?

— La barba era, además de todo lo dicho, representación de la virilidad. También vimos (Introducción, págs. 56-60) que la caracterización del héroe implícita en el *CMC* eleva a una situación de privilegio la idea de *mesura*. Desde la definición de ese modelo heroico-masculino, contempla en el texto las diversas ocasiones en que el Cid toca su barba cuando debe tomar una determinación o expresar públicamente una opinión (vv. 1663, 2476, 2829, 3185, 3280, 3713). Compara la funcionalidad de esas expresiones con las de la fórmula presente en los vv. 1932 y 2828.

— También se ha dicho que el Cid cuida sobremanera su apariencia antes de comparecer ante la corte, y que esa apariencia es importante en el transcurso de las sesiones (véase además v. 3125). Compara el valor que la apariencia externa tiene en dicho episodio con las connotaciones que presenta en el episodio del conde de Barcelona (vv. 690-1086). Caso de ser diferentes, ¿dónde estriba la diferencia? ¿La idea de decoro, de adecuación a las circunstancias, es relevante?

2.1.2. Nueva nobleza y antigua nobleza en el *CMC*. Su caracterización literaria

Como quedó dicho en 1.2. late en el *CMC* un conflicto social entre la vieja nobleza de linaje, apegada a sus feudos y a sus viejos privilegios, y la nueva nobleza de rango inferior, cuya base es la riqueza conseguida a través del esfuerzo personal. Ahora vamos a ocuparnos de analizar a través de qué procedimientos literarios caracteriza el *CMC* a los integrantes de uno y otro grupo social.

La diferente caracterización que reciben los integrantes del bando del Cid (la baja nobleza, los plebeyos y burgueses que deciden vincularse a la hueste cidiana) y los del bando de la vieja nobleza (el conde García Ordóñez, los infantes de Carrión y sus adláteres y, en otro nivel, el conde de Barcelona) está establecida en torno a la polaridad *hacer/decir,* y sus repercusiones.

Esta contraposición aparece como una fuerza organizadora de la trama del texto desde su principio. En efecto, el Cid es condenado al destierro por culpa de sus «enemigos malos» (v. 9), los «malos mestureros» (v. 267). Los mestureros eran cortesanos intrigantes que aprovechaban su cercanía al monarca para influir en su ánimo y en sus decisiones mediante difamaciones y delaciones infundadas. Es decir, los comentarios, las palabras de miembros de la corte —la antigua no-

Guerrero castellano (Archivo Municipal, Burgos)

bleza— causan la caída en desgracia del Cid. Este reacciona de la siguiente forma: habla «bien e tan mesurado» (v. 7) y lacónicamente enuncia su desgracia (vv. 8-9). E inmediatamente, sin más queja, sin más verbalización de las circunstancias, actúa, pasa a los hechos: se encamina al destierro. Desde el inicio se contrapone la insistente y malévola verborrea de los nobles a un héroe que, además de hablar con mesura y corrección, fía su fortuna a sus acciones. Esta polaridad será constante y definirá la divisoria entre los nobles y el Cid y los suyos.

Efectivamente, el Cid es un hombre de acción. Decide que el modo de recuperar su honra y, sobre todo, de ganarse la vida, es combatir en tierra de moros. Esto es, *hacer,* no *decir.* En cambio, el primero de los representantes de la alta nobleza que aparece, el conde de Barcelona, se caracteriza desde un primer momento por hablar demasiado («El conde es muy follón e dixo una vanidat», v. 960), y por una actitud jactanciosa y poco lucida en lo que respecta a la acción (notas a los v. 1023, 1029 y 1036-1038).

> — Analiza cómo son presentados otros miembros de la alta nobleza: Asur González, hermano mayor de los infantes de Carrión: «... que era bullidor, / que es largo de lengua, mas en lo ál non es tan pro» (vv. 2172-2173), se mostrará como todo un bocazas (vv. 3377-3381). ¿Pero su eficacia a la hora de hablar, y de atacar verbalmente, está a la altura de su eficacia en la acción (vv. 3671-3692)?

Repárese en un pormenor presente en este episodio de la derrota de Asur González. Los combates sujetos a reglas entre dos caballeros, como los que sirven para limpiar el honor del Cid y sus hijas, llegaban a su final bien con la muerte o bien —lo más normal— con la rendición del vencido o con su salida del *campo* (terreno acotado para el combate). El vencido debía reconocer su derrota para finalizar la lucha (así lo hacen los infantes de Carrión, vv. 3644 y 3665-3667), pero Asur González, «que es largo de lengua», a la hora de la verdad no puede ni siquiera hablar para declarar su rendición, y será su padre quien hable por él cuando sus palabras eran necesarias para salvar la vida. Este detalle asigna un contrapunto irónico —y un dramático castigo— a la ligereza de lengua de Asur González.

Pero el pasaje en que se establece de forma más nítida la contraposición entre la baja y la alta nobleza según el binomio *hacer / hablar* es el de la intervención de Pero Vermúdez en las Cortes de Toledo. Pero Vermúdez, uno de los miembros más significados de la hueste del Cid, sobrino suyo y primo por tanto de sus hijas (vv. 2351 y 3303), es alférez de la hueste (vv. 611, 689) y está presto siempre a actuar en el combate (incluso llegando a la imprudencia, vv. 704 y sigs.). Sin embargo, un personaje tan pródigo en la acción es presentado como exageradamente taciturno, incapaz de hablar (apodado por ello *Pero Mudo,* vv. 3302 y 3310); de hecho, cuando comienza su parlamento para retar a Fernando, el infante de Carrión, «detiénesle la lengua, non puede delibrar» (v. 3307). Pero cuando empieza a hablar, Pero Vermúdez resulta un torrente incontenible (v. 3308) y, en su reto al infante Fernando, resulta extraordinariamente elocuente, y lo increpa con una frase que es la más feliz formulación verbal presente en el poema de la verdadera condición de todos los representantes de la antigua nobleza tal y como aparecen en el texto: «¡Lengua sin manos, quomo osas fablar?» (v. 3328).

Aparte de lo dicho, los personajes del *CMC* vinculados a la alta nobleza no sólo hablan sin actuar, sino que además hablan a escondidas, o en apartes: es decir, utilizan el lenguaje para confundir, para conspirar. Así se fragua la idea del matrimonio entre los infantes de Carrión y las hijas del Cid (vv. 1372-1377, especialmente este último; 1879-1884), la de la afrenta de Corpes (vv. 2538-2556, especialmente 2538-2539); así se expresa la creciente enemistad de García Ordóñez y los suyos hacia el Cid por los éxitos que este va logrando (vv. 1859-1865, especialmente v. 1860; y en los vv. 1345-1349); así actúan en las cortes de Toledo (vv. 3160-3170, especialmente 3161-1862; 3217-3118). Esto plasma en el texto la caracterización básicamente intrigante y traicionera de los integrantes del bando nobiliario, siempre proclives a la conspiración. De ellos bien se podría decir que «se les va la fuerza por la boca».

Veamos el caso de los de Carrión: hacen el ridículo en el episodio del león (vv. 2278-2310), su comportamiento en el combate es deplorable (vv. 2315-2481), tienen miedo de acudir a las Cortes de Toledo (vv. 2985-2987), no se atreven en ellas a mirar al Cid (vv. 3126) y son derrotados en los combates de la lid (vv. 3623-3697). Su única acción material en el *CMC* es la de afrentar a sus mujeres en el robledo de Corpes: esto da medida de su cobardía, su falta de valor y de honor. Incluso, con anterioridad a los combates que en Carrión se van a llevar a cabo para dirimir la lid, los de Carrión y sus familiares buscan «apartar a los del Campeador» (v. 3540) para matarlos arteramente («por desondra de so señor», v. 3541). El desenlace del episodio es significativo de esa caracterización de los nobles integrada por una gran capacidad de intriga, una no menos destacable incapacidad para la acción y, en el fondo, una gran cobardía: «El cometer fue malo, que lo ál nos' enpeçó, / ca grand miedo ovieron a Alfonsso el de León» (vv. 3542-3543).

— Localiza pasajes del texto en que se hable de la necesidad de alcanzar riquezas e interprétalos desde el punto de vista de la dinámica entre la alta y la baja nobleza.

— En el episodio del conde de Barcelona (vv. 960-1086) se percibe claramente esa oposición *hacer/decir* como distintiva del comportamiento del Cid y del conde, respectivamente. Pero, además, existe otra oposición distintiva: la de *ser* (o *hacer)/parecer*. A partir de su lectura —y con ayuda de las notas a los vv. 992-994,

1007, 1023 y 1034-1038— comenta este aspecto y su función en el texto.

— Comenta, a partir de la polaridad *hacer/decir* y de la caracterización de la figura del Cid literario (según Introducción, págs. 56-60), la figura del obispo Jerónimo.

— Todo lo dicho no implica que el Cid y sus hombres no recurran al lenguaje para expresarse y lograr sus objetivos. De hecho, lo que caracteriza al Cid es su capacidad de hablar «bien e tan mesurado». Localiza pasajes en los que se reproduzcan parlamentos o discursos emitidos por el Cid o por los hombres de su hueste y los emitidos por los representates del bando nobiliario, y compáralos no tanto por la índole moral de su contenido como por su valor persuasivo y su calidad formal.

— Hemos observado que la dicotomía *hacer/decir* se correlaciona en un nivel más profundo con la oposición *decir bien/decir mal*. Analiza desde esta perspectiva la intervención del conde García Ordóñez ante las Cortes reunidas en Toledo (vv. 3270-3279). Aparte del tono general de desprecio hacia el Cid, ¿qué graves incongruencias o incorrecciones hay en ese breve parlamento?

2.2. *La estructura formal de la obra. Las acciones de la trama*

2.2.1. El plan de la obra, su integración con los contenidos

En la Introducción (págs. 60-62) se ha comentado la disposición estructural bipartita del *CMC*, planteada como una combinación de dos procesos de pérdida y recuperación que afectan a la honra del Cid (el primero a la público-política, el segundo a la personal) engarzados por un núcleo central (la tirada 104) en el que se da solución al primer conflicto y, con ella, inicio al segundo. Esta estructura básica bipartita no aparece definida sólo por el modo en que se dispone la materia narrativa a lo largo de la trama de la obra, sino que en el texto hay diversos pasajes que, por un lado, subrayan el engarce entre los dos episodios principales apuntalando la coherencia textual y, por otro, preanuncian, creando una expectativa en el lector/oyente, el desenlace de cada uno de los dos conflictos. Además, muestra de la maestría de creador literario del *CMC* es el hecho de que esos hitos estructurales estén vinculados con la idea central que rige la evolución de la trama general: la honra (véase Taller de lectura, 2.1.1. e Introducción, págs. 56-60). Leamos atentamente esas partes del texto:

El primer pasaje que cumple funciones de anticipación de la resolución de la trama es cuando el Cid se dirige a Álvar Fáñez en el comienzo de su destierro: «¡Albricia, Álbar Fáñez, ca echados somos de tierra! / Mas a grand ondra tornaremos a Castiella» (vv. 14-14*b*, este último reconstruido por Menéndez Pidal). En ellos se enuncia el conflicto que desencadena la acción de la primera parte de la trama —la orden de destierro—, pero también se augura el final feliz: el regreso a la tierra de Castilla. Ahora bien, se vaticinia un regreso «a gran honra»; lo importante no es volver a Castilla, sino volver muy honradamente. De este modo, el lector ya sabe cuál es el objetivo perseguido por el héroe del relato, y de este modo podrá vivir y valorar las peripecias de la trama con la expectativa de conocer su final deseado.

Otro paréntesis en la trayectoria del relato se localiza en el episodio en que el Cid se separa de su familia a causa del destierro. El desgarro que la intriga político-cortesana causa en la esfera familiar del Cid es inmenso, y se cifra en las palabras que dirige a sus hijas y a Jimena en el momento de la despedida: «agora nos partimos, ¡Dios sabe el ajunta!» (v. 373). Se abre un paréntesis de incertidumbre sin predicción de su final. Pero el paréntesis se cierra en el episodio del reencuentro del Cid con su familia (vv. 1567-1609), donde destacan dos versos en los que Jimena le dice a Rodrigo: «¡Merçed, Campeador, en buen ora cinxiestes espada! / Sacada me avedes de muchas vergüenças malas» (vv. 1595-1596), esto es, «me habéis salvado de una deshonra terrible». En último término, en este episodio del reencuentro del Cid con su mujer e hijas también se cierra el paréntesis abierto por otra de las predicciones que anuncian la resolución del conflicto de la trama abierto en la primera parte del texto: es el que aparece en boca de Álvar Fáñez precisamente en el mismo episodio de la separación entre el Cid y su familia, justo después de realizada esta: «Aun todos estos duelos en gozo se tornarán» (v. 381).

— ¿Qué es lo más importante a la hora del reencuentro? ¿Hay una reacción de índole sentimental o emotiva personal, o sólo la de felicitarse por el reencuentro por lo que tiene de evasión de una situación deshonrosa? Nótese que la preeminencia de la honra como balance final del cierre del conflicto se subraya en el último verso del episodio: «A tan gran ondra ellas a Valençia entravan» (v. 1609).

También en la segunda parte del *CMC,* la que tiene como núcleo la pérdida de la honra personal del Cid por el ultraje a que los infantes de Carrión someten a sus hijas, hay diversos pasajes que establecen de forma hipotética el paréntesis entre el conflicto y su resolución. En este caso la modulación del conflicto es más compleja que la existente en la primera parte, y reside principalmente en la actitud del Cid hacia las bodas de sus hijas. Esta es una actitud renuente, desconfiada (vv. 1939-1940, 2082, 2110, 2133), pero de aceptación por la condición de buen vasallo del Cid, que no osa contradecir la voluntad de su señor (vv. 1939-1940, 2087-2089, y v. 3438). Hay incluso un convencimiento transitorio de la oportunidad de las bodas expresado por el Cid a sus hijas en el v. 2198, y que vuelve a tener como núcleo la idea de la honra: «d'este vuestro casamiento creçremos en onor». De hecho, esa idea de las consecuencias de las bodas está mencionada por el propio rey al comienzo de la gestación de las mismas: a resultas de esos matrimonios, el Cid «abrá ý ondra e creçrá en onor» (v. 1905).

Pero esas expectativas respecto al balance final de las bodas entre las hijas del Cid y los infantes de Carrión —perspectivas de los personajes y, con ellos, del lector— se van a ver frustradas. El primero en advertirlo y en formalizar su predicción al respecto —más allá de su constante renuencia, de por sí significativa— va a ser el propio Cid, aunque en esta ocasión la exprese la voz del narrador: «Víolo en los auueros [=agüeros] el que en buena cinxo espada / que estos casamientos non serién sin alguna tacha» (vv. 2615-2616), esto es, «no estarán libres de deshonra». Efectivamente, así será: si el Cid equivoca su predicción del v. 2198, acierta plenamente con su sensación —porque es suya, aunque enunciada por el narrador— de los vv. 2615-2616. El matrimonio traerá consigo deshonra, no el honor esperado.

De nuevo esa idea central se verá reiterada en el último paréntesis predictivo de la trama que hay en el texto. El Cid, informado de la vileza perpetrada en sus hijas por sus yernos —consciente de la quiebra de su honra personal, centro de la segunda parte de la trama—, reflexiona sobre el hecho («una grand ora pensső e comidió», v. 2828) y reacciona: «¡Grado a Cristus, que del mundo es señor, / quando tal ondra me an dada ifantes de Carrión! / ¡Par aquesta barba que nadi non messó, / non la lograrán ifantes de Carrión; / que a mis fijas bien las casaré yo!» (vv. 2830-2834). Este párrafo ha de leerse en un doble nivel: en el de su valor de presagio de la resolución del conflicto, y en el de la vinculación recurrente de la principal temática del *CMC* —la de la honra— con las cuestiones de delimitación estructural de la trama. Efectivamente, parte de la resolución de la situación de deshonra pasa por el compromiso matrimonial que —en las Cortes reunidas en Toledo para dirimir el conflicto de honor entre el Cid y los de Carrión— las hijas del Cid obtienen con representantes de la realeza de

Navarra y Aragón (vv. 3392-3400; v. 3719), boda que, en este caso, es verificada por el Cid, no por el rey Alfonso, como sucedió en el caso de la boda con los de Carrión (el texto es insistente en este aspecto: vv. 2110 y 2133): se verifica así la predicción «bien las casaré yo» (v. 2834). Y en cuanto a la presencia de la honra, queda clara en la alusión irónica a la procurada por el casamiento con los de Carrión y en la invocación a la barba, emblema por antonomasia de la honra personal del Cid (véase 2.1.1.). El cierre de este episodio, al final del texto, que culmina la antedicha premonición del Cid, subraya este aspecto de la mayor honra alcanzada: «a mayor ondra las casa que lo que primero fo. / ¡Veed quál ondra creçe al que en buen nació, / quando señoras son sues fijas de Navarra e de Aragón!» (vv. 3721-3723).

— Todos estos pasajes del texto que enuncian o subrayan aspectos de la disposición de la trama de la obra aparecen (con la excepción señalada) no en boca del narrador, sino en boca de personajes (el Cid y Álvar Fáñez, concretamente). Valora esta circunstancia desde el punto de vista de la función intensificadora del interés de la trama que cumplen estos comentarios: ¿tiene igual fuerza el co-mentario formulado por un narrador omnisciente —como el del *CMC* y, en general, los de la épica— que el efectuado por un personaje implicado en el desarrollo azaroso de la propia trama narrativa del texto? Discute este aspecto aplicado a otros pasajes de la obra.

— Compara la irónica expresión de alegría o agradecimiento que encierran los vv. 2830-2831 con las contenidas en los vv. 8-9 y 14. Valóralas desde el punto de vista de la caracterización del personaje del Cid (teniendo en cuenta lo dicho en Introducción, págs. 56-60) y desde el punto de vista de su función estructural como elemento cohesionador de la vinculación entre las dos partes de la trama de la obra.

— Valora, desde el punto de vista de la coherencia entre las dos partes del texto, la relación existente entre los vv. 282-282*b* y los vv. 2830-2834. Ponlos en relación con el desenlace de la obra. Comenta desde ese mismo punto de vista la presencia de lo familiar en la primera parte del texto, la que afecta a la honra pública del Cid. ¿Puede hablarse de una progresión en la presencia de este componente familiar en el desarrollo de la trama de esa primera parte de la obra?

2.2.2. Los personajes y sus funciones

Observemos ahora las líneas que articulan el relato del *CMC* desde el punto de vista de la tipología de sus personajes y el tipo de relaciones que se establecen entre ellos. Para ello haremos uso de las categorías elaboradas por el crítico francés Algirdas Greimas (en su obra citada en la n. 53 de la Introducción). Para Greimas, en todo texto narrativo intervienen seis tipos de personajes, por él denominados actantes:

1. sujeto / objeto
2. destinador / destinatario
3. ayudante / oponente

Como se ve, estos seis actantes se agrupan en tres pares, y estos emparejamientos vienen definidos a su vez por tres formas de relación:

A. deseo o búsqueda [sujeto / objeto]
B. comunicación [destinador / destinatario]
C. obstáculo o ayuda [ayudante / oponente]

1 y 2, A y B son, para Greimas, la estructura básica de cualquier construcción de significado en cualquier tipo de texto o relato (se caracterizarían por dar cuerpo en el ámbito textual a categorías gramaticales básicas como las de predicación/agente,

sujeto/predicado). 3 es una dualidad complementaria que acelera u obstaculiza (C) esas dos relaciones básicas A y B que llevan a cabo 1 y 2. Pues bien, esta teorización acerca de la tipología y las funciones de los actantes del texto narrativo se ajusta con precisión al caso de la construcción del relato del *CMC*.

Como ya se ha dicho, la línea de fuerza principal de la trama del *CMC* es el proceso de *búsqueda* emprendido por el Cid en pos de la recuperación de su honra. En ese proceso, que se establece en dos ciclos de caída en desgracia-recuperación, uno referido a la honra pública y otro a la privada (Introducción, págs. 60-62 y Taller de lectura, 2.2.1.), el Cid busca constantemente reestablecer una *comunicación* con el personaje de quien depende la recuperación de su honra: el rey Alfonso. Ahí se detectan en el *CMC* las dos relaciones básicas *(búsqueda* y *comunicación)* entre los dos pares primordiales de actantes (Cid/honra; Cid/rey Alfonso). A ello debe sumarse la existencia de otros personajes que cumplen funciones auxiliares de *ayudantes* (los hombres de la hueste del Cid, especialmente Álvar Fáñez, encargado de las tres embajadas al rey en representación del Cid que son primordiales para el establecimiento de la relación de comunicación) y *oponentes* (los representantes de la vieja nobleza que ejercen las falsas acusaciones que causan la desgracia del Cid —los «enemigos malos», los «malos mestureros»—, y específicamente los infantes de Carrión, que causan la deshonra familiar mancillando a las hijas del Cid). La culminación de las funciones coadyuvantes/obstaculizadoras de estos grupos de personajes (o personajes colectivos) se localiza en los episodios finales de la obra, en la realización de la lid judicial y en su culminación a través de los combates singulares librados entre los representantes de la hueste cidiana y los infantes de Carrión y Asur González. Estas relaciones pueden esquematizarse así:

ACTANTES Y PERSONAJES QUE LOS ENCARNAN	FUNCIONES Y RELACIONES
SUJETO —— **Cid** ↓ OBJETO —— **honra**	RELACIÓN DE BÚSQUEDA
DESTINADOR —— **Cid** ↓ DESTINATARIO —— **rey**	RELACIÓN DE COMUNICACIÓN
OPONENTE —— **«malos mestureros»** vieja nobleza infantes de Carrión	RELACIÓN DE OPOSICIÓN —causan la deshonra del Cid (oposición a la búsqueda) —buscan impedir su buena relación con el rey (oposición a la comunicación)
AYUDANTE —— **Álvar Fáñez** Martín Antolínez la mesnada del Cid	RELACIÓN DE AYUDA —Álvar Fáñez encargado de las embajadas al rey (ayuda en la comunicación) —ayuda en combates y en las Cortes de Toledo (ayuda en la búsqueda)

— El restablecimiento de la comunicación entre el Cid y el rey Alfonso en la primera parte de la obra se efectúa de forma gradual, gracias a la mediación de Álvar Fáñez. Esta gradación se expresa en el texto de forma sumamente sutil, tanto por la creciente receptividad del rey a las embajadas enviadas por su vasallo exiliado como por la magnitud de los obsequios que el Cid envía en cada una de ellas. Busca en los diversos episodios de las embajadas del Cid al rey (vv. 870-898, 1316-1384, 1831-1876) los indicios que muestran esa progresión.

— El restablecimiento de la comunicación entre el Cid y el rey culmina en la tirada 104, en la que se produce el perdón real. Examina en que términos se produce el reencuentro entre ambos.

— Busca en los relatos de las diversas embajadas indicios de la voluntad obstaculizadora que muestran los infantes de Carrión y el conde don García respecto del restablecimiento de la comunicación entre el Cid y el rey. Interpreta las reacciones del rey en los diversos casos.

— En la segunda parte de la obra la función de la figura del rey Alfonso se ve modificada por el restablecimiento de sus relaciones con el Cid. Sin embargo, sigue siendo fundamental la comunicación entre ambos para el desenlace de la obra. ¿En qué términos y con qué objetivo busca el Cid comunicarse con el rey en esta segunda parte? ¿Qué argumento es el que emplea el Cid para vincular al rey en la resolución del conflicto?

2.3. *La forma expresiva de la obra*

2.3.1. La lengua de la poesía épica: las fórmulas y los epítetos épicos

En Introducción, págs. 63-68, mencionamos como uno de los rasgos más característicos del estilo épico-juglaresco el empleo de fórmulas y epítetos épicos. Las *fórmulas* se definen como secuencias de palabras fijas o estables empleadas con regularidad en unas determinadas condiciones métricas y que expresan una idea esencial en el texto, mientras que los epítetos épicos son los que se emplean sistemáticamente para caracterizar a un personaje, esto es, como fórmulas caracterizadoras de persona. Ocupémonos ahora con más detenimiento de su presencia en el *CMC*.

Las fórmulas pueden pertenecer a prácticamente todas las esferas temáticas del poema:

- la batalla: *al espada metió mano* [y variantes]: vv. 500, 746, 1722, 2387, 3642; *diol' un colpe* [y variantes]: vv. 713, 765, 1725, 2391, 3650, p. ej.; *por el cobdo ayuso la sangre destellando*: vv. 501, 762, 781; [lanzas] *que todas tienen pendones*: vv. 419, 723, 3586.

- el acto de cabalgar: *aguijó mio Cid:* vv. 37, 232, 862; *aguijan a espolón:* vv. 2009, 2693, 2775; *apriessa cavalgava(n):* vv. 297, 1917, 1979, 2842, 3102; *penssó de cavalgar* [y variantes]: vv. 320, 376, 413, 537, 645, 949, 1430, 2870, etc.
- el viaje y su itinerario: *a siniestro* [o *a diestro] dexan* [nombre geográfico]: 2691, 2694, 2696, 2875.
- gestos y acciones expresivas: *tornava la cabeça* [y variantes]: vv. 2, 377, 594, 1078; *fincó los inojos* [y variantes]: vv. 53, 264, 1759, 2593, 2934, p. ej.; *llorar de los sos ojos* [y variantes]: vv. 1, 18, 265, 370, 1600, 2023, 2863, p. ej.
- referencias temporales: *otro día mañana:* vv. 394, 645, 1555, 1816, 2062, 2651, 2870, p. ej.; *el día es exido, la noche querié entrar* [y variantes]: vv. 311, 1699, 2061.
- invocaciones: *sí vos vala el Criador:* vv. 1324, 2081, 2559, 2798, 3128, p. ej.; *por amor del Criador*: 720, 1321, 2787, 2792, 3490, 3504.
- expresiones de asentimiento: *plazme de coraçón*: vv. 1342, 1355, 1947, 3434.

El epíteto épico viene a ser una fórmula aplicada a personas que refleja sus rasgos característicos por antonomasia. Los más frecuentes en el *CMC* son los referidos al Cid, pero también se aplican a otros personajes:

- Cid: *el Campeador,* p. ej. vv. 31, 109, 463, 1128, 2063, 3114*b; mio Çid el campeador,* p. ej. vv. 288, 417, 1373, 1985, 2308, 2569, 2987, 3093, etc.; *el que en buena ora nașió,* p. ej., vv. 202, 245, 294, 719, 808, 935, 1008, 1114, 1730, 2008, 2244, 2350, 2643, 3013, 3111, 3530, 3725, etc.; *el que en buena ora cinxo espada,* p. ej., vv. 41, 175, 439, 899, 1560, 1603, 1961, 2185; *mio Çid el de Bivar,* p. ej. vv. 295, 550, 961, 1085, 1387, 2677, 3378.
- Martín Antolínez: *el burgalés de pro:* vv. 736, 1992b, 2837, 3066, 3191.

- Álvar Fáñez: *fardida lança,* v. 489 (aplicado en vv. 79 y 443*b* a otros personajes), *mio diestro braço,* vv. 753, 810, 3063.
- Jimena: *muger ondrada,* vv. 284, 1604, 1647, 2187.

Incluso la ciudad de Valencia tiene su epíteto épico correspondiente: *Valençia la mayor,* vv. 2505, 2625, 2840, 3151, 3711, p. ej.

En algunos casos esta elaboración formulaica se plasma en la presencia en el texto de *versos formulaicos* (versos que son en sí mismos fórmulas, verdaderos clichés expresivos): véanse los vv. 41, 175, 439; 736, 1992*b,* 2837, 3066, 3191; 501, 781, 1724, 2453; 1138, 1690*b.*

Esta enumeración ilustra el grado en que el lenguaje formulaico impregna el *CMC*, lo que es causa de una inevitable recurrencia o repetición de tono y de forma que trae consigo dos consecuencias:

1) intensificar ante el auditorio alguno de los rasgos o acciones a las que fórmulas y epítetos hacen referencia (el llanto sincero, el momento de echar mano a la espada, la barba del Cid como símbolo, la fortuna de que este fuera armado caballero, su proverbial mesura, la fidelidad de Álvar Fáñez o Martín Antolínez, etc.);

2) facilitar al juglar la composición / memorización del texto mediante el recurso a una serie de «versos prefabricados», fáciles de retener en el acto de la recitación / recreación pública de la obra (véase el Prólogo de Riquer, págs. 14-17).

Este aspecto del estilo formulaico del *CMC*, absolutamente fundamental para la configuración de su textura verbal y elocutiva, y factor constructivo imprescindible tanto de su expresividad literaria como de su imaginario de valores y estimaciones, se pone de relieve en otros puntos del poema que, sin llegar a constituir fórmulas propiamente dichas, sí que hacen uso de recursos estilísticos y construcciones verbales prácticamente idénticas en situaciones semejantes. Así por ejemplo:

— Compara la descripción del combate contenida en los vv. 715-718 con la presente en los vv. 3615-3618. Compara, teniendo en cuenta el contexto, los vv. 3627 y 3677, y los vv. 3637 y 3683. Compara los vv. 235, 456 y 3545. Teniendo en cuenta la relación de fórmulas y epítetos épicos enumerada y la evidencia proporcionada por estos versos, ¿dirías que el estilo del poema es monótono? Si no lo crees así, ¿cuál piensas que es el procedimiento para evitar esa monotonía?

— En el texto hay otros epítetos épicos que se aplican con alguna frecuencia al Cid (y a algún otro personaje). Localízalos. Compáralos con los epítetos épicos de la relación precedente y ponlos en relación con la caracterización del héroe (Introducción, págs. 56-60; Taller de lectura, 2.1.1.).

— Busca otras fórmulas no recogidas en la relación precedente. Comprueba si su funcionamiento y características se corresponden con las definiciones dadas aquí y en Introducción, págs. 63-68.

— Presta especial atención a los epítetos que se aplican al rey Alfonso *(el buen rey don Alfons, mio señor, mio señor natural, Alfons el castellano, Alfons el de León).* Localízalos y estudia su distribución y frecuencia dentro del texto. ¿Es posible efectuar alguna consideración acerca del mayor o menor uso de esas fórmulas en función de su correspondencia con el estado de las relaciones entre el Cid y el monarca?

2.3.2. Sobre las técnicas narrativas del *CMC*

Determinados aspectos relacionados con las estrategias narrativas o de organización de la trama del *CMC* ya han sido comentados en otros lugares de este Taller de lectura (2.1.2., 2.2.1. y 2.3.1.). Trataremos aquí otros aspectos relativos a las técnicas y procedimientos narrativos empleados en el *CMC* en que se vinculan técnicas narrativas y estilo juglaresco.

Ya hemos visto (Introducción, págs. 63-68 y Taller de lectura, 2.3.1.) la huella que la composición y sobre todo la transmisión de índole oral-juglaresca deja en la contextura verbal y estilística del *CMC*. Esa huella es perceptible en un aspecto del que el autor del *CMC* saca especial rendimiento: las interpelaciones del narrador-juglar a su auditorio. Dentro del mundo juglaresco, este era un recurso básico de captación de la atención del auditorio y de implicación del mismo en los valores y estimaciones del texto; esto es, manifestación de una voluntad de mantenimiento de la comunicación entre emisor-narrador y receptor-auditorio en toda su intensidad. El *CMC*, como texto juglaresco, no es una excepción a ese procedimiento, y presenta numerosos pasajes donde el narrador-juglar interpela explícitamente a su auditorio: véanse los vv. 70, 170, 307, 414, 610, 697, 919, 1024, 1154, 1178-1179, 1233, 1310, 1423, 1603, 2208, 2430, 3207, 3722, entre otros.

Sin embargo, en algunos lugares el autor del *CMC* utiliza este procedimiento de la interpelación al auditorio con una finalidad expresamente relacionada con la construcción narrativa del relato: precisamente en aquellos lugares en los que la línea de la narración abandona la línea principal del relato y fija su punto de vista en otras. El relato del *CMC* es un relato lineal, progresivo, con una acción central y primordial (obviamente, la constituida por los dichos y acciones del Cid); pero en algunos momentos el punto de vista cambia, y abandona al Cid para fijar su vista en algunas acciones pertinentes al relato que no tienen lugar en su presencia. En varias ocasiones, esos cambios de punto de vista están subrayados por una interpelación del narrador al auditorio.

Veamos, por ejemplo, el v. 476: «Afevos los dozientos e tres en el algara». Esa interpelación *(afevos:* «he aquí, aquí tenéis») marca y subraya el desplazamiento del punto de vista desde las acciones del Cid, que toma Castejón en una acción sorpresa (vv. 456-475), hasta las de los 203 hombres que al mando de Álvar Fáñez han sido enviados a saquear tierras de Guadalajara.

Similar procedimiento de enfatización del cambio de punto de vista se utiliza cuando se bifurca la línea del relato merced a una de las embajadas al rey Alfonso encabezadas por Álvar Fáñez. Cuando el relato deja de ocuparse del Cid para prestar atención a su enviado, el punto de ruptura o desvío de la línea de la narración aparece subrayado por una invocación del narrador: «¡Mio Çid Roy Díaz de Dios aya su graçia! / Ido es a Castiella Álbar Fáñez Minaya» (vv. 870-871; véanse antes vv. 837-838). Y cuando el punto de vista de la narración regresa al Cid, se subraya de nuevo el cambio merced a otra interpelación juglaresca al auditorio: «Quiérovos dezir del que en buena çinxo espada» (v. 899). (Nótese que en el caso comentado en el punto anterior no se subraya el retorno de la línea de la narración a su punto de vista principal porque no es necesario: los dos puntos de vista se unifican merced al retorno de las tropas expedicionarias a Castejón, cuando se reúne de nuevo toda la hueste cidiana).

Otro caso se produce cuando la narración se aleja del Cid, aposentado en su recién conquistada Valencia, y se desplaza hacia Marruecos, para reflejar los pensamientos del rey de aquellas tierras ante las conquistas cidianas: «Dezir vos quiero nuevas de allent partes del mar, / de aquel rey Yúcef que en Marruecos está» (vv. 1620-1621). (Nótese que en este caso tampoco es preciso volver a cambiar el punto de vista: la expedición de los de Marruecos hacia Valencia unifica los dos puntos de vista sin solución de continuidad).

— Revísense otros casos de este procedimiento narrativo presentes en el *CMC* (por ejemplo, vv. 1879 y 2764). Coméntense los matices con que el procedimiento se utiliza en cada caso y su relación con los comentados.

— Hay casos en los que se produce una desviación del punto de vista narrativo pero no se hace uso de este recurso enfatizador (por ejemplo, negociación de Martín

Antolínez con Raquel y Vidas [vv. 96 y sigs.]; segunda y tercera embajadas al rey [vv. 1308 y sigs.; vv. 1821 y sigs.; 1985 y sigs.]). ¿Por qué crees que ocurre? ¿Sirve como criterio diferenciador la relevancia de la narración consecutiva de dos acciones simultáneas? ¿O se trata de un mero recurso estilístico que se utiliza cuando se considera oportuno? Estudia sistemáticamente todos los casos de cambio de punto de vista narrativo en el *CMC* y justifica tu respuesta.

GLOSARIO

Este glosario no pretende ser un dechado de ortodoxia lexicográfica: no busca más que servir de auxilio al lector del *CMC* en sus dudas léxicas. En ningún momento se ha pretendido indagar en profundidad los problemas que plantea el léxico de la obra: en ese sentido contamos con el auxilio del ejemplar y deslumbrante vocabulario que ocupa el t. II del magno *Cantar de Mio Cid. Texto, gramática y vocabulario* de Menéndez Pidal. De él tomamos numerosas informaciones para este glosario, así como de las notas que Menéndez Pidal dispuso en su edición del *CMC* en Clásicos Castellanos. También nos hemos servido de datos presentes en las notas de Alberto Montaner a su edición (véase Bibliografía selecta). Se indica entre paréntesis el número de los versos en que aparece la palabra (sin pretensión de ofrecer una relación exhaustiva en todos los casos).

J. C. C.

abastar (66, 259, 2260): 'abastecer'.

abaxar: 'bajar'; *abaxó el asta* (2393): 'bajó la lanza' (colocándola en posición horizontal, la posición de ataque).

abés (582): 'a duras penas'.

abiltar (1862, 2732, 2942): 'deshonrar'. Véase *biltar*.

abondado (1245): 'bien provisto'.

abraçar (3615): 'embrazar'. Véase *embraçar.*

abuelta (716, 1761, 3616): 'juntamente con, unido a'; *abuelta de los albores* (238): literalmente, 'al mismo tiempo de los albores', es decir, 'al alborear el día, al amanecer'.

acabar (366, 1395, 1771, 3205): 'llevar a cabo, hacer'; (3252): 'conseguir, alcanzar (una cosa)'.

acayaz (2669): 'alcaide', lo mismo que *alcayaz.*

açertarse (1835): 'estar presente'.

acogerse (134, 395, 403, 1199, 1440): 'agregarse, reunirse'.

acomendar (3488): 'encomendar'.

acordado (1290, 2217, 2488): 'que obra con acuerdo y madurez; cuerdo, prudente'.

acordar: 'poner de acuerdo'; *acordados son* (3539): 'están puestos de acuerdo'; *acordar vos yedes* (1946), forma analítica del condicional: 'os pondríais de acuerdo'.

acorrer (222, 708, 1483): 'socorrer'.

acorro (453): 'ataque, incursión'.

acostarse (749): 'acercarse'; *acostarse los tendales* (1142, 2401): 'desplomarse las tiendas'.

acrecer (1419, 1648): 'aumentar'.

adáraga (727): 'adarga, escudo pequeño forrado de cuero'.

adelinar, adeliñar (31, 467, 969, 1580, 1984, 2211, 2779, etc.): 'dirigirse, encaminarse'; *adeliñar a* (1593, 3496), *adeliñar pora* (1203, 1392): 'dirigirse hacia'; *adeliñecho* (2884): participio irregular, sinónimo de *adeliñado,* 'en derechura' (1984).

adestrar (2301): 'conducir con la mano'.

adobar (681, 1283, 1426, 1675, 1700, 1715, 2144, 2205, 3489): 'preparar, equipar'; *son adobados* (1000): 'están dispuestos'; (249, 1017, 1531, 2064): 'guisar, cocinar'; *fuertemientre adobados* (2212): 'muy bien ataviados', esto es, 'con lujo'.

adtor (5): forma muy arcaica de 'azor'; *adtores mudados*: 'azores mudados', es decir, que habían pasado ya la época peligrosa de la muda del plumaje. Eran aves de caza muy estimadas.

aduzir (144, 641, 1019, 1485, 1650, 2840): 'traer'; *aduchas* (147): participio, 'traídas'; *los adux a salvo* (3599): 'los traje bajo mi salvaguardia'.

afarto (1643, 3459): 'de sobra, sobradamente'.

afé, affé (1317, 3393): 'he aquí'.

afelo (505, 2175): 'helo aquí'.

afellas (2088): 'helas aquí'.

afevos (1568): 'he aquí'.

afincar (3221): 'presionar, apremiar'.

agua (150, 1826): 'río'; *agua mayor* (1954): 'un gran río'.

aguardar (308, 839) 'vigilar, acechar'; (1449, 2168): 'servir, atender'.

aguazil (749): es el árabe *al-wazir* (moderno 'visir'), y significaba 'general', 'ministro encargado de ejecutar la justicia', 'gobernador', etc.; de donde el moderno 'alguacil'.

aguijar (2394): 'espolear (al caballo)'; (37, 51, 601, 691): 'cabalgar deprisa'; *aguijar a espolón* (233, 2009, 2693, 2775): 'azuzar (el caballo) con las espuelas'. Véase *espolón.*

aguisar (808, 836, 3022): 'disponer, preparar'.

aguisado (1911, 2047, 2266): 'conveniente'.

aguisamientos (3125): 'arreglo personal, atavío'.

ajuntar (373): 'el acto de volver a reunirse'; *Dios sabe el ajuntar*: 'Dios sabe cuándo volveremos a estar juntos'.

airar (90,114, 156, 882): 'hacer objeto de la ira del rey', y, como consecuencia, 'desterrar'.

ál: 'lo otro, lo demás, otra cosa'.

ala (2351): interjección vocativa, '¡hola!'.

alabarse (2340, 2757, 2763, 2824, 3324): 'presumir, jactarse (de una mala acción)'; (580, 2134): 'complacerse, mostrarse satisfecho'.

albergada (794, 1067) 'campamento'; *al cabo del albergada* (2384): 'junto al campamento'.

albricias (14): interjección de alegría.

alcalde (3135): voz árabe, sinónima de la latina 'juez', más en concreto, el juez nombrado expresamente por el rey para decidir el litigio sometido a la corte.

alcança: *cade en alcança* (2399): 'sale en persecución'. Véase *alcaz*.

alcándara (4): 'percha'; para colgar vestidos, o posar sobre ella las aves de caza.

alçarse (2286b): 'esconderse'.

alcayaz (1502): 'alcaide, el que tiene el mando de una fortaleza'. Véase *acayaz.*

alcaz (1147, 1679): 'persecución'; *ir en alcaz* (776): 'perseguir'; *dar en alcaz* (786); *caer en alcaz* (2403, 2408): 'dar alcance'. Véase *alcança.*

alegreya (797): 'alegría'.

alfaya: *de alfaya* (2116): 'de gran valor'.

algara (442, 446, 454, 476): 'incursión guerrera por sorpresa en territorio enemigo cuyo objetivo no es conquistarlo, sino obtener botín y riquezas'. El término *algara,* de origen árabe, está presente en la actualidad en la voz *algarada:* 'desorden, tumulto'.

algo: *que vale algo* (1758): 'noble'.

alguandre (1081): 'jamás'.

almoçalla (182): voz árabe que significa 'alfombrilla', especialmente aquella sobre la cual ora el musulmán; en los documentos cristianos de la época significa 'cobertor o colcha de cama'.

almofalla (660, 694, 1124, 1839): 'hueste'.

almófar (790, 2435, 3653, 3654): 'parte de la loriga que cubría la cabeza y el cuello'.

amidos (95, 1229): 'de mala gana'.

amo (2356): 'ayo que cuida a un joven que hace sus primeras armas'.

amor (3164): 'favor'.

amorteçidas (2777): 'desmayadas, como muertas'

amos: 'ambos'.

angosta (835, 838): 'estéril, baldía'.

anoch (2048): 'ayer'.

aosadas (445): 'con osadía, sin miedo'; (3475): 'por supuesto, desde luego'.

apareçer (334): 'nacer'.

apartar (3540): 'llevar aparte', esto es, fuera de la protección del rey.

aparte: *aparte davan salto* (1860): literalmente, 'salían aparte', 'se apartaban para hablar'.

apreçiadura (3240, 3250): 'equivalente en especie de una cierta cantidad de dinero'.

apreçiar (3245): 'tasar'; *commo apreçiaron en la cort* (3245): 'conforme a la tasación efectuada en la corte'.

aprés (1225, 1559): 'cerca'.

ardido (3359): 'valiente'; *ardida lança, fardida lança* (79, 443, 489): 'caballero valiente'.

ardiment (549): 'intención, propósito'.

armiña (2749): 'dicho de piel: de armiño'.

armiños (3075): 'pieles de armiño'.

arrancada (583, 1227, 1233, 2398): 'ataque, persecución, acometida'.

arrancar (769, 784, 814, 1226, 1741, 2337, 2446, 2485, 3321, 3671): 'vencer'; *ovieron de arrancarlos* (1721): 'los vencieron'; *arrancar el canpo, la lid* (1819, 1849, 2458, 2497): 'vencer la batalla', véase *campo*.

arreados (2471): 'ataviados'.

arrebata: *dar arrebata* (562): 'atacar por sorpresa'. Véase *rebata*.

arrendar (2779): 'atar (el caballo) por la rienda'.

arreziado (1291) 'esforzado'.

arriaz (3178): 'gavilán; parte transversal del puño de la espada que protege la mano'.

arribança (512): 'buena fortuna, estado próspero'.

arrobda (658, 660, 694): 'centinela avanzado de un ejército'.

arrobdar (1261b): 'rondar, hacer el servicio de guardia exterior en una fortaleza'.

art (575): 'ardid de guerra'; (690): 'mal arte, engaño'; *sin art* (1499, 2676): 'lealmente'.

aruenço (1229): *en aruenço*: locución de significado dudoso: ¿'en retirada'?

asmar (521, 524): 'calcular, estimar'.

assentó (2803): 'sentó, incorporó'.

assí: *assí parientes commo son* (2988): 'tantos parientes cuantos son', 'todos ellos' (comp. 3606; un caso igual en 2996).

asta (1969, 2393, 3585): 'asta, lanza'; *asta de lança* (3609): 'medida de longitud equivalente al largo de la lanza'.

astil (354, 2387, 3628, 3687): 'palo o mango de la lanza'.

atal (374, 3707): 'cosa semejante'.

atalaya (1673): 'vigía, centinela'.

atamores (696, 1658, 1666, 2345): 'tambores'.

atender (3537): 'aguardar'.

atorgar (2583, 3159, 3411): 'otorgar, dar la razón'.

atregar (1365): 'atreguar, asegurar (a alguien) que no recibirá mal ni daño'.

aun: *aun çerca o tarde* (76): 'tarde o temprano'; *aun vea el día que* (205): 'ojalá llegue el día que' (2868; véase 1857, 2338); *aun vea ora que* (1857): 'ojalá llegue tiempo que'.

auze (1523, 2366, 2369): 'ventura, dicha'.

ave: *buenas aves* (859): como el latín *bona avis,* significa 'buenos agüeros'.

aver (91, 1245): 'riquezas'; *aver monedado* (126, 1247): 'moneda, oro o plata acuñada'.

aver fincança (563): 'estar allí bien establecido'.

aver ración (3388): 'tomar parte'.

avorozes (2649): 'alborozos, regocijos'.

avueros (2615): 'agüeros'.

axuvar (1650, 2571): 'ajuar, bienes que los padres de la novia dan a esta con ocasión del matrimonio'.

ayuso (354, 426, 781): 'abajo' (comp. 1724 y 2453).

az (699, 707, 711): 'formación, tropa dispuesta en orden de combate'; *entrar en az* (697): 'colocarse en formación'; (2396): 'fila de la formación'.

banda (3092): significa 'ceñidor'; pero más natural sería entender 'franja'.

bando (3010, 3113, 3136, 3162, 3577): 'conjunto de partidarios (familiares y/o secuaces)'.

barata (1228): 'desbaratamiento, barullo'.

barnax (3325): 'proeza, hazaña'.

barragán: *buen barragán* (2671): 'buen mozo, valiente, esforzado'; *mal barragán* (3327): 'cobarde'.

bastir (68): 'abastecer'; (85): 'disponer';

besar: besar la mano (179, 1322, 2907, 3041, 3574), *besar los piedes* (879): 'pedir, rogar'.

biltadamientre (1863): 'fácilmente, sin esfuerzo'.

biltança (3705): 'deshonra, infamamiento'.

biltar (3026): 'humillar, deshonrar'. Véase *abiltar*.

blocado (1970, 3584): 'dicho de escudo, reforzado con la bloca, pieza de forma esférica que refuerza su parte central'.

bolver (3140): 'alborotar'; *bolver las manos* (1059): 'mover las manos (para llevarse la comida a la boca)'; *buolto* (9): 'urdido'(se decía 'bolver traición' por 'urdir traición').

braza (2420, 3684): medida de longitud equivalente a algo más de 1,5 metros.

brial (2291, 2750, 3366): 'vestimenta semejante a una túnica con mangas anchas, por lo general hecha de seda o brocado'.

bullidor (2172): 'bullanguero'.

cabdal (2313): 'grande'.

cabo: *ser cabo* (1785): 'ser la mejor'.

caboso (226, 908, 946, 1793, 1080, 1804, 3410): epíteto elogioso, 'cabal, cumplido'; véase n. a 226.

cader (513, 805, 1217, 1805, 2467, 2489): 'tocar, corresponder'.

çalcas (992, 994, 3085): 'calzas, prenda de vestir que cubría, ciñéndolos, el muslo y la pierna'; (190): 'donativo o agasajo usual que se daba por algún servicio'.

cama (3085): 'pierna'.

camear (2093, 2244, 3183): 'cambiar'.

campo (499, 687, 751, 1293, 1772, 2405, 2461, 2479): 'campo de batalla'; *el campo nuestro será* (1133): 'ganaremos la batalla'; *yrse del campo* (755, 763): 'huir, retirarse de la batalla'; *fincar en campo* (2354): 'resistir'; *robar el campo* (2430): 'saquear los bienes abandonados por los enemigos en el campo de batalla'; *en campo* (3541): 'en despoblado, fuera de un lugar habitado'; (3605, 3610, 3667): 'lugar delimitado por mojones dentro del que se disputaban los retos y desafíos'; (1740, 2458, 3691): 'batalla, lid'. Véase *arrancar*.

candela (3055): 'vela'.

cañado (3): 'candado'.

caño (26942695): 'pasadizo subterráneo, galería subterránea'.

capiello (3492): 'capillo, prenda para cubrir la cabeza a modo de capucha'.

carbonclas (766, 2422): 'carbunclos, rubíes (que adornan el yelmo)'.

cárcava (561): 'foso, trinchera'.

caro (103, 2351): 'querido'.

carrera (1284, 2547, 2767): 'viaje, jornada de camino'.

casa (1232, 1268, 1550, 2877): 'población, ciudad', a veces se construye en aposición: *Burgos la casa* (62), *Denia la casa* (1161), *Terrer la casa* (842).

castigar (229, 383, 3523, 3553): 'advertir, aconsejar'.

catar (2, 121, 356, 371, 1078, 2439, 3126, etc.): 'mirar'.

cavallo en diestro (1548, 2010): 'caballo de armas'.

çelada (436, 464, 606): 'emboscada'; *sacar a çelada* (579, 631, 441): 'hacer caer en una emboscada'.

çendal (1508, 1971): 'tela de seda muy fina'.

çerviçio: 'atenciones'; *tomar çerviçio* (1535): 'recibir atenciones'.

çiclatón (2574, 3090): 'brocado, tejido de seda y oro'; (2721, 2739, 2744): 'prenda de vestir confeccionada con brocado', tal vez sinónimo de 'brial'.

Cinquaesma (3727): Pascua de Pentecostés.

cinxo: pretérito perfecto del verbo *ceñir.*

cofia (789, 2437, 3493, 3653) 'capucha con que se cubría la cabeza para evitar el áspero roce en ella de la loriga'.

comedir (1889, 1932, 2020, 2713, 2828, 2953): 'pensar, meditar'; *comedirse* (507): 'reparar (en algo), darse cuenta'.

comer: *los que comién so pan* (1682): 'los que comían su pan, esto es, sus vasallos'.

comeres (1091): 'manjares'.

cometer (1676): 'acometer, embestir'; (2073): 'proponer, someter a consideración'; (3542): 'propósito, designio'.

compaña (60, 83, 214, 296, 484, 1221, 1618, 2165, 3023): 'conjunto de personas, séquito, comitiva'; *en su compaña* (16, 517): 'con él, en su compañía'; *hivan a una compaña* (1549): 'iban juntos'.

compeçar (1085, 1111, 2071): 'comenzar, dar inicio'; *compeçós de pagar* (1201): 'empezó a alegrarse, se alegró'.

complido (65, 268, 278): 'de buen natural, de buena índole'; (573, 664, 907, 2251): 'cumplido, completo'; (1678): 'pasado (dicho de período de tiempo)'; (3062): 'abundante'.

condonar (887): 'conceder, restituir'.

conducho (68, 249, 1356, 1450): 'víveres, suministros'; (1538): 'banquete'; *conduchos a sazones* (2472): 'banquetes muy bien dispuestos'.

conortar (2328): 'tranquilizar, animar'.

conseguir (833): 'buscar'; (1465, 1729): 'acompañar'.

consejo (273, 382, 632, 1176): 'amparo, socorro'; (1099, 2988, 2996): 'acuerdo, decisión'.

contado (142, 152, 193, 493, 502, 1780, 2432): 'célebre, famoso, ilustre'.

contalar (3096): 'arrancar, mesar'.

contra (1090): 'hacia'.

conuvo (3643): 'conoció', pretérito perfecto de *conosçer*.

convusco (75, 168, 231, 1520, 2102): 'con vos'; *tan buen día convusco* (1520): literalmente, 'qué buen día con vos', es decir, 'que tengáis muy buenos días'.

coñosçedor (2851, 3137): 'entendido, prudente'.

copla (3640): 'grupa (del caballo)'.

coranado (1501, 1993): 'clérigo'.

coronado (1288, 1460, 1793): 'clérigo'.

cortandos (2728): 'cortadnos', imperativo de *cortar*.

cosiment (1436): 'merced, favor'; *sin cosimente* (2743): probablemente, 'sin fuerzas, agotadas'.

cosso (1592): 'carrera'.

costumbre: *costunbres avedes tales* (3309): 'tenéis unas costumbres'; casi con el sentido de '¡qué cosas tenéis!'.

cozina (1017, 2064): 'vianda o comida aderezada al fuego'.

cras (537, 676, 949, 1686, 2050, 3465, 3468): 'mañana'; *cras a la mañana* (1808, 3050): 'mañana por la mañana'.

crebar: 'quebrar'; *crebar albores* (235): 'romper el día'.

creendero (1013): 'servidor fiel'.

criazón: *los de criazón* (2707): 'los criados, las personas criadas en su casa'.

cristianos (93, 1295): 'nadie'. Véase *moros e cristianos*.

cuberturas (1585): 'gualdrapas, paños que cubren al caballo desde su lomo hasta el suelo'; *cuberturas de çendales* (1508): 'gualdrapas de seda'.

cueda (556): tercera persona del singular del presente de indicativo de *cuydar*.

cuemde (1980, 2072, 2964): 'conde'.

cuenta: *non son en cuenta* (919, 1983): 'son innumerables'.

cuer (636, 2317, 2825): 'corazón'; *de cuer e de veluntad* (226): 'de corazón y de voluntad', es decir, 'cordial y piadosamente'.

cueta (1178, 1189): 'cuita, miseria'; *si cueta vos fuere* (451, 2360): 'si os vieseis en peligro'.

cuntir (2281, 2310, 2319, 2548, 2852): 'acontecer'.

cuorpo (1871): 'cuerpo'.

curiador (3477): 'guardador, protector'.

curiar (364, 1261, 1407, 1566, 2000*b*, 2352, 2669, 3335, 3665): 'cuidar, proteger'.

cuydar (556, 2130, 2470, 2961, 3011): 'pensar, imaginar, creer'.

cúyo (tirada 115): 'de quien'.

dado (194): 'don, regalo'.

daquen, daquent, daquend (2102, 2382): 'desde aquí'; (2130): 'desde ahora'.

dar (652, 1159, 1405): 'enviar, despachar'; *dar de mano* (1035*b*): 'soltar'; *dar salto* (483, 584) atacar, asaltar' (véase n. a 244); *dovos en todo mío reyno parte* (2035): 'os doy acogida en mi reino' (comp. 1938,

2363). *dandos del agua* (2798): 'dadnos agua'.

debdo (225, 708, 2598, 3528, 3535, 3703): 'deber, obligación'.

deçir (974, 1756, 1394, 1842): 'descender'.

dedes (138, 1129): 'déis'.

delibrar (758): 'despachar, matar'.

della e della part (771): 'de una y de otra parte' (como en 2079, 3139), o *della part e della* (1965).

demandar (98, 292, 1292, 2304, 3342): 'preguntar'; (966): 'exigir reparación de una ofensa'; (3143, 3148, 3165, 3173, 3230): 'reclamar judicialmente'.

dent (952): 'desde allí'.

departición (2631): 'separación, despedida'.

deportarse (1514, 2711): 'solazarse con ejercicios corporales, holgarse'.

deprunar (1493): 'bajar una cuesta'.

derecho (2228): 'de pie'; (1105, 3142, 3576): 'justicia'; (2486, 3079, 3278, 3299, 3230, 3600): 'cosa justa, lo que a alguien le corresponde en justicia'; (642, 2665, 2966, 3133, 3169): 'indemnización, reparación'; *commo aya derecho* (2915): 'de forma que pueda obtener satisfacción'; *darle hedes derecho* (2992): 'habéis de darle satisfacción'.

derramarse (463): 'dispersarse'.

derranchar (703): 'destacarse de la formación militar'.

derrocar (1007): 'derribar'.

desfecho (1433, 3233): 'empobrecido'.

desí (867, 1275, 1667): 'después'; *desí adelant* (1383, 3110): 'de allí en adelante'.

desmanchar (728, 3635): 'desmallar, romper las mallas o piezas de la loriga' (véase n. a 578).

desobra (3080): voz desconocida que parece significar 'demasía, desmán'.

despender (260, 2542): 'gastar'; *convusco despenderemos* (pág. 90): 'con vos gastaremos'. El sentido global es 'pondremos a vuestra disposición'.

detardar (96, 105, 575, 638, 1202, 1496, 1584, 1964, 1986, 2540, 2841, etc.): 'demorar, retrasar'.

día: *de día e de noche* (2045): 'siempre' (222, *de noch e de día*).

dinero: *un dinero de daño* (252): 'el más mínimo gasto'.

doler: *doler el coraçón* (2767): 'tener una corazonada, presentir'.

don, dond, dont (3181): 'de donde'; (298, 1516, 1517): 'cuando'; *dond eran movedores* (3619): 'cuando se pusieron en marcha'.

dona (224, 2654): 'ofrenda, obsequio'.

dubdança (597): 'temor'.

duelo (29, 381, 1180, 1319, 1441, 2631): 'pena, pesar'; *tan a gran duelo* (2796): 'con tan gran pena'.

dueña (825, 1381, 1392, 1395, 1421, 1554, 1746, 1748, 3039, 3706): 'dama'; (263, 270, 1425, 1661, 1764, 1802, 2191): 'dama de servicio y compañía'.

dues (255): 'dos'.

dulçe (3077): 'dicho de espada: resistente, bien templada'.

durador (2722): 'duro, resistente'.

durar (1169, 2251): 'emplear, gastar'; (1120): 'permanecer, quedar'.

eclegia (2239): 'iglesia'.

eguada (3290): 'igualada'.

embargar (2147): 'abrumar'.

embraçar: 'colocar en el brazo': *embraçar los escudos* (715, 2393); *embraçan los mantos* (2284): 'enrollan sus mantos en su brazo'.

emiente (1070): 'memoria, recuerdo'.

empara (450, 964): 'protección, amparo'.

emparar (1223): 'defender'.

én: *por én* (112, 344): 'por eso, por ello'.

en buelta (1761): 'junto'.

enantes (3051): 'antes'.

enbair (3011): 'atropellar, maltratar'; (2309): 'avergonzar'.

enbargo (1865): 'estorbo, perjuicio'.

encamar (3629, 3685): 'ladear, desequilibrar'.

endurar (704, 946): 'sufrir, resistir'.

enffurçión (2822, 2849): 'tributo en especie que el siervo pagaba al señor por el terreno en usufructo'.

enfrenado (817): 'dicho de caballo: arreado, esto es, con muy ricos arreos y riendas'.

engramear (13): 'sacudir, menear'.

ensayar (2376, 2414, 3607): 'probar, emplear'; (2381, 3318): 'acometer, atacar'; *ensayarse* (2388, 2460, 2746, 2781): 'esforzarse en la lucha, hacer proezas' (uso irónico en 2746 y 2781).

enssiemplo (2731): 'hecho notable'.

entençión (3464): 'alegación (en un juicio)'.

entergar (3227, 3234): 'reintegrar, reembolsar'.

envergonçar (2298): 'temer, reverenciar'.

eñadir (1112): *en nuestro pro eñadrán:* 'aumentarán nuestro provecho'.

escaño (2216, 2280, 2285, 2293, 3115, 3335): 'mueble para sentarse, semejante a un banco corrido con reposabrazos y respaldo'; *escaño torniño* (3121): 'escaño torneado'.

escarín (3094): 'tela muy fina de hilo'.

escarnir (2551, 2555): 'ultrajar'.

escollecho (935*b*): 'escogido'.

esconbrar (3608): 'despejar, dejar libre un lugar'.

escuelas (529, 1360, 1362, 2072): 'mesnadas, séquito'.

escurrir (1067, 2157, 2590, 2640, 2652, 2871): 'acompañar al que sale de viaje para despedirlo'.

esforçado (171): 'forzudo'; (972): 'animoso'.

esforçar (2792, 2805): 'recobrar fuerzas'.

esmerado (113): 'escogido, de la mejor calidad'.

espacio: 'solaz, alegría'; *entrellos aya espacio* (2972): 'alégrense' (pues el rey promete reparar el agravio).

espadada (750): 'golpe dado con la espada'.

espedirse (200, 226, 1307, 1384, 1448, 2156, 2159, 2612, 2873, 3531, etc.): 'despedirse'.

espender (3238): 'gastar'; *espeso e* (81): 'he gastado'.

espeso: participio del verbo *espender.*

espidimiento (2591): 'despedida'.

espolón (233, 2009, 2693, 2775, 3265, 3618): 'espuela'.

espolonar (705, 711): 'espolear'; *conpeçó de espolonar* (705): 'comenzó a espolear a su caballo'.

espolonear (596): 'espolear'.

essora (983, 1282, 1355, 3127): 'entonces'; *en essora* (603, 3473): 'entonces'.

estar (2017): 'quedarse quietos'.

estoz (2692): 'entonces'.

estraño (176, 840): 'extranjero'; (587, 1588): 'extraordinario'.

evad aquí (2123), *evades* (2326), *evades aquí* (253): 'he aquí, ved aquí'.

exco: presente de indicativo de *exir,* salir.

exe (1091): 'sale', 3.ª persona del singular del presente indicativo de *exir.*

exida (11, 221): 'salida, destierro'.

exido (311, 1619): 'salido'; aquí, 'terminado'.

exir (16*b,* 191, 200, 353, 461, 662, 685, 938, 1091, 1564, 1599, etc.): 'salir'; *exir nos ha el pan* (667): 'se nos acabará el pan'; *ixiendos va de tierra* (396): 'va saliendo de la tierra de que es natural'; *me exco de tierra* (156): 'me salgo desterrado'.

exorado (733): 'dorado'.

falla: falta.

fallar: 'hallar'; *fallar menos* (798, 1260): 'echar de menos' (1260).

fallir (581): 'faltar, acabarse algo'; *fallir de* (2224, 2984): 'dejar de cumplir'.

falssar (713, 728, 2391, 3681): 'romper o atravesar'.

far (302): 'hacer'.

fardido: véase *ardido.*

fartar (2058): 'hartar, saciar'; *fartarse* (1294, 1794, 2461, 3495): 'cansarse, hartarse'; *fartar aderredor* (3385): 'molestar a los que están en torno'.

fata (447, 497, etc.): 'hasta'.

fe, fede (120, 163, 3425): 'promesa de fidelidad'; *fe que devedes* (tirada 149): 'por vuestra fe'.

feches (2029, 2150): 'hacéis'.

felos: *fellos* (485, 1452, 2647): 'helos, aquí están'.

ferida (38): 'golpe, empujón'; *feridas primeras* (1709, 3317): 'los primeros golpes con los que un caballero, adelantándose a su hueste, abre el combate'.

ferir (722, 772, 1004, 1130, 1131, 1137, 1718): 'acometer'; *ferir* o *ferirse a tierras* (1842, 2019, 3025): 'echar pie a tierra'.

fevos (1335): 'tened, ved'.

fi (tirada 115): 'hijo'.

fiel, fidel (3575, 3593, 3604, 3611, 3670, 3692): 'juez del campo, árbitro de la lid'.

fiero (422, 1491, 2715): 'salvaje, áspero'; (1341): 'grande'; *fiera cosa* (2310): 'extraordinariamente'.

fincar (57, 656, 1101, 1631, 1645, 1657, 2249, 2313, 2701): 'fijar, plantar una cosa sujetándola al suelo'; *fincar los oios* (2392, 2859): metafóricamente, 'fijar, clavar la vista'; *fincar los inojos* (53, 264, 1318, 1759, 1843, 2021, 2593, 2934): 'hincar las rodillas'; *fincó el cobdo* (2296): 'apoyó el codo'; *fincar el rostro* (2299): 'pegar el rostro a tierra'; (863, 1747): 'situarse'; *fincan sobre so señor* (2285): 'se sitúan protegiendo a su señor'; (449,

455, 462, 1470, 1472, 1497, 2709): 'quedarse'; *fincar la boz* (3167, 3211): 'acabar la demanda'; *fincar en campo* (2354, 3667): 'ganar la batalla'.

finiestra (17): 'ventana'.

firgades (997, 3690): 'hiráis', 2.ª persona del plural del presente de subjuntivo de *ferir*.

fito (576, 1787): 'plantado, en pie'.

folgar (1221, 1243, 2335, 2857): 'descansar, reposar'; (1028, 1074): 'estar tranquilo'.

follón (960): 'fanfarrón'.

fonsado (764, 926): 'ejército'.

fonta (942, 959, 1357): 'ultraje, daño, afrenta'.

fore (3349): 'fuere'.

fresco (2800): 'recién estrenado'.

fuertemientre (277): 'vehementemente'; (757, 1623): 'violenta, valientemente'; (24, 43, 2212): 'muy bien'; (2839): 'encarecidamente'.

galardón (386, 2126, 2582, 2641, 2855, 3416): 'premio, recompensa'.

gallizano, **galliziano** (1982, 2926): 'gallego'.

gallo: *a los mediados gallos* (324, 1701): 'a la hora del canto que el gallo emite entre el de medianoche y el del amanecer'.

ganado (481, 1852, 2465): 'ganancia'; *ganado fiero* (2699, 2789): 'fieras, animales salvajes'.

ganançia (447, 474, 478, 480, 506, 885, 943, 944, 985, 999, 1016, 1231, 1334, 1733, 1738, 1822, 2465): 'botín de guerra'; (130, 165, 1434): 'interés del capital'.

gela, gelo (26, 1363, etc.): 'se la', 'se lo'.

gentil (672, 829): 'noble'.

glera (56, 2242): 'arenal'.

gradar (172): 'alegrarse'; *gradó exir de la posada* (200): 'quiso salir de la vivienda'.

gradeçer (217, 246, 1298, 1856, 1933, 1936, 2037, 2125, 2856, 3404, 3446): 'agradecer'; (199): 'manifestar gratitud'; *a vos grado* (1651): 'os doy las gracias'; *non gradeçer (una cosa)* (1624, 1805): 'no deberle (una cosa) a alguien'.

gradir (2189, 2850, 2860, 2861): 'agradecer'.

grado: 'voluntad'; *de grado* (1193, 1250, 1718, 1855): 'gustosamente'; *non fue a nuestro grado* (1117): 'no fue por nuestro gusto'; *grado a Dios* (792, 1118): 'gracias a Dios'.

grado (327): 'peldaño'.

granado (1776): 'valioso'.

guadalmeçí o **guadamecí** (87, 88): 'cuero curtido y adornado con dibujos'.

guarir (3681): 'guarecer, proteger'; *guarirse* (834): 'mantenerse, ganarse la vida'.

guarnimiento (1427, 2610): 'vestido y aderezo de una persona'.

guarnir (986, 1872): 'armarse'; (1337): 'proveer, equipar'.

guarnizón (1715, 3073, 3244, 3476, 3538, 3636, 3676, 3681): 'armadura, armamento defensivo del caballero'.

guisa: 'manera, modo'; *a mi guisa fablastes* (677): 'has hablado como yo lo hubiera hecho'; *a vuestra guisa prended* (812): 'coged a vuestro gusto, coged lo que queráis'; *mucho a fea guisa* (1677): 'de muy mala manera, con muy gran violencia'.

guisado (1461): 'dispuesto, preparado'; (92): 'justo, conveniente'. Véase *aguisado.*

heredad (115, 301, 460; 893, 1246, 1271, 2621, 3223): 'propiedad territorial rústica'; (1607): 'ciudad o castillo poseído en propiedad'; *heredad quita* (3715): 'heredad libre de gravámenes'. *aver por heredad* (1401, 1635): 'tener en propiedad'.

hermar (533): 'devastar, asolar'.

hi (1010, 1833, 2869): 'allí'. Véase *y.*

hinchir: henchir, inchar, llenar.

hinojos (2030): 'rodillas'. Véase *inojos.*

hora: *al hora* (357): 'en el acto'.

huebos (123): 'necesidad'; *huebos me serié* (83): 'lo necesitaría'; *ca huebos me lo he* (1043): 'pues he necesidad de ello'; *huebos vos es que lidiedes* (3563): 'es preciso que lidiéis'; *para huebos de lidiar* (1461, 1695): 'para las necesidades de lidiar, como para lid'; *para huebos de pro* (1374): 'para atender a nuestro provecho'. Expresiones procedentes de la latina *opus est mihi*; véase n. a 123.

huebra: *a grant huebra* (3086): 'con muchas labores o adornos'; *con huebras eran tantas* (2401): 'tenían muchas labores o adornos' (comp. *tendal obrado,* 1783).

huviar (1180): 'socorrer'.

hyerno (2188): 'yerno'.

í *(passim):* 'allí'.

incaler (230, 2357): 'importar'.

inchámoslas (86): 'llenémoslas'.

inojos (53, 264, 1318, 1759, 1843, 2021, 2593, 2934): 'rodillas'.

irado (1859): 'airado, enfadado'.

ixié (457): 'salía', forma del pretérito imperfecto de indicativo de *exir* (véase).

juego (2307, 2535): 'broma, burla'; *en juego o en vero* (3259): 'en bromas o en veras'.

jura: *con gran jura* (120): 'con juramento solemne'.

lagar: véase *viga lagar.*

largo: 'numeroso, abundante'; *largos reynos* (2936): 'muchos reinos'; *conduchos largos* (1972): 'provisiones abundantes'; *vestidos largos* (2256): 'vestidos en abundancia'; *averes largos* (804), *riquezas largas* (481): 'riquezas abundantes'; *camellos largos* (2490): 'camellos en abundancia'.

latinado (2667): 'ladino, que sabe la lengua romance'.

laudare (335): 'alabar'.

lavores (460): 'tierras de labor'.

lazrado (1043, 2802): 'maltratado, maltrecho'.

levantar (2199, 2535): 'promover, iniciar'.

levar (3653, 3654): 'arrancar, cortar'.

lid (784, 1106, 1656, 1849, 2334, 2497, etc.): 'batalla, combate'.

lidiador (502): 'guerrero'.

lidiar (499, 538, 669, 673, 733, 1294, 1704, 1794, 2388, 2461, 3391): 'combatir, pelear (en la guerra o en un combate singular)'; (3344, 3359, 3367): 'sustentar una acusación o un mentís mediante una lid o combate singular'.

llaña (599): 'llanura'.

logar (605, 732): 'espacio de tiempo'.

loriga (578, 762, 2404, 3074): 'vestidura larga de cuero y malla metálica que servía de protección contra espadazos y proyectiles'; *tres dobles de loriga* (3634): una loriga de tres dobleces, esto es, de triple malla.

maçana (3178): 'pomo, extremo de la empuñadura de la espada'.

maguer (171, 747, 1145, 1326, 2305): 'aunque'; *maguer de* (1780): 'a pesar de'.

majar (2732, 2736, 2743, 2944): 'azotar, golpear'; *mal majar* (2943): 'azotar malamente'.

malcalçado (1023): 'desharrapado'.

man (323, 1100): 'mañana'.

mancar (3312, 3564): 'faltar, quedar'.

mandadería: *¡tan buena mandadería!* (934): '¡qué bien habéis desempeñado vuestra embajada!'.

mandadero (982): 'mensajero'.

mandado (242, 564, 783, 939, 954, 956, 1107, 1301, 2480, 2826, 2845, 3526): 'noticia'; *fazer mandado* (1071): 'enviar noticias'; (431, 2841): 'mandato, orden'; (1839): 'mensaje'; (1900): 'novedad, acontecimiento'.

mandar (180, 224, 494, 1710, 1798, 2148, 2585): 'ofrecer, otorgar (un don o regalo)'; (2223): 'otorgar, prometer'.

manero: *dar manero* (2133): 'designar un representante o apoderado'.

manfestar (3224): 'reconocer una deuda'.

mano: *dar de mano* (1035, 1040): 'soltar, libertar'; *tomar a manos* (701): 'atrapar, hacer prisionero'.

manto (4, 1971, 1989, 2472): prenda de vestir que iba anudada o prendida sobre el hombro derecho y solía estar forrada de piel de armiño.

maña (610): 'estratagema'; (2171): 'costumbre'.

mañana: *mucho es mañana* (881): 'es muy pronto'.

maquila (3380): 'cantidad de grano o de harina que se paga al molinero como precio de la molienda'.

marrido (2750): generalmente significa 'afligido, apenado'; aquí 'desmayado'.

más pocos (1268): 'menos' (comp. *más mucho,* 1233).

matança (2435): 'campo de batalla cubierto de cadáveres'.

matino: *al matino* (72): 'al amanecer'.

mediado: véase *gallo*.

membrado, menbrado (131): 'prudente, entendido'; *a guisa de menbrado* (102, 579, 3700): 'actuando como hombre prudente'; *seed membrados* (315): 'estad prevenidos'.

membrarse (3316): 'acordarse'.

menguado (134, 2194, 2470, 2494): 'pobre, menesteroso'.

menguar (258, 821): 'faltar'.

mercado (139): 'negocio, trato'.

mereçer: *qué vos merecí* (3258): 'qué mal os hice'.

mesnada (487, 509, 702, 1083, 1115, 1601, 1982, 2294, 3128): 'tropas; conjunto de caballeros vasallos de un señor'.

mesquino (849): 'pobre'.

messar (2832, 3186, 3286, 3289): 'tirar, arrancar (los pelos de la barba)'

mesturero (267): 'cizañero, maledicente'.

mesurar (1513): 'explorar, reconocer el terreno'; (3666): 'resguardar, proteger'; *mesurar la posada* (211): 'abreviar la estancia'.

meter (612, 914, 2203): 'poner, colocar'; *meter las fedes* (120, 3425): 'hacer promesa, prometer'; *meter mientes* (3137): 'prestar atención'; *meter en arras* (2564-2565): 'posesionar de las tierras'; *meter en salvo* (144): 'poner bajo custodia'; *meter en escripto* (1259): 'poner por escrito'; *meterse en armas* (986, 3550): 'vestirse las armas, colocárselas'; *meterse en nuevas* (2113): 'llevar a cabo una acción sobresaliente', véase *nuevas*; *meter en paria* (866): 'hacer tributario', véase *parias*; (2104): 'emplear, gastar'; (2564): 'posesionar'.

migero (2407): 'milla'.

mingua (1178): 'mengua, carencia'.

minguado: véase *menguado.*

mojón (3588, 3604, 3607, 3667): 'hito que delimita las dimensiones del campo de combate'; (1912): 'lugar intermedio prefijado para una entrevista'.

moncluras (3652): probablemente, 'correas con que el yelmo se ataba al almófar'.

monumento (358): 'sepulcro'.

morada: *fazer la morada*: (1055): 'quedarse en un determinado lugar'; *non y avrie morada* (525): 'no podría permanecer de forma duradera'.

moros e cristianos (1242): 'todo el mundo, todos'; *en moros ni en cristianos* (3514): 'en ninguna parte'; *a moros nin a cristianos* (107): 'a nadie'. (Véase n. a 145.)

mover (169): 'ponerse en marcha'.

nado (3285): 'nacido', participio de *naçer; omne nado, fijo de mugier nada:* 'nadie'.

natura (3275, 3354): 'linaje'.

natural (1500, 1522): 'por linaje'; (895, 1272, 1479, 2031): 'por vínculo de señorío, vasallaje o amistad'.

negro (936): 'dicho de tierra: yerma, estéril', opuesto a 'tierra blanca o de sembradura'.

nimbla (3286): 'ni me la'.

nombrar, nonbrar (1264): 'numerar'.

nombre: *a nombre* (2705): 'numerosos'.

notar (185, 419): 'contar'.

nuef (40): 'nueve'

nuevas (957, 1632): 'noticias'; (1154, 1556, 1206, 2084): 'renombre, fama'; (1235, 1287, 1876, 1881, 3505): 'asuntos, negocios'; *en estas nuevas fo* (2997): 'tomó parte en este negocio'; *grandes son las nuevas* (2588): 'hay gran actividad o animación hay'; (1343, 3729): 'hazañas'; *meterse en nuevas* (2113): 'llevar a cabo una acción sobresaliente' (literalmente, 'hacerse noticia').

o (485, 3472): 'donde'.

ocasión (1365, 3460): 'daño grave'.

odí (2670): 'oí', 1.ª persona del singular del pretérito indefinido de *oír*.

odiendo (287): 'oyendo', gerundio de *oír*.

odió (636): 'oyó', 3.ª persona del singular del pretérito indefinido de *oír*.

odredes (684): 'oiréis', 2.ª persona del plural del futuro de *oír*.

ojo: *ojos vellidos* (1612): 'ojos hermosos'; *haber a ojo* (298, 1517, 2016): 'tener a la vista'; *pararse a ojo* (40): 'ponerse delante'; *fincar los ojos* (2392): 'poner la mirada'.

omenaje (3425): 'juramento feudal que se hacía poniendo el que juraba sus manos entre las que recibía juramento'.

omildança (2024): 'acatamiento, señal de sumisión y respeto'.

omillarse (1516, 1748, 2053, 2215, 3036): 'inclinarse en señal de saludo respetuoso'.

onde (3444): 'de donde'.

ondrança (2188): 'honra'; *a una grant ondrança* (1578): 'con mucha honra, con todos los honores'.

onores (289, 2565): 'heredades'.

ora: *con oras* (1581): 'con tiempo'.

oreiada: *a tí dan las oreiadas* (3304): 'te lo dicen indirectamente, eso va contigo'.

ospedado (2262, 2269): 'huésped'; (247): 'hospedaje'.

otero (544, 557, 560): 'cerro, monte'.

ovisse (1820): forma dialectal por *oviesse,* del verbo *haber*.

pagado (412, 809): 'satisfecho'; *de qué será pagado* (129): 'con qué (cantidad de dinero) se dará por satisfecho'. *ser pagados (de alguien)* (248, 2856): 'estar satisfecho (de alguien)'; *fincar pagados* (1782b): 'considerarse satisfechos'.

pagarse (69, 146, 498, 809, 1058, 1247, 1960, 2065, 2275, 2518): 'satisfacerse, alegrarse'; *ir nos hemos pagando* (1046): 'nos iremos arreglando, iremos sobreviviendo'; *me pago* (141): 'me alegro, estoy de acuerdo'.

palaçiano (1727): 'excelente'.

palafré (1064, 1428, 1967, 2144, 2254): 'palafrén, caballo especialmente apto para viajar'.

palo (1254): 'horca'.

parar (33, 160, 198, 2012): 'convenir, concertar'; *pararse a ojo* (40): 'ponerse delante'; *parar las azes* (tirada 115): 'disponer las tropas'; *parar mientes* (2218): 'fijarse'; *parar en cuerpos* (2721): 'dejar a cuerpo (con sola la ropa que ciñe el cuerpo, es decir, con sólo la camisa y el brial o ciclatón)'.

paria (109, 570, 586, 2503): 'tributo'; *entrar en parias* (569): 'hacerse tributario, pagar un tributo a alguien más fuerte a cambio de garantías de no agresión' (véanse 941-942).

parte (1938, 2035, 2363): 'acogida, trato favorable'; (2539): 'participación, cooperación'.

partiçión (2567): 'parte de la herencia'.

partir (510, 804): 'repartir'; (1829): 'separar, incomunicar'; (1106, 3168): 'terminarse'; (3370): 'fin, término'.

passar (727, 3626, 3632): 'atravesar (algo con un instrumento)'; *non passar por ál* (675, 1690, 3367): 'no ser de otro modo, no haber más remedio'; *passar de este sieglo* (3726): 'morir'; véase *sieglo.*

paz: *dar paz* (3385): 'besar'.

pechar (980, 3235): 'pagar una deuda (económica o de gratitud)'.

pechero (pág. 90): 'tributario'.

pelliçón (1065, 1989, 2256, 2720, 3075): 'prenda semejante a una túnica hecha de piel y forrada de tela, que se ponía sobre el brial'.

pendón (419, 699, 716, 723, 729, 1510, 3586, 3616, 3683, 3687): 'banderola que adorna la lanza'.

pensar, penssar (320): 'disponerse a, empezar a'; *pienssan a deprunar* (1493): 'empiezan a descender'; *pienssan de aguijar* (10, 227): 'se preparan a espolear sus caballos'; *penssó de cavalgar* (320, 324, 376, 394, 413, 432, 537, 645, 949, 1473, 1489, 1680, 2870, etc.): 'empezó a cabalgar'; *pienssan de andar* (389, 391, 426, 643, 1821): 'se disponen a andar, comienzan su marcha'; *piénssanse de adobar* (681, 1283): 'comienzan a prepararse'; (1028, 1383, 3251): 'ocuparse en, preocuparse de'.

peón, **pedón** (514, 686, 848): 'soldado de a pie'.

peonada (418, 918): 'hombres de a pie, infantería'.

perjurado: *que fossen perjurado* (164): 'que incurrieran en perjurio'.

peytral (1508): 'petral, parte de la guarnición del caballo que rodea su pecho'.

pie: *de piedes de cavallo* (1151): 'a uña de caballo'.

plaça (595): 'espacio'.

plazdo (306, 392): 'plazo'.

pleitos: acuerdos, negocios, asuntos.

poblar (557): 'ocupar con tiendas o viviendas un lugar'; (565): 'establecerse'; (2694): 'fundar, colonizar'; .

poder (669, 967): (en plural) 'fuerzas militares'; *en poder, en so poder* (486, 2001, 3536): 'bajo la protección'.

podestad (1980): 'personaje de la corte investido de un alto cargo'.

poridat (104, 680, 1880, 1884, 2324, 2668, 3322): 'secreto'; *non tiene poridad* (2668): 'no guarda el secreto'.

pórpola (2207): 'tela, púrpura'.

portero (1380, 1449, 1536, 2962): 'oficial del palacio del rey'.

posada (25, 31, 615, 2182): 'hospedaje, alojamiento'; (943, 950): 'campamento'; *fazer posada* (2645), *prender posada* (557, 656, 900): 'parar a hacer noche, acampar'.

posar (402, 415, 622, 646, 651, 1531, 1877): 'instalarse, alojarse'; (56, 59, 61, 553, 630, 1631): 'acampar'; (2216): 'sentarse'.

poyo (863, 900): 'cerro'.

prear (903, 913, 937): 'saquear, robar la tierra'.

preçiar (2434, 2683, 3300): 'apreciar, estimar'; *non gelo preçia nada* (475, 1018, 3279): 'no se lo aprecia nada'; *non lo preçio un figo* (77): 'no lo estimo en nada'.

premer (726, 2299, 3338): 'bajar'.

premia (1193): 'coacción'.

prender (535, 540, 548, 592, 617, 1150, 3288): 'conquistar, aprisionar'; *prendétmelo a vida* (641): 'apresádmelo con vida'; (110, 147, 586, 2486): 'recibir, cobrar'; *prendan fuerça* (3479): 'reciban ataque'; (247, 503, 884, 2125, 3439): 'recibir, aceptar'; *prisieron el judizio* (3485): 'recibieron la sentencia, se dieron por notificados'; *prendetlas en los braços* (255): 'cuidadlas bien'; (1705): 'absolver'; (3076): 'sujetar, atar'.

presa (3088): 'presilla' (?).

presentaja (516, 522, 878, 1315, 1532, 1813, 1830): 'presente, regalo'.

presón: *a presón le a tomado* (1009): 'lo ha apresado'.

prestar: *de prestar* (671, 1432, 1460): 'excelente'.

priessa (695): 'rebato, alarma'.

prieta: *por la mañana prieta* (1687): 'cerca de la mañana'.

pris (535): 'tomé', 1.ª persona del singular del pretérito indefinido de *prender*.

prisist (333): 'tomaste', 2.ª persona del singular del pretérito indefinido de *prender*.

priso (1095): 'tomó', 3.ª persona del singular del pretérito indefinido de *prender*.

privado (89, 166, 208, 1050, 1483, 1816, 2238, 2241, 2806, 2886): 'enseguida', 'pronto', 'rápidamente'.

pro (1386, 2173, 2847): 'de provecho, excelente'; *de pro* (239, 736, 1992, 1995, 2519, 2837, 3066, 3191): 'excelente'; *ca pro les fazié grant* (861): 'pues los trataba muy bien'; *ca todo es vuestra pro* (1664): 'que todo esto es para beneficio vuestro, para honra vuestra'; *que les toviesse pro* (1417): 'que les hiciera el favor'; *e aver nos han grant pro* (2481): 'y nos procurarán gran provecho'; *tengo que vos avrá pro* (1380): 'creo que os irá bien'; *non les ha ningún pro* (2734): 'no les sirve de nada'; *andamos en vuestra pro* (2054): 'actuamos en vuestro beneficio'.

provezas (1292): 'provecho, ventaja'.

pujar (2698): 'subir'.

pulgada (3289): 'pulgarada, porción de una cosa que se puede coger de una vez con el pulgar y el índice'.

quadra (1896): 'sala, cuarto'.

quales (2838): 'los que'.

quanto: *quanto pudo más* (982): 'lo más aprisa que pudo'; *quanto un dinero malo* (503): 'ni una moneda, ni un duro'.

quedo (702): 'quieto'; (2213): 'comedido, humilde'.

quinta (492, 805, 1798, 1806): 'quinta parte del botín, lote de las ganancias que correspondía al señor de la hueste'.

quiñonero (511): 'repartidor del botín obtenido en el combate'.

quis cada uno (1136): 'cada uno'.

quitar (886, 1370, 1539, 2989): 'eximir de una obligación'; (211, 219, 392, 423, 529, 851, 2994): 'abandonar, dejar'; *quitar me a el reyno* (3141): 'tendrá que abandonar el reino; esto es, sufrirá pena de destierro'; (534, 1035): 'liberar'; (822, 1536, 1553): 'pagar'.

quito (1370, 1539, 3715): 'libre'.

ración (2329, 3388): 'participación (en un asunto)'; (2467) 'porción, parte (de un reparto)'; *saber ración de* (2773): 'tener noticia o sospecha de algo'.

rançal (183, 3087, 3493): 'tela fina de hilo'.

rancar (764): 'vencer'; más comúnmente se dice *arrancar la batalla* (793, 814); *arrancar la lid* (1656, 1819). Véase *arrancar*.

rastar (685, 1733, 2270, 3694): 'quedar, permanecer'; *non rastará* *por al* (710, 1685): 'no quedará de otro modo, no podrá dejar de ser'.

razón (1348, 1377, 1886, 1926, 2043, 2071, 2772, 3079, 3293, 3372, 3390, 3458): 'palabras, discurso'; (1926, 1893): 'conversación, plática'; (19, 2066): 'opinión, concepto'; (1375, 1377, 3163): 'propósito, proyecto'; (3483): 'causa, pleito'; (3730): 'composición literaria, poema'.

razonarse (1339): 'tenerse, considerarse'.

rebata (468): 'ataque por sorpresa'; (2295): 'sobresalto, susto'. Véase *arrebata*.

rebtar (3391, 3466, 3623): 'retar, desafiar'; *rebtar el cuerpo* (3343, 3442): fórmula de desafío; literalmente, 'retar en la persona (a alguien)'; (3566): 'culpar'.

recabdar (3098): 'lograr, conseguir'; (1482, 2006): 'prevenir, disponer'.

recabdo (24, 43, 257, 2155, 3376): 'cuidado, precaución'; *nol torna recabdo* (2756): 'es incapaz de prestarle ayuda'; (1257, 1741): 'cuenta, número, medida'; *que non saben recabdo* (799), *non avié recabdo* (1738, 2451), *non es con recabdo* (1166): 'es incalculable'.

reconbrar (1143): 'rehacerse'.

recordar (2790): 'volver en sí'.

red (2282, 2301, 3339): 'reja, jaula'.

refecho (173, 800): 'enriquecido'.

remaneçer (1414): 'quedar, permanecer'; (823): 'sobrar'.

remanir (1807): 'quedar'; (2323, 1308): 'quedar en un cierto estado o condición'.

rencura (2862): 'aflicción, pena'; (2916, 2992, 3202, 3254, 3437): 'querella, agravio'.

repentirse (1079, 2617, 3357, 3557, 3568): 'arrepentirse'.

repiso (3569): 'arrepentido'.

reyal (2178): 'real, albergue'.

rictad (688): 'riqueza'.

riquiza (481*b*, 1269): 'riqueza', forma usada a la vez que *riqueza* (811, 1200).

ritad (1189, 1245): 'riqueza'.

romaneçer: Véase *remaneçer*.

sabidor (2951): 'entendido, prudente'; (3005, 3070): 'perito en derecho'; el nombre completo era «sabidor de derecho o del fuero de la tierra», «sabidor legista».

sabor (1902): 'gusto'; *sabor abriedes* (2208): 'tendríais gusto, os gustaría'; *á sabor de cavalgar* (1190): 'tiene ganas de efectuar un ataque'; *si vos cadiesse en sabor* (1351): 'si os plugiese' (comp. 313); *a so sabor* (234): 'a su gusto'; *dél non he sabor* (2994): literalmente, 'no tengo deseo de él', 'no gusto de él'; *dellas ha sabor* (3173): 'las desea'; *do oviéssedes sabor* (1944): 'donde gustéis'; *nuestro sabor* (2547): 'nuestra voluntad'.

salido (955, 981): 'expatriado, desterrado'.

salud (1818): 'saludo'.

saludadnos (1387): 'saludad de nuestra parte, presentad nuestros respetos' (véanse 1387, 2972).

saludar (1519, 2040, 2411, 2601, 3030, 3034): 'besar en señal de amistad'.

saludes (928, 932, 1921): 'noticias de una persona ausente'.

salvo (357): 'libre de un peligro'; *en salvo* (119, 133, 2469, 2483, 2531, 2664): 'en lugar seguro, bajo custodia'.

santidad (3056): 'lugar sagrado'.

seer (2239, 2278, 2824, 3553): 'estar'.

segudador (3519): 'perseguidor'.

segudar (777, 1148, 2407): 'persecución'.

seña (1335): 'indicio, muestra'; (477*b*, 482, 689, 692, 705, 707, 712, 743, 1220, 1716): 'bandera, enseña'.

señal (2375): 'blasón o figura emblemática'.

señas (349): 'sendas'.

señero (2809): 'solo'.

seños (3586): 'sendos'.

seso: 'discreción, prudencia'; *de qué seso era* (1511): 'con qué ánimo iba'; *quommo de buen seso* (2688): 'como persona sensata'.

¡si quier! (2958): 'ojalá'.

sieglo (1295, 3726): 'siglo, mundo'.

sinar (411): 'persignar'.

siquier (3707): 'aun'.

sobejano (110, 877, 1775, 2272, 2482, 2912): 'extraordinario'; *sobejana de mala* (838): 'extremadamente mala'; *sobejanas de grandes* (653): literalmente 'excesivas de numerosas', 'numerosas en exceso'.

sobre (2285): 'alrededor de' (comp. 1053).

sobre (3246): 'además de'.

sobregonel (1587): 'túnica de piel o seda, por lo común sin mangas, que se vestía sobre la loriga'.

sobrelevar (3478): 'garantir, ser fiador'.

sobrepelliças (1582): 'sobrepelliz, vestidura larga de tela blanca fina, de mangas anchas, que se ponían sobre la ropa los clérigos oficiantes'.

sobrevienta (2281): 'sobresalto, sorpresa'.

solaz: *a todo mio solaz* (228b): 'a mis anchas'.

soldada (80, 1126): 'estipendio militar'.

soltar (1400, 1408, 2164): 'dejar en libertad'; (1434, 3502): 'perdonar una deuda'; (893, 1363): 'eximir de gravamen'.

somo (171, 612): 'alto'.

sosañar (1020): 'desdeñar, despreciar'.

spidiós (226): 'se espidió'. Véase *espedirse*.

sudiento (1752): 'sudoroso'.

sue (16, 528): 'su'.

sufrir (1786): 'sostener'; (3073): 'resistir'.

suso (2206, 3656): 'arriba'.

tablado (1602, 2249): 'simulacro pequeño de castillo hecho de tablas utilizado en los torneos'.

tajadores (2726, 3077, 3585): 'cortadoras, bien afiladas'.

tajar (1241): 'cortar'; (1172): 'talar, devastar'; (2411): 'concertar, convenir'.

tandrá (318): 'tañerá, tocará'.

tantos son de muchos (2491): 'tantísimos son'.

tener a la çaga (441*a*): 'mantener en la retaguardia'.

toller (661, 999, 1788, 1934, 2720, 3517, 3520): 'quitar'.

tornada (832): 'vuelta, regreso'; (725): 'carga de retorno, carga que se hace después de la primera volviendo a acometer a la hueste enemiga tras dar la media vuelta'.

torniño (3121): véase *escaño*.

trasnochada (909, 1159, 1185): 'expedición militar nocturna'.

trasnochar (1168): 'efectuar escaramuzas al amparo de la oscuridad de la noche'.

trebejar [tirada 149, pág. 418]: 'jugar, maniobrar'.

troçir (307, 543, 1475, 2875): 'pasar, atravesar'.

tuellen (2720): 'quitan', 3.ª persona del plural del presente de indicativo de *toller*.

tuerta: vuelta.

tuerto (3134, 3138, 3549, 3576, 3600): 'afrenta, injusticia'. *tener tuerto* (a alguien) (961, 962, 3134): 'ofender gravemente'.

tus (338): 'incienso'.

uços (3): 'puertas'.

uviar: ayudar, socorrer.

vagar (434, 650): 'descanso, tregua'; *bien vos di vagar* (3432): 'os he dado un buen reposo', esto es, 'no he intervenido hasta ahora'; *de vagar* (2862): 'de descanso, de recuperación'; *esto sea de vagar* (380): 'dejémonos de esto' (comp. 2367); *que vagar no se dan* (1823): 'que no descansan nunca'; *ayamos más de vagare* (2367): 'tengamos calma, esperemos'.

val (241): imperativo de *valer*, 'socorrer, ayudar'.

vala (48): 'valga'.

vanidat (960): 'fanfarronada, dicho jactancioso y sin fundamento'.

varragán: véase *barragán*.

varragana (2759, 3276): 'manceba, concubina'.

vedado (42): 'prohibido'.

vedar: *vedar el agua* (555; como en 667) o *toller el agua* (661): 'quitar el agua al enemigo asediado'.

velada (2098, 3277): 'legítima esposa'.

velar (2138): 'la ceremonia de las velaciones'.

vellido (274, 2192, 1612): 'bello'.

vellido (1368): adjetivo adverbial, 'hermosamente'.

velmezes (3073): 'túnicas acolchadas que se ponían bajo la loriga para amortiguar su roce' (esto es, «por sufrir las guarnizones»).

ventar (116, 128, 151, 433): 'rastrear, descubrir'.

ver (1124, 1224): 'atacar', en lenguaje militar.

vernié: condicional de *venir*.

vertud (48, 218, 221, 924): 'favor, auxilio celestial'; (351): 'milagro'.

viga lagar (2290, 3365): 'viga del lagar, pieza de madera semejante a una viga que sirve para ejercer la presión necesaria para prensar la uva en el lagar'.

vigor: *a vigor* (1671, 2589, 3583): 'con presteza'.

virtos (657, 1498, 1625): 'ejércitos'.

visquiéredes (925): 'viváis'.

visquiessen (173): 'viviesen'.

vistas: reunión convenida de antemano para tratar algún asunto.

vocación (1669): 'advocación'.

xámed (2207): 'tela de seda'.

ý *(passim):* 'allí'.

ya (71, 2295): 'oh', interjeción árabe.

yantar (285): 'comida, especialmente la del mediodía'; (304): 'hueste', literalmente, 'los hombres de cuya alimentación debía hacerse cargo el señor'.

yantar (1039, 1057, 1062, 2250, 3051): 'almorzar, comer (a mediodía)'.

yaquanto (2436, 3433): 'algo'.

yazer (618, 785, 2280): 'yacer, estar tumbado'; (72, 393, 2635, 2702, 2869): 'dormir, pasar la noche'; (573, 1613): 'estar situado (algo o alguien)'.

yente descreida (1631): 'musulmanes, infieles'.

yscamos (685): 'salgamos', forma imperativa de *exir*.

yxieron (191): 'salieron', 3.ª persona del plural del pretérito indefinido de *exir*.

yxió (353): 'salió', 3.ª persona del singular del pretérito indefinido de *exir*.